華文創

古代雜文的演變

從《文心雕龍》到《文苑英華》

The evolution of ancient Za-Wen
From Wenxin Diaolong to Wenyuan Yinghua

「雜文」作為文類，本身即具文學批評之意義；
同時「雜文」所涵蓋的，往往是文學史上，新出而歧出的文體。

郭章裕——著

摘　要

「雜文」作為一種確切的文類，可以溯源自劉勰《文心雕龍》，其中有〈雜文〉一篇，明確劃定出範圍，及其所含之體類，與體類之特性。

劉勰「雜文」範圍內體類繁多，兼有「文」、「筆」性質，但以「問答（含設論）」、「七」、「連珠」三者為主要，此三者其實賦體，但不以賦為名的體類，我們可以後設稱之為「賦體雜文」。整體說來，「雜文」中的各種對象，它們是在文學史上較為新出，由「詩」、「賦」、「章」、「奏」等各種主要體類，所流衍派生的對象，當然重要性也就不如其主要體類，且實際功能或政教意義，也較為淡薄。總之，「雜文」文類的劃定，其實本於劉勰的文學觀念，是一種對於文學體類發展演變的詮釋。

下及宋初《文苑英華》，雖然在整體體類的編目上，大抵上承《昭明文選》，但其中卻也出現「雜文」一類。單就此文類看來，應該與《文心雕龍》淵源更深，但內容更趨複雜，下分「問答」、「騷」、「帝道」、「明道」、「雜說」、「辯論」、「贈送」、「箴誡」、「諫刺雜說」、「記述」、「諷喻」、「論事」、「雜製作」、「征伐」、「識行」、「紀事」共十六類目。而其中體類對象，除「賦體雜文」，另外還有箴體、論體、記體但不以箴、論、記為名的「箴體雜文」(「誡」)、「論體雜文」(「說」、「辯」、「解」、「原」、「題跋」)、「記體雜文」(「志」、「述」)，及「雜著」(不具體類名稱的篇章)與少數「越界文體」(有其體類之名，但無其體類之實的篇章)之作，分佈在其中。

「賦體雜文」體類，集中於「問答」、「騷」、「帝道」三子目，「箴體雜文」體類，則集中在「箴誡」；此外，「論體雜文」、「記體雜文」、「雜著」及「越界文體」則分佈於其他十二目。進一步發現，「問答」目中，合併了傳統「對問(含設論)」、「七」二種體類；「騷」雖自六朝總集中有之，但廣泛包含擬騷之作，非往昔《楚辭》篇章專屬；「帝道」其實為六朝「符命(封禪)」之文。「箴誡」目中，主要為「誡」，而「誡」又分有韻、無韻，前者似「箴」，後者則近於「論」、「記」。「明道」、「贈送」、「諫刺雜說」、「記述」、「諷喻」、「論事」、「征伐」、「識行」、「紀事」是依照文章題材與主旨所劃分的類目。「雜說」、「辯論」、「雜製作」分類依據不明，但目中分別以「說」、「辯」與「原」、「題跋」篇章較為偏多，所以推測有凸顯這些體類的意義。

可見「雜文」的內容，前後差異極大。從原本「賦體雜文」為重心，後來則各種對象紛呈。這種現象的轉變，一來與六朝至唐代，「文」之觀念與範圍演變相關，二來也與唐代散文風氣及務實文學觀的興盛，造成文學創作方式的改變相關。

《文苑英華》「雜文」直接影響《唐文粹》「古文」的形成，然則後人對於「古文」；以及後來總集中「雜文」、「雜著」之類，在文類的觀念及內涵上，我們當不能忽略《文苑英華》「雜文」對於後代的影響。而這是本書結束之後，即將再拓進的研究方向。

關鍵字：《文心雕龍》、《昭明文選》、《文苑英華》、雜文、散文、古文

目 次

第一章

緒　論

第一節　問題之發現與研究範圍之釐清

現代文學論及「雜文」，普遍認為此為一種篇幅短小、夾敘夾議且風格犀峭銳利的散文文體，其內容題材無所不包，又多以針砭時事、嘲諷現實社會為主要[1]，但古代所謂的「雜文」，並非一具有特定體裁的文體名，而是一涵蓋諸多文學體類作品的概括性指稱，往往見諸於文集的編目。先以清代李兆洛《駢體文鈔》為例，該書為歷代駢文選集。共分三十一卷，

1　如大陸人民出版社所出版的《中華雜文百年精華》，在〈出版說明〉便如此介紹雜文：「雜文短小，活潑，鋒利，雋永，反映社會最直接、最迅速，長期以來是為廣大讀者特別喜愛的文體之一。尤其『五四』以後，以魯迅為代表，雜文充分發揮了它的匕首和投槍的作用，將雜文這文體的寫作推向顛峰」參見劉成信、李君選編：《中華雜文百年精華》（北京：人民文學出版社，2003 年 8 月，北京第 1 版）。或如楊牧編選《現代中國散文選》所言，對於中國二十世紀初葉以來白話散文發展的觀察，認為現代散文可分七類，分別為「小品」、「記述」、「寓言」、「抒情」、「議論」、「說理」，最後一類即為「雜文」，且「魯迅摠其體例語氣及神情」，不過這些雜文大抵以實用為主，著重於時論與刺激，所以距離文學感性與抒情美感較遠。參見氏編：《現代中國散文選Ｉ》（臺北：洪範書店，民國 81 年 4 月，初版），〈前言〉頁 5、7。

將文類分為三十二，最末即為「雜文」之類，錄有作品三十二篇。李氏注云此類作品：

> 多緣情托興之作。戰國詼諧，辨譎者流，實肇其端。其言小，其旨淺，其趣博。往往托思于言表，潛神於旨里，引情於趣外。是故小而能微，潛而能永，博而能檢。就其褊者，亦潤理內苞，秀采外溢。不徒以縷繪為工，逋峻取致而已。後之作者，乃以為遊戲，佻側洸蕩，忘其所歸，遂成俳優，病尤甚焉。[2]

此類選錄如漢代王褒〈僮約〉、〈責髯奴文〉，晉代陸機〈吊魏武帝文〉，梁簡文帝〈為人作造寺疏〉等等。李兆洛以為此類作品，風格詼諧譎辯，篇幅雖小但趣旨深遠，並且文辭具有文采，可以溯源於戰國；然而後代作者，有疏忽其為文應有之深意者，於是變成了遊戲之作。我們除了注意到李兆洛對於雜文文類淵源流變，以及體式規範的分析，也注意到「雜文」並不單純如詩、賦、銘、誄、奏、議，可以獨立自成一體類。反之，「雜文」可涵攝的體類多元不一，如上述「賦」、「疏」、「吊文」，乃至無體類名稱的篇章，都能在「雜文」類名之下被統攝為一文章群。

明代徐師曾《文體明辨》中亦有「雜著」一類，對於此類，其云「劉勰所謂『並歸體要之詞，各入討論之域。』正謂此也。[3]」按徐師曾所引劉勰之說，出自《文心雕龍》〈雜文〉，劉勰原意為：「總括其名，並歸雜文之區；甄別其義，各入討論之域。」本謂漢代以來文章體類甚多，比如典、誥、誓、問、覽、略、篇、章之類，劉勰將它們總括為「雜文」之

2 〔清〕李兆洛：《駢體文鈔》（上海：上海古籍出版社，2001 年 5 月，第 1 版）〈目錄〉，頁 13。

3 〔明〕徐師曾：《文體明辨・序說》，收入〔明〕吳訥等：《文體序說三種》（臺北：大安出版社，1998 年 6 月，初版），頁 94。

類，但其各自的體式、體裁與規範又已經在其他相關的文體論述中提及了，所以〈雜文〉中僅略提其名，不再予以詳細討論。此外，歷代總集比如明代程敏政所編《明文衡》，元代蘇天爵所編《元文類》，宋代呂祖謙所編《宋文鑑》，也都在各種文類外立有「雜著」一類。可見，無論稱之為「雜著」或「雜文」，「雜」之文類及觀念可謂其來有自，而從理論上說，都意謂在一群在文集既有的體類區分架構中，難以依歸的文章；換言之，凡此「雜」性質之文類，之所以會出現形成，必然牽涉到文體辨類活動進行時，人們對於文體的意識及評價。

中國文學發展的歷史中，體類繁富不在話下。但一般認為在東漢時期，各種文體其實皆已形成確立，魏晉南朝以降，因此開展出一連串有關體類知識的分析[4]。其中最具代表性的著作，無疑為《文心雕龍》及蕭統《昭明文選》。後者為總集編輯之先，對文學作品進行實際分類；前者雖非文集，但對後代文集中體類區辨的進行，其影響力實不容小覷[5]。其實由前述《文體明辨》對於「雜著」的討論資料中，已隱約可見此類的形成，與《文心雕龍》「雜文」之內涵或觀念上，應有相通。總之，雖然劉勰評文與蕭統選文的標準，不盡然相同，兩者成書未必關係密切[6]，但前輩學者仍認

---

4 此即劉師培所云：「文章各體，至東漢而大備。漢魏之際，文家承其體式，故辨別文體，其說不淆。」參見氏著：《中古文學史講義》（北京：中國人民大學出版社，2004年9月，第1版），頁22。

5 從文體分類上來說，古代文體分類初創於東漢，一直到魏晉時代，確立於《文心雕龍》，又經過總集方面的發展，而定型於近代。其中文體的發展，也成為中國文學理論研究中重要的一環。相關說明，參見諸海星：《中國文體分類學的研究》（臺北：臺灣師範大學國文所碩論，民國82年6月），頁163。可見《文心雕龍》雖非總集，但對日後《總集》發展其實十分重要，故討論《總集》文類之確立與安排，實不可忽略劉勰文論。

6 關於《文心雕龍》與《昭明文選》彼此的文學觀念的比較問題，齊益壽就比較兩書所評、選的篇章，發現劉勰的標準較為多元，要之以情性為本位，而蕭統則一元性的以辭采優美為考量。相關說明，參見氏著：〈《文心雕龍》與《文選》在選文定篇及評文標準上的比較〉，中國古典文學研究會主編：《古典文學‧第三集》（臺北：臺灣學生書

為兩書須必相輔並觀，才能探究六朝體類與文論的底蘊[7]。雖然《文心雕龍》具有較強大的理論性意義，且明確劃定出「雜文」之範圍，但同時勢必輔以《昭明文選》體類區分的資料，加以論證；因此，我們以《文心雕龍》與《昭明文選》為一端，作為探討文學史上「雜文」文類的起點。

一、《文心雕龍》、《昭明文選》及其相關問題

按劉彥和《文心雕龍》向有「體大慮周」（章學誠：《文史通義・詩話》）、「藝苑之秘寶」（黃叔琳：《文心雕龍注・序》）之美稱，《四庫全書》將之置於〈集部・詩文評類〉之首，它奠定了「窮究文體源流且兼論作品工拙」的批評方式，此亦為為後世詩文評論的五種方式之一[8]。它的價值與意義既然備受肯定，其底蘊也廣為學者闡發，至今各類相關研究成果至為豐碩，蔚為《龍》學。《文心雕龍》全書五十篇，對其體系的區分，一般而言是將第一〈原道〉至第五〈辨騷〉稱為「文原論」，所論為文章之本源；第六〈明詩〉至廿五〈書記〉為「文體論」，探究各種文體源流與體式規範；廿六〈神思〉至四四〈總術〉共為「文術論」，析論各種文

局，民國 70 年 12 月，初版），頁 148。另外，日人清水凱夫也指出劉勰與蕭統的文學觀及理念根本不同，所以縱然在評、選文章有所重疊，但這僅僅是表象，就兩書內在關聯而言，其實談不上相互影響。參見氏著：〈《文心雕龍》對《文選》的影響——關於散文的研討〉、〈《文心雕龍》對《文選》的影響——關於韻文的研討〉，收入氏著・韓基國譯：《六朝文學論文集》（重慶：重慶出版社，1989 年 5 月，第 1 版），頁 106-123、124-142。

7　如駱鴻凱就說：「文體莫備於六朝，亦莫嚴於六朝。蕭氏選文，別裁偽體，妙簡雅裁，凡分體三十有八，可謂明備。《文心》一書，本與《文選》相輔」。參見氏著：《文選學》（臺北：華正書局，民國 76 年 8 月版），頁 302。

8　這是就四庫館臣的觀點而言，〈詩文評類・序〉云：「勰究文體之源流，而評其工拙，嶸第作者之甲乙，而溯厥師承，為例各殊。至皎然《詩式》，備陳法律；孟棨《本事詩》，旁采故實。劉攽《中山詩話》、歐陽修《六一詩話》，又體兼說部。後所論著，不出此五例中矣。」則《文心雕龍》、《詩品》、《詩式》、《本事詩》、《中山詩話》與《六一詩話》分別為五種批評方式之開創典範。參見〔清〕紀昀等編：《欽定四庫全書總目（下）》（北京：中華書局，1997 年 1 月，第 1 版），頁 2736。

章修辭、構思與學養之相關問題；四五〈時序〉至四九〈程器〉為「文評論」，評論歷代文風、文人與作品；最末為〈序志〉，乃劉勰自述寫作之所由，以及此書體系、架構的整體性說明[9]。吾人對於《文心雕龍》體系架構固然能如此區分，但劉勰文論既然結構嚴謹，環環相扣，則若欲對各篇有較為通透的見解，實不能僅僅拘限於單篇之中，就其篇旨進行解讀而已；反之，應當對於其體系與各篇關聯有所理解，才能更清楚透析各篇中劉勰之立意與用心，以及特定的觀念理路。

《文心雕龍》有〈雜文〉一篇，位在第十四，當然是討論「雜文」最為重要的文獻；如不論篇末贊文，則本篇可分為五個段落，概述如下：

第一段，提出文中所論的文類，包含「對問」、「七」與「連珠」三者。並認為對問之首創為宋玉，七體之肇端為枚乘，連珠之發軔為揚雄；劉勰認為三位作者都是「智術之子，博雅之人」，也都有「藻溢於辭，辭盈乎氣」的文學才情。又總結來說，這三種體類，是「文章之枝派，暇豫之末造」。

第二段，論「對問」之發展。自宋玉以後，接踵的作家與作品有東方朔〈客難〉、揚雄〈解嘲〉、班固〈答賓戲〉、崔駰〈達旨〉、張衡〈應間〉、崔寔〈答客譏〉、蔡邕〈釋誨〉、曹植〈客問〉、庾敳〈客咨〉、郭璞〈客傲〉。劉勰認為此體類之作，要在於使文人發憤表志，面對困境而能以龍鳳般美麗動人的文辭，述寫出高遠心志。

第三段，論「七」之發展。自枚乘以降，承繼的作家作品有傅毅〈七

9　這樣的區分方式，為王更生力主，對照〈序志〉劉勰自己的說法，也應當是最妥當的。參見王更生：《文心雕龍研究》（臺北：文史哲出版社，民國78年10月，增訂3版），頁338。其實關於五十篇的分類，歷來學者說法分歧，各有主張，比如認為第五〈辨騷〉當屬文體論而不為文原論，廿七〈體性〉、四六〈物色〉應當為文評論等等，這還只是就篇章的歸屬而言，若論及整體的架構，除本書所言的五分法，還有二分法、四分法、六分法等等，由於這無關本書宏旨，故暫不深論。

激〉、崔駰〈七依〉、張衡〈七辨〉、崔瑗〈七厲〉、曹植〈七啟〉、王粲〈七釋〉、桓麟〈七說〉、左思〈七諷〉。劉勰認為「七」體類之作，好弄各種聲色之娛，文辭豔麗足以動人魂魄，常常始以淫奢，終之以居正，但到底勸百諷一，終究流蕩不能返正。

第四段，論「連珠」之發展。自揚雄首創後，還有杜篤、賈逵、劉珍、潘勖、陸機等人陸續創作。劉勰認為「連珠」篇幅往往窄小，作者情志表達也較容易周密完整，務必使作品事義明朗可觀，且讀來聲律協暢，有珠圓玉潤的美感。

第五段，泛論其他「雜文」之對象。因漢代以來，各種體類名號甚多，比如典、誥、誓、問、覽、略、篇、章、曲、操、弄、引、吟、諷、謠、詠。因為劉勰其他文體論的篇章中已經有所討論，所以不於〈雜文〉中曲述，只將這些名號總括為「雜文」，然後安置於此篇。

此處值得探討的面向有三：其一，為「雜」之文類觀念：劉勰固為首位為「雜文」之文類加以詳實立說者，但「雜」之學術觀念，早於劉勰而存在，比如先秦諸子九流十家中即有「雜家」，則「雜」之學術觀念必有其源，如欲窮究，必須另外專門討論，但本書重點其實不在於此，僅在於「雜」之文學觀念，故而縱使溯源，亦應鎖定文學範圍即可；然則劉勰之前，《漢書・藝文志》〈詩賦略〉中漢人對於賦的區別，即有「雜賦」一類，足以使我們觀察其與「雜文」之間的關聯。其二，為「雜文」範圍對象的問題：〈雜文〉篇中所論，以「對問」、「七」、「連珠」三種體類為主要，因此對於三種體類的特徵及發展過程，當然有必要加以釐清；才能理解三者及其他次要對象，所以共入「雜文」的緣由。其三，為〈雜文〉與其他篇章的關聯：《文心雕龍》各篇環環相扣，劉勰論文層次井然，然則〈雜文〉理緒也有相通之篇，主要為〈諧讔〉、〈書記〉。要之，古代諧、讔往往相為表裡，又多為賦體，故而《漢書・藝文志》〈詩賦略〉「雜賦」中有列有〈隱書〉十八篇，意即諧、讔在漢人視之為「雜」文類之屬，但劉勰卻不於〈雜文〉而另闢〈諧讔〉以論之，則〈雜文〉與〈諧讔〉兩篇思路必有同異。又《文心雕龍》之文體論，唯〈書記〉與〈雜文〉，除了主要體類的討論以外，均於篇末附屬數種次要對象，可見兩篇論述體類的方式近似，但卻又分為二篇，然則〈書記〉與〈雜文〉理脈亦必有異同。因此透過與〈諧讔〉、〈書記〉的比較，斷能對於劉勰〈雜文〉之意義有更為深刻的理解。

再者，縱如前言《文心雕龍》與《昭明文選》之後，「雜文」或「雜著」不斷出現在歷代總集編纂之中，但本書單以《文苑英華》為另一端，與《文心雕龍》相較，主要理由在於：《文苑英華》乃現存《昭明文選》之後，後世所見收文最為完備，體類區分亦更加細膩的文學總集。進一步說，《昭明文選》之後，雖不乏總集的編纂，但多不傳，即以《四庫全書・集部・總集》所整理看來，除唐人所編《古文苑》二十一卷為詩文集外，其他皆為詩總集[10]。按理觀察《古文苑》的編輯，應可見唐人對於體類劃分的意見，且此書中亦有「雜文」一類，錄有不具名〈董仲舒集敘〉、王褒〈僮約〉、班固〈奕旨〉、蔡邕〈篆勢〉、黃香〈責髯奴詞〉、聞人牟準〈魏敬侯碑陰文〉，共六篇文章[11]。但《古文苑》來源甚為可疑，況所錄文章不

---

10 《四庫全書・集部・總集》中在《文苑英華》之前的著作，除了《文選》與《玉臺新詠》相關著作外，其他如高正臣《高氏三宴詩集》、元結《篋中集》、殷璠《河岳英靈集》、芮挺章《國秀集》、令狐楚《御覽詩》、不具名《薛濤李冶詩集》、竇常等人《竇氏連珠集》、韋穀《才調集》、不具名《搜玉小集》，皆為唐、五代文人所編纂之詩集。《古文苑》雖是例外，但作者已不可考，館臣引陳振孫《書錄解題》，云此書世傳孫洙巨源於佛寺經龕中所得，係唐人所藏。

11 概要言之，〈董仲舒集敘〉寫董仲舒生平仕歷。〈僮約〉寫童奴誇張的受到雇主虐待荼毒，工作繁忙不得歇息之事。其文字俚俗，語調詼諧，韻散交雜，正是一篇民間俗賦；關於〈僮約〉的用韻情況，參見簡宗梧老師：〈論王褒的賦體雜文〉一文所析，該文收入《廿一世紀漢魏六朝文學新視角：康達維教授花甲紀念論文集》（臺北：文津出版

乏真偽難辨之篇，且今所見之面貌，不確定本於唐人編輯，實經宋人整理編次而來[12]。既然如此，儘管書中出現「雜文」一類，但仍不宜作為六朝之後，相關問題的討論對象。

然則上承《文心雕龍》與《昭明文選》，足資為「雜文」研討之對象者，首先即為《文苑英華》。四庫館臣就比較《昭明文選》與《文苑英華》兩書內容，有此論斷：

> 梁昭明太子撰《文選》三十卷，迄於梁初。此書所錄，則起於梁末，蓋即以上續《文選》。其分類編輯體例，亦略相同，而門目更為繁碎。則後來文體日增，非舊目所能括也[13]。

館臣依據兩部總集收錄作品的朝代斷限，以及體類的分門為依據，證明兩書其實有續承關係。以為《文苑英華》雖然所分更趨複雜瑣碎，然而大抵仍是承襲《昭明文選》的體類架構而來。

當然，就成書的淵源，《文苑英華》與《昭明文選》同為總集，關係自然較為密切；但就「雜文」議題來說，《昭明文選》並無此一類。而《昭

社，2003 年），頁 73-85。班固〈奕旨〉，藉由主客問對，闡發奕棋之道，與天地神明、政治人道相通。蔡邕〈篆勢〉，讚美倉頡造字，字跡巧妙而文用宏大。四篇文章除〈董仲舒集敘〉以散句成篇外，其他三篇皆以駢體為主間雜散句，與賦體相似，但並不歸入於賦。

12 四庫館臣所云此書：「《書錄解題》稱世傳孫洙巨源於佛寺經龕中得之，唐人所藏。所錄詩賦雜文，自東周迄於南齊，凡二百六十餘首，皆史傳、文選所不載。然所錄漢魏詩文多從《藝文類聚》、《初學記》刪節之本，石鼓文亦與近本相同，其真偽蓋莫得而明也。南宋淳熙間，韓元吉次為九卷。至紹定間，章樵為之註釋。」參見〔清〕紀昀等編：《欽定四庫全書總目（下）》（北京：中華書局，1997 年 1 月，第 1 版），頁 2607。由所引陳振孫之說可見早在宋代，此書的來源就頗為可疑，且內容篇章真偽不明。

13 〔清〕紀昀等編：《欽定四庫全書總目（下）》（北京：中華書局，1997 年 1 月，第 1 版），頁 2608。

明文選》本有「問對」、「設論」、「七」、「連珠」四種體類，在《文心雕龍》則一齊併入〈雜文〉而論之，到了《文苑英華》則有「雜文」一類，所錄篇章亦可見「七」與「設論」之作品。換言之，《昭明文選》、《文苑英華》固為總集，《文心雕龍》則是理論批評之著作，兩端性質自不相侔，但彼此卻並非全然無關。雖說整體的體類架構，《文苑英華》直承《昭明文選》，但單就「雜文」此一文類範圍與內涵言之，《文苑英華》應與《文心雕龍》更為密切，才會有上述的現象。

二、《文苑英華》及其相關問題

（一）《文苑英華》編纂的背景

《文苑英華》於宋太宗興國七年（982）由李昉、徐鉉、宋白等人奉詔主編，至太宗熙雍三（986）年成書，共一千卷。後代流傳相關資料中，以〈纂修文苑英華事始〉中所載〈國朝會要〉一則，對此事的說明最為清楚：

太平興國七年九月，命翰林學士承旨李昉、學士扈蒙、直學士院徐鉉、中書舍人宋白、如制誥賈黃中、呂蒙正、李至、司封員外郎李穆、庫部員外郎楊徽之、世察御史李范、秘書監丞楊礪、著作郎吳淑、呂文仲、胡汀、戰貽慶、國子監丞杜鎬、將作監丞舒雅，閱前代文集，撮其精華，要以分之，為千卷。雍熙三年十二月書成，號曰《文苑英華》。昉、蒙、蒙正、至、穆、范、礪、淑、文仲、汀、貽慶、鎬、雅繼續領他任，續命翰林學士蘇易簡、中書舍人王祐、知制誥范杲、宋湜、宋白共成之。[14]

14　參見：〔宋〕李昉等編：《（重編影印）文苑英華》（臺北：大化書局），頁 1。按此則後來收入於清人所輯《宋會要輯稿》第五十六冊，「崇儒五」中。

太宗在宋太祖開國（960）廿二年後，詔命編修此書，一如歷代官方總集的編修，總是不免具有些特別的政治意涵，何況重文偃武的宋代帝王與國朝政策，對於總集的整理與文教的提倡更是不遺餘力[15]。由上述資料，可見這部千卷總集的修纂前後歷時四年，編輯人員則多達廿二人。依據張蜀蕙的整理，這廿二人的背景大致上可分為三，其一是十國舊臣，如李昉、徐鉉、呂文仲、李穆、杜鎬；其二為宋太祖年間登科進士，如宋白、范杲、楊礪；其三為宋太宗年間登科進士，如呂蒙正、宋湜、蘇易簡[16]，其中又以第一種為最多。

依據史傳，這些文人多是藏書大家，或者以博學、文才著名於當時。如晁說之〈劉氏藏書記〉，記載李昉藏書云：

> 李文貞所藏既富，而且闢學館以延學士大夫，不特見主人，而下馬直入讀書，供牢餼以給其日力，與眾共利之，如此宜其書永久而不復零落。[17]

李昉藏書甚多，於是開闢學館，竟允許宮廷學士大夫自由出入，隨其意而讀書，還供給食膳。又《宋史・文苑傳》提及李穆與徐鉉、徐鍇相遇

15　宋太祖登基之後大興儒學，推行文教，太宗繼位之後，繼承此重文傳統，除了《文苑英華》外，《太平御覽》、《太平廣記》也都於太宗朝編修。編修人員有許多都是前朝的遺臣，所以太宗朝幾部大型總集的編纂，一般也都認為具有懷柔前朝臣民的政治用意。關於《文苑英華》編纂人員、政治與文化因素，參見凌朝棟：《文苑英華研究》（上海：上海古籍出版社，2005 年 4 月，1 版）第一章〈《文苑英華》纂修背景研究〉、第二章〈《文苑英華》編纂考〉。

16　氏著：《文學觀念的因襲與轉變——從〈文苑英華〉到〈唐文粹〉》，收入於潘美月、杜潔祥主編《古典文獻研究輯刊（20）》（臺北：花木蘭文化出版社，2007 年 3 月，初版），頁 18。

17　參見〔宋〕晁說之：《景迂生集》，《文淵閣四庫全書 1118》（臺北：臺灣印書館景印文淵閣四庫全書），頁 307。

之事：

李穆使江南見其兄弟文章，歎曰：「二陸不能及也！」[18]

李穆讚賞徐鉉、徐鍇，以為文章不在古代陸氏兄弟之下。《宋史》宋白本傳則載其：

白善談謔，不拘小節，贍濟親族，撫卹孤藐，世稱其雍睦。聚書數萬卷，圖畫亦多奇古者。嘗類故事千餘門，號《建章集》。唐賢編集遺落者，白多纘綴之。後進之有文藝者，必極意稱獎，時彥多宗之。（頁13000）

宋白個性慷慨、樂眾好施，家中藏量甚富，且多罕見圖畫古玩。除了編書以補唐人不足與遺漏，並且獎掖文藝後進，在當時亦為文士所重。又杜鎬本傳載其：

鎬博聞強記，凡所檢閱，必戒書吏云：「某事，某書在某卷、幾行。」覆之，一無差誤。每得異書，多召問之，鎬必手疏本末以聞，顧遇甚厚。士大夫有所著撰，多訪以古事，雖晚輩、卑品請益，應答無倦。年踰五十，猶日治經史數十卷，或寓直館中，四鼓則起誦春秋。所居僻陋，僅庇風雨，處之二十載，不遷徙。燕居暇日，多挈醪饌以待賓友。性和易，清素有懿行，士類推重之。（頁9877）

18　〔元〕脫脫等：《宋史》（北京：中華書局，2007年5月，1版），頁13049。凡本節所引《宋史》原典資料均出此書，故其後僅於引文末括注頁碼，不再另行注釋。

可見杜鎬的博學強記在當時即已出名，不僅如此，也樂於指點晚輩、解答古事；年過五十居於陋室，尚且鑽研經史、治學不懈，加以待人寬和，所以在士林之間備受敬重。

即以上述史料看來，《文苑英華》編輯成員在當年文壇與士林之間多有地位，可謂雅重於一時；那麼，《文苑英華》就是在此編輯群「閱前代文集」，然後「撮其精華」的產物。因此，由《文苑英華》所錄的作品，以及編纂的方式，我們可以窺見北宋初期文壇對於前代作品的批評標準，以及反映出文學觀念。

（二）《昭明文選》與《文苑英華》的分類

《文苑英華》體構宏大，千卷所分文類共卅八類，分別為：賦、詩、歌行、雜文、中書制誥、翰林制詔、策問、策、判、表、箋、狀、檄、露布、彈文、移文、啟、書、疏、序、論、議、連珠、喻對、頌、讚、銘、箴、傳、記、謚哀冊文、謚議、誄、碑、志、墓表、行狀、祭文。三十八類中，又各有子類，內容可謂十分繁瑣。既然《文苑英華》是上承《昭明文選》而來的總集，那麼前者在編纂的體例上，必然有所因襲，所以對照兩者中對於文學體類的區分方式，理當有助於了解宋初對於前代體類觀念的延續及變異。

梁朝昭明太子所編纂之《昭明文選》，就其目錄看來，所區分之體類有：賦、詩、騷、七、詔、冊、令、教、策、表、上書、啟、彈事、牋、奏記、書、檄、對問、設論、辭、序、頌、贊、符命、史論、史述贊、論、連珠、箴、銘、誄、哀、碑文、墓誌、行狀、弔文、祭文。如按照目錄算來可得三十七種，但其實另外有三十八種與三十九種之說；這主要是因為《昭明文選》目錄固然只有三十七，但從所收錄之文章看來，有著還可進一步區分出「移」及「難」的可能性[19]。但不論《昭明文選》是否應將「移」、「難」分別獨立，對照梁代任昉《文章緣起》來看，所區分八十五種體類之中，「移」即「移書」、「難」即「喻難」[20]，可見兩種確實存在於當時。

《昭明文選》與《文苑英華》在體類區分上都以「賦」、「詩」為首、次，在之後體類的安排上，也可以看出同樣都遵守著自古以來，體類功能上「先生後死」的規則，意即與生人事務有關者居前，而喪葬祭祀之用者，則繫於末段的邏輯[21]。

此外，兩書體類相互比較，則層次可概分為三：

其一，兩書皆有者：賦、詩、策、表、箋、檄、啟、書、序、論、連珠、頌、贊、銘、箴、誄、碑、行狀、祭文，共十九種體類，如果認為「移」也存於《昭明文選》，則連同此類，一共二十體類。

其二，存於《昭明文選》但不在《文苑英華》者：騷、七、詔、冊、令、教、上書、彈事、奏記、對問、設論、辭、符命、史論、史述贊、

---

19 按《昭明文選》的體類樹目，歷來有三十七、三十八、三十九種之說，持三十七種者，即以目錄作為立論資料，代表學者為穆克宏。持三十八種者，則認為依據書中所錄「檄」之文章，其中可分出「移」，代表學者如駱鴻凱、王運熙、楊明照。持三十九種，則認為「檄」類除了區分出「移」外，可再分出「難」，故得三十九，代表學者有褚斌杰、游志誠。而一般來說，又是以三十八種最為普遍被接受，相關說明，參見游志誠：〈論《文選》之「難」〉，收入氏著：《昭明文選學術論考》（臺北：臺灣學生書局，民國 85 年 3 月，初版），頁 141-142。

20 任氏云：「移書。漢劉歆〈移書議太常博士論左氏春秋。〉」「喻難。漢司馬相如〈喻巴蜀並難蜀父老文〉。」參見〔梁〕任昉著，〔明〕陳懋仁注：《文章緣起注》，收入《文體序說三種》（臺北：大安出版社，1998 年 6 月，第 1 版），頁 19、26。

21 這樣的規則，在《周禮》就隱然成形，所謂「作六辭以通上下親疏遠近：一曰祠，二曰命，三曰誥，四曰會，五曰禱，六曰誄。」六辭的排列方式，意味著人們在安排文體次序時，一種先生人之事，後死人之事的規則，而這樣看待眾多文體的方式，也出現於後世總集的編纂之中。相關參見鄧國光：〈《周禮》六辭初探——中國古代文體原始的探討〉，《漢學研究》第 11 卷第 1 期（民國 82 年 6 月），頁 339-360。

哀、墓誌、弔文，總共十八種。

其三，存於《文苑英華》但不在《文選》者：歌行、雜文、中書制誥、翰林制誥、策問、制、狀、露布、彈文、疏、議、喻對、傳、記、謚哀冊文、謚議、志、墓表。共十八種。

就上述第一種來說，可謂《文苑英華》直承《昭明文選》而來的傳統文學體類。再就第二、三種來說，看似是前後相互有無，但大多是同一體類更為細分，成若干對象，或若干對象合成一種，乃至於有體類名異實同的現象。

如《文苑英華》的「歌行」，其實本於《昭明文選》「詩」類中的「樂府」類[22]。《昭明文選》的「騷」、「七」，後來《文苑英華》則一併於「雜文」中。又《文苑英華》「中書制誥」、「翰林制誥」，分別是唐代中書舍人與翰林待詔等，替皇帝起草的制書，但前者主用以升黜官員，後者內容較為複雜，包含褒讚、赦宥、追贈等等之用[23]，總之都是宣揚王命，故與傳統敕、詔、制、策其實相通[24]。

---

22 王運熙指出：歌行之名，本自樂府詩而來，然而在唐人的集子中，往往會把樂府與歌行區分開來。《文苑英華》之所以如此，應該也是承襲自唐人的作法。參見氏著：《漢魏六朝唐代文學論叢》（上海：復旦大學出版社，2002 年）。

23 「中書制誥」、「翰林制誥」二類的確立，與唐代中書省、翰林院的官職確立關係密切，故二類之中，多為唐人之作，但並不只有唐代，唐前作家如沈約也有許多文章被收入其中。另外，二類之下又區別許多子類，如前者包含：北省、南省、憲台、卿寺、諸監、環衛、東宮、王府、京府、諸使、郡牧、幕府、上佐、宰邑、封爵、加階、命賦十七種，後者包含：赦書、德音、冊文、制書、詔敕、批答、蕃書、鐵卷文、青詞、歎文十種。子類之中，又可更細分為若干次子類，不細言。關於二類之功用與收錄情形，詳見凌朝棟：《文苑英華研究》（上海：上海古籍出版社，2005 年 4 月，1 版），頁 108-114。

24 《文心雕龍・詔策》云：「漢初定儀則，則命有四品：一曰策書，二曰制書，三曰詔書，四曰戒敕。敕戒州部，詔誥百官，制施赦命，策封王侯。」而這些宣達王命的文書，也都有專任的官職代為草起。參見周振甫注釋：《文心雕龍注釋》（臺北：里仁出版社，民國 87 年 9 月，初版），頁 371。本節所引《文心雕龍》原典皆出此書，故其後僅於引文末標示頁碼，不再另行注釋。

而《文苑英華》之「彈文」即《昭明文選》中「彈事」，為朝臣對於失職違法的官員，加以彈劾上奏的文書，所以兩者異名同實。又《文苑英華》之「喻對」，是為託古諷今，借物寄諷的短篇文章，就對答說理的內在形式看來，應當是傳統「對問」的轉化[25]。

再就《文苑英華》「謚哀冊文」來說，《昭明文選》本有「哀」一類，且包含「哀策文」在內[26]；《文苑英華》不僅將「謚哀冊文」立成一類，底下又分「謚冊文」與「哀冊文」兩子類。「謚哀冊文」以外，尚有「謚議」一類，是按照謚法，替死去的王公大臣訂定謚號的奏議之文。總之，關於喪禮及哀弔的體類文章，《文苑英華》的區別顯然較《昭明文選》更為細膩。又《文苑英華》的「志」，也可以上溯《昭明文選》中「墓誌」一類，前者之「志」所錄多為墓誌與墓誌銘，與《昭明文選》之「墓誌」幾乎等同[27]。

25　「喻對」在《文苑英華》中唯有盧碩〈喻古之治〉與陸龜蒙〈冶家子言〉、〈奔蜂對〉、〈招野龍對〉共二人四篇，為該書所錄篇數最少的一類。凌朝棟認為此一體類在文學史上不明前承，後也無繼者，所以聊備一類加以收入。參見氏著：《文苑英華研究》（上海：上海古籍出版社，2005 年 4 月，1 版），頁 124。不過，除了盧文外，陸文三篇都有出現人物問對論事的情況，藉由人物問對論事，闡述道理，而非在人物問對論事外，作者再出現總結予以評理。此種形式，應與傳統的「對問」一類有關。《文選》「對問」只有宋玉〈對楚王問〉一文，藉由宋玉和楚王的對話，宋玉表達出曲高和寡、超然獨斷之人不能為人所知的道理。這種敘事說理的形式和陸氏三文都很相似，且該文篇幅短小，也與陸文外在形式彷彿。因此推測「對喻」的出現應與「對問」有所關連。唯「對問」是宋玉自作，文中對話兩造為宋玉與楚王，但「對喻」對話兩造為歷史人物，作者不在其中。

26　《昭明文選》「哀」有三篇文章，分別為潘岳〈哀永逝文〉、顏延年〈宋文皇帝元皇后哀策文〉、謝玄暉〈齊敬皇后哀策文〉。潘文為哀傷其妻子而作，以騷體體製寫成。後二文則多以四言為句，其場合則為皇后依禮遷葬。換言之，哀策文本為用於喪禮之文，與潘岳單純抒懷達情不同。故哀策文脫離哀而自成一類，自有其合理性。

27　「哀策文」與「哀冊文」異名而實同，又不論是「謚冊文」或「哀冊文」，實質上都是冊文，一般由皇帝下發諸王臣僚，只不過為了強調是用於去世者，所以前面加了「謚」、「哀」之字。又唐宋兩代，貴族大臣死後定謚，須先上考功行狀，由太常博士作謚議，文成後倘若發現名實不符，則給事中得以駁奏在議。關於「謚哀冊文」、「謚議」、「志」、「墓表」的說明，參見凌朝棟：《文苑英華研究》（上海：上海古籍出版社，此外，《文苑英華》獨有的體類中，有些固然不在《昭明文選》之列，但在《文心雕龍》中卻有所提及，所以這些體類其實並非後來創立，而是其來有自。儘管如此，這些體類的功能與規範多有所轉化，前後不盡然皆同。

如《文苑英華》「策問」所錄為唐代科舉考試策問的題目與文章，性質與《文心雕龍》所提到的「對策」、「射策」相似[28]。又「狀」，照劉勰說法，多為追記死者行述之用[29]，但在《文苑英華》裡，「狀」是臣下對於皇帝或長官的奏章之類的文書。又《文苑英華》之「露布」，內容本多用於軍事，與傳統之「檄」相類[30]，不過在《文苑英華》所收，皆為戰爭報捷的四六駢文。

「疏」也見於《文心雕龍》，是指分類鋪排且說明某一題旨的文辭[31]，但在《文苑英華》，雖仍名為疏，但其實為上奏朝廷表達行政意見的「奏疏」。「議」，劉勰以為論政陳事之用，在事理與文辭上尤須取法經典[32]。《文苑英華》則區分「議」為封禪、郊祀、明堂、選舉等十四類，各自相

2005 年 4 月，1 版），頁 129-130。

28 《文心雕龍・議對》云：「對策者，應詔而陳政也；射策者，探事而獻說也；言中理準，譬射侯中的，二名雖殊，即議之別體也。」（頁 462）則二種體類，都是論政之用，差別只在前者是作者應詔而作，後者是作者主動就事而論。皆與「議」相通。

29 《文心雕龍・書記》云：「狀者，貌也。體貌本原，取其事實，先賢表謚，並有行狀，狀之大者也。」（頁 486）則狀本是敘述人或事的文書，又以表彰賢者謚號之用的「行狀」為其主要。

30 《文心雕龍・詔策》云：「檄者。皦也。宣露於外，皦然明白也。張儀檄楚，書以尺二，明白之文，或稱露布。露布者，蓋露板不封，播諸視聽也。」（頁 393）則檄文與露布應無本質上的差異，只是後者公布於板上以昭告四方，所以另名。

31 《文心雕龍・書記》云：「疏者，布也。布置物類，撮題近意，故小卷短書，號為疏也。」（頁 486）則疏本是一種短小精要的說明性文書。

32 《文心雕龍・書記》云：「議貴節制，經典之體也。」（頁 461）又云議「其大體所資，必樞紐經典，採故實於前代，觀通變於古今；理不謬搖其枝，字不妄舒其藻」（頁 462）則議相較其他論政體類如奏、策等等，事理與文辭都必須更為參酌經典，力求理切而文雅。

應於不同的政事內容。「傳」，劉勰認為是轉授經典旨意文書[33]，但《文苑英華》所錄，卻為人物傳記。

如此看來，發現總集之中，文學體類之劃分其實是權宜更置，並非一成不變。一自古既有的體類，可以從中依照題材與用途，再予以細密分析若干類，如六朝之「哀」相對而言本是籠統，至宋初則較細膩分為「謚哀冊文」、「謚議」二種。此外，也可能出現古今名同實異的情況，如上述「狀」、「傳」之類。總之，從《昭明文選》到《文苑英華》，許多體類的名稱觀念或實際指涉都有所演變；而本書所關切的「雜文」，《文苑英華》當然也比六朝的情況更趨複雜。

（三）《文苑英華》「雜文」的內容

《文苑英華》卷三五一～三七八皆為「雜文」，相對其他文類而言，其功能性質甚不明確，而在多達廿八卷的「雜文」類中，又先後分「問答」、「騷」、「帝道」、「明道」、「雜說」、「辯論」、「贈送」、「箴誡」、「諫刺雜說」、「記述」、「諷喻」、「論事」、「雜製作」、「征伐」、「識行」、「紀事」，總共十六小類。為便於標記，因此以下將十六子類按照先後順序，將其中所錄作家作品，條記列舉：

1. 第一「問答」類（卷三五一～三五三）：

「問答」一：昭明太子〈七契〉，梁簡文帝〈七勵〉。「問答」二：何遜〈七召〉，盧照鄰〈對蜀父問〉。「問答」三：駱賓王〈釣磯應詰文〉，韓愈〈進學解〉、〈釋言〉，柳宗元〈答問〉，沈亞之〈學解嘲對書〉。

---

33 《文心雕龍・史傳》云：「傳者，轉也，轉受經旨，以授於後，實聖文之羽翮，記籍之冠冕也。」（頁 293）則傳為闡發經典的文書，意義非凡。

2. 第二「騷」類（卷三五四～三五九）：

「騷」一：盧照鄰〈五悲文〉，劉蛻。「騷」二：盧照鄰〈釋疾文〉，皮日休〈祝瘧癘文〉。「騷」三：柳宗元〈弔屈原〉，皮日休〈九諷系述〉、〈反招魂〉、〈悼賈〉。「騷」四：韓愈〈讒風伯〉，柳宗元〈愬螭〉、〈哀溺〉、〈憎王孫〉、〈逐畢方〉、〈罵尸蟲〉、〈招海賈〉。「騷」五：梁孝元皇帝〈秋風搖落〉（此篇三三一卷重出，已削去注異同為一作），范縝〈擬招隱士〉，盧照鄰〈獄中學騷禮〉，岑參〈招北客文〉（《文粹》作獨孤及），沈亞之〈文祝延〉、〈為人譔乞巧文〉、〈湘中怨解〉，陸龜蒙〈迎潮送潮辭〉，劉蛻〈憫禱辭〉。

3. 第三「帝道」類（卷三五九）：

岑文本〈擬劇秦美新〉，謝偃〈玉諜真記〉，柳宗元〈唐貞符解〉，歐陽詹〈唐天志〉。

4. 第四「明道」類（卷三六〇）：

唐太宗〈金鏡〉，韓愈〈讀荀卿子說〉，牛僧儒〈訟忠〉。

5. 第五「雜說」類（卷三六〇～三六二）：

「雜說」一：李觀〈通儒道說〉，來鵠〈儒義說〉、〈相孟子說〉、〈鍼子雲說〉、〈仲由不得配祀說〉，李甘〈寓衛人說〉，陳黯〈詰鳳〉，陸龜蒙〈大儒評〉。「雜說」二：韓愈〈雜說〉、〈本政〉、〈愛直贈李君房別〉，劉禹錫〈論書〉，黃頗〈受命于天說〉，韋端符〈寄言〉，權德輿〈釋疑〉，楊夔〈公獄辯〉、〈善惡鑒〉。「雜說」三：權德輿〈志過〉，柳宗元〈說天〉、〈示昔說〉、〈朝日說〉、〈乘桴說〉、〈讀韓愈所著毛穎傳後題〉，盧碩〈畫諫〉，陳黯〈代河湟父老奏〉，陸龜蒙〈說鳳尾諾〉，楊夔〈原晉亂說〉，沈顏〈祭祀不祈說〉。

6. 第六「辯論」類（卷三六三～三六七）：

「辯論」一：李華〈賢之用捨〉、〈君之牧人〉、〈國之興亡〉，〈材之小大〉（此篇七四五卷重出今已削去），韓愈〈原道〉、〈原性〉、〈原毀〉、〈原鬼〉。「辯論」二：柳宗元〈設漁者對智伯〉、〈復吳子松說〉，皇甫湜〈壽顏子辯〉，牛僧儒〈私辯〉，陳黯〈華心〉，杜牧〈塞廢井文〉，陸龜蒙〈祀竈解〉，皮日休〈春秋決疑十篇〉。「辯論」三：李翺〈復性書〉，韋端符〈君子無榮辱解〉，房千里〈知道〉。「辯論」四：韓愈〈原人〉，皮日休〈十原〉、〈兩戒〉、〈補泓戰語〉，張琛〈弔舊友〉。「辯論」五：韓愈〈對禹問〉，柳宗元〈桐葉封弟辯〉，王涯〈太華山僊掌辯〉、〈辯文〉，杜牧〈三子言性辯〉。「辯論」六：（卷三七二重出的部分）：牛僧儒〈遣貓〉、〈雞觸人述〉，柳宗元〈觀八駿圖說〉，陸龜蒙〈祝牛宮辭〉、〈告白蛇文〉、〈象耕鳥耘辯〉，劉蛻〈朱氏夢龍解〉，楊夔〈蓄狸說〉。

7. 第七「贈送」類（卷三六七）：

符載〈說玉贈蘭陵蕭易簡遊三峽〉，柳宗元〈說車贈楊誨之〉，劉禹錫〈澤宮詩〉。

8. 第八「箴誡」類（卷三六八）：

姚元崇〈五誡〉，韓愈〈守誡〉，劉禹錫〈口兵誡〉、〈猶子蔚適衛誡〉，柳宗元〈三誡〉、〈敵誡〉，白居易〈箴言〉。

9. 第九「諫刺雜說」類（卷三六九）：

陳黯〈禦暴說〉，佚名〈木貓說〉，尚衡〈文道元龜〉。

10. 第十「紀述」類（卷三七〇～三七二）：

「紀述」一：佚名〈辯三傑〉，韓愈〈張中丞傳後序〉，沈亞之〈夏平〉、〈旌故平盧軍節士文〉。「紀述」二：獨孤及〈金剛經報應述〉，歐陽詹〈甘露述〉，沈亞之〈表醫者郭常〉，李翱〈陸歙州述〉，周愿〈牧守竟陵因遊西塔著三感說〉、〈國學官事書〉，孫樵〈書何易于〉。「紀述」三：李觀〈謁夫子廟文〉，劉禹錫〈救沈志〉、〈傷我馬詞〉。

11. 第十一「諷喻」類（卷三七三～三七四）：

「諷喻」一：李翱〈截冠雄雞志〉，柳宗元〈說鶻〉、〈羆說〉、〈補蛇者說〉，林簡言〈紀鴞鳴〉，舒元輿〈養狸述〉、陸龜蒙〈化稻鼠〉、〈蟹志〉、〈禽暴〉。「諷喻」二：柳宗元〈鐵鑪步志〉、〈吏商〉、〈鞭賈〉、〈蝜蝂傳〉，劉軻〈農夫禱〉，舒元輿〈悲剡溪古藤說〉（《文粹》作「文」），孫樵〈書褒城驛屋壁〉，陸龜蒙〈蠹化〉，楊夔〈較貪〉。

12. 第十二「論事」類（卷三七五）：

沈亞之〈西邊患對〉，李甘〈叛解〉，杜牧〈罪言〉、〈原十六衛〉，孫樵〈書田將軍邊事〉。

13. 第十三「征伐」類（卷三七七）：

陳子昂〈為建安王誓眾詞〉，白居易〈補逸書〉，皮日休〈讀司馬法〉。

14. 第十四「識行」類（卷三七八）：

韓愈〈行難〉，李觀〈交難說〉，佚名〈述行〉。

15. 第十五「紀事」類（卷三七九）：

韓皐〈廣陵散解〉（《文粹》作琴止息說），劉禹錫〈魏生兵要述〉，白居易〈記異〉，崔蠡〈義激〉，陸龜蒙〈紀鉑裙〉，林簡言〈言贈〉。

16. 第十六「雜製作」類（卷三七六～三七九）：

盧照鄰〈中和樂九章〉，皮日休〈補大戴禮祭法文〉、〈補周禮九夏系文〉，劉蛻〈山書一十八篇〉（以上卷三七六）。劉蛻〈禹書〉，沈顏〈時日無吉凶解〉、〈妖祥辯〉，皮日休〈相解〉、〈較農〉、〈疏亡〉、〈刪方策〉〈讀韓詩外傳〉、〈題叔孫通傳〉、〈題後魏書釋老志〉、〈題安昌侯傳〉，陸龜蒙〈寒泉子對秦惠王〉（以上卷三七七）。梁肅〈祇園寺淨土院志〉，符載〈植松喻〉，劉禹錫〈觀市〉、〈觀博〉，房千里〈骰子選格序〉，楊夔〈植蘭說〉、〈止妬〉（以上卷三七八）。盧碩〈上洪範圖章〉，周墀〈旱辭〉，陳黯〈答問諫者〉（以上卷三七九）。

以上關於《文苑英華》「雜文」之分類，前賢稍有論及者，如張蜀蕙指出十六種子類大抵採取三種分類方式：按內容題材（「帝道」、「明道」、「征伐」、「紀述」、「識行」、「紀事」、「論事」、「諷喻」）、按形式來分（「問答」、「騷」、「辯論」）、無法歸類（「雜說」、「雜製作」），並點出這種分類方式的缺失[34]。馬積高則指出此文類的一至九卷，亦即「問答」與「騷」兩類，絕大部分都是賦體[35]。簡宗梧老師則繼馬積高之後，進一

34 如張氏認為，其中「論事」、「辯論」可歸於大文類「論」、「議」，「紀事」、「紀述」、「識行」可歸於「記」或「傳」之中，不須再歸置「雜文」底下。參見氏著：《文學觀念的因襲與轉變——從〈文苑英華〉到〈唐文粹〉》，收入於潘美月、杜潔祥主編《古典文獻研究輯刊（20）》（臺北：花木蘭文化出版社，2007 年 3 月，初版），頁 51-52。但其實「論事」與「論」、「辯論」與「議」、「紀事」及「紀述」與「識行」與「記」，三組前後在《文苑英華》中的體類觀念與作品指涉，並不相同。相關見本書第四章所討論。

35 馬積高指出，前九卷中，除了駱賓王〈釣磯應詰文〉、韓愈〈釋言〉、沈亞之〈學解嘲

步分析此文類八卷中共二十五篇賦體雜文的押韻情形[36]。各家大致都認為此書中「雜文」文類的確立，得自於《文心雕龍》的啟發，但都未能深論；因此，《文苑英華》「雜文」之文類觀念及範圍對象，顯然還大有探論的空間。再者，「雜文」所錄作品篇數多達一九二篇，總共含作家共多達五三人，除昭明太子〈七契〉、梁簡文帝〈七勵〉、何遜〈七召〉、梁孝元帝〈秋風搖落〉、范縝〈擬招隱士〉，其餘**四八位作者、一八七篇作品皆屬唐代（佚名作者於作品不計）**。換句話說，其**「雜文」的設立，主要應對著如何安排、歸類這些唐人篇章的問題**。

總上來說，「雜文」之為確切文類，始於《文心雕龍》，至《文苑英華》雖亦有之，但內容更為擴大，包含對象益趨複雜；同時《文苑英華》整體的體類架構，又是上承《昭明文選》而來。然則探討「雜文」文類內涵之演變，不得不以《文心雕龍》、《昭明文選》與《文苑英華》為兩端，才能使議題更為確立。

當然，一如前文所述，後代總集如《宋文鑑》、《元文類》、《明文衡》或《文章辨體》、《文體明辨》裡不乏「雜文」、「雜著」之文類，這些當然也值得加以考察，以窮究古代「雜文」文類內涵與演變。但相關領域的一切研究幾乎空白，所以大有拓展的空間，故本書先鎖定《文心雕龍》、《昭明文選》與《文苑英華》一段加以討論，至於《文苑英華》以降，則待來茲。

對書〉等五篇為無韻之文外，其他都是賦體。參見氏著：《歷代辭賦研究史料概述》（北京：中華書局，2001 年，初版），頁 221。

36 按上注之中，馬氏雖言一至九卷多為雜文，不過《文苑英華》卷九為「帝道」，而前八卷所錄者唯有「問答」與「騷」而已，與馬氏之說有些落差。至於一至八卷各篇作品押韻情形，參見簡宗梧老師：〈試論《文苑英華》的唐代賦體雜文〉，《長庚人文社會學報》第 1 卷第 2 期（2008 年 10 月），頁 389-432。

第二節 研究成果的審視

與本論文研究範圍相關的研究成果，大致可以分為四：其一，「雜文」觀念與其演變。其二，從辭賦角度探討雜文範圍與其中對象者。其三，與《漢書》、《文選》等相關之「雜」體文學觀念。其四，與《文苑英華》「雜文」相關的研究。以下逐一細言之：

一、「雜文」觀念與其演變

最具系統與規模之著作，應推吳興人《中國雜文史》[37]。吳氏對於古代雜文觀念提出廣義和狹義兩種區別。廣義者，指兼容各種體裁、形式與寫法不拘一格的各式之文學作品；狹義者，指議論而兼敘說之作。而該書所論乃狹義之雜文，是書始自先秦諸子各家議論之文，進而論漢代史傳、哲理著作與辭賦，再談魏晉南北朝駢文、散文與諧讔韻文。下及唐、宋，則以八大家為主要作家，言其古文與雜說之作的特色。元、明兩代，除前代既有的散文雜著，也將雜劇、傳奇、小品文等等歸屬於雜文的範圍。至於清代，除繼承前代各種雜文作品外，也包含了說怪談鬼之類的隨筆、漫錄等等瑣談。

由此看來，吳氏雖將研究範圍限制於狹義觀念，但實際討論仍然不免混雜。大抵認為「議論而兼敘說」即是雜文，以此主要特色觀察於中國文學史中，著重於個別作家和作品的介紹，並不細慮各種文體類別的區分，也不討論雜文之觀念與理論的演變。

單篇論文方面，劉洪仁〈古代「雜文」與雜文〉，認為雜文是一種「文藝性的議論文」，以劉勰《文心雕龍・雜文》為主要論據，簡要說明日後

---

37 吳興人：《中國雜文史》（上海：人民出版社，2002 年 1 月，1 版）。

雜文發展與總集編纂情形[38]。徐鵬緒〈雜文概念的歷史考察與現代雜文的主要特徵〉，認為雜文是一種「議論性散文」，又「雖然以議論為題旨、為靈魂，但其議論卻不是或主要不是以一般議論文慣用的邏輯推理方法，而是採用敘議結合的方式，以敘事作為說理的手段」，並特別強調《文心雕龍・雜文》對於中國雜文研究有重要意義，其意義在於界定雜文概念、強調雜文的文學特質，又對漢魏六朝以前雜文的體式（對問、七體、連珠）有較為系統性的討論[39]。徐氏對於雜文的探討篇幅扼要，後來有數篇論文都是依循其說，比如莫順斌〈略論古代「雜文」之名〉、〈中國古代雜文理論概說〉二文[40]、于桂梅、米文佐合著〈中國雜文發展脈絡概述〉[41]、諶東飈〈論古代雜文的文體特徵〉、〈雜文文體古今傳承略論〉二文[42]。幾篇文章都沒有超越徐氏所論，內容甚至與之相似。

另方面，也有嘗從傳統重要文學觀、美學觀念或理論著手，加以探究「雜文」的特殊意義者。如江源有〈「文質論」與古代雜文〉、〈「通變論」與古代雜文〉、〈「意境論」與古代雜文〉三篇[43]。第一篇文章強調雜文寫作必須文質並茂而以意為主。第二篇文章認為雜文在文學發展流變之中，

38　劉洪仁：〈古代「雜文」與雜文〉，收入《四川教育學院學報》第十卷第三期（1994，7），頁 39-43。

39　徐鵬緒：〈雜文概念的歷史考察與現代雜文的主要特徵〉，收入《東方論壇》第四期（1997），頁 47-51。

40　莫順斌：〈略論古代「雜文」之名〉，收入《傳承》第七期（2007 年），頁 126-128。〈中國古代雜文理論概說〉，收入《社會科學論壇》（2008 年 5 月），頁 108-111。

41　于桂梅、米文佐：〈中國雜文發展脈絡概述〉，收入《甘肅聯合大學學報（社會科學版）》第 23 卷第 6 期（2007 年 11 月），頁 76-79。

42　諶東飈：〈論古代雜文的文體特徵〉，收入《長沙理工大學學報（社會科學版）》第 20 卷第 4 期（2005 年 12 月），頁 105-106。〈雜文文體古今傳承略論〉，收入《求索》（2007 年 11 月），頁 189-190。

43　江源：〈「文質論」與古代雜文〉，收入《宜賓師專學報（社會科學版）》第 1 期（1995 年），頁 101-105。〈「通變論」與古代雜文〉，收入《宜賓師專學報（社會科學版）》第 3 期（1995 年），頁 76-80。〈「意境論」與古代雜文〉，收入《樂山師專學報（社會科學版）》第 1 期（1995 年），頁 42-46。

「巧辯」、「寓托」、「象徵」、「反諷」、「影射」是不變而且亦值得現代文人學習的寫作方法及特色。第三篇文章力言主觀之意與客觀之境相互融合，乃雜文基本的審美特徵，而境生象外，則是雜文意境的審美效應。三篇文章其篇名看似作者亟欲溝通雜文與傳統文論之關係，不過其實立論簡易鬆散，比較接近作品描述而欠乏嚴謹的學理析論。

綜而言之，在此一範圍中，均為大陸學者的研究成果，這些成果普遍的不足之處，在於未能就「雜文」觀念本身有較為周延的文類界定，僅僅從「議論而兼抒情」、「議論而兼敘述」等作品特色，加以掌握然後立說，因此對於使我們了解古代雜文觀念與其演變情形，其實幫助十分有限。

二、從辭賦角度探討雜文者

除了直接討論雜文的特色或寫法之外，也有些學者注意到的人們所稱的「雜文」作品，本身就是辭賦或俳諧、讔語等等各種文體，所以從這些文體探討「雜文」作品的出現，以及文類的形成。這方面亦有數篇單篇論文，值得加以重視：

較早有何玉蘭〈漢賦的雜文因素及其價值〉，此文點出「雜文」此一文類在內容與形式上的特色，分別是「發憤以表志」（劉勰語）與「主客問答」。又這種特色主要上承荀子賦篇和其他先秦諸子論說方式而來，加入於漢賦寫作之後，使漢賦更增添了敘事、議論的功能，同時作者在鋪采摛文的同時，亦時而有真實情感的流露[44]。其後，簡宗梧老師先後撰有〈賦與設辭問對關係之考察〉、〈論王褒的雜體文〉二文。前文主要針對先

---

44 此文又認為雜文寫作特色融入漢賦中，雖然可以有諸種好處而成為佳作，但如果缺少奇偉的命意或作者真實情感，也容易流於遊戲筆墨的仿擬之作。參見何玉蘭〈漢賦的雜文因素及其價值〉，收入《樂山師專學報（社會科學版）》第 2 期（1995 年），頁 46-49。

秦迄於唐、宋兩代辭賦中常見的主客問對的形式加以考察，兼論及所謂「賦體雜文」，即《文心雕龍・雜文》所提到的「七」、「對問」兩種體類。認為這些「賦體雜文」雖本為能文之士「暇豫之末造」的產物，但同樣符合辭賦發展中設辭問對性質的流變[45]。後文則扣緊王褒〈四子講德論〉、〈僮約〉、〈責髯奴文〉三篇作品，分析押韻情形，指出其韻散交雜的寫作形式外，更認為王褒和揚雄、司馬相如堪稱漢代文章辭章化的重要推手，因在三人都曾經嘗試將賦體滲透其他體類的作品。劉洪仁〈賦體雜文的先導——論屈原的《天問》《卜居》《漁父》〉，認為此三篇作品，採用主客虛擬問答形式，且行文有明顯的散文化傾向，這即是「賦體雜文」的特色，除了在漢賦中被加以廣泛運用外，其中的悲憤情感也形塑出古代中國主流知識份子的文化人格[46]。劉氏又有〈論漢魏六朝的俳諧體雜文〉，該文所謂「俳諧體雜文」，是指譏嘲、諧謔、笑話一類作品的通稱，如西漢王褒〈僮約〉、〈髯奴〉，南朝袁淑〈雞九錫文〉、〈大蘭王九錫文〉，沈約〈修竹彈甘蔗文〉、孔稚珪〈北山移文〉之類，這些作品風格不僅詼諧戲謔，且多含有譏刺時局之意，因此這些「雜文」作品值得讀者細思體會[47]。

---

45 簡宗梧老師指出，辭賦中設辭問對早見於先秦，當時是宮廷口才便給者閒暇時戲謔逗趣或迂迴諷喻君王的真實對話記錄。到西漢因為賦家多是赴詔而作，未能親與君王對話，所以變成劇本式的寫作，完成後再經由誦讀方式使君王欣賞，而對話的人物也就因此變成虛擬而來。東漢至六朝之間，語言侍從不受帝王器重，辭賦成為案頭藝術，「設辭問對」不再是辭賦的主要條件，但賦家仍喜以設辭問對展現文采，以便於抒情自述、暢所欲言。《文心雕龍・雜文》所提到的七和對問，也展現出這樣的文體特色。參見簡宗梧老師：〈賦與設辭問對關係之考察〉，收入《逢甲人文社會學報》（2005 年 12 月）第十一期，頁 12-30。〈論王褒的賦體雜文〉，收入《廿一世紀漢魏六朝文學新視角：康達維教授花假甲紀念論文集》（臺北：文津出版社，2003 年），頁 73-85。又關於揚雄對後代文類的影響，又參見其〈從揚雄的模擬與開創看賦的發展與影響〉，收入氏著：《漢賦史論》（臺北：東大圖書公司，民國 82 年 5 月），頁 147-192。

46 劉洪仁：〈賦體雜文的先導——論屈原的《天問》《卜居》《漁父》〉，收入《社會科學輯刊》第 4 期（總第 159 期）（2005 年），頁 180-182。

47 劉洪仁：〈論漢魏六朝的俳諧體雜文〉，收入《四川教育學院學報》第 22 卷第 7 期（2006 年 7 月），頁 45-48、58。

上述各篇，除簡宗梧老師析論較為周密而清晰外，其餘大陸學者所論，看來都不免失之過略。可以發現，諸家大抵都是從辭賦發展與流變，並且把握住《文心雕龍・雜文》之資料以討論六朝「雜文」文類的形成和特色。其實，魏晉以下各種文體類別都出現了「增其事而踵其華」、偶體組辭的所謂「辭賦化」的現象[48]，「雜文」文類的出現與對象特色，當然也可以從中得到一些解釋。然而，從文學體類演變的角度進一步探問，既然辭賦化乃當時影響文體發展的普遍因素，或說「設辭問對」是辭賦重要的特徵之一，那麼何以劉勰特將「七」、「問對」與「連珠」三種歸屬於「雜文」之目？不將它們單獨羅列討論如詩、賦等等體類，這樣特殊的處理方式，又有何意義？諸如此類的問題，很值得我們予以深思研究。

三、與《漢書》、《昭明文選》相關「雜」之文學觀念

「雜文」固然晚至《文心雕龍》才被劉勰自覺的作為一種文類的觀念而提出，然而「雜」之文學觀念，其實早已有之，並且它的出現，應該和總集的形成、編纂有著密切的關係。《漢書・藝文志》〈詩賦略〉中班固將詩賦分為五類，除了「歌詩」外，將賦分為四大類，第一類以屈原為代表，第二類以陸賈為代表，第三類以荀卿為代表，第四類即為「雜賦」[49]，

---

48 「辭賦化」的論點由王夢鷗所提出，而它與貴遊作風相為表裡，成為形塑漢魏六朝之華美文風的重要動力。參見王夢鷗：〈漢魏六朝文體變遷之一考察〉，收入氏著：《傳統文學論衡》（臺北：時報文化出版企業有限公司，民國 80 年 4 月），頁 76-92。

49 有的文學史或批評史在討論漢賦時，會將這四種賦直接命名為「屈原派」、「陸賈派」、「荀卿派」、「雜賦派」，或者稱為「屈原賦」、「陸賈賦」、「孫卿賦」、「雜賦」。前者如劉大杰：《中國文學發展史》（臺北：華正書局，民國 89 年 8 月版）第五章〈漢賦的發展及流變〉所言，後者如羅根澤：《中國文學批評史》（臺北：學海出版社，民國 69 年 9 月，再版）第二篇第三章〈對於辭賦及辭賦家的評論〉所言。但其實班固並沒有對這四類賦予以派別的名稱，較精確的說，第一類為屈原、唐勒、宋玉、賈誼、枚乘、司馬相如等賦家之賦作，共二十家、三六一篇，而以屈原為首標。第二類為陸賈、枚皋、朱建、司馬遷等賦家之作，共二十一家、二七四篇，以陸賈為首標。第三類為孫卿、張偃、賈充等賦家之作，共二十五家、一三六篇，以孫卿為首標。第四類班固則

至今「雜賦」所收篇章多已亡佚。而「雜」的觀念既被班固運用於賦的整理歸類，自然當我們探討「雜」的文學觀念的源流時，〈詩賦略〉會是重要的資料之一，所以相關研究成果，有必要留意。

大陸學者伏俊璉針對《漢書・藝文志》〈詩賦略〉中〈雜賦〉類有一連串相關研究，發表數篇單篇論文。〈《漢書・藝文志》「雜行出及頌德」、「雜四夷及兵」賦考〉一文，針對〈詩賦略〉中〈雜賦〉所錄〈雜行出及頌德賦〉二十四篇、〈雜四夷及兵〉二十篇加以考證，認為兩者都是詼諧調笑之作，前者類似祝願文，用於頌美王侯，後者應當是嘲弄胡人的作品[50]。〈《漢書・藝文志》「成相雜辭」、「隱書」說〉一文，則對〈詩賦略〉中〈雜賦〉所錄〈成相雜辭〉十一篇、〈隱書〉十八篇予以考述，以為前者是一種以韻語形式寫而的格言集，內容以道德教化與訓誡為內容，以賦誦方式傳播，便於社會各階層所接受。後者即是謎語，可從巫史文化找到根源，因巫覡傳達神旨，往往就是用意義曖昧不明的辭語表述，在戰國時代則一變為游士親近並諷喻、遊說君王的利器，風格也由莊嚴玄奧一變為滑稽調侃[51]。又〈《漢書・藝文志》「雜賦」臆說〉一文，將〈雜賦〉中所錄作品分四類，其一〈客主賦〉，其二〈成相雜辭〉，其三〈隱書〉與第四〈雜四夷及兵賦〉、〈雜鼓琴劍戲賦〉、〈雜山陵水泡雲氣雨旱賦〉之類。以為第一類開後世論難題材之先河，並且帶有劇本的性質。第二類為民間性質的「體小而俗」的韻語，用以傳播知識或道德訓誡。第三類為讔語，

逕標名為「雜賦」，內容包含〈客主賦〉十八篇、〈雜行出及頌德賦〉二十四篇、〈雜四夷及兵賦〉二十篇等等，一共十二家、二三三篇。四者中除了最末一類，班固明確提出「雜賦」之名加以稱呼外，其餘皆無明確類名之稱。學者們逕自附加類別名稱以概括稱呼，其實這在立論的細膩度上，我們還是必須注意的。

50 伏俊璉：〈《漢書・藝文志》「雜行出及頌德」、「雜四夷及兵」賦考〉，收入《西北師大學報（社會科學版）》第 38 卷第 4 期（2001 年 7 月），頁 50-54。

51 伏俊璉：〈《漢書・藝文志》「成相雜辭」、「隱書」說〉，收入《西北師大學報（社會科學版）》第 39 卷第 5 期（2002 年 9 月），頁 52-565。

亦是一通俗娛樂的文藝形式，更重要的，其是為中國描寫詩的雛形。第四類亦為民間演誦的賦作，應該是西漢時期一些介紹科學知識的作品[52]。又〈《漢書・藝文志》「雜賦」考〉一文，首先提出班固以歌、誦不同傳播形式的觀點區分詩、賦兩種文類，而賦中前三種都是文人賦，都具有諷喻之旨，但〈雜賦〉來自社會下層，篇幅短小，作者無徵，多詼諧調侃之意而諷喻之旨微乎其微；且三種文人賦是口誦文學的書面化，〈雜賦〉基本上是口誦文學。而以「雜」為名意義有三，第一多有「共」之意，這意味著〈雜賦〉有總集性質。第二則多有「駁雜」、「不純正」之意，相對於雅正莊重而言，更顯其詼諧戲謔的精神。第三，因賦本為民間說唱和講誦結合而來的藝術形式，故「雜」也意味著表演時是雜糅各種民間技藝手段的特色而言[53]。又〈《漢書・藝文志》「雜中賢失意賦」考略〉一文，針對〈詩賦略〉所錄〈雜中賢失意賦〉十二篇加以考證，認為這些是不得志或下層知識分子自我嘲謔性質的賦作，語言接近口語化，帶有自我嘲謔的性質，有別於屈原、宋玉這類士大夫辭藻華麗、情感強烈激憤的作品，諸如《荀子》中〈佹詩〉、王褒的〈僮約〉、揚雄〈逐貧賦〉都是其後流[54]。

統整伏氏數篇研究，大抵認為〈雜賦〉的內容與形式與民間通俗文藝關係密切，並且認為班固以「雜」為名予以類集命名，並非只是單純出於整理、編纂目錄上的須要，更帶有價值意涵於其中。如此說來，「雜」至少在班固之時，已在文學領域中出現了批評的意義，而這意義對於後世處理「雜」之文類時，是否出現繼承或者轉變？如前節所提及，讔語在〈詩

52 伏俊璉：〈《漢書・藝文志》「雜賦」臆說〉，收入《文學遺產》第 6 期（2002 年），頁 9-16。

53 伏俊璉：〈《漢書・藝文志》「雜賦」考〉，收入《文獻季刊》第 2 期（2003 年 4 月），頁 25-35。

54 伏俊璉：〈《漢書・藝文志》「雜中賢失意賦」考略〉，收入《新疆大學學報（哲學、人文社會科學版）》第 33 卷第 5 期（2005 年 9 月），頁 119-122。

賦略〉中本為「雜賦」之一類，但到《文心雕龍》時劉勰另闢〈諧讔〉專論，當有特別之用意，有待闡發。

《文心雕龍》〈雜文〉為本論文重點之一，然而審視目前《龍》學研究成果，幾無針對此篇著眼的單篇論文或專著。相較之下，《昭明文選》中「雜」體的文學觀念，就受到較多的注意，而論此課題，研究者多關注於「雜詩」這一文類的內涵與意義。

游志誠《昭明文選學術論考》就論及了「雜詩」議題。書中〈《雜體詩》在文學史上的意義〉，認為自《昭明文選》以「雜」言詩之類別以後，發展到明代徐師曾《文體明辨》，對於「雜」體的看法欲趨分歧，而其涵意至少有四：一為題目已明言雜，故曰「雜題」。二指詩中內容所涉為「雜物」。三指形式上字數句數未定不齊，故曰「雜言」。四指詩之體裁與體性有仿擬傾向，或參雜、取效眾體雜揉為一體，故曰「雜體」。又《昭明文選》立「雜詩」一類，以其內容觀之，多是與政教脫離的抒情之作，代表著六朝詩學對人情的自覺。文中也專節提到「《文心雕龍》的雜體學」，推論所謂「雜體」是指某一文體對其本應具有的「本采」或審美風格有所歧出時，就有可能形成「雜體」，而在相近的體類之間，最容易出現雜體。另外，書中〈江淹《雜擬》三十首反映的文類學〉一文，以江淹所擬班婕妤、曹丕、嵇康、郭璞四家作品為例，認為擬班婕妤者乃詩之詠物類，擬曹丕者乃詩之公讌類，擬嵇康者乃詩之言志類，擬郭璞者乃詩之遊仙類，由此可見江淹對前人之作的模擬活動，其實帶有著文類的意義[55]。

洪順隆先後撰有〈六朝雜詩題材類型論〉與〈《文選》雜體詩歌文體性質研究〉，兩篇都是以《昭明文選》所錄雜詩為研究對象的單篇論文[56]。

---

55 游志誠：《昭明文選學術論考》（臺北：臺灣學生書局，民國 85 年三月，初版），前文頁數為 179-210。後文頁數為 211-236。

56 洪順隆：〈六朝雜詩題材類型論〉，收入《華岡文藝學報》第二十四期（民國 90 年 3

是書所收〈雜歌〉四首、〈雜詩〉九十三首、〈雜擬〉六十三首，此洪氏所言「雜體詩」共一百六十首，約佔《昭明文選》所錄詩歌總數三分之一，比重甚大，因此其特色和分類原則等相關問題確實值得探討。前文發現《昭明文選》所收〈雜詩〉各篇形式與題材皆雜，也沒有統一的篇式或創作思維形式。分析原因，認為在詩人而言，創作時「不拘流例」、「遇物即書」、「興致不一」，導致個別的作品文類性質不甚明顯，在用途視角、題材視角的分類標準上，模糊不清；加上《昭明文選》編選詩文時，本身也缺乏統一的標準，未能以明確的句型、章式、思維形式等為分類的依歸，導致無法安放這些詩性高但類性模糊的篇什，又看到王粲、曹植等人早有名為「雜詩」的篇章，遂將這些作品聚為一類，定以「雜詩」之名目。後文指出〈雜歌〉、〈雜詩〉和〈雜擬〉類中，作品同樣在形式上出現紛雜不一的情況，有五言、七言的齊言之作，也有以五、七言為主而參雜其他字數句式的雜言詩歌，而在內容上也包含愛情、詠物、玄言、隱逸、遊仙等等或抒情、敘事性質之各類題材。進一步分析《昭明文選》編者將這些詩歌歸類為「雜」理由又有三：第一，或考慮到單篇詩的文類形象模糊，且風格分歧而作品數量不多，在無法或不便劃分到其他詩歌類別名目的情況下，只得另闢「雜類」以歸屬之。第二，編者如果由題材、用途等分類視點入手，理應可以據此分類得較為清楚清楚，但卻又遷就文類的形製因素，所以在同一文類下，會出現各種題材的作品，使人感到內容複雜。比如「雜歌」與「雜詩」，前者可歌而後者不可歌，考量這樣的音樂因素，於是使後者九十三首篇什被劃歸為一類，至於九十三首的題材和風格的差異則被忽略了。第三，則是古人所作，或本文題目，或失其題目，甚至亡佚作者之名，於是編者為編輯方便，總歸為「雜」。

月），頁 19-91。〈《文選》雜體詩歌文體性質研究〉，收入《中國文哲研究集刊》第十七期（2000 年 9 月），頁 11-65。

以上游氏二文，最值得注意的是以各文類「本采」討論雜體衍生的這一論點，因「本采」既具規範、辨別彼此文類的意義，那麼理應是一具有客觀性的標準，但審美活動又必然涉及主觀。換言之，游氏論點理論上雖然可以成立，但實際上恐怕仍必須觀察作品與作者、讀者之間的主、客觀辯證討論，才能藉由「本采」的歧出、渲染而討論所謂的「雜體」之形成。而對江淹《雜擬》三十首的研究，則提醒我們模擬前人之作的活動，不僅只是後輩文人對於前人作品或作品風格的效法、學習，其中也可能隱含著文類形成的意義[57]。

至於洪氏二文，先從詩歌題材和風格的分類著手，發現題材和風格本身即呈現出分歧多元難以一統的現象，接著又嘗試《昭明文選》編者角度推論，試圖替書中「雜」類的名目的定立，提出合理的解釋；如此說來，《昭明文選》中「雜體詩」所以為「雜」，大有繼承前述《漢書・藝文志》〈詩賦略〉「雜賦」內容「駁雜不一」的精神，但汰除了「雜賦」類中俚俗、詼諧的價值意義。然則吾人在研究六朝「雜文」對於漢代「雜賦」，在觀念上可能的繼承與轉換時，「雜體詩」提供了一個足以參照的對象。

總之，「雜詩」本為詩學課題，與本書「雜文」範圍之論題本質相異；唯在「雜」的文學觀念上，可能有所相同而已。

四、與《文苑英華》「雜文」相關的研究

整體而言，《文苑英華》並不為學界所重，所以相關研究著作不豐，涉及其中「雜文」相關議題者更少。

57　將特定的前人與作品視為法式加以效法，本為古人學習屬文的方法，而這也有可能是出於想和前人在同一題材上，一較高下的心態。魏晉文人彼此之間騁才較量，這樣的情形也層出不窮，同時「命題共作」也成為一種時代風氣。參見王瑤：〈擬古與偽作〉，氏著：《中古文學史論》（臺北：長安出版社，民國 71 年 8 月，再版），頁 117-123。

凌朝棟《文苑英華研究》，對於《文苑英華》編纂、版本源流、學術影響等等有概括性的介紹論述，可謂眼前對於《文苑英華》最為全面性的研究著作。第五章〈《文苑英華》文體研究〉第三節〈文章論〉中，稍微論及「雜文」：

> 在《文選》中，沒有雜文一說，這三種（郭按：指「連珠」、「七」、「對問」）文體與其他文體並立為一個層面。而《文苑英華》所收雜文範圍擴大到了十六種，其「問答」類目名稱與《文心雕龍‧雜文》所列「對問」名稱沒有多少區別，但昭明太子〈七契〉八首等二十四篇「七」文已成為它的下位類目。更有甚者，騷體文在《文選》中也被視為獨立文體，而《文苑英華》卻歸之於「雜文」。這些文體的確這時已經較少，不是《文苑英華》的重點，只是略備一體，所選也不多。[58]

凌氏注意到《文苑英華》「雜文」所收的文類，已經從六朝《文心雕龍》主要的三種，擴大為十六種，言下之意應是認為此類的成立，應該與《文心雕龍》〈雜文〉有所關聯；不過並沒有對於文章體類的整併，以及「雜文」範圍的擴大，提出所合理的解釋，而這將是本書欲處理的重要議題。

縱使能較為全面性探究《文苑英華》如凌氏之作，其中對於「雜文」類的關注，仍不免為冰山一隅；至於聚焦《文苑英華》「雜文」的研究，當前更是寥寥可數。反而論及《唐文粹》中「古文」類時，學者較會注意

58 凌朝棟：《文苑英華研究》（上海：上海古籍出版社，2005 年 4 月，1 版），頁 110。其後，凌氏又發表〈論宋初文臣對齊梁文學的接受——從《文苑英華》對齊梁文學的選取態度談起〉，收入《渭南師範學院學報》第 20 卷第 7 期（2005 年 7 月），頁 34-39。文中討論到李昉等人編輯《文苑英華》時，對於永明體、宮體和六朝時主張雅正、折中文學思想的劉勰、昭明太子一派文人的作品，此三者的收錄情形。而其實此文內容已見於《文苑英華研究》第六章第二節〈《文苑英華》與唐前文學〉中。

到與《文苑英華》「雜文」，或者是唐人別集中「雜著」的關聯。按《唐文粹》為姚鉉所編纂，自古以來，人們就認為《唐文粹》的編纂成書與《文苑英華》關係十分密切[59]，由書中「古文」類看來，兩者關聯尤其明顯。其實《唐文粹》「古文」凡六卷，卷中所錄作品不少重出於《文苑英華》「雜文」類者，如韓愈的五〈原〉（〈原道〉、〈原性〉、〈原毀〉、〈原鬼〉、〈原人〉），李翺〈復性書〉上、下兩篇，白居易〈補逸書〉，杜牧〈三子言性辨〉、陸龜蒙〈象耕鳥耘辨〉，王涯〈太華仙掌辨〉等等，這意味著姚鉉對「古文」的理解，以及文類範圍的劃定，應受《文苑英華》「雜文」所影響而來。然則就彼此關係而有所研究者如：

張蜀蕙《文學觀念的因襲與轉變——從〈文苑英華〉到〈唐文粹〉》，就此二前後相距十五年成書的總集，討論其中宋人對唐、五代文學觀點的差異。第三章〈《文苑英華》與《唐文粹》比較〉，即以其「雜文」類與「古文」類相較，細考各自範圍，所錄作家、作品之差異，發現前者特別推尊白居易等元和文人，後者則特別尊崇韓愈等古文作家。又《文苑英華》所選作品看來，較為重視「詩教」，以抒發個人情志，諷喻時弊為主；《唐文粹》旨歸於「六經」，申揚儒家之道，也重視文章的教化功能[60]。

59　宋人周必大在〈《文苑英華》事始〉中提到：「姚鉉銓擇十一，號《唐文粹》。」這麼說來，《唐文粹》是《文苑英華》更為精選的總集。而根據凌朝棟的研究，其實《唐文粹》所收錄之詩、文，有《文苑英華》不載者，可見前者成書並非完全僅是對於後者的刪選。另外，《文苑英華》的編纂在文宗朝，成書之後長期被收藏於官府，並未流傳廣佈，是故一般文人不大可能輕易目睹，但因為姚鉉曾經歷職於史館，他很有可能親見《文苑英華》，而後於真宗朝時自編《唐文粹》。所以說兩書之間有某種關聯，這樣的說法應是合理的，只是前者是奉召編纂，後者乃私家選錄。再就兩書目錄來看，所選錄文體大抵一致，但《唐文粹》類目較少。參見凌朝棟：《文苑英華研究》（上海：上海古籍出版社，2005 年 4 月，1 版），頁 222。

60　氏著：《文學觀念的因襲與轉變——從〈文苑英華〉到〈唐文粹〉》（臺北：政治大學中文所碩論，2000 年）。後收錄於《古典文獻研究輯刊（第 20 冊）》（臺北：花木蘭出版社，2007 年 3 月）。

兵界勇〈論《唐文粹》「古文」類的文體性質與代表意義〉，尋檢《唐文粹》「古文」類的各篇作品，發現其實在原本別集中多為「雜著」一類，而姚鉉編纂總集，在賦、詩傳統兩大文類之後，居然緊接「古文」，此亦自古總集所無，可見姚鉉對「古文」極為重視。再說「雜著」，內容或抒個人情志，或懷古、論辯、解說、評論時事，功用並非傳統的「議」、「論」之文可以包含，且篇幅與形式自由，在當時而言可謂新穎，並引起創作風潮。姚鉉為了處理這些有別於傳統特色風格的作品，不得不另別名目，所以取名為「古文」。又「雜著」體在文體演變中的意義，是它寫法自由活潑，題材廣泛，大可任作者才華予以造變，大大跳脫了一般正規文體的限制。另外，因為「雜著」其實淵遠流長，早在東漢以後中國各種文體觀念形成之前，所以姚鉉將之命名為「古文」，並無不妥[61]。

何沛雄〈略論《唐文粹》的「古文」〉，何氏以為姚鉉闢立「古文」一類，主因之一在於他重視「古」道，有意改變一時文風，之二則他認同韓愈所提倡的古文，是「聖賢之文」，應當要高標獨舉。在文類編纂上，《唐文粹》「古文」中竟有「談」，這是自《文選》以來，總集中首次將「談」立為文類的現象[62]。其後衣若芬〈試論《唐文粹》之編纂、體例及其「古文」作品〉，大抵就何氏之說再深探，強調姚鉉編收古文，其實就是對韓愈宣揚的儒道與古文運動的認同，再進一步追考唐代古文運動的脈絡支派，謂李翺、皮日休、陸龜蒙、羅隱為一脈，皇甫湜、孫樵、劉蛻、沈顏

---

61 兵界勇：〈論《唐文粹》「古文」類的文體性質與代表意義〉，收入臺灣大學中研所編：《中國文學研究》第 14 期（2000 年 5 月），頁 1-22。

62 何氏又提及，《唐文粹》〈古文〉類中所收錄的作家共三十五人，除了韓愈、柳宗元等人們較為注意的唐代古文大家外，還有如牛僧儒、皮日休、李甘、李華等人，他們多不在後來唐代古文運動的研究中受到重視，而《唐文粹》〈古文〉正好可以使古文運動的作家系譜更為完備。參見何沛雄〈略論《唐文粹》的「古文」〉，收入香港浸會學院主編：《唐代文學研討會論文集》（臺北：文史哲出版社，民國 76 年），頁 171-184。如果我們同意何氏的看法，那麼《文苑英華》〈雜文〉中所錄之作家，無疑也值得我們在研究唐代古文運動時加以重視。

又為一脈[63]。

上述三單篇論文中，兵氏觸及唐人別集中「雜著」議題，所以與本書所關切的「雜文」相對關係較為密切。何、衣二氏則多著重於「古文」類出現於《唐文粹》的時代意義，討論其與古文運動的關聯，雖與本書主旨較疏，但從文中可發現「古文」類中諸多作家作品，都與《文苑英華》「雜文」有所重疊的現象。

總論以上各方面研究成果，可以發現「雜」之文類觀念及範圍問題，雖不乏研究，但以《昭明文選》、《文心雕龍》或《文苑英華》彼此「雜文」為中心的研究，至今學界仍然頗為欠缺，本書即嘗試在前人研究基礎上，對相關問題進一步展開探究。

第三節　研究方法與徑路

一、研究方法

「文體（style）」與「文類（genre）」二詞在指涉在理論意義上，其實各有偏重[64]，在文學理論的後設研究，或者批評活動之中，兩者概念之異同當然大可爭議，而眼前學術界就此議題，也已有一連串的相關成果[65]。

63　衣若芬〈試論《唐文粹》之編纂、體例及其「古文」作品〉，收入臺灣大學中文所編：《中國文學研究》第六期（1992），頁 167-180。

64　按 style 一詞，則翻譯上可為風格、文體、體裁、語體。而 genre 可譯為文類、文體、體裁、樣式、類型、體式、風格、文類學。參見陳軍：《文類研究》（江蘇：揚州大學文藝學博士論文，2007 年 4 月），頁 30。可見兩名詞在意義上即便有所不同，卻也有相通之處，然則必須視語境，才能較為清楚知道該詞彙的指涉。

65　關於「文體」與「文類」之爭辨，徐復觀〈文心雕龍的文體論〉，普遍被認為是此一議題研究之濫觴，其說也在學界極具影響力。概論徐氏看法，以為歷來人們多將「文類」

唯本書的重點原來並不在此，更何況無論把作品稱為「文體」或「文類」，在實際文學篇章的創作及分類的進行之時，都無妨礙[66]，正如顏崑陽所指出：古人在選文或評文時，經常採取「依體分類」（主要為選文家的工作）

與「文體」觀念混淆，諸如「頌讚」、「祝盟」、「誄碑」等等，其實只是因文章題材、性質或用途等等客觀依據之不同而劃分的「文類」，而「文體」所指是整體作品的藝術形象性而言，藝術形象的顯現必不離創作主體，所以是帶有主觀審美意義的名詞。參見徐復觀：《中國文學論集》（臺北：臺灣學生書局，民國 74 年 1 月，6 版），頁 1-83。後來賴麗蓉《從思維形式探討六朝文體論》（臺北：臺灣師範大學國文所碩論，民國 76 年 5 月）、賴欣陽《魏晉六朝文體觀念》（桃園：中央大學中文所碩論，民國 84 年 6 月），也大抵承徐氏之說；要之，認為歷來「文體」之所以意義分歧，就在於它可以作為分析語言，亦可作為象徵語言而被使用，如此一來，前者較具有客觀的類別之意義，如詩、賦、奏、議之名（郭案：此通於徐氏「文類」之說），後者則富含主觀的審美之體悟，如「建安體」、「徐庾體」之名（郭案：此通於徐氏復觀「文體」之說）。但此一研究脈絡，卻也另有反動。龔鵬程〈《文心雕龍》的文體論〉，就大力批判徐復觀以來將「文體」與「文類」分別的看法。龔氏認為所謂「文體」本來就是指語言文字的形式結構而言，而主體的情志思想自收束其中，並非針對主體而論，不同文體可以收束、規範不同的情思及表現方式，那麼這種知識是可以客觀化成為「類」的。因此，徐氏從主體情志言面「文體」，從客觀題材面言「文類」，根本就是強分且錯誤的。參見氏著：〈《文心雕龍》的文體論〉，《文學批評的視野》（臺北：大安出版社，1998 年 4 月，初版），頁 105-119。

66 「文體」與「文類」指涉究竟為何的爭議，到了顏崑陽〈論《文心雕龍》「辯證性的文體觀念架構」〉一文，出現了頗為圓融的說法。顏氏以為「文體」其實並非單純只是一抽象邏輯的概念，而且是主體情性與客觀形式規範的辯證融合之空間架構，徐氏主要把握主體情性立說，龔氏則反以客體規範論文，故各得一偏。實則文體在發展上可分為「創造階段」與「規範階段」，前者是文體尚未被全面反省而予以規定的階段，後者是文體已被全面反省並予以規定後的階段；文體客觀的規範力於前者為輕，後者為重。又這兩階斷實際上難以斷然劃開，而是一種積漸而變的過程。參見氏著：〈論《文心雕龍》「辯證性的文體觀念架構」〉，《六朝文學觀念論叢》（臺北：正中書局，民國 82 年 2 月，臺初版），頁 94-187。顏氏之說既能兼顧主體情性與客體規範，又對文體發展脈絡提出歷史性的說明，因此較顯周全縝密。總之，「文體」與「文類」本非對立，而是可以相容攝的概念，但前者之指涉偏重作品的主體情感與整體性的審美風格而言，較具有美學的意涵；後者則著眼於構成作品的客觀因素而言，偏重於理性的認識。關於這點張雙英之說可為補充，張氏以為「文體」的分類標準常包括了文學作品的「形式」和「風格」，而這裡的「風格」，則包含了作品的「語言風格」和創作者的「個人風格」在內；但我們現代的「文類」，則多以文學作品的「形式」為主——它比較偏重客觀性的標準，同時多不包含作者的「個人風格」在內。參見氏著：《文學概論》（臺北：文史哲出版社，2004 年 3 月，初版），頁 106。

與「循類辨體」(主要為文論家的工作)這兩種雙向互用的行為;既然「文體」與「文類」實際上往往相即不離,那麼本書行文之時,即多用「體類」一詞,以兼該「文體」與「文類」之意義[67],以避免陷入「文體」、「文類」名稱的糾葛之中。

然則,文學體類的觀念形成,必不可能是抽象預設的,而是在文學發展中,人們依據彼此共時性或歷時性相承影響而來的創作經驗,遂將本來各殊、分散的作品,逐漸凝聚然後概括歸納,始有文學體類的相關知識可言[68]。那麼所謂文體辨類此一活動,要之就在於觀察文學體類特點差異,以明瞭彼此之間的分界。大陸學者陶東風分析文學體類與其演變時,就認為任何一種體類,必然都包含一組相應的規範,並且:

這些規範中各有輕重,其中只有一兩個是處於核心地位具支配作用,

67 顏崑陽指出:文「體」有文學作品之「物身」、「形構」、「樣態」三義;然則「文體」一詞,或指作品自身、作品形構(包含「體製」、「體裁」)、作品樣態(包含「體貌」、「體式」、「體格」),「文類」則是「諸多具有『相似性』的文章群」。以古代中國而言,文章所以成「類」,並非在邏輯上先「設準立名」後再進行分類操作,而是在社會實踐的場域中,隨「用」而為眾所「同趨共識」,於是此「類」的概念遂而行塑完成;又某一文章群所以成「類」的標準,可能在於諸作品之間相似的「形構」、「樣態」,然則此由文之「體」的特徵而概括形成文之「類」的概念,即意謂「文類」與「文體」兩者在概念內涵上有所重疊,此時「文類」亦具有「文體」的意義;否則也可能某一文章群所以成「類」的標準,並不在於諸作品間相似的「形構」、「樣態」,而在於彼此間極具客觀性的「題材」,則「文類」概念的形成,與「文體」本身無關,此時則「文類」並無「文體」的意義。至於所謂「體類」,確切的說即是以「文體」為標準區分的「文類」;「體類」一詞雖具有「體」的內涵概念,但它所指涉之「標的對象」卻是「類」,亦即具有相似之「體」的那一「類」文章群而不是「體」自身。相關說明,參見氏著:〈論「文體」與「文類」的涵意及其關係〉,《清華中文學報》第 1 期(民國 96 年 9 月),頁 21-43。

68 文學創作活動,在發展到一定階段後,必會出現大量作品並累積了相關的創作經驗,於是各種關於文學創作的研究才可能興起,此即為文學批評。文體的劃分與討論,當然也算是文學批評的面向之一。相關說明,參見褚斌杰:《中國古代文體概論》(北京:北京大學出版社,2003 年 8 月,初版),頁 14。

另一些則為從屬地位。

又指出：

> 支配性規範的移位因而就成了我們把握文類演變的有效途徑，同時也可以幫助我們確定文類的突變與漸變的區別。文類的突變即文類的支配性文體規範的移位，並因此而導致整個就有文類規範系統的變形或解體，形成一種新的支配性規範。支配性文體規範的形成，確立是一種新的文類正式產生的標誌。[69]

「支配性規範」可謂為一文學體類的諸多特徵之中，最為重要者；而「支配性規範」可能體現於所屬體類作品的內容旨趣，也可能呈現於體製或題材之上，必須經由際作品的歸納與觀察，才能被提出而成為抽象概念。要之，經由「支配性規範」的觀察，我們可察見該體類的特色，並斷定與其他體類的分界，一旦其「支配性規範」發生轉變，也就意謂此一體類在本質上的轉化。

但「雜文」的特殊性在於，範圍所及體類眾多，絕非一種，那麼上述固能作為我們觀察其範圍內，各別體類形成與其特徵的方法，但單就此一方法而言，並不能裨益我們察知各種不同體類，之所以共同進入「雜文」之域的原因。何況《文心雕龍》與《文苑英華》「雜文」中對象的呈現方式，也不相同；既然如此，面對彼此之「雜文」，所將採取的分析策略也不盡相同。前者為文論，對於各種體類的典範之作、特徵、形成與評價，及「雜文」範圍劃定的原則，有著較為清楚的解釋；後者為文集，除在

69　兩段引文參見陶東風：《文體演變及其文化意味》（雲南：雲南人民出版社，1999 年 7 月,出版），頁 57、61。

「雜文」類目下收編、羅列各篇作品，再予以次子目的編排外，已無更多詮釋。

那麼對於《文心雕龍》「雜文」，我們可逕就劉勰提及的體類，逐一檢視個別體類的特徵、演變過程，並理解設立「雜文」的用意；至於《文苑英華》「雜文」，不僅篇章繁多，底下所分亦非按照體類，但我們仍可將篇章按照體類，予以歸納並區分，再嘗試分析此一體類的由來，而分析主要以明人文論為依據。換言之，存在於《文苑英華》「雜文」的諸多體類，雖其特性、流變，在集中缺乏說明，但並不妨礙它們在文學史上，確實為一種體類對象的事實。又經由實際作品的觀察，以及文論資料的後設說明，發現諸多體類在性質上，不乏具有相似者。職是，我們提出「賦體雜文」、「箴體雜文」、「論體雜文」、「記體雜文」等更為後設的名稱，指涉各種與「賦」、「箴」、「論」、「記」等體類近似或同質，但不以之為名的各種體類。按照上述陶東風所言，可謂「賦」／「賦體雜文」；「箴」／「箴體雜文」；「論」／「論體雜文」；「記」／「記體雜文」，前後體類之間的「支配性規範」，未嘗出現巨大變動，才會導致彼此在性質上的近似或雷同。然則，一來我們必須關注前後對象，體類規範與體類內容的差異（即便可能只是些微），二來也將剖析「賦體雜文」、「箴體雜文」、「論體雜文」、「記體雜文」等，所以出現於「雜文」範圍的可能原因。

總之，「雜文」之為一種文章類型，在《文心雕龍》中，其概念內涵與外延範圍，比較清楚[70]；相對《文苑英華》則較顯依稀，我們既要對範

70 理則學上對於一「概念」的意義分析，可分為概念的內涵（comprehension）、概念的外延（extension）兩者。前者是指構成一概念內容的要素，而這些要素也可以稱之為概念的「特徵」（note），是此概念能夠構成此概念的「之所以然」者，亦即其概念之本質；至於後者則指概念所表現對象的總和，亦即每一概念都有它所應用的分子，分子的全體，均含攝、覆蓋於此一概念之下。也可以說，外延就是指具有確定內涵的概念，其所應用分子的範圍。關於概念內涵與外延的說明，參見柴熙：《哲學邏輯》（臺北：臺灣商務印書館，民國 77 年 11 月，修訂 9 版），頁 30-31。以及陳祖耀：《理則學》（臺

圍內的體類，與其文類概念有較具體了解，於是採擬研究徑路如下。

二、具體徑路

第一章「緒論」：說明本書之研究動機、研究範圍，審視現有之相關研究成果，並提出研究方法與路徑。

第二章「《文心雕龍》〈雜文〉析論」：以《文心雕龍》〈雜文〉為中心，探討劉勰「雜」之文類觀念的淵源，以及篇中「對問」、「七」、「連珠」之體類特徵，及其發展歷史，最後總括三者之外其餘〈雜文〉所論及之對象，並經由與〈諧讔〉、〈書記〉的比較，說明〈雜文〉的意義及在劉勰文論中的地位。

第三章「《文苑英華》『雜文』中的『賦體雜文』與『箴體雜文』」：聚焦於《文苑英華》「雜文」類中的「賦體雜文」與「箴體雜文」，唯「賦」、「箴」乃六朝同屬有韻之「文」的體類，而「賦體雜文」更是劉勰「雜文」本有的對象，「箴體雜文」則否。因此，先分析「賦」、「箴」六朝以降的情況，再探究後世「賦體雜文」與「箴體雜文」對象的具體內容。

第四章「《文苑英華》『雜文』中的『論體雜文』與『記體雜文』」：聚焦於《文苑英華》「雜文」類中的「論體雜文」與「記體雜文」，兩者皆為劉勰「雜文」所不具有者，但「論」、「記」同為六朝無韻之「筆」的體類，因此先分析兩者六朝以降的情況，再探究後世「論體雜文」與「記體雜文」對象的具體內容。

第五章「《文苑英華》『雜文』中的『雜著』及『越界文體』」：「雜著」與「越界文體」之作，在劉勰「雜文」皆無，也不見《昭明文選》，可謂

北：三民書局，民國 87 年 4 月，14 版），頁 32-33。

出現在「雜文」之內，前所未見的對象，本章即聚焦於此。

第六章「『雜文』範圍內對象的演變」:「雜文」初見於《文心雕龍》，至《文苑英華》內涵已然擴大，其中的體類，有的始終為「雜文」的對象，更多則是後來加入的成員。就此現象，背後可能的文學意義為何，本章嘗試予以詮釋闡發。

第七章「結論」:總結前述章節，概括本論文要旨。

第二章

《文心雕龍》〈雜文〉析論

探討劉勰的雜文觀念與範圍，無疑當以《文心雕龍》〈雜文〉為中心，而該篇中所論及的體類，以「對問」、「七」與「連珠」為主要，但在篇末還附論了「文」、「筆」性質的體類各八種。「對問」、「七」與「連珠」既是劉勰「雜文」文類的重心，所以我們將三者個別討論，分析三者的內容及體裁特色，而其他各為「文」、「筆」之屬的十六種體類，既然劉勰將其統論於篇末，所以本文也順其脈絡，予以合併作為一討論的對象。

但探究「雜文」，除了此一名號所涵蓋的文章體類之外，也有必要探究此一名稱的觀念內涵為何。換句話說，各種體類本為單獨的存在，但文論家聚合數種體類而併入「雜文」之域，此一現象，顯然意謂著文論家對於文學現象的後設解釋，帶有濃厚的批評意識。另一方面，在文學發展的歷史中，將「雜」作為一種文學觀點，用以指涉某些特殊的篇章類型，並非始於劉勰，早在《漢書・藝文志》〈詩賦略〉中就有「雜賦」一類，至於「雜文」之名，雖始見於《後漢書》，卻待《文心雕龍》問世後，才具備較為清晰的文類內涵。

《文心雕龍》既有總論前代文學發展及批評活動的意義，所以漢代「雜」的文學觀念，當然也就是探討劉勰「雜文」觀念時，不可忽略的面向。因此，本章首節先討論漢代「雜」的文學觀念，再依次分就「對問」、「七」、「連珠」三種所謂「賦體雜文」體類的內涵及發展加以說明[1]。最後，〈雜文〉篇末附論的「文」、「筆」性質的體類總共十六種，這些與傳統「賦」體無關，但卻與上述三者所謂「賦體雜文」體類共納「雜文」之域。可見劉勰看待「對問」、「七」、「連珠」與十六種體類，其觀點既有相異亦有相同之處。總之，究竟劉勰「雜文」文類的出現，及區域的劃定的意義為何？即是本章所關切的議題。

第一節　「雜」之文學觀念溯源

《說文解字》云：「雜，五采相合也。從衣集聲。」[2]然則「雜」的本義既然為五種色彩合併，那麼也就是相對於單調的顏色而言。總之，「雜」之為義要在於聚合多元，所以不純。進一步說，每個漢字可說都是一個隱喻結構，除了表面字義之外，還蘊含著某種具相世界中的深刻事理[3]，故

1　簡宗梧老師針對劉勰〈雜文〉中「智術之子，博雅之人，藻溢於辭，辭盈乎氣。苑囿文情，故日新殊致。」解釋說：「所謂雜文，乃指辭賦家或非辭賦家，寫作文章，濡染了寫作辭賦的習性與氣息，崇尚辭氣所以致之。換句話說，這是辭賦濡染了其他文章，產生新文體甚至新文類的現象。」參見氏著：〈論王褒的賦體雜文〉，收入《廿一世紀漢魏六朝文學新視角：康達維教授花假甲紀念論文集》（臺北：文津出版社，2003年），頁73。不過需要補充說明的是，〈雜文〉所論的「雜文」體類繁多，但卻未必都與賦體有關，所以與賦體相關者，可稱為「賦體雜文」體類，而不相關者，可逕稱「雜文」體類。

2　段玉裁注云：「引伸為凡參錯之稱。」參見〔漢〕許慎著，〔清〕段玉裁注：《說文解字注》（臺北：洪葉出版社，1998年10月，初版），頁399。

3　認為每個漢字都是一個隱喻結構，乃汪湧濠之說。汪氏又以為，這個隱喻結構又是人們所認為萬事萬物的真諦，與生命主體彼此之間相互運動關聯。所以，也可以說每個漢字，都是「生命符號」。參見氏著：《中國文學批評範疇及體系》（上海：復旦大學出

「雜」也被引申而成為一種學術觀念，如先秦諸子九流十家中有「雜家」，《易傳》中有「雜卦」，《禮記》中有「雜記」之類，凡此都意謂其內容糅合多樣，繁複且難以定於一，所以一言蔽之以「雜」[4]。

就文藝領域而言，在漢代相對於「雅舞」則有「雜舞」，小說瑣談則有《雜筆》之類[5]，不過最能顯示出「雜」的文學批評之意義者，莫過於漢人對於賦的分類及整理，因此論漢代「雜」之文學意義，必須鎖定《漢書．藝文志》〈詩賦略〉[6]，針對漢人賦學觀念以探討之。

版社，2007 年 3 月，初版)，頁 44。如此說來，本書所論的作為文學觀念的「雜」，也並非文論家抽象的思考而來，而是與人的實際生活經驗相關的。

4 班固《漢書．藝文志》〈諸子略〉云：「雜家者流，蓋議官，兼儒、墨，合名、法，知國體之有此，知王治無不貫，此其所長也。」參見〔漢〕班固撰，〔唐〕顏師古注：《新校漢書集注》(臺北：世界書局，民國 67 年 11 月，三版)，頁 1742。又《易．雜掛》注云：「〈雜卦〉者，雜糅眾卦，錯綜其義，或以同相類，或以異相明。」參見〔魏〕王弼注．(唐) 孔穎達疏：《周易注疏》(臺北：臺灣印書館景印十三經注疏本)，頁 188。又《禮記．雜記》〈疏〉引《鄭目錄》云：「名曰〈雜記〉者，以其雜記諸侯以下至士之喪事。」參見 (漢) 鄭玄注．(唐) 賈公彥疏：《禮記注疏》(臺北：臺灣商務印書館景印十三經注疏本)，頁 709。凡此，都說明了它們雜糅多樣而為內容的意義。

5 《樂府詩集》：「自漢代以後，樂舞寖盛，有『雅舞』，有『雜舞』。」又「雅舞」用之郊廟、朝饗，「雜舞」用之宴會。參見 (宋) 郭茂倩：《樂府詩集》(北京：中華書局，2003 年 9 月，初版)，頁 753。而《隋書．經籍志》載：「前漢《雜筆》十卷、吳晉《雜筆》九卷」，參見 (唐) 魏徵、令狐德棻：《隋書》(北京：中華書局，2002 年 12 月，北京 1 版)，頁 1089。

6 按《漢書》十〈志〉最末之一即為〈藝文志〉，〈藝文志〉依據班固所言，乃是在劉歆、劉向父子編輯之〈七略〉，再予以整理收錄；〈七略〉依序為〈輯略〉、〈六藝略〉、〈諸子略〉、〈詩賦略〉、〈兵書略〉、〈數術略〉、〈方技略〉，雖然數目為七，但實際的範圍只有後六者，所謂〈輯略〉，即是六〈略〉中所載著作篇名、篇數條目以外的大、小序，而這些大、小序，應先由向、歆所作，後由班固所修改，著於〈藝文志〉中，以作為說明學術源流或特色之用〈七略〉實所分者為六，故漢人直稱為六類，如《論衡．對作》云：「〈六略〉之書，萬三千篇。」即是指〈七略〉而言，班固為了將〈七略〉收入《漢書》為〈藝文志〉，必須汰剪其煩，所以僅將〈輯略〉以存目標明，而將內容分散於其他各篇中。總之，《漢書．藝文志》不僅為中國圖書分類之始，更兼辨彰學術源流之功，其價值重大自不待言。相關說明，參見張舜徽：《漢書藝文志通釋》，收入《張舜徽集(第一輯)》(武漢：華中師範大學出版社，2004 年 3 月，第 1 版)，頁 189-170。

一、《漢書・藝文志》〈詩賦略〉對於「賦」的討論

（一）四種賦的分界

〈詩賦略〉所錄範圍共五種，前四者為賦，後者為「歌詩」。唯此四類賦班固並沒有提出類名以概括其特色，因此究竟此四類賦究竟以何種準則而被區分，後人討論頗為分歧。為便於討論，將此四類先後條錄於下：

以屈原賦二十五篇為首，凡二十家，共三六一篇；其後有：唐勒賦四篇／宋玉賦十六篇／趙幽王賦一篇／莊夫子賦二十四篇／賈誼賦七篇／枚乘賦九篇／司馬相如賦二十九篇／淮南王賦八十二篇／淮南王群臣賦四十四篇／太常蓼侯孔臧賦二十篇／陽丘侯劉郾賦十九篇／吾丘壽王十五篇／蔡甲賦一篇／上所造賦二篇／兒寬賦二篇／光祿大夫張子僑賦三篇／陽成侯劉德賦九篇／劉向三十三篇／王褒賦十六篇。

以陸賈賦三篇為首，凡二十一家，二七四篇；其後有：枚皋賦一二〇篇／朱建賦二篇／常侍郎莊忽奇賦十一篇／嚴助賦三十五篇／朱買臣賦三篇／宗正劉辟彊賦十一篇／司馬遷賦八篇／郎中臣嬰齊賦十篇／臣說賦十篇／臣吾賦十八篇／遼東太守蘇季賦一篇／蕭望之賦四篇／河內太守徐明賦三篇／給事黃門侍郎李息賦九篇／淮陽憲王賦二篇／揚雄賦／待詔馮商賦九篇／博士弟子杜參賦二篇／車郎張豐賦三篇／驃騎將軍朱宇賦三篇。

以孫卿賦十篇為首，凡二十五家，一三六篇；其後有：秦時雜賦九篇／李思孝景皇帝頌十五篇／廣川惠王越賦五篇／長沙王群臣賦三篇／魏內史賦二篇／東暆令延年賦七篇／衛士令李忠賦二篇／張偃賦二篇／賈充賦四篇／張仁賦六篇／秦充賦二篇／李步昌賦二篇／侍郎謝多賦十篇／平陽公主舍人周常孺賦二篇／雒陽錡華賦九篇／眭弘賦一篇／別栩陽賦五篇／臣昌市賦六篇／臣義賦二篇／黃門書者假史王商賦十三篇／侍中徐博賦四

篇／黃門書者王廣呂嘉賦五篇／漢中都尉承華龍賦二篇／左馮翊史路恭賦八篇。

其四為雜賦，以〈客主賦〉十八篇為首，凡十二家，二三三篇；其後有：〈雜行出及頌德賦〉二十四篇／〈雜四夷及兵賦〉二十篇／〈雜中賢失意賦〉十二篇／〈雜思慕悲哀死賦〉十六篇／〈雜鼓琴劍戲賦〉十三篇／〈雜山陵水泡雲氣雨旱賦〉十六篇／〈雜禽獸六畜昆蟲賦〉十八篇／〈雜器械草木賦〉三十二篇／〈大雜賦〉三十四篇／〈成相雜辭〉十一篇／〈隱書〉十八篇。[7]

以上四種賦，除了最末一種，班固明確提出「雜賦」之名以概括外，其餘三者除了羅列各家與篇數，再無更清楚的名目可供理解，何況所錄條目，至今多已不能見其篇章，「雜賦」之屬更是全部亡佚。但「名類相同，而區種有別，當日必有其義例」[8]，然則其義例畛界為何？主要說法有四：

其一，清人姚振宗認為：第一種，大抵皆楚騷之體，師範屈宋者也，故區為第一篇。第二種，大抵不盡為騷體，觀揚子雲諸賦，略可知矣，故區為第二。第三種，大抵皆賦之纖小者，觀孫卿〈禮〉、〈智〉、〈雲〉、〈蠶〉、〈箴〉五賦，其體類可知矣，故區為第三。第四種，大抵皆尤其纖小者，故其大篇標曰〈大雜賦〉，而〈成相辭〉、〈隱書〉置之篇末，其例亦可知矣[9]。其二，顧實認為：屈原賦之屬，主抒情。陸賈賦之屬，主說辭，且尤與縱橫之術為近。孫卿賦之屬，主效物。雜賦之屬，推測多雜詼諧，如《莊子》寓言[10]。其三，劉師培認為：第一類為寫懷之賦，第二類

7 〔漢〕班固撰，〔唐〕顏師古注：《新校漢書集注》（臺北：世界書局，民國 67 年 11 月，三版），頁 1747-1753。

8 〔清〕章實齋著，葉瑛校注：《文史通義校注》（北京：中華書局，1985 年 5 月，第 1 版），頁 1064。

9 氏著：《漢書藝文志條理》（不著出版資料），卷三，頁 7、8、11、14。

10 氏著：《漢書藝文志講疏》（臺北：廣文書局，民國 59 年 11 月，初版），頁 179、

為騁辭之賦，第三類為闡理之賦[11]。其四，章太炎認為：屈賦言情，孫卿賦效物，陸賈賦是縱橫之變[12]。

畢竟文獻不足徵，以上諸說，均屬推測，亦各言之成理，所以很難斷定何者絕對為是，何者絕對為非。本論文因為關注焦點為「雜文」，故僅就其詮釋邏輯中的「雜賦」的呈現加以討論，並不一一檢討各家之說本身的合理性。然則進一步再分析，姚說所持之分類論點有二，其一是作品與騷體之關係，而第一類與第二類賦的區分，就是在於前者與騷體較為密切，後者則較疏遠，故有首、次之別；其二則是作品體製的關係，而第三類與第四類的區分，就在於前者體製已較為纖小，但後者尤為細小，故又有先、後之分。其他三氏之說則從內容與題材加以說明，其中第一類為抒情，可謂共論。至於第二類，或云說辭或云騁辭，大抵認為此類文辭鋪張，而將此特色視為戰國縱橫家誇好辯說之餘緒。第三類，或云效物或云闡理，主要著眼於荀子五賦託物喻理的特色。第四類顯然最難以回答，劉、章二氏並未言及，顧氏也僅以為「多雜詼諧」。總之，依據體裁、體製或內容加以區分，四類賦似乎難以尋求一共通的區別標準與邏輯。

於此之外，今大陸學者伏俊璉繼承前賢，又提出新說，頗值得參考。要言之，伏氏認為〈詩賦略〉所錄之賦可先分兩層，前三類為文人賦，「雜賦」則全部出自民間，是為民間俗賦。其次，漢人論賦最重「諷諫」，所以「諷諫」成分的多寡也反映在四類的排序之中，大抵屈原與荀子皆是「惻隱古詩之義」，兩者在諷諫的價值其實相同，但因為屈賦主抒懷，多譬喻象徵；荀賦主闡理，多直陳政教得失，所以又分為兩個系統；陸賈賦雖

183、188、190。

11 另對於「雜賦」，劉氏並無指出其特點，僅云其「〈客主賦〉十二家皆漢代之總集類也。」參見氏著：《論文雜記》，收入《劉申叔先生遺書（二）》（臺北：華世出版社，民國 64 年 4 月，初版），頁 853。

12 氏著：《國故論衡》（臺北：廣文書局，民國 64 年 4 月，再版），頁 131。

然也存諷喻之義，但因長於辯說，反流為勸百諷一、競為奢麗閎衍之辭，故諷諫之意已較屈賦淡薄甚多，是居其後[13]。「雜賦」一類，本來自社會下層，篇幅纖小，作者無徵，且多詼諧調侃、諷喻之意微乎其微，所以陪於末座[14]，至於「雜賦」與荀卿賦之屬的關係，則必須進一步分析「雜賦」的內容之後，才能有較清楚的瞭解。

(二)「雜賦」的內容

「雜賦」如前所說，乃是出自民間的俗賦。進一步，可以把「雜」與「賦」分開理解，先說賦，其本源固然非一，要言之最根本也最原始的型態，應是通俗民間的口頭藝術，一種韻散交雜且結合講說和唱誦的民間文

13　陸賈賦之屬，在班固看來與屈原關係甚為密切。《漢書・地理志》論壽春、合肥等吳、粵地區相關掌故，提及：「始楚賢臣屈原被讒放流，作〈離騷〉諸賦以自傷悼。後有宋玉、唐勒之屬慕而述之，皆以顯名。漢興，高祖王兄子濞於吳，招致天下之娛游子弟，枚乘、鄒陽、嚴夫子之徒興於文、景之際。而淮南王安亦都壽春，招賓客著書。而吳有嚴助、朱買臣，貴顯漢朝，文辭並發，故世傳楚辭。」此段文獻概略說明了漢代楚地辭賦之發展。屈原〈離騷〉起首之後，宋玉、唐勒接踵，故兩人與其賦入於屈原之屬，毫無疑義。另一方面，吳王劉濞與淮南王劉安也都各自招集文士，包含枚乘、鄒陽、嚴夫子、嚴助、朱買臣等人，其中枚乘、嚴夫子（即莊夫子，為避漢明帝諱而改）亦入屈原之屬；嚴助、朱買臣則入陸賈賦之屬。然則意謂屈、陸二類之屬並非全然無涉，可理解為屈賦為源頭，其流除宋玉、唐勒、枚乘等等該屬類作家作品外，也延伸擴及陸賈賦之屬，因此〈詩賦略〉先屈原而繼之以陸賈，除了諷諫的功效由濃轉淡以外，亦實有先源後流之意味於其中，前引顧實所云陸賈賦之屬為「大抵不盡為騷體」，應當也是此意。又《史記》與《漢書》都沒有提及陸賈的籍貫，僅提及他是楚人，而南楚本為辭賦的發源地，因此陸賈賦受屈原賦影響，亦應是合理之事。而陸賈賦以騁辭著名，在漢代文章的賦化的傾向中，陸賈可以說是最早的文人。相關說明，參見王琳、邢培順：《西漢文章論稿》（濟南：齊魯書社，2006 年 10 月，第 1 版），頁 10。

14　伏氏另又認為，前三類賦為「口誦文學的書面化形式」，「雜賦」則基本上為口誦文學性質。且四類也都和西周時期「瞽獻曲」、「百工諫」、「史獻書」、「師箴」的朝廷制度有關。參見氏著：〈試論《漢書・藝文志》「賦」的分類〉，收入氏著：《俗賦研究》（北京：中華書局，2008 年 9 月，北京 1 版），頁 20。此處伏氏之論，顯然稍有疏漏，賦本為口誦文學，固無疑義，謂前三類是其「書面化」，亦可理解，但若雜賦並非以書面化形式被紀錄，歆、向父子與班固又如何得以將其編目入於〈詩賦略〉中？這是必須再加釐清的問題。

藝[15]。再說「雜」，如前所言本是相對於「一」、「單」以及「純」、「正」的概念，且也就連帶引伸出「聚集」或「合眾」的意義。然則從分類活動而言，「雜賦」之屬正因其題材內容雜多、作者不一（這點下文會繼續討論），不似屈原、陸賈、荀卿三類之屬，既有特定的內容題材或風格特色可以把握，也有清楚的個別作家可考其來源，而為了使這些無名氏作品得以保留，所以加以類聚，再將這些賦作冠以「雜」名。又從正（雅）、俗的批評觀點來說，如前述所言，三類之屬均具有諷喻的價值，符合官方期待的嚴肅莊重的精神，同時也是士大夫階層所共認的賦的應然準則，「雜賦」既多詼諧調侃、諷喻之意微乎其微，即意謂偏離正軌且有偏斜，因此被判定為「雜」[16]。

---

15 關於賦的起源，說法甚多。據曹明綱分析，主要又可分為四種。要言之，第一是「詩源說」，認為賦是《詩》六義之一，並繼承其諷喻政教的傳統。其二為「辭源說」，認為賦其實《楚辭》的進一步拓展，並兼融縱橫家誇張文辭的文風。其三是「綜合說」，即結合前兩種，此章實齋《文史通義・詩教》中的說法為代表。第四種，則是認為賦出於徘詞，主要理由有二：第一，在漢代辭賦家常與倡優、賦與徘詞，是經常被一起並談的；第二，從歷史上存留的徘詞來看，不論其題材或作意為何，其問答篇構、韻散結合，與賦是一致的。參見氏著：《賦學概論》（上海：上海古籍出版社，1998 年 11 月，第 1 版），頁 21-37。四種說法，以第四種最能說明賦的基本形式結構，所考之歷史也最為久遠，可再略加補充說明：按說講徘詞為宮廷優人的專業，以詼諧有趣且具有韻律的言語娛樂帝王，而這樣的語言藝術又是出自民間，如《左傳・宣公二年》所載的「睅目之謳」、與〈襄公四年〉所載「侏儒之歌」之類，很類似於今天所謂的「順口溜」。相關說明，參見簡宗梧老師：〈俗賦與講經變文關係之考察〉，收入政大文學院編輯：《第三屆國際辭賦學學術研討會論文集（上）》（臺北：政大文學院，民國 85 年 12 月），頁 351-352。再其次，作為一種藝術的文學，其審美最重要的就是牽涉到「聽覺」此一感覺要素，參見〔日〕廚川白村著，林文瑞譯：《苦悶的象徵》（臺北：志文出版社，1999 年 8 月，再版），頁 51。正因如此，如果從文藝角度來探討賦的原流，顯然曹氏四種說法中，以第四種最能適切說明。

16 伏氏又指出「雜賦」之屬諸作品共同點有三，其一，都無作者姓名，其二都不署年代，其三則都冠以「雜」。「雜」的意義除了上文所提及之外，還有一層意義，即這些誕生於民間的賦作，既然是一種講唱藝術，那麼下層藝人在講唱誦讀時，必然會參雜許多表演手法，表演者也一定會搭配各種表情、動作，所以這種表演綜合許多複雜的元素的，這也是「雜賦」所以為「雜」的原因。相關分類及其說明，參見氏著：〈《漢書・藝文志》「雜賦」臆說〉，《文學遺產》2002 年第 6 期，頁 14-15。

「雜賦」之屬雖然亡失殆盡不可得見，但後人依據文獻與出土文物，仍能推理出值得參考的說法。伏俊璉就將「雜賦」十二家區分為為主要的六種，並溯源其內容特色。要言之：

第一種為〈客主賦〉。其不同於一般文人所作大賦「客主以首引」的結構方式與意義，內容可分成兩種：一是民間故事，二則是客主論難；前者如〈神鳥賦〉與後來王褒〈僮約〉之類，後者客主兩方設題相互辯難，具有很強的表演性質，近似於戲劇的腳本。

第二種為〈雜四夷及兵賦〉、〈雜鼓琴劍戲賦〉、〈雜山陵水泡雲氣雨旱賦〉、〈雜禽獸六畜昆蟲賦〉、〈雜器械草木賦〉。這些應當是先秦以來介紹科學知識的作品，為了便於記憶，故將這些內容以韻語編製而成，使其能以口訣方式記誦。

第三種為〈隱書〉。此種即為讔語，亦即謎語。

第四種為〈成相辭〉。而《荀子》正有〈成相〉一篇，有說法認為《荀子・成相》即為「雜賦」中的〈成相雜辭〉，其說且不論然否，但無論如何，「成相」之為物，本為民間勞役時的勸勉之歌，其形式每段以三言起句，中間則以七言韻語為主，間雜三言、四言的句式。除《荀子》外，在《逸周書・周祝》、《文子・符言》、《淮南子》等書中都有這種體式的篇章；這些可以稱為「成相體」的篇章，無不具有格言匯集的性質，並且也都帶有訓誡的意味[17]。

第五種為〈雜中賢失意賦〉。此應為不得志的社會下層知識份子，在政治失意時所作的自我解嘲，語言詼諧並帶有諷刺之意的賦作，譬如漢代東方朔〈答客〉、〈解嘲〉與揚雄〈逐貧〉之類，但由於這些出於文人，所

17 關於〈成相雜辭〉的討論，參見伏俊璉：〈成相雜辭與早期歌訣俗賦〉，收入氏著《俗賦研究》（2008 年 9 月，北京 1 版），頁 106-114。

以作品沒有被歸入「雜賦之中」。[18]

第六種為〈雜行出及頌德賦〉、〈雜四夷及兵賦〉。〈雜行出及頌德賦〉大約是文士對君王或大臣，予以頌美並帶有諷刺與乞求得用的賦作，但語意詼諧調笑，不似一般大賦般莊重嚴肅，比如《漢書》東方朔本傳中所載「劇對武帝」一段，以及王褒〈聖主得賢臣頌〉之類[19]。〈雜四夷及兵賦〉可能是對當時，進入到漢朝的胡人們的調笑戲弄之作，如蔡邕〈短人賦〉、〈三胡賦〉與徐幹〈明□賦〉之類[20]。

在明瞭「雜賦」之屬的內容後，可以進一步解釋其與荀子賦之屬的關聯。〈詩賦略〉「雜賦」之屬既有「隱書」一項，可知讔語早存於民間，且辭意必然俚俗，篇幅也較為窄小，見諸史籍者如《史記・楚世家》「伍舉刺荊王以大鳥」、《戰國策》「齊客譏薛公以海魚」（《文心雕龍・諧讔》）之類都是如此，另一方面主客對答的形式，則將讔語與賦作了更緊密的結合。而荀子五篇短賦本質上就是讔語，更重大的意義就在於，以鋪采摛

18 參見氏著：〈《漢書・藝文志》「雜中賢失意賦」考略〉，收入《新疆大學學報（哲學、人文社會科學版）》第 33 卷第 5 期（2005 年 9 月），頁 119。

19 「據武帝對」，指東方朔謊稱漢武帝因眾侏儒飽食無用，將欲下令殺之。眾侏儒聞之，大恐且啼泣，求情於漢武帝。武帝惑而招東方朔質問之：「何恐朱儒為？」東方朔答曰：「臣朔生亦言，死亦言。朱儒長三尺餘，奉一囊粟，錢二百四十。臣朔長九尺餘，亦奉一囊粟，錢二百四十。朱儒飽欲死，臣朔飢欲死。臣言可用，幸異其禮；不可用，罷之，無令但索長安米。」顯然東方朔雖然戲謔言辭，但意在求用，當然也抒發了牢騷。又《漢書》王褒本傳載，王褒受召，「既至，召為聖主得賢臣頌其意」，而〈聖主得賢臣頌〉意在說明人君必須求索賢人，才能致匡合之功，人臣亦必須遭遇明君，才能施展其能。參見〔漢〕班固撰，〔唐〕顏師古注：《新校漢書集注》（臺北：世界書局，民國 67 年 11 月，三版），頁 2822-2828、2843。

20 參見氏著：〈《漢書・藝文志》「雜行出及頌德」、「雜四夷及兵」賦考〉，收入《西北大學學報（社會科學版）》第 38 卷第 4 期（2001 年 7 月），頁 50-53。又錢鍾書指出：徐幹〈明□賦〉云：「唇實範緣，眼惟雙穴，雖蜂膺眉鬢……」，就內容看來應該是嘲笑醜女，而其篇意又仿擬繁欽描寫胡人狀貌之惡的〈三胡賦〉。〈三胡賦〉形容其云「黃目深睛」、「眼無黑眸」；又徐幹「蜂膺」可能為「蜂準」之誤，「蜂準」即高鼻之意。又懷疑「範」為「規」之訛，「眉」為「蝟」之訛，而「規蝟」是鬢毛森刺之意。相關考證參見錢鍾書：《管錐篇（三）》（蘭陵室書齋，出版地、時、版次不詳），頁 1044。

文、體物寫志的方式，使讔語的形式擴大，趣味與難度也加深[21]，並且也增添了莊重嚴肅的道德意義。至於〈成相雜辭〉本為「雜賦」範圍之一，即便不同於《荀子・成相》，也必然與之相似。另外，《荀子》中也有與〈雜中賢失意賦〉相似的牢騷之作，此即〈佹詩〉[22]。

凡此可見荀子賦之屬在題材與內容特色上，與「雜賦」有所相似之處，所以班固將「雜賦」後繫於荀卿賦之屬，其意義在於說明兩者內涵頗有相通，但後者的諷喻性質，以及嚴肅莊重的精神，當然又是大過前者的。

21　關於諧讔與賦的討論，成果甚多，故於此不再細論。據朱光潛所言，讔語本是出於古代祭司的讖語，為了渲染神意的神秘性，所以故作怪異之語，引人好奇。但後來為人際之間所用，於不便明示其意的情況下，只能以讔語隱晦地進行溝通。其次，從先秦以來，不少侯王都是讔語的愛好者，甚至還備有讔官和讔書。又宮中最擅長編講讔語者，即為諫臣與俳優侍臣，除了用在娛樂王侯外，另外也有「言之者無罪，諫之者足以戒」的好處。荀賦就是在這樣的基礎上，更加拓展讔語的語言藝術與文意深度，後來漢代賦家在「曲中奏雅」進行諷喻時，也常含有幾分讔語的味道，這可說是荀賦的影響。相關討論，參見朱光潛：《詩論》（臺北：正中書局，民國 51 年 6 月，臺五版），頁 33。簡宗梧老師：〈賦與隱語關係之考察〉，《逢甲人文社會學報》第 8 期（2004 年 5 月），頁 34-46。周鳳五：〈由《文心》《辨騷》、《詮賦》、《諧讔》論賦的起源〉，收入中國古典文學研究會主編：《文心雕龍綜論》（臺北：臺灣學生書局，民國 77 年 5 月，初版），頁 391-406。

22　《荀子・賦》：「天下不治，請陳佹詩：『天地易位，四時易鄉。列星殞墜，旦暮晦盲。幽晦登昭，日月下藏。公正無私，反見從橫。志愛公利，重樓疏堂。無私罪人，憼革貳兵。道德純備，讒口將將。仁人絀約，敖暴擅強。天下幽險，恐失世英。螭龍為蝘蜓，鴟梟為鳳凰。比干見刳，孔子拘匡。昭昭乎其知之明也，郁郁乎其遇時之不祥也，拂乎其欲禮義之大行也，闇乎天下之晦盲也，皓天不復，憂無疆也。千歲必反，古之常也。弟子勉學，天不忘也。聖人共手，時幾將矣。與愚以疑，願聞反辭。』」據楊樹達所釋，佹詩猶如「變風」、「變雅」之意，即因天下動盪，故荀子作詩諷刺。由此詩看來，荀子首先感嘆天下崩亂，小人當道君子受詘，雖然亂世當前，但最後仍勉勵弟子必須勉學修業，因為亂世終將過去，而盛世必將到來。這一方面是期望，二方面也帶有對當世不滿的牢騷之意的。參見梁啟雄：《荀子柬釋》（臺北：臺灣商務印書館，1993 年 10 月，臺 1 版），頁 361-362。伏俊璉著：〈《漢書・藝文志》「雜中賢失意賦」考略〉，收入《新疆大學學報（哲學、人文社會科學版）》第 33 卷第 5 期（2005 年 9 月），頁 119-120。

總而言之，由《漢書‧藝文志》〈詩賦略〉對於賦的整理分類，可解析出漢人「雜」的賦學觀念。此一文學觀念，後來劉勰「雜文」的觀點，對此看來頗有繼承；相關部分，將在後文持續討論。

二、《後漢書》中的「雜文」及「連珠」、「七」、「問答（含設論）」

「雜文」之名，起見於南朝宋范曄《後漢書》，此書相較於《史記》、《漢書》與《三國志》，能於列傳中詳細記載各文士對於各種體類的創作情況，依據郭英德的研究，此書所羅列文章體類名稱多達四十四種[23]。且此書主要依據東漢時《東觀漢記》而作，因此即便范氏時代已距漢代有兩百餘年，一般還是相信書中所列舉的各種體類，乃是東漢時即已出現的對象，並非經由南朝的文學觀點再予以更為後設的整理命名而來[24]。如此說來，「雜文」之名亦起於東漢，又由於本書宏旨在於「雜文」，因此此處僅就相關《後漢書》中的資料，加以描述分析。

《後漢書》中有關「雜文」的紀錄凡五，皆見於〈文苑傳〉所列載之文士。如論及杜篤云：

23　此四十四種，包含：詩、賦、碑（含碑文）、誄、頌、銘、贊、箴、答（含應訓、問）、弔、哀辭、祝文（含禱文、祠、薦）、注、章、表、奏（含奏事、上疏）、箋（含箋記）、記、論、議、教（含教條）、令、策（含對策、策文）、書、文、檄、謁文、辨疑、誡述、志、說、書記說、官錄說、自序、連珠、酒令、六言、七言、琴歌、別字、歌詩、嘲、遺令、雜文。參見氏著：《中國古代文體學論稿》（北京：北京大學出版社，2005 年 9 月，第 1 版），頁 73-74。

24　《東觀漢記》在《後漢書》流行之後，竟然佚失，今所見《東觀漢記》實為後人輯佚而出，但以今本《東觀漢記》對照《後漢書》，發現文字相似之處不勝枚舉，所以應可相信《後漢書》直承了大部分《東觀漢記》的資料。再者，《後漢書》中所出現的文體名稱，許多也都與東漢劉熙《釋名》、蔡邕《獨斷》兩書中所列舉呈現者相吻合。此外，「七」在魏晉時代已經成為一種體類，但《後漢書》處理到文士有相關之作時，仍是以單篇列舉的方式呈現，所以可以推測該書所載文體資料，其實在於魏晉之前。相關討論，參見郗文倩：《中國古代文體功能研究——以漢代文體為中心》（上海：上海三聯書店，2010 年 1 月，初版），頁 182-187。

所著賦、誄、弔、書、讚、七言、女誡及雜文，凡十八篇。又著〈明世論〉十五篇。[25]

又論蘇順云：

蘇順，字孝山，京兆霸陵人也……所著賦、論、誄、哀辭、雜文凡十六篇。（頁 2617）

又論王逸云：

王逸字叔師……著《楚辭章句》行於世。其賦、誄、書、論及雜文凡二十一篇。又作漢詩百二十三篇。（頁 2618）

又論趙壹云：

著賦、頌、箴、誄、書、論及雜文十六篇。（頁 2635）

又論侯瑾云：

侯瑾字子瑜，敦煌人也……作矯世論以譏切當時。而徙入山中，覃思著述。以莫知於世，故作〈應賓難〉以自寄，又案《漢記》撰中興以後行事，為《皇德傳》三十篇，行於世。餘所作雜文數十篇，多亡失。（頁 2649）

25 〔南朝宋〕范曄著、〔唐〕李賢等注：《後漢書》（北京：中華書局，2003 年 8 月，初版），頁 2609。本節引用《後漢書》原典皆出此書，故之後僅於引文末括注頁碼，不再另行注釋。

歸納這些條資料，我們注意的重點有二：其一，在各體類的排序中，一般來說都是先賦、頌、誄、箴等等後來南朝人所言的「有韻之文」，其後才是書、論之類的「無韻之筆」[26]，隱然可見「文」、「筆」之分，且「賦」在各例中都位居最先，意謂賦在當時是十分重要的體類。其二，則是「雜文」的出現；今尋檢《全後漢文》，發現杜篤、蘇順、王逸、趙壹與侯瑾所錄之篇章數，也都少於《後漢書》本傳的紀錄[27]，且《全後漢文》所載各篇，所屬之體類明確，因此難以確認《後漢書》資料所言「雜文」之作究竟為何。

進一步說，「雜文」在眾多體類中被繫於最末，詳細的內涵概念雖難以得知，但可以知道，既然范曄將它劃出學術專著之外而與個體類並列，那麼可知「雜文」不會是某種學術專書。學者則推斷，此處「雜文」應該是指那些非實用或遠實用，因此無法按照當時類歸標準，而加以歸類的文章[28]。換句話說，其功能性相當不明確，甚至可能完全不具備。此外，我們還可以再推論，就體類的形式而言，凡歸屬「雜文」者，且文、筆的性

26 當然，從上文所舉的例子看來，「有韻之文」未必都在「無韻之筆」之先，有時後兩者會有些雜亂，如蘇順的例子，「論」就在「賦」之後「誄」之前。但是據郭英德的研究，這樣的例子在《後漢書》畢竟較少，普遍都是先「有韻之文」後「無韻之筆」，意謂著南朝文、筆的文學觀念其實在范曄區分體類時，已經顯露。參見氏著：《中國古代文體學論稿》（北京：北京大學出版社，2005 年 9 月，第 1 版），頁 80。

27 《全後漢文》中，不論殘佚與否，其收錄杜篤之作，共有〈祓禊賦〉、〈首陽山賦〉、〈論都賦〉、〈書㡯賦〉、〈眾瑞賦〉、〈展武論〉、〈論〉、〈連珠〉、〈迎鍾文〉、〈禖祝〉、〈弔比干文〉共十一篇。蘇順之作，共有〈嘆懷賦〉、〈和帝誄〉、〈陳公誄〉、〈賈逵誄〉共四篇。王逸之作除〈楚辭章句〉外，有〈機婦賦〉、〈荔支賦〉、〈九思〉（包含〈逢尤〉、〈怨上〉、〈疾世〉、〈憫上〉、〈遭厄〉、〈悼亂〉、〈傷時〉、〈哀歲〉、〈守志〉）、〈折武論〉共四篇。趙壹之作，有〈迅風賦〉、〈解擯賦〉、〈刺世疾邪賦〉、〈窮鳥賦〉、〈報羊陟書〉、〈報皇甫規書〉、〈非草書〉共七篇。侯瑾之作，有〈箏賦〉、〈皇德頌敘〉共兩篇。

28 當然另一方面，這也意味著各種體類的命名，是以其實用功能為重要標準的，事實上行為方式本為中國文體類別命名的主要方法之一，相關說明可參見郭英德：《中國古代文體學論稿》（北京：北京大學出版社，2005 年 9 月，第 1 版），頁 50。而此處對於「雜文」的說明，參見徐鵬緒：〈雜文概念的歷史考察與現代雜文的主要特徵〉，收入《東方論壇》第四期（1997 年），頁 48。

質應當也是曖昧不明的。總之，各種體類的排序存在著價值意義，而「雜文」則最不重要，價值最低。

除此之外，我們還應注意到另一個現象，即後來被劉勰視為「雜文」之體類的「問答（含設論）」、「七」與「連珠」三者，除了「連珠」外，在東漢時其實都尚未形成一確切體類，所以相關之作，都以單篇而非類名的形式呈現。以下列相關資料以考察之，如〈賈逵傳〉云賈逵所作：

逵所著經傳義詁及論難百餘萬言，又作詩、頌、誄、書、連珠、酒令凡九篇，學者宗之，後世稱為通儒。（頁 1240）

〈儒林傳〉則記服虔所作：

所著賦、碑、誄、書記、連珠、〈九憤〉，凡十餘篇。（頁 2583）

〈文苑傳〉記載傅毅：

著詩、賦、誄、頌、祝文、〈七激〉、連珠凡二十八篇。（頁 2613）

又記載劉珍：

著誄、頌、連珠凡七篇。又撰《釋名》三十篇，以辯萬物之稱號云（頁 2617）。

〈蔡邕傳〉載蔡邕：

> 所著詩、賦、碑、誄、銘、讚、連珠、箴、弔、論議、〈獨斷〉、〈勸學〉、〈釋誨〉、〈敘樂〉、〈女訓〉、〈篆勢〉、祝文、章表、書記，凡百四篇，傳於世。（頁 2007）

賈逵、服虔、傅毅、劉珍、蔡邕都作有「連珠」，顯然「連珠」與詩、賦、頌、誄等一樣，都是具體的體類名稱，不過往往被安排至各種之末，意味時人認為其價值不能與各種體類爭鋒，相對較顯低落。

至於「七」，在上述傅毅的著述資料中，〈七激〉是單篇獨立的，另外再如〈張衡傳〉載張衡作：

> 所著詩、賦、銘、七言、〈靈憲〉、〈應閒〉、〈七辯〉、〈巡誥〉、〈懸圖〉凡三十二篇。（頁 1940）

〈文苑傳〉中載李尤：

> 所著詩、賦、銘、誄、頌、〈七嘆〉、〈哀典〉凡二十八篇。（頁 2616）

〈崔駰傳〉載崔駰著作：

> 所著詩、賦、銘、頌、書、記、表、〈七依〉、〈婚禮結言〉、〈達旨〉、〈酒警〉合二十一篇。（頁 1722）

又載崔駰之子崔瑗著作：

> 瑗高於文辭，尤善為書、記、箴、銘，所著賦、碑、銘、箴、頌、〈七蘇〉、〈南陽文學官志〉、〈歎辭〉、〈移社文〉、〈悔祈〉、〈草書埶〉、七言，凡五十七篇。（頁 1724）

三條資料中〈七辯〉、〈七嘆〉[29]、〈七依〉亦皆以單篇的形式獨立列舉，顯見漢人在辨類上，雖確定其不同於「賦」，但仍未視之為一種確切體類。

再就六朝歸屬於「問答」或「設論」體類的相關作品來觀察，上引資料中侯瑾、蔡邕、崔駰分別有〈應賓難〉、〈釋誨〉、〈達旨〉之外，再如〈班彪傳〉中載班固著作：

> 固所著〈典引〉、〈賓戲〉、〈應譏〉、詩、賦、銘、誄、頌、書、文、記、論、議、六言，在者凡四十一篇。（頁 1386）

〈賓戲〉、〈應譏〉與〈應賓難〉、〈釋誨〉、〈達旨〉各篇，也都是單篇列舉於文士撰述資料之中，然則與〈七激〉、〈七辯〉、〈七嘆〉一樣，即便這些作品本身實質上具有賦的風味，但漢人已自覺的發現這些篇章，在分類上不等同於賦，所以將之與賦別立，只不過尚未出現相應的概括性類名，以指稱相屬的篇章。

總結本節所論，與「雜」相關的文學觀念，漢人所論可以從兩個面向加以分析：其一，是對於漢賦本身的分類，故有「雜賦」之名；其二，則是對於文章體類的區別，則有「雜文」之稱；就前者來說，「雜」意謂賦

29　依據《後漢書》載李尤作有〈七嘆〉，但《全後漢文》與《全漢賦》中李尤著作中並無此篇，卻另有〈七款〉殘篇。可能〈七嘆〉、〈七款〉各為兩篇，而前者全佚，或者可能「嘆」與「歎」通同，而「歎」又與「款」形近而訛。因為缺乏版本證據，不能斷定。

作題材繁多，且因出於民間所以整體風格俚俗有失嚴肅莊重，諷諫功能既然薄弱，因此價值也就低下。就後者而言，「雜」意謂篇章本身在體類歸屬上就出現困難，而分類上的困難可能因於篇章本身的體製的曖昧，或者功用的不甚明確。另外，於後來《文心雕龍》〈雜文〉中被大力討論的「連珠」、「七」、「對問（含設論）」三種體類，除了「連珠」外，後兩者在漢代時，並未形成明確的體類名稱，但漢人自覺的將三者之作與賦劃境，至於三者各自的發展，即其後來併合同歸「雜文」之域的特殊現象，將待後文再加以探究。

第二節
《文心雕龍》〈雜文〉主要體類之一——「對問」

前節提及，〈賓戲〉、〈應譏〉、〈應賓難〉、〈釋誨〉、〈達旨〉這一系列篇章，在漢代本無相應的共名加以概括，到了六朝才出現了「對問」或「設論」的文類名稱，將相關的作品加以包含指涉。話雖然如此，並不代表漢人沒有相關的體類觀念，且自覺的仿效、創作此一類型的文章。所以，我們要討論「對問」的體類特色，及其如何集篇而成類，遂而確立「對問」與「設論」之類名的過程。

劉勰《文心雕龍・雜文》首段提及：

> 宋玉含才，頗亦負俗，始造對問，以申其志。放懷寥闊，氣實使之。[30]

30 參見周振甫注釋：《文心雕龍注釋》（臺北：里仁出版社，民國 87 年 9 月，初版），頁255。本節所引《文心雕龍》原典皆出此書，故其後僅於引文末標示頁碼，不再另行注釋。

這段話有幾個重點值得注意：其一，「對問」有著明確的始作者——宋玉，易言之，此一體類出現於文學史的時間，是清楚明確的。而這樣的看法，任昉《文章緣起》所說「對問。宋玉〈對楚王問〉。」[31]相同，則此文類的時間與作者的認知上，應是六朝人的共識。其二，就作者而言，其人格特質為「含才」，是謂懷有過人的文學才氣，且就創作動機與題材來說，是因為「負俗」而欲「申志」，意即不見容於世俗，卻又期望向人申訴志向，故而搦筆為文。其三，就此一作品之內容藝術特色來說，「放懷寥闊，氣實使之」，即其以磅礴文氣，抒發抑鬱之心志於遼闊的天地之間。

按照劉勰所言，既已確定宋玉為此一文類的開山之祖，則後世相關的作品，當然也就成了宋玉〈對楚王問〉的餘緒，但實際上看來，六朝人所言「對問」的體類概念並不一致，相關論點有兩種，第一：將「對問」與「設論」別設並列，視為兩種，並分開討論。第二：將前一觀點中的「對問」、「設論」合併，然後一併稱為「對問」；第一種觀點，顯得較為細膩，且可以蕭統《昭明文選》為代表，第二種觀點，相對更為宏觀，又可以《文心雕龍》為代表。然則細察與宏觀之間、別異及趨同之際，必有道理值得玩味思索。為方便討論，下文先探討劉勰的觀點，其次再探討蕭統的觀點。

一、劉勰的觀察

按〈對楚王問〉一文，係宋玉與楚襄王間之問答對話。以「楚懷王問於宋玉曰」開頭，楚襄王質疑宋玉「有遺行與？」即因為有卑劣行為，所以受到諸多士民的詆毀。其後則「宋玉對曰」：

---

31 〔南朝梁〕任昉著，〔明〕陳懋仁注：《文章緣起注》，收入《文體序說三種》（臺北：大安出版社，1998年6月，初版），頁25。

唯，然，有之。願大王寬其罪，使得畢其辭。客有歌於郢中者，其始曰〈下里〉、〈巴人〉，國中屬而和者數千人；其為〈陽阿〉、〈薤露〉，國中屬而和者數百人；其為〈陽春〉〈白雪〉，國中屬而和者不過數十人；引商刻羽，雜以流徵，國中屬而和者不過數人而已。是其曲彌高其和彌寡，故鳥有鳳而魚有鯤。鳳皇上擊九千里，絕雲霓，負蒼天，翱翔乎杳冥之上。夫蕃籬之鷃，豈能與之料天地之高哉？鯤魚朝發崑崙之墟，暴鬐於碣石，暮宿於孟諸。夫尺澤之鯢，豈能與之量江海之大哉！故非獨鳥有鳳而魚有鯤也，士亦有之。夫聖人瑰意琦行，超然獨處；夫世俗之民又安知臣之所為哉！[32]

宋玉自認德行卓越超群，所以自然曲高和寡，難以為俗眾所理解；一如鳳凰之高與鯤魚之大，無法為燕雀、小魚所認識。此文以對話體構成體製顯而易見，但其實以對話體構成文體形製者早已有之，如《楚辭》中〈漁父〉、〈卜居〉，又如《莊子》、《列子》書中寓言故事亦多以設辭問答的形式書寫而成[33]。換言之，就對話體的體製而言，宋玉此篇並無異於先秦諸子之作，但何以後來會被認為是「對問」文類之開創呢？

此一問題，暫且留待後論。在介紹完宋玉的首倡之作以後，劉勰在「選文以定篇」的部分，又云：

自〈對問〉已後，東方朔效而廣之，名為〈客難〉，託古慰志，疏而

32 參見〔梁〕蕭統編，〔唐〕李善注：《文選（下）》（臺北：五南圖書出版有限公司，民國 88 年 9 月，初版），頁 1123-1124。

33 如章學誠就認為賦體設辭問答的形製，是來自《莊子》、《列子》，云：「古之賦家者流，原本《詩》、《騷》，出入戰國諸子，假設問對《莊》、《列》寓言之移也。」《莊子》、《列子》的寓言故事多以問答方式敘述而成，章氏認為這也啟發漢賦的鋪寫方式。參見〔清〕章學誠著，葉瑛校注：《文史通義》（北京：中華書局，2005 年 11 月，第 1 版），頁 1064。

有辨。揚雄〈解嘲〉，雜以諧謔，迴環自釋，頗亦為工。班固〈賓戲〉，含懿采之華；崔駰〈達旨〉，吐典言之裁；張衡〈應閒〉，密而兼雅；崔寔〈客譏〉，整而微質；蔡邕〈釋誨〉，體奧而文炳；景純〈客傲〉，情見而采蔚；雖迭相祖述，然屬篇之高者也。（頁 255）

劉勰按照時代順序，依次舉出宋玉之後八位作家與作品，並指出各自的藝術特色。而史傳中正好也記載了諸篇作品的創作源由，適足使我們窺知「對問」由篇而積聚成類的過程。下文細就劉勰所言，加以觀察：

首先關於東方朔之文，《漢書》本傳內記載，武帝朝時「外事胡越，內興制度」，所以文武臣工皆得所用，而東方朔與枚皋、郭舍人雖在皇帝左右，但所作所為卻只有「詼嘲而已」。其後，「朔上書陳農戰彊國之計，因自訟獨不得大官，欲求試用。其言專商鞅、韓非之罪也，指意放蕩，頗復詼諧，辭數萬言，終不見用。朔因著論，設客難己，用位卑以自慰諭。」[34]東方朔不甘身為戲弄之臣，所以上陳書信表達國策，且希望獲得重用，然而事與願違，所以寫作文章，藉由某一客人的問難及自己的回應，用以慰藉本身不得重用的心情。又依據史料來看，這篇文章起初其並無篇名可言，〈客難〉或〈答客難〉，當為後人取定之名。

首段以「客難東方朔曰」開頭，客謂蘇秦、張儀輔助萬乘君王，官至卿相又澤潤後世，然而東方朔修先王之術、讀遍群書且博聞巧智，卻僅得侍郎小官，質疑其「尚有遺行」。接著，「東方先生喟然長息，仰而應之曰」：

---

34 〔漢〕班固撰，〔唐〕顏師古注：《新校漢書集注》（臺北：世界書局，民國 67 年 11 月，三版），頁 2863-2864。本節所引《漢書》原典皆從此書，故其後僅於引文後標示頁碼，不再另行注釋。

是固非子之所能備也。彼一時也，此一時也，豈可同哉？夫蘇秦、張儀之時，周室大壞，諸侯不朝，力政爭權，相禽以兵，并為十二國，未有雌雄，得士者彊，失士者亡，故談說行焉。身處尊位，珍寶充內，外有廩倉，澤及後世，子孫長享。今則不然。聖帝流德，天下震慴，諸侯賓服，連四海之外以為帶，安於覆盂，動猶運之掌，賢不肖何以異哉？遵天之道，順地之理，物無不得其所；故綏之則安，動之則苦；尊之則為將，卑之則為虜；抗之則在青雲之上，抑之則在深泉之下；用之則為虎，不用則為鼠；雖欲盡節效情，安知前後？夫天地之大，士民之眾，竭精談說，並進輻湊者不可勝數，悉力募之，困於衣食，或失門戶。使蘇秦、張儀與僕並生於今之世，曾不得掌故，安敢望常侍郎乎！故曰時異事異。（頁 2864-2865）

「彼一時也，此一時也。」戰國爭雄，雌雄未定，故游士有立功之機；今則四海一家，朝廷獨尊，賢才無用武之地。既然如此，賢與不肖也就無甚差別，想要出人頭地所憑恃者不是自身的能力，而全然關係於「聖帝」之上意。縱使蘇秦、張儀在世，也難以位居高位建立功業，但仍有士民不察天理、不辨時勢，仍舊汲汲營營努力爭用，下場往往極為潦倒慘敗。

揚雄之文，依據《漢書》本傳所言，哀帝朝時董賢等人獲得重用，且依附這些大臣者亦得以位居厚薪高官。而「時雄方草《太玄》，有以自守，泊如也。或嘲雄以玄尚白，而雄解之，號曰〈解嘲〉。」（頁 3565-3566）則此篇是為揚雄回應外人嘲笑，並對人解釋何以自己要淡泊自處，甘於黯淡的原因。首段以「客嘲揚子曰」開頭，謂士生於明世，應當建功立業，積極作為，而揚子不得重用，所作《太玄》雖精奧，終不能改其落拓，原因何在？接著，「揚子笑而應之曰」：

> 客徒欲朱丹吾轂，不知一跌將赤吾之族也！往者周罔解結，群鹿爭逸，離為十二，合為六七，四分五剖，並為戰國。士無常君，國亡定臣，得士者富，失士者貧，矯翼厲翮，恣意所存，故士或自盛以橐，或鑿坏之遁。是故騶衍以頡亢而取世資，孟軻雖連蹇，猶為萬乘師。今大漢左東海，右渠搜，前番禺，後陶塗。東南一尉，西北一候。徽以糾墨，製以質鈇，散以禮樂，風以詩書，曠以歲月，結以倚廬。天下之士，雷動雲合，魚鱗雜襲，咸營于八區，家家自以為稷契，人人自以為咎繇，戴縰垂纓而談者皆擬於阿衡，五尺童子羞比晏嬰與夷吾；當塗者入青雲，失路者委溝渠，旦握權則為卿相，夕失勢則為匹夫；譬若江湖之雀，勃解之鳥，乘雁集不為之多，雙鳧飛不為之少。昔三仁去而殷虛，二老歸而周熾，子胥死而吳亡，種、蠡存而粵伯，五羖入而秦喜，樂毅出而燕懼，范睢以折摺而危穰侯，蔡澤雖噤吟而笑唐舉。故當其有事也，非蕭、曹、子房、平、勃、樊、霍則不能安；當其亡事也，章句之徒相與坐而守之，亦亡所患。故世亂，則聖哲馳騖而不足；世治，則庸夫高枕而有餘。（頁 3567-3568）

謂昔日戰國之時，君主求士，因此賢士崢嶸於彼時，故有眾多豪傑建功之事垂傳青史；此時大漢安定四方，文教興盛，已然臻於郅治，無勞賢能之人多費心力。但士人卻猶然自視高才賢能，奮然求用期望一展抱負，豈知仕途凶險不可逆料，生死得失也只在朝夕之間。要之，時世變化至今，英雄豪傑已經失去舞台，縱使充斥庸夫，也無害於盛世。且「炎炎者滅，隆隆者亡」，為避免盛及而衰，福盡禍至，所以寧可知默守道，寂寞黯淡。客人之後又問：「然則靡玄無所成名乎？范、蔡以下何必《玄》哉？」（頁 3572）揚子回答，既然生不逢時，懷才難遇，無法建立功名與前賢如蘇秦、張儀、蔡澤、范睢諸人等齊，所以只得「默然獨守吾《太玄》」[35]。

班固之文，依據《後漢書》本傳所載，肅宗朝時皇帝雅好文章，班固雖因此得以親近，並獲得豐厚賞賜。然而「固以二世才術，位不過郎，感東方朔、揚雄自論，以不遭蘇、張、范、蔡之時，作〈賓戲〉以自通焉。」[36]則班固以為以其父、子二人才學，兩代竟都不過侍郎小官，且自覺地擬效東方朔與揚雄而作此篇。首段以「賓戲主人曰」開頭，謂古人以立德立功為先，立言著作實為餘事，然而主人空負才幹，潛藏讀書，何不積極作為使留名萬古？接著，「主人逌爾而笑曰」：

若賓之言，所謂見世利之華，闇道德之實，守窔奧之熒燭，未仰天庭而睹白日也。曩者王塗蕪穢，周失其馭，侯伯方軌，戰國橫騖，於是七雄虓闞，分裂諸夏，龍戰虎爭。遊說之徒，風颮電激，並起而救之，其餘猋飛景附，霅煜其間者，蓋不可勝載。當此之時，搦朽摩鈍，鉛刀皆能一斷，是故魯連飛一矢而蹶千金，虞卿以顧眄而捐相印。夫啾發投曲，感耳之聲，合之律度，淫□而不可聽者，非韶夏之樂也。因勢合變，遇時之容，風移俗易，乖迕而不可通者，非君子之法也。及至從人合之，衡人散之，亡命漂說，羈旅騁辭，商鞅挾三術以鑽孝公，李斯奮時務而要始皇，彼皆躡風塵之會，履顛沛之勢，據徼乘邪，以求一日之富貴，朝為榮華，

35 〈解嘲〉歷數古今豪傑得時、失時一段：「范雎，魏之亡命也，折脅拉髂，免於徽索。翕肩蹈背，扶服入橐，激卬萬乘之主，界涇陽抵穰侯而代之，當也。……夫藺先生收功於章臺，四皓采榮於南山，公孫創業於金馬，票騎發跡於祁，連司馬長卿竊訾於卓氏，東方朔割炙於細君。僕誠不能與此數公者，故默然獨守《太玄》。」本段用典繁密，文字縱橫跌宕，為後世作者模仿焦點所在。相關說明，參見陳成文：〈漢唐「答客難」系列作品之依仿與拓新〉，政大中文系主編：《第五屆漢代文學與思想學術研討會論文集》（臺北：國立政治大學主編，民國 94 年 12 月），頁 92。

36 〔南朝宋〕范曄著、〔唐〕李賢等注：《後漢書》（北京：中華書局，2003 年 8 月，初版），頁 1373。本節所引《後漢書》原典皆從此書，故其後僅於引文後標示頁碼，不再另行注釋。

夕為憔悴，福不盈眥，禍溢於世，凶人且以自悔，況吉士而是賴乎？且功不可虛成，名不可以偽立，韓設辨以激君，呂行詐以賈國。說難既道，其身乃囚；秦貨既貴，厥宗亦墜。是以仲尼抗浮雲之志，孟軻養浩然之氣，彼豈樂為迂闊哉？道不可以貳也。方今大漢灑埽群穢，夷險芟荒，廓帝紘，恢皇綱，基隆於羲農，規廣於黃唐；其君天下也，炎之如日，威之如神，函之如海，養之如春。是以六合之內，莫不同源共流，沐浴玄德，稟仰太龢，枝附葉著，譬猶草木之植山林，鳥魚之毓川澤，得氣者蕃滋，失時者零落，參天地而施化，豈云人事之厚薄哉？今吾子處皇代而論戰國，曜所聞而疑所覿，欲從堥敦而度高乎泰山，懷氿濫而測深乎重淵，亦未至也[37]。

以為賓客之言乃世俗淺見，大謬不然！昔時七國爭霸，各方君主用人唯才，魯連、商鞅、李斯諸人所以能求取富貴，然而賈禍喪命卻也在朝夕之間，最後落得慘死的下場。何況古代也有孔子、孟子等等明瞭天命並安貧樂道之士，這些明哲之人，又豈是迂闊？如今則大漢興隆，人事萬物榮枯各順其命，既然已無馳騁立功之場，更不宜汲汲營營，否則必然自招災禍。賓客又問：「若夫鞅斯之倫，衰周之凶人，既聞命矣。敢問上古之士，處身行道，輔世成名，可述於後者，默而已乎？」上古之士處身行道足為後世稱論者，難道只有靜默自處而已？主人則回應，如陸賈、董仲舒、揚雄諸人，閉門著述，文炳後代；其慎修德行，守其天命，得以千載流光。或如姜子牙、師曠、公輸班、逢蒙等人以技藝名著史冊。而主人既然不修藝業，所以願「密爾自娛於斯文」，即靜謐以著述自娛。言下之意，以為靜默自處並非毫無作為，而是致力於進德修業，相信終究能顯名

37 〈答賓戲〉收錄〔梁〕蕭統編，〔唐〕李善注：《文選（下）》（臺北：五南圖書出版有限公司，民國 88 年 9 月，初版），頁 1131-1136。

於青史，為人所敬重。

關於崔駰之文，依據《後漢書》本傳記載，其人十三歲即能通《詩》、《易》、《春秋》，博學且善屬文，少游太學時與班固、傅毅齊名。又「常以典籍為業，未遑仕進之事。時人或譏其太玄靜，將以後名失實。駰擬揚雄作〈解嘲〉，作〈達旨〉以答焉。」（頁 1708-1709）則此文亦為擬效揚雄而作，用以回應譏嘲的文章。首段以「或說己曰」開頭，謂順時而動，出入循理，物無不然；但崔氏生逢盛世，皇帝求賢若渴，「胡為嘿嘿而久沈滯也？」接著，則「答曰」：

有是言乎？子苟欲勉我以世路，不知其跌而失吾之度也。古者陰陽始分，天地初制，皇綱云緒，帝紀乃設，傳序歷數，三代興滅。昔大庭尚矣，赫胥罔識。淳樸散離，人物錯乖。高辛攸降，厥趣各違。道無常稽，與時張施。失仁為非，得義為是。君子通變，各審所履。故士或掩目而淵潛，或盥耳而山棲；或草耕而僅飽，或木茹而長飢；或重聘而不來，或屢黜而不去；或冒詢以干進，或望色而斯舉；或以役夫發夢於王公，或以漁父見兆於元龜。若夫紛纆塞路，凶虐播流，人有昏墊之戹，主有疇咨之憂，條垂藟蔓，上下相求。於是乎賢人授手，援世之災，跋涉赴俗，急斯時也。昔堯含感而皐陶謨，高祖歎而子房慮；禍不散而曹、絳奮，結不解而陳平權……今聖上之育斯人也，樸以皇質，雕以唐文。六合怡怡，比屋為仁。壹天下之眾異，齊品類之萬殊。參差同量，坏冶一陶。群生得理，庶績其凝。家家有以樂和，人人有以自優……雖有力牧之略，尚父之厲，伊、皐不論，奚事范、蔡？……舍之則臧，己所學也。故進動以道，則不辭執珪而秉柱國；復靜以理，則甘糟糠而安藜藿。（頁 1710-171）

以為天運無常，興衰有替，所以君子也應當審查時變，再決定出仕或隱退的志向。大抵戰國之時，群雄並起，君臣之間彼此上下相求，而君子或隱或仕，可以隨順其心志。又每當人君憂心國事之時，才是人臣展能效力之際，然而當今漢代一統天下，四海昇平和樂，既然已經開創盛世，人君當然也就無所憂患，縱有伊尹、皐陶、范睢、蔡澤之才幹，又如何得以施展？因此既然不能致力於文教之事於朝廷，就應當寧靜淡泊，樂道自守。另外，「夫君子非不欲仕也，恥夸毗以求舉；非不欲室也，惡登牆而摟處。」（頁 1715）雖然君子意欲求仕，但有所不為，不苟求攀緣。因此，雖景仰建功立業、蜚聲遠播如晏嬰、曹劌、魯連、包胥等等偉大前賢，但「僕誠不能編德於數者，竊慕古人之所序」（頁 1716），只期望能仰慕其德操而讀其書而已。

張衡之文，依據《後漢書》本傳所載，順帝初時張衡為太史令，「衡不慕當世，所居之官，輒積年不徙。自去史職，五載復還，乃設客問，作〈應閒〉以見其志」（頁 1898）。又顏師古注引《張衡集》云：「觀者，觀余去史官五載而復還，非進取之勢。唯衡內識利鈍，操心不改。或不我知者，以為失志矣。用為閒余。余應之以時有遇否，性命難求，因茲以露余誠焉，名之〈應閒〉云。」可見此文為回應旁人誤解而作。首段以「有閒余者曰」開頭，對方以為先哲處事，務於下學上達，佐國理民，但何以張衡不求進仕，反銳思於〈靈憲〉、渾天儀等等「孤技」，力勸張衡「用後勳，雪前吝」，改弦易轍立功立事。接著，「應之曰」：

是何觀同而見異也？君子不患位之不尊，而患德之不崇；不恥祿之不夥，而恥智之不博。是故蓺可學，而行可力也。天爵高懸，得之在命。或不速而自懷，或羨旃而不臻，求之無益，故智者面而不思。阽身以徼幸，固貪夫之所為，未得而豫喪也。枉尺直尋，議者譏之，盈欲虧志，孰云非羞？於心有猜，則簋飧餧餔猶不屑餐，旌瞥以之。意之無疑，則兼金盈百而不嫌辭，孟軻以之。士或解裋褐而襲黼黻，或委臿築而據文軒者，度德拜爵，量績受祿也。輸力致庸，受必有階。……夫戰國交爭，戎車競驅，君若綴旒，人無所麗。燭武縣縋而秦伯退師，魯連係箭而聊城弛柝。從往則合，橫來則離，安危無常，要在說夫。咸以得人為梟，失士為尤。樊噲披帷，入見高祖；高祖踞洗，以對酈生。當此之會，乃鼃鳴而鼈應也。……今也，皇澤宣洽，海外混同，萬方億醜，并質共劑，若修成之不暇，尚何功之可立！立事有三，言為下列；下列且不可庶矣，奚冀其二哉！（頁 1901-1904）

君子必須修養道德，至於爵位利祿，得與不得則在於天命，不可因貪婪而毀行敗德，否則必然遭致禍難。就天時來說，戰國之時君王彼此爭鋒，務求人才，而人才如燭之武、魯仲連之類得以冒險患難，以建立不朽奇功，或如劉邦重用樊噲、酈生之流，總之君臣得以相遇，實乃上下彼此應合所致。但如今皇恩遍澤天下，萬方臣服，躬逢盛世的才士們或有抱負，但卻無立德、立功之處可以著力。再說功業之途本身極為凶險，先福後禍者亦多。縱使前人建功立業的典範俱在，但張衡僅希望「庶前賢之可鑽，聊朝隱乎柱史」，所以「曾不慊夫晉、楚，敢告誠於知己。」（頁 1908）表其不羨慕富貴且真心甘於黯淡之情。

崔寔之文不為《後漢書》本傳所載，本傳但云其年少窮困，父死葬訖之後，「資產竭盡，因窮困，以酤釀販鬻為業。時人多以此譏之，寔終不改。亦足取而已，不致盈餘。」（頁 1731）則崔寔有過一段貧窮但甘願以淡泊自居，然而卻為人所不解，並譏嘲的故事，劉勰所言〈客譏〉應當即是此段時日中之所作[38]。但此篇今只餘殘文不能知全意，而殘文恰好為一

38 《後漢書》本傳並無任何直接說明崔寔作〈客譏〉的記載，僅僅簡單介紹其身世。最末標明：「所著碑、論、箴、銘、答、七言、祠、文、表、記、書凡十五篇。」而各家

問一答。首先「客有譏」開頭，認為人應「享天爵而應睿智」，所以必得奮勇作為，彰顯勳積，不應潛藏玄虛，遊精太清。繼之以「答曰」：

> 子徒休彼繡衣，不知嘉遁之獨肥也。且麟隱于遐荒，不紆機穽之路；鳳凰翔于寥廓，故節高而可慕。李斯激憤，果失其度；胥、種遂功，身乃無處。觀夫人之進趨也，不揣己而干祿，不揆時而要會，或遭否而不遇，或智小而謀大。纖芒毫末，禍亟無外，榮速激電，辱必彌世。故曰：「愛餌銜鉤，悔在鸞刀；披文食豢，乃啟其毛。」若夫守恬履靜，澹爾無求，沈緡濬壑，棲息高丘。雖無炎炎之樂，亦無灼灼之憂。余竊嘉茲，庶遵厥猷。[39]

謂客人但知崢嶸於富貴，不知明哲以保身，鳳凰、麒麟隱身於寥闊、遐荒，所以才顯高節令人仰慕，至於激憤小人如李斯之流，最終失度自害。又世人多不能自揣智能，所以一味貪求躁進，則禍辱之來快如疾電，因此為必免忽榮而辱，寧可清靜無為，樂道自守。

蔡邕之文，《後漢書》本傳言，桓帝朝時天子聞其善鼓琴，欲召往京都，後蔡邕未至，稱疾而歸。其後「閑居翫古，不交當世。感東方朔〈客難〉及揚雄、班固、崔駰之徒設疑以自通，乃斟酌群言，韙其是而矯其非，作〈釋誨〉以戒厲云爾。」（頁 1980）可見蔡邕此文為辯清誤解及非議，而擬效前人之作。首段以「有務世公子誨於華顛胡老曰」開頭，前者以為「有位斯貴，有財斯富，行義達道，士之思也。」但後者卻「安貧樂

以為「答」就是劉勰所言〈客譏〉這篇文章，但篇名是否正確，則有異說；如清代黃淑琳認為〈客譏〉疑作〈答譏〉，范文瀾也同意此說。王更生則認為此篇應作〈答客譏〉才是。相關討論參見詹鍈：《文心雕龍義證》（上海：上海古籍出版社，1999 年 12 月，第 1 版），頁 503。

39 此殘文為嚴可均自《藝文類聚》中所輯出，參見〔清〕嚴可均輯：《全上古三代秦漢三國六朝文》（北京：中華書局，1999 年 6 月，初版），頁 721。

賤，與世無盈」，當今聖上寬明，有德才者皆得裂土蒙賜，受以重用，因此，「何為守彼而不通此？」接著，胡老慠然而笑，回應公子正是「所謂覩曖昧之利，而忘昭晢之害；專必成之功，而忽蹉跌之敗者已」，進一步又解釋：

自太極，君臣始基，有羲皇之洪寧，唐虞之至時。三代之隆，亦有緝熙，五伯扶微，勤而撫之。于斯已降，天綱縱，人紘弛，王塗壞，太極陁，君臣土崩，上下瓦解。於是智者騁詐，辯者馳說，武夫奮略，戰士講銳。電駭風馳，霧散雲披，變詐乖詭，以合時宜。……今大漢紹陶唐之洪烈，盪四海之殘災，隆隱天之高，拆絙地之基。皇道惟融，帝猷顯丕，汦汦庶類，含甘吮滋。檢六合之群品，濟之乎雍熙，群僚恭己於職司，聖主垂拱乎兩楹。君臣穆穆，守之以平，濟濟多士，端委縉綎，鴻漸盈階，振鷺充庭。……夫世臣、門子，㬅御之族，天隆其祜，主豐其祿。抱膺從容，爵位自從，攝須理鬚，餘官委貴。其取進也，順傾轉圓，不足以喻其便；逡巡放屣，不足以況其易。夫夫有逸群之才，人人有優贍之智。童子不問疑於老成，瞳矇不稽謀於先生。心恬澹於守高，意無為於持盈。粲乎煌煌，莫非華榮。明哲泊焉，不失所寧。狂淫振蕩，乃亂其情。貪夫殉財，夸者死權。瞻仰此事，體躁心煩……前車已覆，襲軌而騖，曾不鑒禍，以知畏懼。予惟悼哉，害其若是！天高地厚，跼而蹐之。怨豈在明，患生不思。戰戰兢兢，必慎厥尤。……（頁 1982-1988）

謂三代之後天下大亂，綱常廢弛君臣無道，而策士武夫四處奔走求用，使世風詭詐澆薄，如今大漢遠紹三代，重新開創太平盛世，聖主與賢臣臨朝而治，使天地之間無處不熙熙和樂。然而此其間仍有熱中功名利祿之人，猶然企慕戰國之世，汲汲營營貪求不止，紛紛死於權力與財物，但後人不能察覺前車之鑑，依然執著於榮華富貴，而作者既然深以為鑑，所以戰戰兢兢、謹言慎行，務使不生禍端。又寧可「心恬淡於守高，意無為於持盈」，然後「方將馳騁乎典籍之崇塗，休息乎仁義之淵藪」、「槃旋乎周、孔之庭宇，揖儒、墨而與為友」（頁 1987），過著樸素悠遊的生活。說完，「公子仰首降階，忸怩而避。」最後「胡老乃揚衡而笑，援琴而歌曰」：

練余心兮浸太清，滌穢濁兮存正靈。和液暢兮神氣寧，情志泊兮心亭亭，嗜欲息兮無由生。踔宇宙而遺俗兮，眇翩翩而獨征。（頁 1989）

雖然心志不能為世人所明瞭，但依舊堅持遊心太清、自持無為，獨然傲立於天地之間。

又郭璞依據《晉書》本傳所載，「璞既好卜筮，縉紳多笑之。又自以才高位卑，乃著〈客傲〉」[40]。則此文是為了回應他人嘲笑、抒發仕宦不順而作。首段以「客傲郭生曰」開頭，以為「玉以兼城為寶，士以知名為賢」，郭生既有才華，又「攀驪龍之髯，撫翠禽之羽」，卻不得「絕霞肆，跨天津」，實在前所未聞。接著，「郭生粲然而笑曰」：

鷦鷯不可與論雲翼，井蛙難與量海鼇。雖然，將祛子之惑，訊以未悟，其可乎？乃者地維中絕，乾光墜采，皇運暫迴，廓祚淮海。龍德時乘，群才雲駭，藹若鄧林之會逸翰，爛若溟海之納奔濤，不煩咨嗟之訪，不假蒲帛之招，羈九有之奇駿，咸總之于一朝，豈惟豐沛之英，南陽之豪！昆吾挺鋒，驌驦軒髦，杞梓競敷，蘭荑爭翹，嚶聲冠於伐木，援類

40 〔唐〕房玄齡等著：《晉書》（北京：中華書局，2003 年 6 月，1 版），頁 1905。〈客傲〉全文亦收入郭璞本傳，頁 1905-1906。

繁乎拔茅。是以水無浪士，巖無幽人，刈蘭不暇，爨桂不給，安事錯薪乎！……夫欣黎黃之音者，不顰蟪蛄之吟；豁雲臺之觀者，必閎帶索之歡。縱蹈而詠採薺，擁璧而歎抱關。戰機心以外物，不能得意於一弦。悟往復於嗟歎，安可與言樂天者乎！若乃莊周偃蹇於漆園，老萊婆娑於林窟，嚴平澄漠於塵肆，梅真隱淪乎市卒，梁生吟嘯而矯跡，焦先混沌而槁杌，阮公昏酣而賣傲，翟叟遁形以倏忽，吾不能幾韻於數賢，故寂然玩此員策與智。

對於客人的質疑見解，郭璞以為無非拘墟之見。因為此時皇德遍佈，福臨四海，群賢雲蒸且各司其職，因此野無遺才，人人物物都得以各展其用。既然如此，則應該自知其分自守其性，否則一味外求汲營，適足以傷害天然本性，徒然增加煩惱而已。作者有感於此，所以格外羨慕莊周、老萊子、嚴君平、阮籍等等，勇於堅持自性本分，不受世人譏評非議而絲毫有所改變的人物；但又不敢自比於諸位曠達之士，所以沉湎於卜筮之術，雖為人所輕，依舊不改其志。

上述八家八篇，各有其特色，劉勰對其讚譽有加。此外，劉勰又說：

至於陳思〈客問〉，辭高而理疏；庾敳〈客咨〉，意榮而文悴。斯類甚眾，無所取才矣。（頁 255）

曹植與庾敳之文，今皆已亡佚。雖然這兩篇並非佳作，但劉勰指出「斯類甚眾」，則意謂「對問」此類文章應不在少數[41]。又對前八篇劉勰既

41 如《三國志．蜀書》〈郤正傳〉中，載其因不得宦官黃皓所喜，是以官不過六百石，而免於憂患，「依則先儒，假文見意，號曰〈釋譏〉，其文繼於崔駰〈達旨〉。」參見〔晉〕陳壽撰，〔南朝宋〕裴松之注：《三國志》（北京：中華書局，2006 年 10 月，北京 1 版），頁 1033-1034。《晉書》束晳本傳也載其：「嘗為〈勸農〉及〈餅〉諸賦，文頗鄙

然認為是彼此「迭相祖述」，那麼對照史傳所記載，發現上述作者在創作時，確實是有意識的擬效前人篇章。最早從班固開始，就已經清楚意識到東方朔〈客難〉與揚雄〈解嘲〉二文有其相似性，且和他們同樣有著「感時不遇」的悲憤，所以才作〈賓戲〉抒懷。換言之，劉勰「對問」之為文學體類，其觀念之形成已於東漢見其端倪，然後逐漸發展，班固之後，崔駰又效揚雄而作〈達旨〉；到了東漢末年的蔡邕，「感東方朔〈客難〉及揚雄、班固、崔駰之徒設疑以自通」云云，正說明此這些篇章經過許多不同作家前後仿效創作，清晰的呈現出其被視為一系列的現象，而在文中「設疑以自通」，即通過設疑問難的方式，然後藉由回答他人疑難，以抒通並流露作者心中的真實情懷，這正是此一體類的內容特色。

其實將這些篇章視為一種系列或類型，早在劉勰之前，晉代摯虞《文章流別論》中就說：

> 若〈解嘲〉之弘大緩優，〈應賓〉之淵懿溫雅，〈連旨〉之壯厲忼慷，〈應閒〉之綢繆契闊。郁郁彬彬，靡有不長焉。[42]

舉揚雄、班固、崔駰（按「連旨」應作「達旨」，恐形近而訛）與張衡之作，言明各自特色。顯見摯虞是將這些篇章視作一具有源流系統的類型篇章，然後才可能聚集而論之。

俗，時人薄之。而性沈退，不慕榮利，作〈玄居釋〉以擬〈客難〉。」夏侯湛本傳中也載其，「少為太尉掾。泰始中，舉賢良，對策中第，拜郎中，累年不調，乃作〈抵疑〉以自廣。」〈文苑傳〉中載曹毗：「累遷尚書郎、鎮軍大將軍從事中郎、下邳太守。以名位不至，著〈對儒〉以自釋。」參見〔唐〕房玄齡等撰：《晉書》（北京：中華書局，2003 年 6 月，1 版），頁 1428、1491、2387。由這些資料，可見文人在創作這些篇章時，其實都是心有積鬱，而仿效漢人而作。

42 〔清〕嚴可均輯：《全上古三代秦漢三國六朝文》（北京：中華書局，1999 年 6 月，初版），頁 1906。

固然，早自漢代人們就意識到此一系列的篇章，於題材與體式上彼此有其相似性，所以在分類上，與賦劃別且自成一系列。不過，依據《說文解字》「氏」字引揚雄〈解嘲〉，但卻把此篇稱為「揚雄賦」來看[43]，顯示漢人的另一種觀點，還是將這類篇章視之為「賦」。無論如何，漢人以為〈解嘲〉、〈答賓戲〉這些篇章與賦關係密切，應為無庸置疑的事實。

到了六朝，劉勰卻將這些篇章自賦劃出獨立，並屬名為「對問」，並以為宋玉〈對楚王問〉為始創。可是，觀察這些漢代作家的擬效對象，發現漢人並不認為這種作品，始自於宋玉〈對楚王問〉，而是認為東方朔〈答客難〉才是開山之作。那麼究竟應當以〈答客難〉或〈對楚王問〉為諸篇之源？漢代人當然不可能回應劉勰的觀點，不過蕭統等人，卻對這一文類有不同的解釋，將劉勰所視為的「對問」篇章一分為二，列為「對問」與「設論」。

二、蕭統的觀察

承上所論，劉勰所論「對問」諸篇，對照《昭明文選》來看，後者僅將宋玉之作歸於「對問」一類，其他東方朔、揚雄與班固三篇則另入於「設論」一類。這裡又有兩個問題值得關注；其一，即是「對問」與「設論」的分界為何？其二，「對問」中既僅有〈對楚王問〉一篇，是否意謂宋玉之作，在後代文學發展史中沒有迴響？

先就「對問」與「設論」兩類之分界問題來說。兩種文類的分立，在六朝應是一定程度的共識，不只蕭統，前已言及任昉《文章緣起》羅列「對問。宋玉〈對楚王問〉。」但此之外，任昉又云：「解嘲。揚雄作。」

43 「氏」字下云：「揚雄賦：『響若氏隤』。」此即〈解嘲〉之語。參見〔清〕段玉裁：《說文解字注》（臺北：紅葉文化事業有限公司，1998 年 10 月，初版）頁 634。

顯見「〈對楚王問〉」、與「〈解嘲〉」是兩種不同類型的篇章，並且各有源頭；至於兩種文類的差異，明代陳懋仁於其下的注解可以參考，云：「《爾雅》曰：『對，達也。』《詩》云：『對揚王休。』《書》曰：『好問則裕。』蓋對問者，載主客之辭，以著其意也。」又說：「解者，釋也，解釋結滯徵事以對也。」[44]則「對問」是藉由主客問答之辭，顯著主人之意。「解嘲」則是為了抒解心結鬱悶，舉事對答。如此看來，以「主客問答」的方式表明作者情志，本為兩種體類共通的要素，但前者並未限定何種情志，而後者限定為抑鬱憂憤，且還必須徵引各種事類作為材料以助抒情。現代學者就此也有相關討論，如游志誠認為「對問」僅是單純的一問一答的形式，「設論」則一設一答皆出於擬想，也正因為出於擬想所以可以存在戲謔之筆，從諧趣中展現道理[45]。盧景商則說：

> 「設論」意謂文中的問題和解答，都是作者設計的，也既是作者為了活潑地表達觀念，故意設計一些難題，假託是他人來回答，然後用精闢的解答來駁倒難題，以表現出作者觀念的正確和能力的高超。那麼蕭統不把〈對楚王問〉的問答方式看作是「設論」，即認為文中楚王的問題，並非宋玉自己假託的，而確有其事。[46]

然則兩者雖皆為主客問答，主要差別在於「對問」是真有其事，「設論」則出於作者假想。除此之外，簡宗梧老師分析劉勰所舉歷代諸篇作

44　〔南朝梁〕任昉著，〔明〕陳懋仁注：《文章緣起注》，收入《文體序說三種》（臺北：大安出版社，1998年6月，初版），頁25、26。

45　這是游志誠在比較「難」與「對問」、「設辭」時所言，認為「難」是一難一辯，有別於「對問」一問一答的方式。再與「設論」相較，「難」是真有詰難之實，義正辭嚴，執是攻非，不容玩笑。「設論」則未必，因虛擬假設所以可以存戲謔之意，故在辭氣與態度上，均與「難」迥異。參見氏著：〈論《文選》之難體〉，《昭明文選學術論考》（臺北：臺灣學生書局，民國85年3月，初版），頁148。

46　氏著：《六朝文學體裁觀念研究》（桃園：中央大學中文所碩論，民國78年），頁97。

品，發現唯有宋玉〈對楚王問〉與張衡〈應閒〉二文沒有明顯的用韻情況，其他各篇則用韻情況甚為明顯，恰恰《文選》「設論」也不收錄張衡之作，由此推論「對問」、「設論」之別，在於行文刻意用韻與否[47]。

按以上各家所說皆各有其理，但也都還有部分可再補充與討論的空間。先就游、盧二氏之說分析，其實「設論」之文辭固出於作者擬想、假託問答，但其中的人物未必是虛設，如〈解嘲〉中「客嘲揚子曰」之「揚子」，〈達旨〉中「或說己曰」之「己」，〈應閒〉中「有閒余者曰」之「余」，〈客傲〉中「客傲郭生曰」之「郭生」，都意謂作者並不迴避，將自身朗現其中；當然，不乏如〈賓戲〉、〈釋誨〉作者於文中並不存在，且主客皆為假想者，但這畢竟相對少數。如此說來，以上述諸篇文章內容觀之，很難說定全是盡出作者擬想，然後假託問答，何況依據史書所言，作者往往真是因事而發，而非憑空虛構。換言之，縱使真是假託問答，與〈子虛〉、〈上林〉等漢大賦不僅內容虛構，連主客雙方也都是揑造的情況，並不盡同。至於簡宗梧老師以用韻情況辨別彼此，雖甚具說服力，但卻遺留一個值得討論的問題，即《昭明文選》的「對問」何以不錄張衡之作，而卻收錄宋玉〈對楚王問〉呢？觀《昭明文選》全書，僅錄一篇之文類，除此之外，唯「冊」（潘勖〈冊魏公九錫文〉）、「令」（任昉〈宣德皇后令〉）、「奏記」（阮籍〈詣蔣公〉）、「連珠」（陸機〈演連珠五十首〉）、「箴」（張華〈女史箴〉）、「墓誌」（任昉〈劉先生夫人墓誌〉）、「行狀」（任昉〈齊竟陵文宣王行狀〉）總共八類。我們注意到除了「對問」以外，其他所錄皆為魏晉六朝人士之作。其實本著「踵其事而增華，變其本而加厲」之精神，以為後出篇章文采更盛前代，所以詳近略遠、捨遠求近，亦

47　關於揚雄〈解嘲〉等劉勰所論各篇文章的用韻情況，可參見簡宗梧老師：〈試論《文心雕龍・雜文》的對問系列〉，收入李爽秋教授八十壽慶祝壽論文集編輯委員會主編：《李爽秋教授八十壽慶祝壽論文集（抽印本）》（民國 95 年 4 月），頁 165-174。

是此書收文的原則之一。那麼〈應閒〉無論是篇幅之大、對偶之工、徵事之繁等等，都在〈對楚王問〉之上，是則「對問」之類，理應選擇〈應閒〉而捨〈對楚王問〉，事實卻何以不然？

其實欲釐清兩者分界，我們必須先注意到，〈對楚王問〉是宋玉為了替自己平反，訴說不為人知的高遠志向，以鳳凰、鯤魚自喻，尤見其卓而不群、不見容於小人的傲氣。這種情感的直露宣洩，展現作者高度的人格自信與期許，自然容易讓人聯想到以屈原與楚文化[48]。但東方朔〈答客難〉以下至郭璞〈客傲〉卻不如此，據上文言史書之所載，這些作品的創作動機，可分為兩種：其一，「位卑以自慰」——仕途不遂，且心有不甘者；有東方朔〈答客難〉、班固〈賓戲〉、郭璞〈客傲〉三篇。其二，「無爭以明志」——淡泊自持，卻遭人譏疑者；有揚雄〈解嘲〉、崔駰〈達旨〉、張衡〈應閒〉、崔寔〈客譏〉、蔡邕〈釋誨〉五篇。第一種的內容，常常強調生不逢時，所以才學不得重用。第二種的內容，往往著意躬逢盛世，所以不勞馳騁心力於朝廷，並且闡發明哲保身的守拙智慧。但這兩種區分只是相對而言，並非絕對，所以〈賓戲〉也談及先福而禍之理，而〈解嘲〉、〈應閒〉等篇也論及古今時異之勢。總之，這些作品多在省思「時」的問題，如此當然與〈對楚王問〉純粹為己申訴、睥睨俗眾頗為異趣。

承上所論，我們可以說「對問」與「設論」兩種文類的差異在於題材，前者只是單純的抗辯外界非議，後者則更關懷、感嘆「時」不我與的問題。而漢代文人所面臨的，主要當然是關於時運的問題[49]，所以一連串

48　據李乃龍的研究，認為宋玉對於聖人、君子、小人的區分，是承襲北方儒家文化的表現，而其對自己高度期許的人格理念，則根植楚文化本身，其中鳳凰、鯤魚之喻，更早見於《莊子》與屈原〈離騷〉、〈九章〉；換言之，宋玉此文，可視為南北文化融合的產物之一。參見氏著：〈論《文選》對問體——兼論先秦問對體式的發展歷程〉，《廣西師範大學學報（哲學社會科學版）》第 4 期（2005 年 10 月），頁 88-89。

49　漢代文人悲士不遇的心靈，可分兩種，一種為屈原式的，感嘆奸小當道，君王遭蒙蔽使得賢良不能得用；其二則是像〈答客難〉一系列的篇章，反映出漢代文人對於戰國

的相關篇章，漢人自然推源自東方朔〈答客難〉；但到了六朝對此一文類的既有之發展脈絡，卻出現了一個問題，即如何安置宋玉〈對楚王問〉？或者說，宋玉之作究竟能不能放置在這些體類篇章中一併討論，然則在時間點上，既然早先於漢人，固可視之為此類開創之作，否則又當如何？按照昭明太子與任昉的作法，既認為〈對楚王問〉不能納入此一脈絡，因此除「設辭」或「解嘲」外，另立「對問」以安置宋玉之文，但尷尬的是此類卻僅有宋玉一文，理論上單篇應不能成類，然而昭明太子與任昉仍勉強為之，故此一現象，實透露出六朝人如何安置宋玉此文時的困惑。如此，應可解釋《昭明文選》「對問」何以僅取〈對楚王問〉，即因這樣的題材也就只有一篇。至於「設論」，因這一類的作品本來也就較多，所以《昭明文選》自然可能選取較多篇章；而其不取張衡〈應閒〉之故，在於用韻不顯，因此不為重視文采的選家所選，也就應當可以理解了。

再以蕭統來說，雖然分別了「對問」與「設論」，但也不認為兩者全然不相關。這可從《昭明文選・序》說明該書各文類的資料談論起：

嘗試論之曰：詩序云：「詩有六義焉：一曰風，二曰賦，三曰比，四曰興，五曰雅，六曰頌。」至於今之作者，異乎古昔，古詩之體，今則全取賦名。荀宋表之於前，賈馬繼之於末。自茲以降，源流寔繁。述邑居則有「憑虛」、「亡是」之作，戒畋遊則有〈長楊〉、〈羽獵〉之制。若其紀一事，詠一物，風雲草木之興，魚蟲禽獸之流，推而廣之，不可勝載矣！又楚人屈原，含忠履潔，君匪從流，臣進逆耳，深思遠慮，遂放湘南。耿介之意既傷，壹鬱之懷靡愬。臨淵有懷沙之志，吟澤有憔悴之容，騷人之

游士性格的延續，因天下已經定於一尊，受限客觀環境與專政體制，不能展現個人才性，所以激發而出的感嘆。參見顏崑陽：〈論漢代文人悲士不遇的心靈模式〉，國立政治大學中文系所主編《漢代學術思想研討會論文集》（臺北：文史哲出版社，民國 80 年 10 月，初版）頁 246-247。

文，自茲而作。

賦固為古代《詩》六義之一，從源流上來看，理當如劉勰文論先詩而後賦，蕭統亦不否認此一事實，故云「古詩之體，今則全取賦名」。但先賦而後詩，主因在於蕭統本身進化的文學觀念，因賦雖詩所衍生，但其動人文采與繁富題材更在其上，所言「述居邑」、「戒畋遊」云云，自然泛指該書「賦」底下與各種大小事物相關的十五題材類目。其實以賦先於詩的編排方式，並不始於蕭統，西晉至南朝梁的總集多是如此，《昭明文選》亦不過隨勢所趨[50]。但蕭統論賦之後，卻緊接著論屈騷，但在實際編類上，賦之後繼以詩，詩之後才再續以騷，然而由蕭統將賦、騷並論看來，應該也意味認為騷與賦是較為接近的體類。另外關於詩以及其他各種體類，又云：

詩者，蓋志之所之也，情動於中而形於言。〈關雎〉〈麟趾〉，正始之道著；桑間濮上，亡國之音表，故風雅之道，粲然可觀。自炎漢中葉，厥塗漸異。退傅有「在鄒」之作，降將著「河梁」之篇；四言五言，區以別矣。又少則三字，多則九言，各體互興，分鑣並驅。頌者，所以游揚德業，褒讚成功。吉甫有「穆若」之談，季子有「至矣」之歎。舒布為詩，既言如彼；總成為頌，又亦若此。次則箴興於補闕，戒出於弼匡。論則析理精微，銘則序事清潤。美終則誄發，圖像則讚興。又詔誥教令之流，表奏牋記之列，書誓符檄之品，弔祭悲哀之作，答客指事之制，三言八字之文，篇辭引序，碑碣誌狀，眾制鋒起，源流間出。譬陶匏異器，並為入耳

50 不僅總集如此，即以別集而言，多是以賦最先，然後為詩，再則其他文類。更何況總集的編纂，主要在替各種文類尋找出足以學習的範本，文學發展的脈絡如何則並非重點，那麼先賦後詩也就成了可以理解的現象了。相關說明，參見曹道衡：〈《文選》和辭賦〉，收入中國文選學研究會主編：《文選學新論》（鄭州：中州古籍出版社，1997年10月，第1版），頁105-106。

之娛；黼黻不同，俱為悅目之玩。作者之致，蓋云備矣！[51]

這段話詩的發展演變。從早先觀風俗、知得失的三百篇，到漢代則題材更廣，如諷諫、離別等，且體製也更為多元，因此該書所錄的詩多達共廿三種題材，包含各種形製。其他如頌、箴、論、銘、誄、讚等等各種體類，各有功用及其特色，但蕭統並不一一細論。值得注意的是，除上述所言外，如「詔誥教令」、「表奏牋記」等，序文大多能清楚標其體類名稱，但「答客指事之制」一語，卻不然，據此並不能清楚知道指涉的體類為何。駱鴻凱以為：「指事蓋謂七類，如〈七發〉說七事以太子是也。」[52]然則「答客」應即是兼指書中「對問」、「設辭」兩種文類，如此蕭統雖然將「七」、「對問」、「設論」分立為三，但仍舊宏觀的併為一大類，那麼就和《文心雕龍》〈雜文〉所採取的論調接近了。

至於劉勰，則逕將宋玉之文，併入〈解嘲〉〈答客難〉等上述一系列的文章，並將之一概稱為「對問」，如其所言：

原夫茲文之設，乃發憤以表志。身挫乎道勝，時屯寄於情泰；莫不淵岳其心，麟鳳其采，此立體之大要也。（頁 255-256）

「對問」就創作動機言之，必然是內有所怨憤之情，為了抒發情懷而作。至於預期的創作目的，則期望能超越現實中的悲憤困頓，培養道德且回復平靜。又就作品的特色觀之，必須既闡發作者深刻幽渺的心志，同時具有華麗的文采，彼此情采相符，方為佳篇。所以前述曹植、庾敳之作，

---

51 〈文選序〉參見〔梁〕蕭統編，〔唐〕李善注：《文選（上）》（臺北：五南圖書出版有限公司，民國 88 年 9 月，初版）頁 4-6。

52 駱鴻凱：《文選學》（臺北：華正書局，民國 76 年 8 月，初版），頁 14。

劉勰予以「辭高而理疏」、「意榮而文悴」的評論，大概就是因其辭勝乎情、情勝乎辭的狀況而言。所謂「身挫乎道勝」與「時屯寄於情泰」二語，前言「身」後言「時」；一遭語言的人身攻擊而愈顯道德卓越，一遭時勢的客觀困境而愈見心安理得，不正可視為兩種題材，剛好對應到《昭明文選》「對問」與「設論」兩文類？雖然如此，但劉勰不再細分，因為兩者在創作動機與目的上，皆同為「發憤以表志」，因此「對問」一名概括之則可，不須另別「設論」[53]。那麼，宋玉之文在歷史時序上既然更早，也就理所當然將之冠為體類之始祖了。

綜上所論，劉勰「對問」此一文類觀念，其實萌芽自東漢，漢人以東方朔〈答客難〉為開宗，隨著仿效的篇章增加，雖不名為「賦」，漢人仍廣義地認為其隸屬「賦」的範圍。但由漢至晉，人們其實意識到這一系列作品的體式與題材，有其特殊性可言，至六朝才明確確立為一體類。而六朝「對問」體類名稱的指涉又有廣、狹之別，狹義「對問」與「設論」文類相對，分別以宋玉〈對楚王問〉、東方朔〈答客難〉為起源，前者是面對自身謗言的反擊，後者為出於時勢困局的解悶，此說可以《昭明文選》為代表。廣義「對問」則含括「設論」一類，以宋玉〈對楚王問〉為發端，東方朔〈答客難〉一系列漢、晉人之作則包含其中，因皆這些都是作者都是「發憤以表志」而作，所以彼此間無甚差別，此說又以《文心雕龍》為代表。

53　薛鳳昌的看法也與之相似，認為《昭明文選》將「對問」與「設論」分立，其謬實誤。就「對問」一體，薛氏云：「古來文家，往往遭時感事，設為問答，以書其胸中所蓄，皆此體也。」參見氏著：《文體論》（臺北：臺灣商務印書館，1998 年 8 月，臺二版），頁 58。

第三節
《文心雕龍》〈雜文〉主要體類之二——「七」

《文心雕龍・雜文》首段繼宋玉「對問」之後，又說：

> 及枚乘摛豔，首製〈七發〉，腴辭雲構，夸麗風駭。蓋七竅所發，發呼嗜欲，始邪末正，所以戒膏粱之子也。[54]

按〈七發〉首以「楚太子有疾，而吳客往問之」起頭，後則展開兩人對答。吳客以為太子之病「可無藥石針刺灸療而已，可以要言妙道說而去也。」太子既答應洗耳恭聽，吳客於是先後又說以「天下之至悲」之音樂、「天下之至美」之食物、「天下之至駿」之坐騎、「天下之靡麗皓侈廣博」之郊遊、至壯之游獵歡宴、「天下怪異詭觀」之浪濤，最後再推出以孔、孟與百家思想為內涵的「要言妙道」。交談過程中，從音樂到郊遊，太子的反應都是「僕病，未能也。」然而到了游獵歡宴，雖仍稱「僕病，未能也。」但先是「陽氣見於眉宇之上，侵淫而上，幾滿大宅。」顯然病情大為好轉，後太子又說：「僕甚願從，直恐為諸大夫累耳。」言下之意，甚欲有此游獵歡宴，但恐過度勞師動眾。直到最提及「要言妙道」，太子「據几而起曰：『渙乎若一聽聖人辯士之言。』涊然汗出，霍然病已。」[55]終於完全病癒。

文中嘗試恢復楚太子健康的各種耳目聲色享樂，層出迭起，真給人目

54　參見周振甫注釋：《文心雕龍注釋》（臺北：里仁出版社，民國 87 年 9 月，初版），頁 255。本節所引《文心雕龍》原典皆出此書，故其後僅於引文末標示頁碼，不再另行注釋。

55　〈七發〉全文見費振剛等校注：《全漢賦校注》（廣東：廣東教育出版社，2005 年 12 月，第 1 版），頁 32-37。

不暇給之感，所以文辭尤顯豔麗繁富，但文末又回歸端莊嚴肅的聖人之言，所以劉勰認為此文其實仍然具有諷諫之意，而非一味放縱情欲。而作為後世「七」文類的首創之作，枚乘〈七發〉地位自然極為重大，以下即討論漢代以來對於〈七發〉的擬倣，以及積篇成類的情形。

一、「七」類的形成與評價

枚乘以後，仿效者甚多，所以劉勰又指出：

> 自〈七發〉以下，作者繼踵。觀枚氏首唱，信獨拔而偉麗矣。及傅毅〈七激〉，會清要之工；崔駰〈七依〉，入博雅之巧；張衡〈七辯〉，結采綿靡；崔瑗〈七厲〉，植義純正；陳思〈七啟〉，取美於宏壯；仲宣〈七釋〉，致辨於事理。自桓麟〈七說〉以下，左思〈七諷〉以上，枝附影從，十有餘家。或文麗而義暌，或理粹而辭駁。（頁 256）

這段資料描述出相關作品的紛呈出現。先就傅毅言之，《後漢書・文苑傳》載：

> 毅以顯宗求賢而不篤，士多隱處，故作〈七激〉以為諷。[56]

〈七激〉之創作動機，明確的為勸誘說服隱士出仕，以投身朝廷。該文部分已經散佚，但仍大致可見原貌。透過「徒華公子」與「玄通子」兩者的對話展開；前者即為「託病幽處，游心於玄妙，思清乎黃老」[57]的隱

---

56 〔南朝宋〕范曄撰，〔唐〕李賢等注：《後漢書》（北京：中華書局，2003 年 8 月，1 版），頁 2613。

57 〈七激〉全文見費振剛等校注：《全漢賦校注》（廣東：廣東教育出版社，2005 年 12 月，第 1 版），頁 427-429。

士，後者前往拜訪，為其講論「天下之至妙，列耳目之通好，原情心之理性，縱道德之彌奧」，希望能使之出仕，以「銘勒功勳，懸著隆高」為人生理想。玄通子先後說以「天下之妙音」、「可以解煩，悁悅心意」的美食、「天下之駿馬」、游獵歡宴之「天下之至娛」、美女伴遊之「天下之歡」，至此都未見徒華公子有所回應，直到最後說以「遵孔氏之憲則，投顏閔之高跡」且光明太平的漢室天下，才「瞿然而興」，又「自知沈溺，久蔽不悟。請誦斯語，仰子法度。」最終玄通子成功的說服了徒華公子，使徒華公子茅塞頓開，翻然悔悟過去的偏狹窄仄，決定投效朝廷，為聖王所驅馳效力。

崔駰、崔瑗之文，《後漢書》本傳中並未詳載創作緣由，《全漢賦》所錄僅殘文兩段及不成段落者數句，今已難以就其內容分析。不過《全漢文》載：

> 駰既作〈七依〉，而假非有先生之言。曰：嗚呼！揚雄有言「童子雕蟲篆刻。」俄而曰：「壯夫不為也。」孔子疾小言破道，斯文之族，豈不謂義不足而辯有餘乎？賦者將以諷，吾恐不免於勸也。[58]

崔駰自悔〈七依〉之作，徒事逞辭強辯而已，其實不能達到勸諫之用，所以引用揚雄對於漢賦的評語自我批判。其中「斯文之族」，顯然就是一種「類」的概念，只不過此一「類」的具體對象，究竟為何？揆測文意，應當是指「小言破道」、「義不足而辯有餘」，即馳騁文辭辯說但卻無道德勸諫實效的篇章而言，而這類的篇章正是漢代興盛的散文大賦。如此說來，崔駰〈七駰〉及與此相類的諸七篇章，在東漢當時，根本就是被當

58 〔清〕嚴可均輯：《全後漢文》卷四四，收入《全上古三代秦漢三國六朝文（1）》（北京：中華書局，1999 年 6 月，初版），頁 714。

作大賦在被看待及評價。

至於張衡之文，《後漢書》本傳中也未詳載創作緣由。今〈七辯〉全篇大至完整，該文內容為有一「祖述神仙，背世絕俗，唯誦道篇」[59]的無為先生，七位辯士於是前往勸說，欲使其出於幽隅。先後由虛然子、雕華子、安存子、闕丘子、空桐子五人分別說以「宮室之麗」、「滋味之麗」、「音樂之麗」、「女色之麗」、「輿服之麗」，至此，皆未見無為先生有所回應。但接著依衛子以「赤松王喬，羨門安期」等仙人共遊仙境為內容的「神仙之麗」說之時，無為先生興然而起，嘆曰：「吁美哉！吾子之誨，穆如清風。啟乃嘉猷，寔慰我心。」看來依衛子所言，正符合無為先生情志，所以反應如此。但是最後，髣無子說以「化明如日，下應如神」的漢皇盛世，終使無為先生「翻然迴面」，又說「予雖蒙蔽，不敏指趣，敬授教命，敢不是務！」看來無為先生也迴心改志，一變為積極入世。

曹植之文，此文為《文選》所收錄。值得注意的是〈七啟‧序〉說明了此篇創作的緣由，云：

> 昔枚乘作〈七發〉，傅毅作〈七激〉，張衡作〈七辯〉，崔駰作〈七依〉，辭各美麗，余有慕之焉，遂作〈七啟〉，並命王粲作焉。[60]

曹植注意到〈七發〉以降一系列相似之作，有著文辭「美麗」的特色，也因喜好此一特色，所以擬效前人，創作〈七啟〉。至此，顯然諸「七」篇章已經明確形成了體類的概念，不僅有其系譜可言，還有著

59 〈七辯〉全文收錄費振剛等校注：《全漢賦校注》（廣東：廣東教育出版社，2005 年 12 月，第 1 版），頁 786-788。

60 〈七啟〉全文收錄〔梁〕蕭統編，〔唐〕李善注：《文選（下）》（臺北：五南圖書出版有限公司，民國 88 年 9 月，初版），頁 875-876。

「美」、「麗」的共通性的藝術特徵。而〈七啟〉文中，先是無營無為的玄微子，居大荒之庭，然後鏡機子則翻過崇山峻嶺，欲加以勸告。會面以後，先後說以「佳餚之妙」、「容飾之妙」、「羽獵之妙」、「宮館之妙」、「聲色之妙」，但都未使玄微子共鳴認同。接著，鏡機子說以「重氣輕命，感分遺身」的游俠事蹟，玄微子頗能認同，但又說「然方於大道，有累如何？」意謂雖有所動心，但此仍非真正的通達大道。最後，鏡機子一「散樂移風，國富民康」、「神應休臻，屢獲嘉祥」的聖宰之世，果然使玄微子「攘袂而興」，又「覽盈虛之正義，知頑素之迷惑」，決定「願反初服，從子而歸」。則玄微子不再自甘黯淡隱處荒野，決定效力於聖王，依從鏡機子一同返回朝廷。

王粲之文，《三國志》本傳中並未詳載創作緣由，該篇今錄於《全漢賦》，但只餘殘文。以殘文內容觀之，有一「恬淡清玄，渾沌純樸，薄禮愚學，無為無欲」[61]的潛虛丈人，而又有一大夫聞之，認為「君子不以志易道，不以身後時，進得脩業，與世同理。」其他段落殘文中，則見歌舞、田獵、女色與「聖人在位，時邁其德」的盛世景況之描寫。

至於桓麟與左思之文，《後漢書》、《晉書》傳中亦不載其緣由，兩篇雖錄於《全漢賦》、《全晉文》，但前者已殘，已不能見其人物與對答始末，後者更是全佚，僅留存目。

雖然，依據劉勰所言，從東漢至晉，仿效〈七發〉而作的至少有十餘作家，然而文中並未一一列舉，是文論所言不過其中犖犖大者而已。此外，依據劉勰對這十餘家的概括評論，即「或文麗而義暌，或理粹而辭駁」之語觀之，可知其中所以能成為佳篇者，即因能以華麗辭藻敷寫出明

61 〈七釋〉收錄費振剛等校注：《全漢賦校注》（廣東：廣東教育出版社，2005 年 12 月，第 1 版），頁 1071-1075。

白的義理；反之，則文辭冗雜不能見其義理，如此自然就是失敗的寫作了。在「舉理以敷統」的部分，劉勰概括「七」的寫作規範與原則：

觀其大抵所歸，莫不高談宮館，壯語畋獵。窮瓌奇之服饌，極蠱媚之聲色。甘意搖骨體，豔詞動魂識，雖始之以淫侈，而終之以居正。然諷一勸百，勢不自反。子雲所謂先騁鄭衛之聲，曲終而奏雅者也。（頁 256）

要之，此一體類作品以描寫華麗宮館、壯盛田獵、美艷服飾與各種聲色享樂為內容，誘發人們的慾望，但最後卻又歸於嚴肅的義理正道。劉勰借用揚雄對於漢賦的批評，認為「七」之「勸百諷一」的方式，徒使人流於放縱情欲，其實無益於道德規勸。

總上言之，劉勰認為自枚乘〈七發〉後，劉勰歸納由東漢迄於晉的八篇作品，雖然各篇特色不盡相同，但大抵而言都具有「豔」「麗」的美學特色。不過整體來說，劉勰對於「七」之體類，評價並不高，因其以大量聲色享樂在先，最後再回歸正道的方式，無異勸百諷一；換言之，情欲並不能真正使人受到勸誘而獲得道德的提升，反而會「勢不自反」，使人更加放縱。

「七」被劉勰視為一種體類，並且予以頗為詳細的討論。然而依據現有文獻來看，〈七發〉、〈七激〉、〈七依〉、〈七辯〉等作品被集聚而賦予「七」之類名，卻早於劉勰之前。《藝文類聚》卷五七所轉引晉代摯虞《文章流別論》之言：

傅子集古今七而論品之，署曰《七林》。

摯虞既言「古今『七』」，則顯見至此「七」已明確是一種體類名稱，所以才能如此概括而論。又傅玄既然集結古今相關作品而成書，那麼可以想見「七」類的著作繁盛了。傅玄也作有〈七謨〉一文，其文雖然不傳，但〈七謨·序〉卻細數歷代篇章，反應出這種盛況：

> 昔枚乘作〈七發〉，而屬文之士若傅毅、劉廣世、崔駰、李尤、桓麟、崔琦、劉梁、桓彬之徒，承其流而作之者紛焉。〈七激〉、〈七欣〉、〈七依〉、〈七歘〉、〈七說〉、〈七蠲〉、〈七舉〉之篇。於時通儒大才馬季長、張平子亦引其源而廣之；馬作〈七廣〉，張造〈七辯〉。或以恢大道而導幽滯，或以黜瑰奓而託諷詠，揚暉播烈，垂於後世者，凡十有餘篇。自大魏英賢迭作，有陳王〈七啟〉、王氏〈七釋〉、楊氏〈七訓〉、劉氏〈七華〉、從父侍中〈七誨〉，並陵前而邈後，揚清風於儒林，亦數篇焉。世之賢明，多稱〈七激〉工，余以為未盡善也。〈七辯〉似也，非張氏至思，比之〈七激〉未為劣也。〈七釋〉僉曰妙哉，吾無閒矣。若〈七依〉之卓轢一致；〈七辯〉之纏綿精巧；〈七啟〉之奔逸壯麗；〈七釋〉之精密閒理，亦近代之所希[62]。

傅玄也以〈七發〉為「七」之首倡，並指明沿流而下兩漢遂有傅毅〈七激〉、崔駰〈七依〉等人續作，乃至於大儒馬融、張衡也在創作之列，且特別強調漢代「揚暉播烈，垂於後世者」的佳作，竟多達十餘篇，是則漢代諸「七」之作品篇數還大於今之所見者，可想當時創作之盛。下及魏代，曹植、王粲、劉楨等人接續創作，〈七啟〉、〈七釋〉、〈七華〉各篇巧妙各有不同，但大抵都是以文辭精美豔麗為其特色。文中「承其流而作」、「引其源而廣之」之語，更加清楚指出篇章彼此之間具有相承及影響

62 〔清〕嚴可均輯：《全晉文》卷七七，收入《全上古三代秦漢三國六朝文（2）》（北京：中華書局，1999 年 6 月，初版），頁 1723。

的關係。又對照劉勰對於歷代諸七作品的評語，與傅玄多有相近，所以推測劉勰對「七」的意見，很可能受傅玄影響而來[63]。

如果說傅玄對於「七」類文章文采「豔」、「麗」的稱頌，是上承曹植而來的批評觀點，那麼在熱烈的讚嘆之中，傅玄還企圖回應的問題，就是崔駰所言「小言破道」、「義不足而辯有餘」的非議；意即「七」體類文章除了文采動人以外，究竟能否具備政教功能？在傅玄看來答案是肯定的，「或以恢大道而導幽滯，或以黜瑰奓而託諷詠」，意謂這些篇章既可以去除人們的幽閉消極的思想，使儒家光明的道德價值得到宣揚，不然也有助於諷諫君王，使之勿近豪奢。而這樣的論調，正與班固在〈兩都賦・序〉中對於賦功能的說明：「或以抒下情而通諷喻，或以宣上德而盡忠孝」[64]，以及《漢書》王褒傳中所載漢宣帝對於辭賦的評價：「大者與古詩同義，小者辯麗可喜。」[65]幾乎一致。總之，自漢迄於晉，雖然「七」終究成為具體的體類，然而對於「七」的評價方式，卻始終依附於漢代大賦的批評觀點之中。換句話說，「七」之篇章不論在漢代或之後，人們始終認為它與漢代大賦關聯密切。

承上言之，同為晉代文家的摯虞《文章流別論》中，也將〈七發〉、〈七依〉等作品視為一種類型，並且探討其源流演變。但對於這一文學體類的評價，就與傅玄大異其趣了：

---

63 傅玄、劉勰兩人評論的觀點相近，如〈七激〉，傅稱「工」，劉稱「會清要之功」；〈七辯〉，傅稱「纏綿精巧」，劉稱「結采綿靡」；〈七啟〉，傅稱「奔逸壯麗」，劉稱「取美於宏壯」之類。不僅論點相似，辭氣也相彷彿，故劉勰的意見很可能即是受到傅玄影響而來。相關說明，參見呂武志：《魏晉文論與文心雕龍》（臺北：樂學出版社，民國95年元月，初版），頁136、137。

64 費振剛等校注：《全漢賦校注》（廣東：廣東教育出版社，2005年12月，第1版），頁464。

65 〔漢〕班固撰，〔唐〕顏師古注：《新校漢書集注》（臺北：世界書局，民國67年11月，三版），頁2829。本節所引《漢書》原典皆從此書，故其後僅於引文後標示頁碼，不再另行注釋。

〈七發〉造于枚乘，借吳楚以為客主。先言出輿入輦，蹷痿之損，深宮洞房寒暑之疾，靡曼美色晏安之毒，厚味煖服淫曜之害，宜聽世之君子要言妙道，以疏神導引，蠲淹滯之累。既設此辭，以顯明去就之路。而後說以色聲逸遊之樂。其說不入，乃陳聖人辯士講論之娛，而霍然疾瘳。此因膏梁之常疾以為匡勸。雖有甚泰之辭，而不沒其諷喻之義也。其流遂廣，其義遂變，率有辭人淫麗之尤矣。崔駰既作〈七依〉，而假非有先生之言曰：「嗚呼！揚雄有言，童子雕蟲篆刻。俄而曰：壯夫不為也。孔子疾小文破道，斯文之簇，豈不謂義不足而辯有餘乎？賦者，將以諷，吾恐不免于勸也。」[66]

指出〈七發〉吳客先以耳目聲色之娛，後以要言妙道使楚太子忽然病癒、明白事理的內容特色，認為同篇雖然文辭奢泰華麗，但到底還具有著諷喻的實用功能；然而後世作者忽略諷喻之用，使得諸「七」之作淪為炫辭的巧技而已。值得注意的重點有二：第一，摯虞竟整段搬用了崔駰的觀點，並藉由揚雄對於漢賦的負面評價，意在概括性的否定〈七發〉以外的諸「七」篇章。第二，諸「七」之作不僅被視為一系列彼此前後有關的作品，而且還有了正、變的問題，但諷刺的是，篇章的「量」的增多，竟然同時造成「質」的改變，而且是變得更為低劣，所謂「其流遂廣，其義遂變」云云，即是此意。而這樣的觀點，與《漢書・藝文志》〈詩賦略〉中對賦的源流與評價，幾乎一致，所謂：

春秋之後，周道寖壞，聘問歌詠不行於列國，學詩之士逸在布衣，而賢人失志之賦作矣。大儒孫卿及楚臣屈原離讒憂國，皆作賦以風，咸有惻

66 〔清〕嚴可均輯：《全上古三代秦漢三國六朝文（2）》（北京：中華書局，1999 年 6 月，初版），頁 1905-1906。

隱古詩之義。其後宋玉、唐勒，漢興枚乘、司馬相如，下及揚子雲，競為侈麗閎衍之詞，沒其風諭之義。是以揚子悔之，曰：「詩人之賦麗以則，辭人之賦麗以淫……。」（頁 1756）

班固以為荀子、屈原等等失志賢人所作的賦，本質上承續三百篇之義，所以為「詩人」，其賦作內容抒發憂國之心且意在諷諫君王，所以批評其作品是「麗以澤」，但宋玉、唐勒及枚乘與司馬相如等「辭人」之作，卻已失去規勸政教的良善意義，徒然馳騁華藻，雖然文墨豔麗，但一無所用，所以批評其作品為「麗以淫」。總之，班固感嘆賦雖淵遠流長，但卻從原先「麗以澤」，流衍為後來「麗以淫」，且不再具有諷喻之意。

摯虞所論者為「七」，而〈詩賦略〉中所論者為「賦」，但彼此對於所論體類的發展情況及評價，幾乎一樣。兩種體類除了本身辭采表現之外，都被預設必須具備最為重要的諷喻功能，而此一功能的失落，即意謂文體的質變。在以諷喻價值為判準之下，兩者的發展，都是每下愈況。那麼，再回到上述劉勰對於「七」體類的論述，如果說對於歷代「七」之作品特色的描述，是受傅玄影響而來，但最後「始之以淫侈，而終之以居正。然諷一勸百，勢不自反」這種整體性的評價，理當可謂接續摯虞的觀點而來。

總上言之，由漢代開始，隨著相關作品增加，「七」在晉代確立成一體類，以文辭豔麗為特徵，又視枚乘〈七發〉為「七」之肇端，歷代各家並無疑意，然則後有傅毅〈七激〉等等接續而作之「流」。但「七」始終被以漢代辭賦的標準加以評價，無論對其是褒或貶，都意味「七」雖然獨立為一種體類，但無疑與賦有著密切關聯。

二、「七」類題材的演變

上述只以文論資料探討「七」形成體類的情況，接著，我們將回歸作品本身，探討諸「七」篇章的題材與演變，裨益了解體類之形成，但上述篇章因大部分都以殘佚，今僅能以較為面貌完整者作為討論之對象。

由前文所言各家對於「七」的討論文獻來看，認為〈七發〉是首創之作、「七」之源起，可謂共識。再者，對於各篇的特色的評語，大都極為籠統簡要，唯有介紹〈七發〉時，會就其題材與內容予以稍微詳細的介紹說明，如摯虞與劉勰的文論，即是如此。且就各家看來，枚乘〈七發〉既然開啟後世「七」體類之淵源，後世傅毅、崔駰、張衡、曹植等人加以擬效，而有〈七激〉、〈七依〉、〈七辯〉、〈七啟〉等篇之作，似乎一切順理成章，傅玄「承其流而作」、「引其源而廣之」，摯虞「其流遂廣」，劉勰「枝附影從」之語，也無非此意。但是，檢視各篇內容，發現「七」之作品主題卻有所轉變，值得注意。

（一）勸進主題：治病的共同題材

〈七發〉中吳客先介紹各種嗜欲與楚太子，最後才推出「要言妙道」使其病癒；言下之意，是謂楚太子終於接受了「要言妙道」且深為喜好，喜好的程度遠大過各種聲色娛樂。關於此篇，趙逵夫以為係枚乘勸告吳王濞不可謀反的說帖；指出這些聲色娛樂其實是一種「誘導」，並且各種娛樂與景色是從宮內到宮外、由都邑之中到大自然，為的是讓對方由耽溺於聲色而逐漸體會到大自然的美好、雄偉與人生的價值[67]。簡宗梧老師則以

67　這個說法由大陸學者趙逵夫所提出，趙氏以為〈七發〉其實就是枚乘寫給吳王濞看的，當時的吳王濞已經是一位欲意謀逆朝廷的諸侯王，枚乘正是為了告誡吳王濞放棄這種念頭，因作〈七發〉。參見趙逵夫：〈《七發》與枚乘生平新探〉，收入王許林編輯：《辭賦文學論集》（江蘇：江蘇教育出版社，1999 年 12 月版），頁 153。

為此實為枚乘寫給朝廷及諸王，期望能廣納能文之士，所以又可以說其用意在於倡導貴遊文學[68]。且不論弦外之音為何，〈七發〉依據上文所引述，其內文以「治病」為主題，卻是無庸置疑的。再如傅毅〈七激〉，首段說：

> 徒華公子，託病幽處，游心於玄妙，清思乎黃老。於是玄通子聞而往屬曰：「僕聞君子當世而光跡，因時以舒志，必將銘勒功勳，懸著隆高。今公子削跡藏體，當年陸沈，變度易趣，違拂雅心。挾六經之指，守偏塞之術，意亦有所蔽與，何圖身之謬也。僕將為公子論天下之至妙，列耳目之通好，原情心之性理，綜道德之彌奧，豈欲聞乎？」公子曰：「僕雖不敏，固願聞之。」[69]

「激」具《說文》所云，本義為水流急促，引伸有「鼓動激發」之意[70]。徒華公子託病而離世幽處，並且以玄妙的道家黃老思想自持，於是玄通子前往談論，並以積極有為、建功立業的思想試圖易改徒華公子「削跡藏體」的避世想法。最後為徒華公子講論天下之至妙等等，期望能使託病的公子有所起色。又如劉廣世〈七興〉云：

> 子康子有疾，王先生往焉，曰：「駿壯之馬，憍不征路，其荷衡也。

68 簡老師認為，漢初時文學之士除了依傍諸侯國外，其實沒有太多生存的空間。枚乘既先後游於吳、梁之地，又結交各地的文學之士，深知貴遊文學的樂趣，所以歸順武帝後，希望能加以提倡貴遊文學，拓展自己與其他文士的生存空間，可說順理成章之事。參見氏著：〈枚乘《七發》與漢代貴遊文學之發皇〉，收入輔仁大學中文系編：《兩漢文學學術研討會論文集》（臺北：華嚴出版社，民國 84 年），頁 346-349。

69 參見費振剛等校注：《全漢賦校注》（廣東：廣東教育出版社，2005 年 12 月，第 1 版），頁 427。

70 〔漢〕許慎著，〔清〕段玉裁注：《說文解字注》（臺北：洪葉出版社，1998 年 10 月，初版），頁 554。本節所引《說文解字》原典資料均出此書，故其後僅於引文末括注頁碼，不再另行注釋。

曜似鷲禽，其即行也。驚若游鷹，飆駭風逝，電發波騰，影不及形，塵不暇。」[71]

「興」，《說文》云其本義為「起」（頁 106）。此篇作品雖然只殘留此段，但顯然也是以探病、治病為緣起，而說之以良馬駿壯、奔騰之美。還有如崔琦〈七蠲〉開頭也說：

寒門邱子有疾，玄野子謂之曰：「藍沼清池，素波朱瀾，纖繳華竿，緡沈魚浮，薦以香蘭，幽室洞房，絕檻垂軒，紫閣青臺，綺錯相連。結實布葉，與波邪傾，從風離合，澹淡交并，紫帶黄葩，翳水吐榮。紅顏溢坐，美目盈堂，姿喻春華，操越秋霜。從容微眄，流曜吐芳。巧笑在側，顧盼傾城。」[72]

「蠲」，《說文》云其本義為多足之蟲，引伸則有「光耀顯陽」之意（頁 672）；而此亦是以寒門邱子有疾，玄野子探訪之，並且告之以樓閣、池水、香美女等等美好事物。

除了以上所舉的例子之外，其他如崔瑗〈七蘇〉、劉梁〈七舉〉、馬融〈七厲〉等篇章，雖然至今皆已殘逸，但觀「蘇」、「舉」、「厲」其字義，亦多有高起重生或振作之意[73]，以之為篇名，則其奮起人生、鼓舞進取的

71 劉廣世〈七興〉今只殘留此段，參見費振剛等校注：《全漢賦校注》（廣東：廣東教育出版社，2005 年 12 月，第 1 版），頁 435。

72 參見費振剛等校注：《全漢賦校注》（廣東：廣東教育出版社，2005 年 12 月，第 1 版），頁 836。

73 「蘇」通「穌」，《說文解字注》段玉裁引《樂記》「蟄蟲召蘇」，注云：「更息」、《玉篇》云：「蘇，息也，死而更生也。」，頁 330。又「舉」，許慎云：「對舉」，段注：「對舉，謂以兩手舉之」，頁 609。「厲」，本義為剛石，段注云其有引伸之義為作、烈也，頁 451。參見〔漢〕許慎著，〔清〕段玉裁注：《說文解字注》（臺北：紅葉文化事業有限公司，1998 年 10 月，初版），頁 330、609、451。

旨趣甚為明顯。換言之，諸「七」之作本是要將處於幽暗低潮、處於病態的生命，使之向上提昇超越；所以這根本就是一種治病、養病的活動。

再從「說者」與「被說者」的角色身份加以觀察，〈七發〉中吳客與楚太子一為尋常游士，一為患病貴族，並無奇特。但〈七激〉則不同，玄通子顯然為儒家／入世／積極思想的人物，徒華公子則為道家／出世／消極思想的人物，〈七蠲〉中的「寒門」邱子，以及〈七興〉中的子康子，推測大概也是徒華公子之流，至於玄野子、王先生推測應該也是玄通子之輩。然則七之篇章中所治、養之「病」，除了〈七發〉楚太子是真身患疾病外，其餘篇章則未必，其「病」乃是隱士假託偽裝；或者就儒家／入世／積極思想人物角度看來，道家／出世／消極思想及其人物，本身就是一種「不合時宜」之「病」。最終道家／出世／消極思想人物被成功說服，當然也就意味著這「不合時宜」之「病」得以消解，轉而成為儒家／入世／積極思想之人物。下文即就此現象進一步析論：

（二）儒、道思想的頡頏

承上所言，〈七激〉之後，說者與被說者的身份出現與〈七發〉相較，出現了明顯的轉變。而治療或說服這種「不合時宜」之「病」的過程，也就成了儒家／入世／積極思想，與道家／出世／消極思想的之間相頡頏，且最後一定由前者勝出的特殊現象。

枚乘〈七發〉，從一開始「楚太子有疾，而吳客往問之」開始，接著是吳客所陳述的各種耳目聲色之娛樂，最後也是最重要並且讓楚太子痊癒的一段話是：

客曰：「將為太子奏方術之士有資略者，若莊周、魏牟、楊朱、墨翟、便蜎、詹何之倫。使之論天下之釋微，理萬物之是非。孔老覽觀，孟子持籌而算之，萬不失一。此亦天下要言妙道也，太子豈欲聞之乎？」於是太子據几而起曰：「渙乎若一聽聖人辯士之言。」涊然汗出，霍然病已。[74]

枚乘是西漢初期，具有縱橫家文風的代表作家之一，且縱橫家給予漢代文學的重要影響之一，即是在於漢賦的創作[75]；更為具體來說，則展現在文辭敘述的鋪張揚厲，氣勢折人。又這種特色在於七類作品中最為明顯，但這裡我們特別注意的是，吳客所謂的「要言妙道」，其要旨不限於一家一宗，如以李善注引《淮南子》、《七略》等資料看來，則老子、莊周、便蜎、魏牟等人之學說屬於道家之學，墨翟屬墨家之學，孔子、孟子則屬於儒家之學。顯然，西漢初期，至少在枚乘看來天下之至言妙道固然不止一家，但其學術思想以道家和儒家為兩大主流。且並未顯現儒、道兩方思想劇烈的對抗，而之所以強調儒、道思想的衝突，是因其在東漢的七類作品中不斷地重複出現，所以是一值得注意的現象。

如東漢傅毅〈七激〉，玄通子勸告徒華公子，君子應當因時動，建立功名，不應該「削跡藏體」，自甘黯淡，捨棄儒家六經之旨規，而以黃老遁世無為的「偏塞之術」作為立身之志。到了最後一段：

玄通子曰：「漢之聖世，存乎永平，太和協暢，萬機穆清，於是群俊學士，雲集辟雍，含詠聖術，文質發矇，達犧農之妙旨，照虞夏之典墳，尊孔氏之憲則，投顏謝之高跡。推義窮類，靡不博觀。光潤嘉美，世宗其言。」公子瞿然而興曰：「至乎，主得聖道，天基允臧，明哲用思，君子

74 參見費振剛等校注：《全漢賦校注》（廣東：廣東教育出版社，2005 年 12 月，第 1 版），頁 37。

75 關於縱橫家文化對於漢初文風的影響，可參看傅劍平：《縱橫家與中國文化》（臺北：文津出版社，民國 84 年 2 月，初版），頁 217、218。

所常。自知沈溺，久蔽不悟，請誦斯語，仰子法度。」[76]

這漢朝統治下的盛世裡，儒生學者聚集在太學中，吟詠研讀古代治世的典籍與治術，且遵循孔子、顏回等聖賢之偉大情操以處世。玄通子所陳述的景象，正是儒家思想中的盛世氣象。至於徒華公子耳聞之後，馬上自悔沈溺久蔽，服膺玄通子之說，追隨具備聖道的人主，不再以隱蔽遁世為高了。

與傅毅同時代而稍晚的張衡，其〈七辯〉開頭說無為先生「祖述列仙，背世絕俗，唯誦道篇。行虛年衰，志猶不遷。」七位辯士接著所要前去論辯說服者，即是無為先生遁世離俗的思想與行為。最後一段云：

髣無子曰：「在我聖皇，躬勞至思。參天兩地，匪怠厥司。率由舊章，遵彼前謀。正邪理謬，靡有所疑。旁窺八索，仰鏡三墳。講禮習樂，儀則彬彬。是以英人底材，不賞而勸，學而不厭，教而不倦。於是二八之儔，列乎帝庭。揆事施教，地平天成。然後建明堂而班辟雍，和邦國而悅遠人。化明如日，下應如神，漢雖舊幫，其政惟新。」而先生乃翻然迴面曰：「君子一言，於是觀智。先民有言，談何容易。子雖蒙蔽，不敏指趣，敬授教命，敢不是務。」

髣無子所言，同樣是儒家聖君盛世的景象。謂聖君臨世，勤政治國，使天下之理是非正邪沒有疑惑混雜，並且注重儒家典籍的傳承與研究，講習禮樂。在此聖朝內，才士們不須賞誘就願意貢獻才學，致力於教化與輔政。因此朝廷之間充滿了可以媲美堯帝時八元八愷的賢臣們。就在聖君賢

76 參見費振剛等校注：《全漢賦校注》（廣東：廣東教育出版社，2005 年 12 月，第 1 版），頁 429。

臣的共同努力下，學術與教化興盛，不論國內和外邦之人皆服膺本朝，成就了天下一同的盛世。果然無為先生聽也心悅誠服，稱讚髣無子所論乃是難得的智者之言，因此願意聽說從命。

再看東漢末年徐幹〈七喻〉，該篇文章雖然只剩殘文，不見全篇面貌。但觀其「有逸俗先生者，耦耕乎巖石之下，棲栖乎穹谷之岫。萬物不干其志，王公不易其好。寂然不動，莫之能懼。」[77]這段話看來，雖然並不知最後結果，但顯然這位逸俗先生也同樣是一位道家思想、崇尚隱遁的人物。同時期的王粲，其〈七釋〉亦僅以殘文存世，該篇首段云；

潛虛丈人，違世循俗。恬淡清玄，渾沌淳樸，薄禮愚學，無為無欲，均同生死，混齊榮辱。於是大夫聞而嘆曰：「蓋聞君子不以志易道，不以身後時，進德脩業，與世同理。今子深藏其身，高栖其志，外無所營，內無所事。」[78]

而曹植〈七啟〉之中也說：

玄微子隱居大荒之庭，飛遯離俗，澄神定靈。輕祿傲貴，與物無營。耽虛好靜，羨此永生。獨馳思於天雲之際，無物像而能傾。於是鏡機子聞而將往說焉……「予聞君子不遯俗而遺名，智士不背世而滅勳。今吾子棄道德之華，遺仁義之英。耗精神乎虛廓，廢人事之紀經。譬若畫形於無象，造響於無聲。未之思乎，何所規之不通也？」

77　參見費振剛等校注：《全漢賦校注》（廣東：廣東教育出版社，2005 年 12 月，第 1 版），頁 1002。

78　參見費振剛等校注：《全漢賦校注》（廣東：廣東教育出版社，2005 年 12 月，第 1 版），頁 1071。

潛虛丈人、玄微子兩人都是性格恬淡、無為無欲，並且輕棄禮俗世務的道家式人物，而〈七釋〉中的大夫與〈七啟〉裡的鏡機子顯然是懷有積極入世、立功立德之理想的儒家式人物。而〈七啟〉最末一段云：

鏡機子曰：「世有聖宰，翼帝霸世。玄化參神，與靈合契。惠澤播於黎苗，威靈震乎無外。超隆平於殷周，踵羲皇而齊泰。顯朝惟清，王道遐均。民望如草，我澤如春。河濱無洗耳之士，喬岳無巢居之民。是以俊乂來仕，觀國之光。舉不遺才，進各異方。正流俗之華說，綜孔氏之舊章。神應休臻，屢獲嘉祥。故甘靈紛而晨降，景星宵而舒光。觀游龍於神淵，聆鳴鳳於高岡。此霸道之至隆，而雍熙之盛際。然主上猶以沈恩之未廣，懼聲教之未厲。采英奇於仄陋，宣皇明於巖穴。此甯子商歌之秋，而呂望所以投綸而逝也。吾子為太和之民，不欲仕陶唐之世乎？」玄微子攘袂而興曰：「韡哉言乎！近者吾子，所述華淫，欲以厲我，祇攪予心。至聞天下穆清，明君蒞國，覽盈虛之正義，知頑素之迷惑。今予廓爾，身輕若飛。願反初服，從子而歸。」

鏡機子所說，亦為一帝威遠播、德服四海，君民同心且天人同慶，又儒家思想文化流遍的理想世界。使得玄微子為之心動雀躍，決定脫離幽谷，一改前轍，與鏡機子一同為治世之臣。

以上所舉各例，可見自〈七激〉首開，儒、道頡頏的現象既然在兩漢七類之作中一再顯現，如此也反映出兩家學說的消長演變。一般說來，道家思想在漢武帝罷黜百家，獨尊儒術之前，是處於較為主流的地位。而當時黃老道家思想主要特色即如司馬談〈論六家要旨〉所言：「道家無為，又曰無不為，其實易行，其辭難知。其術以虛無為本，以因循為用。無成勢，無常形，故能就萬物之情。不為物先，不為物後，故能為萬物主。有法無法，因時為業，有度無度，因物與合。」[79]以虛無為本而兼容並蓄各家，而沒有一定的法度，視時間與環境之所需而加以採擇變通，這是黃老道家一個重要的面向。就以〈論六家要旨〉來看，司馬談雖然是站在黃老道家的立場批評其他各家，但並沒有對於任何一家學說予以嚴厲批判[80]，而是以道家為主，兼雜包容儒、法、名、墨等等諸家學說[81]，這種學術情況反映在漢初枚乘〈七發〉中，儒、道兩家以及墨家都可以被認為是「要言妙道」。乃至於西漢深好黃老之術的竇太后死後，儒學逐漸開始興盛，黃老道家逐漸遭到貶抑[82]，後來漢武帝罷黜百家獨尊儒術，儒家思想雖然自此成為漢代學術主流，然而黃老道家並未完全於漢代銷聲匿跡，乃至於隱逸之士不絕如縷，動輒拒絕朝廷招聘以消極對抗，〈七激〉正是為此而作，而其後的兩漢諸七之作，各篇文中出現的隱士，只怕在現實社會中也不乏其人[83]。換言之，這些篇章的內容本身，亦應可視為儒、道兩家思想彼此頡頏現象的折射。儘管如此，不代表各篇都是現實情況的反映，依據

79 參見〔漢〕司馬遷著，〔唐〕司馬貞等集注：《史記》（北京：中華書局，1982 年 11 月，2 版），頁 3289。

80 如說陰陽家「大祥而眾忌諱，使人拘而多所畏，然其序四時之大順，不可失也」，又如說儒家「博而寡要，勞而少功，是以其事難盡從，然其序君臣父子之禮，列夫婦長幼之別，不可易也」。等等之類，同上注。

81 這種兼容並蓄各家學說的黃老道家思想，有別於以老子、莊子之學為中心的道家，因此也有人把黃老道家稱之為新道家，相關說明參見金春峰：《漢代思想史》（北京：中國社會科學出版社，2006 年 2 月，增補三版），頁 62。

82 《漢書・儒林傳》云：「及竇太后崩，武安君田蚡為承相，黜黃老、刑名百家之言，延文學儒者以百數，而公孫弘以治《春秋》為承相封侯，天下學士靡然鄉風矣。」參見〔漢〕班固著，〔唐〕顏師古注《漢書集注（五）》（臺北：世界書局印行，民國 67 年 11 月，3 版），頁 3593。又可以另外補充說明的，是西漢儒、道兩家思想的對抗，其背後更有階級對抗的背景存在，大抵外戚、郡國王都是以道黜儒，代表者為竇太后和淮南王，而皇室則是以儒黜道，集成大成者為漢武帝。相關說明可參看侯外廬主編：《中國思想通史・兩漢思想卷》（北京：人民出版社，1957 年 4 月，初版），頁 60。

83 隱逸之士，兩漢皆有，但東漢隱逸之風較西漢為盛，乃至於《後漢書》須闢立〈逸民傳〉加以記載，相關說明，參見郭章裕：〈兩漢七體文類極其文化意涵〉，《東吳中文學報》第 17 期（民國 98 年 5 月），頁 33-35。

文獻看來，諸「七」成為文士炫辭的篇章是顯而易見的，如上述崔駰作〈七依〉而引揚雄之語，喻為「童子雕蟲篆刻」，或曹植更是直言愛慕前人麗辭，所以接踵仿作，這都意謂「七」雖有頌美或諷刺之意，但其實是遊戲筆墨。

總上言之，自枚乘〈七發〉首創，引起後世仿效者眾多，其「勸進」的主題一以貫之，但除了〈七發〉，東漢以後七之篇章全都是以儒家／入世／積極思想，與道家／出世／消極思想角力，其結果必由前者獲勝，意味在儒家思想籠罩之下，此「病」其實是以儒家思想為準則的「不合時宜」之「病」。由真「病」到「不合時宜」之「病」，反映出兩漢儒、道思想消長的演變，但在宣揚儒家思想時，其實是遊戲之作。

總結本節所論，由枚乘〈七發〉之後，傅毅〈七激〉、崔駰〈七依〉、張衡〈七辯〉等作家作品逐一增多，終於至晉代明確成為一體類。而「七」除了〈七發〉是以治病為主題，轉變到〈七激〉以下，莫不以招隱為主題，所對治的其實是種不合儒家思想之病，這個轉變，反映出儒、道兩家思想的轉折。如此看來，作為一種體類的範式，〈七激〉的地位恐怕更在〈七發〉之上。另外，在「七」集篇而成類的過程中，除了本身文辭之華麗為人所注意外，其諷喻政教功能的存在與否也受爭議，意味人們雖確立「七」為一體類，但仍籠罩於「賦」之下。

第四節
《文心雕龍》〈雜文〉主要體類之三——「連珠」

與「對問」、「七」作為一種後起的體類名稱不同，「連珠」如本章第一節所述，在《後漢書》呈現出文士著述資料時，就以明確體類名號，而非單篇之名的形式出現。由此可見，早在漢代時，「連珠」就已經確立為體類，然則我們要觀察「連珠」在漢代集篇而成類的過程，以及其漢人評價此一文類的方式。

「連珠」明確形成體類概念的時代既早，所以對於此一文類的討論，也在劉勰之前就有明確的相關文獻。晉代傅玄〈連珠序〉就說：

所謂連珠者，興於漢章帝之世，班固賈逵傅毅三子受詔作之。而蔡邕、張華之徒又廣焉。其文體，辭麗而言約，不指說事情，必假喻以達其旨，而覽者微悟，合於古詩勸興之義。欲使歷歷如貫珠，易睹而可悅，故謂之連珠也。班固喻美詞壯，文章弘麗，最得其體。蔡邕似論，言質而辭碎，然其旨篤矣。賈逵儒而不豔，傅毅文而不典。[84]

傅玄以為「連珠」始於班固、賈逵、傅毅，三人受東漢章帝召命而作，其後又有蔡邕、張華相繼創作。唯史傳中皆未載諸人製作「連珠」相關事由，所以傅玄所言受詔之事，與張華、蔡邕創作之緣故，都無法清楚考論。自《全後漢文》所輯觀之，並不見傅毅之作，可見者唯有班固〈擬連珠〉，賈逵、杜篤亦各有〈連珠〉，而蔡邕則有〈廣連珠〉，但各篇多只餘殘文數句。

班固〈擬連珠〉云：

臣聞：公輸愛其斧，故能妙其巧；明主貴其士，故能成其治。

臣聞：良匠度其材而成大廈，明主器其士而建功業。

臣聞：聽決價而資玉者，無楚和之名；因近習而取士者，無伯玉之

---

84 〔清〕嚴可均輯：《全上古三代秦漢三國六朝文（2）》（北京：中華書局，1999 年 6 月，初版），頁 1724。

功。故璵璠之為寶，非駔儈之術也；伊呂之為佐，非左右之舊。

臣聞：鸞鳳養六翮以凌雲，帝王乘英雄以濟民。易曰：「鴻漸隅陸，其羽可用為儀。」

臣聞：馬伏皁而不用，則駑與良而為群；士齊僚而不職，則賢與愚而不分。[85]

以「臣聞」開頭，又以對偶駢句成篇，其篇小而言約，內容皆以各種事物加以譬喻比擬，旨在於奉告君王應當任賢取士，才能濟民治世。而賈逵〈連珠〉云：

夫君人者，不飾不美，不足以一民。[86]

杜篤〈連珠〉則云：

能離光明之顯，長吟永嘯。[87]

賈、杜殘文太少，但內容可見仍與人君治道相關。又蔡邕〈廣連珠〉：

道為知者設，馬為御者良；賢為聖者用，辨為知者通。

臣聞：目瞤耳鳴，近夫小戒也；狐鳴犬嗥，家人小祆也。猶忌慎動作，封鎮書符，以防其禍。是故天地示異，災變橫起，則人主恐懼而修

85 〔清〕嚴可均輯：《全上古三代秦漢三國六朝文（1）》（北京：中華書局，1999 年 6 月，初版），頁 612-613。

86 〔清〕嚴可均輯：《全上古三代秦漢三國六朝文（1）》（北京：中華書局，1999 年 6 月，初版），頁 644。

87 〔清〕嚴可均輯：《全上古三代秦漢三國六朝文（1）》（北京：中華書局，1999 年 6 月，初版），頁 628。

政。

參絲之絞以絃琴，緩張則撓，急張則絕。[88]

僅第二則較完整，意在傳達天人感應、災異之象使人君警惕的道理，第三則殘文言絲弦緊弛，不能知其寓意，第一則殘文看來亦無非取材任賢之理。至於《全晉文》中則全無張華之作。在歷數漢、晉各家「連珠」作品後，傅玄又認為其中以班固為最佳，兼具「辭麗言約」與「假喻達旨」、「合於古詩勸興之義」的文體要式。至於賈、傅、蔡、張之作，大至上若非於文辭上欠乏文采或失於冗雜，即是諷喻旨意不夠顯朗。

在傅玄之後，《文心雕龍・雜文》也對「連珠」提出更明確的觀點。該篇首段提到：「揚雄覃思文闊，業深綜述，碎文瑣語，肇為連珠，其辭雖小，而明潤矣。」[89]謂揚雄乃深於文思，又潛心學問，所以創造出「連珠」，「連珠」就體製上而言篇幅窄小，文辭看似瑣碎，其實整體來看，有著「明潤」之美，亦即辭意明顯，且聲調諧潤，此為其作品之美學特色。然而《漢書》本傳中，並未提及揚雄制作「連珠」之事，今其〈連珠〉二則，可見於《全漢文》之中，分別為：

臣聞：明君取士，貴拔眾之所遺；忠臣薦善，不廢格之所排。是以巖穴無隱，而側陋章顯也。

臣聞：天下有三樂，有三憂焉。陰陽和調，四時不忒，年穀豐遂，無有夭折，災害不生，兵戎不作，天下之樂也。聖明在上，祿不遺賢，罰不

88 〔清〕嚴可均輯：《全上古三代秦漢三國六朝文（1）》（北京：中華書局，1999 年 6 月，初版），頁 876。

89 參見周振甫注釋：《文心雕龍注釋》（臺北：里仁出版社，民國 87 年 9 月，初版），頁 255。本節所引《文心雕龍》原典皆出此書，故其後僅於引文末標示頁碼，不再另行注釋。

偏罪，君子小人，各處其位，眾臣之樂也。吏不苛暴，役賦不重，財力不傷，安土樂業，民之樂也。亂則反焉，故有三憂。[90]

前則旨在強調明君應當禮賢納善，即使是使隱逸與貧賤之士，亦應當拔舉。後則論「三樂」矮「三憂」，要之四時和諧、君臣得位、百姓安居，即是「三樂」，反之就是「三憂」。兩文既以「臣聞」作為開頭，顯然與之應對的對象應是君王，只不過並未見君王的前後應答，但見「臣」之拳拳忠言，內容則是諷勸君王如何才能大治天下，使四海安定，政教道德的意味十分濃厚。又兩文雖然篇幅簡短，但上則主要以四六駢句為文，下則主要以四言為句；因此就其體製而言，確實顯得整齊工麗。如此看來，劉勰對此文「碎文瑣語」、「其辭雖小，而明潤矣」的評論，可說十分得當。

劉勰除了評論揚雄之外，又云：

自連珠以下，擬者間出。杜篤賈逵之曹，劉珍潘勖之輩，欲穿明珠，多貫魚目。可謂壽陵匍匐，非復邯鄲之步，里醜捧心，不關西施之嚬矣。唯士衡運思，理新文敏，而裁章置句，廣於舊篇。豈慕朱仲四寸之璫乎！（頁 255）

自揚雄〈連珠〉後，擬效者眾多，但評價大多不如揚雄，故譏以東施效顰之語。前章已經說明，《後漢書》中賈、杜與劉三人的著述資料內，確有「連珠」之名目。但實際作品創作源由與作品，賈、杜已於上文所論，不須贅述，而劉珍本傳中，亦無說明其創作「連珠」的事由，《全漢文》也不載作品。又提到潘勖則有〈擬連珠〉，《三國志・魏書》本傳亦未

90 〔清〕嚴可均輯：《全上古三代秦漢三國六朝文》（北京：中華書局，1999 年 6 月，初版），頁 416。

言及創作之由，今其〈擬連珠〉輯錄於《藝文類聚》中，云：

臣聞：媚上以布利者，臣之常情，主之所患；忘身以憂國者，臣之所難，主之所願。是以忠臣背利而脩所難，明主排患而獲所願。[91]

謂好私利而忘公義，本是為人臣者之常情，故能為之者即為忠臣，至於明君必然希望人臣者好公無私，拔擢忠臣而用之。內文主旨顯然仍是政教之道，形式上亦是四、六言駢句為主。

繼揚雄之後的「連珠」之作，除了上述傅玄、劉勰所提及以外，依據《全後漢文》與《全三國文》與所錄，其實王粲與曹丕也都曾經創作，王粲〈仿連珠〉有三則：

臣聞：明主之舉也，不待近習；聖君用人，不拘毀譽。故呂尚一見而為師，陳平烏集而為輔。

臣聞：記功誌過，君臣之道也；不念舊惡，賢人之業也。是以齊用管仲而霸功立，秦任孟明而晉雪恥。

臣聞：觀于明鏡，則瑕疵不滯于軀；聽于直言，則過行不累乎身。（頁965）

除了句中「故」、「是以」、「則」等轉折、連接虛詞外，幾乎都以四言或六、八言的駢偶儷句成篇。內容主旨，不外乎用賢納言、裨益王政之道。曹丕〈連珠〉三則，云：

91　〔唐〕歐陽詢等編：《藝文類聚》（臺北：文光出版社，民國63年8月，初版）卷五七，頁1036。

蓋聞：琴瑟高張，則哀彈發；節士抗行，則榮名至。是以申胥流音于南極，蘇武揚聲於朔裔。

蓋聞：四節異氣以成歲，君子殊道以成名。故微子奔走而顯，比干剖心而榮。

蓋聞：駑蹇服御，良樂咨嗟；鉛刀剖截，歐冶嘆息。故少師幸而季梁懼，宰嚭任而伍員憂。[92]

不同於前述各家，曹丕各則以「蓋聞」而不以「臣聞」開篇，當然與其身為君王的身份有關，而內容方面，第三篇頗有賢良難覓的感嘆，其他兩篇則強調人臣守節自好、忠義榮名之理。此外其文辭以徘句鋪陳敘述，則無異於前人之作。

又劉勰認為「連珠」足以稱道者，揚雄之後僅陸機之作，然《晉書》本傳亦不述及創作「連珠」之事，《昭明文選》「連珠」類中，唯獨收錄陸機〈演連珠五十首〉，五十則篇幅皆甚為簡短，內容亦不離君臣治衰之道理，以前三則為例：

臣聞：日薄星迴，穹天所以紀物；山盈川沖，后土所以播氣。五行錯而致用，四時違而成歲，是以百官恪居，以赴八音之離；明君執契，以要克諧之會。（第一則）

臣聞：任重於力，才盡則困；用廣其器，應博則凶。是以物勝權而衡殆，形過鏡則照窮。故明主程才以效業，貞臣底力而辭豐。（第二則）

臣聞：髦俊之才，世所希乏；丘園之秀，因時則揚。是以大人基命，

92 〔清〕嚴可均輯：《全上古三代秦漢三國六朝文》（北京：中華書局，1999 年 6 月，初版），頁 1091。

不擢才於后土；明主聿興，不降佐於昊蒼。（第三則）[93]

首則強調君王須任用賢能協調百官，如天地協調山川水氣以成物；次則旨在君王須量才授官，不偏不倚；三則以為賢才時時皆有，並非專為明君而生。文章主要以四、六言駢儷對句成篇。每篇之中，皆為了說明一則道理，因此援舉各種事例以證明之[94]。整體說來，五十首雖然篇幅皆短，但論及人君取材、人心險阻、通變守要等等事情[95]，相較於揚雄，顯然陸機的作品更富有曲折的深意，更在體製上大大的拓展。所以劉勰評論其「理新文敏」，又說其「廣於舊篇」，又認為此乃陸機喜好揚雄篇作之美，所以擬效，且又更欲使自己作品精美程度更勝前人，所以五十則連續而下，令人有目不暇給之感。

最後，在「舉理以敷統」的部分，劉勰概論「連珠」創作之要為：

夫文小易周，思閑可贍。足使義明而詞淨，事圓而音澤，磊磊自轉，可稱珠耳。（頁 256）

認為「連珠」篇幅窄小，所以較為容易構思創作，重點在於要使文辭精簡且文意明顯，同時事理圓滿又聲韻諧調，如玉珠一般圓潤且聲音悅耳。但我們要注意的是，「文小易周」之「易」，只是理論上來說，實際

93 〔梁〕蕭統編，〔唐〕李善注：《文選（下）》（臺北：五南圖書出版有限公司，民國 88 年 9 月，初版），頁 1348-1349。

94 劉奇認為〈演連珠〉其中數首的作法，就是《墨子‧小取》所云「譬、侔、援、推」之「侔」。劉氏認為「侔乃援例之辭以複行者，實即援之一文，援者明其理同，侔者取其辭似。」參見氏著：《論理古例》（臺北：臺灣商務印書館，民國 55 年 7 月，初版），頁 183。

95 駱鴻凱云：「連珠之體，旨約詞微，有宜細繹而後能了者。」遂撮舉陸機此五十則之主旨大意，參見氏著：《文選學》（臺北：正中書局，民國 76 年 8 月），頁 450-454。

創作上則未必簡單，否則對於杜篤、潘勖等人之作，劉勰也就不會動輒以「欲穿明珠，多貫魚目」之語，加以批判了。

總上言之，劉勰認為「連珠」理論上篇幅小而較容易創作，但必須文辭精簡華麗，並使意理明暢而圓滿，聲音悅耳動聽。整體而言，其實頗見難度，所以自揚雄首創之後，雖然仿效者甚多，足以稱道者唯陸機一人，因為在揚雄的基礎之上，陸機能夠增其事而踵其華，無論在文意或文辭上，其意義精深與辭采華美的程度，都能超乎前人。

此外，與劉勰同時代的沈約，有〈注制旨連珠表〉，云：

竊聞連珠之作，始自子雲，放《易》象《論》，動模經誥，班固謂之命世，桓譚以為絕倫。「連珠」者，蓋謂辭句連續，互相發明，若珠之結排也。雖復金鑣互騁，玉軑並馳，妍蚩優劣，參差相間。翔禽伏獸，易以心威；守株膠瑟，難與適變。水鏡芝蘭，隨其所遇，明珠燕石，貴賤相懸。[96]

沈約與劉勰同認揚雄為「連珠」之首創，並認為其作品乃模擬《易經》與《論語》而來與其他儒家經典而來，並受到班固與桓譚的讚美。又指出「連珠」的內涵，要在於文辭上辭句連貫，文意則相互承繼發明。此外，沈約雖未直接言明，但以其所見歷代眾家作品，必然不乏劣作，所以才有「妍蚩優劣，參差相間」、「明珠燕石，貴賤相懸」這類的評語。

著眼於傅玄到劉勰、沈約的文論，則關於「連珠」文家所關注的焦點有三：其一即為首創者的問題，其二則是「連珠」篇章的品評問題，其三

---

96 〔清〕嚴可均輯：《全上古三代秦漢三國六朝文》（北京：中華書局，1999 年 6 月，初版），頁 3109。

為「連珠」文體規範及其功用的討論。就三點進一步分析：

對於首創之作，劉、沈二氏以為揚雄，傅氏則以為為班固等三人受命製作。關於首創之作的問題，其實廖蔚卿已有所回答，認為兩種說法其實不相衝突，揚雄以「連珠」命篇在先，之後漢章帝時才以「連珠」作為一種文體類型，命人加以摹習。換言之，揚雄當初只是以「連珠」作為此一短小文章的篇題並創作，待後人據以為式，不斷仿效成篇，才可能成為一種體類[97]。

進一步說，「連珠」之名，首見於《漢書・天文志》對於天象的說明：「日月如合璧，五星如連珠。」[98]以珠譬星，則五星串連如貫珠，景象必粲然耀眼。此外，「連珠」又用以形容聲音，漢代文獻中例子更多，如《禮記・樂記》云：「故歌者，上如抗，下如隊，曲如折，止如槀木……纍纍乎如貫珠。」[99]王褒〈洞簫賦〉：「揚素波而揮連珠兮，聲礚礚而樹淵。」[100]以「貫珠」、「連珠」喻高低繚繞、曲折迂迴的歌聲旋律，而揚雄以「連珠」作為篇名，亦是就文章之結構特性加以譬況而言，與其內容題材全然無涉[101]。如此說來，起初揚雄製作「連珠」，既可能是就文辭的華美燦然

97 相關說明，參見氏著：〈論連珠體的形成〉，《漢魏六朝文學論集》（臺北：大安出版社，1997 年 12 月，第 1 版），頁 393。

98 〔漢〕班固撰，〔唐〕顏師古注：《漢書集注》（臺北：世界書局，民國 67 年 11 月，3 版），頁 976。

99 〔漢〕鄭玄注，〔唐〕孔穎達疏：《禮記正義》（臺北：藝文印書館景印重刊宋本十三經注疏），頁 702。

100 費振剛等校注：《全漢賦校注》（廣東：廣東教育出版社，2005 年 12 月，第 1 版），頁 193。

101 廖蔚卿又指出，不止「連珠」，其實如董仲舒作《春秋繁露》，以「繁露」為篇名，只是假象以名篇，「繁露也者，古冕之旒，似露而垂」，而董氏此書「皆句用一物，以發己意，有垂旒凝露之象焉。」（程大昌〈春秋繁露書後〉），所以名「繁露」。總之，秦漢之間文章篇題，若前無定式可尋，便逕就文章的形式結構以命名之。參見氏著：〈論連珠體的形成〉，《漢魏六朝文學論集》（臺北：大安出版社，1997 年 12 月，第 1 版），頁 395-397。

而言，也可能是就聲音的琅琅動聽而言。後世文論家顯然多著眼於前者以立論。傅玄所言「歷歷如貫珠，易睹而可悅，故謂之連珠」；沈約則說「辭句連續，互相發明，若珠之結排也」云云，無非皆是從閱讀所獲的視覺美感來說。實則「連珠」固為文小言約之作，而以其文辭技巧來說，確是以譬喻為主，希望藉此傳達諷勸之意，且所運用、比類的材料遍及人各種事物象[102]。但如此的文辭形製要與連貫之珠聯想在一起，不免過於牽強，所以推測揚雄當初以「連珠」名篇，主要應源於其適耳的聲音；換言之，「連珠」中句型短小，且屢用駢偶，用意在於體現、凸顯錯落迭宕的吟誦之聲，然則作品在為讀者所欣賞時，必是以誦讀傳達，才能極盡「連珠」的妙處[103]。如此說來，「連珠」也就在表達及欣賞的方式上，與「賦」的本貌接近了[104]。另一方面，相較於傅、沈二氏，劉勰能在文辭之外，注意到「事圓而音澤」，對於「音澤」的強調，可謂精闢要論。

至於歷代「連珠」之作的品評，傅、劉二氏分別認為班固與陸機為最佳。其實更為後設的來看，陸機五十首之作，不僅在歷代「連珠」的體製規模上，有著前所未見的突破，更重要的是每篇以「兩命題、八句式」，且八句又是以六、四言駢偶對句為主的寫結構，成為後世此一體類主要的

---

102 廖蔚卿又指出，作為文類的「連珠」，語言內涵有兩特色：其一為「假喻達旨，緣情託興」，其二則以譬喻為主，所用以設喻的材料毫不設限，要在能興情託意。參見氏著：〈論連珠體的形成〉，《漢魏六朝文學論集》（臺北：大安出版社，1997 年 12 月，第 1 版），頁 390。

103 王令樾對於「連珠」特點，即言：「文體短小，用邏輯法推演闡述，通首含許多命題，終結為論斷。其申明事理，十分精妙，且詞與甚美，又多為警策之句。全首對偶工整，各句長短不齊，變化極多，並葉以聲韻，雙聲疊韻處頗多，更增聲調之美。」參見氏著：《歷代連珠評釋》（臺北：學海出版社，民國 68 年 1 月，初版），頁 3。即能兼顧文辭體製及音韻美感而闡發之，其說頗為周備。

104 賦在西漢及之前，雖以書面形式寫成，但卻是以閱讀朗誦來欣賞的。為了增強其音樂效果，所以賦中大量的使用雙聲、疊韻的聯綿詞，或者可以生動傳達聲貌的形容詞。相關說明，參見簡宗梧老師：〈從專業賦家的興衰看漢賦特性與演化〉，《漢賦史論》（臺北：東大圖書股份有限公司書局，民國 82 年 5 月，初版），頁 217-218。

寫法，所以可視為「連珠」最為成熟的標準形式[105]。其駢儷氣息最重，對仗也最為工整，論者以為此篇最足以為晉代章表之作駢儷化的代表[106]。是則不論在審美藝術以及文學史地位兩方面，陸機成就確實更在班固之上。此外，沈約文論中雖不涉及具體作家及作品的批評，但後世創作「連珠」風氣甚為興盛，然而作品良莠不齊、佳篇稀少卻是三家公認的事實。可見「連珠」雖然篇幅短小，但創作著實不易。

其三為「連珠」體類規範及其功用的說明。王瑤藉邏輯學的概念加以說明「連珠」根本的敘述方式來，即是先說明一公理，然後再舉出事例證明此理為真，然後再由此理或事例，導出一欲求同類的結論或斷案，那麼結論當然也就是正確的[107]。然而就文辭表現來說，上文已經提到，必須句短精鍊具有文采，並講求聲律的和諧外，這種重視文辭之「麗」與誦讀聽覺美感的審美特色，與「賦」如出一轍。再就「連珠」外在預設的功能來說，傅玄所言「不指說事情，必假喻以達其旨」，要使「覽者微悟」；而劉、沈二氏於此雖未言明，但沈約所言揚雄「連珠」乃「放《易》象《論》，動模經誥」云云，劉勰也在《文心雕龍‧序志》說「文章之用，實經典之枝條」等等，明顯具有尊聖宗經的意味，然則作品本身的存在價值，即繫於德意義。再就作品實際觀察，確實從揚雄以下，無不倡言人君治道、興亡廢替之理，其旨意是莊重嚴肅的，可見其裨益政治教化的應然

---

105 據廖蔚卿所言，「兩命題、八句式」且又以六、四言駢對為結構，是最為成熟也最為標準的連珠體制，而代表作家作品，就是陸機〈衍連珠〉與庾信〈擬連珠〉二篇。相關說明，參見氏著：〈論漢魏六朝連珠體的藝術及其影響〉，《漢魏六朝文學論集》，同上注，頁 480。

106 如曹道恆論晉代文章，以為「駢儷化」是其特色，之中尤其明顯的，又以章表為最，章表之中，陸機〈演連珠〉幾乎為駢文，可說駢儷化的極致代表了。參見氏著：〈關於魏晉南北朝的駢文和散文〉，《中古文學史論文集》（北京：中華書局，2002 年 9 月，新 1 版），頁 37-40。

107 參見氏著：〈徐庾與駢體〉，《中古文學史論》（臺北：長安出版社，民國 71 年 8 月，再版），頁 142。

功能與「賦」亦無二致。種種看來，「連珠」與「賦」的關係，也就深厚非常了。

綜上所言，揚雄以數對駢句成篇，言人君政治之理，誦讀之有如珠玉之聲悅耳，因此此篇得名為「連珠」。後世據其體式加以仿效，或亦名「連珠」，或以此為基礎更為「擬」（班固、潘勖）、「廣」（蔡邕）、「仿」（王粲）之，總之都以「連珠」為名，於是集篇遂而成「連珠」之類。後世文論家在討論時，除了強調文辭與形製之巧麗外，也強調「連珠」的道德政教功能，基本上不出「賦」的觀點。那麼「連珠」與「賦」關係密切，也就不言可喻了。

第五節　〈雜文〉的意義

按「雜」之為文學作品的類型，六朝時除劉勰提出「雜文」之外，《昭明文選》「詩」體二十三類中也含有「雜歌」、「雜詩」、「雜擬」三類，可泛稱為「雜體詩」；凡為「雜體詩」者，大致上因題材不符合其餘二十類，或句型形式長短不一，難以歸類，乃至作品自題名為「雜」，所以集中一概併稱為「雜」[108]。然則雖皆為「雜」，但六朝「雜體詩」與「雜文」所

108　依洪順隆所研究，〈雜歌〉、〈雜詩〉、〈雜擬〉之各篇，作品在形式上句的字數、篇的句數均不統一，且在內容題材上，或偏抒情或偏敘事，尤其以後兩者較為複雜。其實〈雜詩〉如按照題材，可區分為「愛情」、「友情」、「親情」、「詠史」、「邊塞」、「征戍」等等十二類之多，〈擬雜〉各篇，在形式上最顯紛歧，有八句、十句、十二句、十四句、二十八句等等乃至四十句者，在題材上也可區分為「愛情」、「親情」、「詠物」、「山水」、「遊俠」、「詠史」等十二類。參見氏著：〈《文選》雜體詩文體性質研究〉，《中國文哲研究集刊》第 17 期（2000 年 9 月），頁 6-21。及氏著：〈六朝雜詩題材類型論〉，《華岡文科學報》第 24 期（民國 90 年 3 月），頁 25-35。又游志誠也指出，「雜體詩」之中的各篇，未必每篇都名之為「雜」，因此「雜體詩」之所以為「雜」，應是出於內容的考量，但如按照題材重新判讀，其實大都可以回歸《昭明文選》「詩」之二十類中。參見氏著：〈《雜體詩》在文學史上的意義〉，《昭明文選學術論考》（臺北：

處理的問題及對象本不相同，故而「雜體詩」相關問題，可暫不詳論。而分析劉勰的「雜文」觀念及範圍，毫無疑義應以《文心雕龍》〈雜文〉為最重要資料。但〈雜文〉此篇的定位與內容，竟與〈諧讔〉、〈書記〉頗有相似之處，也因此透過與兩篇的比較，可以成為我們了解〈雜文〉意義的徑路。

進一步說，《文心雕龍》上篇的前五篇為「文原論」，是為劉勰文論最基本的精神旨趣所在；其次二十篇「文體論」部分，依序為〈明詩〉、〈樂府〉、〈詮賦〉、〈頌讚〉、〈祝盟〉、〈銘箴〉、〈誄碑〉、〈哀弔〉、〈雜文〉、〈諧讔〉、〈史傳〉、〈諸子〉、〈論說〉、〈詔策〉、〈檄移〉、〈封禪〉、〈章表〉、〈奏啟〉、〈議對〉、〈書記〉。此乃「論文敘筆，則囿別區分」(〈序志〉)的結果。一般認為〈明詩〉迄於〈諧讔〉共十篇是有韻之「文」，而〈史傳〉迄於〈書記〉十篇則被認為是無韻之「筆」。

如此言之，〈雜文〉與〈諧讔〉正好就在兩大區域的中界，其性質就如范文瀾所云：「〈雜文〉〈諧讔〉，筆文雜用，故列在兩類之間。」[109]據此而言，這兩篇所論及的體類眾多，有的協韻，有的則否，誠如范氏所言。但這樣的理解，卻有一個問題值得思考：若兩篇的意義僅在於作為劉勰文

臺灣學生書局民國 85 年 3 月，初版)，頁 198-204。

109 氏著：《文心雕龍注》(臺北：臺灣開明書店，民國 82 年 5 月，臺 17 版)，卷一，頁 21。此外，石家宜也認為：「〈明詩〉所列『論文序筆』之首，是因為詩原上古，為有韻之文最早者，又因《詩經》為『經』。其次〈樂府〉，因為其詩為詩之合樂者，故居二；賦是詩之流變，故〈詮賦〉居三，〈頌贊〉居四因為它雖也是詩之流變但不如賦重要。以下〈祝盟〉、〈銘箴〉、〈誄碑〉、〈哀弔〉都不如賦重要，故排於後，但各篇間排列仍有講究，告神之文在前，次言生人之事，再次言死人之事或哀弔死喪。〈哀弔〉下為〈雜文〉、〈諧讔〉，劉勰將其餘雜文體總稱雜文，故列於後，〈諧讔〉一篇，在劉勰看來不成為家數，故列論文之末。」參見氏著：《〈文心雕龍〉系統觀》(江蘇：江蘇古籍出版社，2001 年 9 月，1 版)，頁 79。石氏點出樂府、賦、頌各篇的排列，其實又隱含著兩層意義：第一是與「詩」的淵源遠近，第二則是其功用價值大小；雖然沒有從「文」、「筆」的關係討論，但他也把〈雜文〉、〈諧讔〉並觀。

體論中兩大文類的分界區域，那麼既然都是「文」、「筆」交雜，何必分作兩篇？換言之，若僅考量到「文」、「筆」性質的交雜，則大可將〈諧讔〉所論歸附於〈雜文〉之中，以免疊床架屋。然則，劉勰既然刻意區別為兩篇，則必有道理可說。

再以〈書記〉觀之，該篇與〈雜文〉一樣，所論及之體類數量繁多，同樣有著「總括餘雜文體」的特性。所以王更生就說：

> 《文心雕龍》文體論，粗分文、筆兩大類，而每類十篇，所涉文體固多，但尚有若干細目小品，既不足單獨設篇，又不宜蠲而不論，所以〈雜文〉之後附錄十六品，〈書記〉篇末附列二十四品，總結文、筆兩類討論的未竟之緒。等於今天通行所謂的「附錄」、「又及」、「備考」之意。[110]

王氏注意到〈雜文〉篇末的十六種體類，以及〈書記〉篇末的二十四種體類。這些都是「既不足單獨設篇，又不宜蠲而不論」的瑣碎文體，而這些因為不便於「文」、「筆」兩大文類的各篇章中詳論列舉，所以安置於兩篇之末以蒐羅網盡，如此可以裨益《文心雕龍》文體討論的完整。那麼，相似的問題再次出現：固然〈雜文〉與〈書記〉篇末都「附錄」了各種文體，或以為〈書記〉因位在「筆」之末，因此所繫掛者必為「筆」之屬。但〈雜文〉本身既然已經兼括「文」、「筆」的各種體類，則〈書記〉所論二十四種，理當可以一併入於其中，何須別立？如此看來，儘管〈雜文〉與〈書記〉都具有「備考」各種體類的功能，但劉勰刻意別為兩篇，亦必然有道理可言。

所以，〈雜文〉與〈諧讔〉、〈書記〉二篇，既有同質性，也有異質性，

110　氏著：《文心雕龍研究》（臺北：文史哲出版社，民國 78 年 10 月，增訂 3 版），頁 326。

然而學者所關注者，大多為其同質性的意義，但其「合而不同」之處，則較少能予闡發，所以透過〈雜文〉與〈諧讔〉、〈書記〉內容旨趣的相比較，能有助於了解劉勰「雜文」的概念。

本章二、三、四節已就〈雜文〉中「對問（含設論）」、「七」、「連珠」予以分析，以下先就附屬於〈雜文〉篇末的文章體類進行探論，以期全面了解「雜文」範圍內對象的文體特色；再分別探討〈諧讔〉與〈書記〉兩篇，研討兩篇與〈雜文〉潛藏的關聯。期能更加深刻地了解〈雜文〉設立的意義，以及「雜文」範圍之界限所在。

一、總括與評價新出現的文章體類

〈雜文〉中主要探討的是「對問（含設論）」、「七」、「連珠」三種體類，前文已有詳細的探討，但〈雜文〉開篇首段，在說明三種體類的代表作家及作品之前，其實還有幾句重要的話：

> 智術之子，博雅之人；藻溢乎辭，辭盈乎氣。苑囿文情，故日新殊致。[111]

意謂有些文士，他們不僅才智充盈，又具有過人的文藝才華，所以能創作出情感洋溢，辭藻亦華麗可瞻的作品。而這些篇章，又能超越既有的窠臼，所以促使文學發展翻出新頁，有所演變。既然如此，可見「對問（含設論）」、「七」、「連珠」三種體類在劉勰看來，正是文學史上新出現的對象。其後又總結三種體類：

---

111 參見周振甫注釋：《文心雕龍注釋》（臺北：里仁出版社，民國 87 年 9 月，初版），頁 255。本節所引《文心雕龍》原典皆出此書，故其後僅於引文末標示頁碼，不再另行注釋。

凡此三者，文章之枝派，暇豫之末造也。（頁 255）

「枝派」，意味由主幹所旁出，而看來三者因為有著「賦」的本質，所以可以視為由「賦」所衍生流出。此外，劉勰認為三者乃文士閒暇之時所作，雖能展現其才學與文采，但不切實用，所以價值並不高。

三者固為〈雜文〉中的要角，但該篇所論者並不止於此，篇末又云：

詳夫漢來雜文，名號多品：或典誥誓問，或覽略篇章，或曲操弄引，或吟諷謠詠。總括其名，並歸雜文之區；甄別其義，各入討論之域；類聚有貫，故不曲述也。（頁 256-257）

典、誥、誓、問、覽、略、篇、章，此八者為無韻之「筆」；曲、操、弄、引、吟、諷、謠、詠為有韻之「文」，但並不在此篇中對八種體類詳加以詳論，理由是因這些體類的要義，其實都在其他文體論的篇章之中提及，毋須贅述。如此說來，這八種其實各有本質相近且主要的體類，又如果按照劉勰的觀察，認為這些都是自漢代才出現、奠定的話，那麼我們也可說，這八種都是由各種相關體類所派生且晚出的對象。

換句話說，八種體類，其實各有所本；既然劉勰不能「選文以定篇」，對此進行說明，則今尋檢《全上古三代秦漢三國六朝文》及史傳著述記載，與任昉《文章緣起》相對照，可以進一步就其存在的情況有所了解，並進一步討論。

(一)「筆」之八類

就「典」而言，《文章緣起》無此體類，但《後漢書・文苑傳》載李尤的著述資料中，有〈哀典〉一篇，雖實際內容不可見，應該就是「典」

類篇章之例，推測而言，「典」應該是有關國家制度之常模，以及法制等等的記載[112]。

「誥」，任昉《文章緣起》有此體類，云「漢司隸馮衍作〈德誥〉。」[113]〈德誥〉雖錄於《全漢文》，但僅殘留數語，此外，夏侯湛〈昆弟誥〉、摯虞〈遷宅誥〉，其中夏侯湛之作完整，文辭則模仿《尚書》以成篇[114]。

「誓」，《文章緣起》亦有此體類，云「漢蔡邕作〈艱誓〉。」（頁23），但《後漢書》與《全後漢文》俱無相關資料。此外，王莽有〈授兵誓〉，但亦僅留殘句而已[115]。

「問」，《文章緣起》並無體類，依據范文瀾所注，即策問應對之文辭[116]。在《全晉文》、《全宋文》中，卻不乏以「答或問」、「答某某問」為篇名的文章，多僅為殘篇；這類文章，要在於回答某人一或數個問題而已[117]。然則無論是策問對應，或者逕就某人某事予以回應，總之此類篇

112　范文瀾引班固〈典引序〉李善注解云：「蔡邕曰：『〈典引〉者，篇名也。典者，常也，法也；引者，伸也，長也。《尚書》疏：「堯之常法，謂之〈堯典〉。」漢紹其緒，伸而長之也。』」認為〈堯典〉即是以「典」名篇之始，且《後漢書．文苑傳》載李尤：「所著詩、賦、銘、誄、頌、〈七歎〉、〈哀典〉凡二十八篇。」是亦當時文人作「典」之例。參見氏著：《文心雕龍注》（臺北：開明書局，民國82年5月，臺17版），卷三，頁49。

113　〔梁〕任昉著，〔明〕陳懋仁注：《文章緣起注》，收入《文體序說三種》（臺北：大安出版社，1998年6月，第1版），頁22。本節所引《文章緣起》原典，皆出此書，故之後僅於引文末端括注頁碼，不再另行注釋。

114　三篇分別見《全漢文》，頁583。《全晉文》，頁1853-1854、1898。夏侯湛〈昆弟誥〉云：「惟正月才生魄，湛若曰：諮爾昆弟湢、琬、瑫、謨、總、瞻。古人有言，孝乎惟孝，友于兄弟……。」模仿《尚書》「誥」類文章甚明。

115　王莽此篇，見於《全後漢文》，頁456。

116　范氏云：「問，如漢武帝元光元年：『詔賢良曰……受策察問』之問。」參見氏著：《文心雕龍注》（臺北：開明書局，民國82年5月，臺17版），卷三，頁49。

117　如《全晉文》有司馬芝〈答劉緯問〉（頁1201），杜預〈答盧欽魏舒問〉（頁1701），許猛〈答或問〉、〈答步熊問〉（頁1941），賀循〈答尚書符問〉、〈答傅純問〉、〈答庾亮問〉、〈答羊祖延問〉、〈答韓虯問〉（頁1971）等等。《全宋文》有雷次宗〈答袁悠問〉

章，要在回應、答釋問題而已。

「覽」，《文章緣起》無此體類，《全上古三代秦漢三國六朝文》也不見此類篇章，學者推測「覽」之篇章應多存於子部之書[118]。

「略」，《文章緣起》亦無此體類，但漢代孫禁有〈治河方略〉、公孫祿有〈議禽賊方略〉、田況有〈上言平盜賊方略〉、費興有〈對到部方略〉，這些篇章多為殘篇，但可見大抵都在針對特定政事提出策略[119]。

「篇」，依據《文章緣起》亦有此一類，云「漢司馬相如作〈凡將篇〉。」（頁 23），〈凡將篇〉只餘殘句數則，不能見其完整之貌。此外，蔡邕有〈勸學篇〉、〈聖皇篇〉，晉代張華〈縱橫篇〉然而三篇亦僅餘殘句數則，唯程曉有〈女典篇〉面貌較全，其文辭言婦女禮教之道[120]。

「章」，《文章緣起》無此體類，卻有「上章」，云「孔融〈上章謝大中大夫〉」（頁 25）。《全後漢文》中有蔡邕〈戍邊上章〉、〈上始加元服與

（頁 2597），謝靈運〈答法勖問〉、〈答僧維問〉、〈答慧驎問〉、〈答法綱問〉等等（頁 2612）。

118 范注：「覽，未詳。漢來雜文當有以覽名篇者，《呂氏春秋》有〈八覽〉，《隋志》子類儒家有《要覽》、《正覽》，雜家有《宜覽》、《皇覽》等。」則這些子部著作，大概就是以「覽」為篇名之例。至於「略」，范注則引清代俞樾《文體通識》所舉，如劉歆〈七略〉、晉鄒勘〈周易統略〉、梁阮孝緒〈文字集略〉，為以「略」為篇名之例。參見氏著：《文心雕龍注》（臺北：開明書局，民國 82 年 5 月，臺 17 版），卷三，頁 50。

119 四篇見於《全漢文》頁 394、458 與 464。不過范注引清代俞樾《文體通識》所舉，認為劉歆〈七略〉、晉鄒勘〈周易統略〉、梁阮孝緒〈文字集略〉，皆是以「略」為篇名之例，參見氏著：《文心雕龍注》（臺北：開明書局，民國 82 年 5 月，臺 17 版），卷三，頁 50。

120 蔡邕之作，見《全後漢文》，頁 900。張華與程曉之作，見《全晉文》，頁 1793、1271。〈女典篇〉云：「丈夫百行，以功補過。婦人四教，以備為成。婦德闕則仁義廢矣，婦言虧則辭令慢矣……。」又范注云，《漢書・藝文志》有〈倉頡篇〉〈爰歷篇〉、〈博學篇〉、〈凡將篇〉之類，雖以「篇」為篇名，但這些「皆屬記文字之書，似非彥和所指，當別有以篇名文者。」參見氏著：《文心雕龍注》（臺北：開明書局，民國 82 年 5 月，臺 17 版），卷三，頁 50。

群臣上壽章〉、〈讓高陽鄉侯章〉等[121]，如此看來這些「章」都是上呈皇帝的朝廷文書，內容也都在議論政事。

上述「典」、「問」、「覽」、「略」雖未見於《文章緣起》，但因《文章緣起》如今係為後人輯佚而成，已非全貌；況且《全上古三代秦漢三國六朝文》都能找到四種體類所屬之篇章，所以仍可判斷，四者於六朝應該存在。然則「誥」、「誓」雖見諸《文章緣起》無疑，卻有一個問題值得省思：即「典」、「誥」、「誓」三者作為篇章類型，其實可以上溯自《尚書》[122]，其中「典」既不為任昉所列，所以姑且不論；但關於「誥」、「誓」，任昉卻將漢人之作視為其緣起；換句話說，縱使「誥」、「誓」在漢代之前就已出現，任昉都認定是自漢代以來才出現的類型。無獨有偶，「篇」與「上書」，任昉也都將其緣起定於漢人之作。如果說這些體類，都

121 三篇見《全後漢文》，頁 858、861-862。

122 晉朝梅賾所獻偽孔安國〈尚書序〉提到孔子「芟夷煩亂，翦截浮辭，舉其宏綱，撮其機要，足以垂世立教，典、謨、訓、誥、誓、命之文凡百篇」依據此文，孔子整理周代文獻成為諸部經典，並留下典、謨、訓、誥、誓、命六種文類傳世。雖然，孔安國〈尚書序〉為後起偽出，今所傳世之《尚書》篇章亦多偽造，但依據後人考據，於漢代整理問世的真實的今、古文《尚書》分別尚有二九、四五篇，從這些篇目看來，確實具有典、謨、訓、誥、誓、命等諸名稱。相關說明，參見王靜芝：《經學通論（上）》（臺北：國立編譯館，民國 81 年 1 月，再版），頁 179-187。又宋代張表臣對此六類有所說明：「道其常而作彝憲者謂之典，陳其謀而成嘉猷者謂之謨，順其理而廸之者謂之訓，屬其人而告之者謂之誥，即師眾而申之者謂之誓，因官使而命之者謂之命。」參見氏著：《珊瑚鉤詩話》，收入〔清〕何文煥：《歷代詩話》（臺北：藝文印書館，民國 80 年 9 月，5 版），頁 286。可見「典」為記述不刊之大道，人倫之常法的篇章，如〈堯典〉、〈舜典〉即載、堯舜治理天下之事以及所論治國之道。「謨」為臣子所進陳之立國謀畫，如〈大禹謨〉、〈皐陶謨〉，依據孔穎達所疏，是皐陶為帝舜陳其謀，禹為帝舜陳己已成治水之功的言辭。「訓」為教導道理以啟迪他人的篇章，如〈伊訓〉為伊尹訓勉太甲督促其能繼承商湯王道的言辭。「誥」為囑咐告誡某人，並且將之昭告公眾的言辭，如〈仲虺之誥〉與〈湯誥〉，分別為成湯之左相仲虺在成湯功克夏朝後，反師回朝經過大坰與抵達鎬京時，告誡成湯以治理天下之理的辭語。「誓」則用於軍旅戰事之前，為約束兵士並討伐敵方的辭語，如〈甘誓〉與〈湯誓〉，前者為夏啟出兵征討有扈氏時的約誓，後者則為成湯討伐夏桀時所用的約誓。命則是帝王的命令，如〈蔡仲之命〉為周成王封蔡叔之子蔡仲為諸侯國君的辭語，〈微子之命〉為周成王誅武庚，後則封命微子啟為宋公，為殷商之後裔的辭語。

被視為晚至漢代才形成，那就與劉勰所謂「漢來雜文」的論調，甚為相近了。

進一步就劉勰文意加以闡述。倘若「典」所載者為經國大道，則本質就與〈封禪〉所論封禪文相通，劉勰以為封禪文的要義在於：

> 茲文為用，蓋一代之典章也。搆位之始，宜明大體，樹骨於訓典之區，選言於宏富之路，使意古而不晦於深，文今而不墜於淺，義吐光芒，辭成廉鍔，則為偉矣。（頁 410）

封禪之文，不僅事關國家封禪大典，文中也顯示出帝王經略國家的惕勵之意。在撰寫時必須力求雅正，所以必須取意於經典，然後鋪陳辭藻，使意義光明正大而文采動人，方能為佳篇。然則「典」的體要，大約也是如此。

「誥」既然意在告誡勉勵，所以本質就通於〈詔策〉中劉勰所論的「戒敕」及「戒」兩者：

> 戒敕為文，實詔之切者，周穆命郊父受敕憲，此其事也。魏武稱作敕戒當指事而語，勿得依違；曉治要矣。及晉武敕戒，備告百官：敕都督以兵要，戒州牧以董。戒者，慎也，禹稱「戒之用休」。君父至尊，在三罔極，漢高祖之敕太子，東方朔之戒子，亦顧命之作也。及馬援已下，各貽家戒。班姬女戒，足稱母師也。（頁 373）

「戒敕」之作，以周穆王、魏武帝與晉武帝所作加以說明，或用以督責軍事，或用以嚴告百官，總之就是帝王詔命之中尤為迫切要緊者。至於「戒」，依據所舉漢高祖、東方朔與馬援之例，則多為私人傳家之作，主要是長輩用以告誡警惕自家子弟的文辭。那麼「誥」的體要，也庶幾如此。

「誓」用於軍事，所以本質通於檄文。〈檄移〉云：

凡檄之大體，或述此休明，或敘彼苛虐，指天時，審人事，算彊弱，角權勢，標蓍龜於前驗，懸鞶鑑於已然，雖本國信，實參兵詐。譎詭以馳旨，煒曄以騰說，凡此眾條，莫之或違者也。（頁 394）

檄文內容強調我方師出正義，敵方暴虐無道，或藉由占卜與歷史來分析，說明天時及人事上，己方都處於優勢，也預告勝利的必然性；當然，為克敵致勝，所以文辭難免誇張，要在師旅能真正本於正義，則縱使權謀為文，也無所妨礙。「誓」體類之大要，應該也不外乎此道。

「問」既在於針對疑問提出解答，那麼就與「對策」、「射策」相通，劉勰以為「對策者，應詔而陳政也。」「射策者，探事而獻說也。」（頁 462）兩者固有受詔與否之別，但回應問題、提出說明則無二致，所以都含該於「議」體類的範圍。劉勰〈議對〉言「議」之大要：

夫動先擬議，明用稽疑，所以敬慎群務，弛張治術。故其大體所資，必樞紐經典，採故實於前代，觀通變於當今；理不謬搖其枝，字不妄舒其藻。又郊祀必洞於禮，戎事必練於兵，佃穀先曉於農，斷訟務精於律。然後標以顯義，約以正辭，文以辨潔為能，不以繁縟為巧；事以明覈為美，不以環隱為奇；此綱領之大要也。（頁 462）

「議」廣用於政事的辨明討論，所以與政治實務密切相關。既然如此，必須通曉經典，明瞭史事之變，衡量現局所需；故而又勢必對當前政務透徹了解，經過謹慎思辨評估，才能提出精確的意見，以行於筆墨；在寫作時，務求須遣詞嚴謹明確，不可晦澀含糊或賣弄辭藻，俾使事理可以確切表達，以利政事推行。「問」體類之寫作，重點亦應不過於茲。

「章」，在〈章表〉中，劉勰言雖自漢代以來「章」、「表」可以二分，且前者用以「謝恩」，後者用以「陳情」，但實際內容往往相互融合不能截然對分，所以說：

> 原夫章表之為用也，所以對揚王庭，昭明心曲。既其身文，且亦國華。章以造闕，風矩應明；表以致禁，骨采宜耀。循名課實，以文為本者也。是以章式炳賁，志在典謨；使要而非略，明而不淺。表體多包，情偽屢遷，必雅義以扇其風，清文以馳其麗。然懇惻者辭為心使，浮侈者情為文屈。必使繁約得正，華實相勝，脣吻不滯，則中律矣。（頁 424-423）

「章」、「表」讀者皆為帝王，內容所言不僅事關朝政，作品本身亦為國家文化的重要特徵，所以臣工在陳述事理與心志以外，還必須遣辭文雅，使文情相符。所以，習文之方，在摹習經典，能使意義扼要顯明且文采動人，方能得「章」、「表」之體要，否則意義淺略或者文辭繁雜，則為失敗之作。

至於「覽」、「略」、「篇」三者，既然都在論事說理，可想其內容及題材甚為廣泛，所以本質應與「論」相去不遠；唯「論」體類將在本書第四章第一節詳加分析，於此暫且不論。

總上所論皆為「筆」區域之對象，發現其功用不外乎論事言理，大抵有一「約」的共同的寫作規範[123]。又八種「筆」屬之「雜文」文類，功用

123 劉勰文論中的「約」，並非單純的是文辭篇幅上的短小。「約」的第一層意義，在於主體純真的心靈情感，落實到具體文體表現，劉勰又從情、辭兩方面辯證的去說明什麼是「約」，在發現各種文體都有「約」審美要求時，「約」於是成為一種跨越文學體類

與體要與各自相關的主要體類近似，而主要體類既然已有專篇分析，所以〈雜文〉中僅列出標示自其旁出衍生的體類之名，內容則不須贅述，也就在情理之中。

（二）「文」之八類

「文」之八者，俱不見於《文章緣起》，不過依據宋代郭茂倩《樂府詩集》所錄，漢魏六朝多有相關篇章。

「曲」，如《樂府詩集》卷二十「鼓吹曲辭」中有謝朓〈齊隨王鼓吹曲十首〉，包含：〈元會曲〉、〈郊祀曲〉、〈鈞天曲〉、〈入朝曲〉、〈出藩曲〉、〈校獵曲〉、〈從戎曲〉、〈送遠曲〉、〈登山曲〉、〈泛水曲〉之類，各篇皆五言十句之詩。卷四八「清商曲辭・西曲歌」中有梁簡文帝蕭綱〈烏棲曲〉四首，其實為四則七言四句之短詩[124]。

「操」，如《樂府詩集》卷二十「鼓吹曲辭」有漢初四皓所作〈芝蘭操〉、漢劉安所作〈八公操〉之類。其體製以四言為主，或間雜五、七言句式[125]。

「弄」，《樂府詩集》卷五十「清商曲辭」有梁武帝蕭衍〈江南弄七首〉，包含〈江南弄〉、〈龍笛曲〉、〈採蓮曲〉、〈鳳笙曲〉、〈採菱曲〉、〈遊女曲〉、〈朝雲曲〉，梁簡文帝蕭綱〈江南弄三首〉，包含〈江南曲〉、〈龍笛曲〉、〈採蓮曲〉之類。如此看來，具有組曲性質的「弄」，其中的篇名未必以「弄」為名。其體製以七言為主，間雜三言[126]。

而存在的風格類型。相關討論，參見郭章裕：〈論《文心雕龍》「約」的文學觀念〉，《世新人文社會學報》第 10 期（民國 98 年 7 月），頁 62-63。

124 〔宋〕郭茂倩：《樂府詩集》（北京：中華書局，2003 年 9 月，初版），頁 293、695。

125 〔宋〕郭茂倩：《樂府詩集》（北京：中華書局，2003 年 9 月，初版），頁 850-851。

126 〔宋〕郭茂倩：《樂府詩集》（北京：中華書局，2003 年 9 月，初版），頁 726-728、728-729。

「引」，《樂府詩集》卷五七「琴曲歌辭」有梁簡文帝蕭綱〈霹靂引〉，卷五八中有晉石崇與梁劉孝威各作之〈思歸引〉。其體製或五言齊言體，或為三、五雜言之句式[127]。

「吟」，《樂府詩集》卷四一「相和歌辭」有陸機、謝靈運各作之〈白頭吟〉，及諸葛亮、陸機、沈約各作之〈梁甫吟〉，皆為五言，或八句、十句不等[128]。

「謠」，如《樂府詩集》卷八七「雜歌謠辭」，郭茂倩自《後漢書》中輯民間所作〈城中謠〉、〈會稽童謠〉，《晉書》中輯〈閣道謠〉、〈南土謠〉之類。其體製短長不一，句式紛歧[129]。

至於「諷」、「詠」，在《樂府詩集》並無相關篇章，但范文瀾以為「諷」如韋孟〈諷諫詩〉之類，而「詠」則如《世說新語》中所記載夏侯湛〈離親詠〉、謝安〈洛生詠〉之類[130]。

可見「文」之八類皆為詩歌之屬，而就其可見的體製來說，或有四言或有五言或有七言，或間雜三言等等，各種句式不一而足。但其淵源，不外乎「詩」。故劉勰於〈明詩〉云：

> 大舜云：「詩言志，歌永言。」聖謨所析，義已明矣。是以在心為志，發言為詩，舒文載實，其在茲乎！詩者，持也，持人情性；三百之蔽，義歸無邪，持之為訓，有符焉爾。（頁 83）

---

127 〔宋〕郭茂倩：《樂府詩集》（北京：中華書局，2003 年 9 月，初版），頁 828，838-839。

128 〔宋〕郭茂倩：《樂府詩集》（北京：中華書局，2003 年 9 月，初版），頁 605-606。

129 〔宋〕郭茂倩：《樂府詩集》（北京：中華書局，2003 年 9 月，初版），頁 1223、1225。

130 參見范文瀾：《文心雕龍注》（臺北：開明書局，民國 82 年 5 月，臺 17 版），卷三，頁 51。

「詩」本於人們內在真實的心靈與情性，訓之為「持」，意即可以扶持人之情性，使其正當不偏邪，所以又以三百篇「思無邪」說明「詩」的意義。而《詩經》既然為詩篇之起源，則關於其後各種體製與特色，又說：

若夫四言正體，則雅潤為本；五言流調，則清麗居宗；華實異用，惟才所安……然詩有恆裁，思無定位，隨性適分，鮮能圓通。若妙識所難，其易也將至；忽以為易，其難也方來。至於三六雜言，則出自篇什；離合之發，則萌於圖讖；回文所興，則道原為始；聯句共韻，則柏梁餘製；巨細或殊，情理同致，總歸詩囿，故不繁云。（頁 85）

劉勰概述詩體類之流變，提到離合、回文及聯句共韻幾種較為特殊的詩體，雖然各自有來源及典範之作。總之，就詩的句式與體製來說，不論五言或三、六等雜言詩，無不根本於《詩經》；而《詩經》又以四言詩為主，之後支流廣佈，五言詩不過是其中聲勢最大的一種體製；再者，不同體製的詩有相異的審美規範及特色，但概括來說，四言以雅潤為本，五言以清麗居宗，詩人往往因為才性偏好的不同，所以各有所擅。總之，雖然體製有各種差別，但只要是詩，就應當具備詩「持人情性」、「思無邪」的本質。

又在〈樂府〉中，劉勰論及音樂與詩辭的關係：

故知詩為樂心，聲為樂體，樂體在聲，瞽師務調其器；樂心在詩，君子宜正其文。（頁 112）

認為樂府詩的音樂與詩辭相為表裡，都是為了傳達心志，樂調本身務求精準不能繁濫，至於詩辭則應當意義端正，合乎正道[131]。

如此說來，此「文」之八類，無論是否能披諸管弦或僅能吟誦，其要旨都不外乎〈明詩〉、〈樂府〉兩篇所說明，是以在〈雜文〉中也僅僅列出類名，不予詳論。劉勰認為這些是屬於漢代以來才出現的篇章類型。其實相似的觀點，也出現在《文章緣起》；固然任昉沒有提及「曲」、「弄」、「引」、「吟」等等，但在討論各種句式的詩句時，卻提到：「三言詩。晉散騎常侍夏侯湛所作。」「四言詩。前漢楚王傅孟韋諫楚夷王戊詩。」「五言詩。漢騎都尉李陵與蘇武詩。」「七言詩。漢武帝〈柏梁殿連句〉。」「九言詩。魏高貴鄉公所作。」（頁 9-11）無論是三言詩、四言詩、五言詩、七言詩或九言詩的句式，都認為起自漢代以後，而劉勰〈雜文〉所言的「文」之八體類，有的屬於四、五、七齊言句式的詩體，有些則齊言句式之外還參雜其他字數的句式。換句話說，任昉此處所言三、四、五、七、九言詩，應該與劉勰「曲」、「引」等八種是相同的對象。然則劉、任二氏不約而同，皆認為這些體製的詩，都晚至漢代才出現。

綜論上所云「筆」、「文」總共十六種體類，在〈雜文〉中僅羅列名稱，其體要與內涵都已見於《文心雕龍》文體論的其他篇章。然則誠如范文瀾所言：「凡此十六名，雖總雜文，然典可入〈封禪〉篇，誥可入〈詔策〉篇，誓可入〈祝盟〉篇，問可入〈議對〉篇，曲、操、弄、引、吟、諷、謠、詠可入〈樂府〉篇，章可入〈章表〉篇。」[132]那麼於〈雜文〉篇

---

131 詩以辭為主體，以文辭表達心志，而歌則以聲為主體，用聲音表達心志。理論上兩者相得益彰，可以讓情志能夠更為淋漓的展現。從接受的角度來說，倘若旋律的成分加重，文辭的部分就可以簡略平易，而旋律的成分減少，則文辭就必須更具有思考價值。但在劉勰的時代，樂府曲調多以亡佚，對於樂聲的要求，轉而對於讀音的要求，意即必須文辭意義端正外，詩的讀音也應當悅耳。相關說明，參見王夢鷗：〈劉勰論文的特殊見解〉，收入張少康編：《文心雕龍研究》（湖北：湖北教育出版社，2002 年 8 月，第 1 版），頁 286-287。

132 范文瀾：《文心雕龍注》（臺北：開明書局，民國 82 年 5 月，臺 17 版），卷三，頁

中，也就沒有一一細述的必要了。

總之，十六種體類其實就是某些傳統體類的支流；至於十六種體類出現的時間點，劉勰認為在漢代之後，對照《文章緣起》相關資料，發現為任昉所論及的體類，其緣起也幾乎都在漢、魏、晉時代。所以認為這些體類奠定於晚近，應當是六朝人一定程度的共識。因此，可以說〈雜文〉的設立，是為了要概括這些出現之時代較晚近（所以為「新」），且是傳統體類之流變餘緒（所以為細瑣）的文章體類。那麼，包含「對問（含設論）」、「七」與「連珠」，以及上述「文」、「筆」共十六種體類在內，〈雜文〉呈現出劉勰對於文學體類流變現象的觀點及說明，但不僅如此，劉勰更對這些體類有所評價，所以〈雜文〉贊語總括此篇說：

偉矣前修，學堅才飽。負文餘力，飛靡弄巧。枝辭攢映，嘒若參昴。慕嚬之心，於焉祗攪。（頁 257）

認為本篇所論各種體類，都是才學飽滿之人「負文餘力」、「飛靡弄巧」的產物，意即文人創作不應鑽研在此，應當著力於其他重要的文事之上。然則何者為更重要的文事？想必是《文心雕龍》〈雜文〉與〈諧讔〉以外文體論篇章所論的體類，這些體類多密切於人倫道德與政治教化，有著較為顯著的實用取向，所以作者當然必須優先學習，搦筆以致用，待行有餘力，才將心思與筆墨觸及〈雜文〉所論各種。換句話說，〈雜文〉所論各體類，既為主要體類所歧出流佈，因此數目繁多難以殆盡，總之實際功用都不如主要體類來得顯著，故劉勰以光芒微弱的參、昴二星加以比喻。勸告文士學文的重點不應在此，否則即是忽略文章要衢，徒然迷失於旁側邪徑。如此，自非學文之道。

51。

二、〈雜文〉與〈諧讔〉的關係

上文提及〈諧讔〉在〈雜文〉，是被劉勰視為文士不應著力太深的體類；其實〈諧讔〉在〈雜文〉之後，而所謂「諧」是指「辭淺會俗」，即淺顯通俗，使人易解的語言；「讔」則是「遯辭以隱意，譎譬以指事」（頁275），即曲言以表意的文辭。除了說明「諧」、「讔」本身的性質之外，劉勰認為兩者最重要功能在於諷喻當政，使其知所警惕；或因局勢緊急，能靈敏權變，巧妙應答以成就事功；並非單純的笑鬧玩樂，否則就是敗壞道德毫無可取。

先看劉勰所論「諧」文所舉之例：

> 昔齊威酣樂，而淳于說甘酒；楚襄讌集，而宋玉賦〈好色〉；意在微諷，有足觀者。及優旃之諷漆城，優孟之諫葬馬，並譎辭飾說，抑止昏暴。是以子長編史，列傳《滑稽》，以其辭雖傾回，意歸義正也。但本體不雅，其流易弊。於是東方、枚皋，餔糟啜醨，無所匡正，而詆嫚媟弄，故其自稱為賦，迺亦俳也，「見視如倡」，亦有悔矣。至魏文因俳說以著笑書，薛綜憑宴會而發嘲調，雖抃笑衽席，而無益時用矣。然而懿文之士，未免枉轡；潘岳醜婦之屬，束晳賣餅之類，尤而效之，蓋以百數。（頁275）

淳于髡以酒量勸告齊威王戒除長夜之飲、優旃以蔭室勸告秦二世放棄漆城之意，俱見《史記‧滑稽列傳》之中[133]，另外宋玉作〈登徒子好色賦〉

133　《史記》〈滑稽列傳〉載「淳于髡者，齊之贅婿也。長不滿七尺，滑稽多辯，數使諸侯，未嘗屈辱。」時齊威王喜隱，又淫樂長夜之飲，沈湎不治，國危百官不敢為諫，淳于髡說之以隱曰：「國中有大鳥，止王之庭，三年不蜚又不鳴，不知此鳥何也？」王曰：「此鳥不飛則已，一飛沖天；不鳴則已，一鳴驚人。」是乃朝諸縣令長七十二人，賞一人，誅一人，奮兵而出。諸侯振驚，皆還齊侵地，威行三十六年。又「優旃者，

諷刺楚王不宜淫亂，凡此文辭雖詼諧淺俗但意義嚴正，為諧語之正體；否則即為偏體，亦有源流可溯，較早如西漢時代東方朔、枚皐等語言侍從，其為取樂帝王所說的笑鬧言辭以及辭賦，再如曹丕所編纂的笑書之內容、薛綜創作出取笑他人的輕挑言辭，最後如潘岳〈醜婦賦〉、束皙〈餅賦〉之類，都以揶揄嘲笑為樂，凡此都喪失了莊嚴的精神及政教意義，無不為諧語之偏體。

又論讔語：

> 昔還社求拯於楚師，喻眢井而稱麥麴；叔儀乞糧於魯人，歌佩玉而呼庚癸；伍舉刺荊王以大鳥，齊客譏薛公以海魚；莊姬託辭於龍尾，臧文謬書於羊裘；隱語之用，被於紀傳……漢世《隱書》十有八篇，歆、固編文，錄之賦末。昔楚莊齊威，性好隱語。至東方曼倩，尤巧辭述。但謬辭詆戲，無益規補。自魏代以來，頗非俳優，而君子嘲隱，化為謎語。（頁276）

讔語其實就是謎語，不直言其意而以文辭射之，有賴閱聽者識其機要，才能曉悟會通。雖說自《漢書・藝文志》〈詩賦略〉中就有相關著作的集結，不過劉勰以《左傳》中楚大司馬申叔以麥麴、枯井作為暗示，援救蕭大夫還無社，及魯大夫與吳大夫申叔儀以佩玉、庚癸暗示糧食所在，以及其他見諸史冊的故事[134]，說明讔語之用，實關乎軍國大事以及諷勸惕

秦倡侏儒也。善為笑言，然合於大道。」秦二世立，欲漆城，優旃曰：「善。主上雖無言，臣固將請之。漆城雖於百姓愁費，然佳哉！漆城蕩蕩，寇來不能上。即欲就之，易為漆耳，顧難為蔭室。」於是二世笑之，以其故止。

134 還無社之事，載於《左傳・宣公十二年》：「楚子伐蕭，還無社與司馬卯言，號申叔展。叔展曰：『有麥麴乎？』曰：『無。』『有山鞠窮乎？』曰：『無。』『河魚腹疾，奈何？』曰：『目於眢井而拯之。』『若為茅絰，哭井則已』明日，蕭潰，申叔視其井，則茅絰存，號而出之。」依據杜預所注，蕭大夫即還無社，而司馬卯與申叔展皆為楚大夫。

勵，能掌握此要義以鑄文辭，即為讔語之正體；否則即為「頗似俳優」的偏體，比如東方朔以及魏代文人，專以謎語互為影射嘲弄，嬉笑怒罵之餘，不存任何道德價值，當然不足取論。

按照劉勰所分別，雖然有「諧」與「讔」兩種文辭類型的差異，但從實際上的例子來看，「諧」與「讔」許多時候，往往是相互結合的。《史記・滑稽列傳》中的侏儒淳于髡，或是《戰國策》中齊客、伍舉所言，既是語言質樸的「諧」，又是令人費解的「讔」，一旦會意後，則可感作者的

楚國即將攻伐蕭國，司馬卯與申叔展因與還無社有交情，所以以讔語暗示他避難於枯井，屆時再以哭聲為號，拯救還無社出井。又叔儀之事，載於《左傳・哀公十三年》：「吳申叔儀乞糧於公孫有山氏，曰：『佩玉縈兮，余無所繫之。旨酒一盛兮，余與褐之父睨之。』對曰：『粱則無矣，粗則有之。若登首山以呼曰：庚癸乎！則諾。』」按杜預所注，申叔儀為吳大夫，公孫有山為魯大夫，兩人為舊交。申叔儀以讔語求糧於公孫有山，公孫有山也以讔語回應，謂雖無精糧，但可以供給粗糧與水。伍舉之事，《史記・楚世家》有較詳細的記載，云莊王即位三年，不出號令，日夜為樂，令國中曰：「有敢諫者死無赦。」之後伍舉入宮說以讔語曰：「有鳥在於阜，三年不蜚不鳴，是何鳥也？」楚莊王答曰：「三年不蜚，蜚將沖天；三年不鳴，鳴將驚人。舉退矣，吾知之矣。」是楚莊王知伍舉諷刺之意，即將停止淫樂，振奮作為。齊客之事見於《戰國策・齊策》，云靖郭君不顧眾人勸止，欲築薛城，齊人有請見者，曰：「臣請三言而已，過三言，臣請烹。」靖郭君因見之，客趨進曰：「海大魚。」因反走，靖郭君曰：「請聞其說。」客曰：「君聞大魚乎？網不能止，繳不能過。蕩而失水，螻蟻得意焉。今夫齊，亦君之海也，君長有齊，奚以薛為？君失齊，雖隆薛城至於天，猶無益也。」齊客讔語之意，以為靖郭君長保齊國才是上策，否則就算薛城築成，也無益於前途。莊姬之事，見於《列女傳》，云楚襄王好歌樓臺榭，莊姪則以讔語告曰：「大魚失水，有龍無尾，墻欲內崩，而王不視。」襄王不能會意，又告知曰：「大魚失水，王離國五百里也，樂之於前，不思禍之起於後也。有龍無尾者，年既四十，無太子也。國無弼輔，必且殆也。墻欲內崩，而王不視者，禍亂且成，而王不改也。」意謂楚襄王敗壞國政，又無子嗣，即將有如失水的大魚。臧文之事，亦見於《列女傳》，言魯國臧文仲出使於齊，齊國拘之且欲興兵襲魯，臧文仲使人託書於魯君，書云：「斂小器，投諸台，食獵犬，組羊裘，琴之合，甚思之。臧我羊，羊有母，食我以桐魚，冠纓不足帶有餘。」魯君得書，君臣共論而不能知書中文辭之意，唯臧文仲之母能解，於是召而問之，其母曰：「斂小器，投諸台，言取郭萌，內之於城中也。食獵犬，組羊裘，言趣饗戰鬥之士而繕甲兵也。琴之合，甚思之者，言思妻也。臧我羊，羊有母，是告妻善養母也。食我以桐魚，桐者其文錯，錯者所以治鋸，鋸者所以治木也，是有木治繫於獄矣。冠纓不足，帶有餘，頭亂而不得梳，饑不得食也。故知吾子拘而有木治矣。」意謂臧文仲暗示自己被捕下獄及思親之意，又言齊國正整軍待發。

幽默機智。但不論是「諧」或「讔」，這些擅長於構思謎語、以逞辭為樂的侏儒，或是宋玉之流的語言侍從之臣，其實本身就是製作淺俗趣味之韻語文辭的能手，且又嫻熟於以文辭「詠物」或「體物」的本領[135]，其所作縱然篇幅長短並不一致，但本身往往多是語句協韻的賦體形式[136]，更不用說〈登徒子好色賦〉、〈醜婦賦〉、〈餅賦〉這些確確實實就屬於「賦」的篇章。總之，由實際作品看來，諧語及讔語，無論篇幅大小，大多能歸屬於「賦」範圍之內。

然則，劉勰也注意到，《漢書・藝文志》〈詩賦略〉中有「隱書十八篇」。在本章第一節也提及，這些來自民間、作者不詳且語言淺俗的謎語，在漢人看來其實盡為「雜賦」之屬，亦即直接以「賦」來看待，所以歸入「賦」類範圍之中。可是，劉勰卻不在〈詮賦〉中對這些賦體之作進行分析，亦不於〈雜文〉中與「對問」（含設論）、「七」與「連珠」或其他體類並論，特立〈諧讔〉一篇以發明之。這就意謂「雜」的實際文學範圍，已經出現改變；換言之，諧語及讔語從原本漢人的「雜賦」領域中出走，到了《文心雕龍》總算不再被歸屬於「雜」的文類之中。但縱使擺落了「雜」的標籤，卻未必意謂其價值有所提升。是以如前所言，劉勰認為「諧」乃「本體不雅，易生流弊」；「讔」則自漢、魏以降，多如俳優之作。所以在本篇篇末贊語，劉勰總結的說：

135 讔語固然是詠物，辭賦中的鋪排亦是一種詠物，換言之，「詠物」或「體物」，讔語的表現手法與賦的技巧是異曲同工的。相關說明，參見周鳳五：〈由《文心》《辨騷》、《詮賦》、《諧讔》論賦的起源〉，收入中國古典文學研究會主編：《文心雕龍綜論》（臺北：臺灣學生出局，民國 75 年 5 月，初版），頁 403-405。

136 關於先秦時代賦與諧讔的交集，參見簡宗梧老師：〈賦與隱語關係之考察〉，《逢甲人文社會學報》第 8 期（2004 年 5 月），頁 40-42。另外，宋玉雖然貴為宮廷文人，不過卻常被楚王以「小臣」稱呼之，而「小臣」一詞，在《周禮》記載中，正是一種服侍君王、隨身僕役的貼身小官，地位極卑微，大概也與侏儒差異不大，唯宋玉之流擅長言辭，略不同於一般小臣罷了。相關說明，參見郗文倩：《中國文體功能研究——以漢代文體為中心》（上海：上海三聯書店，2010 年 1 月，初版），頁 220-222。

古之嘲隱，振危釋憊。雖有絲麻，無棄菅蒯。會義適時，頗益諷誡。空戲滑稽，德音大壞。（頁 277）

強調不論是讔語或諧語，其價值應當展現在與國家政治關連的緊要關頭，適時使用可以醒人心思，進而扭轉局勢。若不如此，只用於損人取樂，則不僅毫無價值，甚至嚴重的敗壞道德而已。

又上文提及，依據諷諫價值及政教意義為判準，「諧」與「讔」有正、偏兩體的差別，然而在劉勰看來，其正體無不存在於漢代以前，自漢而魏晉以下，全為偏體。換句話說，諧語、讔語之價值大有每下愈況，一去不可復返的意味。但既然如此，又何須獨立〈諧讔〉之篇以專論？〈諧讔〉云：

然文辭之有諧讔，譬九流之有小說。蓋稗官所采，以廣視聽，若效而不已，則髡袒而入室，旃孟之石交乎！（頁 276）

則《文心雕龍》之所以專篇討論「諧」、「讔」，其實效法《漢書・藝文志》「諸子略」立小說一家之意。要在裒集街談巷議、道聽途說等民間卑俗言辭，下通民情並廣闊視聽；以為其雖猥瑣但仍未乏可觀之處，唯不可沉湎溺愛，因此劉勰也提醒文士不應一味習效、無所取擇，否則難免淪為俳優弄臣。「諧」、「讔」地位既然微末有如九流學術之附驥而已，那置於〈雜文〉之後，也可謂十分切理了。

總之，〈雜文〉與〈諧讔〉同為《文心雕龍》泛論文學體類時，位居「文」、「筆」兩大區域的過渡，意即之中對象有些為「文」，有些為「筆」。在劉勰看來，這些體類共同的特性，就在容易流於文字遊戲，或者在現實社會環境中寡用乏效，所以在嚴肅的道德，或政教價值為判準下，兩篇所論及的體類價值都不高，尤其諧語、讔語的價值更低。唯就發展歷史來看，諧語、讔語可自古以來被歸入「賦」的領域，而「對問（含設論）」、「七」、「連珠」雖然也都與「賦」的關聯密切，但「諧」、「讔」的存在已然歷史悠久，並非新變晚出的體類，所以並不於〈雜文〉篇討論，而是在〈雜文〉之後特立〈諧讔〉，對這兩種源遠流長，卻又被視為小道的體類，有所交代。

三、〈雜文〉與〈書記〉的關係

〈書記〉為《文心雕龍》文體論最末篇，劉勰於此篇開宗明義云：

> 大舜云：「書用識哉！」所以記時事也。蓋聖賢言辭，總為之書，書之為體，主言者也。揚雄曰：「言，心聲也；書，心畫也。」聲畫形，君子小人見矣。故書者，舒也。舒布其言，陳之簡牘。取象於夬，貴在明決而已。（頁 483）

借用大舜與揚雄之言，說明所謂的「書」就是作者心志的舒展朗現，辭、意必須要求顯明切要。進一步說，「書」泛指各種書信尺牘，所舉名篇包含司馬遷〈報任安書〉、楊惲〈報孫會宗書〉、揚雄〈答劉歆書〉、嵇康〈與山濤絕交書〉等等。此外，劉勰又言至東漢以後，出現所謂「牋」、「記」：

> 迄至後漢，稍有名品，公府奏記，而郡將奏牋。記之言志，進己志也。牋者表也，表識其情也。崔寔奏記於公府，則崇讓之德音矣；黃香奏牋於江夏，亦肅恭之遺式矣。（頁 484）

可見「書」並不只有私人之間的信件尺牘，也包含了用於官署的「牋」、「記」，文中崔寔與黃香之作已經亡佚不見，但看來「牋」、「記」本質上並無太大差別，皆為書信，且都在訴說情志，唯申訴的對象不同，所以別為兩名。既然如此，所以劉勰又統而言之：

> 原牋記之為式，既上窺乎表，亦下睨乎書，使敬而不懾，簡而無傲，清美以惠其才，彪蔚以文其響，蓋牋記之分也。

兩者介於「表」、「書」之間，其亦表達敬意，但辭氣不如「表」那般惶恐謹慎，且情感顯明、文辭要約，但辭氣又不似「書」那般縱意揮灑[137]；總之，情感真誠適切，文辭清麗動人，即是「牋」、「記」之體要[138]。

但「書」、「記」的範圍甚為廣大，不只書信之類而已，劉勰緊接著又說：

> 夫書記廣大，衣被事體，筆箚雜名，古今多品。是以總領黎庶，則有譜、籍、簿、錄；醫歷星筮，則有方、術、占、式；申憲述兵，則有律、令、法、制；朝市徵信，則有符、契、券、疏；百官詢事，則有關、刺、解、牒；萬民達志，則有狀、列、辭、諺。並述理於心，著言於翰，雖藝文之末品，而政事之先務也。（頁484）

137 范文瀾注云：「敬而不懾，所以殊於表（表有誠惶誠恐，死罪死罪之語）；簡而無傲，所以殊於書（上文云書體在盡言，宜條暢以任氣，則有類乎傲也）。」頗能有助理解劉勰此處文意。參見氏著：《文心雕龍注》（臺北：臺灣開明書店，民國82年5月，臺17版）卷五，頁58。

138 劉勰是第一位對書信文體做出批評的理論家，書信雖然題材廣泛，與論、議等文體可以相涉，但其個性就在於：「辭若對面，盡言心聲。」相關說明，參見張思齊：《六朝散文比較研究》（臺北：文津出版有限公司，1997年12月，1版），頁102。

據此，譜、籍、簿、錄、方、術、占、式、律、令、法、制、符、契、券、疏、關、刺、解、牒、狀、列、辭、諺這廿四種事關民生、醫術、占卜、法律等等文書形式的記錄，雖事關文字書寫，但其實只講實用功能，甚乏文采美感可言，故劉勰稱之為「藝文之末品」、「政事之先務」，卻都包含在「書記」之內。細言之：

譜者，普也。注序世統，事資周普，鄭氏譜《詩》，蓋取乎此。籍者，借也。歲借民力，條之於版，《春秋》司籍，即其事也。簿者，圃也。草木區別，文書類聚，張湯、李廣，為吏所簿，別情偽也。錄者，領也。古史《世本》，編以簡策，領其名數，故曰錄也。（頁 485）

「譜」用於標明世係統緒，明其先後，如鄭玄作〈詩譜〉之類。「籍」用於統計並列整戶口，便於派遣民力之用。「簿」泛指各種分類的文書資料，《漢書》即載官吏以「簿」對質張湯、李廣之事。「錄」，為總括之意，故總括其事則稱之，如古代流傳的《世本》，即總錄黃帝以來帝王、諸侯與卿大夫諡號之書[139]。又：

方者，隅也。醫藥攻病，各有所主，專精一隅，故藥術稱方。術者，路也。算曆極數，見路乃明，《九章》積微，故稱為術，淮南《萬畢》，皆其類也。占者，覘也。星辰飛伏，伺候乃見，登觀書雲，故曰占也。式者，則也。陰陽盈虛，五行消息，變雖不常，而稽之有則也。（頁 485）

「方」即「藥方」用於療病。「術」則載明一專門技術，如《算術九

139 以上說明，參考詹鍈：《文心雕龍義證》（上海：上海古籍出版社，1999 年 12 月，初版），頁 944-947。

章》、《淮南萬畢術》之類。「占」為占卜之文書資料，內容於星辰風雲之變化有關。「式」記載有關天地陰陽變化的法則[140]。又：

律者，中也。黃鐘調起，五音以正。法律馭民，八刑克平，以律為名，取中正也。令者，命也。出命申禁，有若自天，管仲下命如流水，使民從也。法者，象也。兵謀無方，而奇正有象，故曰法也。制者，裁也。上行於下，如匠之制器也。（頁 485）

「律」指記載各種規律之文書，包含音樂與政治。「令」即上位者指揮民眾的號令。「法」特指作戰用兵之法則。「制」泛指上位者頒佈的各種制度辦法[141]。又：

符者，孚也。徵召防偽，事資中孚。三代玉瑞，漢世金竹，末代從省，易以書翰矣。契者，結也。上古純質，結繩執契；今羌胡徵數，負販記緡，其遺風歟！券者，束也。明白約束，以備情偽，字形半分，故周稱判書。古有鐵券，以堅信誓。王褒〈髯奴〉，則券之楷也。疏者，布也。布置物類，撮題近意，故小券短書，號為疏也。（頁 486）

「符」泛指各種憑證，自古代有之，至今多以書面形式呈現。「契」泛稱各種標數目或事物的記號，今亦多以文字書寫記錄。「券」為兩方約定、承諾的證明，避免反悔欺詐，亦以文字書寫記錄，如王褒〈僮約〉一

140　以上說明，參考詹鍈《文心雕龍義證》（上海：上海古籍出版社，1999 年 12 月，初版），頁 948-951。

141　以上說明，參考詹鍈《文心雕龍義證》（上海：上海古籍出版社，1999 年 12 月，初版），頁 951-954。

文。「疏」即條列事物，概要說明諸事物主旨[142]。又：

> 關者，閉也。出入由門，關閉當審；庶務在政，通塞應詳。《韓非》云：「孫亶回聖相也，而關於州部。」蓋謂此也。刺者，達也。詩人諷刺，《周禮》三刺，事敘相達，若針之通結矣。解者，釋也。解釋結滯，徵事以對也。牒者，葉也。短簡編牒，如葉在枝，溫舒截蒲，即其事也。議政未定，故短牒咨謀。牒之尤密，謂之為籤。籤者，纖密者也。（頁 486）

「關」是通關時的法律許可證明，其審核是極為基礎且重要的政務事項。「刺」則是探詢事務的公文，轉為謁人的名帖。「解」則是舉出事例，以釋說疑難問題。「牒」是指篇幅短小、概論事要的筆札，所論若稍微縝密，則稱為「纖」[143]。

> 狀者，貌也。體貌本原，取其事實，先賢表謚，並有行狀，狀之大者也。列者，陳也。陳列事情，昭然可見也。辭者，舌端之文，通己於人。子產有辭，諸侯所賴，不可已也。諺者，直語也。喪言亦不及文，故弔亦稱諺，廛路淺言，有實無華。（頁 486-487）

「狀」用於記寫人、事，所以又有「行狀」，追述亡者言行舉止，以供作誄定謚之用。「列」，用於列舉事項，並予以說明。「辭」泛指口說言詞，用於溝通人我。「諺」則是坊間俚俗的質樸辭語[144]。

---

142 以上說明，參考詹鍈《文心雕龍義證》（上海：上海古籍出版社，1999 年 12 月，初版），頁 955-959。

143 以上說明，參考詹鍈《文心雕龍義證》（上海：上海古籍出版社，1999 年 12 月，初版），頁 960-963。

144 以上說明，參考詹鍈《文心雕龍義證》（上海：上海古籍出版社，1999 年 12 月，初版），頁 963-967。

然則〈書記〉所論及的體類亦甚為紛雜，其中包含了必須講究美感者（「記」、「牋」），或者僅有實用功能但欠缺藝術價值者（如上引所列二十四種）。這種涵該體類博雜，又範圍寬泛的特性，與〈雜文〉一致；關於這點前賢其實已有注意，如紀昀曾於此處眉批云：

此種皆係雜文，緣第十四先列雜文，不能更標此目，故附之〈書記〉之末，以備其目。然與書記頗不倫，未免失之牽合。[145]

紀昀認為此二十四品根本就應該歸入〈雜文〉，但因為劉勰撰述時篇次安排的失當，所以只好繫於〈書記〉來談。先不論紀氏指責是否公允，但紀氏判斷二十四品應當屬於「雜文」的範圍，可能原因有二：其一在於這些都如同〈雜文〉篇末所列十六種一樣，皆為瑣碎且不甚重要的體類；其二，《文心雕龍》既已有〈雜文〉一篇，那麼在其他文體論各篇不能盡論的對象，應該當安置在〈雜文〉才是，所以直言這二十四品跟書記本不相涉，出現在〈書記〉為免怪異。針對紀昀說法，劉永濟就加以反駁，認為古人論「書」，本與記載寫作相關，所以範圍廣大，且：

本書原有附論之列，上篇所設，固徧及各體之作。二十四品，記不足以設專篇，復不宜略而不論，乃附〈書記〉之末，亦猶〈雜文〉篇末附及者十六類也。[146]

---

145 參見黃霖編著：《文心雕龍彙評》（上海：上海古籍出版社，2005 年 6 月，1 版），頁 90。

146 劉氏又指出，劉熙《釋名》曰：「書，庶也，記庶物也。亦言著簡指，永不滅也。」揚子雲《法言・問神》篇云：「彌綸天下之事，記久明遠，著古物之，傳千里之忞忞者，莫如書。」曰：「記庶物。」曰：「彌綸天下之事。」足見書之為義，其廣如此，故劉勰又云：「書記廣大，衣被事體。」然則二十四品於論「書」時兼論，也就合情合理了。參見氏著：《文心雕龍校釋》（臺北：華正書局，民國 70 年 10 月，初版），頁 96-97。

按《文心雕龍》區分文體，其層次由上至下有三，其一為「文」、「筆」，其二則為「文體論」各篇於篇題上所標示的文體名稱，其三則為該篇內除篇題體類外的其他子目對象[147]，凡第三層所論者，應皆可視為所謂「附論」的對象。關於這點，王更生也說：「所謂『附論』者，就是雜體之文，不足以特立專篇，乃依其品性何屬，即附錄於何篇之末。最明顯的例子，就是〈雜文〉與〈書記〉二篇。[148]」這段話提醒了我們，所謂「附論」的「雜體之文」，就是指相對該篇中主要的體類而言，次要、細小的體類，其數目往往不一，而「雜體之文」的存在，又本於劉勰對於文體發展的詮釋。

顯然，〈雜文〉與〈書記〉可以相提並論。二篇用意，都是為了蒐羅難以在其他篇章中依歸、細論的體類，所以不得不籠統於二篇中加以說明。但如果說兩篇所「附論」的諸對象，都只肇因於自身細小且非主要體類而已，那也不盡然，如張立齋所說：

> 此節羅列雜體，統歸於記。六條所包，約二十四則。因俗取名，使文無遺種，事有遵一，然列之於記者，藝文之品末，故不必專篇也。[149]

張氏強調劉勰所以於〈書記〉要附論二十四品，原因之一在於要使「文無遺種」。進一步說，在劉勰論文架構內，舉凡文字書寫創造，皆為

147　王更生指出，劉勰即是透過這三種層次，建立起完整嚴密的文體分類架構，又說：「眾體雖繁而無類可歸者，凡屬有韻的都收錄到〈雜文〉中，凡無韻的都收錄到〈書記〉中。」參見氏著：《文心雕龍新論》（臺北：文史哲出版社，民國 80 年 5 月，初版），頁 22-23。但其〈雜文〉所論各種文體，固以有韻者為主，但篇末所附論者，未必都是無韻之筆。

148　氏著：《文心雕龍研究》（臺北：文史哲出版社，民國 78 年 10 月，增訂 3 版），頁 325-326。

149　氏著：《文心雕龍注訂》（臺北：正中書局，民國 74 年 8 月，初版），頁 267。

「人文」與「文明」，都是《文心雕龍》所涵該討論的對象[150]，故理當求其全備。但本書重點又是在探究「文術」與「為文之用心」，面對這些只有實用功能，但欠缺藝術價值的體類，只好聊備於此篇之中；張氏又注意到，劉勰稱這些體類為「藝文之末品」，意即是以藝術審美作為判準，所論各種主要體類皆屬「藝文」，具備審美價值（但彼此審美價值的高下，又是另一問題，此處暫且不論），故即是劉勰文論架構中為「本」為「主」的對象，而附論〈書記〉的二十四類，因缺乏文藝美感，所以為「末」或「從」的對象。

如此說來，《文心雕龍》其他各篇所論體類與此二十四類，理論上仍是一整體而非斷裂，唯前者為「本」／「主」，後者為「末」／「從」的區別與關係而已。總之，〈書記〉與〈雜文〉兩篇，都各自有主要的體類，也都各自包羅了相關且次要的對象，又這些次要體類，其實並非孤立的存在，而是其他主要體類的衍生旁枝。質言之，劉勰意欲歸納難於各篇詳論，且又為主要體類旁出末流的瑣碎體類，因此設立〈書記〉與〈雜文〉；換句話說，《文心雕龍》有此二篇，根本於劉勰解釋文學體類演化發展，以及主從關係的用心。

總結本節所論：《文心雕龍》有〈雜文〉一篇，依據該篇可知劉勰會將某一體類歸於「雜文」之域的意義有兩層，其一在於為主要體類的從屬，其二則因為此一體類的政教功能欠缺，所以價值低下。透過第一層意義，可與〈書記〉並論，唯〈雜文〉所論「對問（含設論）」、「七」、「連珠」固為「賦」的流變，篇末附論的十六種，也都是各種歷史悠久且重要

150　劉勰所論文學，對象不只文藝作品（literature），本是一種「泛文學」的觀念，而「人文」也是外延極廣的概念，涵蓋人類的典章制度、禮法、典籍、文字等等，文藝也只是「人文」中的一個組成的部分。相關說明，參見蔡鍾翔：〈劉勰的雜文學觀念和泛文論思想〉，收入張少康編：《文心雕龍研究》（湖北：湖北教育出版社，2002 年 8 月，第 1 版），頁 336。

的體類的枝派，這樣的主／從與本／末的關係，是從文學體類的發展演變來說；至於〈明詩〉迄於〈書記〉所論及各種體類，都在實用功能外或多或少兼具文藝價值，但〈書記〉所附二十四種，卻僅有實用性質而極為欠乏審美價值，所以附諸最末，所以這樣的主／從與本／末的關係，是從文藝美感的觀點來說。透過第二層意義，〈雜文〉得與〈諧讔〉比較並論，即〈雜文〉之屬的各種體類，與諧語、讔語，同樣欠缺實際功能與政教意義，不過諧語、讔語自古有之，所以不入於探討新變後起之體類的〈雜文〉之中，只好繫於〈雜文〉之後，聊備一格。

第六節　結語

經本章前五節所討論，關於劉勰《文心雕龍》雜文觀念及範圍，可概括提出五個重點：

其一，在漢代人對賦的整理中，已有「雜賦」一類，可見帶有批評意義的「雜」，已經出現於漢人賦學的觀念之中。「雜賦」所以為「雜」，主要是因為出自民間，內容駁雜，語言質樸而且鮮少嚴肅的道德意義。而在《後漢書》對於文士撰著資料的整理之中，則首先出現「雜文」一詞；「雜文」所以為「雜」，推測是因為篇章本身形製上，無法以當時體類區分的標準，加以歸屬，也意謂著其功能的不確定，至於後來被劉勰視為「連珠」、「七」、「對問（含設論）」的相關作品，在文士撰述資料中，雖與賦畫境，但除了「連珠」之外，其他兩種作品都是單篇獨立的方式呈現，可見「七」、「對問」在漢代時，尚未形成一種明確的體類。

其二，依據漢人觀點，〈答客難〉、〈答賓戲〉、〈解嘲〉等一系列之作，雖不同於一般漢賦，但應可廣義的視之為「賦」。時至六朝，「對問」

正式成為一種體類，但意義有廣狹之分，狹義者如蕭統，將「對問」與「設論」分列，前者僅〈對楚王問〉一篇，後者則包含〈答客難〉、〈答賓戲〉、〈解嘲〉等一系列漢魏之作，以〈答客難〉為首創之作。廣義者如劉勰，以「對問」概括前述所有作品，並以〈對楚王問〉為首創之作。依據蕭統，「對問」與「設論」在題材上不同，前者出於文士對外在人言非議的反駁，後者則在抒發對於時遇的感嘆。但劉勰認為這些全都是「發憤以表志」的作品，所以可以合併觀之。

其三，「七」首創於枚乘〈七發〉，文中以治病為主題，但追步者傅毅〈七激〉及以下，所對治的卻是不合儒家思想，消極避世之病，所以其實又以招隱為題材。又「七」之體類名稱，確立於晉代，又以豔麗的風格為其特色。但漢魏文士對於「七」之篇章討論、評價的方式，與漢賦幾乎如出一轍，顯現出「七」與「賦」有密切關聯。

其四，「連珠」首創於揚雄，以數對駢句成篇，內容陳述人君政治之道，誦讀時猶如珠玉之聲般適耳動聽，因此名其篇為「連珠」，後世依據此篇加以仿效，名曰〈擬連珠〉、〈廣連珠〉、〈仿連珠〉等等，篇章雖多，都有「連珠」之名，因此早在東漢之時，「連珠」就確立為一類名，指涉這一系列的文章；所以相較於「對問」與「七」，「連珠」形成體類的時間最早。又「連珠」之文，在駢偶的文辭與誦讀的欣賞方式上，都可見與「賦」極為近似的性質。

其五，劉勰《文心雕龍》〈雜文〉之中，「對問（含設論）」、「七」、「連珠」固為其中犖犖大者，但還包括諸多衍生自詩、樂府、章、奏、議、檄等等有韻無韻的細碎體類。此外，〈雜文〉與〈諧讔〉、〈書記〉兩篇有潛藏的關聯。諧語、讔語自古為「雜賦」之屬，以其歷史久遠其來有自，故雖價值低落如〈雜文〉各種對象，但終不於〈雜文〉討論；又〈書記〉篇末繫有二十四種體類，與〈雜文〉篇末亦係有十六種體類，兩篇情況頗為相似，這些附論的對象，都是主流體類之外的從屬對象。唯在政教實用的判準之下，〈雜文〉所附論的十六種，因實際功能的取向不甚明顯，所以為從／末，此外其他文體論各篇所論各種體類，則為主／本。而在美學藝術的判準之下，〈書記〉所附論的廿四種，因僅有實用功能而幾乎不具審美價值，所以為文藝之從／末，此外其他文體論所論各種體類，則為主／本。總之，〈雜文〉的設立，是要解釋並安排於文學史中，既是主要體類的從屬，並且實際應用的場合較少，或政教功能與道德價值較低落的後出體類。

第三章

《文苑英華》「雜文」中的「賦體雜文」與「箴體雜文」

「賦」與「箴」在六朝都屬「有韻之文」，也都是獨立存在的文學體類。

然而依照前章所述，《文心雕龍》〈雜文〉中所包含的文學體類眾多，卻以「對問（含設論）」、「七」、「連珠」三者為大宗；這些雖具有賦體意味，但在題材或體製上各自有特色，且不以賦為名，所以我們稱之為「賦體雜文」。但事實上，自漢代以來未以賦為名的賦體文章及類型，並不只劉勰所言的三種而已[1]，亦即「賦體雜文」在《文心雕龍》文體論所言的各篇中，都可能存在；或者說，儘管《文心雕龍》文體論所提及各種體類名目井然，之中不乏具有「賦體雜文」之特性者，但因發展歷史較為悠久，或相對較具有鮮明的實用功能取向，所以不符合劉勰對於「雜文」的界

1　簡宗梧老師就說：「在辭賦鼎盛的漢代，文士寫作許多未以賦為名的賦體文章，是可以理解的。如果說在漢代未以賦為名的賦體文章，並不以《文心雕龍》〈雜文〉所列的三種為限，那也是可以理解的。」而簡老師又舉例，諸如司馬相如〈難蜀父老〉，王褒〈四子講德論〉、〈僮約〉、〈責髯奴文〉，都是所謂「賦體雜文」。參見氏著：〈論王褒的雜體文〉，收入《廿一世紀漢魏六朝文學新視角：康達維教授花假甲紀念論文集》（臺北：文津出版社，2003 年 7 月，初版），頁 74。

義——文學史中後起新出，又欠缺實用價值。因此得出〈雜文〉之外，獨立成為一體類。後設看來，《文苑英華》就存在著更多的「賦體雜文」，這些「賦體雜文」原來不屬劉勰「雜文」範圍，而是另存〈雜文〉以外的獨立體類，卻一併收入在後來《文苑英華》「雜文」之中。

至於「箴體雜文」者，依據前「賦體雜文」的邏輯，可指涉「具有箴體特色，但不以箴為名」的文章。換句話說，是文士以寫作「箴」的方式，進行其他體類的創作，使作品具有箴的文體意味。這些「箴體雜文」之作，與「箴」相較，本質上未必有著截然的差異，但因不具「箴」名，所以分類上終究不宜貿然歸之於「箴」，然則《文苑英華》中於「箴」之外，另有「箴誡」一類，但「箴誡」卻又依附「雜文」之下，其中所錄之篇章群，多半以「誡」為篇名；換言之，「誡（戒）」縱使可以自成一體類，亦仍是「雜文」範圍的對象之一，而其與「箴」的關係既然密切，所以謂為「箴體雜文」之體類，應無不宜。

本章以《文苑英華》「雜文」為中心，探討其中「賦體雜文」與「箴體雜文」之體類形成，與篇章之文體特色。

第一節　「賦體雜文」析論

一、「問答」

「對問（含設論）」、「七」在劉勰本為「雜文」主要體類之二，至《文苑英華》，兩者仍然存在「雜文」類中，但不再獨立，而是合併歸為「問答」一類。換句話說，單從分類形式上來看，「問答」雖只是《文苑英華》「雜文」十六子類之一，但其實它涵蓋了傳統「對問（含設論）」、「七」。

其中又包含了「對問（含設論）」四篇，「七」三篇，其餘顯然不屬於兩者的，還有二篇。依次言之：

(一)「對問（含設論）」

「對問（含設論）」中有盧照鄰〈對蜀父問〉、駱賓王〈釣磯應詰文〉、韓愈〈進學解〉、柳宗元〈答問〉共四篇。依次言之：

〈對蜀父問〉，開篇以作者遇一蜀父老，蜀父老質疑：

子非衣冕之族歟？文章之徒歟？飾仁義以干時乎？懷詩書以邀名乎？吾聞諸夫子曰：「邦有道，貧且賤焉，恥也。」當今萬方日用，九有風靡。主上垂衣裳，正南面而已矣。庸非有道乎？而子爵不登上造，位不至中涓，藜羹不厭，裋褐不全，容非貧賤乎？吾視子形容憔悴，顏色疲怠。心若涉六經，眼若營四海，何其無恥也？何其不一干聖主，效智出奇，何栖栖營默，自苦若斯？吾聞克為卿，失則烹，何故區區冗冗，無所成名？[2]

蜀父老責作者，既然衣冠冕而懷詩書，即應於此明君臨朝之際，努力於功名，效力於王事，何以自甘黯淡，守貧無為？作者則「笑而應之曰」：

蓋聞智者不背時而徼幸，明者不迂道以干非。是以聖賢馳騖，莫徹三家之轍；匹夫高抗，不屈萬乘之威。道在則簞瓢匪陋，義存則珪組斯違。或立談以邀鼎食，或白首而甘布衣。或委輅而仕屬，論都之會；或射鉤以相遇，匡霸之機。……彼一時也，此一時也。易時而處，失其所以。大唐之有天下也，出入三代，五十餘載。月窟來庭，風丘款塞。金革

2 〈對蜀父老問〉全文參見〔宋〕李昉等編：《（重編影印）文苑英華》（臺北：大化書局），頁 823。

已偃，羽檄已平。雖有廉白之將，孫吳之兵。百勝無遺策，千里不留行。無所用也。……夫周冕雖華，猿猴不之好也；夏屋雖崇，騏驥不之處也。載鼷以車馬，不如放之於藪穴也；樂鶡以鍾鼓，不如栖之以深林也。此數物者，豈惡榮而好辱哉？蓋不失其天真也。若余者十五而志于學，四十而無聞焉。詠羲農之化，翫姬孔之篇。周遊幾千里，馳騁數十年。時復陵霞汎月，搦札彈絃。隨時上下，與俗推遷。……雖吾道之窮矣，夫何妨乎浩然？今將授子以中和之樂，申子以封神之篇。終眇慙乎措地，竊所慕於談天。

意謂道、義之所在，不在於具體可見的功名事業，因為遭逢時遇與否，並非人能主觀決定，縱便才學滿腹，時勢不許，亦不能積極建樹。既然時勢不許，作者決定悠閒於世，暢論玄遠的天道與神仙之說，不為物傷不以己悲，然則亦不失為保持天真的自守之道。蜀父老聞之，再拜而謝：「鄙夫瞽陋，長自愚惑。習俗遐陬，不遊上國。聞主人之休旨，聽皇猷之允塞……請終餘論，永告卬僰。」頗有振聾發聵，使其迷途知返的意味。

〈釣磯應詰文〉：作者於三伏之時，經新安江嚴子陵釣磯，見江中魚群水行嬉戲，於是嘗試取餌垂釣之，「或有游而不顧者，或有含而復吐者，或有廉隅莫之近者，或有貪暴輒吞之者，引竿而舉，因以獲焉。其始出也，掉尾揚鬐，有若恃力而自免，其小退也，則鼓鰓濡沫，有似屈體而求哀。」[3]眼見吞餌中鉤，狀似哀求的上岸之魚，作者心生悲憫，以為凶猛或有靈如猛獸、鷙鳥、素龜、白龍之類，尚且不免掛網遭捕，而小魚何不潛泥沉處，貪餌以致吞釣？遂而放之江流，使盡其生生之理。於是：

3 〈釣磯應詰文〉全文參見〔宋〕李昉等編：《（重編影印）文苑英華》（臺北：大化書局），頁824。

時同行者，顧詰余曰：「夫至人之處世也，擬跡而後投，隱心而後動。始終不易其業，悔吝不生其情。而吾子沉緡於川，登魚於陸。烹之可以習政術，羞之可以助庖廚。曩求之將何圖，今捨之將何欲？」

同伴對於作者垂釣得魚之後，竟不思烹飪品嚐，反倒縱放入河，甚感疑心。

余笑而應之曰：「聖人不凝滯於物，智士必推移於時。知幾之謂神，舍生之謂道。殷乙，聖人也，囚於夏；孔子，賢人也，畏於匡。且夫明哲之賢，尚罹幽憂之患。況乎鱗羽之族，寧無弋釣之累哉？故曩吾有心也，恐求之而不得。今吾無心也，使得之而亡求……況療饑者，半菽可以充腸；為政者，一言可以興邦。勦大命而後冀一飡之飽？擒而不殺，可不謂仁乎？獲而不饗，可不謂廉乎？且夫垂竿而為事者，太公之遺術也。形坐磻溪之石，兆應渭水之璜。夫如是者，將以釣川耶？將以釣國耶？然後知古之善釣者，其惟太公乎？又有妙於此者，其惟文王乎？夫文王制六合為釣，懸四履而為餌，筮之於清廟，投之於巨川，一引而獲太公，再舉而登尚父。由此觀之，蹲會稽而沈轄者，鮑肆之徒也。踞滄溟而得鼇者，漁父之事也。斯蓋眇小者之所習，安知大丈夫之所為哉？」

作者卻回應，觀殷乙、孔子等明哲賢聖，猶不免遇難受囚，況論乎魚？今己已無心求取之心，故雖得而不取，放之亦能全仁、廉之節操美德。再說釣術之真諦，並非世俗漁夫商販所為獵獲搜捕，而在於太公待時登用，文王舉材任賢之理。

按此文藉由釣磯一事，引起主客問答，以解釋作者不為人知的情理，再鋪敘的文辭中，流露作者對時命的哲思，然則亦為傳統「對問」（含「設論」）之作。

關於〈進學解〉一文，《新唐書》韓愈本傳載：

華陰令柳澗有罪，前刺史劾奏之，未報而刺史罷。澗諷百姓遮索軍頓役直，後刺史惡之，按其獄，貶澗房州司馬。愈過華，以為刺史陰相黨，上疏治之。既御史覆問，得澗贓，再貶封溪尉。愈坐是復為博士，既才高數黜，官又下遷，乃作〈進學解〉以自諭……[4]

據此，知韓愈受華陰令柳澗之罪而遭牽連貶謫，感慨自己才高位低且屢受貶黜，所以作〈進學解〉以表明心意。言國子先生，晨入太學，召諸生立館下教誨之，期勉學生「業精於勤，荒於嬉；行成於思，毀於隨。」[5]務必努力於學業，有司必能拔擢登用。言未畢，有學生笑而反駁，認為「先生欺余哉！」質疑先生多年來多年來「口不絕吟於六藝之文，手不停披於百家之編。記事者必提其要，纂言者必鈎其玄」，深耕於儒學，又觝排異端，攘斥佛老；還沉浸於經史文章，著文立說，氣度恢弘。但卻於仕途不甚順遂，於私交無親信；命運多舛，不能自顧。「冬暖而兒號寒，年豐而妻啼飢。頭童齒豁，竟死何裨？不知慮此，而反教人為！」面對學生如此苛刻尖酸的質疑：

先生曰：「吁！子來前。夫大木為杗，細木為桷。欂櫨侏儒，椳闑扂楔。各得其宜，施以成室者，匠氏之工也。玉札、丹砂，赤箭、青芝，牛

---

4 〔宋〕歐陽修、宋祁撰：《新唐書》（北京：中華書局，2003 年 7 月，第 1 版），頁 2556。本節引用《新唐書》原典均出此書，故其後僅於引文末端括注頁碼，不再另行注釋。

5 〈進學解〉全文參見〔宋〕李昉等編：《（重編影印）文苑英華》（臺北：大化書局），頁 824。

溲、馬勃，敗鼓之皮，俱收並蓄，待用無遺者，醫師之良也；登明選公，雜進巧拙。紆餘為妍，卓犖為傑。校短量長，惟器是適者，宰相之方也。昔者孟軻好辯，孔道以明。轍環天下，卒老於行。荀卿守正，大論是宏。逃讒於楚，廢死蘭陵。是二儒者，吐辭為經，舉足為法。絕類離倫，優入聖域，其遇於世何如也？」

「今先生學雖勤而不繇其統，言雖多而不要其中；文雖奇而不濟於用，行雖修而不顯於眾。猶且月費俸錢，歲糜廩粟。子不知耕，婦不知織。乘馬從徒，安坐而食。踵常途之促促，窺陳編以盜竊。然而聖主不加誅，宰臣不見斥，茲非其幸歟？動而得謗，名亦隨之。投閑置散，乃分之宜。若夫商財賄之有亡，計班資之崇庳，忘己量之所稱，指前人之瑕疵。是所謂詰匠氏之不以杙為楹，而訾醫師以昌陽引年，欲進其豨苓也。」

先生認為物無大小，各有其適用，且如荀子、屈原，雖為大賢足表後世，但在當時卻極盡冷落逼迫；言下之意，謂人、物雖有器用，還待明識之人加以察覺，始能展其才用。就連荀、屈都不免如此，何況自己？又自以為其言辭文學都未至臻善，故雖僅得小用，卻也足夠立身，如此下場已屬僥倖。倘若不揣自身，逾越職分，意欲誇耀自己，圖謀崢嶸，實乃取禍之道，亦不符國家用才之理。

〈答問〉：有客問柳先生，以為「先生貌類學古者，然遭有道，不能奮厥志，獨被罪辜，廢斥伏匿，交遊解散，羞與為戚」[6]謂既讀書問學，卻不能於有道之世發展抱負，反遭罪受斥，親友相棄。客又以為當今賢智，無不「舒翹揚英，推類援朋」、「一言出口，流光垂榮，豈非偉耶？」得以顯世榮身，甚為偉大，反觀先生卻狼狽至此，何以自見於天地？面對如此尖

6 〈答問〉全文參見〔宋〕李昉等編：《（重編影印）文苑英華》（臺北：大化書局），頁825。

刻的提問，回答：

敬聞命……僕懵夫屈伸去就，觸罪受辱。幸得聯支體，完肌膚。猶食人之食，衣人之衣，用人之貨。無耕織居販，然而活給。羞媿恐慄之不暇。今客又推當世賢智，以深致誚，責吾縲囚也。逃山林入江海無路，其何以容吾軀乎？願客少假聲氣，使得詳其心，次其論。

自認雖獲罪受辱，然而猶能保身且衣食無虞，已是圓滿可喜之事，至於與當世賢智之人並論而遭到謗議，則可以再進一步解釋申論：

僕少嘗學問，不根師說。心信古書，以為凡事皆易，不折之以當世急務，徒知開口而言，閉目而息。挺而行，躓而伏。不窮喜怒，不究曲直。衝羅陷穽，不知顛踣。愚惷狂悖，若是甚矣。……今之世，工拙不欺，賢不肖明白。其顯進者，語其德，則皆茫洋深閎，端貞鯁亮，苞并涵養，與道俱往。而僕乃蹇淺窄僻，跳浮嚄唶，抵瑕陷厄，固不足以趦趄批捩而追其跡。舉其理，則皆謨明淵沉，剖微窮深。劈析是非，校度古今。而僕乃緘鉗塞默，耗眊窒惑。扶異探怪，起幽作匿。攸攸恤恤，卒自禍禍。固不足以睢盱激昂而效其則。言其學，則皆揔攬羅絡，横豎雜博。天旋地縮，鬼神交錯。而僕乃單庸撇莩，離疏空虛。竊聽道塗，顓囂蒙愚。不知所如，固不足抗顏搖舌而與之俱。稱其文，則皆汗漫輝煌。呼嘘陰陽，轇轕三光。陶鎔帝皇。而僕乃朴鄙艱澀，培塿潗湁。毫聯縷緝，塵出坱入。固不足以擄摛踊躍而涉其級。玆四者懸判，雖庸童小女，皆知其不及，而又裹以罪惡，纏以羈縶，客從而擠之，不亦忍乎？……客又何怪哉？且夫一涉險阸，懲而不再者，烈士之志也。知其不可，而速已者，君子之事也。吾將竊取之，以沒吾世，不亦可乎？

自認己身過於愚陋，不知變通言行，所以難行於當世。又以為賢良當道，人才得用，其德行莫不卓越端莊，持理洞見深刻，兼學問廣博無涯、文章燦爛動人；反觀自己德行、持理、學問、文章都背離甚遠，加上又身蒙刑罪，所以無法與賢良並駕齊驅，實為當然之理。因此，決定知其不可而退之，不敢汲汲營營，崢嶸於當世。最後作者「堯舜之修兮，禹益之憂兮，能者任而愚者休兮……已乎已乎，曷之求乎？」詠歎賢、愚皆得其位的歌詠聲裡，「客乃笑而去」。

按以上四篇，尤以〈進學解〉為之中名篇，該篇韓愈透過大量的否定詞，進行自我的批判反省，頗有反諷當世之意[7]。又這種特殊的語感能突顯出滑稽的風格與意在言外的政治暴力，而這樣的寫作策略，亦正是傳統「對問（含設論）」的基本寫作體式，故評注者多直言此篇胎脫自漢代〈答客難〉、〈解嘲〉之流[8]。至於其他三人所作，大抵仍是透過主客問答，以表達作者對於外界的質疑與非難，歸結到底，所言無非就是時遇之感、安貧之志，故相較之下藝術成就雖不如〈進學解〉[9]，但無疑仍屬於「對問（含設論）」之作。

7　用吳曉青的話說，這種運用大量否定詞來描寫自我，是一種「充滿了匱乏感的反面宣傳」。參見氏著：〈《進學解》與解嘲文學〉，《臺北科技大學學報》第 32 之 1 期（1991 年 3 月），頁 591-592。

8　如馬其昶云：「〈進學解〉出於東方朔〈客難〉，而公過之。」李光地亦云：「此文與〈解嘲〉千載絕稱。」曾國藩則云：「仿〈客難〉〈解嘲〉，而論道論文二段，精實處過之。」參見馬其昶校注：《韓昌黎文集校注》（上海：上海古籍出版社，1998 年 9 月），頁 45。

9　其中柳宗元〈答問〉，以及另一篇同為「對問（含設論）」之作〈起廢答〉，就常被與韓愈〈進學解〉相比較，論者多以為柳氏之作，不如韓文暢曉生動，故而論唐代「對問（含設論）」之作，〈進學解〉仍為代表之作。相關說明，參見陳成文：〈漢唐「答客難」系列作品之依仿與拓新〉，政大中文系主編：《第五屆漢代文學與思想學術研討會論文集》（臺北：國立政治大學主編，民國 94 年 12 月），頁 118-119。

(二)「七」

《文苑英華》「雜文・問答」所錄三篇「七」，恰恰都是六朝之作，分別為昭明太子蕭統〈七契〉、簡文帝蕭綱〈七勵〉、何遜〈七召〉，依次言之：

〈七契〉：該文以主客雙方為離俗絕世的「奚斯逸士」，以及博學強辯的「辯博君子」，後者抵於前者所居幽僻之地，與之講論：

君子曰：「蓋聞智士不希狷介，仁者莫有迷邦。傅說終受殷爵，呂望遂啟齊封。余敬吐誠而畢慮，子能留志而見從乎？」逸士曰：「鄙人固陋，自潛幽藪，必枉話言，敬聆金口。」[10]

君子以傅說、呂望為例，勸告逸士應當積極有為。於是先後說之以遊讌、瑤俎、良馬、華衣、美景、漁獵之樂，但都被逸士回絕，不受其誘，到最後一段，則改弦易轍：

君子曰：「蓋聞地美養禾，君人愛士，澤被無垠，光照郊鄙。蒲輪必鄒魯之儒宗，紆青必洛陽之才子。大漢愧得人之盛，有周慙以寧之美。萬國若翕從，四海同使指，刑措弗用，囹圄斯虛。既講禮於太學，亦論詩於石渠。代有載戢，史無絕書。銅律應度，玉燭調和。黃髮擊壤，青衿興歌。元帥奇士，庠序鴻生。求禮儀之汲汲，行仁義之明明。隆采椽之義，卻瑇瑁之榮。當朝有仁義之睦，邊境無煙塵之驚。信如四氣，明並三光。廚萐挺茂，堦蓂比芳。瑞鹿摛素，祥熊耀黃。靈禽樂囿，儀鳳栖堂。太平之瑞寶鼎，樂協之應玉羊。丹烏表色，玉露呈瀼。野絲垂木，嘉苗貫桑。

---

10 〈七契〉全文參見〔宋〕李昉等編：《（重編影印）文苑英華》（臺北：大化書局），頁819-820。

固以德苞子姒，道邁虞唐。六合寧恭，四宇咸康。不煩一戟，東甌膜拜；詎勞一卒，西域獻琛。鹿蠡稽顙以悛惡，樓蘭面縛而革音。吾皆去鼻飲之穴，棄烏舉之深。固已澤流無外，恩被遐方。福比嵩岱，道則穹蒼。豈有聞若斯之化，而藏其皮冠哉？」逸士曰：「鄙人寡識，守節山隅。不聞智士之教，將自潛以糜軀。請伏道而從命，願開志以滌慮。」

依君子所說，乃一超越周、漢盛世，空前偉大的王朝。刑罰不用，文教並興，四夷俯首稱臣，萬眾服膺歸心，國運昌隆，世祚千秋。逸士因此為之傾心，自棄固陋，欲隨君子以仕盛朝。

〈七勵〉：主客雙方一為遁跡埋影、巖栖谷影的「藏名外臣」，至於前來勸說者，則為駕馭飛車翠蓋、絳螭丹鳳的「寂鏡公子」：

寂鏡公子曰：「蓋聞智者不懷道沒志，遺俗埋名，迷邦碎寶，卻粒辭榮。今欲說子以默語之術，寧欲聞乎？」藏名曰：「僕雖幽栖遠紆，名德寧忘，潔已以受至言。」[11]

為了說陳「默語之術」，「寂鏡公子」前後說以豪華宮室、豪奢起居、爽口美味、適耳妙音、閱覽奧籍、征伐武功，無論何種娛樂或文、武事業，都不足以使之傾心，直到最後一段：

公子曰：「堯舜垂拱，煥彼前聞。今惟聖曆，萬代一君。璧儀照氣，玉井珠分。德合天地，道方華勳。滄海碧徹，黃河黛文。愛人育德，澤等春雲。宣尼茂典，周姬禮容。黃裳進士，清襟俊童。邦知改俗，國化移

---

11 〈七勵〉全文參見〔宋〕李昉等編：《(重編影印)文苑英華》(臺北：大化書局)，頁820-821。

風。賣藥無藏名之老，河泗無洗耳之翁。德星夜映，慶雲晝色。異草雙條，靈禽比翼。狐尾既九，茅脊復三。金船漾寶，銀甕呈甘。康歌壤笑，悦禮樞談。隆周謝德，盛漢知慙。慈照無疑，生化湛靈。覺散漓弘淳，拯澆敦朴，國被仁壽，家欣無學。三明鑒道，六度弘風。出塵照苦，入冥觀空。善識無盡，因性必通。天不愛寶，地無隱瑞。百神受職，三苗奉義。石策紫泥，繩金玉刺。或託諷梁甫，權臥德而龍盤；或織箔渭濱，恥藏名而鳳跂。於是露點飴密，溜泓澄於玉掌。雲垂五采，覆旖旎於仙樓。漾醴泉於浪井，拂垂楊於御溝。或聯七葉，一姓五侯。」外臣於是觀色內動，神貌外移。忽正山巾而言曰：「蓋聞幽居獨善，見機往聖。儻不遺朦叟，亦願順來命。」

依「寂鏡公子」所說，乃一普天同慶、祥瑞畢現，德合天地，功超周漢的太平盛世，故而群賢畢至，野無遺才，異族來歸，澤潤天下。終於「藏名外臣」幡然悔悟，決心出仕盛朝。

〈七召〉：主客雙方一為獨居野外，以禽獸為伴的「假是先生」，而乘車馭馬而來的「篤論公子」，登門勸說：

「若五秀稟其生靈，六情通其愛惡。憎共集於鄙老，嗜同歸於美樂。今足下羣鳥獸以為娛處，貧賤而不怍。欲賔實於孤介，乃貽譏於隕穫。至乃喀喀死於道邊，瞀瞀填乎溝壑。削松筆以畫虎，鼓鉛刀而刻鶴。身既勞而不勸，事何感而莫懲。欲模名於帶索，豈知命於泥繩。何異走長衢以避影，煎流水以求冰？今欲道足下以衞生之祕術，怡神之妙道。譬愈疫於寒植，同起尸於仙草。寧願聞乎？」先生曰：「有為之生已逼，無益之慮常勞。若見明於礙滯，幸求救於盲膏。」[12]

12 〈七召〉全文參見〔宋〕李昉等編：《（重編影印）文苑英華》（臺北：大化書局），頁

「篤論公子」對於「假是先生」離俗獨居，期期以為不可，於是教之以「衛生之祕術，怡神之妙道」,「假是先生」亦欣然聽說。但「篤論公子」先後說之以壯麗宮苑、滋旨極珍、妖蕩女色、野獵畋遊、服食游仙、儒學經術，但都無法使對方認同。直到最後一段，始有起色：

公子曰：「我大梁之啟基，方邃古而無匹。先天定始，比般周而餘裕。揖讓受終，考唐虞而不失。道德有序，憲章咸秩。六府孔脩，百司盡畢。搜求儒雅，招拾遺逸。旰食思治，雖聞之於昔談；昧旦臨朝，乃見之乎茲日。蕩蕩薰風，泱泱大典。道含弘而廣被，澤汪濊而傍闡。採輿人之片言，納匹夫之小善。事在微而畢照，然無幽而不顯。若夫下車布德，伐罪吊民，風無偃稼，雨不破塵。覿勝殘於朞月，見成俗於浹辰。含羣生兮如海，養萬類其猶春。鄉無豕食之錄，野靡狼顧之民。樵者目金而知恥，耕夫讓畔以成仁。何大庭之足競，豈栗陸之能隣？壁水道庠序之風，石渠啟珪璋之盛。奇士輻湊而騁足，異人間出而効命。小大之獄無寃民，翾飛之物無夭性。故能睦之以九世，齊之以七政。坦坦恢恢，巍巍赫赫。政德洽於霜風，教義窮於足跡。望雲氣而欵關，候海水而重譯。所謂府不輟貢，史無虛帛。天瑞磊砢而相尋，地符氛氳而不少。收六穗於征賦，翫九莖於池沼。三足應感而來儀，一角知時而自擾。映景星於初月，聆鳳音於將曉。若乃亭毒不疵，合天地而並施。陶鈞日月，與造化而齊功。故非言辭之可具，盡筆札之所能窮。真獨往之夫，犇走而從事；滅跡藏名之士，顛倒而向風。二漢有同於兒戲，魏晉無礙於胸中。」言未畢，先生攝衣而起。曰：「子前所說，似玉巵之無當，徒費辭而難領。譬由背日而視秋毫，卻行而求郮郢。一聞皇王之盛，則豁然神悟而理攄。志無時而可卷，邦有道而宜舒。敢以淺智，請從後車。」

822-823。

據公子所說，梁朝係超邁唐、虞、周、漢歷代的偉大王朝，於時君王勤政，群賢盡納，善無不為，惡無不懲；於是百姓皆知禮義，和睦相處，夷族遠道前來，進貢稱臣，又祥瑞畢現，天地同輝。總之，盛況空前可謂至極。果然「假是先生」心嚮往之，豁然開朗且奮然欲仕。

按關於「七」，其實《文心雕龍》〈雜文〉中，就已歸納出其體要及套式，而在劉勰之後迄於宋初《文苑英華》，「七」之作家作品其實迭出不窮[13]，李昉等人固然只取三篇，但足證《文苑英華》編纂者，其實並不忽略「七」的存在。

不過，《文苑英華》「雜文・問答」除了上所言「對問（含設論）」、「七」之作品外，卻還有韓愈〈釋言〉與沈亞之〈學解嘲對〉。前者大意為韓愈先後與相國鄭絪、李吉甫與裴垍三位朝中大臣交往，卻傳有小人進讒言意欲詆毀韓愈，韓愈堅信自己行為正直，而以三位大臣之明，必不輕信，其後讒言果不能行[14]。後者有客以當今廩食不充，乃因漕輓（即水陸運輸）不勝於弊之故。問於作者，作者「發憤數日，故縷言而對」，以為漢時北方糧食財貨，未嘗仰賴南方運輸進貢，尚能自足，如今北方亦應設法自給。又因南方運程遙遠多艱險，兼官吏弊端叢生，故長期仰賴，並非長良策。所以，作者以為可以暫時參考唐代宗時的轉輸之法，使切近京都的百姓得以有土耕種，不僅杜絕曠地遊民，縱使不依賴南方運輸，王畿之

---

13 如《魏書》記載酈道元有〈七聘〉、陸暐有〈七誘〉，《先唐文》則錄柴子大〈七折〉、衛洪〈七開〉、孔煒〈七問〉，唐人之作則較少，僅沈佺期〈七引〉、柳宗元〈晉問〉兩篇，但這些篇章或全或殘或佚，不能盡見原貌。關於歷代「七」之作家與作品，參見游適宏：〈「七」一個文類的考察〉，《國立編譯館館刊》（第 27 卷第 2 期）附錄表格，不贅述。

14 依據馬其昶所注釋，文中「鄭公」為鄭絪，時鄭絪為相國，而韓愈為國子監博士。而下文提到的「李」、「裴」二公，為李吉甫與裴垍。參見《韓昌黎文集校注》（上海：上海古籍出版社，1998 年 9 月），頁 68。

地亦可積蓄食糧。客者聞之稱是[15]。

〈釋言〉、〈學解嘲對〉二文以散文搆辭成篇，相對類中其他作品，顯然不大具賦體特色，而且其題材也非「對問（含設論）」、「七」。然則出現於「答問」之中，甚顯突兀，推測入選原因，應是篇名關係所產生的誤解；「對問（含設論）」中〈釋誨〉、〈解嘲〉皆為文學史上之名篇，故〈釋言〉與〈學解嘲對書〉端看篇名而未審內容，則不免誤為其類；如此，也就讕入「問答」之內了。

綜論之，《文苑英華》「雜文・問答」，主要合併了傳統「對問（含設論）」、「七」兩種體類。兩種體類雖然在「雜文・問答」各自存在，但已不標注其體類名稱，意味「對問（含設論）」、「七」實質上雖各自為體類，但在分類歸屬上，彼此的分界已然被忽略了。

二、「騷」的演變

（一）漢魏六朝「賦」與「騷」、「辭」的關係

「賦」是漢代重要的體類，漢人論「賦」時，認為其底蘊與價值相通於「詩」，故而其論「賦」的語境中，往往牽繫著「詩」與「詩教」[16]；要

15 〈學解嘲對書〉全文參見〔宋〕李昉等編：《（重編影印）文苑英華》（臺北：大化書局），頁 825。

16 如鄭玄注《周禮・春官》所云太師職責，其中有「教六詩，曰風，曰賦，曰比，曰興，曰雅，曰頌」，鄭注：「賦之言鋪，直鋪陳今之政教善惡。比，見今之失，不可斥言，取比類以言之。興，見今之美嫌於媚諛，取善事以勸喻之。」參見〔漢〕鄭玄注・〔唐〕賈公彥疏：《周禮注疏》（臺北：藝文印書館，景印重刊宋版十三經注疏本），頁 356。劉熙《釋名・釋典藝》也云：「詩，之也，志之所以也。興物而作謂之興，敷布其義謂之賦，事類相似謂之比。」〔漢〕劉向：《釋名》（北京：中華書局，1985 年，北京 1 版），頁 99。鄭、劉都在《詩》六義的語境中解釋「賦」，也因此「賦」必須與「比」、「興」比較來看，才能較真切顯出意義。要之，「賦」相對「比」、「興」，特色在於明白直敘作者心志，且這種直敘是結合「鋪」、「敷布」而來，可見「賦」除了主體的心志明顯外，文辭本身必然具有某程度的鋪張。又「比」、「興」的問題糾結，後世往往

之，「賦」是「古詩之流」，所以被認為應當有著強烈政教功能與實際意義[17]。同時，屈原〈離騷〉、〈懷沙〉等等篇章，也包含在漢人「賦」的指涉範圍之中，故本書第二章述及《漢書・藝文志》〈詩賦略〉時，已提及以屈原之作為代表，相屬賦作為四大類賦之一。此外，相關資料還可見諸《史記》、《漢書》文獻之中，如《史記・屈原賈生列傳》中，論及屈原與漁父一番對談之後，堅持己志，不肯從俗，「乃作〈懷沙〉之賦。」[18]又如〈報任安書〉，說：「屈原放逐，乃賦〈離騷〉。」（頁2735）《漢書・地理志》

合稱為「比興」，如就《詩經》來觀察，「比」是詩之中「譬喻」的用法，而「興」則是「譬喻」更往往兼有詩的「起頭」。相關討論，參見朱自清：《詩言志辨》（桂林：廣西師範大學出版社，2004年12月，第1版），頁47、73。顏崑陽則指出「興」在西、東漢時意義不同，前者重在讀者閱讀詩之後而感發意志的效果，後者則重在於「託喻」之義，諷諫的功能性尤其突出。參見氏著：〈從「言意位差」論先秦至六朝「興」義的演變〉，《清華學報》新28卷第2期（民國87年6月），頁162。

17 「賦者，古詩之流」為〈兩都賦・序〉所提及，而在另一篇探討漢賦的重要資料《漢書・藝文志》〈詩賦略・序〉中，班固又云：「古者諸侯卿大夫交接鄰國，以微言相感，當揖讓之時，必稱詩以諭其志，蓋以別賢不肖而觀盛衰焉……春秋之後，周道寖壞，聘問歌詠不行於列國，學詩之士逸在布衣，而賢人失志之賦作矣。大儒孫卿及楚臣屈原離讒憂國，皆作賦以風，咸有惻隱古詩之義。其後宋玉、唐勒，漢興枚乘、司馬相如，下及揚子雲，競為侈麗閎衍之詞，沒其風諭之義。」但從文學體裁而言，班固這段話對於「詩」、「賦」的關係實為曲解：因春秋時行人「賦詩言志」「賦」只是動詞的誦詠之義（其誦詠對象則為詩），而「賢人失志之賦」卻是在賦詩傳統崩解，賢人退出政治舞台，「逸在布衣」之後，為了諷諫而生的產物，故此「賦」才具有作品的名詞意。唯從精神上來說，「詩」、「賦」都是出自作者憂心政教的心靈，然後試圖藉由作品達成諷勸功能的表現。相關說明，參見曾守正老師：《先秦兩漢文學言志思想及其文化意義——兼論與六朝文化的對照》（臺北：臺灣師大國文所博論，民國87年12月），頁157。顏崑陽：〈論漢代「賦學」在中國文學批評史上的意義〉，《第三屆國際辭賦學學術研討會論文集》（臺北：國立政治大學文學院主編，民國85年12月，初版），頁114-116。也就因為「詩」、「賦」內在精神相通，所以如清代劉熙載在〈賦概〉就說：「詩為賦心，賦為詩體，詩言持，賦言鋪，持約而鋪博也。古詩人本合二義為一，至西漢以來，詩賦始各有專家。」認為「詩」、「賦」雖分之為二，但兩者其實相為表裡，一體兩面。參見〔清〕劉熙載著，龔鵬程撰述：《藝概》（臺北：金楓出版社，1987年7月，革新1版），頁122。

18 〔漢〕司馬遷撰，〔宋〕裴駰集，〔唐〕張守節正義、司馬貞索隱：《史記》（北京：中華書局，2008年3月，北京1版），頁2486。凡本節引用《史記》原典皆出此書，故其後僅於引文之末標明頁碼，不再另行注解。

亦云：「始，楚賢臣屈原，被讒流放，作〈離騷〉諸賦。」[19]《漢書・揚雄傳》則云：「賦莫深於〈離騷〉。」（頁 3583）都足證〈離騷〉等等篇章，在漢人看來原是「賦」之一種。這也意謂在漢人語境之中，「賦」與以屈原賦篇為代表的「騷」並無分別，本為「詩」之流衍[20]。

但到六朝之後，「賦」與「騷」卻一分為二。先以劉勰《文心雕龍》來看，〈詮賦〉之外別有〈辨騷〉，在後者批評了〈離騷〉、〈九章〉、〈九歌〉、〈九辯〉、〈遠遊〉、〈天問〉、〈招魂〉、〈招隱〉、〈卜居〉及〈漁父〉十篇，並總體的讚美：「氣往轢古，辭來切今，驚采絕艷，難與並能矣」，可見《楚辭》其情感基調為悲情，但文采卻又極為豔麗，因此讀之盪氣迴腸，動人至深，可謂鑠古震今之傑作[21]。並且，這些篇章對於漢代賦家與賦作，有著巨大的影響，故云：

自〈九懷〉以下，遽躡其跡；而屈、宋逸步，莫之能追。故其敘情怨，則鬱伊而易感；述離居，則愴怏而難懷；論山水，則循聲而得貌。言

19 〔漢〕班固撰，〔唐〕顏師古注：《新校漢書集注》（臺北：世界書局，民國 67 年 11 月，三版），頁 1168。凡本節引用《漢書》原典皆出此書，故其後僅於引文之末標明頁碼，不再另行注解。

20 饒宗頤就指出，「詩言志，賦亦道志，故漢人或稱賦為詩。」又說：「《楚辭》自屈子以下至莊忌、王、劉之流，俱為失志之賦，名雖曰賦，其旨仍無異於詩也」。參見氏著：《選堂賦話》，收入於何沛雄編：《賦話六種》（香港：三聯書店，1982 年 12 月，香港第 1 版），頁 95。

21 劉勰云：「〈騷經〉〈九章〉，朗麗以哀志，〈九歌〉〈九辯〉，綺靡以傷情；〈遠遊〉、〈天問〉，瑰詭而惠巧；〈招魂〉〈大招〉，耀艷而深華。〈卜居〉標放言之致，〈漁父〉寄獨往之才。故能氣往轢古，辭來切今，驚采絕艷，難與並能矣。」參見周振甫：《文心雕龍注釋》（臺北：里仁出版社，民國 87 年 9 月，初版），頁 64。凡本節所引用《文心雕龍》原文，皆出此書，故之後僅於引文末括注頁碼，不在另行注釋。又「辭來切今」各家注釋大約有兩解：其一把「切」解為「割斷」之意，是則此句與上「氣往轢古」互文，意即無論從辭、氣來看，《楚辭》是空前絕後的傑作。其二則把「切」解為「適切」，則此句意謂其文辭適合於今，足為今人學習之資。兩說辨析參見羅宗強：〈釋「辭來切今」〉，《文心雕龍手記》（北京：三聯書店，2007 年 10 月，北京第 1 版），頁 51-62。但此處不論就何種理解，皆不影響本書論題之敘述與推論，可暫不深究。

節候，則披文而見時。是以枚、賈追風以入麗，馬、揚沿波而得奇；其衣被詞人，非一代也。（頁 64）

謂《楚辭》影響展現在兩大部分，其一是關於「抒情」，而這種情感多是悲情，不論是哀怨之情抑或離愁別緒，總能淋漓盡致動人肺腑，具有極強的感染力[22]；其二則是「寫物」，包含山水以及各種季節自然景觀，都能描寫使其細膩逼真如在眼前[23]。後代王褒〈九懷〉下及枚皋、賈誼、司馬相如、揚雄等漢代賦家，皆習擬《楚辭》而成就各自賦作，使作品展現出「奇」與「麗」的藝術特色。

總之，劉勰以為賦本初為簡短的韻語，但文辭豔麗、寫物細膩且情感哀怨的〈離騷〉諸篇章問世之後，大大拓展其體製與內容題材，也奠定漢

22 所謂「鬱伊而易感」的「情怨」，以及「愴怏而難懷」的「離居」，都可以在漢賦中找到相應的內容題材，最具代表性的莫過於各家擬騷之作。比如賈誼名篇有哀傷屈原又以自傷的〈弔屈原賦〉。又〈惜逝〉與〈鵩鳥賦〉皆是其遇讒遭貶，有感而作；前者感嘆小人當道，君子身於其中，恐怕「惜傷身之無功」，最後歸結於「遠濁世而自藏」的無奈；後者因其謫居長沙瘴癘之地，自以為壽不得長，文中感慨福禍相生，進而以淡薄生死、知命不憂之理自持。關於賈誼賦篇內容與特色，參見李大明：《漢楚辭學史》（北京：中國社會科學出版社，2004 年 10 月，第 1 版），第一章第二節〈賈誼的屈原評論和辭賦創作〉，頁 26-46。又如董仲舒〈哀士不遇賦〉，亦是感慨貞士耿介，不見容於辯詐之徒，但最終仍期許正心歸善，不苟合同流。司馬遷則有〈悲士不遇賦〉，今雖只餘殘文，亦足見「士生之不辰」的哀痛與疑惑。再如揚雄〈太玄賦〉、〈反離騷〉；前者感嘆人世無常，物盛則衰，且屈原、伯夷等忠臣烈士多難善終，故不如以老莊寂然無為之玄道處世。後者責屈子過於執著，實不當遠遊疾世，最終自沈，以為應當和光同塵，以保全身。表面雖是指責，其實亦是藉由反諷，以抒發自己不受重用的哀怨情懷。

23 屈〈騷〉如何影響漢賦描繪山水事物？相關議題其實已多為學者闡發。如龔克昌就指出，漢大賦「敷張揚厲」、以空間鋪敘與堆砌物的特色，其來源之一就是〈離騷〉、〈天問〉、〈招魂〉等《楚辭》的啟發。相關說明，參見氏著：〈關於漢賦的敷張揚厲〉，《中國辭賦研究》（山東：山東大學出版社，2003 年 11 月，初版），頁 128-129。郭建勛則認為《楚辭》諸篇實有兩種不同的語言風格，其中〈離騷〉、〈天問〉、〈招魂〉綺靡鋪張，後為漢大賦所繼承而更加奢華；相對〈九歌〉則顯清麗朗暢，下開魏晉以來的抒情小賦，而更重視語詞鍛鍊與意境營構。參見氏著：《辭賦文體研究》（北京：中華書局，2007 年 4 月，北京 1 版），頁 205。

賦鋪陳辭藻，摹寫外物，從而流露作者情志，此一最顯要的文體特徵[24]；不過，其「情志」又多為悲怨之情與哀傷之志，漢代賦作中許多感時嘆命之作，皆可視為《楚辭》的餘緒。

《文心雕龍》雖將〈詮賦〉、〈辨騷〉區別，但由上述可見，劉勰仍然注意到屈原〈離騷〉等篇章與漢代賦家、賦作間的密切關聯，而「賦」、「騷」之間，並非截然對分。此外，任昉《文章緣起》與蕭統《昭明文選》，前者舉出：「賦，楚大夫宋玉作。」「離騷，楚屈原所作。」[25]後者在「賦」外亦設有「騷」一類，收錄並節選了屈原〈離騷〉、〈九歌〉、〈九章〉、〈卜居〉、〈漁父〉及宋玉〈九辯〉、劉安〈招隱士〉共六篇文章；顯見在六朝繁盛的文體辨類活動中，將「騷」與「賦」相別，其實是一普遍的共識；然則意謂「騷」與「賦」，理當是兩種不同的體類。當然，兩書一為總集，一簡要論體類流別，所以無法如劉勰，說明「騷」、「賦」的體類內涵，以及彼此可能的關聯。於是，將「騷」與「賦」分作兩體類，引發後代不少反駁的意見，較早如宋代吳子良說：

> 太史公言：「『〈離騷〉者，遭憂也。』」離訓遭，騷訓憂，屈原原此以命名，其文則賦也。故班固《藝文志》有屈原賦二五篇。梁昭明集《文選》，不並歸賦門，而別名之曰「騷」，後人沿襲，皆以騷稱，可謂無義。[26]

24　對於以屈〈騷〉為主的《楚辭》，劉勰的評價是褒貶互參的。要言之，其「貶」主要在於《楚辭》不乏背於儒家旨意的內容，然而劉勰又從修辭技法上盛讚《楚辭》，因漢代修辭性極高的美文，都是在《楚辭》的影響下誕生的。換言之，劉勰認為《楚辭》的偉大與重要性，即展現於文學與語言藝術的層次。相關說明，參見〔日〕甲斐勝二：〈《文心雕龍》論屈原與《楚辭》在文學史上的地位〉，收入中國文心雕龍學會編：《論劉勰及其〈文心雕龍〉》（北京：學苑出版社，2000 年 2 月，北京第 1 版），頁 417。

25　〔梁〕任昉著，〔明〕陳懋仁注：《文章緣起注》，收入《文體序說三種》（臺北：大安出版社，1998 年 6 月，第 1 版），頁 11、12。

26　〔宋〕吳子良：《林下偶談》，《文淵閣四庫全書 1481》（臺北：臺灣商務印書館景印文吳氏認為依據漢人觀念，《離騷》中所載屈原諸作，本為賦之一種而已，但蕭統卻將《離騷》所錄各篇獨立，別以「騷」名別立於賦類之外，竟使後代相互沿襲，甚為背謬。晚近黃侃與劉師培也提出近似的觀點，如黃氏以為：「昭明選文，以《楚辭》所錄為『騷』，斯為大失，後之覽者，宜悉其違戾焉。（自注：《楚辭》是賦，不可別名為騷。）」[27]劉氏則認為：「班《志》之分析詩賦，可知詩歌之體與賦不同，而騷體則同於賦體，至《文選》析賦騷為二，則與班《志》之義迴殊矣，故特正之。」[28]無不認為《昭明文選》將「賦」、「騷」兩立實已違離漢人的賦學觀點，所以提出糾謬。上述三家持論最主要的依據，就是《漢書・藝文志》〈詩賦略〉中將屈原、宋玉等人篇章視為四類賦之一種，並非將之別立於賦的範圍之外。

但是，後人所以將「騷」獨立為一體類，很重要的原因即是受《楚辭》成書所影響。而劉向編輯屈、宋及東方朔、王褒等漢代文人篇章以成此書，相關篇章的特點要言之有二：其一，不以「賦」為名；其二，所錄縱非屈原自作，其餘後世篇章，也都無不是代屈原以設辭立言[29]。準此，與《楚辭》諸篇同樣以「兮」字為文辭特徵的詩及賦，充其量可以稱之為「騷體詩」或「騷體賦」[30]，其特徵則在於情感多直切而哀傷，前者如漢高

淵閣四庫全書），頁 494。

27 氏著：《文心雕龍札記》（臺北：花神出版社，民國 91 年 8 月，初版），頁 26。

28 氏著：《論文雜記》，收入《劉申叔先生遺書》（臺北：華世出版社，民國 64 年 4 月，初版），頁 853。

29 此依據大陸學者力之所言，力之指出《楚辭》各篇於一般賦的不同在於：其一，劉向編輯，不取以賦為名之篇章，意味這些縱使是賦，也有與一般賦不同之處。其二，《楚辭》收錄屈原全部作品，而他人的作品卻僅僅收集代屈原設言者（至少漢人如是觀）。所以站在窮流的立場看，別騷於賦的理由有：一，《楚辭》各篇不名賦。其二，《楚辭》各篇，除屈原之外，宋玉以下作品，皆代屈原設言。參見氏著：《〈楚辭〉與中古文獻考說》（四川：四川出版集團巴蜀書社，2005 年 12 月，1 版），頁 201-202。

30 郭建勛指出，「兮」字句是楚辭體的本質特徵，是區別於其他任何韻文體式的標尺，而「兮」字在文句之中，並不是只作為泛音無義的虛詞，更有助於其情意的表達與語氣的延伸，使情感更顯纏綿悱惻，迂迴婉轉，或高亢如激風飆起，或低迴如曲水潺流。參

祖〈大風歌〉、漢武帝〈秋風辭〉，後者如賈誼〈弔屈原賦〉、〈鵩鳥賦〉，儘管風格充滿傷感，或以屈原為哀嘆對象，皆不能收入《楚辭》。是以《文心雕龍》〈辯騷〉所論與《昭明文選》「騷」所集，均無《楚辭》以外的篇章。換句話說，即使「騷」在六朝為文學體類之一，但本身呈現的是一種極為封閉的系統[31]，意即其範圍固定，不能隨意增加篇章，故而「騷」也就成為了《楚辭》諸篇章的代稱。

除了「騷」之外，與賦關係曖昧的還有「辭」。按「辭」之本義為「理獄爭訟」的文詞，又有「辯解」、「解說」之義；總之，就是指經過修飾或文飾後的言詞[32]。在漢代，「辭」每每與論及《楚辭》諸篇章，以及「賦」相關的語境中並稱。如《史記》〈太史公自序〉中說：「作辭以諷諫，連類以爭義，〈離騷〉有之。」（頁3314）《漢書・馮奉世傳》贊語也提到：「〈小弁〉之詩作，〈離騷〉之辭興。」（頁3308）又班固〈離騷贊・序〉，該文錄於《楚辭補注》之中，云：「原死後，秦果滅楚，其辭為眾賢所悼悲，故傳於後。」[33]三例中前兩段文獻明確將〈離騷〉稱為「辭」，第三段似乎將所有屈原之作逕稱為「辭」，學者於是據之認為漢人將「辭」作為〈離騷〉專篇的代稱，乃至於所有屈原作品的代稱[34]。

見氏著：《辭賦文體研究》（北京：中華書局，2007年4月，1版），頁197。

31 此即力之所言：劉勰與蕭統，都將「騷」視為一種封閉系統，即《楚辭》文集而言，所以與其說「騷」是一種文體，不如說是一本書。參見氏著：《〈楚辭〉與中古文獻考說》（四川：四川出版集團巴蜀書社，2005年12月，1版），頁206。

32 關於「辭」的本義以及在先秦時代的意義，參考陳彥輝：《春秋辭令研究》（北京：中華書局，2006年12月，1版），頁2-3。

33 〔宋〕洪興祖：《楚辭章句》（臺北：大安出版社，民國84年6月，第1版），頁74。

34 如周葦風認為「辭」係指所有屈原之作，參見氏著：《楚辭發生學研究》（桂林：廣西師範大學出版社，2008年8月，1版），頁57。但陳姿蓉則以為「辭」單指〈離騷〉而言，主要理由，是在〈離騷〉中屈原也常稱所陳之哀怨文詞為「辭」，如「就重華而辭」、「跪敷衽以陳辭」因此太史公也以「窮辭怨語」稱〈離騷〉。參見氏著：《漢代散體賦研究》（臺北：政大中文所博論，民國85年7月），頁4。

但另一方面，就「辭」與「賦」的關係來說，如《史記・屈原賈生列傳》提及屈原死後：「楚有宋玉、唐勒、景差之徒者，皆好辭而以賦見之。」（頁 2491），是將「辭」與「賦」互文對舉，說明宋玉等人以「賦」而名世。《漢書・揚雄傳》篇末贊語提及揚雄：「賦莫深於〈離騷〉，反而廣之；辭末莫麗於相如，作四賦。」（頁 3583），意謂仿效〈離騷〉之「賦」而作〈反離騷〉，又仿效司馬相如之「辭」而作「賦」。再如《史記》司馬相如本傳中，言其年少不得重用，因為「會景帝不好辭賦。」（頁 2999）；《漢書》枚乘本傳載其年少游於梁地：「梁客皆善屬辭賦，乘尤高。」（頁 2365）；王褒本傳，則載漢宣帝所言：「辭賦大者與古詩同義，小者辯麗可喜。」（頁 2829），三例則是將「辭」「賦」合稱為「辭賦」，而為人所喜或不喜。那麼究竟「辭」與「騷」及「賦」三者之間有何關聯？

其實相關的問題，學界已有探討。力之就以為就「辭」根本不足為體類，不過是對於「賦」的特徵的強調，然則「辭賦」之「辭」，是就「賦」此一文體本身「騁辭」、「鋪辭」的特色言之；或當與「賦」、《楚辭》對舉的時候，也不過是「文辭」的一般性意義而已。換句話說，「辭賦」根本就是「賦」，並非賦之外還有「辭」；同理，《楚辭》諸篇本屬於「賦」，自然「辭」也就不是其專名，亦非《楚辭》之外還有「辭」一體類[35]。總之，儘管屈原〈離騷〉為代表的《楚辭》，對於整體漢代文學的影響十分巨大，但「賦」以外，根本無須別立「騷」、「辭」二種體類。

---

35 力之指出，「辭」被視為一種文體，其實是誤解，太史公說的「辭」，其實是「文辭」之義，指「賦」中的「文辭」，或指「賦」中「騁辭」的意義；且審諸《離騷》，也沒有以「辭」稱屈原作品者。又在漢代語境中，「辭」、「賦」兩者互文，常常可以互為指涉。又既然「辭」為一般性「文辭」的意義，則詩、文都可以「辭」稱之。再如凡楚人之歌、賦、文之辭，皆可名之「楚辭」，如：漢高祖〈大風歌〉、〈鴻鴻鵠歌〉；漢武帝〈秋風辭〉、〈瓠瓜〉。當然，這些「楚辭」不能混同於《楚辭》。參見氏著：《〈楚辭〉與中古文獻考說》（四川：四川出版集團巴蜀書社，2005 年 12 月，1 版），頁 216-217、219。

進一步說，《楚辭》深受南方巫風所薰染，因此以富有強烈抒情性以及誇張想像力為其特點[36]；所以以屈〈騷〉為代表的《楚辭》各篇，除了「兮」字的文辭特徵外，其情感之濃郁直切及想像之漫無邊際，直接啟發漢代「騷體詩」及「騷體賦」的出現，前者特色大致在於可歌、句式較為整齊、善用比興且紙短情長；後者大都不歌而誦，採用鋪陳的手法，反覆渲染一個場面或一段歷程[37]。另外，一般來說，騷體賦上承〈離騷〉，以抒情為主要內容，而在漢代其實騷體賦的數量，遠多於散體賦[38]，可見騷體賦的聲勢浩大。再者，騷體賦也影響散體賦的形製寫法，如郭建勛就指出，散體賦篇末之有「亂」，就是沿襲《楚辭》而來[39]；曹明綱也認為，漢代及之後的辭賦中，於篇末有附歌或亂辭，都是騷體賦的遺跡，而亂辭本是騷體賦的特點之一，又是上承〈離騷〉而來[40]。不僅如此，屈、宋之文大量運用駢偶，其中以四句及六句相對的方式最多，非但奠定後世駢文的基礎句式[41]，也影響散體賦的鋪辭，故而如鈴木虎雄就說：「中國文章

36 這兩種特色，也幾乎可以概括整體楚文學的特徵。相關說明，參見呂培成：《司馬遷與屈原和楚辭學》（陝西：陝西人民教育出版社，2000 年 9 月，1 版），頁 22-23。又李澤厚從整體性的美學相互比較，也認為楚、漢文化關係密切，乃至於「漢文化就是楚文化，楚漢不可分。」展現在藝術特色上，無論文學與圖畫，都呈現出五彩繽紛琳瑯滿目，以多以大為美的現象。當然這樣的特色不免也有呆板堆砌之感，不過漢大賦在描寫的對象、領域、範圍等等，其廣度確實是空前絕後的。相關說明，參見李澤厚：《美的歷程》（臺北：元山書局，民國 75 年 8 月），第四章〈楚漢浪漫主義〉，頁 66-81 部分所論。

37 此處「騷體詩」及「騷體賦」的特徵，參考曹勝高：《從漢風到唐音——中古文學演進論稿》（北京：中國社會科學，2007 年 12 月，初版），頁 216。

38 此處散體賦、騷體賦的概略區分，參考曹明綱對於賦的種類的界定及說明，且依據曹氏所研究，發現現存的漢代各體賦中，騷體賦遠多於辭賦及四言賦。參見氏著：《賦學概論》（上海：上海古籍出版社，1998 年 11 月，1 版），頁 59-62、87。

39 用亂辭作為全篇總結，在《楚辭》中有〈離騷〉、〈招魂〉、〈涉江〉等六篇，這種形式被漢賦廣為繼承，甚至在漢魏時其中的一些碑文、銘文和樂府詩中，往往也可見。參見氏著：《先唐辭賦研究》（北京：人民出版社，2004 年 5 月，1 版），頁 112。

40 參見氏著：《賦學概論》（上海：上海古籍出版社，1998 年 11 月，1 版），頁 96。

41 對偶句的使用當然不是始自《楚辭》，在先秦經典及史傳中都存在著，但屈、宋對偶之

中極侈麗者，有四六文；欲知四六文，必解一般駢文，欲知一般駢文，必解漢賦；欲知漢賦，必解楚騷。」[42]強調屈、宋文辭對於駢儷之文與「賦」的影響。總之，正如劉勰〈時序〉對於整體漢代文學的批評語：「雖世漸百齡，辭人九變，而大抵所歸，祖述楚辭，零均餘影，於是在乎。」（頁814），屈宋之辭賦對於漢賦，無論在內容、體製方面上，影響甚為深遠，不在話下。

另外，屈原〈離騷〉本為《楚辭》以一篇，但以「騷」或「離騷」之名概括所有《楚辭》篇章，無論其文是否為屈原所作。這樣的習慣始於漢代，而後代文集書目也多依從之[43]。將「騷」與賦畫境，意味對屈原及其作品的尊崇，然而《昭明文選》之中卻還有「辭」，「辭」未見於今之《文章緣起》，而選集所錄，唯漢武帝〈秋風辭〉與陶淵明〈歸去來〉兩篇。按史傳中並無漢武帝創作此篇的相關記載，依照《昭明文選》在此篇的前序說明云：「上行幸河東，祠后土，顧視帝京欣然，中流與群臣飲燕，上歡甚，乃自作〈秋風辭〉。」[44]其實〈秋風辭〉如上文所論，根本為一騷體詩。至於〈歸去來〉，依據《晉書》陶潛本傳所云，因為陶潛不願勉強朝服以會見都郵，所以感歎曰：「吾不能為五斗米折腰，拳拳事鄉里小人

運用最為明顯，也最為廣泛。其中又以六、四對句為主，奠定世六四駢文之基礎，因此後世研究駢文發展，往往會將屈、宋之文視為重要源頭。相關說明，及《楚辭》中的對句格式，參見于景祥：《中國駢文通史》（長春：吉林人民出版社，2002 年 1 月，第 1 版），頁 157-160。

42 參見氏著，殷石臞譯：《賦史大要》（臺北：正中書局，民國 55 年 11 月，臺 1 版），頁 1。

43 漢人將《楚辭》逕視為「屈原集」，故屈原代表作〈離騷〉可以概全部《楚辭》。《楚辭》因為影響後世深遠，故自梁代阮孝緒《七錄》，幾乎所有公私書目中都得以特立一類，而不與他書相混，就連《藝文類聚》、《太平御覽》也都是如此。相關考察，參見力之：《〈楚辭〉與中古文獻考說》（四川：四川出版集團巴蜀書社，2005 年 12 月，1 版），頁 148-149。

44 參見〔梁〕蕭統編、〔唐〕李善注：《文選（上）》（臺北：五南圖書出版有限公司，民國 88 年 9 月，初版），頁 1136。

邪！」，「義熙二年，解印去縣，乃賦〈歸去來〉。其辭曰……」[45]此文獻中「賦」為動詞，亦即「作了〈歸去來〉這篇賦」的意思。質言之，〈歸去來〉根上就是一篇騷體之賦；如此說來，兩段文獻中的「辭」，確是一般性的「文辭」的意義，並非體類名稱。然而蕭統立「辭」一類，收錄此二篇，那麼此類充其量就是收納《楚辭》諸篇之外，不以「詩」、「歌」、「賦」等等為名的騷體賦、詩。

總之，從分類的觀點來說，六朝人順承漢代《楚辭》的出現，因而文體辨類時，將《楚辭》篇章列為「騷」類，意味著《漢書・藝文志》〈詩賦略〉中的屈原賦之屬，不再被視同一般的漢賦，因此「騷」也就從原本「賦」的範圍中劃出；而「辭」即是不以詩、賦為名的騷體詩、賦。一言以蔽之，「騷」及「辭」在《昭明文選》中，都是因《楚辭》而出現的類名，其實相關篇章，本質幾乎都是「賦」。

（二）從封閉之「騷」到開放之「騷」

就廖棟樑的觀察，以為自漢代以來的所謂「擬騷」之作，主要分為兩種：其一，藉「楚辭」的形式抒傷悼之情，內容與屈原無關；其二，則是由屈原而發，吟詠屈原的際遇，而作者或將屈原作為第三人稱加以描述、評價，或假設自己就是屈原，代替屈原以立言[46]。如此言之，漢魏六朝時

---

45 〔唐〕房玄齡等著：《晉書》（北京：中華書局，2003 年 6 月，1 版），頁 2460。

46 所分兩種，第一種如司馬相如〈長門賦〉、董仲舒〈悲士不遇賦〉、班固〈幽通賦〉之類騷體賦作，內容與屈原其人其行並無關連。第二種其實又可細分為二，其一如賈誼〈弔屈原賦〉、揚雄〈反離騷〉、班彪〈悼離騷〉，這些都是文士站在作者角度，將屈子其人其事加以描寫、評價者，其二則以賈誼〈惜誓〉、東方朔〈七諫〉、嚴忌〈哀時命〉、王褒〈九懷〉、王逸〈九嘆〉等等《楚辭》作品為例，是文士站在屈原的角度，以第一人稱「予」、「我」、「余」等抒情詠懷，意即代屈原立言的作品。又後者雖可細分為二，但這僅僅是立言角度的不同，文章中所展現的內容、篇章結構甚至修辭遣句，其實都是相近的。參見氏著：《古代楚辭學史論》（臺北：輔大中文所博論，民國 86 年 6 月），頁 247。

「騷」文類之屬，除了屈原自作之外，亦只有代屈原立言的作品；總之就是《楚辭》篇章外，其餘儘管有著騷體特徵，皆不能入於「騷」。

不過就《文苑英華》「雜文‧騷」看來顯然就不如此了，此類多達六卷，收錄作品多達廿四篇（不分章）。如按照內容題材與旨意來看，大致上可區別為「憑弔屈賈」、「自傷身世」、「譏刺社會」、「詛咒祝禱」、「男女戀情」五類，依次言之：

1.「憑弔屈賈」之作：

以屈原、賈誼為憑弔的對象，並以騷體寫作，此類如柳宗元〈弔屈原〉、劉蛻〈弔屈原辭三章〉、皮日休〈九諷系述〉、〈悼賈〉、〈反招魂〉，總共五篇。依次言之：

〈弔屈原〉，其旨在哀悼屈原，並懷念其高風亮節：

> 後先生蓋千祀兮，余再逐而浮湘；求先生之汨羅兮，擥蘅若以薦芳……何先生之凜凜兮，厲鍼石而從之。但仲尼之去魯兮，曰吾行之遲遲；柳下惠之直道兮，又焉往而可施？……
>
> 先生之貌不可得兮，猶髣髴其文章；托遺編而歎喟兮，渙余涕之盈眶……吾哀今之為仕兮，庸有慮時之否臧。食君之祿畏不厚兮，悼得位之不昌。退自服以默默兮，曰吾言之不行。既媮風之不可去兮，懷先生之可忘。[47]

作者於千載之後，追念屈原於汨羅江上，感嘆屈子不從流俗、堅持正道，身困讒小之中，飽受艱苦。又謂其堅貞固執，不肯離楚而去，人格幾

47 〈弔屈原〉全文參見〔宋〕李昉等編：《（重編影印）文苑英華》（臺北：大化書局），頁 819-830。

乎在孔子與柳下惠之上。然而屈原至今雖不可復見，但在千載之後，讀〈離騷〉諸篇，猶為之熱淚盈眶。賢良受屈，小人得勢，令君子同悲，感慨當今仕宦之人，唯顧慮官位高低與利祿厚薄，毫不顧慮氣節；自己為公為民，心憂朝政，卻有志難申有言難陳，在此澆薄的世風之下，使人更加緬懷屈子[48]。

〈弔屈原辭三章〉，前有序可知撰述之由：

> 吁！三閭大夫之事，司馬相如、班孟堅各有言，蛻不載故也。噫！大夫之賢，懷王之事，蛻得之，涕泗下衣，濡毫瀝辭。噫！大夫之為臣，千萬年其誰肖？宋玉、淮南王、劉向、東方朔、王褒繼有悼語。蛻，一小儒也。思賢人之作，悲咢人之佞。著弔屈原辭三章，弔公之志也。雨濛湘波，浮檝搖歌，既而悲，伸紙披辭，祈公兮采之。[49]

屈原之事記載於《史記》、《漢書》列傳之中，而為文哀悼屈原，宋玉有〈九辯〉、〈招魂〉，劉安有〈招隱士〉，劉向有〈九歎〉，東方朔有〈七諫〉，王褒〈九懷〉。劉蛻亦因感念屈原悲情不遇，所以上續《楚辭》諸作家，為文以悼念之。該文含〈哀湘竹〉、〈下清江〉、〈招魂〉三章。

〈哀湘竹〉，以湘竹為對象，加以詠歎：

> 悵二妃之淚竹，圓紅滴滴兮臨乎煙沚。竦枝與脩幹兮，吟哀風之不

48　由〈弔屈原〉此文，可見柳宗元視「家」、「國」為一體，幾乎重複著屈原忠君愛國的精神，而相同的主旨也在另一篇〈歸夢賦〉中展現。相關說明，參見許東海：〈從陶、柳辭賦論歸田書寫的文類流變及其創作意義〉，《風景・夢幻・困境——辭賦書寫新視界》（臺北：里仁書局，2008 年 5 月，初版），頁 63-65。

49　〈弔屈原辭三章〉全文參見〔宋〕李昉等編：《（重編影印）文苑英華》（臺北：大化書局），頁 827-828。

已。搖勁節而錦舒兮，垂高蔭而自美。……諒高節之自任兮，匪庭篠之云比。鄙眾蔭之延接兮，恥凡羽之棲止……悵靈均之節兮依然，想貞姿兮千年若此。

湘竹傳為舜帝二妃之眼淚化育而成，高大修直，挺立於悲風之中。湘竹既高雅脫俗，不許凡鳥棲息依止，文末又云，湘竹耿介絕俗，堅貞自持，令人聯想到屈原高潔的人格。

〈下清江〉，由江水及江岸的景色寫起，啟人哀思：

清江之上兮心夷猶，清江之下兮煙波浮。風軟雨絲兮湘波高，雲昏竹暗兮鬼神愁……浪可平兮人心不可平，波瀾一翻兮孰測其情？水之深兮不曰深，悵前恨兮淚沾襟。

水波雲氣繚繞起伏，江上之人屈原徘徊流連，心亦為之猶疑不安。最終屈原投水自沉，作者感嘆，江水或可一時平之，屈原的憾恨卻至今不泯，使後世讀者為之流淚傷心。

〈招魂〉，寫招屈原江魂，表達哀傷同情：

招湘靈兮澄瀾之渚，雲蔽煙沉兮明月之浦。唱宵歌兮撫雲璫，擊鳴根兮薦清醑。鸞去鳳飛兮雲不歸，九疑疊翠兮橫湘雨……乘桂櫂兮下清湘，拖無波兮涉滄浪。九疑之翠兮不可尋；懷沙之水兮恨之深。

煙雨濛濛，夜至江浦薦酒、鳴歌以哀悼屈原；但江天遼闊，英靈已遠。漫遊於高山深水之間，眼見蒼茫之景，至今猶感屈原當年沉江之恨。

〈九諷〉，其章有九，而文前有序，敘述作者寫作之由：

在昔屈平既放，作《離騷經》，正詭俗而為〈九歌〉，辨窮愁而為〈九章〉。是後詞人摭而為之，皆所以嗜其麗詞，擇其逸藻者也。至若宋玉之〈九辨〉，王褒之〈九懷〉，劉向之〈九嘆〉，王逸之〈九思〉。其為清怨素艷，幽快古秀，皆得芝蘭之芬芳，鸞鳳之毛羽也。[50]

以為自屈原作〈九章〉、〈九歌〉之後，宋玉及諸漢代文人皆有仿擬之作，各篇皆情調哀怨，辭藻華麗，然而：

自屈原已降，繼而作者，皆相去數百祀。足知其文難述，其詞罕繼者矣。大凡有文人不擇難易，皆出於毫端者，乃大作者也。揚雄之文，孔孟乎，而有廣騷也；梁竦之詞，班馬乎，其有悼騷也。又不知王逸奚罪其文？不以二家之述，為離騷之兩派也。昔者聖賢不偶命，必著書以見志，況斯文之怨抑歟？噫！吾之道不為不明，吾之命未為未偶，而見志於斯文者，吾懼來世任臣之君，因謗而去賢；持祿之士，以猜而遠德，故復嗣數賢之作，以九為數。命之曰九諷焉。

進一步說，認為屈原之文其實不易模仿，故真正得其精神的後繼者，歷來不多。又以為後世仿效〈離騷〉之作可分兩類，分別又以漢人揚雄〈廣離騷〉與梁竦〈悼騷賦〉為代表。總之，類別與內容雖不盡相同，卻皆為「昔者聖賢不偶命」的悲憤之作；但後人多知〈離騷〉華麗之文，竟忘卻聖賢忠直之道[51]。今皮氏所以作〈九諷〉，一來是自覺的仿擬前賢

---

50 〈九諷〉全文參見〔宋〕李昉等編：《（重編影印）文苑英華》（臺北：大化書局），頁830-832。

51 由此也可看出皮日休文統觀的考量基準仍在於「道」，推崇屈原、揚雄等漢代文人，也

諸「九」之作，二來強調雖非生於昏君亂臣之世，但為了激濁揚清，所以為文以警惕後世君臣，親近賢善、摒斥小人。九章依次為〈正俗〉、〈禺謗〉、〈見逐〉、〈悲遊〉、〈憫邪〉、〈端憂〉、〈紀祀〉、〈拾慕〉、〈潔死〉。

〈正俗〉，言其針砭時風的用心：

> 粵句亹之薄俗兮，其風狡而且苦。吾欲以直道攩其邪心兮，皆逞容而莫顧。……羌靈脩之乃吾知兮，先職我而為輔。奈其臣之狺狺兮，乃不知吾之所撫。……永惄惄以何言兮，將求知於吾祖。

感嘆世風澆薄，作者雖有心針砭，卻不得回響。又言世俗皆不能曉其用心，唯屈原能知自己誠善之心，其不為世人理解的蒼涼悲怨，只能訴諸上蒼與先靈。

〈禺謗〉，言面對讒言毀謗：

> 有肪兮墨，而謂之不潔，有泉兮壅，而謂之不決；有茝兮轒，而謂之不芳，有軸兮鍥，而謂之不轍。聲咺唏以無音兮，氣鬱悒而空咽；既惄惄以憎懼兮，又謾謾而不訣……念帝座之不爣兮，胡交光於卷舌？既何路以自辨兮，遂沒齒而癆剌。

心懷悲憤暗自哭泣，憂思驚懼不已。又面對謗言，既然帝王不明，好信謗言，所以忠直之士儘管無奈，也只能努力自清，鬱悒終身為之不悔。

〈見逐〉，言放逐離國趨赴南蠻：

是基於「道」而非「文」，在〈文藪序〉和〈九諷系述〉中，表達出對後人僅取屈原之文的無知的不滿。參見何寄澎：《唐宋古文新探》（臺北：大安出版社，1998 年 4 月，初版），頁 261。

靳尚之言兮美於孅，子蘭之氣兮醲於酲；既怒睩以相向兮，遂褰足而南征……望靈修兮似失，出國門兮若驚。軔識怨兮欲緩，駟知愁兮復鳴。既徜徉兮夏水，復眷戀兮南荊。嗟余夙稟於大訓兮，涵漬國之忠貞；既貿者之莫余容兮，向重蒼而自明……已矣乎！國無人兮莫我留，將訴帝于玉京。

小人不斷以讒言進犯，而素來自持的正直之心，終不能為人所知所容。所以隻身遠赴南蠻荒野，無語訴天。儼然世間已無容身之地，故將申訴於天帝。

〈悲遊〉，寫漫遊異鄉時的悲懷：

荷為裯兮芰為襬，荃為裾兮薜為褘。弭吾棹兮澧之浦，駐吾檝兮湘之湄。悲莫悲兮新去國，怨莫怨兮新相思……寒蜩怨而無聲兮，古木淒其寡枝。嗟吾魄之不返兮，千秋萬歲湘中馳。

服配香草，乘舟遊於南方江水，身處異鄉，猶戀故國。景象蕭瑟，更添思念之苦及身世之悲。

〈憫邪〉，怨憤奸邪，禍亂國家：

慨天道之不明兮，何獨生此大佞？……轍已覆而又遵兮，仡將龜而不整。不思心腹之疾兮，又玩膏肓之病。竟客死于咸陽兮，終不作毒王之幸。既養虎以遺患兮，遂倒釬而授柄。將諛臣之肆禍兮，豈上天之付命。粵吾大以為不可兮，彼以災而為慶。儻靈脩之魄有知兮，刷吾恥於下瞑。

佞臣當道，謀害君國，主昏臣奸，致使君主不見前車之鑑、不知大難將至以圖謀振作，反而繼續沉迷墮落。忠臣既不能力挽狂瀾，只能待死後魂魄與屈原相見，才能傾訴心中悲願。

〈端憂〉，以美人自喻，思君而不得：

有一美人兮端憂，千唷萬愁兮曾不得以少休。腸結多以莫迴兮，淚啼劇而不流。王孫何處兮碧草極目；公子不來兮清湘滿樓。……欲向天以噭咷兮，寸晷不可以少留。又不知吾魂之所處兮，永寞寞以悠悠。

美人懷憂，淚眼相盼，但王孫公子遲遲不來，眼見光陰流逝，佳人難留，孤苦無依，只能空守寂寞。

〈紀祀〉，則祭祀天地神祇與山鬼河伯，並傾訴哀怨：

神之化兮何方，人之艱兮至此。胡不化其邪而為直兮？胡不返其戾而為義？胡不轉其亡而為興兮？胡不易其亂而為治？……吾將乘青螭而駕白虬兮，將謁帝而訴神之累。請天弧發鏃兮，天棓行箠。神速悔尤，俾吾靈脩而易志。

若鬼神有靈，何以不能感化邪惡敗亂，使其歸於正直善良？既然如此，欲駕馭神龍，謁見天帝，控訴諸神掌管人間秩序有所失職，也使忠直之士，得以伸張正義。

〈拾慕〉，對比自己與群小，顯出忠奸不兩立：

粵吾秉心兮，潔於瑾瑜；芬其德而芳其道兮，榮於蘼蕪，將興國以見罪兮，擬佐王而蒙辜；彼羣小之茸茸兮，如慕臭之蚍蜉。……吾將蕩其魄兮，驂風軌與乾車，謁帝於冥冥之中兮，秉其生殺之樞。將飄飄以高逝兮，亦何必懷此奸邪之故都？

群小可鄙如蚍蜉，而作者品行高潔卻為君王所責罪，所以欲高飛遠颺，謁見天帝，與諸神同遊，離此讒小當道的故都而去。

〈潔死〉，寧願貞潔而死，不再苟活殘存：

堯死兮舜滅，禹殄兮湯絕。似玉兮將沉，似金兮永折。行以仁兮止以義，生以貞兮死以潔……顧影兮自憐，撫躬兮永訣。鬼慘兮天愁，雨泣兮泉咽。竟汨沒以龠淪兮，永幽憂而拂鬱……靈均之寃兮，孰能銷其氣？靈均之愁兮，孰能釋其結？來者之取鑒兮，無致恨於牙孽。

嚮往古代聖賢力守貞潔，至死不渝的情操，於是臨水自鑒，意欲自盡。於時淒風慘雨，天地同悲。屈原一人之冤愁，遂成千古之憾恨，願後人以屈原為借鏡，勿使屈原之恨重蹈人間。

〈悼賈〉，前有序云：

余嘗讀賈誼新書，見其經濟之學，大矣哉！真命世王佐之才也……天不祐漢，絳灌興謗，竟枉其道，出傅湘南。生自以不得志，哀屈平之放逐，及渡沅湘，沈文以弔之。[52]

皮氏讀賈誼《新語》，為賈生政治才華所震懾，又憐憫賈生功在炎漢，卻不免受讒流放於南方，最終抑鬱而死。賈生貶謫南方行經湘水，曾

52 〈悼賈〉全文參見〔宋〕李昉等編：《（重編影印）文苑英華》（臺北：大化書局），頁832。

「為賦以弔屈原」[53]，如今皮氏則以此文悼念賈誼。此悼文又分前後兩篇，首篇提及：

瞝九州而相君兮，何必懷此都也。噫！余釋生之意矣，當戰國時，屈平不用於荊，則有齊、趙、秦、魏矣，何不捨荊而相他國乎？余謂平雖遭靳尚、子蘭之讒，不忍舍同姓之邦，為他國之相，宜矣。然則生之見棄，又甚於平……是以其心切，其憤深，其詞隱而麗，其藻傷而雅。余悲生哀平之見棄，又生不能自明其道。嗚呼！聖賢之文與道也，求知與用，苟不在於一時，而在于百世之後者乎？其生之哀平歟！余之悲生歟！吾之道也但不知百世之後，得其文而存之者，復何人也？

認為屈原雖受讒不遇，其實還有他國可以謀仕，但賈誼不然，所以悲慘更勝屈原。又觀賈誼之文，其情懷幽憤且文采華麗，認為聖賢不見用當時，唯能著文盼望其道能傳於後世，唯縱使如此，也不知千古之後，能否遇得知音曉心之人。咸通癸未中，作者再次來到沅、湘之水，又另作一文以悼念賈誼：

粵炎緒之嫣綿兮，其國度之未彰。天錫生以命理兮，冀其道之益光。偉吳公之知賢兮，道其名於文皇。……上既說而欲大用兮，遭絳灌于東陽。道既擯兮何明，何出于三湘。倖沅波之滃溢兮，或漁棹以夷猶。望靈均之沒所兮，顧其心之怊怊；臨汨羅之浩漾兮，想懷沙之幽憂。……嗚呼哀哉！亦先生之尤也。貽其世之不可兮，何不解而去位？文垂萬世之名兮，取舍在此。

53　參見〔漢〕司馬遷撰，〔宋〕裴駰集，〔唐〕張守節正義、司馬貞索隱：《史記》（北京：中華書局，1982 年 11 月，2 版），頁 2496。後世多稱之為〈弔屈原賦〉。

訊曰：「君不明兮莫我知，幽都寂兮和涕歸。文懸日月兮俟後聖，用之大故忽兮其何足悲。」

指漢初景帝時賈誼受吳公推薦，初入朝廷，為漢朝擬定制度。其後論學辯難，使耄儒折服，定計攘外，更改律令。雖為皇帝信任，旋即受讒遭陷，流放南方，在南方與屈原隔代同悲。因此，頗為賈誼不平，以為既遭小人逼迫，則應當自知離俗去位，泰然垂文以流名萬世，何必怨己含悲，抑鬱而終，徒留無盡冤慟。

〈反招魂〉，前有序云：

屈原作〈大招魂〉（自注：或云景差作疑不能明），宋玉作〈招魂〉，皮子以為忠放不如守介而死，奚招魂為？故作〈反招魂〉一篇以辨之。[54]

〈大招魂〉應為〈大招〉。〈大招〉、〈招魂〉向來被認為是招屈原魂魄之作，但皮氏以為，屈原既然為昏君讒臣放逐，迫死於異鄉，又何必在死後將其魂魄召回？因作〈反招魂〉欲意將屈原之魂招離故鄉，表其耿介絕俗，不依附邪佞之高潔。文前有短序，作者想像自己為屈原之魂，以第一人稱敘述，云死後：

余詣帝以請訣兮，帝俾巫陽以筮云。巫陽御余以不可歸兮，故作詞以招魂。

乃下招曰：

君兮歸來，故都慎不可留些。其君雄虺兮，其民封狐些，食民之肝膈

54 〈反招魂〉全文參見〔宋〕李昉等編：《（重編影印）文苑英華》（臺北：大化書局），頁 832。

以為其肉兮，摘民之髮膚以為其衣些。朝刀鋸而暮鼎鑊兮，上曖昧而下墨呆些。……君兮歸來，故都慎不可留些。帝命余以輔君兮，亦以君之忠介自。今以忠而見聞歟，尚盤桓而有待些。將自富貴而入羈旅兮，其志乃悔些；將戀骨肉而惜家族兮，何不自裁些。梟食母而鏡食父兮，見禽獸之為生些。苟兇殘者眉壽兮，食梟鏡之同名些。君乎慎勿懷故都之戀歸來乎，余為君存千古忠烈之榮名些。

謂屈原魂魄受召喚，猶疑是否應當回返，請教於天帝，帝則命巫陽占卜，巫陽則告屈原不可歸去。於是又以巫陽為第一人稱，召回屈原魂魄，將故都的君民形容為蟲獸，剝人皮食人肉，當然不可前往。又以比干、伍子胥等忠烈賢臣為例，謂忠烈之士殉道之後，其魂魄未曾留戀於舊國故都。舊國故都既然不可親近，所以慎勿回歸無情寡義之鄉，應返於天界，領受千古忠烈的美名。

總上五篇，可見《文苑英華》「雜文・騷」中「憑弔屈賈」一類，文章固然是以屈原或屈賈為憑弔，但多是將其視為第三人稱，撰文以弔念、評價，未必皆以第一人稱，代替屈原以立言。當然，這些作品除了弔念前人外，往往也流露了作者心中的鬱悶，亦即其實藉由屈原、賈誼而澆自己心中塊壘，所以與傳統之「騷」，仍有密切的關聯。儘管如此，正如前廖氏所言，將屈原視為第三人稱加以描寫、評價，本是漢來擬騷方式之一，但在漢代與魏晉六朝，此類文章並不在「騷」範圍之內，所以如賈誼〈弔屈原〉、揚雄〈反騷〉，都不歸入《昭明文選》「騷」，《文心雕龍》亦不於〈辨騷〉論及。但《文苑英華》「雜文・騷」不然，將以騷體憑弔屈原甚至賈誼的文章，一併收入，此為「騷」範圍擴大的面向之一。

2.「自傷身世」之作：

以騷體為文，自傷時遇及命運之感懷，在《文苑英華》「雜文・騷」中有盧照鄰〈五悲文〉、〈釋疾文〉二篇，依次言之：

按《新唐書・文苑傳》云盧照鄰博學善屬文，曾官拜都尉，但：

> 因染風疾去官，處太白山中，以服餌為事。後疾轉篤，徙居陽翟之具茨山，著〈釋疾文〉、〈五悲〉等誦，頗有騷人之風，甚為文士所重。照鄰既沉痼攣廢，不堪其苦，嘗與親屬執別，遂自投潁水而死，時年四十。（頁 5000）

可知其身染疾病，不得不淺隱山林，所以鬱鬱寡歡，最後不堪疾病之苦，竟然投水自盡。盧氏困苦之情可想而見，至於〈五悲文〉與〈釋疾文〉等憂憤牢騷的篇章，早在當時，即以具備「騷人之風」而著名，內容頗有〈離騷〉風韻[55]。

〈五悲文〉，前有序云：

> 自古為文者，多以九、七為題目，乃有九歌、九辨、九章、七發、七啟，其流不一，余以為天有五星，地有五嶽，人有五章，禮有五禮，樂有五聲。五者，亦在天地之數。今造五悲，以申萬物之情，傳之好事耳。[56]

---

55 屈原將生命中極大的痛苦與不幸轉化為〈離騷〉、〈九章〉等篇，因此其篇章寫作最大的兩個特色，就在於「直諫」與「狂狷」。參見蘇慧霜：《騷體的發展與衍變——從漢到唐的觀察》（臺北：文津出版社，2007 年 4 月，初版），頁 243。而下所言〈五悲文〉、〈釋疾文三篇〉既為騷體之作，內容雖與屈原無關，但讀之無疑也是極盡「直諫」與「狂狷」之情的。

56 〈五悲文〉全文參見〔宋〕李昉等編：《（重編影印）文苑英華》（臺北：大化書局），頁 826-827。

以為自古有以七、九數字為名之篇，又念及「五」為天地之數，所以獨創心裁，欲意以「五」為文，故作〈五悲文〉[57]；該文所包含依次分為〈悲才難〉、〈悲窮通〉、〈悲昔遊〉、〈悲今日〉、〈悲人生〉，共五章。

〈悲才難〉，感慨賢才難以得用：

恭聞古之君子兮，將遠適乎百蠻。何故父母之宗國，從禽獸於末班？將矯詞兮不往，將背俗兮不還，寧曲成而薄喪，不直敗以厚顏。彼聖人兮猶若此，況不肖於中間？……近有魏郡王公曰方，華陰楊氏曰亨，咸能博達奇偉，覃思研精，探孔門之禮樂，呑鬼谷之縱橫……王則官終於郡吏，楊則官止於邑丞。何異夫操太阿以烹小鮮，飛夜光而彈伏翼？……予之昆兮曰杲之，余之季兮曰昂之，杲也杲杲兮如三足之鳥，昂也昂昂焉如千里之駒……以方圓異用，遭遇殊時，故才高而位下，咸默默以遲遲……。當成康勿用，何暇談其兵甲？典謨既作，焉得耀其書論？雖有晏嬰、子產，將頓伏於閭巷；雖有冉求、季路，且耕牧於田園。彼尋常之才子，又焉可以勝言？……天之生我，胡寧不惠？何始吉兮初征，悲終凶於未濟。

自古聖賢不遭所遇，只得離鄉背俗，另謀他就，若聖賢猶且如此，中資之人更不在話下。因此，作者替當世幾位賢才大抱不平，如王方、楊亨有著縱世的大才，但二人僅能為郡吏、邑承等小吏，不免大才小用；自己兄弟杲之、昂之亦皆為俊才，奈何與當世不相契，也只能默然卑處低就。所以，進一步反省時勢與才用的關係，如於太平之世，大道純純，世道安定，文教既興，則子產、冉求等大賢尚無所用，更遑論一般人才？因此出

57 〈五悲文〉在七、九之外，參照「天地之數」，而別造「五體」一格，以五篇相互獨立又內含相為貫通之整體，實為前所未有之結構，此亦為賦史上的創舉。參見白承錫：《初唐賦論研究》（臺北：政大中文博論，民國 83 年），頁 159。

現「命鸞鳳兮逐雀，驅龍驤兮捕鼠」的情況，也就不足為奇了。此外，才德與際遇的嚴重相違，更使賢良之人下場悽慘。總之，福禍吉凶無道，生死興衰不常。面對賢才始終難得時遇，往往遭到凶險含恨而終的普遍情況，竟只能無語問天。

〈悲窮通〉，藉由「流淚公子」與「幽巖臥客」的對話，闡述仕宦凶險、禍福無常之理：

> 流淚公子，傷心久之，歷萬古以抽恨，橫八荒而選悲。有幽巖之臥客，兀中林而坐思，形枯槁以崎崎峨，足聯踡以緇鼇……
>
> 曰：「子非有唐之文士歟？燕地之高門歟？昔也子之少，則玉樹金枝；及其長，則龍章鳳姿。立身則淹中不足言其禮；揮翰則江左莫敢論其詩……痛私門之禍速，惜公車之詔遲。豈期晦明乖序，寒燠愆度，鱗傷羽折，筋孿肉蠹，離披於丹澗之隅，觳觫於藪山之路，已焉哉！已焉哉！崑山玉石忽摧頹，事去矣！事去矣！古今聖賢悲何已。天道如何？自古相嗟……平生書劍，宿昔琴樽，研精殫於玉冊，博思浹於銅渾。思欲為龜為鏡，立德立言，成天下之亹亹，定古今之諄諄。一朝溘臥，萬事寧論。君徒見丘中之鐃朽骨，豈知陌上之有遊魂？假使百年兮，上壽又何足以存。

流淚公子本為豪傑文士，身世顯赫又容姿英發，但旋即遭禍，導致如今滿懷悲憤，隱居荒野。於是反思命運順逆，豈有常理？遂感嘆聖賢落拓自古而然，天道無親且不公，烈士忠臣之人，大都慘澹孤寂。因此最後告誡流淚公子，古來欲立德立言、求功建業者，一旦遭不虞之禍，死於非命，萬事皆休，因此實應以此為鑑。

〈悲昔遊〉，藉由「幽憂之子」的故事，抒發命運無常之悲痛：

奇峰合沓半隱天，綠蘿蒙蘢水潺湲。因嵌巖以為室，就芬芳以列筵。川谷縈迴兮迷徑路，山嶂重複兮無人煙。當谽谺之洞壑，臨泱咽之奔泉。中有幽憂之子，長寂寞以思禪。容色踳踳，形神綿綿。形半生而半死，氣一絕而一連。

自言少小遊宦，來從北燕，淮南芳桂之嶺，峴北明珠之川，東魯則過仲尼之故宅，西蜀則耕武侯之薄田……題字於扶風之柱，繫馬於驪山之松。灞池則金人列岸，太華則玉女臨峰。平明共戲東陵陌，薄暮遙聞北闕鐘。洛陽大道何紛紛，榮光休氣曉氛氳……朝顦顇無氣力，曝骸委骨龍門側。當時相重若鴻鐘，今日相輕比蟬翼。驅代情兮共此何，余哀之能得。使我孤猿哀怨，獨鶴驚鳴。蘿月寡色，風泉罷聲。嗟昊天之不弔。悲后土之無情，松架森沈兮戶內掩，石樓摧折兮柱將傾。竊不敢當雨露之恩惠，長痛恨於此生。

在一雲霧裊裊川谷縈迴的荒野中，有幽憂之子默然獨處於荒野，形神衰敗近乎死亡。此子本為歷仕遊宦之人，遊歷大江南北，且頗有似於孔子、諸葛濟世之志，果然功業極盛一時，馳騁於京都之城，光榮於王畿之區，可謂享盡榮華富貴。但一朝變色，榮景成空。最後只能在繁華落盡以後，只能隱居荒野，悲痛天地無情，自傷命運多舛，含恨以度餘生。

〈悲今日〉，言朋友交情不能長久，頗感人情蒼涼：

傾蓋若舊，白頭如新。嘗為談過其實，辨而非真。自高枕箕潁，長揖交親，以蕙蘭為九族，以風煙為四鄰。朝朝獨坐，惟見羣峰合沓；年年孤臥，常對古樹輪囷……平生連袂，宿昔啣杯，談風雲於城闕，弄花竹於池臺，皆是西園上客，東觀高才。超班匹賈，含鄒吐枚，一琴一書，校奇蹤於既往；一歌一詠，垂妙製於將來。絃將調而雪舞，筆屢走而雲迴。自謂蘭交永合，松契長并……。

今皆慶弔都斷，存亡永濶。憑駟馬而不追，寄雙魚而莫達。向時之清談尚存，今日之相知已沒……因謂予曰：「哀哉可憐！聖人之過久矣，君子之罪多焉。詩書禮樂，適足衰人之神用；宗族朋友，不足駐人之頹年……一朝至此，萬事徒然，自昔相逢，把臂談玄，横彫龍於翠札，飛縞鳳於瓊筵。各自雲騰羽化，谷變鶯遷，鳴香車於闕下，曳珠履於君前。豈憶荒山之幽絕，寧知枯骨之可憐。傳語千秋萬古，寄言白日黃泉。雖有羣書萬卷，不及囊中一錢。」

昔日文人聚首，皆為鴻儒高士，笑說古今風雲，高談將來抱負，「自謂蘭交永合，松契長并」。可見當時交情甚篤，然而今日情形丕變，知己於今多已永別，當日談笑的歡情，終不可再，朋友闊絕使人傷感。最後感嘆：聖人、君子意欲有所作為，實則易招咎尤誹謗，諸位朋友如今熱中功名，競奔利祿之場，不憶當年歡聚之樂，亦不思凶險毀人於須臾。對於這般的人情世態，也只能感慨錢財的誘惑力，遠在書卷與交情之上了。

〈悲人生〉，則以佛教之說統攝儒、道義理，甚有宣揚佛教的意味：

禮樂既作，仁義不僭；死生有命，富貴在天。……儒與道兮，方計於前，其書萬卷，其學千年。鍾鼓玉帛，蹩躠蹁躚。金木水火，混合推遷……有超然之大聖，歷曠劫以為期；戒定惠解非因入，慈悲喜捨非見思。聞儒、道之高論，乃撞鐘而應之曰：

「止止善男子，觀向時之華說……孰與夫離常離斷，不始不終，恒在三昧，常遊六通，不生不住無所處，不去不滅無所窮。放毫光而普照，盡法界與虛空。苦者代其勞苦，愚者導其愚蒙。施語行事，未嘗稱倦；根力覺道，不以為功。」所言未畢，儒、道二客，離席再拜，稽首而言曰：「大聖哉！孔晚聞道，聃今已老。徒知其一，未究其術。何異夫戴盆望天，倚杖逐日。蒼蒼之氣未辯，昭昭之光已失。嗚呼，僾僾羣品，遑遑眾人，雖鑿其竅，未知其身，來從何道，去止何津。誰為其業，誰作其因。一翻一覆兮如掌，一生一死兮若輪。不有大聖，誰起大悲？請北面而趨伏，願終身而教之。」

生死富貴之理，儒、道二家討論甚多，二家學說淵遠流長，雖然聲勢籠罩天地古今為人尊奉，但世間之人顛躓掙扎，猶不能脫離苦境，可見儒、道二家之說，並非真知。又有超然大聖，歷劫而頓悟真理，發表高論，以回應儒、道二家之說。認為二家之說，乃片面之言辯。以儒家來說，積極入世建功立名，使致人間勞碌紛亂，至於道家講求呼吸吐納、全生養精等修練，亦不能使人真入永生之境。大聖又以佛理訴諸儒、道二客，最後二客嘆服大聖，決定改弦易轍，學習佛教之理。

〈釋疾文三篇〉，該文前有自序云：

余羸臥不起，行已十年。宛轉匡床，婆娑小室，未攀偃蹇桂，一臂連蹇，不學邯鄲步，兩足匍匐，寸步千里，咫尺山河。每至冬謝春歸，暑闌秋至，雲壑改色，煙郊變容，輒輿出戶庭，悠然一望，覆燾雖廣，嗟不容乎此生。亭育雖繁，恩已絕乎斯代；賦命如此，幾何可憑？今為釋疾文三篇，以貽諸好事。蓋作《易》者，其有憂患乎？刪《書》者，其有栖遑乎？《國語》之作，非瞽瞍之事乎？〈騷〉文之興，非懷沙之痛乎？吾非斯人之徒歟？安可默而無述？故作頌曰……[58]

58 〈釋疾文三篇〉全文參見〔宋〕李昉等編：《（重編影印）文苑英華》（臺北：大化書局），頁 828-830。

言作者多年纏病，幾不能行，尤其四季交替之時，物色陵替之際，更容易興起憂生嘆逝的焦慮，又欲效法前人發憤著書，以抒心中悲情，所以作此篇；內文又分〈粵若〉、〈悲夫〉、〈命曰〉三章。

〈粵若〉，為盧照鄰身世自敘，兼嘆時命不得之悲：

> 皇考慶予以弄璋兮，肇錫予以嘉詞。名余以照隣，字余以昇之。余幼服此殊惠兮，遂閱禮而聞詩。……下筆則煙飛雲動，落紙則鸞廻鳳驚；通李膺而竊價，造張華而假成。郭林宗聞而心服，王夷甫見而神傾。俯仰談笑，顧盼縱橫……先朝好史，予方學於孔墨；今上好法，予晚受乎老莊。彼圓鑿而方枘，吾知齟齬而不當。蓋有才無時，亦命也；有時無命，亦命也；時也命也，自前代而痛諸，道之乖也。則賢人君子，伏斧鑕而不暇，時之也；則屠夫餓隸作王侯而有餘……。
>
> 重曰：「積怨兮累息，茹恨兮吞悲。怨復怨兮坎壈乎今之代，愁莫愁兮侘傺乎斯之時。皇穹何親兮，誕而生之？后土何私兮，鞠而育之？何故邀余以好學？何故假余以多辭？……。」
>
> 已焉哉！天蓋高兮不可問，地蓋廣兮不容人……鸞鳳之翮已鎩兮，徒奮迅於籠檻；騏驥之足已蹇兮，空悵望於廷衢。龍門之桐半死，鄧林之木全枯。苟含情而稟氣兮，孰能不傷心而疾首乎？
>
> 歌曰：「歲將晏兮歡不再，時已晚兮憂來多；東郊絕此麒麟筆，西山秘此鳳凰柯。死去死去今如此，生兮生兮奈汝何？」

開頭將人類歷史推源於神仙世界。其後經歷各代，賢才代作，提及作者家世，云照鄰之名，富有深意，所以作者自幼勤學。及長，頗有才學，自以為其文章才學，雖古人亦不能超越。雖自負甚高，卻不能施展其抱負，即因所學不能切合時尚所要，故落拓不見用。慨憤天道無親，感傷賢與不肖無別。所以備覺孤苦無奈，傷心欲絕，幾乎無法自容天地之間。既然絕棄理想抱負，人生已了無生趣，於是恍恍惚惚，憑任歲月流逝，只能如此憂傷以終老。

〈悲夫〉，寫四時景物遞嬗、時序推移，連引心中傷逝之感：

悲夫！事有不可得而已矣。是以古之聽天命者，飲淚含聲而就死，推不言兮，焚於介山；妃不偶兮，歧于嶷水……試一望兮魂不返，蘼蕪葉兮紫蘭香。欲往從之川無梁，日云暮兮涕沾裳。松有蘿兮桂有枝，有美一人兮君不知，氣欲絕而何為？……

秋風起兮野蒼蒼，蒹葭變兮露為霜；蟬悲翳兮聲斷，鴈迷雲兮路長；摧折蕭條兮林寡色，顦顇芸黃兮草不芳。停斂兮懷舊友，天外兮思故鄉，願一見兮終不得，側身長望兮淚浪浪……思公子兮涕漣洏，風嫋嫋兮雨淒淒。螢火飛兮烏夜啼，牽牛西北兮星已轉，織女縱橫兮河欲低，夜迢迢兮庭有霜兮月華白，室有人兮燈影青。披重衾兮魂悄悄，臥空床兮目熒熒。御燻鑪兮長不暖，對卮酒兮憂恒滿。悲繚繞兮從中來，愁纏綿兮何時斷？秋未極，愁人耿耿兮愁不息。有所思兮在天漢，欲往從之兮無羽……

重曰：「四時兮代謝，萬物兮遷化……春秋冬夏兮四序，寒暑榮悴兮萬端。春也，萬物熙熙焉，感其生而悼死；夏也，百草榛榛焉，見其盛而知其闌；秋也，嚴霜降兮，殷憂者為之不樂；冬也，陰氣積兮，愁顏者為之鮮歡。……」

歌曰：「歲去憂來兮東流水，地久天長兮人共死。明鏡羞窺兮向十年，駿馬停驅兮幾千里。麟兮鳳兮，自古吞恨無已。」

天命不從人願，自古皆然。所以含恨而終，實為人間常事。有一美人，身處異鄉僻壤，思慕公子，然而既不得相見，亦不得返鄉。眼見四時山水物色景象遞嬗變化，只能任憑光陰流逝、思念纏綿，遺憾於天地之間。

〈命曰〉，藉由有巫陽與太上老君等人的對話，抒發作者對於時命的憤懣：

命曰：昊天不傭兮，降此鞠凶，昊天不惠兮，降此大戾。不先不後兮，為瘥為瘵。痛之撫兮，孰知其厲……天之生我兮，胡寧不辰。少克己而復禮，無終食兮違仁，既好之以正直兮，諒無負於神明，何彼天之不弔兮，哀此命之長勤？百罹兮六極，橫集兮我身。長攣圈以偃蹇，永伊鬱以呻嚬。天道何從？自古多卬，為臧兮匪祐，匪仁兮覆庸。蹻狠戾兮南汜，跖叛渙兮東峰。並強大兮熏赫，咸壽考以從容，勛則天兮朱已矣，韶盡美矣均忽焉。公侯之系兮必復，堯舜之後兮何僭？干執諫兮辛載，蕃抗議兮靈年，忠於貞兮何仇，俱不得其死焉……。重曰：「予既昧此杳寘兮，迷之不知其所居。將寄命於六師，訪真訣乎遐外……朱雀搖而金躍，青龍發而火馳， 登栖兮雞入穴，雲北走兮水西垂。」……

伯陽欣然見予曰：「昇之來何遲？何故疲憊之如是？何故枯槁之若茲？吾適以爾小別，今將千二百朞。昔者爾為翟，吾固知爾潔潔焉無益；其後爾為舟，吾欲告爾休休焉不留。名已登乎仙格，爾身常蹇乎中州。噫哉甚可痛，甚可哭。多智也命之斧斤，多才也身之桎梏……物無可而不可，何必守固以拳拳？」

余於是乎嗒然而喪其偶，倏爾而失其知。思故池之淥水，憶中園之桂枝。栩栩然若有得，茫茫然若有亡。嘆彷彿兮覺悟，魂已歸乎北鄉。其往也人皆為之避席；其返也鳥不為之亂行。歌曰：「茨山有薇兮潁水有漪，夷為柏兮秋有實，叔為柳兮春雨飛。倏爾而笑，汎滄浪兮不歸焉。」

開篇抱怨天道乖戾，不佑善人。又嘆自己守理持正無愧天地，卻一生勞苦艱難，納悶何以為善不得善報，不仁卻不遭惡果？縱使如此，作者仍決意意即擇善固執，遠離邪佞，雖九死不改其志。隨後，作者神靈離殼，駕馭玉虯、青鸞等神獸，並命諸神為師旅，遠遊天際，上至天庭遇見太上老君伯陽。原來伯陽與作者其實為舊識，且闊別千年，如今重聚，頗憐憫其今世之困頓。並告知作者名已列仙格，但身仍在世間，而人間本多智、多才之人，本來磨難就多，訪卜求神以問天命，其實皆為徒勞無功之舉。又告誡天地之道，動靜生死本為一體兩面，所以不必執著。總之，盛衰有時，隨順變化，不必固守堅持，則自然冥合於天地大道。言畢，作者似有所得又有所失，魂魄歸於故鄉人間。

按盧照鄰〈五悲文〉、〈釋疾文〉是在初唐時代中少見的騷體之作，以騷體文句自訴身世，顯然是仿擬〈離騷〉而來，這在初唐時剛健文風為主導之下，是少見的情思雋永之作[59]。同樣的，此類作品雖然風格近似於〈離騷〉，但以往亦不屬「騷」之範圍，然而《文苑英華》「雜文・騷」卻加以容納，此為「騷」文類擴大的面向之二。

3.「譏刺社會」之作：

以騷體為文，意在譏刺世俗社會，此類作品於《文苑英華》「雜文・騷」中，有如柳宗元〈哀溺〉、〈憎王孫〉、〈招海賈〉，共三篇。依次言之：

〈哀溺〉，前有序言創作之由，云：

59　初唐四傑之中，僅有盧照鄰作騷，其他如陳子昂、張說等，雖然也有騷作，但多為短篇，因此盧照鄰〈五悲文〉、〈釋疾文〉在初唐騷體文學史上，實有重要地位。參見王立洲：〈論盧照鄰騷體八篇〉，《廣西民族大學學報（哲學社會科學版）》（2008 年 12 月），頁 128-131。

永之氓咸善游，一日，水暴甚，有五六氓乘小船絕湘水。中濟船破，皆游。其一氓盡力，而不能尋常。其侶曰：「汝善游最也，今何後為？」曰：「吾腰千錢重，是以後。」曰：「何不去之？」不應，搖其首。有頃，益怠。已濟者立岸上呼且號曰：「汝愚之甚，蔽之甚。身且死，何以貨為？」又搖其首，遂溺死。吾哀之，且若是，得不有大貨之溺大氓者乎？於是作哀溺文……[60]

見一善泳之人溺水於河，終因不忍解棄身上所攜金錢，任憑同伴如何提醒呼喚，始終不悟，導致最後溺死。作者有感而發，僅僅千錢，尚足以使人不能割捨，為之葬送性命，何況其他更為貴重的「大貨」，其能誘殺愚眾，恐怕更為慘絕，所以作此文。

吾哀游者之死貨兮，惟大氓之為憂。泄濤鼓以風湧兮，浩滉瀁而無舟。不讓祿以辭富兮，又旁窺而詭求……既搖頤而滅膂兮，不忍釋利而離尤。呼號者之莫救兮，愈搖首以沈流。髮披鬟以舞淵兮，魂倀倀而焉遊……始貪贏而嗇厚兮，終負禍而懷讎……夫人固靈於鳥魚兮，胡昧罻而蒙鈎？大者死大兮，小者死小；善遊雖最兮，卒以道夭；與害偕行兮，以死自繞。推今而鑒古兮，鮮克以保其生。衣寶焚紂兮，專利滅榮。豺狼死而猶餓兮，牛腹尸而不盈。民既貿貿而無知兮，故與彼咸謚為氓。死者不足哀兮，冀中人之為余再更。噫。

悲哀此溺水者過份愛財，又不聽勸告，性格過於貪吝，終於斷魂送命於江浪之中，眼見生命危在旦夕，居然受不能割捨錢財，導致溺死。其實

60 〈哀溺〉全文參見〔宋〕李昉等編：《(重編影印)文苑英華》(臺北：大化書局)，頁833。

為小利所誘，導致喪生亡國者，自古多有，然則其形軀雖能為人，其靈智不過魚鳥。蒼生無知，故諡之為「氓」，確實足以令人感慨萬千。

〈憎王孫〉，前有序云：

猨王孫居異山，德異性，不能相容。猨之德靜以恒，類仁讓孝慈，居相愛，食相先，行有列，飲有序。不幸乖離，則其鳴哀。有難，則內其柔弱者。不踐稼蔬，木實未熟，相與視之謹。既熟，嘯呼羣萃，然後食衎衎焉。山之小草木，必環而行，遂其植，故猿之居山恒鬱然。王孫之德躁以囂，勃諍號呶，唶唶彊彊，雖羣不相善也。食相噬齧，行無列……故王孫之居山恒蒿然，以是猨羣眾則逐王孫，王孫羣眾亦齚猨。猨棄去，終不與抗。然則物之甚可憎，莫王孫若也。余棄山間久，見其趣如是，作憎王孫云。[61]

王孫亦為猴類，此文係作者於山林之間見王孫與獼猴爭鬥之事，有感而發遂作此文。作者以為獼猴之為物，「仁讓孝慈，居相愛，食相先，行有列，飲有序」等等，又不破壞又小樹木，具有各種美德；但王孫則不然，既不知謙讓慈愛，性格兇暴，又喜好破壞樹苗與環境。王孫又與群猴相互爭地攻擊，最後群猴不敵王孫眾夥，棄山而去。作者見此有感而發，遂作此文：

湘水之潋潋兮，其上群山。胡茲鬱而彼瘁兮，善惡異居其間。惡者王孫兮善者猨，環行遂植兮止暴殘。王孫兮甚可憎，噫山之靈兮，胡不賊旃，跳踉叫囂兮，衝目宣齗。外以敗物兮，內以諍羣。排鬬善類兮，譁駭

61 〈憎王孫〉全文參見〔宋〕李昉等編：《（重編影印）文苑英華》（臺北：大化書局），頁 833。

披紛。盜取民食兮，私已不分。……居民厭苦兮號穹旻，王孫兮甚可憎。

噫！山之靈兮，胡獨不聞？猨之仁兮，受逐不校，退優游兮，惟德是傚。廉來同兮聖囚，禹稷合兮凶誅。羣小遂兮君子違，大人聚兮孽無餘。善與惡不同鄉兮，否泰既兆其盈虛。伊！噫山之靈兮，胡逸而居。

湘水山邊，以群猴品行良善性而王孫習性惡劣。王孫躁動好鬥，嘯聚成群又盜取人食，令人嫌厭，不僅不能與種彌猴相容，百姓亦為憎怒，但無可奈何，只能任憑王孫胡作非為，無能為力。有感天道終肯不憐憫善德，迫使群猴受到驅離，又悲怨神靈昏昧，使有德者受災，兇暴者通達，小人道長君子道消，然則世間善惡不分、福禍無理。

〈招海賈〉，其實為一招魂之文，所招對象則為某罹難於海上之商賈：

咨海賈兮，君胡以利易生，而卒離其形。大海盪汩兮，顛倒日月；龍魚傾側兮，神怪驟突。蒼茫無形兮，往來遽卒；陰陽開闔兮，氛霧滃渤。君不返兮逝恍惚，舟航軒昂兮，下上飄鼓……奔螭出抃兮，翔鵬振舞。天吳八首兮，更笑迭怒。垂涎閃舌兮，揮霍旁午。君不返兮終為虜。

墨齒棧鬛鱗文肌，三角駢列耳離披。反斷義牙踔嶔崖，虵首豨鬣虎豹皮。羣沒互出讙遨嬉，臭腥百里霧雨瀰。君不返兮以充飢……君不返兮糜以摧。咨海賈兮，君胡樂出幽險而疾平夷，悔駭愁苦而以忘其歸。上黨易野恬以舒，蹈踩厚土堅無虞，岐路脈布彌九區，出無入有百貨俱，周游傲睨神自如，撞鍾擊鮮恣歡娛。……

逍遙縱傲世所趨，君不返兮謚為愚。咨海賈兮，賈尚不可為，而又海是圖？死為險魄兮，生為貪夫，亦獨何樂哉？歸來兮，寧君軀。[62]

62　〈招海賈〉全文參見〔宋〕李昉等編：《（重編影印）文苑英華》（臺北：大化書局），頁 834。

商人為了牟利，不計自身安危，最終導致葬身於蒼茫恐怖的大海之中，而海上怪物出沒無常，如不返必為之所噬；再言海水深不可測，重淵萬尺，如不返必為之自害；怪石險峻，波濤洶湧，如不返必為之沉溺。總之，極言海上可怕，古之求名求利者，雖大賢之人猶不免遇禍得害，何況海賈之行，無異趨凶赴險，自尋滅亡。所以說此輩之人，作者一概視之為「愚」。

按上述三篇柳氏之作，無不因事、物有感而發，很具針砭現實的意義，而此類文章亦為傳統「騷」所無，然則可視為「騷」擴大的面向之三。

4.「詛咒祝禱」之作：

以騷體為文，或祝禱天地，或詛咒怪物，此類作品於《文苑英華》「雜文・騷」中，有如韓愈〈讒風伯〉，柳宗元〈愬螭〉、〈逐畢方〉、〈罵尸蟲〉，皮日休〈祝瘧癘文〉，沈亞之〈文祝延〉、〈為人譔乞巧文〉，及劉蛻〈憫禱辭〉，總共八篇。依次言之：

〈讒風伯〉(《全唐文》作〈訟風伯〉)：此為久旱不雨，苛責風伯之作，取法於曹植〈誥咎文〉[63]。

維茲之旱兮，其誰之由？我知其端兮，風伯是尤。山升雲兮澤上氣，雷鞭車兮電搖幟；雨寖寖兮將欲墜，風伯怒兮雲不得止。暘烏之仁兮，念此下民；閟其光兮，不鬭其神。嗟風伯兮其將謂何？我於爾兮豈有其他？求其時兮脩祀事，羊甚肥兮酒甚旨。食足飽兮飲足醉，風伯之怒兮誰使雲？……上天孔明兮有紀有綱，我今上訟兮其罪誰當？天誅加兮不可悔，

63 何焯云：「惺齋（王元啟）云：『曹子建〈誥咎〉文，假天帝之命，以詰風伯雨師，公〈訟風伯〉蓋本於此。』」參見馬其昶校注：《韓昌黎文集校注》（上海：上海古籍出版社，1998 年 3 月，初版），頁 63。

風伯雖死兮人誰汝傷。[64]

以為天無雲而不雨，係風伯颳風將雲吹散使然。因此舉行祭祀，期望風伯在享受酒食之後，能指使風雲，降雨於人間，否則造成旱災，違亂天地綱紀並傷人無數，風伯其罪甚大。

〈愬螭〉，前有序云：

零陵城西有螭，室于江，法曹史唐登浴其崖，螭牽以入。一昔浮水上，吾聞凡山川必有神司之，抑有是耶？於是作〈愬螭〉，投之江……[65]

則此文係有人為江中之螭所死傷，作者於是作文哀悼，並責難其螭。

天明地幽，孰主之兮？壽善夭殤，終何為兮？堆山釃江，司者誰兮？突然為人，使有知兮？畏危慮害，趨走祗兮。……嗟爾怪螭，害江湄兮。游泳重瀾，物莫威兮。蟉形決目，潛伺窺兮。膏血是利，私自肥兮。歲既大旱。澤莫施焉。妖猾下民，使顛危焉。充心飽腹，肆敖嬉兮。洋洋往復，流逶迤兮。惟神高明，胡縱斯兮。蔑棄無辜，逞恠姿兮。胡不降罰？肅川坻兮。舟者欣欣，游者熙兮。蒲魚滲用，吉無疑兮。牲牷玉帛，人是依兮。匪神之愬，將安期兮。神之有亡，於是推兮。投之北流，心孔悲兮。

責備天地山川之神，未能福善，導致無辜之人不幸意外罹難。又怨怒

64 〈讒風伯〉全文參見〔宋〕李昉等編：《（重編影印）文苑英華》（臺北：大化書局），頁 833。

65 〈愬螭〉全文參見〔宋〕李昉等編：《（重編影印）文苑英華》（臺北：大化書局），頁 833。

此怪獸窺伺江中，食人膏血，害人甚深。期望神祇能為民除江患，使人、舟平安。因此備妥犧牲玉帛，投入江中，以之祀神，期望神靈護祐人民，懲除兇惡。

〈逐畢方〉，前有序云：

> 永州元和七年夏，多火災，日夜數十發，少尚五六發。過三月乃止。八年夏，又如之，人咸無安處，老弱燔死……《山海經》云：「章義之山，有鳥如鶴，一足，赤文白喙，其名曰畢方。見則其邑有譌火。」若今火者，其可謂譌歟？而人又有鳥傳者，其畢方歟？遂邑中狀而圖之，禳而磔之，為之文而逐之。[66]

「畢方」為見載於《山海經》的神奇之鳥，相傳見之則當地將發生火災，而當時火災連連不止，造成重大傷亡，於是作者欲作此文，欲以驅除之。

> 后皇庇人兮，敬授其材。大施棟宇兮，小蔽草萊。各有攸宅兮，時闔而門。火炎為用兮，化食生財。胡今茲之怪戾兮，日十爇而窮災？……問之禹書，畢方是祟。嗟爾畢方兮，胡肆其志？……汝今不懲兮，眾愬咸至。皇斯震怒兮，殄絕汝類。祝融悔禍兮，回祿屏氣；太陰施威兮，玄冥行事。汝雖赤其文，隻其趾，逞工衒巧，莫救汝死。黠知亟去兮，愚乃止此。高飛兮翱翔，遠伏兮無傷。海之南兮天之裔，汝優游兮可卒歲。皇不怒兮永汝世，日之良兮今速逝。急急如律令。

66　〈逐畢方〉全文參見〔宋〕李昉等編：《（重編影印）文苑英華》（臺北：大化書局），頁 833。

神庇佑蒼生，與人類各式各樣物品以為之用；火本為熟食生財，如今卻反而為災。焚人家室，殘殺百姓。據古書所言，原為畢方為祟，因此加以責難之。畢方罪惡深重，為千夫所指，所以作者必奏告天神，請天神將之趕絕。則畢方若有知，應當停止肆虐，高飛至南海之地棲身，然則生民平安，又將奏告天神，饒恕畢方使之得生。

〈罵尸蟲〉，前有序云：

有道士言：「人家有尸蟲三，處腹中，伺人隱微失誤，輒籍記。日庚申，幸其人之昏睡，出讒于帝以求饗，以是人多謫過，疾癘夭死。」柳子特不信……吾意斯蟲若果為是，則帝必將怒而戮之，投于下土，以殄其類。俾夫人咸得安其性命，而苛慝不作，然後為帝也。余既處卑，不得質之于帝，而嫉斯蟲之說，為文而罵之。[67]

道士傳言人體中有「尸蟲」，會暗記人們的罪過，然後上報天帝，使得人得病而死，由此尸蟲也獲得賞食。柳宗元則斥此說為荒誕，以為神明必然聰明正直、光明正大，所以既身為神明、天帝，豈有賄賂小蟲，勾結暗通以為祟人間之理？然則此蟲害人還假冒天意，若天帝有知必然譴罪滅除。因此，作者為文，責難尸蟲。

來！尸蟲！汝曷不自形其形？陰幽詭仄，而寓乎人？以賊厥靈，膏肓是處兮，不擇穢卑……以曲為形，以邪為質，以仁為凶，以僭為吉，以淫諛諂誣為族類，以中正和平為罪疾，以通行直遂為顛蹶，以逆施反鬭為安佚……帝之聰明，宜好正直。寧懸嘉饗，答汝讒慝。叱付九關，貽虎豹

67 〈罵尸蟲〉全文參見〔宋〕李昉等編：《（重編影印）文苑英華》（臺北：大化書局），頁 833-834。

食。下民舞躍，荷帝之力。是則宜然，何利之得？速收汝生，速滅汝精，蓐收震怒，將敕雷霆，擊汝酆都，糜爛縱橫。俟帝之命，迺施于刑，羣邪殄夷，大道顯明。害氣永革，厚人之生。豈不聖且神歟？

祝曰：「尸蟲逐！禍無所伏，下民百祿，惟帝之功，以受景福。尸蟲誅！禍無所廬，下民其蘇，惟帝之德，萬福來符，臣拜稽首，敢告于玄都。」

批判此蟲陰險，伏蟄於人體幽暗之處，窺探偵刺人之陰私。又譴責其其口舌顛倒是非，為禍人間殘害賢良，罪過甚大。如此卑鄙險惡，自然為人神所共厭，所以此蟲宜為醫藥所攻殺，正顯天道昭彰，正氣流行；且以天帝之神聖聰明，亦必處之以極刑，使萬民不受滋擾。

〈祝瘧癘文〉，前有序云：

昔夏后氏鑄鼎象物，使民知神姦，或魑魅之外，魍魎之餘，匿天命，竊帝威，罔不見形於鼎上者。自夏后氏去，繼為禍於人間，被之者始若處冰檻，復若落炎井，眩瞀熒惑，視之累形；聽者重聲，骨節怠重，如山已傾。始或醒時，奪人之情人之精，兀若木偶，昏如宿酲。……嗚呼！癘之能禍人，是必有知也。既有知，奚不效神為聰明正直，不加祟於君子焉？遂為文祝而逐之……[68]

序中言及瘧癘危害人間久矣，一旦染病使人昏眩重聽，喪精無神，萬般不適。然瘧癘害人，並非天譴，多是由人舉止不能節制而自招之，後須賴湯藥礦灸調治始能全癒。瘧癘既不恣意傷人，可見有知；既然有知，期

68 〈祝瘧癘文〉全文參見〔宋〕李昉等編：《（重編影印）文苑英華》（臺北：大化書局），頁 830。

許它懲惡佑善，於是「為文祝而逐之」：

瘧乎瘧乎！有事君不盡節，事親不盡孝；出為叛臣，入為逆子。天未降刑，尚或竊生，爾宜瘧之。有轉錄樹威，僭物行機，上弄國權，下戲民命，天未降刑，尚或竊生，爾宜瘧之。有賣交取祿，謟交結族，一言不善，禍發如鏃，天未降刑，尚或竊生，爾宜瘧之。美曼之色，媚于君側，巧笑未已，足亡于國；天未降刑，尚或竊生，爾宜瘧之。柔佞之言，惑于君前，委順未足，國步移焉，天未降刑，尚或竊生，爾宜瘧之。四星之臣，奉于紫宸，蕭墻起禍，帝座蒙塵，天未降刑，尚或竊生，爾宜瘧之。見災幸久，開禍樂成，含羞冒貴，忍垢貪榮，天未降刑，尚或竊生，爾宜瘧之。瘧乎瘧乎，爾目不盲，爾耳不聾，如向來之所陳，奚不禍于其躬？仁者必有厄，義者必有窮；見仁義而無瘧，遇奸佞而肆凶。非惟去乎物患，抑亦代乎天工。瘧乎瘧乎！苟依吾言而若是，吾將達爾于帝聰。

祝文中所譴責的對象凡七，其一為逆子叛賊；其二為禍國權臣；其三為攀緣勾結之貪官；其四為蠱禍君王之女色；其五為讒言阻善之便佞；其六為不思輔政，彼此鬥爭之大臣；其七為幸災樂禍，厚顏無恥之小人。此七者皆為「天未降刑，尚或竊生，爾宜瘧之」，即僥倖未遭天譴，尚能偷生，理應由瘧癘代以責罰撲滅的奸佞。倘若瘧癘可以懲惡，則是替天行道，以行正義，然則作者願為之稟告天帝，頌其功德。

〈文祝延〉，前有序云：

文祝延之指，本有儔祀，閩人歌其賢也。閩侯居政得民，民蔭而安，他日侯恙在體，巷野之祈，祀於神者，皆以侯請，蓋憂焉。後得間而祠，乃舒其俗，以為言俚不足，自道或謂軍副者。亞之能變風從律，善闡物志。因耋耆為請，於是與聞之以通其意，且以古之得人者眾，皆祝延之。今復用言，命為篇目，其詞二。[69]

閩地父老，為文替閩侯祈福頌禱，而後作者以為頌禱之詞俚俗有欠文雅，所以代為潤色寫作，本文又分〈祈神〉、〈酬神〉兩則。〈祈神〉，在於祈求閩地山川之神，保佑閩侯平安無恙：

閩山之杭杭兮水淜淜，呑荒抱大兮沓疊層……願聽誠兮陳所當，侯臨我兮，恩如光照，導兮煦覆，惠流吾兮，樂且康恭。聞侯兮飲食失常，民煢憂兮心若瘏。飽我之饑兮，侯由百穀。神有澤兮，宜陰沃脫。侯之恙兮，歸侯之多福。羣卑勤之傑恭兮，鑒鎮盟乎山行。

先寫閩地此處山水壯闊，頌美居於其中的神靈高雅卓異；再祈禱神靈佑成百姓心願。閩侯恩澤百姓，但不幸身染疾病，祈禱神明能降福於閩侯，使其康復。〈酬神〉，寫樂歌歡奏，豆俎列陳，歡慶神明能夠賜福，使閩侯康泰：

兕載吹兮音咿咿，銅鐃呶兮�呼。眡睢樟之蓋兮，麓下雲垂，幄兮煙為帷，合吾民兮將安。惟吾侯之康兮樂欣，肴盤列兮合神……雲清醉兮流融光，巫裾旋兮覞袖翔。瞪虛凝兮鑒廻陽，語神歡兮酒云央。望吾侯兮遵賞事，朝馬駕兮搦寶轡，干彌函弦兮森導騎，吾何樂兮神軒。維吾侯之康兮，居遊自遂。

69 〈文祝延〉全文參見〔宋〕李昉等編：《（重編影印）文苑英華》（臺北：大化書局），頁 835。

鼓樂齊奏，以嵐霧為帷幕、佳木為擎蓋，祭祀神靈。牲禮、旨酒、佳餚、素果陳列於前，使巫覡為祭，饗宴神靈。期望上天常佑閭侯，使其身體強健平安。

〈為人譔乞巧文〉，自注：「和史館陳學士作」，前有序云：

> 邯鄲人伎婦李客子，七夕祀織女，作穿針戲，取茗菫、芙蓉雜致席上，以望巧所降。其夫以為沈下賢工文，能創窈窕之思，善感物態，因請譔為情語，以道所欲。[70]

此文係作者替友人女兒，於七夕祭祀織女之時所作，表達少女「乞巧」的情思：

> 惟雲渚之震秋兮，天曠碧以凝幕。懸韶桂於姹月，泫明淚之新露。即河房之將期，儼龍輪以就馭。恭聞司巧之多方，妾修馨香以奉具。竊獨溺於自私，希靈娥之所付。
>
> 羽碧凝其異質兮，韻隆虹於霾霽。假文羽於孔雀兮，而使擅夫佳麗。載雲蟬之重緌兮，塗鑾金於綺篲。……是物之巧功善飾，願賜妾於針紉也。葩蕁鬱於濃妍，包多宜以善喜。引纖吹於輕颸，若將翔而復倚。醉光春之流景，播清香於萬里。……容世無容以皆此，是物之巧容善態，願委妾於態媚也。短蒲狹涘兮曲溜溢，鵁鶄鵁鶄兮引乳娣……是物之巧音善感，願付妾於管絃也。

秋高氣爽明月皎潔，女子備妥香草，祭祀明亮如珠的織女星，祈禱仙

70　〈為人譔乞巧文〉全文參見〔宋〕李昉等編：《（重編影印）文苑英華》（臺北：大化書局），頁 835。

女降賜巧藝與美貌。細言之，其一願能善於紡織，所織裁的女紅作品，文采媲美孔雀、彩虹。其二願有姣好之貌，姿色猶如春光花卉。其三願能有動人之聲，音色猶如燕乳黃鶯。

〈憫禱辭〉，前有序云：

小子出都城，見邑大夫為民之禱者。屬石燕不飛，商羊不舞，民有焦心，請大夫祈龍波祠以厭民望。彼巫歌伶，吹竹鼓、槐呼空者，訖唱屢夕。俄然微灑輕霎，若神之來，意似憫巫之役是也，作辭以吊民……[71]

此文係求雨兼吊民之所作。序所言「石燕」、「商羊」是傳說中遇風雨便會飛翔、起舞的神奇鳥禽。作者見邑大夫為民舉行祈雨法會，使巫者伶人整日歌吹，其後果然微微有雲霧之氣，似乎上天憐憫眾人表演之辛勞，遂作此文以表憐憫百姓蒼生之情：

公邑之南兮禱龍之潭，空波隣天兮雲物中涵。鱗颸穀碧兮淵怪相參，風翼輕翔兮帶直煙嵐。吏不政兮胥為民蠹，政不繩兮官為胥酣。……胡不戮狡胥兮狥此潔嚴？胡不罪己之不正兮去此貪婪？荷天子之優祿兮，胡為而不廉？又何役女巫而禱此空潭？

官員此時於水潭畔，虔誠祈禱神怪之物以求降雨，但平日卻是魚肉鄉民，極盡貪婪不修吏治。如今遭遇天災，生民不堪，再派遣巫者伶人裝模作樣，便以為能解民倒懸，未免荒謬可笑。因此作者責難胥吏不能端正自身貪婪之性，有愧於天子朝廷與百姓，至為可惡，雖殺之殉以鬼神亦不為

71 〈憫禱辭〉全文參見〔宋〕李昉等編：《（重編影印）文苑英華》（臺北：大化書局），頁 834-836。

過，而此刻祝禱祭祀，當然也是徒勞無功。

按以上八篇，沈亞之〈文祝延〉、〈為人譔乞巧文〉，根本為騷體所作的禱祠祈祝之詞，其精神內涵也與〈九歌〉一致[72]。其餘六篇，內容大抵在於詛咒怪物、祈禱鬼神，其實又回歸於作者對於現實的懷抱，不乏帶有對於政治、社會的傷懷及譏刺之意。尤其以「咀」、「罵」、「憎」等為題，並抒發憤慨的哀祭文篇章，在唐代以前甚為少見，故論者以為此即最具唐人騷體特色的作品[73]。也正因為流露作者悲憤之情與政治的關切，所以此類作品，往往與上述「譏刺社會」一類作品，受到並論。其中又以柳宗元作品最具代表性，柳氏與屈原同遭流放貶謫[74]，而於流放其間所作的騷體作品，早就有名於唐代當時，被視為彼時騷體之大家[75]。再如宋代晁補之

72 除兩篇之外，〈祝構木文〉也是祈祝之詞，相關篇章內容與特色，參見陳才訓：〈古文風貌與楚調悲歌——論沈亞之的文學素養與其小說創作之關係〉，《中國文學研究》第4期（2009），頁26。

73 如陳成文所說：「中晚唐古文運動的開展，產生出許多雖非以賦為篇名，但在假設問對、恢廓聲勢、鋪成排筆、用韻等方面都實質具有賦體特徵的作品，其中或以哀祭形式，或以『咀』、『罵』為題抒發憤慨。」古文運動的問題這裡暫且不論，而觀陳氏所舉「雖非以賦為篇名，而具有賦體特徵」的文章，就包含了柳宗元〈弔屈原文〉、〈哀溺文〉，皮日休〈悼賈〉韓愈〈訟風伯〉，柳宗元〈罵尸蟲〉、〈憎王孫〉、〈愬螭〉等等，這些篇章皆收錄於《文苑英華》「雜文」之「騷」類。參見氏著：《唐代古賦研究》（臺北：政大中文博論，民國87年10月），頁178-182。

74 柳氏之貶謫，在文學史上具有類型性的意義。如尚永亮所言，中國的貶謫可分四種類型：其一，志大才高，因小人讒毀而被貶，以屈原、賈誼為代表；其二，革除弊政，因鬥爭失敗而被貶，以柳宗元、劉禹錫為代表；其三，直言進諫，因觸怒龍顏而被貶，如陽城、韓愈即是；其四，因本派失利而被貶，代表人物可推李德裕、蘇軾。參見氏著：《元和五大詩人與貶謫文學考論》（臺北：文津出版社，1993年12月，初版），頁261。

75 如《舊唐書》本傳中載其受王叔文之事受貶永州司馬以後：「既罹竄逐，涉履蠻瘴，崎嶇堙厄，蘊騷人之鬱悼，寫情敘事，動必以文。為騷文十數篇，覽之者為之淒惻。」〔後晉〕參見劉昫等：《舊唐書》（北京：中華書局，2002年12月，第1版），頁4214。《新唐書》本傳則載：「俄而叔文敗，貶邵州刺史，不半道，貶永州司馬。既竄斥，地又荒癘，因自放山澤間，其堙厄感鬱，一寓諸文，倣離騷數十篇，讀者咸悲惻。」〔宋〕歐陽修、宋祁撰：《新唐書》（北京：中華書局，2003年7月，第1版），頁4214。要之，柳氏因政治失敗遭受貶謫，所以仿〈離騷〉而作的篇章多達數十，將

就將〈憎王孫〉、〈罵尸蟲〉以及不在《文苑英華》中的〈宥蝮蛇文〉編入《變離騷》中，並說：

〈離騷〉以虯龍鸞鳳託君子，以惡禽臭物指讒佞。王孫、尸蟲、蝮蛇，小人讒佞之類也。其憎之也，罵之也，投畀有北之意也；以遠小人不惡而嚴之意也。蓋〈離騷〉備此意，而宗元放之焉。[76]

意謂〈憎王孫〉、〈罵尸蟲〉及〈宥蝮蛇文〉其實都上承〈離騷〉中託諷及比興的傳統。王孫及尸蟲其實是指現實中的小人，柳宗元既以君子自持，則當斥之而後快。儲同人也有類似的見解：「先生騷文，命題便妙，曰罵、曰斬、曰囿、曰憎、曰逐，皆為賢害能之小人發也。」[77]亦說明這類文章其意在斥責讒佞小人。另外，晁補之又將〈招海賈〉收入《續離騷》，且云：

昔屈原不遇於處，徬徨無所依，欲乘雲騎龍，遨遊八極，以從己志而不可，猶怛然念其故國。至于將死，精神離散，四方上下，無所不往。又有眾鬼虎豹怪物之害，故大招其魂而復之，言皆不若楚國之樂者。〈招海賈〉雖變其義，蓋取諸此也。宗元以謂崎嶇冒利，遠而不復，不如歸己故鄉常產之樂，亦以諷世之士行險僥倖，不如居易以俟命。[78]

指出〈招海賈〉其實就是依據〈招魂〉之義而變之，除了闊寫上下四

其困悶憂鬱之情形於筆墨，使人讀之同感其悲，且這些篇章在當時就已有名。

76 晁說引自〔唐〕柳宗元：《柳河東集》（臺北：河洛出版社，民國 63 年 12 月，臺景印出版），頁 320。

77 儲說引自行嚴：《柳文探微》（臺北：華正書局，民國 70 年 3 月，初版），頁 570。

78 晁說引自〔唐〕柳宗元：《柳河東集》（臺北：河洛出版社，民國 63 年 12 月，臺景印出版），頁 329。

方景物之外，更在諷刺世人與其冒險求利，不如安居固守以明哲保身。凡此可見，柳宗元各篇騷體作品，其實與《離騷》各篇，有著密切的關聯，故論者又以為柳宗元的騷篇作品，大抵上承《楚辭》各篇體式，而有所創新，能將騷體辭賦鎔鑄辭賦、寓言、神話，既懷悲愴之情，也具有諷刺現實之意[79]。

總之，以柳氏為代表的此類騷體之作，其實亦非傳統「騷」範圍所屬，但諷刺政治、抒發悲怨且作者情感強烈鮮明的精神與特色，可謂上承〈離騷〉諸篇而來。然則這些作品，可視為「騷」擴大的面向之四。

5.「男女戀情」之作：

以騷體為文，描寫男女愛戀之情，於《文苑英華》「雜文・騷」類中如蕭繹〈秋風搖落〉、盧照鄰〈獄中學騷體〉及沈亞之〈湘中怨解〉共三篇，依次言之：

〈秋風搖落〉，此篇宮體意味極濃：

秋風起兮寒雁歸，寒蟬鳴兮秋草腓。萍青兮水澈，葉落兮林稀。翠為蓋兮玳為席，蘭為室兮金作扉。水周兮曲堂，花交兮洞房。樹參差兮稍密，紫荷紛披兮疏且黃。雙飛兮翡翠，並泳兮鴛鴦。神女雲兮初度雨，班妾扇兮始藏光。且淹留兮日云暮，對華燭兮歡未央。[80]

79　就賈名黨的研究，柳宗元騷體之作，與屈原〈離騷〉相同者有三，其一在於關心時政的憂世情懷，其二在於嫉惡刺邪的理念，其三在於九死未悔的鬥爭精神。但整體而言，柳宗元並非蹈襲屈賦字句，而在於採用「騷」之體、法，所以文章真切感人。參見氏著：〈柳宗元與劉禹錫接受屈賦管窺〉，《安徽農業大學學報（社會科學版）》第 17 卷第 1 期（2008 年 1 月），頁 65-69。

80　〈秋風搖落〉全文參見〔宋〕李昉等編：《（重編影印）文苑英華》（臺北：大化書局），頁 834。

歸雁寒蟬、落葉林稀，但宮廷周圍是草樹遍植、曲水繞堂，室內則美妾成群，與帝王朝夕相處，雲雨共歡。

〈獄中學騷體〉，該文寫秋日孤獨之悲懷：

> 夫何秋夜之無情兮，皎晶悠悠而太長；圜戶杳其幽邃兮，秋人披此嚴霜。見河漢之西落，聞鴻雁之南翔。山有桂兮桂有芳，心思君兮君不將。憂與憂兮相積，歡與歡兮兩忘。風嫋嫋兮木紛紛，凋綠葉兮吹白雲。寸步千里兮不相聞，思公子兮日將曛。林已暮兮鳥羣飛，重門掩兮人徑稀。萬族皆有所托兮，蹇獨淹留而不歸。[81]

秋夜漫漫月光淒冷，女子心懷伊人，徘徊不能成眠，感嘆闊絕千里，更思禽鳥成群，唯有自己孤單無依。

〈湘中怨解〉，前有序云：

> 湘中怨者，事本怪媚，為學者不當有述，然而淫溺之人，往往不悟。今欲概其所論，以著誡而已。從生常敖，喜譔樂府，故牽而廣之，以應其詠。[82]

本文在於敘述一「怪媚」之事，並加以評論；此外，所作又是呼應他人作品。那麼，此事究竟為何？下又云：

---

81 〈獄中學騷體〉全文參見〔宋〕李昉等編：《（重編影印）文苑英華》（臺北：大化書局），頁 834-835。

82 〈湘中怨解〉全文參見〔宋〕李昉等編：《（重編影印）文苑英華》（臺北：大化書局），頁 835-836。

垂拱年中，駕在上陽宮，太學進士鄭生，晨發銅駝里，乘曉月度洛橋，聞橋下有哭，甚哀。生下馬循聲察之，見艷女。翳然蒙袖，曰：「我孤，養於兄，嫂惡，常苦我，今欲赴水，故留哀須臾。」生曰：「能遂我歸之乎？」應曰：「婢御無悔。」遂載與居，號曰汜人。能誦楚人〈九歌〉、〈招魂〉、〈九辨〉之書，亦嘗擬其調，賦為怨詞。其詞麗絕，世莫有屬者，因譔〈風光詞〉……。

然則此係為武后垂拱年間（685-688）所發生的怪事，太學進士鄭生夜遇一命運坎坷，欲投水輕身的豔女，然後攜載之與鄭生同居，號曰「汜人」。又此豔女能誦《楚辭》諸篇章，且能模擬《楚辭》悲怨的情調，為豔麗哀傷之賦，〈風光詞〉即為其作之一。〈風光詞〉者，寫美女情態，首言「隆佳秀兮昭盛時，播薰綠兮淑華歸。故里蕙與處萼兮，潛重房以飾姿。見雅態之韶羞兮，蒙長靄以為幃。」寫女子正值青春，居於深閨之內，不僅如此，猶以天地煙靄為帷幕，自隱其間。頗有神女的意味。又云：「醉融光兮渺瀰，迷千里兮涵湮媚，晨陶陶兮暮熙熙，舞姚娜之穠條兮，騁盈盈以披遲。」美人善於歌舞，姿態輕盈嬌美。此後：

生居貧，汜人嘗解篋，出輕繒一端，與賣，胡人酬之千金。居數歲，生遊長安。是夕，謂生曰：「我湘中蛟宮之娣也，謫而從君，今歲滿，無以久留君所，欲為訣耳」。相倚啼泣，生留之，不能，竟去。後十餘年，生之兄為岳州刺史，會上巳日，與家徒登岳陽樓，望鄂渚，張宴，樂酣，生愁思吟之曰：「情無垠兮蕩洋洋，懷佳期兮屬三湘」。聲未終，有畫艫浮漾而來，中為綵樓，高百餘尺。其上施幃帳，欄櫳盡飾，帷褰，有彈絃鼓吹者，皆神仙娥眉，被服煙，電裙袖，皆廣長。其中一人，起舞，含嚬淒怨，形類汜人。舞而歌曰：「泝清風兮江之隅，拖湘波兮裹綠裙。荷拳拳兮情未舒，匪同歸兮將焉如？」舞畢，歛袖，翔然凝望，樓中縱觀方怡。須臾，風濤崩怒，遂迷所往。元和十三年，余聞之於朝中，因悉補其詞題之曰湘中怨。

汜人曾以綾羅換得金千，以解鄭生之貧。後來據實以告，自己本為湘中蛟宮宮女，謫貶人間，如今期限已滿必須歸去。其後十餘年，鄭生之兄為刺史，而鄭生某次於岳陽樓上酒酣而沉吟懷想，竟見神女乘船奏樂而來，神女又於舟中翩然起舞，並吟唱情歌與之相應。曲中奏罷，風浪大起，神女不知所往。此則傳奇故事，乃作者耳聞於朝中，因此將此事與歌一併記下，名之為〈湘中怨〉。

按以上三篇，皆言及美人思戀之情，其中〈秋風搖落〉、〈獄中學騷體〉固以騷體成篇，又其悲秋傷逝、哀怨婉轉，柔弱靡麗的情調頗近於宋玉〈九辯〉[83]，可視為其餘緒。而沈亞之本為中唐著名的傳奇小說家，好於小說中使用騷體詩歌，〈湘中怨解〉本於韋敖〈湘中怨歌〉而演繹之，洋溢恍惚悲傷的情調[84]，除了沈氏自言「怪媚」之外，論者也以為頗有〈九

---

83 如蔡英俊所說，認為宋玉雖是屈原的繼承者，但整體的文風卻不大如屈原「直諫」的生命力。蔡氏又以〈九辯〉為例，認為本文描述一位窮苦文人在秋風蕭瑟中的「悲秋」之感，音調雖和美，描述雖細緻，但主題卻是自憐自艾的呻吟，顯得太過柔弱，「產生出一種卑弱的文體」。參見氏著：〈抒情傳精神與抒情統〉，收入蔡英俊主編：《抒情的境界》（臺北：聯經出版事業公司，民國 82 年 6 月，6 版），頁 99-100。

84 據姚筱睿研究，沈亞之傳奇小說的特色之一，就在於「善用騷體的語言」，他喜歡在傳奇小說中插入創作的詩（尤其是楚辭體詩），營造出詩化小說優美的境界，除了在〈湘中怨解〉外，〈異夢錄〉、〈秦夢記〉也都具有如此的特色。參見氏著：〈淺議唐人沈亞之傳奇小說的四個特色〉，《南昌航空大學學報（社會科學版）》第 9 卷第 4 期（2007 年 10 月），頁 51。又據陳才訓所言，沈亞之本為楚人，同時人生也屢遭貶謫，所以深諳《楚辭》真味，其〈感異記〉、〈秦夢記〉、〈湘中怨解〉就如屈原〈湘君〉、〈湘夫人〉一樣，充滿撲朔迷離又纏綿悱惻的男女戀情，且都穿插著哀怨的楚歌以醞釀淒迷的情境。參見氏著：〈古文風貌與楚調悲歌——論沈亞之的文學素養與其小說創作之關係〉，《中國文學研究》第 4 期（2009），頁 26。及汪卷：〈唐人沈亞之的詩化傳奇〉，《史教資料》2006 年 1 月下旬刊，頁 46。

歌〉之風[85]；總之，〈秋風搖落〉、〈獄中學騷體〉與〈湘中怨解〉，本不能為傳統「騷」所容納，但在精神旨趣上，仍可上溯於傳統「騷」內的篇章。然則這些作品，可視為後代「騷」範圍拓展的面向之五。

除上述五類廿一篇外，另外「雜文・騷」中還有范縝〈擬招隱士〉、岑參〈招北客文〉，以及陸龜蒙〈迎潮送潮辭〉三篇。〈擬招隱士〉其意在招回隱居山野之人，謂荒野之外險象環生，又氣候嚴寒，故公子宜速速返歸不宜久留[86]；〈招北客文〉其文勸告則前往蜀地的北客歸來，以為蜀地四方險惡，不宜人居。〈迎潮送潮辭〉乃作者所居之地有江潮朝夕來去，水勢大小不定，但在乾旱不雨之時，尤其可以用來洗滌或灌溉，展現「用之則順而進，捨之則默而退」如同君子般的志向，所以有感而發，作此文以歌詠之[87]。三篇騷體作品，因為類型在上五種之外，所以不再予以細論，但前兩篇寫環境險惡、鋪敘四方，明顯具有〈招魂〉與〈招隱〉的痕跡，後篇歌詠潮水之形與德，則具有〈橘頌〉之風味。總之，三篇仍可見與《楚辭》的關聯。

綜論之，從現實面來說，由六朝《昭明文選》、《文心雕龍》之「騷」，至《文苑英華》「雜文」之「騷」，範圍已從原本的《楚辭》篇章，擴展成騷體而不以賦為名的各種作品；而《楚辭》諸篇，實質上也就是賦體，那麼《文苑英華》「雜文・騷」所錄各篇擬騷之作，理所當然不脫賦體本色。不過，雖然後代「騷」類範圍大開，突破了以往的封閉性質，但後來的「騷」中的作品，仍可發現其與《楚辭》篇章，在題材與風格上有所一

85 陳才訓：〈古文風貌與楚調悲歌——論沈亞之的文學素養與其小說創作之關係〉，《中國文學研究》第 4 期（2009），頁 26。

86 〈擬招隱士〉全文參見〔宋〕李昉等編：《（重編影印）文苑英華》（臺北：大化書局），頁 834。

87 〈迎潮送潮辭〉全文參見〔宋〕李昉等編：《（重編影印）文苑英華》（臺北：大化書局），頁 836。

貫。易言之，「騷」類範圍及對象雖已開放，但所屬作品之內在精神及旨趣，前後仍有著相承的關係。

附帶一提「辭」，《文苑英華》並無此一子類，「雜文」十六種次子目中，亦無其名。然而「雜文」各類之中，卻不乏以「辭」或「詞」為體類名稱者，如上述「騷」類中即有〈憫禱辭〉、〈迎潮送潮辭〉、〈弔屈原辭〉，「紀述」有〈傷我馬詞〉、「征伐」有〈為建安王誓眾詞〉、「辯論」有〈祝牛宮辭〉、「雜製作」有〈旱辭〉，這些篇章體製看來或近於賦，或近於詩，卻已未必為騷體。換句話說，雖然「辭」在《昭明文選》中列為一類，收錄不以賦、詩為名的騷體賦、詩篇章各一，但《文苑英華》不僅無其類「名」，就連其「實」也都大大的轉變了。

三、「符命（封禪）」與「帝道」

（一）六朝之「符命（封禪）」

按《昭明文選》中有「符命」此一體類，該類選錄司馬相如〈封禪文〉、揚雄〈劇秦美新〉與班固〈典引〉共三篇。劉勰《文心雕龍》〈封禪〉中，也評及此三作品，所以蕭統所言「符命」，與劉勰所言「封禪」，其實是相同的文學體類。又在劉勰看來，「封禪」文之所作，其實與自古以來，帝王的封禪大典密切相關，所謂：

> 昔黃帝神靈，克膺鴻瑞，勒功喬岳，鑄鼎荊山。大舜巡岳，顯乎《虞典》。成康封禪，聞之《樂緯》……是史遷八〈書〉，明述封禪者，固禋祀之殊禮，名號之祕祝，祀天之壯觀矣。（頁 409）

古代黃帝、大舜，及周成王、康王等等，在建立國家、成就功業後，都曾舉行祭告天地神祇的封禪大典，相關事跡，具載經典文獻之中，所以《史記》記載國家制度的十〈書〉，就有〈封禪書〉，以詳載此一重大而特殊的祭祀之禮。但與封禪相關的文章，卻到了漢代司馬相如，才確立了楷式。所以劉勰又說：

> 觀相如〈封禪〉，蔚為唱首。爾其表權輿，序皇王，炳玄符，鏡鴻業，驅前古於當今之下，騰休明於列聖之上，歌之以禎瑞，讚之以介丘，絕筆茲文，固維新之作也。（頁 410）

在司馬相如之前，封禪文的寫作範式並未建立，所以視其文為此類的首創作品。該篇內容敘述古代盛世，並頌美當代；所記不外乎當代祥瑞畢現，人神共美、天下歸順、文教興盛、賢良畢舉等等昇平景象。總之，當世之光輝盛德如何偉大，足以凌駕古代聖王治世云云。又說：

> 及揚雄〈劇秦〉，班固〈典引〉，事非鐫石，而體因紀禪。觀〈劇秦〉為文，影寫長卿，詭言遯辭，故兼包神怪；然骨製靡密，辭貫圓通，自稱極思，無遺力矣。〈典引〉所敘，雅有懿采，歷鑒前作，能執厥中，其致義會文，斐然餘巧；故稱「〈封禪〉靡而不典，〈劇秦〉典而不實。」豈非追觀易為明，循勢易為力歟！（頁 410）

揚雄〈劇秦美新〉、班固〈典引〉雖然不用於封禪，不過同樣用以頌美王朝帝德，皆為繼承司馬相如之作的著名篇章，而前篇內容論及太多神怪，後篇內容較為肯切實在，但同樣文辭典雅充滿文采。

由《昭明文選》與《文心雕龍》所錄及討論可知，此體類文章在六朝齊、梁之前，確實就以司馬相如、揚雄與班固三篇為代表。據《史記・

司馬相如列傳》所載，〈封禪文〉乃司馬相如絕筆，所言即為武帝封禪之事[88]；此外關於揚雄之作，〈劇秦美新〉文前有自序云：

臣伏惟陛下以至聖之德，龍興登庸，欽明尚古，作民父母，為天下主。執粹清之道，鏡照四海，聽聆風俗，博覽廣包，參天貳地，兼並神明，配五帝，冠三王，開闢以來，未之聞也。臣誠樂昭著新德，光之罔極，往時司馬相如作〈封禪〉一篇，以彰漢氏之休。臣常有顛眴病，恐一旦先犬馬，填溝壑，所懷不章，長恨黃泉，敢竭肝膽，寫腹心，作〈劇秦美新〉一篇，雖未究萬分之一，亦臣之極思也。[89]

極力歌頌新莽政權以外，尤其提到司馬相如遺書〈封禪文〉以彰顯漢代之事，且顧慮自己多病，恐病歿不及作文以頌美新莽，然則若能為盛世留下見證，雖死亦庶幾無憾。可見揚雄此文，顯然是自覺的對於司馬相如〈封禪文〉的仿效。〈典引〉前亦有班固自序，言及：

臣固頓首頓首。伏惟相如〈封禪〉，靡而不典；楊雄〈美新〉，典而亡實。然皆游揚後世，垂為舊式。臣固才朽不及前人，蓋詠〈雲門〉者難為音，觀隋和者難為珍，不勝區區，竊作〈典引〉一篇，雖不足雍容明盛萬分之一，猶啟發憤滿，覺悟童蒙，光揚大漢，軼聲前代，然後退入溝壑，

88 《史記》本傳云：「相如既病免，家居茂陵。天子曰：『司馬相如病甚，可往從悉取其書；若不然，後失之矣。』使所忠往，而相如已死，家無書。問其妻，對曰：『長卿固未嘗有書也。時時著書，人又取去，即空居。長卿未死時，為一卷書，曰有使者來求書，奏之，無他書。』其遺札書言封禪事，奏所忠。忠奏其書，天子異之。」事中所提及「言封禪事」之「書」，就是〈封禪書〉了。參見〔漢〕司馬遷撰，〔宋〕裴駰集，〔唐〕張守節正義、司馬貞索隱：《史記》（北京：中華書局，20083 月，北京 1 版），頁 3063。

89 參見〔梁〕蕭統編，〔唐〕李善注：《文選（下）》（臺北：五南圖書出版有限公司，民國 88 年 9 月，初版），頁 1207-1208。

死而不朽。臣固愚戇，頓首頓首。[90]

班固對於〈封禪文〉與〈劇秦美新〉的論斷，後來為劉勰所繼承；但更重要的，可見班固作此一歌頌大漢天威的〈典引〉，乃是自覺上承司馬相如與揚雄二文，又說完成此篇，足以自身「死而不朽」，論調與揚雄如出一轍。

但這裡我們還要特別注意的，是此類文章的賦體特色。以〈封禪文〉中大司馬對皇帝的進言為例：

陛下仁育群生，義征不譓。諸夏樂貢，百蠻執贄，德侔往初，功無與二，休烈浹洽，符瑞眾變，期應紹至，不特創見。意泰山梁甫設壇場望幸，蓋號以況榮，陛下謙讓而弗發。挈三神之歡，缺王道之儀，群臣恧焉……夫修德以錫符，奉命以行事，不為進越也。勒功中嶽，以章至尊，舒盛德，發號榮，受厚福，以浸黎元，皇皇哉此天下之壯觀，王者之卒業，不可貶也。[91]

大司馬讚美皇帝具有舉世之仁德及功業，如今四海生平祥瑞畢現，所以應當於泰山梁甫祭祀天地，將德業宣告神明，並祈福國家長治久安。所以皇帝不宜推卻封禪大典。再如〈劇秦美新〉中，有讚嘆新莽一段：

逮至大新受命，上帝還資，后土顧懷，玄符靈契，黃瑞涌出，滭浡沕潏，川流海渟，雲動風偃，霧集雨散，誕彌八圻，上陳天庭，震聲日景，

---

90 見〔梁〕蕭統編，〔唐〕李善注：《文選（下）》（臺北：五南圖書出版有限公司，民國88年9月，初版），頁1213-1214。

91 參見〔梁〕蕭統編，〔唐〕李善注：《文選（下）》（臺北：五南圖書出版有限公司，民國88年9月，初版），頁1205。

炎光飛響，盈塞天淵之間，必有不可辭讓云爾。於是乃奉若天命，窮寵極崇，與天剖神符，地合靈契，創億兆，規萬世，奇偉倜儻譎詭，天祭地事。……昔帝纘皇，王纘帝，隨前踵古，或無為而治，或損益而亡，豈知新室委心積意，儲思垂務，旁作穆穆，明旦不寐，勤勤懇懇者，非秦之為與？[92]

此言新莽承受天命，順應天理，取代漢朝宰制天下，於時風雲震動，祥徵屢出，而新莽既奉天承運，所以聖君賢相勤政作為，致力媲美三皇五帝時代的不朽盛世，又戰戰兢兢、勤勤懇懇，借鑑秦朝覆亡之事，絕不重蹈覆轍。再如〈典引〉，亦有讚嘆炎漢一段：

矧夫赫赫聖漢，巍巍唐基，泝測其源，乃先孕虞育夏，甄殷陶周，然後宣二祖之重光，襲四宗之緝熙。神靈日照，光被六幽，仁風翔乎海表，威靈行乎鬼區，匿亡回而不泯，微胡瑣而不頤。故夫顯定三才昭登之績，匪堯不興，鋪聞遺策在下之訓，匪漢不弘厥道。至於經緯乾坤，出入三光，外運渾元，內沾豪芒，類循理，品物咸亨，其已久矣。[93]

謂東漢遠紹唐堯等等歷代聖王，又在漢高祖及光武帝振作之下，使仁德遍佈四海，武威震於天地，所以宇宙之間早已萬物和諧，臻於郅治。

按以上僅就三篇文章摘段為例，頌美的內容除了頗為誇張外，亦可見其文辭刻意鋪敘，時用俳偶，具有賦體特色。所以簡宗梧老師即認為，在體類區分上，「符命」之文，意在頌述功德，而體兼賦頌，若不獨立為一

---

92 參見〔梁〕蕭統編，〔唐〕李善注：《文選（下）》（臺北：五南圖書出版有限公司，民國 88 年 9 月，初版），頁 1210。

93 參見〔梁〕蕭統編，〔唐〕李善注：《文選（下）》（臺北：五南圖書出版有限公司，民國 88 年 9 月，初版），頁 1216-1217。

類，則歸之於賦，亦應無疑[94]。

另外，〈封禪文〉固為之中典範作品，後效者雖未必用於封禪，但致力於歌頌朝廷、讚美帝王以迎合上意，始終是共同題材，且讀者皆鎖定為皇帝；因此，昭明太子立「符命」此一體類，以容納三篇，而劉勰則於〈封禪〉中概括論述。其實早在揚雄即已意識到自己所欲撰述之文章，與〈封禪文〉為同類，班固作〈典引〉，同樣自覺所作與二位前輩文章同型，所以先後追步仿效；然則其體類觀念早已於漢代萌生，六朝時不過更將之類聚，並予以類名，宣告「符命」或「封禪」正式形成種一體類，然後受到更進一步的討論。《文心雕龍》〈封禪〉「敷理以舉統」的部分，劉勰就概括其文章範式，以為：

> 茲文為用，蓋一代之典章也。搆位之始，宜明大體，樹骨於訓典之區，選言於宏富之路。使意古而不晦於深，文今而不墜於淺。義吐光芒，辭成廉鍔，則為偉矣。雖復道極數殫，終然相襲，而日新其采者，必超前轍焉。（頁 410）

此體類文章，與國家典章禮制相關，所以意義重大。而「雖復道極數殫，終然相襲」，意味雖然文章的寫法終將形成套式，但後追者並非一味因襲，必須涵養經典、充實才學，才能在內容上有所創新。又由於「符命（封禪）」文章之創作，事關國體，因此撰著時必須參酌經典故實，並且富有文采，令文辭及文意華贍典雅，勿使險僻晦深，亦不宜質樸淺露。若能秉持此一大體原則，則能超越前代篇章，創作足以標著一代的美文。

---

94 比如姚鼐《古文辭類纂》，就把司馬相如〈封禪文〉收錄於「辭賦類」中。相關說明，參見簡宗梧老師：〈從揚雄的模擬與開創看賦的發展與影響〉，《漢賦史論》（臺北：東大圖書公司，民國 82 年 5 月），頁 165。

總之，六朝時「符命（封禪）」正式形成一種體類，其辭藻華贍，以賦體構成，內容則以歌頌帝王朝廷為能事。劉勰認為其文通於與國家政事，所以意義非凡，雖說至司馬相如〈封禪文〉才真正奠定範式，但封禪之禮自古有之，故「符命（封禪）」之文也淵遠流長。如此，當然不會入於「雜文」範圍之中。

（二）《文苑英華》「雜文・帝道」內容

《文苑英華》「雜文・帝道」類中，所錄文章僅四篇，分別為岑文本〈擬劇秦美新〉，謝偃〈玉諜真記〉，柳宗元〈唐貞符解〉，歐陽詹〈唐天志〉。依次言之：

〈玉諜真記〉，依據《新唐書・文藝傳》記載，謝偃以擅長辭賦著稱，此文之作，即是希望勸進唐太宗進行封禪[95]。其後唐玄宗果真封禪，並將原本昭告天地、秘而不宣的玉牒公開[96]。則此文應與玉牒內容相關，其文意則在頌美唐朝，稱頌聖朝表彰帝德：

粵一氣未分之前，二儀肇闢之始，綿哉邈矣，固無得而稱焉。……

我聖王之受命也，則九服翹心，三靈竚睠，振乾維以綴象，舉地絡以籠人。曩者炎運將終，九域淪陷，於是披丹霄而軒鵬翼，駕玄海而截鯨

95 《新唐書・文藝傳》載謝偃：「初，帝即位，直中書省張蘊古上大寶箴，諷帝以民畏而未懷，其辭挺切，擢大理丞。偃又獻〈惟皇誡德賦〉，其序大略言……又撰〈玉諜真紀〉以勸封禪。時李百藥工詩，而偃善賦，時人稱『李詩謝賦』。」則其賦與李百藥之詩並稱，而〈玉諜真紀〉亦非憑空所作，而是真有封禪之意。〔宋〕歐陽修、宋祁撰：《新唐書》，頁 5730-5731。

96 按漢武帝後，史上曾進行封禪者，唯唐高宗、唐玄宗與宋真宗三帝。而玉牒之為物，本於封禪典禮中用以通神明之意的工具，所以歷來秘而不宣，但唐玄宗以為封禪既在為蒼生祈福，所以不必密藏，將玉牒及其文辭公開，文辭見於《舊唐書・禮儀志》中。相關說明，參見洪安全：〈封禪的來龍去脈〉，《故宮文物月刊》106 期（民國 81 年 1 月），頁 46-47。

鱗，俯拔嵩華，仰廻星漢。納風雲於懷抱，鼓雷電於胸臆。流雕矢於日谷，橫文劔於天外。所以八狄乘風，九夷請朔，固可以包鎮虞夏，跨躡殷周。於是體天制作，順時立極，進力牧於沮澤，求風后於海隅。所以三傑並臻，十亂咸集……

於是九司三事，羣公百辟，相與端，理纓，趨而進曰：「臣聞惟天為大，聖人所以取則；謂地蓋厚，皇王所以受圖。是知仰觀俯察，明靈斯在，上戴下履，福應攸歸，莫不順之者獲昌，違之者致咎……臣等敢資靈貺，合符瑞之至極。願以固請。」

於是乃凜然動色曰：「過乎何辭之飾也……縱天命有在，予將崇讓焉！」於是搢紳之徒，俯而謝，仰而頌德曰：「明明聖範，巍巍至德。玄化難名，神功靡測。上包乾象，下括坤域。五岳塵銷，四溟波息。仁風綿浹，惠澤下霈……千齡展美，萬古承風。」[97]

該文起先也追溯遠古歷史，遠古紀元，不可詳考；待伏羲畫卦，文契興起以後，三皇五帝開創文明，典策文獻於是繁興，華夏文明始可得而言。但周秦以後，兵革又興，使人懷異心，四方稱王，因此天下無寧。數百年間，五胡興兵於北方中土，六朝更迭於南方江左，使得生靈塗炭，禮崩樂壞，文明幾乎殆絕。唐朝繼承大寶，終於平定宇宙，振衰起弊，重建天地之綱紀。而後四方外族歸心稱臣，又順應天時地利以積極作為，納用各方賢能之士，開創超越商、周的空前治世；然則天地之間各種祥瑞紛呈，不可一一殫記勝數。於是，臣工們趨庭建議登泰山以行封禪大典，如此方能昭告天地，呼應天時，永垂史冊光耀後世。所以百官再三恭請，期望皇帝舉行典禮，以順天意民心。但皇帝聽聞以後，卻「凜然動色」，訓

97 〈玉諜真記〉全文參見〔宋〕李昉等編：《（重編影印）文苑英華》（臺北：大化書局），頁 837。

斥眾臣所言過於誇大，而皇帝戰戰兢兢，修業立德尚恐不及，豈敢耀武揚威、好大喜功？因此謙卑辭讓，謝絕臣工之議。如此一來，百官「俯而謝，仰而頌德」，所言無非就是皇恩浩湯，澤潤六合四方；瑞氣千條，神蹟靈兆盈國，文成武德、千秋萬世云云。

〈擬劇秦美新〉，兩《唐書》本傳中，並無著作此篇相關之記載，但此篇顯然模仿揚雄〈劇秦美新〉語意而作：

伊太極草昧，元氣氤氳，二儀肇闢，三才乃分。火化之風既往，結繩之政無聞。遐哉邈矣，故靡得而云也。……

異哉秦氏之為政也，恃崤函之作固，因襄文之餘烈，竊起、翦之暴兵，納、鞅斯之邪說。兼兩州之地，削六雄之轍，先王之道廢，曩聖之德滅……永鑒其弊，吁其劇歟！

粵若漢祖之龍飛，踐宸極，居大寶……既無關於政作，孰與發其聲名？雖時乘於六位，實紿誚於三靈者矣。

我有新之創業也，累功而據帝圖，積德而膺寶命，政化洽於巖廓，惠澤溢於號令。四表荷其亭毒，萬物遂其正性……俾夫千載之上，往聖惡其鴻名，百代之後，下王奉其英聲。固皇極於造化，合至道於神明，豈不美哉，豈不美哉。[98]

上古之世，宇宙初造，先民文化未起，所以歷史不可得知。其後堯、舜、禹、湯文王代興，武功文治俱盛，為後世奠定一切規模。再則秦氏為政，自恃地利，又以霸道強凌天下，雖一統六國，卻將聖王之德泯滅殆盡；果然苛政使民心盡失，使忠良或懷才而去，或避世而逃，遂致逆宦為

98 〈擬劇秦美新〉全文參見〔宋〕李昉等編：《（重編影印）文苑英華》（臺北：大化書局），頁 836-837。

亂，野氓揭竿，最終秦朝止於兩代，故其暴政而亡，可堪永世為鑒。再之後，高祖龍飛，位居大寶，經歷文、景，以文德著稱；武帝繼統，用武功有成，但漢代政治制度仍延續秦朝章程而來，少有開創，所以不能與古代聖君相比擬。之後新朝，乃順承天命而作，且恩澤遍潤四方，萬物得以順性生長。朝廷文德武功，君王神武仁聖，使天下歸心，人神共仰。今將聖朝情景紀於簡冊，是為使超邁古代的新朝盛世光輝，流傳於後，永受來世嘆美頌讚。

〈唐貞符解〉，此文《全唐文》作〈貞符篇〉，《新唐書》本傳則記載為〈貞符〉；史載柳氏因王叔文事先貶邵州刺史，旋即又貶永州司馬，處蠻荒之日既久，「久汩振，其為文，思益深，嘗著書一篇，號〈貞符〉。」（頁 5136）則該文實是柳氏沉潛多日、深厚思慮之作，用意並不在勸進封禪。文中柳宗元解釋從古自今，所謂「受命之符」應在於政治上的功業，而非祥瑞怪物，因此實是聖人宏典的顯示，並非惑人耳目的怪談。文前有序，言撰述此文之由：

負罪臣宗元惶恐言，所貶州量移流人吳武陵為臣言，董仲舒對三代受命之符誠然？非耶？臣曰：「非也。何獨仲舒爾？自司馬相如、劉向、楊雄、班彪、彪子固，皆沿襲嗤嗤，推古瑞物以配受命。其言類淫巫瞽史，誑亂後代，不足以知聖人立極之本，顯至德，揚大公，甚失厥趣。臣為尚書郎時，嘗著〈貞符〉，言唐家正德受命於生人之意。累積厚久宜享年無極之義。本末閎闊，會貶逐中輟，不克究備。武陵即扣頭邀臣。此大事，不宜以辱故休缺，使聖王之典不立，無以抑詭類、拔正道，表覈萬代。臣不勝奮激，即具為書，念終泯沒蠻夷，不聞於時，獨不為也。苟一明大道，施于人代，臣死無所憾，用是自決。臣宗元稽首拜手以聞曰……[99]

99　〈唐貞符解〉全文參見〔宋〕李昉等編：《（重編影印）文苑英華》（臺北：大化書局），

罪人吳武陵認為董仲舒所言「受命之符」之說為虛妄，柳氏此乃聖人用以強調聖王之德，以及立國之本，因此古代史官文士迭有傳述；後世不察，竟以為謬談怪說。柳氏在任尚書郎時，也有相關撰述以頌美唐朝，因此對於吳武陵之說大感憤慨，雖遭貶謫而屈身南方，亦須作此文以明唐朝聖德大業：

惟人之初，揔揔而生，林林而羣，雲霜風雨雷雹暴其外，於是乃知架巢空穴，挽草木、取皮革，饑渴牝牡之欲毆其內……。

漢用大度，克懷於有氓。登能庸賢，濯痍煦寒，以瘳以熙；茲其為符也。而其妄臣，乃下取虺蛇，上引天光，推類號休，用夸誣於無知之氓，增以騶虞、神鼎，脅毆縱踴，俾東之太山、石閭，作大號謂之封禪，皆尚書所無有……。

積大亂至于隋氏，環四海以為鼎，跨九垠以為鑪，爨以毒燎，煽以虐焰，其人沸湧灼爛，號呼騰蹈，莫有救止。於是大聖乃起，丕降霖雨，濬滌蕩沃，蒸為清氛，疏為冷風，人乃漻然休然，相睎以生，相持以成，相弭以寧。……凡其所欲，不謁而獲；凡其所惡，不祈而息。四夷稽服，不作兵革，不竭貨力，丕揚于後嗣，用垂于帝式，十聖濟厥治，孝仁平寬，惟祖之則，澤久而逾深，仁增而益高。人之戴唐，永永無窮。

是故受命不于天，于其人。休符不于祥，于其仁。惟人之仁，匪祥于天。匪祥于天，茲惟貞符哉！未有喪仁而久者也，未有恃祥而壽者也……帝曰：「諶哉！」乃黜休祥之奏，貞符之奧，思德之所未大，求仁之所未備，以抵于邦治，以敬于人事。

其詩曰：「於穆敬德，黎人皇皇。惟貞厥符，浩浩將將。仁函于膚，

頁 837-838。

刃莫畢屠。……我代之延，永永毗之，人增以崇，曷不爾思？有號于天。僉曰嗚呼！咨爾皇靈，無替厥符。」

言漢代立國以後廣用賢良，使得國治民安，此即為順天承運之兆；但後人不察，反而用斥、白蛇等誇誕之說解釋漢朝代興，甚至附會各種經典所無的異象怪物，證明蒙受天意。之後新莽、東漢以至魏晉而下，猶復延續異物怪談。其後，隋朝時大亂又起，生民猶如陷於水火，待唐代聖君繼王，方能平定禍亂，解民倒懸、萬物相生並作，倉廩充足，萬民安定且刑罰少用，一切國泰民安的景象，皆賴於帝王善盡人事，所以導致。然則能否繼承天命，關鍵在於人紀與道德，而這也才是「貞符」之為物，與祥瑞神怪皆無關係。皇帝閱讀此文以後，果然絕棄各種荒謬祥瑞災異之說，務於人治、精於修德。最後有詩，其意概括前文所頌美之內容，說明皇帝以德服人、勤政愛民，使得天下昇平。王朝也因深得民心，為天所福佑，因此國祚永壽與天地同不朽。

〈唐天志〉（《全唐文》作〈唐天文述〉）《新唐書・文藝傳》雖有其歐陽詹之傳，但傳中並無著作此文的相關記載。依據此文內容所言，知其作於唐德宗貞元七年（791），用意在於說明唐朝得以長治久安之道：

天雖覆育生生，如有情，則或與或否，其與也非徒與，其否也非徒否。受命有生生者，率其道反其道之致焉。率則與，反則否，斯理也。固必信至皇帝以乎，皇唐百七十有五載，皇帝御宇之十四祀也。歲在辛未，實貞元七年，其受命率道天與生生如其情之秋歟。

神哉靈哉，明允惠和哉。是歲之天也，亭乎其正，洞九霄之清澈，清澈之中，若有伺夫有求者。欝乎其變，浮五色以薰郁，薰郁之中，若有察夫所厭者……實皇帝知上帝以生生為已物，與其禍福配已得失而寘之；欽若兢若，溫如穆如，心性二儀，支體四時，似續上元之効。……凡書惡紀善，雖史官之職；箴淫述德，或人所通規。鯫生則人之一匹夫耳，謳吟日月而為之志。若簡冊已載，復何言哉？儻猶未也，庶補其闕。

是歲也，扶風竇公，參河中董公晉輔政之三年，趙郡李公紓為天官之四年，范陽盧公徵為地官之元年，范陽張公濛為春官之二年，昌黎韓公佪為夏官之三年，吳郡陸公贄同為夏官之二年，京兆杜公黃裳為秋官之二年，清河張公式為冬官之五年。夫太宰六官，於天子之為理棼澄派而清洪流者，故列于斯志之末。[100]

天地之間有其情理，順此則能生，不順此則滅。則唐代自受命開國，亦是順天道而行，方能至此經歷十四皇帝，國祚長達一七五年。當時不僅百姓各事其業，及時禽獸昆蟲，亦能自其規律生長繁殖，總之天地間萬物興作；同時，風雨陰晴等氣候也甚為協調，風調雨順、陰晴得時，因此萬物無不興盛並作，順勢生長。此即皇帝施政效法天地生育萬物之情理所致，又能體悟天意、不忘先王之遺命，掌管天下以憂患之心，所以財貨器物當用則用，臣工官僚亦謹慎選材任賢，因此財務有度、用人無失。且煙雲風雨，本天之財賄；日月星辰，原天之器物；神祇精靈，為天之眾臣，而天既然護佑皇帝，自然處處配合天子施命，所以風調雨順、國泰民安。最後，作者重申此篇作意：謂當前史書與銘箴，皆未能就此盛況加以善加記載，所以作者謙稱不揣淺陋，勉為作文以補其闕。最後對於撰述此文的時間，有詳細的記載：謂帝威蓋世，但天子施政不能無股肱大臣之協助，所以文末清楚說明了當時輔政宰相及六官的在位年資。如此看來，固然洋溢讚美，但歐陽詹撰乃是以記實補史的態度為文，並非徒為逞辭虛美。

---

100 〈唐天志〉全文參見〔宋〕李昉等編：《（重編影印）文苑英華》（臺北：大化書局），頁 838。

以上四篇，搆辭頗用駢偶，大有賦體之意味，旨意無不在歌頌王權，與《昭明文選》「符命」各篇如出一轍。其寫法也確如劉勰所言，相互因襲，有著固定的套式，大抵都從遠古寫起，然後歷經興衰，至於某一朝代則繼承天命，帝王龍興大統，開創出曠古未有的太平盛世，並以為萬壽無疆。

雖然如此，但《文苑英華》「雜文・帝道」所錄，仍有特殊之處值得注意。如岑文本〈擬劇秦美新〉，其實並非對帝王或朝廷的頌美，既然只是對於揚雄〈劇秦美新〉的模擬，所以大有逞辭以遊戲的意味。再如柳宗元〈唐貞符解〉，文中極力強調人治興邦、惕勵修德之意，則與傳統「符命（封禪）」文章，往往側重藉由祥瑞以頌美帝威，旨意明顯不同，要之在於力勸皇帝應以崇儒尊聖為本，力行仁政；使得此體類文章原本洋溢天命神學的風格，回歸於聖人之道[101]。而歐陽詹〈唐天志〉，也頗自負其史官徵實補闕之意。換句話說，這些作品與司馬相如、揚雄及班固之作，動輒唯恐不能見證當時盛世，所以歌頌帝王政權；彼此於作者主觀的作意上，並不盡然相同。

總論本節所言，《文苑英華》「雜文」中的「賦體雜文」，集中於其下「問答」、「騷」、「帝道」三類。「問答」所包含，其實就是合併了《文心雕龍》〈雜文〉既有的「對問（含設論）」、「七」；「騷」則泛指騷體作品，而這些擬騷之作，無論題材，於六朝時並不屬「騷」之範圍，可見「騷」的體類名稱，固然始終存在，但範圍由前至後，顯已擴大；「帝道」大抵

---

101 自中唐之後，盛世不在，激起人們對於文化進行反思，由此展開了儒學重建；反應於文學現象，如新樂府運動、古文運動，無不揭櫫聖人之道。又自古以來，帝王或君臣之間論及封禪之事，必然充滿天命王權，自中唐以後伴隨儒學重建的思潮，則出現了力歸於人本與人道的篇章，其中具有代表性的作品，可推楊敬之〈華山賦〉，以及柳宗元〈貞符〉。相關說明，參見許東海：〈山嶽・帝國・士臣：論杜甫、楊敬之西嶽賦的封禪書寫及其正、變意涵〉，收入《文與哲》第 12 期（2008 年 6 月），頁 285-286。

就是六朝時「符命（封禪）」。然則「賦體雜文」本為《文心雕龍》「雜文」範圍內的主要體類及討論對象，但至《文苑英華》則「賦體雜文」體類更多，將六朝時不在「雜文」的「符命（封禪）」與「騷」，進一步概括於其「雜文」之中。

第二節　「箴體雜文」析論

一、六朝「箴」、「誡（戒）」之發展

「箴」是自六朝即有，且意在針砭防過的體類。早在陸機〈文賦〉就提到：「箴頓挫而清壯。」意謂既要譏刺得失，所以文辭必須委婉，文理則須直壯[102]；而在蕭統《昭明文選》，亦有此一類，不過僅收錄張華〈女史箴〉一篇。又從理論上說，「箴」與「銘」的關係頗為接近，所以劉勰《文心雕龍》就設有〈銘箴〉一篇，將兩者合併討論。按照〈銘箴〉所云，「銘者，名也，觀器必也正名，審用貴乎盛德。」[103]又「箴者，針也，所以攻疾防患，喻針石也。」（頁 200）雖同屬有韻之「文」，但「銘」本是題寫於重要的器物之上，意在頌德的文章，而「箴」則是警惕自誡、預防過失的文章。進一步又云：

夫箴誦於官，銘題於器，名目雖異，而警戒實同。箴全禦過，故文資

102　關於此句，李善注云：「箴以譏刺得失，故頓挫清狀。」方廷珪云：「箴以自砭得失，故須頓挫清壯。頓挫，謂不直致其詞，詳盡事理。」參見張少康：《文賦集釋》（臺北：漢京文化事業有限公司，民國 76 年 2 月，初版），頁 71、83。

103　參見周振甫注釋：《文心雕龍注釋》（臺北：里仁出版社，民國 87 年 9 月，初版），頁 199。本節所引《文心雕龍》原典皆出此書，故其後僅於引文末標示頁碼，不再另行注釋。

确切；銘兼褒讚，故體貴弘潤；其取事也必覈以辨，其摛文也必簡而深，此其大要也。（頁200-201）

「箴」用於朝廷官場，要在臣工對於帝王有所的規勸惕勵，而「銘」則可在頌德中寓含戒慎之意，所以文旨可兼通褒讚[104]；可見「箴」、「銘」其實都具有惕勵之用，唯兩者寫作時，亦必須言真事切，勿使浮誇阿諛，文辭力求簡短扼要，足以見其深意。

至於「誡（戒）」，不為陸機〈文賦〉所言及，至南朝文論中才見討論。任昉《文章緣起》除「箴」外，也設有「誡」，並分別漢代揚雄〈九州百官箴〉、後漢杜篤〈女誡〉為兩類之首創[105]。而劉勰除了將「銘」、「箴」合論外，另一方面，也曾提及「誡（戒）」，不過卻是在〈詔策〉之中，云：

戒者，慎也，禹稱「戒之用休」。君父至尊，在三罔極，漢高祖之敕太子，東方朔之戒子，亦顧命之作也。及馬援已下，各貽家戒。班姬女戒，足稱母師也。（頁373）

「誡（戒）」同樣意在警惕，不過照劉勰所言，作者必為君為父，讀者則為其臣、子，所舉漢高祖、東方朔臨終所遺誡子之文，分別為〈手敕太子文〉、〈誡子詩〉，後代如馬援、鄭玄、劉向等漢魏以下之人，其實也都有訓誡自家子孫的篇章[106]；這些訓誡之文，其實本質上都是書信。不過劉

---

104 詹鍈即指出，「銘」以自戒為主，而箴以警戒別人為主。參見詹鍈：《文心雕龍義證》《文心雕龍義證》（上海：上海古籍出版社，1999年12月，第1版），頁421。

105 參見〔明〕陳懋仁：〈文章緣起注〉，收入〔明〕吳訥等：《文體序說三種》（臺北：長安出版社，1998年6月，第一版），頁19、27。

106 以《全後漢文》及《全晉文》來看，比如王肅、王昶、嵇康、李秉等人，不約而同都

勰與任昉不同，並未提及杜篤〈女戒〉，卻將班昭所作《女誡》作為討論對象，此書包含〈卑弱〉、〈夫婦〉、〈敬慎〉、〈賦行〉、〈專心〉、〈曲從〉、〈和叔妹〉凡七篇，本為專著，並非單篇文章。

如此看來，「誡（戒）」之作為體類，雖與「銘」、「箴」同樣表達戒慎之意，不過「誡（戒）」的作者必為尊長，而讀者必為臣子後輩，且以散文搆辭，與體製狹小言簡意賅，且以韻語成篇的「銘」、「箴」並不相同。又劉勰不於〈銘箴〉卻在〈詔策〉中討論到「誡（戒）」，意謂其與「銘」、「箴」關係較遠，而與用於朝廷君臣之間的「詔」、「策」較近[107]。再以《昭明文選》來看，僅有「銘」、「箴」二者，卻不立「誡（戒）」，可見其雖存於六朝，但當時應該重要性不高。

二、《文苑英華》「雜文・箴誡」分析

承上所言，「銘」、「箴」與「誡（戒）」皆意在表達警戒惕勵之意，但六朝時前二者之重要性大過於後者。演至後代《文苑英華》，卅八體類中亦有「銘」、「箴」。其中「銘」多達六卷（七八五～七九〇）七十五篇，按照題材對象，區別為「紀德」、「塔廟」、「山川」、「樓觀」、「器用」、「雜銘」六種；「箴」則僅一卷（七九一）且不分類，收錄之篇章有十五篇，各篇大抵仍是篇幅短促，並以四言韻語成句，雖然「箴」之篇章並無分類，不過依據施用的場合，大抵還可後設地別為「公箴」與「私箴」兩種[108]。總之，「銘」、「箴」從《昭明文選》至《文苑英華》，一直是總集

有〈家誡〉。

107 〈詔策〉在談論「戒」之前，劉勰還舉出「戒敕」此一文類，「戒敕為文，實詔之切者。」其實就是格外切要緊迫的「詔」。而「戒」本身雖然不是「詔」，但同樣可以用於君臣之間，不過更多是用於帝王、大臣之告誡子孫。相關說明，參見陳必祥：《古代散文文體概論》（臺北：文史哲出版社，民國83年10月，再版），頁220。

108 據陳必祥所言，「箴」分「公」「私」兩種，前者是臣下對君王，或對朝廷中的各類屬

中可見的體類之一，意謂「銘」、「箴」的重要性，始終受到肯定。

至於「誡（戒）」，雖不見於《昭明文選》，卻可見於《文苑英華》，唯其本身並不在卅八體類之一，而是依附於「雜文」之下。《文苑英華》「雜文・箴誡」，收錄姚元崇〈五誡〉，韓愈〈守誡〉，劉禹錫〈口兵誡〉、〈猶子蔚適衛誡〉，柳宗元〈三誡〉、〈敵誡〉，白居易〈箴言〉。此七篇除白居易之作以外，皆為「誡」體類之文，顯見「箴誡」類所錄，主要對象就是「誡（戒）」，又實際看來，其中的「誡（戒）」又可分成有韻、無韻，以下先後言之：

（一）有韻之「誡」

有韻之「誡」，包含有姚元崇〈五誡〉、劉禹錫〈口兵誡〉、柳宗元〈敵誡〉三篇。

〈五誡〉依據五種器物，借物以言事理，其實包含五篇短文，分別為〈持衡誡〉、〈彈琴誡〉、〈對鏡誡〉、〈辭金誡〉、〈冰壺誡〉[109]。

〈持衡誡〉開篇前序云：「持衡者，天下平也。君子執之，以平其心。夫衡在天，所以齊七政；在人所以均萬物。稱物平施，為政以則，毫釐不差，輕重必得，是執衡持平之義也。」言衡器之為物，能平準一切事物道理，其平等之義，堪足為天地人間所取法。云：

官的規勸。後者則是對自己的警戒文字。又官箴語言較為委婉，結尾大都模仿〈虞箴〉「獸臣司原，敢告僕夫」這樣的格式，形成套語。參見氏著：《古代散文文體概論》（臺北：文史哲出版社，民國 83 年 10 月，再版）。如此看來，《文苑英華》「箴」類中梁武帝〈凡百箴〉、于邵〈詞場箴〉、梁肅〈兵箴〉三篇屬於公箴，而歐陽詹〈暗室箴〉、韓愈〈五箴〉、柳宗元〈懼箴〉、〈憂箴〉、〈師友箴〉、皮日休〈六箴〉、〈酒箴〉、〈食箴〉，則屬於「私箴」。

109 〈五誡〉全文參見〔宋〕李昉等編：《（重編影印）文苑英華》（臺北：大化書局），頁 858。

聖人為衡，四方取則。志守公正，體兼平直。用於天官，銓綜斯德。用於里閈，紛競以息。故南北以對，左右以持。稱物低昂，不差毫釐。使錙銖不惑，輕重無疑。智不能矯，愚不能欺。存信去詐，以公滅私。王道無偏，君子無黨。法者，天下公器；官者，庶人師長。其身率正，不令而行。在下無怨，唯上之平。故曰：上之所為，下必從矣；上之所教，人亦効矣。心苟至公，人將大同；心能執一，政乃無失。嗟爾多士，欽哉勉旃。眾此觀稱，同夫佩弦。

人間以聖人教訓為權衡，秉持至公至正之道，能使政治運行、百姓無爭；不僅如此，天下四方處世待物，皆有標準可以依循，使詐偽無由得生，王道與君子之道大行，毫無偏私。是執法者與為官者必須作為表率，持正而行，才能使下民可以依循取法。總之，上位者必須以身作則，示範公正之道，使下民仿效，天下方能臻於郅治。

〈彈琴誡〉，開篇前序云：「琴者，樂之和也。君子撫之以和人心，夫其調五音，諧六律，則移風易俗，感舞禽獸，而況和人乎？故身不下堂，不言而理者，蓋鳴琴故也。」琴之為物，能和樂聲，音樂則可移風易俗默化人心，使人向善。樂有五音，五音不同，以調和為美，政治亦然。云：

樂導至化，聲感人情。故易俗以雅樂，和人以正聲。樂有琴瑟，音有商徵。琴音能調，天下以治異而相應。以和為美，和而不同，如彼君子。故善為政者若彈琴，宮君商臣，則治國之道，大急小緩，豈安人之心？不調者，改張踰於立法；聲悲者，調下感於知音。昔武城單父以弦歌樂職，鄒忌薙門以辯對匡國，美此調撫，而人是則，昭告後來，無怠於德。

謂君臣相異，必須和諧共事，且行政急緩得宜，方能治國並安定民心。若樂音失調，則須即刻改絃；樂聲過悲，知音者當知演奏者心懷悲切。總之，聲樂之道與政治息息相通，而上位者必須順從民心，使民安樂，並善知民心民意，以檢討施政得失。

〈對鏡箴〉，開篇前序云：「執鏡者，取其明也夫。內涵虛心，外分朗鑒。萬物不可以匿詐，眾象無得以逃形。是以野鹿窺而慙，山雞對而舞。故君子是繪是畫，置之座隅。蓋將照姦回之心，絕險詖之路也……」鏡之為物，可以容物照明，使萬物萬象窮形畢露，不能遁形遮掩，因此為君子頌美敬愛，尊其明辨是非之義。云：

秦樓明鏡，鑒有餘暉；色自凝曉，光能洞微。飾以鞶組，匣以珠璣；龍統池臥，烏臨月飛。傍入四隣，中延萬象；濟物攸博，利人斯廣。握在帝心，則宇宙融朗；懸諸銓臣，則翹楚瞻仰。且明不匿瑕，君子是嘉；不疲屢照，君子是効。嗟爾在職，為代作則；刑不可濫，政不可賊。凡今之人，鮮務為德；紛綸諂媚，汨沒忠直。當須如鏡之明，斷可以平；如鏡之潔，斷可以決。敢告後來，無忝前哲。

言明鏡皎潔明亮，裝飾以鞶帶，置之於寶盒，不僅高貴且能容照四周景象，因此君臣必須瞻視仰賴，以正其身。其之為照，既不掩飾瑕疵，又不疲困懈怠，所以值得君子效法。而今世忠直為曲邪所淹沒，所以期勉官員必須持守正道，不可濫刑賊害百姓；必須效法明鏡，公正光明，方能不愧前賢，名流後世。

〈辭金箴〉，開篇前序云：「辭金者，取其廉慎也。昔子罕辭玉，以不貪為寶；楊震辭金，以四知為慎。列前古之清潔，為將來之龜鏡。其立者，俯而揖讓也，跪者仰而受恭也。俾左右顧盼，又得謙恭之道焉。」辭卻不虞之金玉珠寶，如古代子罕、楊震，以廉潔德行名傳至今，所以廉潔之德，值得稱頌。云：

古之君子，策名委質；翼翼小心，乾乾終日。慎乎在位，欽乃攸司。請謁者咸息，苞苴者必辭。爾以金玉為寶，吾以廉謹為師；爾以夜昏可納，吾將暗室不欺。若爾有贈，吾今取之。爾其喪寶，吾則懷非。故曰：欲人不知，莫若勿為；欲無悔悋，不若守慎。慎之伊何，主誡在乎！瓜李悔之，伊何讟謗？由乎蕙苡，慎則禍之。不及貪則，災之所起。苟自謹身，必無謗恥。凡所從政，當須正己。誡往脩來，慎終如始。

謂古代君子，行事小心謹慎，又盡忠職守，絕不徇私包庇。而君子重視操守良知貴於金玉珠寶，所以何時何地，皆堅決不受非份財物。總之，為人必須端正自身，謹慎言行，勿貪圖不法，才能避免謗名咎尤，以及一切災禍。

〈冰壺誡〉，開篇前序云：「冰壺者，清潔之志也。君子對之，示不忘乎清也。夫洞徹無瑕，澄空見底。當官明白者，有類是乎！故內懷冰清，外涵玉潤。此君子冰壺之德也。」冰壺內懷冰清而外表明潤，因此君子敬之愛之，以砥礪自身清高皎潔之志。云：

玉本無瑕，冰亦至潔；方圓相映，表裏皆澈。喻彼貞廉，能守其節。凡今之人，就列稱臣。當官以割剝為務，在上以財賄為親。豈異夫象之有齒，以焚其身；魚之貪餌，必曝其鱗。故君子讓榮不憂，辭滿為珍，以備其德，以全其真。與其濁富，寧比清貧。吳隱酌泉，龐恭致水。席皮洗幘，縕袍空裏。雖清畏人知，而所知遠矣。嗟爾在位，祿厚官尊。固當聳廉勤之節，塞貪競之門，冰壺是對，炯誡猶存，以此清白，遺其子孫。

謂當今世風，為官者性好貪污舞弊，但最後必因貪婪無厭，咎由自取遭致災刑。因此君子寧可堅持道德品行，固守清貧，不取非分之財。所以勸勉官員，既已為官享有厚祿尊位，更應效法冰壺冰清之德行，清白立世，示範後人。

〈口兵誡〉，言口語之利，甚過刀劍兵刃。文前有序，云：「余讀蒙莊書曰：『兵莫憯於志，莫邪為下缺。』然知志士之傷夫生也。他日，讀遠祖中壘校尉書曰：『口者，兵也。』蠢然知言之為兵，又憯乎志。……繇是知吾祖之言為急，作戒以書于盤。[110]」謂《莊子・庚桑楚》中說心念之為物，鋒利甚於兵刃，又讀劉向之書，提及話語本身即銳利如刃[111]。作者認為話語之厲害，更甚人之心，有感於此，所以作誡。辭曰：

五兩之傷，藥之可平；一言成痏，智不能明。人或罹兵，道塗奔救；投方効技，思恐其後。人或罹譖，比肩狐疑；借有紛解，毀輒隨之。故曰：舌端之孽，憯乎楚鐵；夷竈誠謀，執戈以驅。掩人誠智，折笄以詈。賢者誨子，信其有旨。發言之難，往古猶爾；辯為詐謀，默為德基。玉櫝不啟，焉能瑕疵；犨麋深居，孰謂可嗤？我誡於口，惟心之捫；無為我兵，當為我藩。以慎為鍵，以忍為閽；可以多食，勿以多言。

以為受兵刃之創傷，猶可用藥醫治，但如為話語所譖傷，幾乎無藥可救，且毀譽謗議亦隨之襲來，令人無奈亦不能招架，故其傷害更深於兵刃。因此慎言、忍言極為重要，必須懂得適時發言，才能使話語成為護衛自我的屏障，同時不可多言好詭辯，以語言構陷害人。

---

110 〈口兵誡〉全文參見〔宋〕李昉等編：《（重編影印）文苑英華》（臺北：大化書局），頁 858-859。

111 依據文集中注釋所言，遠祖中壘校尉即為劉向，但所言出處未詳。參見陶敏、陶紅雨校注：《劉禹錫全集編年校注》（長沙：岳麓書社，2003 年 11 月，第 1 版），頁 899。

〈敵誡〉，有感世人唯知敵之為物，可怕可害，卻不知仍有好處。前有序云：「皆知敵之仇，而不知為益之尤；皆知敵之害，而不知為利之大」[112]，故云：

秦有六國，兢兢以強；六國既除，言施言施乃亡。晉敗楚鄢，范文為患，厲之不圖，舉國造怨；孟孫惡臧，孟死臧恤。藥石去矣，吾亡無日。智能知之，猶卒以危。矧今之人，曾不是思。敵存而懼，敵去而舞；廢備自盈，秖益為瘉。敵存滅禍，敵去召過。有能知此，道大名播。懲病克壽，矜壯死暴。縱慾不戒，匪愚伊耄。我作戒詩，思者無咎。

要之，敵之存在，會使人居安思危，惕勵自勉；倘若因敵去而欣然自喜，不免怠慢疏忽，一旦災禍突起，因為毫無防備之力，必然迅速招致滅亡。有感於此，所以作此文以警戒。

由〈五誡〉、〈口兵誡〉、〈敵誡〉看來，前兩篇都在借器物以譬喻，或引伸出道理，其意在砥礪君子之品德；後篇雖與器物無關，直陳警戒之意，發人警醒。各篇皆有序以說明作意，但就主要內文而言，篇幅皆頗簡短，又多以四言句式搆辭，時而押韻；如此看來，文章主體與傳統之「箴」幾無差異，但不以「箴」為名而已。

112 〈敵誡〉全文參見〔宋〕李昉等編：《（重編影印）文苑英華》（臺北：大化書局），頁859。

（二）無韻之「誡」

無韻之「誡」，包含韓愈〈守誡〉、劉禹錫〈猶子蔚適衛城誡〉及柳宗元〈三戒〉，三篇依次言之：

〈守誡〉，譏刺王公大人不重邊防，一旦亂事發生，恐有滅國之虞。云：

> 今之人有宅於山者，知猛獸之為害，則必高其柴棱，而外施窞穽以待之；宅於都者，知穿窬之為盜，則必峻其垣墻，而內固扃鐍以防之。今之通都大邑，介於屈強之間，而不知為之備。噫！亦惑矣。野人鄙夫能之，而王公大人反不能焉？豈材力有不足歟？蓋以為不足為而不為耳……天下之禍，莫大於不足為而不為，材力不足次之，不足為者，敵至而不知。材力不足者，先事而思，則其於禍也有間矣……嗚呼！胡知之而不為之備乎哉？賁育之不戒，童子之不抗；魯雞之不期，越雞之不支。[113]

居於山邊畏懼猛獸為害，必設柵欄、掘陷阱以防範，若居於都市，恐盜賊為患，亦必增高屋牆、鞏固門戶以抵禦。此皆鄙夫所能之常識，不待高明巧智者能為知。而在與外族往來頻繁的中國大都，官員居然不設防備，又並非無能為力，而是以為根本不必如此。既然如此，一旦動亂爆發，恐怕猝不及防，導致大難。外族兵力強大，領土廣闊，中國邊境又無天險地塹足為防備，而彼朝夕舉踵引頸，冀望天下有亂時，得以伺機進犯，其兇暴實在猛獸盜賊之上。孟賁、夏育雖為勇士，倘若毫無防備，則童子可以侵犯；魯雞雖大，一旦毫無警覺，則小如越雞可以襲擊。總之，喪失警覺失於戒備，遲早導致滅亡。

---

113 〈守誡〉全文參見〔宋〕李昉等編：《（重編影印）文苑英華》（臺北：大化書局），頁858。

〈猶子蔚適衛城誡〉，此為作者姪兒劉蔚即將前往越州，就任承相元稹幕僚之前，「重兢累媿，懼貽叔父。羞今當行，乞辭以為戒。」[114]既請訓示於作者，所以作此文以勸勉之。云：

若知彝器乎？始乎斲輪，因人規矩，中度外楞，然而有容者，理膩質堅，後加密石焉。風戾日晞，不剖不釁，然後青黃之，鳥獸之，飾乎瑤金，貴在清廟，其用也羃以養潔，其藏也櫝以養光。苟措非其所，一有毫髮之傷，儡然與破甑為伍矣。汝之始成人，猶器之作朴，是宜力學為礱斲，親賢為青黃，睦僚友為瑤金，忠所奉為清廟，盡敬以為羃，慎微以為櫝，去怠以護傷，在勤而行之耳……凡大位未嘗曠，故世多貴人。唯天爵并者，乃可偉耳。夫偉人之一顧，踰乎華章，而一非亦慘乎黥刖。行矣慎諸！吾見垂天之雲，在爾肩掖間矣……丞相，吾友也。汝事所從，如事諸父，借有不如意，推起敬之心以奉焉無忽。

是則彝器之作，必先取乎良木，加以規矩，然後刻之磨之，再圖繪以花草、鳥獸，又裝飾以金玉，方能用於清廟，且收藏於布幕、木櫝之中。一旦稍有損傷，此器將與破甑無異。至於為人亦猶製器，必須勤學求道、親賢睦友，加諸謹慎誠敬，則可以行於世。又言企慕高位，固然必須遇有貴人，始能拔擢高昇，其實顯要之位未曾缺乏，唯具備道德才學者，才能真正勝任。又蒙受當世賢哲之褒，貴於華章，貶則重於刑罰，所以必須謹慎言行，才會有光明前程。最後勉勵其姪，必須恭敬侍奉長官，不可懈怠疏忽。

---

114 〈猶子蔚適衛城誡〉全文參見〔宋〕李昉等編：《（重編影印）文苑英華》（臺北：大化書局），頁 859。「猶子」即兄弟之子，典出《禮記・檀弓上》。劉蔚為劉禹錫從兄之子。參見陶敏、陶紅雨校注：《劉禹錫全集編年校注》（長沙：岳麓書社，2003 年 11 月，第 1 版），頁 1091。

〈三戒〉其實包含三篇短文，是後世頗為傳頌的寓言名篇[115]。作者有序言：「吾恆惡世之人，不知推己之本，而乘物以逞，或依勢以干，非其類出技，以怒強竊時以肆暴，然卒迨于禍。有客談麋、驢、鼠三物，似其事，作〈三戒〉。」[116]認為世人不知自省，汲汲營營、貪求好欲，又或仗恃為非作歹，終於咎由自取，導致滅亡，因此藉由麋、驢、鼠三物作文以告誡世人；所以有〈臨江之麋〉、〈黔之驢〉、〈永某氏之鼠〉三篇。

〈臨江之麋〉，云：

臨江之人，畋得麋麑，攜歸畜之。入門，群犬垂涎，揚尾皆來，其人怒撻之。自是日抱就犬，習示之，使勿動，稍使與之戲。積久，犬皆如人意。麋稍大，忘己之麋也；以為犬良我友，牴觸偃仆益益狎。犬畏主人，與之俯仰甚善，然時啖其舌。三年，麋出門外，見外犬在道，甚眾，走欲與為戲，外犬見而喜且怒，共殺食之，狼藉道上，麋至死不悟。

臨江之人偶得一麋鹿，攜歸畜之。入門，群犬垂涎揚首，紛紛前來，卻為主人捶撻。麋鹿因為長期與狗相處，將之視為已類，甚與之嬉戲，狗雖覬覦麋鹿，終究因懾於主人威勢，不敢襲擊。麋鹿於外遭遇群犬，以為野犬可以親近，於是遭到眾犬瓜分吞噬，而麋鹿致死不知為何為犬類所殺。

115　顏瑞芳就說：「先秦寓言大多穿插於論述之中，因此故事情節多相當簡略。柳宗元筆下的寓言則多單獨成篇，一則故事構成一篇獨立的文章，表達一個中心思想，因而可以更從容地塑造角色，鋪展情節，提高故事的生動性。」而柳宗元的寓言創作中，最具盛名的就是〈三戒〉，在宋、明時代，都有對之模擬而創作者。相關說明，參見氏著：〈柳宗元《三戒》對後代寓言的影響〉，《中國學術年刊》第 20 期（民國 88 年 3 月），頁 377。

116　〈三戒〉全文參見〔宋〕李昉等編：《（重編影印）文苑英華》（臺北：大化書局），頁 859。

〈黔之驢〉，云：

黔無驢，有好事者，船載以入；至則無可用，放之山下。虎見之，龐然大物也，以為神。蔽林間窺之，稍出近之，慭慭然莫相知。他日，驢一鳴，虎大駭遠遁，以為且噬己也，甚恐！然往來視之，覺無異能者，益習其聲，又近出前后，終不敢搏。稍近益狎，蕩倚衝冒。驢不勝怒，蹄之。虎因喜曰：「技止此耳！」因跳踉大㘚，斷其喉，盡其肉，乃去。噫！形之龐也，類有德；聲之宏也，類有能。向不出其技，虎雖猛，疑畏卒不敢取，今若是焉，悲夫！

言黔地無驢，有人攜之入於黔地，放於山下。猛虎先懾於驢之大形，竟以為神，窺伺叢林之間，又被驢鳴所驚嚇，以為將為之所噬。之後，則習慣於驢鳴，雖不再驚恐，但仍不敢相搏。更後，猛虎接近並觸怒驢，發現驢猶然只能怒鳴踢蹄，最後為猛虎所殺，食盡其肉。作者因此感嘆，以為驢空有龐大身形及宏亮叫聲，起先還能驚嚇猛虎，最後竟慘遭吞噬。虛有其表，不能避禍，可謂悲哀。

〈永某氏之鼠〉，云：

永有某氏者，畏日，拘忌異甚。以為己生歲直子，鼠，子神也，因愛鼠，不畜貓犬，禁僮勿擊鼠。倉廩庖廚，悉以恣鼠不問。由是鼠相告，皆來某氏，飽食而無禍。某氏室無完器，椸無完衣，飲食大率鼠之餘也。晝累累與人兼行，夜則竊齧鬥暴，其聲萬狀，不可以寢，終不厭。數歲，某氏徙居他州。後人來居，鼠為態如故。其人曰：「是陰類惡物也，盜暴尤甚，且何以至是乎哉？」假五六貓，闔門，撤瓦灌穴，購僮羅捕之。殺鼠如丘，棄之隱處，臭數月乃已。嗚呼！彼以其飽食無禍為可恆也哉！

言某人甚為迷信拘忌，因為其子屬鼠，所以愛鼠，不畜貓犬，導致倉廩庖廚，鼠輩橫行。群鼠奔相走告，以此地為安樂穴窩，所以愈聚愈多，乃至不懼於人；主人家具衣物等等，亦任憑齧之啃之，聲音之大足以擾人睡眠。其後，此人遷居他處，房屋於是易主，新主訝異於鼠輩如此肆虐橫行，所以借貓、人之力合而捕殺，鼠屍積聚如山，腐臭之味竟然數月不散。作者感嘆：鼠輩如此貪得無厭，或能苟安一時，豈可長久無禍？

由上述〈守誡〉、〈猶子蔚適衛城誡〉及〈三戒〉三篇看來，雖皆名之為「誡（戒）」，也同樣都在議論並強調警戒懼慎之意，不過都以散文成篇，文中對於記述故事亦頗詳贍生動，顯與近似於「箴」的有韻之「誡（戒）」，體貌並不相同，反而接近於「論」或「記」；所以這些篇章儘管以「誡」為篇名，但後世往往認為應當歸於「辨論」或其他說理、敘事性質的文學體類[117]。但在《文苑英華》編輯群看來並不然，必是認為既有「誡」名，所以無論有韻、無韻，皆可併成一類，所以「雜文・箴誡」才會出現成群的「誡」名篇章。

縱貫來看，「誡（戒）」體類雖自六朝有之，本指涉為君、父告誡臣、子的書信，但演變至後代指涉對象已然迥異。其中有以短篇韻語成篇者，則文體近似於「箴」；或以散文構辭者，則文體近似於「論」、「記」等；儘管流變如此，「誡（戒）」用在傳達警戒惕勵之意，則未曾改變。

更進一步，我們可以嘗試說明「誡（戒）」與「箴」的關係：「誡（戒）」與「箴」一樣具有警戒惕勵之意，但「誡」能以散文或韻語構成體製，不

---

117 以〈守誡〉而言，內容既在討論邊防守備之事，異於一般勸世銘文，又全篇以散文寫成，與箴、銘作品韻文體式又不相同，所以王基倫就認為應當歸入「辨論」，〈三誡〉王基倫也認同錢穆「顯然介乎雜記與雜說之間」，馮書耕、金仞千「皆為記敘體，不得以存戒惕之意，而入箴銘，因議論、記敘文中，存戒慎之意者甚多也。」的說法，所以王氏以為〈三誡〉應當歸入「雜記」類。相關討論，參見王基倫：《韓柳古文新論》（臺北：里仁書局，民國85年6月，初版），頁48、110。

似「箴」必為短篇韻語。徐師曾《文體明辨》對此就說：

> 按《字書》云：「戒者，警敕之辭，字本作誡。」文既有箴，而又有戒，則戒者，箴之別名歟？《淮南子》載〈堯戒〉曰：「戰戰慄慄，日謹一日，人莫蹪於山，而蹪於垤。」至漢，杜篤作〈女戒〉，而後世因之，惜其文弗傳；意必未若〈堯戒〉之簡也。今採唐、宋諸作列於篇。其詞或用散文；或用韻語，故分為二體云。[118]

認為「誡（戒）」其實是「箴」的別名，警戒之意無甚差異；既然如此，其實可視為箴體但不「箴」為名的文章體類。又以唐、宋以降的「誡（戒）」來看，其文辭韻、散不拘，所以又可別為二體，一近於「箴」，另一近於「論」、「記」等其他體類。換句話說，後設地來看，作為「箴體雜文」對象之一的「誡」，有韻者可視為與「箴」名異實同的作品，無韻者可視為「箴」與其他體類合流交融的產物。

當然，「雜文・箴誡」除上述諸「誡」之作外，尚有白居易〈箴言〉一篇。文前有序云：「貞元十有五年，天子命中書舍人，渤海公領禮部貢舉事。越明年春，居易以進士舉，一上登第。洎翼日至於旬時，伏念固漏，懼不克副公之選，充王之賓，乃自陳戒于德，作箴言曰……」[119]可見此文乃作者進士及第，並受到拔舉，即將入於朝廷進仕，心生戒慎恐懼，用以自我砥礪之作。其文則曰：

> 我聞古君子人，疾沒世名不稱；恥邦有道貧且賤。今我生休明代，

118 〈文體明辨・序〉，收入〔明〕吳訥等：《文體序說三種》（臺北：長安出版社，1998年6月，第一版），頁99。

119 〈箴言〉全文參見〔宋〕李昉等編：《（重編影印）文苑英華》（臺北：大化書局），頁859。

二十有六年，乃策名。名既聞於君，乃干祿。祿將及於親，升聞逮養，緊公之德，之死矢報之；報之義靡他，惟勵乃志，遠乃猷。俾德日新，道日就，是報於公。匪報於公，是光于躬；匪光于躬，是華于邦。學惟時習罔怠棄，位惟馴致罔躁求。一德五常，陶甄于內；四科六義，斧藻于外。若御輿，既勒銜策，乃克駿奔；若冶刃，既砥淬礪，乃克用利。無曰擢甲科，名既立而自廣自滿，尚念為山九仞，虧于一簣；無曰登一第，位其達而自欺自得，尚念行千里，始于足下。嗚呼！我無監於止水，當監於斯文；庶勉斯厥止，慎厥終，日顧於箴言，無作身之羞公之羞。

以為既生於聖明之朝，又年長將進仕干祿，所以必須自勵道德，努力於政事，不僅能回報渤海公知遇厚恩，同時亦是榮耀自己的唯一方法。又自勉必須勤於學問、謹慎為官，使道德、事功內外兩全，譬如駿馬須裝備齊全方能遠行，刀刃必須砥礪其鋒才能為用，萬不可驕傲自滿，貪求無厭，自毀前程。總之，期許自己以此文所言為誡，謹慎言行，好自為之。

按〈箴言〉固然內容明顯也在申說警戒惕勵之意，但就文辭而言，兼用雜駢、散，且其駢句也不如「箴」，或有韻之「誡」以四言為主，乃間用三、四、五言句式加以排比鋪陳。整體而言，雖然文章旨趣與「箴」、「誡」相近，但體製大不相同，既不以「箴」為篇名，所以視為「誡」之外，另一「箴體雜文」的對象，應無不宜，而這種無體類名稱可言的篇章，即是後世所謂「雜著」，「雜著」相關問題，將於後文再加討論。

綜論本節所言，從理論上說，「箴」、「誡」都在強調惕勵警戒之意，所以兩種體類關係密切。《文苑英華》在獨立「箴」之外，另有「箴誡」一類，所錄大部分是以「誡」為名的篇章。換句話說，《文苑英華》編輯群，有雖意區別「箴」、「誡（戒）」，但卻僅將「誡（戒）」視為「雜文」對象之一，而不與「箴」平等看待，然則意謂其地位與重要性，並不如

「箴」。其實「誡（戒）」文章又可分為有韻、無韻二種，有韻者近似於「箴」，可視為「箴」的別名之作；無韻者近似於「論」、「記」等，可視為「箴」與其他體類的融合。

第三節　結語

本章針對具有《文苑英華》「雜文」中，具有賦體意味，但卻不以賦為名的「賦體雜文」；以及具有箴體意味，卻不以箴為名的「箴體雜文」兩種文體類型加以討論。

先就「賦體雜文」之體類來說，相關作品即出現於「雜文」下的「問答」、「騷」、「帝道」三類之中。

劉勰《文心雕龍》〈雜文〉，主要三個對象「對問（含設論）」、「七」、「連珠」，皆為「賦體雜文」之體類。但未以賦為名的賦體文章，其實並不只〈雜文〉所論；如「騷」與「符命（封禪）」兩類，本質上都是賦體，但前者專指《楚辭》篇章，後者專以歌頌皇帝、王權為能事。二者在《昭明文選》中分為兩類，《文心雕龍》也在〈雜文〉的兩篇分別論及，總之都不在「雜文」範圍之內。

《文苑英華》「雜文」中有「問答」一類，合併原屬劉勰「雜文」中的「對問（含設論）」、「七」。但從文學體類的地位上來說，「問答（含設論）」、「七」本各自成體類，《文心雕龍》將兩者劃入「雜文」之屬，已是降列；至《文苑英華》先將兩者併為「問答」，再依附「雜文」之下，則更降一列。可見文學史上「對問（含設論）」、「七」的地位，每下愈況。

其次，《文苑英華》「雜文」中有「騷」一類。「騷」之為文類，六朝時本專門指涉《楚辭》諸篇章，有著明顯的封閉性質，但《文苑英華》之

「騷」，泛指運用騷體寫作，但不以賦為名之篇章，所以範圍具有開放性，唯範圍之內，各篇章仍然繼承《楚辭》的哀怨精神。不過《文苑英華》卻更依附於「雜文」之下，這就意謂「騷」的地位。隨著範圍的擴大，重要性卻不如六朝。

再者，《文苑英華》「雜文」中還有「帝道」一類。就內涵看來，「帝道」與六朝時「封禪（符命）」，名稱雖不一致，但各篇內容主要皆在頌美王權與國家，前後其實並無太大差異。但從原本獨立為一類，到後來僅附驥「雜文」之下，同樣也意謂其地位不如過往。

至於「箴體雜文」，以「誡（戒）」為主要對象。

「箴」與「誡（戒）」都是在六朝即以出現的體類，以現有資料看來，兩者雖都在書寫惕勵戒慎之意，不過「箴」主要以四言韻語搆辭，篇幅簡短；「誡（戒）」則是指涉君父對臣下晚輩訓示、告誡的書信，以散文成篇。而「誡（戒）」雖存在於當時，但相對其他體類，重要性應當不高，因此不在《昭明文選》中羅列，《文心雕龍》亦僅在〈詔策〉數語帶過。又相較之下，「箴」與「銘」彼此關係較為密切，而「誡（戒）」看來則與「論」、「書」之類，較為接近。

下至《文苑英華》，仍意識到「箴」、「誡（戒）」分別為二種體類；「箴」依舊於總集中獨具一席之位，而「誡（戒）」篇章卻集聚到「雜文・箴誡」，這就意謂「誡（戒）」不過為「雜文」對象之一，地位顯在「箴」之下。再者，唐、宋以降，「誡（戒）」所指涉的篇章群已一分為二，其一為韻文，主要以四言駢偶句式構成，且篇幅短小，與「箴」幾乎無別；另一為散文，篇幅較長，近似於「論」、「記」等等，可視為「箴」與「論」、「記」等體類合流的產物。唯無論有韻與否，「誡（戒）」用於宣彰惕勵戒慎之意，此一性質仍舊與「箴」相同。

第四章

《文苑英華》「雜文」中的「論體雜文」與「記體雜文」

「論」、「記」在六朝都屬「無韻之筆」，都是獨立存在的文學體類。

「論體雜文」與「記體雜文」，分別是指具有「論」、「記」體之特色，但不以之為名的文章，亦即文士以作「論」或「記」的方式，進行其他文學體類的創作，使作品具有「論」、「記」的文體意味。雖然這些作品具有「論」、「記」的特徵，但因不以其名，因此分類時亦不宜與「論」、「記」同歸。

以《文苑英華》而言，所分卅八類中，「論」、「記」就自成一類，但「雜文」中器另外有如「說」、「辯」、「原」、「解」、「題跋」，這些體類本質上都與「論」接近，但不與「論」同列；以及「述」、「志」兩種體類，它們本質與「記」相似，但不與「記」同列。既然這些體類的層級地位，都較「論」、「記」為低，且又因居於「雜文」類，所以分別謂之為「論體雜文」、「記體雜文」之體類，應當合於情理。

但是，不同於先前「賦體雜文」集中於「問答」、「騷」、「帝道」，「箴體雜文」集中於「箴誡」。「論體雜文」與「記體雜文」體類數量不僅更多，所分佈的類目也更為廣泛。換句話說，「雜文」下的「明道」、「雜說」、「辯論」、「贈送」、「諫刺雜說」、「紀述」、「諷喻」、「論事」、「征伐」、「識行」、「紀事」、「雜製作」這十二子目，類名本身與文學體類並無密切關係，故而各子目中諸篇作品，文學體類屬性顯得分歧複雜，而「說」、「辯」、「原」、「解」、「題跋」、「志」、「述」之體類，則可以跨越各子目而存在。

那麼，意欲針對「雜文」中的這些體類分析，則可暫時鬆動「雜文」將各子目的分界，將存置各子目中的「說」、「辯」、「原」、「解」、「題跋」之篇章，一一按照體類屬性提取而出，然則能助益於我們理解、觀察這些體類本身的文體徵。

第一節　「論體雜文」析論

一、六朝以降「論」之發展

「論」是中國文學史中源遠流長的體類之一，劉師培即云：「九家之中，凡能推闡義理，成一家者，皆為論體。」[1]然則「論」體之用廣大，要在於推斷、闡述事理。早在戰國時期，如《莊子》、《呂氏春秋》等子書，不乏以「論」為名的篇章，但真正具有明顯文體意義的作品，據學者所考，首推《荀子》〈天論〉之篇[2]。至於有關「論」的理論說明，早自曹

1　參見氏著：《論文雜記》，《劉申叔先生遺書》（臺北：華世出版社，民國 64 年 4 月，初版），頁 852。

2　據邱淵所研究，先秦諸子著作中，篇名最早有「論」字者，為《莊子》〈齊物論〉，但此「論」是否能說具有文體意義，則尚有爭議。再如《呂覽》中有〈論人〉、〈論威〉，但前者之「論」為「考察」之意，後者則為「通喻」之意，總之都是動詞。至《荀子》〈天論〉則能就「天」的本質、特性加以層層論說闡釋，所以被認為具有「論」的文體

丕《典論・論文》四科八體之中，就已提及「書、論宜理」[3]，意即將之與「書」並言，指出兩者說明事理的特性。晉代陸機〈文賦〉也提及：「論精微而朗暢」[4]，指出「論」之體要在於文字精當切要，能使事理清晰了然。但曹、陸二氏對於體類的說明都過於粗略，相對之下，劉勰《文心雕龍》則顯精密許多。

劉勰將「論」與「說」合於〈論說〉加以討論，意味兩者本質之間有所互通。劉勰將「論」的起源，推源《論語》，此外又云：

> 詳觀論體，條流多品：陳政則與議說合契，釋經則與傳注參體，辨史則與贊評齊行，銓文則與敘引共紀。故議者宜言，說者說語，傳者轉師，注者主解，贊者明意，評者平理，序者次事，引者胤辭；八名區分，一揆宗論。論也者，彌綸群言，而研精一理者也。[5]

據此，可見「論」有廣、狹之分，就狹義來說是一鑽研、闡述某種道理的文章體類之名。但所鑽研、論述的道理又因實際情境、對象、題材的不同而有所相異，所以又可細分為「說」、「議」等八種類別，然則廣義言之，八種本身亦為「論」體，具有「論」的體要及內涵，只是不以「論」為名而已。

意義的肇始之作。相關說明，參見氏著：《「言」「語」「論」「說」與先秦論說文體》（雲南：雲南人民出版社，2009 年 5 月，初版），頁 234-240。

3 〔清〕嚴可均輯：《全上古三代秦漢三國六朝文（2）》（北京：中華書局，1999 年 6 月，初版），頁 1098。

4 〔晉〕陸機著，張少康集釋：《文賦集釋》（臺北：漢京文化事業有限公司，民國 76 年 2 月，1 版），頁 71。

5 參見周振甫注釋：《文心雕龍注釋》（臺北：里仁出版社，民國 87 年 9 月，初版），頁 348。本節所引《文心雕龍》原典皆出此書，故其後僅於引文末標示頁碼，不再另行注釋。

進一步言，劉勰將上述體類兩兩並論：「說」與「議」用於陳述政見、「傳」與「注」用於解釋經義、「贊」與「評」用於斷明史事、「序」與「引」用於詮釋文意。之所以兩兩合論，意謂理論上雖可別為二，但彼此實際上關係密切，甚至相輔相成。比如解釋經典或任何篇章著作，既須解釋其義（注），不免轉用師說（傳）；或整理內容事理（序），就旨意加以伸論（引）；斷明史事，既須說明事情（贊），方可判斷評價（評）；至於陳述政見，則須提出正確意見（議），以使對方悅然接受（說）。是則「論」固為文章體類，但依據所研析對象、事理的差異，或者運用時機、場合的不同，可以名之為各式體類名稱。換句話說，「議」、「說」、「傳」、「注」、「贊」、「序」、「引」諸文類，它們與「論」根本是「名異實同」。最關鍵之處，用劉勰的話來說：

原夫論之為體，所以辨正然否；窮于有數，追于無形，跡堅求通，鉤深取極；乃百慮之筌蹄，萬事之權衡也。故其義貴圓通，辭忌枝碎，必使心與理合，彌縫莫見其隙；辭共心密，敵人不知所乘；斯其要也。（頁348）

「論」的寫作，是以有形、具體的文字探論深賾抽象的道理，促使人們對於事理有所思考權衡。依據李錫鎮之研究，以為兩漢以降，「論」的論理形式結構有二，其一為「純用命題直接論理」：此類的結構方式，沒有問答形式，乃是預先命題，然後據理論正，使命題的旨意具體呈現在結論部分。其二為「採用問答結構間接說理」：意即兩人辯說事理，一問一答的形式，且答辭是相應於問辭而產生的，在一問一答的之間達到說理的作用，因此這種佈局方式，可說取法於論析事理的辯說實況[6]。但無論何種

6　兩種不同的形式結構，也有不同的效果，前者由於問答形式必設客主，無論賓主是實

形式，寫作上都必須使事理圓融通順，文辭不能枝蔓雜亂，如此才能體現作者心中細密的思慮，毫無破綻使讓人難以抗駁。要之，凡是以「研析、說明事理」為要的體類，都可以廣義的屬於「論」之範圍。所以，從體類的分判來看，「論」既然可以狹義的為一種個殊性的體類名稱，也可以指涉為「議」、「說」、「傳」、「注」等等諸多體類對象的共名。

承上所言，「論」本為一體類，係因實際功用、場合或對象的不同，於是依據各種具體行為，分別予以命名，導致「論」另外化身成諸多體類[7]。在上述八種之中，顯然最重要，也最密切關聯的應當是「說」，所以劉勰才會於眾多體類中，獨取之與「論」合併，成為〈論說〉一篇以討論之[8]。對於「說」，劉勰云：

說者，悅也；兌為口舌，故言資悅懌；過悅必偽，故舜驚讒說。說之善者，伊尹以論味隆殷；太公以辨釣興周；及燭武行而紓鄭，端木出而存魯，亦其美也。（頁 349）

有其人，或是虛擬的，往復的答問攻難，令讀者閱其篇章，彷彿置於旁觀者立場，這種間接說的方式易於讓人信服。至於後者，因為沒有疑問答難的形式，故其結構大致首尾貫串章法嚴謹，不似問答體之答問呼應，也沒有以一組問答為一單位，致使篇章脈絡有意斷不緊湊的現象。參見氏著：《兩漢魏晉論體之形成及演變》（臺北：臺灣大學中文所碩論，民國 70 年 6 月），頁 66-67。

7　由社會行為所需的語言，書面化而成為篇章，再由各篇章匯聚成一具有特定文辭形式的文類，這是文章體類形成的方式中，最普遍的一種。相關說明參見郭英德：《中國古代文體學論稿》（北京：北京大學出版社，2005 年 9 月，第 1 版），頁 42。

8　郗文倩指出：六朝時文體研究者對文體的分類主要採取兩種方式，其一，將兩種或以上彼此接近的文體合併而談，主要體現於文體論之中；其二，一體一類的方式，羅列各體，既便於考察辨析，又利於學習者寫作取則。前者即如《文心雕龍》，後者即如《昭明文選》與《文章緣起》。當時人「辨體」，是要理解文體彼此的異同，使文章寫作可以合乎體要，形成文體。參見氏著：《中國古代文體功能研究——以漢代文體為中心》（上海：三聯書店，2010 年 1 月，訂正版），頁 30-31。

「說」訓為「悅」，即以言辭以取悅他人之意；但常理來說，人不會無故巧言以取悅他人，必然是心有所求，所以才會夸口騁辭、勸誘對方，是以言說過於動聽，總會使人感到對方心懷不軌。劉勰認為真正的足以稱述者，應如伊尹、太公、燭之武、端木賜之流，能以妙言成事，而非虛妄構陷，以巧舌害人；不過這些人物事跡，見諸史傳記載，皆為巧妙的當面對應，並非筆墨寫作之事，所以劉勰又云：

> 夫說貴撫會，弛張相隨，不專緩頰，亦在刀筆。范雎之言事，李斯之止逐客，並順情入機，動言中務，雖批逆鱗，而功成計合，此上書之善說也。於鄒陽之說吳梁，喻巧而理至，故雖危而無咎矣。……凡說之樞要，必使時利而義貞；進有契於成務，退無阻於榮身。自非譎敵，則唯忠與信。披肝膽以獻主，飛文敏以濟辭，此說之本也。而陸氏直稱「說煒曄以譎誑」，何哉？（頁 349）

再舉范雎、李斯、鄒陽等人上書奏明君王之事，指出「說」並不只口語表述，也在於文字陳辭。總之劉勰強調，能掌握正確時機，以適切的言詞疏通人情、切中實務而成就圓滿事功，或使己身得以趨吉避凶，就算是上乘之「說」。又以為凡「說」必須合乎道德之善，所以又強調忠、信品行特質的重要，而陸機〈文賦〉中「『說』煒曄以譎誑」之見，因未曾言及道德價值，所以受到劉勰質疑。如此看來，「說」之為物，其實是泛指一具特定功能或目的（即辨明情理、說服對方）的言辯、語辭之行為；與「論」雖別為二，但闡述事理、使人知曉作者心思的目的無疑一致，就此言之，可以概括在「論」之下，合併討論。

我們又注意到，劉勰將范雎、李斯、鄒陽等人之書信視為「說」體，但在《昭明文選》與《文章緣起》則不盡然。進一步觀察劉勰所舉「刀筆」之例，「范雎之言事」者，見諸《戰國策‧秦策》與《史記》本傳，言其「上書」秦昭王，勸告不可以穰侯為將，率兵越韓、魏而伐齊。「李斯之止逐客」者，則為其〈上書秦始皇〉；「鄒陽之說吳、梁」者，指〈上書吳王〉、〈獄中上書自明〉，三篇文章於《昭明文選》被收為「上書」類，而《文章緣起》也存在「上書」一類，並以〈上書秦始皇〉為此類開創之作[9]。換句話說，陸機與劉勰所言之「說」，在六朝實際的文章分類上，普遍被歸為「上書」一類；亦即「上書」其實可以視為「說」或「遊說」的書面化。重點在於，這些篇章的確也展現出作者對於政治、人事的見解與論點，故又與陳述政事的「議」體之內涵相牽涉，難怪劉勰會將「說」、「議」並提，提出「陳政則與議說合契」的觀點。

更進一步來看，《文心雕龍》之「說」，及《昭明文選》、《文章緣起》之「上書」，兩方在文章類型的指涉上既然相同，又何以同實而異名？原因就在於兩邊對於體類及其起源在認定上的不同。如顏崑陽指出：《文心雕龍》對於體類起源的認定，未必以單篇形式完整的文字品為準，甚至口頭言說的零句片語，只要略具其形而得其意，即可視為此一體類的「始出」之作，至於《昭明文選》與《文章緣起》則視「單篇」獨立的文字創作品才是文章或文學作品，而全書自成系統的典籍、著作則排除在外[10]。然則《文心雕龍》一來著重於「遊說」活動（不論是否書面化）本身在歷史上起點，二來注意到之後相關文章群中「遊說」的特點，故名為「說」；《昭明文選》、《文章緣起》一來著重於「遊說」活動的書面化的起點，二來注意到相關文章群，都是臣工奉陳王侯的書信，故名「上書」。

9　參見〔梁〕任昉著‧〔明〕陳懋仁注：《文章緣起注》，收錄〔明〕吳訥等：《文體序說三種》（臺北：大安出版社，1998 年 6 月，初版），頁 14。

10　如此說來，劉勰對於「文學」的認定，顯然比昭明太子、任昉來得寬泛，但昭明太子、任昉的這種文體觀念，其實才是六朝新起的文學觀。相關說明，參見顏崑陽：〈六朝文學「體源批評」的取向與效用〉《東華人文學報》第 3 期（民國 90 年 7 月），頁 14。

可見，對於文章的歸類及體類之命名，既然是後設的活動，則依選文或論文家觀點的差異，就可能彼此不同；甚至某些篇章在作者創作時本不具體類名稱，而是後人為了依歸統整，所以賦予其體類之名。以《昭明文選》「論」之範圍而言，類下共有十四篇章，諸篇固然皆以「論」為篇題之名，但就漢魏六朝習慣來說，篇名與與體類名稱可以分開，所以〈非有先生論〉、〈四子講德論〉、〈養生論〉其實本皆無「論」之體類名稱，應是後人為了便於整理，遂觀其體要與旨趣，而加一「論」名以類聚彙編[11]；易言之，「論」雖是一種體類名稱，且有其體要，但作者搦筆為文，未必會自覺的標示文體名稱於篇題，但後人可就文章之體，逕自予以體類名稱。總之，縱為選集中「論」之所屬的篇章，作品未必預先為「論」名，文選家從事文章分類活動時，也不須非要拘泥篇目是否已標示某一體類名，才能闢立子目名稱，以容納相關篇章[12]。

以上是就文論家與選文家後設的文體辨類以及命名而言。如果從文體創作及發展的角度，並借用顏崑陽對於文類體裁的觀點[13]，來解釋「論」

---

11 如《漢書・東方朔傳》說東方朔「設非有先生之論」。《昭明文選》〈四子講德論〉前有短序，云：「褒既為益州刺史王襄作〈中和〉、〈樂職〉、〈宣布〉之詩，又作傳，名曰〈四子講德〉，以明其意焉。」而《顏氏家訓・養生》則云：「嵇康著〈養生〉之論，而以傲物受刑。」可見三篇之「論」名，乃後人添加。此外如《晉書》裴頠本傳載其「著〈崇有〉之論以釋其蔽」，干寶〈晉記總論〉也云：「核傅咸之奏、〈錢神〉之論，而睹寵賂之彰。」可見裴頠〈崇有論〉、魯褒〈錢神論〉之「論」字，也都是後人所加。要之，古人著述時，篇名與體類名稱可以分離，題目中如可見明確體類名稱，當然會很方便後人整理編輯，如或不然，則後人必須依據內容來決定。相關討論，參見李士彪：《魏晉南北朝文體學》（上海：上海古籍出版社，2004 年 4 月，1 版），頁 21-23。

12 除了「論」類之外，蕭統集合〈答客難〉、〈解嘲〉、〈答賓戲〉三篇而為「設論」一類，又「史論」九篇中雖有八篇為「論」，但仍有〈公孫弘傳贊〉一篇體類為「贊」。可見，作家為文創作，不見得會標明體類名稱，而文選家在收攝文章為某一類時，也不見得是依據篇章的體類名稱。

13 相關顏崑陽所論，「格式性形構」之體類，指其體裁在文字書寫的層面，已經固定規格化，所以本質上呈現出一種空間性的靜態結構。還可分「完全定型」與「局部定型」兩種，前者如五、七齊言體詩，甚至還有聲律、平仄、押韻的規格必須恪守；後者如雜言體詩，其整體而言仍是整齊的，但局部卻雜入其他格式，如歌行體即是如此。又與其他相關體類的關係，可以發現：劉勰所言之「論」，本是一「程式性形構」的文學體類，即在實際書寫時僅有某種相應的大要原則——「義貴圓通，辭忌枝碎，必使心與理合，彌縫莫見其隙」必須掌握，其目的與功效雖說在「辨正然否」、「權衡事理」，但事理本身究竟如何辨正權衡，才能知其然否？則又須依據實際文化場合或特定語境而決定；換言之，「義貴圓通，辭忌枝碎，必使心與理合，彌縫莫見其隙」可以視為「論」所以能成為「論」體的「自體性功能」，而「辨正然否」、「權衡事理」固然可視為其「涉外性功能」，但其「涉外功用」又須依據具體人事及人倫關係，才能明確體現[14]。「說」或「上書」正是在此人事與人倫關係進一步確定後，所衍生出「涉外功用」較為顯目的體類；所以「說」或「上書」應屬於一種「倫序性形構」的文學體類，即實際上時並無明顯的書寫定則，要在於能夠說服對方，動之以情、理，使之悅納己見，進而達到「遊說」之目的、功能即是。同理，劉勰所提及與「論」相關的「議」、「序」等等，

「程式性形構」之體類，其篇章體裁並未定型化，如四言詩、五言詩之類，但有一大致的規則可以依循，並形成體製，此一規則即是所謂的「程式」，如劉勰對「賦」體的說明：「既履端於倡序，亦歸餘於總亂。序以建言，首引情本，亂以理篇，迭至文契。」就是一構成「賦」的大要規則，其他如「七」、「連珠」亦皆是如此。至於「倫序性形構」之體類，其體製寫法，並非取決於書寫創作本身，而是決定於書寫者和受讀者的「社會倫序」之關係，由此篇章中可能會局部地出現固定的書寫格式，比如書信中彼此的稱謂、敬詞、署名，寫作時都有相應的規定不可錯亂，但此外篇章內主要文辭的鋪展，就沒有一定的格式，要在於以書寫者與受讀者的倫理關係為基礎，以文辭實踐人事相關之道德、功利、權力等等一切；大抵應用性較強的文學體類，都是屬於「倫序性形構」的文學體類，如章奏、檄文之類。相關說明，參見顏崑陽：〈論「文類體裁」的「藝術性向」與「社會性向」及其「雙向成體」的關係〉，《清華學報》第 35 卷第 2 期（2005 年 12 月），頁 320-323。

14 所謂文體的「涉外性功能」是相對於「自體性功能」而言。顏崑陽指出，任何文體都具有這兩種功用。後者是文體所以能實現為文體自身的功能，前者則是在文體形成之後，被應用於人世，從中發揮其社會性的功能。任何文體皆具備這兩種功能，唯其或隱或顯，有所側重罷了。參見氏著：〈論「文類體裁」的「藝術性向」與「社會性向」及其「雙向成體」的關係〉，《清華學報》第 35 卷第 2 期（2005 年 12 月），頁 322-324。

也都是在個別且具體的語境及文化活動中，所衍生出具有較明顯「涉外功用」的「倫序性形構」或「程式性形構」的體類。當然，不論何種體類，雖各有不同的「涉外功用」，但之中都內含「義貴圓通，辭忌枝碎，必使心與理合，彌縫莫見其隙」的體要都在於文體之中，所以也就都與「論」關係甚為密切了；換句話說，「論」可以視為本體，在不同文化語境中顯其各別且具體之用，執其用則可將體類名之為「序」、「議」、「說」或「上書」等等。

縱論之，「論」體類文章以辨析、論證事理為其要旨，其實在六朝駢文中，篇章數量最多[15]。但作者寫作時，未必會標明體類名稱，選文及論文家也可能後設的將篇章貼上體類名稱的標籤。再從體類的發展而言，「論」體會依據不同對象與行為，通入其他文體類型，然則「序」、「議」、「說」等等，體類名稱雖殊，亦不過是即「論」之體而用之；或者說，各種體類也在實際之用中，顯出「論」之本體意義。質言之，劉勰在〈論說〉中提到「論」以外的各種體類，包含「議」、「說」、「傳」、「注」、「贊」、「序」、「引」等等，其實都具論體特色，但不以「論」為名，然則都可以後設地視為「論體雜文」的體類，但因各自具有較為清楚的應用場合及功能，所以又足以相互分別，獨立成類，倘若追根溯源，則各體類皆由「論」所發。

此外，《昭明文選》除設有「論」外，上述劉勰所提及的「論體雜文」諸體類，亦見於《昭明文選》者，有「說」(《昭明文選》實為「上書」)、「贊」(《昭明文選》實含「贊」、「史述贊」)、「序」。至《文苑英華》，除了「論」外，則有「議」、「序」、「讚」、「傳」，不過《文苑英華》與

15　依據鍾濤所言，六朝駢文，以議論說理文數量最為龐大，以內容而言，可概括為史論、文論、政論、雜論四類。參見氏著：《六朝駢文形式及其文化意蘊》(北京：東方出版社，1997年6月，第1版)，頁175。

《昭明文選》之「序」，前者純為「書序」，後者則兼有「贈序」；其「傳」也非劉勰所云說解性質的「傳」，而是紀錄人物事蹟的篇章類型，故不列入「論體雜文」範圍中。然則以實際的體類區分來說，「論」是始終存在的體類之一，所受之重視不言可喻[16]，而「贊（讚）」、「序」（指「書序」）也因一貫地存在[17]，所以可謂為「論體雜文」中較為重要的對象；其餘先後出現或消失者，當然也就意味在文學史上，並非時時為人所重。但再以《文苑英華》來說，除「議」、「贊」及部分的「序」（書序）外，卻還有「說」、「辯」、「原」、「解」、「題跋」、「對」等體類，同樣具有「論」的特質，卻只散見於「雜文」，並且以跨子目的姿態呈現，顯然《文苑英華》的編輯群面對它，並沒有依體而分類，而在「雜文」範圍內的文章分類上，採取了其他的考量。有關「雜文」的區分標準，當是另一問題，此處暫且不論，僅就存於其中的「論體雜文」體類，進行研討。

16 《昭明文選》「論」中的作品，已經於上文提及，可不贅述。《文苑英華》卷七三九～七六〇亦為「論」，凡廿二卷共一六四篇文章；篇數眾多，可不盡列，然而各篇亦皆以某某「論」為題名，按照題材又依次區分出「天」、「道」、「陰陽」、「封建」、「文」、「武」、「賢臣」、「臣道」、「政理」、「釋」、「食貨」、「兄弟」、「賓友」、「刑賞」、「醫」、「卜相」、「時令」、「興亡」、「史論」、「雜論」共二十子類，可見「論」的適用範圍廣大，且題材不一。要之，「論」體自漢代經六朝至宋，持續存在，但將《昭明文選》對照《文苑英華》來看，後者內容多元、範圍廣泛，已遠超越前者。此一現象，意謂著「論」文類從六朝以降迭經唐代，相對更為發達，因此所錄篇章如此繁富，地位也更為人所重，所以才要更加細分成若干子類。

17 就「讚（贊）」來說：《昭明文選》「贊」收錄夏侯孝若〈東方朔畫贊〉、袁孝伯〈三國名臣序贊〉，「史述贊」則收錄《漢書》班固之「述」三篇，以及范曄《後漢書》〈光武帝紀〉之贊語。然則其「讚（贊）」總計六篇而已；《文苑英華》卷七八〇～七八四亦為「讚」，五卷中還分成「帝德」、「聖賢」、「佛像」、「寫真」、「圖畫」、「雜讚」，總計一百餘篇。再就「序」而言，《昭明文選》收錄卜夏〈毛詩序〉、孔安國〈尚書序〉、杜預〈春秋左傳序〉、皇甫士安〈三都賦序〉、石季倫〈思歸引序〉、陸士恆〈豪士賦序〉、顏延年與王元長分別所作〈三月三日曲水詩序〉，任彥升〈王文憲集序〉，總共九篇，皆為書序。至於《文苑英華》卷六九九～七三八亦為「序」類，凡四十卷共五九二篇；其中又區別「文集」、「遊宴」、「詩集」、「詩序」、「餞送」、「贈別」、「雜序」七類，相對於《昭明文選》僅僅九篇書序而言，「序」體內涵顯然更趨複雜。

二、《文苑英華》「雜文」的「說」

「說」體類文章，如上所述，六朝時本為「上書」之文類，而在《文苑英華》已與「上書」無關，且僅出現於「雜文」中，並散見各子目其中以「雜說」十五篇最多，「諷喻」三篇次之，「辯論」、「贈送」二篇又次之，其餘「明道」、「諫刺雜說」、「識行」、「紀述」、「雜製作」各一。以下更進一步分析：

（一）「雜說」

「雜說」類中有柳宗元〈說天〉、〈示昔說〉、〈朝日說〉、〈乘桴說〉，韓愈〈雜說〉，李觀〈通儒道說〉，來鵠〈儒義說〉、〈相孟子說〉、〈仲由不得配祀說〉、〈鍼子雲說〉，李甘〈寓衛人說〉，黃頗〈受命于天說〉，陸龜蒙〈說鳳尾諾〉，楊夔〈原晉亂說〉，沈顏〈祭祀不祈說〉。以上各篇，依據題材及主旨，可區分為「破除虛妄・端正視聽」、「闡明儒義・臧否人事」及「假事言理・意在言外」三者，依次言之：

1.「破除虛妄・端正視聽」之作：

「破除虛妄・端正視聽」者，如〈說天〉、〈示昔說〉、〈朝日說〉、〈受命于天說〉、〈祭祀不祈說〉、〈說鳳尾諾〉、〈原晉亂說〉，總計七篇：

〈說天〉，透過作者與韓愈的對話，說明天道無親，與人事興衰無關之理：

韓愈謂柳子曰……夫果蓏飲食既壞，蟲生之；人之血氣敗逆壅底，為癰瘍疣贅瘻痔，亦蟲生之；木朽而蝎中，草腐而螢飛，是豈不以壞而後出耶？物壞，蟲由之生，元氣陰陽之壞，人由之生；蟲之生而物益壞，食齧之，攻穴之，蟲之禍物也滋甚。其有能去之者，有功于物者也，繁而息之者，物之讐也；人之壞元氣陰陽也亦滋甚，墾原田，伐山林，鑿泉以井飲，窾墓以送死，而又穴為偃溲，築為墻垣城郭臺榭觀游，疏為川瀆溝洫陂池，燧木以燔，革金以鎔，陶甄琢磨，悴然使天地萬物不得其情，倖倖衝衝，攻殘敗撓而未嘗息，其為禍元氣陰陽也，不甚于蟲之所為乎……

柳子曰：「子誠有激而為是耶？則信辨且美矣。吾能終其說，彼上而玄者，世謂之天；下而黃者，世謂之地。渾然而中處者，世謂之元氣。而寒暑者，世謂之陰陽。是雖大，無異果蓏癰痔草木也。假而有能去其攻穴者，是物也其能有報乎？繁而息之者，其能有怒乎？天地，大果蓏也；元氣，大癰痔也；陰陽，大草木也。其烏能賞功而罰禍乎？功者自功，而禍者自禍。欲望其賞罰者，大謬矣。呼而怨，欲望其哀且仁者，愈大謬矣。子而信于之仁義，以遊其內，生而死爾，烏置存亡得喪于果蓏、癰痔、草木耶？」[18]

韓愈以為果蓏飲食因敗壞而生蟲，人亦因血氣敗壞生癰瘍、疣贅、瘻痔等疾病，一旦蟲、病滋生，又更為敗壞食物與人體。據此，推論天地陰陽元氣亦壞，所以生人，人之破壞天地陰陽元氣更為劇烈，諸如開墾山林、鑿泉濬川、建築樓台、採礦燒陶，全然是對於天地自然的破壞，且時時不止，所以無異於蟲腐蔬果、病害人體。殘害天地之體，猶不自知，甚至抱怨天不佑己。韓愈料想天如有知，必能賞罰公正，嚴懲禍害大地之人。柳子則以為，韓愈言論雖獨特聳耳，實乃偏激之言，因天地之間萬物，均由元氣所構成，都是自然存在，是天、地不能有任何賞罰，故求天怨天，都為荒謬，無論功、禍，都是事物自為之。

18 〈說天〉全文參見〔宋〕李昉等編：《（重編影印）文苑英華》（臺北：大化書局），頁844。

〈禬說〉，藉由祭祀之事與禮節，強調人應克盡人事，不可迷信：

柳子為御史，主祀事，將禬，進有司以問禬之說。則曰：「合百神于南郊，以為歲報者也。」先有事，必質于戶部，戶部之辭曰：「旱于某，水于某，蟲蝗于某，癘疫于某，則黜其方守之神，不及以祭」。余嘗學禮，蓋思而得之，則曰：「順成之方，其禬乃通，若是古矣。」繼而歎曰：「神之貌乎！吾不可得而見也。祭之饗乎？吾不可得而知也。」是其誕漫惝怳冥冥焉不可執取者。夫聖人之為心也，必有道而已矣，非于神也。蓋于人也，以其誕漫惝怳冥冥焉不可執取，而猶誅削若此，況其貌言動作之塊然者乎？是設乎彼而戒乎此者也，其旨大矣。

或曰：「若子之言，則旱乎水乎蟲蝗乎癘疫乎，未有黜其吏者，而神黜焉。而曰蓋于人者，何也？」余曰：「若子之云旱乎水乎蟲蝗乎癘疫乎，豈人為之耶？故其黜在神，暴乎耗乎沓貪乎罷弱乎，非神為之也，故其罰在人。今夫在人之道，則吾不知也，不明斯之道，而存乎古之數，其名則存，而教之實則隱，以為非聖人之意，故歎而云也。」……

余曰：「……苟明乎教之道，雖去古之數可矣。反是，則誕漫之說勝，而名實之事喪，亦足悲乎。」[19]

論者以為按照古禮，某地既然出現災害，則其地方之神便不與祭祀，但作者不以為然，認為聖人創設祭禮，並非用於彰顯神靈，而是另有其道理，用意就在警戒人類。災害雖然由天，但貪暴奢侈釀成大禍，實是因人事未盡所以遭受的懲罰；然而今人不僅不知古禮，更不知聖人教育之意，所以感嘆。總之，必須體察聖人設教的用心，務於人事，否則只知迷信誇

---

19 〈禬說〉全文參見〔宋〕李昉等編：《（重編影印）文苑英華》（臺北：大化書局），頁837。

誕之說，毫無助益。

〈朝日說〉，藉由「朝日」之祭禮，糾正世俗學者對於此祭禮的曲解：

> 柳子為御史，主祀事，將朝日，其僚問曰：「古之名曰朝日而已，今而曰祀朝日，何也？」余曰：「古之記者，則朝拜之云也。今而加祀焉者，則朝旦之云也。今之所云非也。」問者曰：「以夕而偶諸朝，或者今之是乎？」余曰：「夕之名，則朝拜之偶也。古者旦見曰朝，暮見曰夕，故詩曰：『邦君諸侯，莫肯朝夕。』左氏傳曰：『百官承事，朝而不夕。』禮記曰：『日入而夕。』又曰：『朝不廢朝，暮不廢夕。』晉侯將殺豎襄，叔向夕。楚子之留乾谿，右尹子革夕。齊之亂，子我夕。趙文子礱其椽，張老夕。智襄子為室美，士茁夕。皆暮見也。漢儀：夕則兩郎向瑣闈拜，謂之夕郎，亦出是名也。故曰：『大采朝日，少采夕月。』又曰：『春朝朝日，秋夕夕月。』若是其類足矣，又加祀焉。蓋不學者為之也。」
>
> 僚曰：「欲子之書其說，吾將施于世，可乎？」余從之。[20]

古代祭祀朝日即稱「朝日」，但現今卻稱為「祀朝日」，同僚請問其故。柳子以為，依據古書，「朝」即有「早上拜見」之意，故「朝日」即是祭拜太陽；現今「祀朝日」之說，是將「朝」解為早上之意，故「祀朝日」實為今人誤解。再以各種古書為例，證明「朝」本是早上拜見之意，「夕」則為傍晚拜見之意，後人不知此理，遂稱「朝日」為「祀朝日」。同僚聞之，深以為是。

〈受命于天說〉，言興衰之道，繫乎在人，而不在於虛無飄渺的天命：

---

20 〈朝日說〉全文參見〔宋〕李昉等編：《（重編影印）文苑英華》（臺北：大化書局），頁 844。

孔子曰：「唯天子受命于天，士受命于君，故君命順，則臣有順命，君命逆，則臣有逆命。」嗚呼！君人者，得不鑒戒於是言乎？

王者將順天行道，而臣下自脩德矣。苟逆於天命，而臣下隨所化矣……故為君不易，而作臣者知難。不易則德明，知難則畏命。是故夏、殷、周、秦、漢、魏、晉、宋、齊、梁、陳、隋末之為理，內逆于心，外亂于身，豈不以受天命者耶？故夫十二朝之亡也，十二朝之作矣。雖小民女童，必知其過矣。何者？為君以為賢，為臣以為然。常不覲于前，無慮于後，大渙一時之榮而已矣。歷以度之，咸失于此。嗚呼！君人者得弗鑒戒于是言乎？[21]

天子受命於天，士又受命於君，所以君臣一體，順逆同命，為人主者應當謹記。又臣下依從人君，所以人君順天而行，則臣自修道德，反之，亦隨人主墮落為亂。所以不論君王、臣下，都須惕勵，所以皆難為。然則自夏、殷迄於隋共十二朝代，歷經興衰更迭，其實道理為一，即人君不畏天命，人臣未能修德，又不記取前車之鑑，所以盛極而衰；因此為人君者，此理不可不察。

〈祭祀不祈說〉，認為祭祀本為了表彰祖先、賢人烈士，而非為祈福：

夫祭典之興，所以奉祖宗而表有功也。非所以祈明神，而邀福佑也。故王者郊天地而立七廟，諸侯奉社稷而置五廟，士庶人各以其家，功施于民則祀之，以死勤事則祀之，以勞定國則祀之。……必以明神可祈，福祐可量，則三代不易，世秦漢不更氏。王者無明暗，卿士無賢愚，能盡其祭祀則享其福祚矣。神必私于禱祈，悅于肥腯，而降其禧祥，則王者盡堯舜

21 〈受命于天說〉全文參見〔宋〕李昉等編：《（重編影印）文苑英華》（臺北：大化書局），頁 842。

也，侯者盡桓文也。水不為潦也，火不為災也，年無壽天也，民無貧富也，戰無不勝也，守無不固也。禍無不殄也。疾沴不生也，國家無危亡也，宗祀無廢絕也。是皆祈而不得，禱而無應明矣。

然則經百代而不易其俗，傳百王而不革其風者，誠有以也。夫兩國相持，必有其勝也。萬邦各治，必有其康也。祈年者，必有其豐也。祈病者，必有其瘳也。祈仕者，必有其遷也。祈貨者，必有其饒也。有一于此，咸以神之佑也，而不知人事之起，匪成即敗，匪得即失，用之有巧拙，智之有後。先歲有豐儉，運有否泰，非神之所置也。于是廢業，而不為非，竭產而不為悔，姦巫乘之，以語禍福，竟不能明，寖以成俗，得非上失其正，下效其為者乎？[22]

自古以來，無論君王、諸侯與庶人，所祭祀的對象，無非為功在國家、社稷之偉人，故祭祀之目的，就在於表彰其德行功業，以示範後人，並非向其祈福。如福報可向神明祈求而導致，則無論貴賤賢愚，皆能求神而得福。然則帝王盡為堯舜，諸侯皆為桓文，國家無危百姓無貧，戰無不勝守無不固。雖然如此，但祭祀祈福歷代沿習不易，事事致力求神，忘卻人事的努力及影響。總之，祭祀之用不在於祈福，而世人不明就裡，導致忽略人事、荒廢實功，再加上巫覡故弄玄虛以迷惑人心，所以好於淫祀，上行下效，遂成風俗。

〈說鳳尾諾〉，說明何謂「鳳尾諾」：

或問予曰：「鳳尾諾，為何等物，圖耶？書耶？」對曰：「余之所聞，自晉訖于梁陳以來，藩邸之書，凡封子弟為王，則開府辟僚屬，取當時士

22 〈祭祀不祈說〉全文參見〔宋〕李昉等編：《（重編影印）文苑英華》（臺北：大化書局），頁 846。

有學行才藻者中是選。其所下書，東宮則曰令，上書則曰牋，諸王下書則曰教，上書則曰啟，應和文章則曰應令、應教，下其制一等故也。其事行則曰諾，猶漢天子肯臣下之奏曰可也。鳳尾，則所諾牋之文也。綷縩然，襬褷然，織與繪莫的知，既肯其行，必有褒異之辭，若今之批答。

按晉元帝為琅邪王時，帝美其才，令通習外事，常使批鳳尾諾……鳳尾牋，當番薄縷輕，其制作想精妙靡麗，而非牢固者也。殆將五百年，必不能保而存之，好事者或云織，妄矣！……余學聖人之文者，求其誠而已矣。又安可詐別數百年前事，自以為賢哉？君子慎所傳無易。[23]

作者回答「鳳尾諾」者，自晉迄於梁陳以來王侯所用書信，對下則稱為「教」，對上則曰「啟」，應和文章則曰「應令」、「應教」；王侯對下應允之事，則批其文稱「諾」，猶如漢天子批奏曰「可」。至於「鳳尾」則是書信本身，因既然許諾其事，則回文必有文采以嘉勉，粲然美麗，所以稱之。史上對「鳳尾諾」，並非全無記載，不過這些書牋大概因為時代久遠，無法保留，所以後人難曉，遂而妄加附會。其實聖人遇闕則闕，以疑傳疑，不當隨意亂斷。君子學文，必須謹慎，言必有徵，不可妄斷前代而自以為賢。

〈原晉亂說〉，反省晉朝興衰之由：

晉室南遷，制度草創。永嘉之後，囂風未除。廷臣中猶以謝鯤輕佻，王澄曠誕，競相祖習，以為高達。卞壼厲色於朝，曰：「帝祚流移，社稷傾蕩，職茲浮偽，致此隳敗，猶欲崇慕虛誕，污蠹時風，奏請鞫之，以正頹俗」。王導、庾亮抑之而止。

---

23 〈說鳳尾諾〉全文參見〔宋〕李昉等編：《（重編影印）文苑英華》（臺北：大化書局），頁 845-846。

噫！西晉之亂，百代所悲，移都江左，是塞源端本之日也。猶乃翼虛駕偽，宗扇佻薄，躡諸敗跡，踵其覆轍，以此創立朝綱，基構王業，何異登膠船而泛巨浸；操朽索以馭奔駟乎？設使從卞壼之奏，黜屏浮偽，登進豪賢。左右大法，維持紀綱，則晉亦未可量也。其後王敦作逆，蘇峻繼亂，余以為晉之亂，不自敦、峻而稔於導、亮。[24]

以為晉代士風澆薄輕浮，大臣也以虛無彼此相高。其後卞壼有感風氣輕佻敗壞，所以上奏請為阻止，但卻為王、庾等人抑制而不能行。所以作者認為卞壼之奏假如得以實行，則晉朝前途或未可量，正因積靡不振，致使後有王敦、蘇峻等人為亂，而其亂端就在於王、庾等抑制卞壼之奏的王公大臣。

按以上七篇，無論是論及個人或群體的興衰，大抵看來極力強調人治及道德。另外，對於似是而非的傳說，也多加以澄清辯證。總而言之，七篇對於玄虛不真的事理加以駁斥矯正，很顯理性精神。

2.「闡明儒義・臧否人事」之作：

「闡明儒義・臧否人事」者，如〈乘桴說〉、〈通儒道說〉、〈儒義說〉、〈相孟子說〉、〈仲由不得配祀說〉、〈鍼子雲說〉，總計六篇。

〈乘桴說〉，針對孔子、子路之事而發，以為孔子乘桴之說，另有感懷。

子曰：「道不行，乘桴浮海，從我者其由也歟？」子路聞之喜。子曰：「由也，好勇過我，無所取材。」說曰：「海與桴與材，皆喻也。海者，聖

24 〈原晉亂說〉全文參見〔宋〕李昉等編：《(重編影印)文苑英華》(臺北：大化書局)，頁 846。

人至道之本，所以浩然而遊息者也；桴者，所以遊息之具也；材者，所以為桴者也。易曰：『復其見天地之心乎？』則天地之心者，聖人之海也；復者，聖人之桴也；所復者，桴之材也。」

孔子自以極生人之道，不得行乎其時，將復於至道而遊息焉。謂由也，勇于聞義，果于避世，故許其從之也。其終曰「無所取材」者，言子路徒勇于聞義，果于避世，而未得所以為復者也。此以退子路兼人之氣，而明復之難耳。……問曰：「子必聖人之云爾乎？」曰：「吾何敢？吾以廣異聞，且使遯世者得吾言，以為學其無悶也，揵焉而已矣。」[25]

《論語》記載孔子云：「道不行，乘桴浮海，從我者其由也歟？」子路聞之喜；又云：「由也，好勇過我，無所取材。」而柳子以為「海」為至道、「桴」為藉以遊於道者者、「材」則是所以構成「桴」之物或原因。認為孔子不得時用，所以欲意退隱，修身自好從於大道之中，孔子以「無所取材」評論子論，意味子路雖然可以與之共進退，但卻不能真正知道何以要與孔子共進退。意即何以退隱以修大道，其實才是重大的問題，此理能持，亦正是聖人之所以為聖人處。又旁人問及作者抱負，則自言不敢自認為聖人，僅著一己之說，增廣學者見聞，並能體察孔子學思。

〈通儒道說〉，意在辨清「道」、「德」觀念本源於儒家，毋使黃老道家譖越。

古今儒家，多棄黃老，豈必乎天，德未必者。道上聖存於中，而外施訓。凡仁義禮智四者流於道，道外而流於道以四化，外俱復于天下。為義農不道而上德，則堯舜並知至德，則不列於聖教，決無四數矣。

---

25 〈乘桴說〉全文參見〔宋〕李昉等編：《（重編影印）文苑英華》（臺北：大化書局），頁 844。

> 凡駢行之為仁、為義、為信、為禮，并行之為德，愈德臻靖為道，故二為儒之臂，四為德之指。若忘源而決泒，薙莖而掩其本樹，難矣。則沖虛利害，于本末然。老氏摽本，孔氏回末，不能尤過者，自中而息，豈前無路哉？及列氏、莊氏，展而針之，空清泊中，非典經與家風，鄙而窺外，俱達誼也。[26]

「道」為聖人所內具，仁、義、理、智四者即為「道」所外流而出，然後教化天下者。仁、義、禮、信合之則為「德」，「德」更為精純則為「道」。然則仁、義、禮、信固為儒家思想，但「道」、「德」之觀念更為儒家所根本，或誤認為黃老道家所有而詆毀之，即為不識根本。

〈儒義說〉，以為儒之為士，必須具有幹材，兼備武事。

> 天下之命修文士曰儒士，其言書曰儒書，是謬久矣。夫儒者，可器之士之號矣，何者？以其不達於事，濡滯焉。且以《詩》《書》之法未嘗言，以《周易》《春秋》之文未嘗載，斯明矣。唯《論語》言當為君子儒，毋為小人儒。《禮記》〈儒行篇〉如是，非仲尼之言也。夫聖人言君臣、父子、夫婦、兄弟、朋友，賓主之法而已矣，是儒者無定，不約其事而制之，何必曰儒？……
>
> 夫士之出也，進道德，行禮樂，以治其身心，能語言，明仁義，則曰儒士，不善而為武夫。夫控弦荷戈，賤隸之徒也。苟修其文而不知武，烏得為君子？孔子曰：「有文事者，必有武備；有武備者，必有文事。」夫文所以遵乎忠孝，若武所以戢乎叛逆，二事之用，以求于是而已。某是知古今之人慮，或未精故也，輒建斯議，以為世式。[27]

26　〈通儒道說〉全文參見〔宋〕李昉等編：《（重編影印）文苑英華》（臺北：大化書局），頁 840。

27　〈儒義說〉全文參見〔宋〕李昉等編：《（重編影印）文苑英華》（臺北：大化書局），

認為「儒」的真義並不在於修文著書，而是「可器之士」，即有實際器用之才者。以古書所言及「儒」者為例來看，則《論語》、《禮記》中對於「儒」的說明，都非出自孔子；孔子所言亦不過人倫之理，並無對「儒」提出定義，是則「儒」的意涵不一，只在臨事成事之際展現自我價值。再者，內修道德，並鍛鍊實務幹才，文武兼修，才能稱為「儒士」而為「君子」，又引孔子所言，強調文武既不能偏廢。總之，文以崇道德、武以防叛亂，皆為興國治國所不能缺，作者對於「儒義」既在文武兼修，則願意親身奉行，以為世人範式。

〈相孟子說〉，本文批判孟子「愛人也細」、「緣其言而不精」：

孟子之愛人也細，緣其言而不精，以為習而有利，則心唯恐不利，至於傷人，則曰術不可不慎也。嗚呼！術焉得慎？慎則情背也，心則可慎，慎則惟術之惡而不利其傷也。為仁人之心由術，使之可動。則咎繇之術，治黥劓也，而咎繇豈利人之刑？周公之術，治縗絰也，而周公豈利人之喪？以為愛人者必有其備故也……以弧矢所以威天下，則征不義，而後可殺也。棺槨所以封中野，降殺有禮，而後死可利也。

嗚呼！為臣而倍叛，為臣而倍葬，其家人之心，畏其情背也，故術烏可使民慎？古人濟其備，所以教天下之愛也。故尊生送死，愛道盡此。而孟子之愛也細，為誅矢匠之意歟？聖人所以使匠人也，愛盡其道，何如。[28]

據孟子，矢人造箭、巫者祝禱，皆欲人活；函人製盾、匠人作棺，皆

頁 840。

28 〈相孟子說〉全文參見〔宋〕李昉等編：《（重編影印）文苑英華》（臺北：大化書局），頁 840。

欲人死，但其實兩者都有仁性，只差別在於彼此之「術」不同，所以必須「術不可不慎」。換言之，人皆有仁愛之心，但因所「術」不同，不得不害人。作者對此大加批判，認為咎繇、線經都制訂了嚴酷的刑罰，其本義並非樂於傷人刑人，是為整治天下，出於愛民之心，所以必須如此。倘若以為刑殺之術有害於人因而廢弛，適足以敗亂治道、圖利敵人。又刑殺既為不可或缺之術，但只在面對邪惡、叛亂時，不得不抑亂返正，適時施用而已。總之，聖人正因愛天下之民，所以備刑、殺之用，使人知道禮義，而孟子卻以為矢、匠之術害人並有所貶責，是偏頗之理，不合聖人之道。

〈仲由不得配祀說〉，認為子路有過，不應配祀於孔廟：

語曰：「民生於三，視之如一。父生之，師教之，君食之。」惟其所在，則致死焉。孔氏之徒，回聖也，賜辨也，商賢也，子我才也，曾閔孝也，及諸子言志，夫子皆信而從之，唯由教而勵之以成也。故夫子訓由而功倍，始衣戎服則攝齊；始衛以劍，則衛以仁。為蒲宰勞民以簞食壺漿，孔子恐私以食饋民，是明君之無惠，使子貢止之，其於教亦至矣。

由也誠宜葆死焉以俟乎致，保身以全乎用，何取臨於衛門，非召忽之死，而至盡聖人之心？嘆曰：「自吾有由，惡言不聞於耳。」嘗圍於陳、蔡，胡以不如衛之於夫子邪？……使夫子以由在，則曰：「惡言不聞於耳？」今日沒，豈惡言不日聞乎？又奚用白羽若月，赤羽若日之多為哉？祭法曰：「捍大患則祀之。」素王道窮，患非大乎？由不終捍，豈為祀乎？賜曰：「商，汝何無罪？今由也，而汝亦何無罪？宜貶其祀，以觀來者。」[29]

29 〈仲由不得配祀說〉全文參見〔宋〕李昉等編：《（重編影印）文苑英華》（臺北：大化書局），頁841。

孔子稱許弟子各有其志，弟子們亦確實各有長才，唯有子路受孔子告誡最多。其後，子路聞衛國孔悝作亂，自以為「食其食者不避其難」，奔入衛國最終見殺，臨死時以為：「君子死而冠不免。」遂結纓而死。但作者以為，應明哲保身，不可衝動赴死，而負孔子教誨之心。又孔子嘗言：「自吾有由，惡言不聞於耳。」正因子路性格剛猛，所以人不敢非議孔子，但當孔子困於宋、衛遭遇劫難、無所依靠時，子路不能以勇武相救，其後卻因衝動死於衛國，亦是子路之過。總之，作者認為子路有罪，不應配祀於孔廟。

〈鍼子雲說〉，認為揚雄道德無虧，所作所為，真乃大儒君子之「素臣」。

或曰：「揚子雲不思堯、舜、成康之世，而自論以不遭蘇、張、范、蔡之時，豈儒者之為邪？」

曰：「雄誠得素臣之事矣。夫居四海之安，處九層之高，上鑒沖漠，下瞰苑囿。既其靜息，則必思事云亭追軒穆者矣。列多士之朝，齒無用之秩，才略不用，名表莫聞。既其靜息，則必思征虜功效雍丘者矣。斯皆君臣居位之高下，而所思則治亂亦不同。蓋位之極者，思沖漠而欲無為也；位之下者，思功伐而欲有為也。無為，誠君之體；有為，誠臣之事……揚雄則自論以不遭蘇、張、范、蔡之時。噫！孔子真素王，揚雄真素臣哉。孔子思三代之英，是猶處尊位而道極，事云亭追軒穆者也。雄之論不遭蘇、張、范、蔡之時，是猶居散秩而才閒，思征虜功效雍丘者也。素王誠得王體，素臣誠得臣事。」

然臣事何事也？曰：「子貢使吳越，孟軻闢楊墨，皆事也。今不知雄思蘇、張、范、蔡之時者，其欲自為蘇、張、范、蔡之人邪？其欲折以正道，使弭兵擴文，歸吾域邪？苟自為蘇、張、范、蔡之人則叛矣，又何臣事哉？」[30]

論者質疑揚雄是否足配稱為儒者，而作者以為，揚雄雖然滿腔才學，又意欲建功立業，但生於無可作為的平和之世，縱使滿腹無奈心酸，但卻始終能安分守己，明知勢不可為，所以不願依隨古代縱橫家之流，四處奔明走、興起事端，因此不愧為「素臣」。

以上六篇，大抵就在闡述發揮儒家義理，或者對於傳統名儒，如子路、孟子、揚雄等人加以臧否，評論並辨正其思想與行為。且不論意見是否果然合宜得當，但可見作者不囿於陳說舊見，勇於質疑古人，提出具有新意的觀點及意見。

3.「假事言理・意在言外」之作：

「假事言理・意在言外」者，如〈雜說〉、〈寓衛人說〉。

〈雜說〉分四章，四則故事，另有寓意：

> 善醫者，不視人之瘠肥，察其脈之病否而已矣。善計天下者，不視天下之安危，察其綱紀理亂而已矣。天下者，人也；安危者，肥瘠也；紀綱者，脈也。脈不病，雖瘠不害；脈病，而肥者死矣。通於此說者，其知所以為天下乎？……《易》曰：「視履考祥。」善醫者、善計者為之。

其一，以醫術喻治道。人之脈絡猶如天下之綱紀，然則人之健康與天下安定與否，不在表面的肥瘦或安危，而在於潛在的脈絡與綱紀。筋脈健全，外表雖瘦而不害，猶如綱紀維持，國政雖危而不亂，反之筋脈受創、

30　〈鍼子雲說〉全文參見〔宋〕李昉等編：《（重編影印）文苑英華》（臺北：大化書局），頁 841。

綱紀廢弛，縱使表象平順，但難免於滅亡。是則以歷史為例，夏商周之時諸侯紛作不已，然三代皆能傳位十數世，反觀秦代極盛一時，卻僅二世而亡，關鍵正在綱紀持正與廢弛與否。要之，血脈、綱紀為根本，不可頹敗。

> 龍之嘘氣成雲，雲固弗靈於龍也，然龍乘是氣，而茫洋窮乎玄間，薄日月，伏光景，感震電，神變化，水下土，汩陵谷，雲亦靈怪矣哉。雲龍之所能使為靈也，若龍之靈，則非雲之所能使為靈也。然龍弗得雲，無以神其靈矣。失其所憑依，信不可歟。異哉！其所憑依，乃其所自為也。《易》曰:「雲從龍。」既曰龍，雲從之矣。

其二，龍吐氣成雲，雲雖無龍之靈性，但龍能乘之以遨遊天地，亦可謂神奇。然則龍若無雲，亦不足顯示其神靈之性，所以其實兩者相得益彰，彼此不可或缺；龍雖依恃雲以顯靈，但雲乃龍自己為之，並非外恃而來，這更令人感到奇異。

> 談生之為崔山君傳，稱鶴言者，豈不怪哉。然吾觀於人，其能盡其性而不類於禽獸異物者，希矣。將憤世嫉邪，長往而不來者，之所為乎？昔之聖人者，其首有若牛者，其形有若蛇者，其喙有若鳥者，其貌有若蒙倛者，彼皆貌似而心不同焉。可謂之非人耶？有平脅曼膚，顏如渥丹，美而很者；其貌則人，其心則禽獸，又惡可謂之人耶？……怪神之事，孔子之徒不言，余將特取其憤世嫉邪而作之，故題之云爾。

其三，認為世傳〈崔山君傳〉，文中具有抒發憤世嫉俗之意。傳中的崔山君應由鶴變化而成，故事雖虛誕，但是意在諷刺人面獸心之人，因古之聖人，多有身形奇特類於禽獸者，但其心純良，不可謂之非人，反之，身形相貌美好，但心如禽獸，又豈可謂為人？因此與其觀其面貌，不如論其本心，而怪亂之事雖本不為孔子之徒所論，唯其文既存諷刺，所以題記此事，表達勸世之意。

世有伯樂，然後有千里馬。千里馬常有，而伯樂不常有。故雖有名馬，祇辱於奴隸人之手，駢死於槽櫪之間，不以千里稱也。馬之千里者，一食或盡粟一石。今食馬者，不知其能千里而食也。是馬雖有千里之能，食不飽，力不足，材美不外見，且欲與常馬等不可得，安求其能千里也？策之不以其道，食之不能盡其材，鳴之不能通其意，執策而臨之曰：「天下無良馬。」嗚呼！其真無馬耶？其真不識馬耶？[31]

其四，論伯樂與千里馬。世間千里馬多，但伯樂稀少，且大部分的良馬為奴隸害死，未能展千里之能。奴隸之人，不知馬之性情、飲食，一味只想馬成為騏驥；奴隸之人，動輒抱怨天下無良馬，其實是無知且不能識馬而已。

〈寓衛人說〉，以寓言說明士人不應為利祿而仕：

於衛有人焉，汙羣潔獨，師聖友賢，不明於諸子，間或從孟軻游，在貧逃官，將仕不妻，宜若狂然。鄉之君子，以言譎曰：「若雖不明於諸子，然且從軻，軻為書曰：『仕非為貧也，而有時乎為貧；娶妻非為養也，而有時乎為養。』今聞若推養於弟，避媒竄祿，聖邪？孟軻邪？俱不識也。」

31 〈雜說〉全文參見〔宋〕李昉等編：《（重編影印）文苑英華》（臺北：大化書局），頁842。

對曰：「此吾母也，吾母教我曰：……汝不見馬、牛、羊、豨乎？同費芻豢也，馬牛則免也，羊豨則不免，無他，牛以耕免，馬以駕免，豈惟芻豢為然？人有大焉，汝當勤其道者也。」

我對曰：「某聞會盟則牲馬，宗廟則犧牛，如此不以免，奈何？」吾母嗟曰：「汝誠得列於會盟，薦於宗廟，雖不免，吾言讙。」我固受教於吾母矣。不然，我何以得專此？如牽人言而戾母心，不知其子也。

鄉之君子退曰：「吾聞曾子能養志者也。若人曾子哉。」

有衛人曾為孟子之徒，將欲出仕為官，因此將奉養母親責任託付其弟，且又不娶。人或以為其推諉養親責任，又不娶妻可能導致絕後，加以責難。衛人則以母親教誨答之，其母勉勵此人，勿以隱遁為高，應當展現才學器用，縱使出仕可能導致凶險的下場，只要堅持為所當為，則雖死而無悔。旁人聞之，嘉許此衛人尊親奉親，境界可比曾子。

按以上二篇，其實都為寓言，或藉由奇物怪事以寓懷作者感嘆，或杜撰歷史人物及故事，意在強調君子忠、孝之道；皆可見作者對於國家社會，與道德義理的關懷。

總之，「雜說」各「說」篇章，雖然題材複雜可以分類，但主旨大抵不出對於道德義理的闡述，或就儒家哲思加以申說。

（二）「諷喻」

「諷喻」類中，有柳宗元〈說鶻〉、〈羆說〉、〈捕蛇者說〉，舒元輿〈悲剡溪古藤說〉。

〈說鶻〉，借鶻能縱放鳥類，顯現仁慈一事，引伸說明觀人不能惑於眾論與表象：

有鷙曰鶻者，穴於長安薦福浮圖有年矣。浮圖之人，室宇于浮圖之人，室宇於其下者，伺之甚熟，為予說之曰：「冬日之夕，是鶻也，必取鳥之盈握者完而致之，以燠其掌，左右而易之，旦則執而上浮圖之跂焉。縱之，延其首以望，極其所如往，必背而去焉。苟東矣，則是日也不東逐；南北西亦然。」

嗚呼！孰謂爪吻毛翮之物而不為仁義器耶？……余又疾夫今之說曰：「以煦煦而嘿，徐徐而俯者善之徒；以翹翹而厲，炳炳而白者暴之徒。今夫梟鵂，晦于晝而神于夜；鼠不穴寢廟，循牆而走，是不近于煦夫梟鵂，晦於晝而神於夜；鼠不穴寢廟，循牆而走，是不近於煦煦者耶？……」[32]

有一鶻鳥久為和尚收留於浮圖，和尚告訴作者，此鶻於冬夕之時捕捉鳥類，但左右易之以暖其指爪，並不加害，至天明則於浮圖屋頂縱放，亦不追逐獵殺。作者聞之，以為雖「爪吻毛翮之物」亦有仁義，實為世所難得。然則梟鵂與鼠平時隱於暗處，卻橫行於人未見之時，猶如看似沉默藏鋒，其實兇惡作亂的偽善之徒；鶻鳥不掩藏聲形，實則懷仁義之心，猶如看似獷悍，其實善良質樸之人。由此可見，一切俗說及表象，實不可輕信。

〈羆說〉，借鹿、貙、虎、羆言依恃外勢，必遭致滅亡：

鹿畏貙，貙畏虎，虎畏羆。羆之狀，被髮人立，絕有力而甚害人焉。

楚之南有獵者，能吹竹為百獸之音。寂寂持弓矢罌火，而即之山，為鹿鳴以惑其類，伺其至，發火而射之。貙聞其鹿也，趨而至。其人恐，因為虎而駭之。貙走而虎至，愈恐，則又為羆，虎亦亡去。羆聞而求其類，

32 〈說鶻〉全文參見〔宋〕李昉等編：《（重編影印）文苑英華》（臺北：大化書局），頁867。

至，則人也。捽搏挽裂而食之。

今夫不善內而恃外者，未有不為羆之食也。[33]

先言鹿畏貙，貙畏虎，虎畏羆；且羆之狀，被髮人立，絕有力而甚害人。其後，楚之南有獵者，能吹竹為百獸之音，某日持弓矢罌火，入山捕物。先以鹿鳴誘捕其類，卻引貙而來。再為虎嘯以驅貙，卻引虎而來。又為羆聲以驅虎，卻引羆而來。最後，獵者為羆所殺，撕裂食之。總之，依恃外在勢力而無實才者，必如獵者死於羆之手。

〈捕蛇者說〉，以永州捕蛇人蔣氏故事，言苛政猛於虎：

永州之野產異蛇。黑質而白章，觸草木盡死。以齧人，無禦之者。然得而腊之以為餌，可以已大風、攣踠、瘻癘，去死肌，殺三蟲。其始太醫以王命聚之，歲賦其二。募有能捕之者，當其租入。永之人爭奔走焉。

有蔣氏者，專其利三世矣。問之，則曰：「吾祖死於是，吾父死於是，今吾嗣為之十二年，幾死者數矣。」言之貌若甚戚者。余悲之，且曰：「若毒之乎？余將告於蒞事者，更若役，復若賦，則如何？」蔣氏大戚，汪然出涕，曰：「君將哀而生之乎？則吾斯役之不幸，未若復吾賦不幸之甚也……今雖死乎此，比吾鄉鄰之死則已後矣，又安敢毒耶？」

余聞而愈悲，孔子曰：「苛政猛於虎也！」吾嘗疑乎是，今以蔣氏觀之，猶信。嗚呼！孰知賦斂之毒，有甚於是蛇者乎！故為之說，以俟夫觀人風者得焉。[34]

---

33 〈羆說〉全文參見〔宋〕李昉等編：《（重編影印）文苑英華》（臺北：大化書局），頁867。

34 〈補蛇者說〉全文參見〔宋〕李昉等編：《（重編影印）文苑英華》（臺北：大化書局），頁867。

永州產異蛇，黑質白紋，觸草木盡死，但可以為藥治病、殺蟲，故王命能有捕之者，一蛇可抵半年賦稅，故永州之人奔走捕蛇。有蔣氏者，三代皆以捕蛇為業，親族多為毒蛇所害，所以作者提議繳納賦稅，別再冒險捉蛇。但蔣氏「大戚，汪然出涕」，竟認為賦稅之為不幸與凶險，更在捕蛇之上。因捕蛇縱須冒風雨，且有死傷，但一旦悍吏前來催繳，則叫囂破壞，即使牲畜也不得安寧，此刻倘若能捕獲毒蛇，獻之便得安穩。而一年只須冒死兩次，尚可安穩度過餘日，勝於鄰居因欠稅而終年飽受欺壓騷擾，因此豈敢以捕蛇為苦？作者聞之愈悲，以為賦稅之毒，竟在毒蛇之上，所謂苛政猛於虎並非虛談，故著此文以諷諫當政者。

〈悲剡溪古藤說〉，以剡溪古藤枯死之事，指摘世人不知愛物惜物：

剡溪上綿西五百里，多古藤，株枿逼土，雖春入土脈，他植發活，獨古藤氣候不覺，絕盡生意。予以為本乎地者，春到必動，此藤亦本於地，方春且有死色。遂問溪上人，人有道者言：「溪中多紙工，持刀斬伐無時，擘剝其皮肌，以給其業」……過數十百郡，泊東雒西雍，歷見言書文者，皆以剡紙相夸。乃寤曩見剡藤之死，職正由此，過固不在紙工。紙工嗜利，曉夜斬藤以鬻之；雖舉天下為剡溪，猶不足以給，況一剡溪者耶？以此恐後之日，不復有藤生於剡矣。大抵人間費用，苟得者其理，為不枉之。道在則暴耗之過，莫由橫及於物，物之資人，亦有其時，時其斬伐，不為沃閼。

予謂今之錯為文者，皆沃閼剡溪藤之流也。藤生也有涯，而錯為文者無涯。世之損物，不直於剡藤而已。予所以取剡藤以寄其悲。[35]

35 〈悲剡溪古藤說〉全文參見〔宋〕李昉等編：《（重編影印）文苑英華》（臺北：大化書局），頁 869-870。

剡溪延綿四五里，岸邊皆有古藤，但至春季各類植物活潑，唯古藤有死色。作者問於人，才知紙工為造紙所需，剝其樹皮，以致於古藤枯槁幾死。又異日，行經四處，更見文人好以剡溪沿岸所產之紙相誇，然則古藤之死，在於此輩，不在於紙工。當今文人喜好爭勝，競逐於淫靡之文；卻不修聖人之道，搦筆為文動輒千萬言，其實皆是謬誤，無益世道。卻不自知其非，仍然故我，不僅敗壞道德，更殃及古藤等植物。又謂任何物資皆不可過渡消耗，必須節制以時才能避免匱乏，而依照現況，只恐古藤即將殆盡。總之，剡溪古藤之事小，但可喻大，既作此文指摘錯謬為文之人，亦表悲憫古藤之情。

總之，「諷喻」之為類名，很明顯類中作品，應當都以諷刺勸喻為主旨，以上三篇「說」之文章觀之，也無不藉由作者所見聞之事物為緣起，進而寓以對於社會國家、人情世故的感懷，行於文墨，其諷刺之意，彰彰可見；而柳宗元正是此類文學風格的能手，對於晚唐皮日休、陸龜蒙等人都有所影響[36]。

(三)「辯論」

「辯論」類中，有柳宗元〈觀八駿圖說〉、楊夔〈蓄狸說〉二篇。

〈觀八駿圖說〉，由觀八駿圖一事，諷刺世人多好怪異，以訛傳訛：

古之書有記周穆王馳八駿升崑崙之墟者，後之好事者為之圖。宋齊已來傳之，觀其狀甚怪，咸若騫若翔，若龍鳳麒麟，若螳螂然。其書尤不經，世多有，然不足採。世聞其駿也，因以異形求之，則其言聖人者亦類

36 有關柳宗元寓言文學與政治，及其對於晚唐文學諷刺風氣的影響，參見沈文凡、彭飛：〈晚唐諷刺文學對柳宗元寓言散文的接受〉，《吉林師範大學學報（人文社會科學版）》第 1 期（2010 年 1 月），頁 56-61。

是矣。傳伏羲曰牛首，女媧曰其形類蛇，孔子如倛頭，若是者甚眾。……世人慕駿者，不求之馬，必是圖之似，故終不能有得於駿也；慕聖人者，不求之於人，而必若牛若蛇若倛頭之間，故終不能有得於聖人也。

誠使天下有是圖者，舉而焚之，則駿馬與聖人出矣。[37]

傳說周穆王駕八駿登崑崙仙境，歷代好事者為之圖畫，然所畫八駿多形狀怪異，且世人據此圖畫以求駿馬，終不可得；此外，對於聖人亦復如是，伏羲、女媧、孔子，世所傳其圖像，形貌皆怪異非常。但作者不以為然，以為駿其實就是馬，而聖人相貌亦與凡人無異，然而世人既迷信怪異，又好以其怪異形狀求駿馬、聖人，如此自然不能尋得。

〈蓄狸說〉，言某家因苦於鼠患，飼貓捕鼠，但最終貓無故離家而去，以此諷刺人事：

敬亭叟家毒於鼠暴……及賂於捕野者，俾求狸之子，必銳於家畜，數日而獲諸汴，歡逾得駿，飾茵以棲之，給鱗以茹之，撫育之厚，如子諸子，其攫生摶飛，舉無不捷。鼠懾而殄影，暴腥露羶，縱橫莫犯矣。然其野心，常思逸于外，罔以子育為懷。一旦怠其紲，逾垣越宇，倏不知其所逝。叟惋且惜，涉旬不弭。

弘農子聞之曰：「野性匪馴，育而靡恩，非獨狸然，人亦有旃。梁武於侯景，寵非不深矣；劉琨於日磾，情非不至矣。既負其誠，復返厥噬。嗚呼，非所蓄而蓄，孰有不叛哉？」[38]

37 〈觀八駿圖說〉全文參見〔宋〕李昉等編：《（重編影印）文苑英華》（臺北：大化書局），頁 865-866。

38 〈蓄狸說〉全文參見〔宋〕李昉等編：《（重編影印）文苑英華》（臺北：大化書局），頁 866。

此戶人家既患鼠害，購貓於人，果然得貓，主人極疼愛此貓，撫育之厚，猶待其子。貓亦能勤於捕鼠，將鼠輩驅除殆盡。但是其野性未馴，不顧撫育之恩，離主人家而去，主人雖惋惜，然而貓終究不歸。作者聞之以為不念舊恩負義背叛，不唯在貓，人亦多有，如古代侯景、日磾之輩，性皆如是，而對待此類，不可不慎。

總之，「辯論」中的二篇「說」，〈觀八駿圖說〉指謫眾人好怪而迷信，忘其理智。世人皆知貓可杜絕鼠患，但〈蓄狸說〉卻思及野性難馴者，不唯在貓，亦在於人。兩篇「說」之作品，看來大抵對於世俗之見，有所反思批判。

（四）「贈送」

「贈送」類中，有柳宗元〈說車贈楊誨之〉及符載〈說王贈蘭陵蕭易簡遊三峽〉二篇。

〈說車贈楊誨之〉，與友人楊誨之分別之際，以車喻其才幹，作文贈勉：

楊誨之將行，柳子起而送之門，有車過焉，指焉而告之曰：「若知是之所以任重而行於世乎？材良而器攻，圓其外而方其中然也。材而不良，則速壞。工之為功也，不攻則速敗。中不方，則不能以載，外不圓，則窒拒而滯。方之所謂者箱也，圓之所謂者輪也。匪箱不居，匪輪不途。子其務法焉者乎？」曰：「然。」

曰：「是一車之說也，非眾車之說也，吾將告子乎眾車之說……今楊氏，仁義之林也，其產材良。誨之學古道，為古辭，衡然而有光，其為工也攻。果能恢其量若箱，周而通之若輪，守大中以動乎外而不變乎內若軸，攝之以剛健若蚤，引焉而宜禦乎物若轅，高以遠乎污若蓋，下以成乎禮若軾，險而安，易而利，動而法，則庶乎車之全也。凡人之質不良，莫能方且恆。質良矣，用不周，莫能以圓遂。……」誨之，吾戚也，長而益良，方其中矣。[39]

謂車輛必賴良工之力，再以良材構成，才能顯其用，否則必然速壞。且車輛外有圓輪，可以致遠，中有方箱，可以載物，以此勉勵楊誨之應外圓內方，才能任重道遠。又說車之用於載貨、戰事、禮儀，雖功用不盡相同，但總之，必須為堅實之良材，兼以外圓內方之雕琢，才能為車。稱許楊氏樂於古道，且有過人的幹才實學，唯恐楊氏於外不夠圓融，所以撰述此文，期許外圓內方如車輛，始可任重道遠。

〈說玉贈蘭陵蕭易簡遊三峽〉，以美玉譬喻人材，並以之期許、祝福即將遠行的友人蕭易簡：

玉在寶族，拔乎其萃者也……玉則尚然，人豈無之？士君子含略蘊器，困於仄陋，塵垢被身體，蓬茨沒四壁。智不贍饘，褐道不信。妻子闒茸，視之猶聱夫也。及其乘時運之會，遭知己之顧，鬱起耕釣，作時功勳，上以戴大君，下以福生人。澤流萬世，聲塞九寓，是時也，一言受卿相，再詞啟茅社，以厚其禮，猶謂之不重於戲。

有至物必有至大，有盛才必有大用……蘭陵蕭易簡，韜沉邃之識，抱宏偉之才，業巨命隘，與時濩落，若嚮者之事，尚或不泯。則道必有所明，志必有所行，指顧樹勳績，呼嘯取金紫。是夫人也，肯昧茲數，而隕穫于此際哉？人謂甚病，余固知甚泰矣。然三峽孱顏，驚波觸天，行容易愁。況聞哀猿，苟有鍾粟尺帛之可共，則寧使賢者栖栖，沿泝其間，去矣自愛余一嘆矣，且玉有盛美，可以況德，亦感乎和璞之事，故為說玉以餞

39　〈說車贈楊誨之〉全文參見〔宋〕李昉等編：《（重編影印）文苑英華》（臺北：大化書局），頁857。

之。[40]

玉係為天地陰陽之精華所凝結而成，其質純潔，所以德配君子，且廣用於人倫禮儀，以及奉祀鬼神之用。然當其為璞玉之時，淺藏沙泥石礫之間，必待良匠慧眼，取之切磋琢磨。當其為美玉，則為人所寶愛重視，價值不可量計。玉既如此，人亦如是，君子藏器未發，困於仄陋，塵垢被身體，蓬茨沒四壁，為人所輕。一旦遭遇時機，奮起而作，則能建功立業，然後聲名遠播、流芳萬世，永垂不朽。又謂蕭易簡具有實才，但目前欠缺時運只能沉潛，但相信定然不會長久埋沒，當其得遇之際，必能有所作為，樹立勳績並列位廟堂。唯顧忌三峽江浪凶險，加有猿啼憑添悲哀，友人蕭易簡將去，當然為作者不捨且憂其安危，但又感玉之美好與琢磨鍛鍊，可以譬況於人，故作此文以贈之。

總之，「贈送」中的二篇「說」，顯然都與文士間臨別有關。質言之，都是在文士分別之際，作文以鼓勵勸勉朋友的文章，而寫作的方式，皆以器物譬喻人材，期勉對方努力進業修德、展現器用，可以出人頭地於未來仕途之中。

（五）「諫刺雜說」

「諫刺雜說」中，有陳黯〈禦暴說〉、〈木貓說〉兩篇。

〈禦暴說〉，認為權倖之殘暴，更勝於虎狼，更對抗權倖之殘暴，必賴刑法。

夫虎狼之暴，炳其形，猶可知也；權倖之暴，萌其心，不可知也。自

40 〈說玉贈蘭陵蕭易簡遊三峽〉全文參見〔宋〕李昉等編：《（重編影印）文苑英華》（臺北：大化書局），頁 857。

口者不過於噬人之腥，咋人之膏血。自心者則必亡人之家、赤人之族，為害其不甚乎！然則權倖之暴不能抑，亦有國者不能設備以禦之，俾民罹其害。

曰：「虎狼，吾知其能禦者，弓矢也。權倖如之何能禦也？」曰：「刑法。」曰：「彼秦、漢其弛刑法耶？何趙高、王莽之肆暴，而不能禦哉？」曰：「彼秦之高、漢之莽得肆其暴者，皆由刑法之不明也；苟明，暴何自矣。噫！田鄙者由能執弓矢以弭其暴耳；有國者反不能施刑法而禦其暴。豈存國者重其民，不若田鄙者重其生哉？」

權倖之人懷藏禍心，所以為虐更勝虎豹，也遠比虎豹更難以禦防。作者以為，禦防之道，就在於嚴明刑法。反觀歷史上權倖之小人，所以能夠為虐害民，就在於刑法不嚴。治國為政者，必須警覺，否則疏忽防備，其心思倒不如田野平民了。

〈木貓說〉，以捕鼠一事，說明貓之性：

莽蒼之野有獸，其名曰狸。有牙爪之用，食生物，善作怒，才稱捕鼠。……既長，果善捕，而遇之必怒而搏之。為主人捕鼠，既殺而食之，而群鼠皆不敢出穴。雖為己食而捕，人獲賴無鼠盜之患，即是功於人，何不敬其狸之名？遂號之曰貓。貓者，末也；莽蒼之野為本，農之氏為末，見馴於人，是陋本而榮末，故曰貓。貓乃生育於農氏之室，及其子已不甚怒鼠。蓋得其母所殺鼠，食而食之，以為不殺而能食。不見捕鼠之時，故不知怒。又其子則疑與鼠同食於主人，意無害鼠之心，心與鼠類，反與鼠同為盜。

農遂歎曰：「貓本用汝怒，為我制鼠之盜。今不怒鼠，已是誠失汝之職，又反與鼠同室，遂亡乃祖爪牙之為用，而誘鼠之為盜。失吾望甚矣！」

> 乃載以復諸野，又探狸之新乳，歸而養，既長，遂捕鼠如曩之者。[41]

言某農夫家裡患鼠，有人提議至野外捕捉幼狸，養之長成可以捕鼠。果然長成之後，遇鼠即怒以捕殺，既有功於人，於是賜名為「貓」。此貓又生育，然幼貓已不甚能怒鼠捕鼠。幼貓因不勞而獲不捕得食，竟不知如何捕鼠，甚至以鼠為己類，一同盜食於人。農夫於是極為失望，以為不能發怒捕鼠，已是喪其天性且失其天職，何況又與鼠同伴，共謀偷盜之事。將此幼貓野放，然後另捕其他幼貓飼養，即其長大，又能捕鼠如故。

總之，「諫刺雜說」既有「諫刺」之名，則類中文章應當都具諫刺之意。〈禦暴說〉以虎狼之暴比喻權倖之禍，而後者為害更勝前者，質言不可不慎。〈木貓說〉內容寫貓捕鼠之事，應意在言外，提醒安逸則會使人怠惰，忘卻職責與本性，乃至與邪惡同流合污。無論譏刺之意或顯或隱，要能使人讀之有所警惕，避免犯過得禍，然則「諫刺雜說」與「諷喻」類的宗旨，看來並無太大差異。

（六）「明道」、「識行」、「紀述」、「雜製作」

「明道」類中，僅韓愈〈讀荀卿子說〉，旨在評斷孟子與荀子、揚雄之間高下：

> 始吾讀孟軻，然後知孔子之道尊，聖人之道易行，王易王，霸易霸也。以為孔子之徒沒，尊聖人者，孟子而已矣。晚得揚雄書，蓋尊信孟子，因雄書而孟子益尊，則雄也者亦聖人之徒歟！
>
> 聖人之道，不傳乎世。周之衰，好事各以其說干時君，紛紛籍籍相

41　〈木貓說〉全文參見〔宋〕李昉等編：《（重編影印）文苑英華》（臺北：大化書局），頁 860。

亂，六經與百家之說錯雜，然老師大儒猶在。火于秦，黃老于漢，其存而醇者，孟軻氏而止耳，揚雄氏而止耳。及得荀氏書，於是又知有荀氏者也，考其辭時有若不醇粹，要其歸與孔子異者鮮矣，仰其猶在軻、雄之間乎？

孔子刪詩書，筆削春秋，合於道者著之，離於道者黜之。故詩書春秋無疵。予欲削荀氏之不合者，附于聖人之籍，亦孔子之志歟！孟氏，醇乎醇者也！荀與揚，大醇而小疵。[42]

荀子、孟子與揚雄都堪稱孔子之徒，荀子思想雖近於孔子，但相較之下仍不如孟子精純，所以評斷介於孟子與揚雄之間。但相對孟子與純然儒道，荀子及揚雄之思想，都顯得則大純而小疵，所以欲效孔子刪《詩》、《書》的精神，整理二子之書，去除駁雜之處全歸於聖人之道[43]。

「識行」類中，僅有李觀〈交難說〉，感嘆世間難有知音至交：

交之難兮久矣，且苟合兮為恥。昔人病於無友，嗟友不可以已矣……夫物以類感，何感不致？交以心契，何心不契？……大樸摧頹，六情入焉，一與一奪，失其自然。積有億年，人增險難，使我行無所之，居無所安，游流濺濺，潰我素源，源無清流，棄沉逐浮。作色自伐，偽心相求，睢盱竭歡，未竟成讎。一日銷落，連如涼秋。其榮無遺，俗態豈留？……昔夷吾九合之策，知者不孤；巨卿千里之哭，今也則無。石父解縛於齊相，智罃負慙於賈夫。行微其可有乎？知我則友，何微之居。……古之奉

42 〈讀荀卿子說〉全文參見〔宋〕李昉等編：《（重編影印）文苑英華》（臺北：大化書局），頁 840。

43 韓愈於儒學之中，揚孟子而抑荀子，在建構「揚孟抑荀」的理論之中，此篇與〈原道〉是最重要的文獻，相關說明，參見宋鼎宗：〈韓愈「揚孟抑荀」說〉，《成大中文學報》第 4 期（民國 85 年 5 月），頁 11。

交，多不獲全。耳、餘之初，刎頸慨然。隱憫就辱，激昂自堅。及其據兵而坐，勢不相果，白刃可吹，赤心乃攜，憑怒相殺，氣干虹蜺。……嗚呼噫戲也。交之難兮苟合，忿深咆哮。余嘗識之，不妄語交，矧今之人兮，無異蒙蜥虺。是故獨處兮而悲蠨蛸。冀幸歟可振，予願言與隣，駿吾相之駕，捧仲尼之輪。義者有其義，仁者師其仁。不其善歟？何滯於斯憂辛。[44]

古往今來，朋友知己難尋，但天地之間萬物以類相應，人若能誠心相感，理當可以尋找契合之人，雖然此乃古今不易之道，尋常且易曉之理。但人之為物，既稟六情而生，不免陷於情欲，且世間本來甚多險難，往往令人沉浮其間不能自已，交接往來，不免以虛偽奸詐之心相待，乃至良朋變為仇敵，更使人備感世態炎涼。又古人交往，能以真心相待且相知，並不因為對方窮困卑微而見棄背叛，比如管仲、鮑叔牙及張劭、范式之交，可為佳話。但自古卻也不乏因勢利而結交，往往反目成仇者，竟而刀刃相見，如陳餘、張耳之輩。勢利之交極為凶險，但今人多為勢利之徒，彼此攀援依附，趨利求勢；因此作者寧願獨處，寂苦而樂道，既以道德仁義獨自內修，則雖向外無依恃憑靠，至少也可自安其心，不以為憂。

「紀述」中，亦僅有周愿〈牧守竟陵因遊西塔著三感說〉，乃作者至西塔，思及舊事有所感懷者三，所以著文：

古人之文，有旌物而為者，謌功而為者，詭時而為者，感舊而為者。旌物，謚也；謌功，形也；詭時，詐也；感舊，情也。若乃折裂金石，騷牢鬼神，莫尚乎感也。予所作者，其感舊耶？

44　〈交難說〉全文參見〔宋〕李昉等編：《（重編影印）文苑英華》（臺北：大化書局），頁 878。

客曰：「何謂也？」愿與百越節度使扶風馬公，曩時俱為南海連率隴西李公復從事，公詔移滑臺，扶風公洎予又為幕下賓，從容兩地，七改星火……繇是二客雙鯉，殷勤於楚越，隴西短齡，閱川而物故，予感一也。

隴西先人諱齊物，被大德，嘗為竟陵郡守。公生於守之日，故名復。嗚呼！愿以散拙，忝公先人之州，往為子儌，今刺父郡，悲夫隴西也。歌鍾爐滅於池館，九原極零乎薤露，其感二也。

愿頻歲與太子文學陸羽同佐公之幕，兄呼之，羽自傳竟陵人。當時羽說竟陵風土之美，無出吾國。予今牧羽國，憶羽之言不誣矣……視天僧影泥破竹，枝筠老而羽亦終。予作楚牧，因來頂中道場，白日無羽香火，遐歎零落，衣搖楚風，其感三也。

是為三感說七言詩以詩以語陳事，扶風公覽三感之說，豈得不酸涕濕目，以著詞致於塔下，冠愿鄙章之首耶？[45]

自古為文寫作，或為記事物，或敘功德，或表抒情，而作者如即因感念舊情，所以搦筆為文。謂與馬公昔日為同僚，但之後分道揚鑣、際遇不同，馬公名滿天下，鎮統南海，而作者僅為刺使，且兩人地位懸殊，又分隔兩地難通音訊，是其感懷之一。先人蒙受皇恩，曾為竟陵郡守統領隴西，但作者不能繼承，今竟僅能身為刺使造訪於此，不免有愧於祖先，此其感懷之二。又作者曾與陸羽同僚，且有交情，其信奉佛教且通百氏之學，見此地寺廟中之佛像、竹林與僧人，憶昔日與故友陸羽種種前塵舊影，但如今景象衰敗，陸羽亦去世不在，是其感懷之三。

「雜製作」中，亦僅有楊夔〈植蘭說〉，以蘭荃牧守之性，比喻正直之士：

---

45 〈牧守竟陵因遊西塔著三感說〉全文參見〔宋〕李昉等編：《（重編影印）文苑英華》（臺北：大化書局），頁 863。

或種蘭荃，鄙不遄茂，乃法圃師汲穢以溉，而蘭淨荃潔，非頓乎眾莽。苗既驟悴，根亦旋腐。噫！貞哉蘭荃歟？遲發舒守其元和，雖瘠而茂也；假雜壤亂天真，雖沃而斃也；守真介而擇祿者，其蘭荃乎？樂淫亂而偷位者，其雜莽乎？受莽之偽爵者，孰若龔勝之不仕耶？食述之僭祿者，孰若管寧之不位耶？

嗚呼！業圃者以穢為主，而後見龔管之正。

人種植蘭荃，以其不茂，竟以溷穢灌溉之，導致蘭荃從根而爛以死。蘭荃性潔，僅能令其自致本性，不能以汙穢灌溉，猶如正直之士，堅持以正道而得仕祿，否則寧貧不受。也正因世間溷穢多，也才顯見蘭荃與正直之士，可貴且難得。

按以上四篇「說」，因為各存「雜文」之一子目，所以予以合併討論。〈讀荀卿子說〉既然在於闡明、辨析儒學思想，然則「明道」之為類，所「明」之「道」，可以推見必與儒家之道相涉；換言之，「明道」類之宗旨，即在闡明儒家之道。〈交難說〉對於世間交友之道多所感慨，那麼「識行」類之宗旨，大抵也在人情交往此一議題。〈牧守竟陵因遊西塔著三感說〉重在憶往念舊，筆調頗為抒情，入於「紀述」之類，推敲其類名，應在其文章以記錄人物之言行事跡為主。唯〈植蘭說〉藉由高潔蘭花以喻正直君子，旨意甚明，看來也頗與「諷喻」、「諫刺雜說」兩類之篇同趣，但卻歸屬「雜製作」，箇中道理，還待後文推敲。

總論以上，可見「說」內涵頗為廣雜，或偏重於記敘，或直接議論，或寓理於事物，但大抵都可見有著道德價值的關懷，具有儒學意味。吳訥《文章辨體》言就將「說」、「解」兩種體類並談，而言「說」：

按：說者，釋也，述也，解釋義理而以己意述之也……漢魏六朝文載

> 《文選》，而無其體。獨陸機〈文賦〉備論作文之義，有曰「說，煒曄而譎誑」，是豈知言者哉！至昌黎韓子，憫斯文日弊，作〈師說〉，抗顏為學師者。迨柳子厚及宋室諸大老出，因各即事即理而為之說，以曉當世，以開悟後學，繇是六朝陋習，一洗而無餘矣……若夫解者，亦以講釋解剝為義，其與說亦無大相遠焉。[46]

謂「說」體類之要義即在於解釋、述明事理，又認為六朝之際，陸機即能關注此一體類，頗具識力。更重要的是，在韓愈〈師說〉問世後，遂成此體典範，其後柳宗元等宋代文家追步創作，即事言理，一洗六文學朝浮華空疏之弊。同時又提及「解」，以為此體類之要，亦在解釋事情物理，所以與「說」相近。

徐師曾《文體明辨》亦云：

> 按《字書》：「說，解也，述也，解釋義理而以己意述之也。」說之名起於〈說卦〉，漢許慎作《說文》，亦祖其名以命篇。而魏、晉以來，作者絕少，獨《曹植集》中有二首，而《文選》不載，故其體闕焉。要之傳於經義，而更出己見，縱橫抑揚，以詳贍為上而已；與論無大異也。[47]

謂「說」之體要在於能以己見馳騁文辭，深刻的闡明儒家義理，與「論」並無太大差別。而《易‧說卦》與《說文解字》本非獨立篇章，但徐氏把握二者兩者以「說」字名篇，所以認為此即「說」文章之源頭，以

46 〈文章辨體‧序〉，收入〔明〕吳訥等：《文體序說三種》（臺北：長安出版社，1998年6月，第一版），頁54。本節所引〈文章辨體‧序〉原典均出此書，其後僅於引文末段括注頁碼，不另行注解。

47 〈文體明辨‧序〉，收入〔明〕吳訥等：《文體序說三種》（臺北：長安出版社，1998年6月，第一版），頁87。本節所引〈文體明辨‧序〉原典均出此書，其後僅於引文末段括注頁碼，不另行注解。

降如曹植有〈髑髏說〉，但此篇所言與儒家義理無關，且文辭近似辭賦[48]，只是單純以「說」為篇名，迴異於後來唐、宋以來講究說理詳贍，文氣迭宕的「說」體類篇章之風格。

綜論之，由《文苑英華》「雜文」各子目中的「說」體類篇章，以及徐、吳二氏對於「說」的意見來看，可見唐宋以來之「說」，本質其實與「論」體相似，都在論述一事物或道理。儘管如此，但「說」既然更強調創作時的「即事即理」、「傅於經義，而更出己見」，即意謂題材的多元與心態的隨感隨想，但其實內容往往不離道德義理的關懷；相對之下，務求「彌綸群言，而研精一理」的「論」體類，題材更為寬泛，內容亦未必涉及道德義理，但作者心思須更為縝密嚴謹，所以略不同於「說」。

三、《文苑英華》「雜文」的「辯」

「辯」體類文章，未見於六朝文體論資料及《昭明文選》，但在《文苑英華》卻不乏相關之作，且亦散見「雜文」下各子目。篇章數量最多出現於「辯論」類，共七篇之多；「雜說」、「紀述」、「雜製作」亦各一，以下分別論之：

(一)「辯論」

「辯論」類中，有柳宗元〈桐葉封弟辯〉，杜牧〈三子言性辯〉，皇甫湜〈壽顏子辯〉，陸龜蒙〈象耕鳥耘辯〉，牛僧儒〈私辯〉，王涯〈太華山僊掌辯〉，尚衡〈辯文〉四篇，七篇依次言之：

〈桐葉封弟辯〉，對於周公堅持周成王必須實踐戲言之事的傳說，加以

48 金仞千、馮書耕即認為此篇有辭賦氣格，間有用韻，不合論之正體，即為「論」體「格意俱變」之作。參見氏著：《古文通論》(臺北：雲天出版社，民國 60 年 5 月，訂正版)，頁 734。

疑義：

古之傳者，有言成王以桐葉與小弱弟戲，曰：「以封汝。」周公入賀，王曰：「戲也。」周公曰：「天子不可戲。」乃封小弱弟于唐。

吾意不然。王之弟當封邪？周公宜以時言于王，不待其戲而賀以成之也。不當封邪？周公乃成其不中之戲，以地以人與小弱弟者為之主。其得為聖乎？且周公以王之言不可苟焉而已，必從而成之邪？設有不幸，王以桐葉戲婦寺，亦將舉而從之乎？凡王者之德，在行之何若。設未得其當，雖十易之不為病；要于其當，不可使易也，而況以其戲乎？若戲而必行之，是周公教王遂過也。[49]

傳說成王以桐葉為令，封其幼弟，周公以為天子無戲言，所以如令封賞。此事作者以為不然，認為天子所論所行，重點在於正確、適宜與否，而非在於可易不可易，何況既是戲言，更不能當真，若當真則是周公輔政偏失之過。然則周公輔政，必不會逢迎天子之失，也不強勢驅策少主，理應以適切中庸之道加以引導。所以成王桐葉封弟之事，當屬野史雜談，不可信。

〈三子言性辯〉，分辨孟子「性善」、荀子「性惡」以及揚雄「性善惡混」三者之說的短長：

孟子言人性善，荀子言人性惡，楊子言人性善惡混……七情中，愛者，怒者，生而自能，是二者性之根，惡之端也。乳兒見乳必拏求，不得即啼，是愛與怒與兒俱生也。……君子之性，愛、怒淡然，不出於道，中

49 〈桐葉封弟辯〉全文參見〔宋〕李昉等編：《（重編影印）文苑英華》（臺北：大化書局），頁 856。

人可以上下者，有愛拘於禮，有怒懼於法也；世有禮法，其有踰者，不敢恣其情，世無禮法，亦隨而熾焉。至於小人，雖有禮法而不能制，愛則求之，求之不得即怒，怒則亂……。

人之品類，可與上下者眾，可與上下之性，愛、怒居多，愛、怒者惡之端也，荀言人之性惡，比於二子，荀得多矣。[50]

先提及人皆有七情，其中愛與怒兩種情，是一切惡之端，且從嬰兒時期就展露無疑。君子之性、中人之性及小人之性彼此不同；要之，君子能夠對愛、怒處之淡然，中人則必須以禮教刑法加以節制約束，小人則行為悖亂，任愛、憎情欲橫流，雖有禮教刑法亦難以規範威嚇。再觀察眾人，發現中人其實最為普遍，既然愛、怒不能淡然，故賴禮教刑法才能將之導向君子之性。總之，荀子性惡之說，最貼切真實，故評論在孟、揚二家之上。

〈壽顏子辯〉，以氣化聚散之理，說明顏子所以長壽而彭祖所以為短命之理：

人之生也，質乎土、風、水、火，而心乎知。其于死也，氣旋乎虛，而反于土、風、水、火之性，各旋其所質，固化而無矣。若心之知，則未知其處焉，而人見其質之化也，謂知亦從而亡，豈不過甚矣哉？……

夫心猶水也，水清則撓而不濁，濁則不清；心猶鏡也，鏡明則塵埃不止，止則不明。聖與愚，受于初一也。聖人瑩其心而澗于誘，是以能照天下之理，故其心清而定。愚者負其心而薄于外，是以閉天下之理，故其心塵而結。清而定者，離其質也，玲瓏乎太虛之中，動而合，則為文王、仲

50 〈三子言性辯〉全文參見〔宋〕李昉等編：《（重編影印）文苑英華》（臺北：大化書局），頁 203-204。

尼，止而安，則必終始天地；塵而結者，離其質也，狂攘乎太虛之中，轉而合乎有，則為禽為獸。其于人也，為愚為凡，于草木者，無所不為矣，雖欲少安得乎？推是而言，則彭祖為夭，而顏子為壽；盜跖為殺，而比干為終。[51]

以為世界之物，無不由土、風、水、火四種元素構成，且人因為有心，心又能知，因此為萬物之靈。人死則身形消散，又化解為土、風、水、火之元素回歸於太虛，但「心」卻不滅，存於太虛的某處。此外，聖人與愚者之用「心」頗不同，聖人之心潔淨，能照理知理，所以言其心清而定；愚者其心混濁，未能照理知理，所以言其心濁且病。聖者之心在其形軀滅亡後，會在太虛之中安然自存，一旦與其他元素遇合降生，其人當如文王、孔子，總之，其心與天地同不朽；愚者之心在其形軀滅亡後，則飄盪於太虛之中，一旦聚合其他元素，則化為禽獸之類，乏善可陳。是則顏子、比干等聖賢千古常在，而彭祖、盜跖之愚凡壽命短暫。

〈象耕鳥耘辯〉，世傳舜未為帝時，為田耕種，且有象、鳥前來助耕，作者以為此乃農家之異說，非聖人之言：

世謂舜之在下也，田于歷山，象為之耕，鳥為之耘，聖德感召也如是。余曰：「斯異術也，何聖德歟？孔子敘書，於舜曰濬哲文明，聖德止於是而足矣，何感召之云云乎？」然象耕鳥耘之說，吾得於農家，請試辯之。

吾觀耕者行端徐，起墢欲深，獸之形魁者無出於象，行必端，履必深，法其端、深，故曰象耕；耘者去莠，舉手務疾而畏晚，鳥之啄食，務

51 〈壽顏子辯〉全文參見〔宋〕李昉等編：《（重編影印）文苑英華》（臺北：大化書局），頁 849。

疾而畏奪，法其疾、畏，故曰鳥耘。試禹之績，大成而後薦之於天，其為端且深，非得於象耕乎？去四凶恐害於政，其為疾且畏，非得於鳥耘乎？不然，則雷澤之漁、河濱之陶，一無感召，何也？豈聖有時而不德耶？……

吾病其書之異端，敺之使合於道。人其從我乎？雖不從，吾亦不能變其說。

世傳象、鳥為舜之聖德感召，故前來相助，作者卻以為此非聖德，簡直為異術，且不見於經書之中，故不可信。至於何以此說是出自農家，則再辨析：以為農夫以農具耕種之形象，及其所掘土欲深，故以象為譬，以手除草之形勢，及其拔除迅速欲盡，故又以鳥為喻。是則並非真有象、鳥前來助耕，不過好事者穿鑿附會。總之，作者意在修正怪異之說，使歸於正道，縱使不為人所信，亦堅持己說。

〈私辯〉，說明「私」分成「聖人之私」與「小人之私」：

近古之人所謂私者，為苟萃于利，苟處于逸，苟潤其屋者也。僧孺以為斯皆小人之私，非聖人之私也。……

賢君良相，必私天下而公其身，故天下之人皆私而親之；暗君愚臣，必公天下而私其身，故天下之人皆公而文踈之。人踈之者多，故天下任其亡也；親之者多，故天下欲其昌也。至于殷辛之聚財鹿臺，是以天下之利私于己也，故天下公而踈之；秦始皇之廢棄諸侯，是以天下之爵私于身也，故天下亦公而疏之……是以自私者，人公而亡也；自公者人，私而昌也。

夫聖賢非必公其身，私在其中，不得不公也。天下非必私于一人，公在其中，不得不私也。余謂亡國之君、亡家之臣、亡身之人，俱不得私之道也，非聖賢之無私也。[52]

「聖人之私」如賢君良相，能捨身為公，則民莫不親愛之；「小人之私」暗君愚臣剝取天下百姓以為一己私利，故天下人莫不排斥之。為民所親愛，則天下欲其昌，為民所排斥，則天下欲其亡。是則大禹、傅說、周公、孔子，莫不因獻身公益，而為民所親愛，而商紂、始皇皆以天下之利私於一己，所以為民所惡。自公者人因私而昌，自私者因私而亡。然則聖人之所謂私，是指忘身奉公，所以自己也廣受人人私愛，並非自我利欲的滿足。

〈太華山僊掌辯〉，辨明山川奇特景象，認為不過山川自成形勢而已：

西岳太華，華之首峰，有五崖比轡破巖而列，自下遠望，偶為掌形。舊俗土記之傳者皆曰……有巨靈於此，力擘而剖其中，跖而北者為首陽，絕而南者為太華，河自此洩，茫洋下馳，故其掌跡猶存，巨靈之跡也。

予聞而惑之，乃往觀曰：「誕哉此說乎。夫所謂神者，非人也。其動無聲，其行無跡，若形而無象；若氣而無色，拔山剖澤，而不見其作；鼓風奔水，而不見其力。視不可察，名不能及，故推而謂之神。苟有聲可聞，有形可見，非神之所為，則皆人力之能及也。焉有神之作力，而有人跡乎？……予嘗覽張平子之賦西京，至巨靈高掌，厥跡猶存之辭，以為該聞精達，常以是惑。使不語怪神之旨，何所述明？暨覿其形而咨之，果謬悠而無據也。將假文神事，以飾其詞歟？為思而有闕歟？因辯其由而述之，以告山下。[53]

52 〈私辯〉全文參見〔宋〕李昉等編：《（重編影印）文苑英華》（臺北：大化書局），頁849。

53 〈太華山僊掌辯〉全文參見〔宋〕李昉等編：《（重編影印）文苑英華》（臺北：大化書局），頁856。

西岳太華山之首峰，有五崖並列，自下而望，狀似人掌，傳言以為曾有巨靈開山，故遺留其掌痕。但作者以為不然，神之動也無形，氣也無色，因此行動全非人力可以察覺，正如此所以為神，倘若聲形可為人所窺知，則不為神。然則必不會留此痕跡，供人觀瞻。而山谷之造型，無所不可，又豈處處出自神怪之手？張衡〈西京賦〉亦提及「巨靈高掌」之說，作者既惑於其怪神之語，親睹山形之後，更加確定為謬談，所以撰述此文，破其荒謬以告世。

〈辯文〉，認為文章必須合乎聖人之道而作，否則縱使辭藻華麗，不足為貴：

> 夫天之文位乎上，地之文位乎下，人之文位乎中，不可得而增損者，自然之文也。……夫文者，考言之具也。可以革，則不足以裨天地矣。故聖人當使將來無得以筆削，果可以包舉其義，雖一畫一字，其可已矣。病不能然，而曰：「必以彩飾之能，援引之當，為作文之秘急。」是何言之末歟！……夫自然者，不得不然之謂也。不得不然，又何體之慎歟！夫天地、八卦、春秋確止於此者也。吾得定其所云，其不至於此者，唯吾何學焉？吾安能以天下之心也，是則其心卓然絕於俗者，其文不求而至也，無得于為教。苟於聖達之門無所入，則雖劬勞憔悴於黼黻，其可數哉？是故在心曰志，宣於口曰言，垂於書曰文，其實一也。若聖與賢，則其書文皆教化之至言也。徒見其纖靡而無根者，多始目文與藝。嗚呼！[54]

天文即日月星象，地文為山川形勢，而人文與之並列，三者同出於自然。而人文之原，起於伏羲法象天地以畫八卦。天、地、人三者之文同出

54 〈辯文〉全文參見〔宋〕李昉等編：《（重編影印）文苑英華》（臺北：大化書局），頁856。

自然，所以天地一切文采皆是自然形成，並非刻意造作；至於創造人文，應當學習聖人之道，浸心習染聖人之學，則自可為極致之文，否則不入於聖人之學，雖刻意雕琢華藻，其文亦不足觀。總之，文章並非僅為一藝，必有聖人道德學問作為根柢，才能實而華之。

上述七篇「辯」，看來也在分辨事理，事理雖不盡相同，亦皆顯見對於道德仁義的關懷；或對於世俗的看法不以為然，予以理性批判，並自立其說。總之，都很具儒學意味，亦見理性精神。

（二）「雜說」、「紀述」、「雜製作」

在「雜說」類中，僅有楊夔〈公獄辯〉，強調獄官不可任憑己意為斷，務必與下屬討論商議，方能勿枉勿縱，公正無私：

> 縉紳先生，牧于東郡，繩屬吏有公于獄者。某適次于座，承間諮其所以為公之道，先生曰：「吾每窺辭牒，意其曲直，指而付之，彼能立具牘，無不了吾意，亦可謂盡其公矣。」
>
> 某居席之末，不敢以非是為決，因退而辯其公……智詢于愚，以其或有得也；尺先其寸，或有長也。皆庸其涓滴，將助其廣大也。況末世纖狡，內外荏剛，烏有不盡其辭，而能必究其情乎？使居上者得其情，屬踵而詰之，可謂合於理，未足言公也。忽居上者異于見，遠于理，亦隨而鞫之，取葉于意，所謂明於不法，烏可為公哉？……若乃告諸獄任意以為明，其屬狥己以為公，是使懷倖者有窺進之路，挾邪者有自容之門矣。矧蒺棘之內，辛楚備至，何須而不克？而況承執政指其所欲哉？
>
> 嗚呼！欲人之隨意者，吾見亂其曲直矣；樂人之附己者，吾見汨其善惡矣。而猶伐其治，譽其公，無乃瞽者術別諸五色乎？[55]

55　〈公獄辯〉全文參見〔宋〕李昉等編：《（重編影印）文苑英華》（臺北：大化書局），

某人是位以「為公」著稱的典獄官員，在閱讀辭牒後，囑告下屬其個人之判斷，再由下屬據長官口述，做成判決，結果竟頗為公允，所以得其名聲。然作者私下對此，不以為然。長上與下屬臨事應當相互磋商，方能使長上必免於偏見遮蔽，以及其他任何的疏漏；且身為判官，百姓之情事原委，尤其難斷，因此不能端賴長官之意以斷之。再說，以私意為判決，則可能導致偏私包庇，勾結賄賂之事發生，縱容僥倖之徒而敗壞刑法與王政。所以最後作者感嘆，隨任自己之意判決，終究會使曲直混亂、善惡不分，而世人猶讚美此縉紳先生為公正，風氣敗壞至此，著實令人擔憂。

「紀述」類中，有佚名〈辯三傑〉，以為唐代中興名將郭子儀其功勞謀略，超乎西漢三傑之上：

或謂客曰：「談者以太尉西平王，武略天授，神機獨運，剪大憝，威不庭，安社稷於綴旒，返鑾駕於夷庚。功格上下，為唐元老，可與夫漢三傑並騖矣。」

客曰：「蓋聞殊途同歸，在乎立事而已。又聞有能不能，斯則所趣異也……於是保長安，嘯聚不出。有詔，與李懷光犄角相應，收復舊都。懷光怙亂要功，阻兵西上，內懷反側之釁，外萌結連之端。賊既合謀，人皆異志。公幸脫虎口，誓夷國讐，乃據渭橋之倉，守新豊之路，逐懷光於舊宛，降叛將於臨陣。軍聲大振，師克在和，一舉而羣盜剪滅，再戰而巨猾授首；京師無秋毫之犯，黎庶感春陽之晞。安翠華於九重，正朝綱於百事；梟獍畏威而悛惡，蛇豕慕義而革心。海內晏如，名傳不朽之勳。德崇功茂，如此之大也。若然者，必勝之戰，則同乎淮陰宜矣；所立之功，則無乃太尉優乎；何者？淮陰以數萬之眾，紿弱齊，襲歷下，孰與太尉數千之卒，逐懷光，屯渭上乎？淮陰虜魏趙新立之王，孰與太尉破燕朔相濟之

頁 843。

冠乎？淮陰會垓下而諸侯葉力，孰與太尉收天邑而孤軍獨進乎？淮陰潰已窮之項羽，孰與太尉滅方熾之朱泚乎？由是揚搉而言功，實不侔矣。」

或曰：「鄙人冥頑，議事狹近，第聞輿誦，疇分三傑，固不知蕭、張則如彼，淮陰又如此。可謂太尉兼蕭、張之謨謀，邁淮陰之勳業遠矣。宜其戴元后，庇羣生，揚洪休，膺戩福，元后三接，極賞九命，功莫大而不伐，德彌尊而益恭。焜燿當世萬祀矣，故記曰：『天降時雨，山川出雲，嗜慾將至，有開必先必先。』詩曰：『維嶽降神，生甫及申，維周之翰。』其太尉之謂乎。」[56]

主人以為太尉西平王郭子儀智勇雙全，安國扶傾，掃除叛逆，可與漢代三傑並列。客人不以為是，認為漢初三傑雖然各有成就，但皆非郭子儀可相比擬，謂唐時中原混亂，且戎夷跋扈，郭子儀善計巧謀且勇猛善戰，擔負平定天下之大任，其後叛賊擾亂，郭子儀護駕避難，然後帥師還擊，其勢如破竹，將叛賊擊潰。又其後，再與李懷光協力恢復舊都，但李懷光旋即要功作亂，其亂又為郭子儀所平定。總之，能率領王者之師連番剿滅叛亂，令賊人聞風喪膽，保國安民並重振朝廷綱紀威嚴，其功勳偉大，足以永垂青史。所以，郭子儀功勞成就，遠超乎漢代三傑。主人對於客人此番說法深表贊同，認為郭子儀兼有蕭何、張良之謀略，及韓信戰功，且謙恭謹敬，毫無驕衿；故以漢代三傑與之相比，猶有過之而無不及。其功既大，其德既偉，永享祭祀。

「雜製作」中，有沈顏〈妖祥辯〉，言祥瑞與災異等等怪異之談，並無實據，全不可信：

56 〈辯三傑〉全文參見〔宋〕李昉等編：《（重編影印）文苑英華》（臺北：大化書局），頁 860-861。

凡所謂祥者，必曰麟鳳龜龍，醴泉甘露，景星朱草；所謂妖者，必曰天文錯亂，草木變性，川竭地震，冬雷夏霜。或者以為察王道之廢興，國家之治亂，則乩考於是，而不知君明臣忠，百司稱職，國之祥也；信任讒邪，棄逐讜正，刑賞不一，貨賂公行，國之妖也。

既三代已後，廢興之兆，理亂之故，鮮不由此矣。若嚮所祥者果祥，則周道衰而麟見，妖者果妖，殷道盛而桑穀生庭，不其明與也？[57]

人以為祥瑞與災異與國家治亂相關，其實不然；若能君君臣臣，則自為國之祥瑞，反之君臣相賊、舞弊貪贓，則為國之妖孽。自古國君人臣迷信祥瑞災異，若然周衰何以麒麟尚見於郊外，殷盛又何以桑穀會生於中庭？可見災異祥瑞，皆為無稽之談。

以上三「辯」之篇章，除〈辯三傑〉文辭頗有賦體意味，其餘顯然是以散文成篇。另外，就文章與其分類來說，〈公獄辯〉在抨擊社會亂象及錯誤的價值觀，〈妖祥辯〉在批判自古迷信虛妄之觀念；觀其文章主旨及體類屬性，實難與「雜說」、「雜製作」之類名相關聯。唯〈辯三傑〉則在記敘並評價郭子儀之行事功績，然則入於以記錄人物言行為主題的「紀述」之類。總之，三篇「辯」都在對既有的某一種既有說法、觀念加以糾謬辨正。

關於「辯」，大致以批判眼前所聞事理，並矯正以己見，加以立說成篇。吳訥《文章辨體》言「辯」云：

昔孟子答公孫丑問而好辨曰：「予豈好辨哉？予不得已也！」中間歷敘古今治亂相尋之故，凡八節，所以深明聖人與己不能自己之意，終而又

57　〈妖祥辯〉全文參見〔宋〕李昉等編：《（重編影印）文苑英華》（臺北：大化書局），頁 876。

曰：「予豈好辨哉？予不得已也！」蓋非獨理明義精，而字法、句法、章法，亦足為作文楷式。迨唐，韓昌黎作〈諱辨〉，柳子厚辨桐葉封弟……大抵辨須有不得已而辨之意。苟非有關世教，有益後學，雖工，亦奚以為？（頁55）

將「辯」體類之作，溯源於《孟子》，且以孟子答公孫丑一段，作為「辯」之體要，至唐代韓愈、柳宗元繼續相關之作，所以為「辯」之名家。總之，「辯」雖是見事理有所誤謬，所以「不得已而辨之」而創作的作品，但內容必須有關世教，闡述出道德正義，如此才真正有「辯」體類的價值。

徐師曾《文體明辨》則云：

按《字書》：「辯，判別也。」其字從言，或從刂，蓋執其言之是非真偽而以大義斷之也。……漢以前，初無作者，故《文選》莫載，而劉勰不著其說。至唐，韓、柳乃始作焉。然其原實出於《孟》、《莊》。蓋非本乎至不易之理，而以反復曲折之詞發之，未有能工者也。[58]

謂「辯」之體要在於辨是非、別真偽，雖然可以上溯《孟子》、《莊子》，但卻是在韓愈、柳宗元之後，此體類才真正加以奠定。且「辯」體類之作，必須本於真理，然後以文辭層層闡述，使真理淋漓盡致表達而出，方可為上。

綜論之，由《文苑英華》「雜文」中各「辯」之篇章，以及徐、吳二氏對於「辯」的意見，可見此體類在說明事理，但更重要在於能破能

58 〈文體明辨・序〉，收入〔明〕吳訥等：《文體序說三種》（臺北：長安出版社，1998年6月，第一版），頁88-89。

立，使裨益於世道人心，很見儒學意味及理性精神，整體看來與前文所言「說」，兩者並無太大的差異。雖然「辯」體類也以韓、柳二氏為典範作家，但《昭明文選》中「論」類中陸機〈辨亡論〉、劉孝標〈辨命論〉就以「辨」名篇，若篇名底下捨其「論」字，題之為「辨亡」、「辨命」亦可，是則「論」、「辯」兩體類本質也幾無差異，而「辯」之出現，可以上溯魏、晉[59]。但無論如何，可以說唐、宋之後，「辯」體類在文學史上才漸顯地位，也才有較多的相關作品問世。

四、《文苑英華》「雜文」的「解」

「解」，在《昭明文選》與《文章緣起》中，都未有「解」類；雖然劉勰類曾於《文心雕龍》〈書記〉篇末廿四品中提及，所謂「解者，釋也。解釋結滯，徵事以對也。」可見「解」之功用在於解釋疑難，不但憑空說理，還要能徵實以對。但既然只附屬於〈書記〉，在當時也就是一種只有實用價值，幾無藝術美感可言的應用文書。但至《文苑英華》中，「解」體類文章，亦僅出現於「雜文」，其中「辯論」有三，「雜製作」有二，「論事」、「紀事」、「雜製作」各一篇。以下依次言之：

(一)「辯論」

「辯論」類中，有陸龜蒙〈祀竈解〉，韋端符〈君子無榮辱解〉，劉蛻〈朱氏夢龍解〉三篇：

〈祀竈解〉，藉由祀竈之事，言君子應當謹慎修道，不可迷信：

---

59 金仞千、馮書耕就指出，《文選》中有陸機〈辨亡論〉、劉孝標〈辨命論〉皆以「辨」名篇，而下復曰「論」。實則「論」「辨」並無多大差別，題為「辨亡」「辨命」亦可，加一論字，不免累贅。故「辨」之作不始於韓柳，其體在歷代各家文集中，往往有之，但不多見。參見氏著：《古文通論》（臺北：雲天出版社，民國 60 年 5 月，訂正版），頁 639-640。

竈壞，煬者請新之。既成，又請擇吉日以祀……說者曰：「其神居人間，伺察小過，作譴告者。」又曰：「竈鬼以時錄人功過，上白于天，當祀之以祈福祥。」此近出漢武帝時方士之言耳，行之惑耶？

苟行君子之道，以謹養老，以慈撫幼，寒同而飽均，喪有哀，祭有敬，不忘禮以約己，不忘樂以和心，室闇不欺，屋漏不媿，雖歲不一祀，竈其誣我乎？苟為小人之道，盡反君子之行。父子兄弟夫婦，人執一爨，以自餬口，專利以飾詐，崇姦而樹非。雖一歲百祀，竈其私我乎？天至高，竈至下，帝至尊嚴，鬼至幽仄，果能欺而告之，是不忠也；聽而受之，是不明也。下不忠上不明，又果可以為天帝乎？[60]

常人相信竈有鬼神，負責窺探人之過失，將上報於天，則人當祭祀之以避免招禍。作者以為此類言論類似方士，不可相信。倘若人能自修道德，克己復禮，誠意正心無所欺瞞，則縱使不祀，竈又豈能誣告而降禍？反之，倘若人逆道行施，胡作非為，則縱使一年百祀，鬼神又豈能瞞騙天帝而賜福？且以天帝之至高，竈之至下，竈之鬼神必不能欺天，否則鬼神為不忠，天帝為不明。若下不忠上不明，則不可為天帝。

〈君子無榮辱解〉，辨析君子之榮，非世俗之榮，而小人只有辱，根本無榮可言：

所謂榮與辱者，賢不肖之辨也，朝暮之所存也，君子小人所以異道而殊名也。君子無榮辱，小人有辱而無榮。志意脩，術業明，德行備飾，是榮之自內者也，由之而爵列尊，穀祿厚，無擇而不宜，是榮之自外者也。君子有諸內而外者至焉，猶是藝之耨之鏄之，水澤以時，而苗之猥大者

60 〈祀竈解〉全文參見〔宋〕李昉等編：《（重編影印）文苑英華》（臺北：大化書局），頁 850。

也……。小人之有辱無榮，內外備至，而不容說焉。然則就是說，吾又有明焉。君子非有榮者，有仁義之榮，而無勢仕之榮也。在吾之修者堯、禹、孔子，吾將坦蕩蕩而君師之，立其朝，躋其堂，悟而有之，流千萬世，鼻口吾芳醲。故曰：有仁義之榮也。

若勢與仕，吾又惡取哉？得之吾不屑也。流千萬世不遂者，稱道而自信焉。惡在乎得與否也？故曰：無勢仕之榮也。若小人則無適而丕辱也，學者述道，行吾，而審取焉。君子小人分矣。[61]

所謂「榮」、「辱」有君子、小人之別，故稱兩者異道而殊名。以君子而言，由內而外，修身以至治國，均為君子之榮；其堅持正道，修養德行，若能向外建立事功，固然為榮，倘若際遇不佳，不能施展抱負，亦非其辱。小人因欺昧良知，自辱於內，由之多行不義而遭刑罰，則取辱於外；縱使能趁時竊位，權傾一時，也必為賢者書之於史，受辱百世，作為警戒後世之資。是則小人即便僥倖得勢，不過如倉廩之肥鼠、圈欄之肥彘，豈能以為榮？總之，君子之榮，在於仁義之榮，並非勢祿之榮，故無論際遇，皆足為榮；小人卑鄙猥瑣，不修道德，立身但有其辱而已。

〈朱氏夢龍解〉，吳郡朱氏，夜夢一龍入於井，好事者占之以為祥，但作者以為朱氏所夢非龍，解夢之說亦屬乖誕之談：

吳郡朱氏言，昔之夜夢龍入井，客之好誕者作佳占以祥朱氏。予曰：「予未嘗識周公、孔子者也，然而使予得夢一丈夫，苟冠衣之古者，因謂之周公、孔子，人必知其自欺也。未嘗識越，不知越之城郭、宮室、途巷，苟或夢之，未可自知其何城也。然則朱氏之所夢入井者，朱氏安知其

61 〈君子無榮辱解〉全文參見〔宋〕李昉等編：《（重編影印）文苑英華》（臺北：大化書局），頁 852-853。

龍乎？豈非常見畫工者，屈其脊，拏其爪，施甲鬣雲氣於身，則似乎其所入井者耶？」

是朱氏之夢畫者也，殆非夢龍矣。自夏后以來，人不見龍，然而言龍者，信其畫而已……夫龍不輕出，又不可褻乎婦人，有德不闕，故知皆非龍也。嗚呼！龍以變化為德也，故孔子曰：「唯龍也不可知。」是則德也。而如蠙如蠖、如虵如魚，未可知不為龍也。或者謂如所畫，亦可謂之龍也，則朱氏所夢，曾何龍乎？[62]

龍之為神物，人不能見，故人所形容之龍，無不出自畫家想像，然則人所謂龍均為畫像而非實體，則朱氏所夢，亦不過為圖像，絕非真龍。況且，龍德行崇高，本非輕出之物，總之變化無常，斷不肯輕易示人，故孔子以為不可知。如此，可知朱氏所夢，絕非真龍。

以上三篇，〈祀竈解〉、〈朱氏夢龍解〉都是對於既有的迷信意見，指出虛妄、加以反駁，要在將這些看似奇異的現象，歸諸於人之理智與德行的詮解。〈君子無榮辱解〉則辨別君子小人，當然期勉人成為君子，勿沉淪為小人，是則亦顯見道德訓誡之意。總之，三篇「解」之作品，都可見道德的關懷，至於與「辯論」之類名的關聯，則待後文討論。

(二)「論事」、「紀事」、「雜製作」

「論事」類中，僅有李甘〈叛解〉，言盜、賊應當極力掃蕩禁止，不可因小而放縱：

或曰：「申恒何讐而叛？」解曰：「盜賊富家讐乎！且惏其財而強索

62 〈朱氏夢龍解〉全文參見〔宋〕李昉等編：《（重編影印）文苑英華》（臺北：大化書局），頁866。

之，若寃其主也。」……或曰：「有盜一金，費千金而可捕，為之乎？有賊一夫，殺十夫而可磔，行之乎？今三年兵之，非千金而捕，如費何；萬人死之罪，非十夫而磔，如殺何？」解曰：「以金為輕而不捕，則窮人家家謀盜矣；富人家家遇盜矣。以一夫為寡而不磔，則壯夫人人為賊矣；懦夫人人被賊矣。是故盡天下之盜者，三年為蚤也。勝天下之賊者，萬人為少也。」或曰：「吾聞勇夫重閉，盍鍵乎？」解曰：「天雨垣敗，盜賊乘之，門之閉耶？」曰：「以彼習叛之巧也，贖而吏之何如？」解曰：「盜賊欲巧，吏不欲擾，如贖娼而為妻也。為娼且淫，為妻且禁乎者也。」[63]

問曰：盜、賊有所不同？解答則？以為：前者謀人之財，後者則因財害人之命，但皆因貪婪之心而起。又或問曰：捕盜擒賊，必須考量代價，倘若代價甚大，是否還須為之？解答則以為：賊應當不計任何代價，務必繩之以法，否則因為其惡小不受刑法，則窮困之人，人人皆欲為盜賊、無所忌憚。總之，除惡務盡，不能些許放縱。又或問曰：嚴閉門戶即可防範盜賊，但如此仍不免有所疏漏，令其伺機而入，然則盜賊既通偷搶之術，可否任用為吏，用盜賊之長以治之？解答則以為：此舉實如娶娼為妻，因既已為盜賊娼妓，其本性皆不可能改易，若予以要職，適足以使其變本加厲，為害更深。

「紀事」類，僅有韓皐〈廣陵散解〉，說解嵇康〈廣陵散〉之作意：

妙哉嵇生之為是曲也，其當晉魏之際乎。其音商，主秋聲。秋也者，天將搖落肅殺，其歲之晏乎。又晉承金運，商，金聲也，所以知魏云季，而晉將代也。慢其商絃，而與宮同音，是臣奪君之義也。此所以知司馬氏

63 〈叛解〉全文參見〔宋〕李昉等編：《（重編影印）文苑英華》（臺北：大化書局），頁871。

將篡也，司馬懿受魏明帝顧託後嗣，反有篡奪之心，自誅曹爽，逆節彌露。王陵都督揚州，謀立荊王彪，毌丘儉文欽諸葛誕前後相繼為揚州都督，咸有匡復魏室之謀。皆為懿父子所殺。叔夜以揚州故廣陵之地，彼四人者，皆魏室文武大臣，咸敗散於廣陵，故名其曲為廣陵散。言魏氏散，自廣陵始也。止息者，晉雖暴興，終止息於此也。其哀憤躁蹙憯痛迫脅之旨，盡在於是矣。

永嘉之亂其應乎？叔夜撰此，將貽後代之知音者，且避晉、魏之禍，所以託之神鬼也。[64]

以為〈廣陵散〉以商聲音為主調，曲中有肅殺衰落之意，意味魏即將為晉所取代，且將有臣子篡逆之亂。果然司馬氏篡魏立晉，而魏室宗臣曹彪、毌丘儉、文欽、諸葛誕四人先後盤據揚州廣陵，力圖恢復王室，但皆為司馬氏所敗；嵇康有感魏室即將潰散於廣陵，所以有〈廣陵散〉之作。又以為晉朝雖立，但亦必遭暴力而傾覆，所以曲中寓藏憂憤悲痛之意，果不久即遭永嘉之亂，晉室幾乎滅亡。總之，以為嵇康此曲，用意在於傳達諷刺避禍之意，神鬼傳說之外，其實另有寄託，重點並不在靈異怪事。

「雜製作」類，僅有皮日休〈相解〉，言今人迷信面相之術，忽略人事，自招滅亡：

今之相工言人相者，必曰某相類龍，某相類鳳，某相類牛馬；某至公侯，某至卿相，是其相類禽獸，則富貴也。噫！立形於天地，分性於萬物，其貴者不過人乎！人有真人形而貧賤，類禽獸而富貴哉？……

或曰：「相者有乎哉？」曰：「上善出於性，大惡亦出於性；中庸之

64 〈廣陵散解〉全文參見〔宋〕李昉等編：《（重編影印）文苑英華》（臺北：大化書局），頁 880。

人，善惡在其化者也。上善出於性，若文王在母不憂，重耳（夷吾）弱不好弄，是也。大惡亦出於性，若商臣之蜂目豺聲，必殺其父，叔魚之虎目豕腹，必以賄死，是也。中庸之人，善惡在其化者⋯⋯

嗚呼！聖人之相人也，不差忽微，不失累黍。言其善必善，言其惡必惡，言其勝任必勝任。今之人不以是術行，其心區區求子卿唐舉之術。居其窮，處其困；不思以道達，不思以德進。言其有位，必翻然自負。坐白屋有公侯之姿，食藜羹有卿相之色，蓋不能自相其心者也。或有士居窮處困，望一金之助己，有沒齒之難，有妄誕之人，自稱精子卿唐舉之術，取其金則易於反掌耳，有能以聖賢之道自相其心哉？嗚呼！舉世從之，吾獨戾也，其不勝明矣。[65]

今人好談面相，以為相貌似龍、鳳、牛、馬等動物，則能得富貴高祿，然而人為萬物之靈貴者，居然以貌似牲畜洋洋得意，不免可悲。作者以為，人之性固有善惡之別，然不易之至善極惡者稀少，大多之人其實都在兩端之間，所以必須有賴教化，才能趨善遠惡。而古代聖人雖然亦能相人，但所重在於鑒別人性之善惡，今人則不然，期望藉由面相之術攫取高位財富，卻不知進業修德，因此被術士詐騙其財，猶然不能醒悟，所以令人感嘆。

以上三篇「解」，雖然題材不同，但對於道德理性的宣揚則無異。〈叛解〉在解說嚴防盜賊之理，〈廣陵散解〉將舊有的傳說的神秘意味廓清，以道德精神重新解說，〈相解〉則直指世人迷信虛妄；但三篇分別歸入「論事」、「紀事」及「雜製作」。相關類屬問題，將在後文持續探論。

總上來看，顯然《文苑英華》「雜文」中的「解」，雖大致上仍符合

65 〈相解〉全文參見〔宋〕李昉等編：《（重編影印）文苑英華》（臺北：大化書局），頁876。

劉勰「解釋結滯，徵事以對」的特徵，但除此之外顯然具有文章辭氣及條理，斷非僅有實用價值而文采不彰的文學體類。就其本質而言，唐、宋之「解」，要在解釋某一事理，與前述「說」、「辯」看來並無大異，以是如前所論吳訥《文章辨體》，就將「說」、「解」並論，又云：「若夫解者，亦以講釋解剝為義，其與說亦無大相遠焉。」徐師曾《文體明辨》也就「解」言：

> 按《字書》云：「解者，釋也，因人有疑而解釋之也。」揚雄使作〈解嘲〉，世遂倣之。其文以辯釋疑惑、解剝紛難為主，與論、說、議、辯，蓋相通焉。……雄文雖諧謔迴環，見譏正士，而其詞頗工，且以其為此體之祖也，故亦取焉。（頁 89）

關於「解」之體要說明，大致與吳訥相似；並且認為「論」、「說」、「議」、「辯」相通，要在解釋、說理事理。不過，徐氏認為〈解嘲〉為「解」體類之創始，論者以為不然，因此篇雖以「解」為名，其實為賦體之文，作者藉主客問對，以回應、解釋客人對自己的譏嘲。文章雖有言理的成分，但旨在於抒發牢騷，與後來專為說事辨理的「解」體類之作，自不相同[66]，自然也就難說是後世「解」之篇章的仿效對象了。

綜論之，由《文苑英華》「雜文」中各「解」體類篇章，以及徐、吳二氏對於「解」的意見，可知在說理釋事的目的上，其與「論」、「辯」、「說」相同，彼此並無本質的差異，不過就《文苑英華》「雜文」看來，數量也顯得較少，所以相對「論」、「辯」、「說」而言，「解」應是唐宋文人

66 金仞千、馮書耕指出，「解」最早可溯源於《禮記》〈經解〉、《韓非》〈解老〉，但後世選文家不明，將揚雄〈解嘲〉視為「解」之源頭，不知〈解嘲〉為諷喻之文，與論辨文之解不同，又此類文體歷代作者並不多見。參見氏著：《古文通論》（臺北：雲天出版社，民國 60 年 5 月，訂正版），頁 640。

更為罕作的體類。

五、《文苑英華》「雜文」的「原」

「原」體類文章，不見於六朝文論資料，亦不見於《昭明文選》，至《文苑英華》則僅存「雜文」類中，散見於「辯論」、「論事」兩子類。以下分別討論：

(一)「辯論」

「辯論」類中，有韓愈〈原道〉、〈原性〉、〈原毀〉、〈原鬼〉、〈原人〉，及皮日休〈十原〉。

〈原道〉，旨在宣揚儒家道德，排抵佛、老之道：

博愛之謂仁，行而宜之之謂義。由是而之焉之謂道，足乎己無待於外之謂德。仁與義為定名，道與德為虛位。故道有君子小人，而德有凶有吉。老子之小仁義，非毀之也，其見者小也。……周道衰，孔子沒。火于秦，黃老於漢，佛于晉、魏、梁、隋之間。其言道德仁義者，不入于楊，則入于墨。不入于老，則入于佛。入于彼，必出於此。入者主之，出者奴之；入者附之，出者汙之。噫！後之人其欲聞仁義道德之說，孰從而聽之？……

夫所謂先王之教者，何也？博愛之謂仁，行而宜之之謂義，由是而之焉之謂道，足乎己無待於外之謂德。其文，詩書易春秋；其法，禮樂刑政；其民，士農工賈；其位，君臣父子師友賓主昆弟夫婦；其服，麻絲；其居，宮室；其食，粟米果蔬魚肉：其為道易明，而其為教易行也。……

然則如之何而可也？曰：「不塞不流，不止不行。人其人，火其書，廬其居，明先王之道以道之，鰥寡孤獨廢疾者，有養也，其亦庶乎其可也。」[67]

言道、德、仁、義者皆是儒家思想為根柢，因此老子非薄仁、義，所言其實並非真正的道德。道德不能脫離仁義而說，那麼老子雖力言道德，但非薄仁義，終究是拘墟之見。在孔子之後，天下言道德仁義者，多雜涉於佛、老，遂使孔子之道湮滅不彰，而佛、老異說氾濫，以其出世之說蠱惑世間，要人不務生產，增加社會負擔，將使足使民窮；或者倡言毀棄文明，反璞歸真，然則人與禽獸鱗介無異，且倫常失序百工皆怠。所以力倡恢復文、武、周公、孔、孟歷代相傳儒家道理，始能救世濟民，維持倫常與秩序。至於佛、老，應焚其書以塞其說，並令佛、老人士還俗入世。

〈原性〉，探討人之「情」與「性」：

性也者，與生俱生也；情也者，接於物而生也。性之品有三，而其所以為性者五；情之品有三，而其所以為情者七。曰：何也？曰：性之品有上中下三。上焉者，善焉而已矣；中焉者，可導而上下也；下焉者，惡焉而已矣。其所以為性者五：曰仁、曰禮、曰信、曰義、曰智。上焉者之於五也，主於一而行於四；中焉者之於五也，一不少有焉，則少反焉，其於四也混；下焉者之於五也，反於一而悖於四。

性之於情視其品。情之品有上中下三，其所以為情者七：曰喜、曰怒、曰哀、曰懼、曰愛、曰惡、曰欲。上焉者之於七也，動而處其中；中焉者之於七也，有所甚，有所亡，然而求合其中者也；下焉者之於七也，亡與甚，直情而行者也。……

故曰：三子之言性也，舉其中而遺其上下者也，得其一而失其二者

67 〈原道〉全文參見〔宋〕李昉等編：《(重編影印)文苑英華》(臺北：大化書局)，頁847。

也。曰：然則性之上下者，其終不可移乎？曰：上之性，就學而愈明；下之性，畏威而寡罪；是故上者可教，而下者可制也，其品則孔子謂不移也。曰：今之言性者異於此，何也？曰：今之言者，雜佛、老而言也；雜佛、老而言也者，奚言而不異？[68]

「性」是與生俱來，「情」則後天接物而生，前者可分上、中、下三品，差異之關鍵在於仁、義、禮、智、信五德是否圓滿；後者亦分上、中、下，其內涵則包含喜、怒、哀、樂、懼、愛、惡、欲，三品差別之關鍵，即在於是否能善馭七者使不偏廢放縱。性與情關係密切，昔日荀子嘗言人性惡，揚雄則言人性善惡混，韓愈以為三人言性，都偏三品之中的某品而立論，故僅得一隅，理論不能盡善。而中品者固當教化引導，使之趨善，而最上者亦可以使之學習，更為聰明能識，最下者可以刑罰威嚇，使其不敢為惡。作者如此論性，其實亦為對治佛、老而來，故論者以為論點頗異世俗，作者直謂當時人之言性、情者，多參雜佛、老思想，故闢一己之說以相應。

〈原毀〉，論人之所以受詆毀之因：

古之君子，其責己也重以周，其待人也輕以約。重以周，故不怠。輕以約，故人樂為善。……今之君子則不然。其責人也詳，其待己也廉。詳，故人難於為善。廉，故自取也少。

雖然，為是者，有本有原，怠與忌之謂也。怠者不能修，而忌者畏人修。吾常試之矣，常試語於眾曰：「某良士，某良士。」其應者，必其人之與也。不然，則其所疏遠，不與同其利者也。不然，則其畏也。不若

68 〈原性〉全文參見〔宋〕李昉等編：《（重編影印）文苑英華》（臺北：大化書局），頁847-848。

是，強者必說於言，懦者必說於色矣。是故事修而謗興，德高而毀來。嗚呼！士之處此世，而望名譽之光，道德之行，難已！將有作於上者，得吾說而存之，其國家可幾而理歟。[69]

古之君子與今之君子修養上有所差別，古代君子嚴以律己，寬以待人，所以勤勉於進德修業，又能與人為善；今之君子寬以待己，嚴以律人，怠惰於進德修業，也難與人為善。然則古代君子聞人有所長，必效法學習，今之君子聞人有所長，反而輕蔑不屑，推原此類之人，是因心中懷藏「怠」、「忌」之故，所以不能見賢思齊，又嫉妒賢能。另一方面，朝廷士大夫往往因私利而結黨，抨擊異己，或有畏事之人，不能起之對抗邪惡，則正直之士孤立無助、飽受排擠，所以「事修而謗興，德高而毀來」。雖然，對於士風頗感失望，但也砥礪後進，以此文為針砭時病，則或可挽救頹勢，裨益國家。

〈原鬼〉，論鬼能福禍於人，但前提在於人行事是否能順天應理：

有嘯於梁，從而燭之，無見也，斯鬼乎？曰：「非也，鬼無聲。」有立於堂，從而視之，無見也，斯鬼乎？曰：「非也，鬼無形。」有觸吾躬，從而執之，無得也，斯鬼乎？曰：「非也，鬼無聲與形，安有氣？」曰：「鬼無聲也，無形也，無氣也。」果無鬼乎？曰：「有形而無聲者，物有之矣，土石是也；有聲而無形者，物有之矣，風霆是也；有聲與形者，物有之矣，人獸是也；無聲與形者，物有之矣，鬼神是也。」

「……漠然無形與聲者，鬼之常也。民有忤於天，有違於民，有爽於物，逆於倫而感於氣，於是乎鬼有形，於形有憑，於聲以應之，而下殃

69 〈原毀〉全文參見〔宋〕李昉等編：《（重編影印）文苑英華》（臺北：大化書局），頁848。

禍……」曰：「何謂物？」曰：「成於形與聲者，土石風霆人獸是也；反乎無聲與形者，鬼神是也；不能有形與聲，不能無形與聲者，物怪是也。」故其作而接於民也無怕，故有動於民而為禍，亦有動於民而為福，亦有動於民而莫之為禍福，適丁民之有是時也，作〈原鬼〉。[70]

鬼之為物，無聲、無形、無氣，而物又可分為三類：「有形而無聲者」，如土石；「有聲而無形者」，如風霆；「有聲與形者」如人獸。至於鬼神，則是「無聲與形者」。鬼既無形、聲，常理言之並不與人接觸，除非人逆天而行，擾動其氣，使迫使鬼現出形、聲，並降下禍害，之後又消失不見，恢復無形無聲之常態；雖然鬼會為禍於人，但卻是人之咎尤在先，事功不彰使然。此外，還有其他「物怪」，並非鬼神，亦無規律可言，這些「物怪」偶然帶來災禍，也帶來助益，或者無影響者，總之既其非鬼，則無任何值得警惕、恐懼者。

〈原人〉，強調人為天地間各種生物之主宰，不可凌暴萬物：

形於上者謂之天，形於下者謂之地，命於其兩閒者謂之人。形於上，日月星辰皆天也；形於下，草木山川皆地也；命於其兩閒，夷狄禽獸皆人也。曰：「然則吾謂禽獸人，可乎？」曰：「非也。」指山而問焉，曰：「山乎？」曰：「山，可也。」山有草木禽獸，皆舉之矣。指山之一草而問焉，曰：「山乎？」曰：「山，則不可。」故天道亂，而日月星辰不得其行；地道亂，而草木山川不得其平；人道亂，而夷狄禽獸不得其情。天者，日月星辰之主也；地者，草木山川之主也；人者，夷狄禽獸之主也，主而暴

70 〈原鬼〉全文參見〔宋〕李昉等編：《（重編影印）文苑英華》（臺北：大化書局），頁848。

之，不得其為主之道矣。是故聖人一視而同仁，篤近而舉遠。[71]

日月星辰為天之屬、草木山川為地之屬，存於兩者之間，無論夷狄、禽獸等等是為人之屬。而宇宙要維持正常營運，天、地、人三者之，皆不能悖亂常理，否則天地一旦失序、人與萬物亦將不得其性。總之，天、地、人三者，同為世界之主，倘若人凌暴他物，則違背主宰之道，因此以為聖人視萬物為平等，關懷切近之又推及遠方。

〈十原〉，在《皮子文藪・序》作者嘗自言：「文貴窮理，理貴原情，作〈十原〉」[72]。十篇「原」之作品，旨意在於推源、廓清事理本貌，且十篇之前有序云：

夫原者何也？原其所自始也。窮大聖之始性，根古人之終義，其在〈十原〉乎！嗚呼！誰能窮理盡性，通幽洞微，為吾補三墳之逸篇，修五典之墮策，重為聖人之一經者哉？否則吾於文尚有歉然者乎？[73]

言此系列之文所以作，要在窮究聖人義理，彌補經典尚未論及的學問，志在追法聖人著經，立不刊之宏論；依次有〈原化〉、〈原實〉、〈原親〉、〈原已〉、〈原奕〉、〈原用〉、〈原謗〉、〈原刑〉、〈原兵〉、〈原祭〉，依次言之：

〈原化〉，感嘆佛教熾盛蠱惑人心，天下之眾，極少能起而對抗邪說

71 〈原人〉全文參見〔宋〕李昉等編：《（重編影印）文苑英華》（臺北：大化書局），頁853。

72 〔唐〕皮日休：《皮子文藪》，收入王雲五主編：《四部叢刊（37）》（臺北：臺灣印書館，民國68年11月），頁2。

73 〈十原系述〉全文參見〔宋〕李昉等編：《（重編影印）文苑英華》（臺北：大化書局），頁853-855。

者：

> 或曰：「聖人之化，出於三皇，成於五帝，定於周孔……至于東漢，西域之教，始流中夏。其民也，舉族生敬，盡財施濟，子去其父，夫亡其妻，蚩蚩囂囂，慕其風蹈其閫者，若百川蕩滉不可止者，何哉？所謂聖人之化者，不曰化民乎？今知化者唯西域氏而已矣……何其戾也如是！」
>
> 曰：「天未厭亂，不世世生聖人，其道存乎言，其教在乎文，有違其言悖其教者，即戾矣。古者楊、墨塞路，孟子辭而闢之，廓如也。故有周、孔必有楊、墨，要在有孟子而已矣。今西域之教，岳其基而溟其源，亂於楊、墨也甚矣。如是為士則孰有孟子哉？……嗚呼！今之士，率邪以禦眾，握亂以禦天下，其賢尚爾，求不肖者反化之，不曰難哉，不曰難哉。」

聖人之化，出於三皇，成於五帝，定於周孔。儒家本於道德仁義，道理敷載於六經之中，為萬世所取法，但東漢之後佛教東傳，教民以散財施捨、疏離人倫，竟然天下大行其道，聲勢若浩湯之江，使人懷疑儒家聖人教化，不如佛教。作者答以為：聖人不世出，僅能將其教化義理寄於文墨；但必有怪戾之徒違背教義，是故周、孔之後有楊、墨，幸賴當時還有孟子與之相抗，而當今佛教熾盛更在昔日楊、墨之上，卻少有人敢起身力抗世俗，可嘆有道之士如鳳毛麟角，我寡敵眾，不能力矯世風。

〈原實〉，論金玉所以貴於粟帛，在於前者事關禮儀，所以為貴：

> 或問或者曰：「物至貴者曰金玉焉，人至急者曰粟帛焉。夫一民之饑，須粟以飽之；一民之寒，須帛以暖之。未聞黃金能療饑，白玉能免寒也。民不反是貴而貴金玉也，何哉？」

曰：「金玉者，古聖王之所貴也。其在舜典，則曰修五玉也；其在春秋，則曰九牧貢金。禹所以鑄鼎象物，玉所以飾禮，金所以備貢，以斯為貴，貴不多乎？」曰：「舜取五玉以備禮，禹鑄九金以為鼎。由言其禮，不為諸侯乎？不為人民乎？苟無粟與帛，是無諸侯與人民也。則五玉九金，豈徒貴哉？如舜不修五玉，禹不鑄九金，三代之祭祀不以玉，貨賄不以金矣。由是言之，金玉者，王者之用也……」或曰：「然。」

粟帛為生民迫切所需，金玉其實不能衣食，但人們卻以金玉為貴，價值在粟帛之上，請問原因？作者回應，金玉乃古代聖王之所貴，而依據古籍，舜修五玉用於祭祀之禮，禹以金鑄鼎，同時用金於外交餽贈以為禮儀，可見金玉自古以來備受重視，原因正在於與禮義精神有關，所以尊貴非常。

〈原親〉，論親子教養相處之理：

能嗣其親，不曰子乎？吾觀夫今世之誨其子者，必櫝肌榜骨，傷愛毀性以為教。嗚呼！孟子所為古者易子而教，誠有旨歟？不能教其子者，是遺其身者也；不能嗣其親者，是捨其族者也……。

或曰：「均是親也，均是害也，則周公誅管蔡，石碏殺石厚，叔向僇叔魚，漢文流淮南，可乎？」曰：「均是親也，賢則能嗣親，凶則能覆族；均是害也，周公不誅則他人誅之，石碏不殺則他人殺之，叔向不僇則他人僇之，漢文不流則他人流之。已刑則及一人，他刑則及其族，此聖賢所以惜其族也。刑也者，仁在其中矣。」

當世教子多不得其法，長輩不能教子，子不能奉養長輩，對倫常秩序都是莫大的傷害，故孟子云易子而教。且古人多有為取得權位，不惜遺親殺子之事，如遺親殺子既悖亂人倫，則周公、石碏、叔向、漢文帝都曾弒殺或流放親人，如此此行為是否可取？作者以為：一人之賢能或凶頑，可能導致宗族的興盛或滅亡。是以管蔡、石厚、叔魚、淮南王縱使不為親人所懲罰，亦必將遭刑禍於他人之手。與其禍至滅族，不如大錯未鑄之前，由親人痛下刑罰加以懲戒，尚能保全宗族；看似殘忍，其實仁道在其中。

〈原已〉，言人自敬而敬於人，自辱而辱於人：

嘗試論之：「能辱已者，必能辱於人；能輕已者，必能輕於人；能苦已者，必能苦於人。為顏、孔者非他，寶乎已者也；為蹠、蹻者非他，殘乎已者也。故古之士，有不出戶寢，名重於嵩衡，道廣於溟渤者，敬於已而已矣。」……

或曰：「聖人汲汲於民，至若堯如腊，舜如腒，其勞至矣，於已安乎？」曰：「勞者勞於心也，勞一心而安天下也。若禹者，股無胈，脛無毛，其勞亦至矣。勞者勞於身也，勞一身而安萬世者也。古者有殺身以成仁者，況勞者歟？嗚呼！吾觀於今之世，諂顏媮笑，辱身卑已，汲汲於干進，如堅貂者，幾希。」

以為自古人必自重而後得人之重，自親而後為人所輕，前者為孔子、顏回之聖，後者則為蹠、蹻之賊，故君子小人之別，根本在於人能否自敬自重。又聖人如堯、舜勞悴於生民，豈能自安？作者則謂彼勞而不能自安，但勞一心而安天下，勞一身而安萬世，所以偉大。而當今正直自重之士絕少，多為汲汲營營於權位，諂媚逢迎之輩，令人感慨。

〈原奕〉，論棋藝之原始及道理：

問奕之原於或人。或人曰：「堯教丹朱，征丹朱以為是，信固有其道焉。」皮子曰：「夫奕之為藝也，彼謀既失，我謀先之；我智既虧，彼智乘之，害也……若然者，不害則敗，不詐則亡，不爭則失，不偽則亂，是奕之必然也。雖奕秋荐出，必用吾言焉。」

嘗試論之：「夫堯之有仁義禮智信，性也。如生者必能用手足，任耳目者矣。豈區區出纖謀小智以著其術用爭勝負哉？堯之世，三苗不服，以堯之仁，苗之慢。堯兵而熠之，由羅人殺鵃鸇，漁人烹鯤鮞者矣。然堯不忍加兵，而以命舜，舜不忍伐，而敷之文德，然後有苗格焉……則奕之始作，必起自戰國，有害詐爭偽之道，當從橫者流之作矣。豈曰堯哉！豈曰堯哉！」

人或以為「奕」起於堯時征朱丹，作者則以為奕棋之為藝，講究權謀、詐術、虛偽，但是堯既為明君，又曾以仁義文德化育三苗，必不會以害詐之心、爭偽之纖細巧智，用為戰法教導子孫。所以推測奕之源起，必不當堯世，必在戰國縱橫家之流。

〈原用〉，論聖人用人之道：

堯為諸侯，非求為天子也。摯之民用之，舜為鰥民，非求為天子也。堯之民用之，或曰：「摯善亦堯乎」！曰：「亦堯而已矣。」曰：「摯與堯，其民俱捨之，則善惡奚分耶？」曰：「摯固不仁矣，堯固仁矣，堯仁如是，民尚慕舜，況有君惡過於摯，君道不如堯，焉得民用哉？」故曰：「聖人不求用而民用之，求用而聖人不用之。」曰：「若是孔子奚不用魯？」曰：「用之則魯化，不用之天下奚化。」

相傳帝嚳所以傳位於堯而不傳摯，正因堯仁得民心，而摯不仁不得民心，其實聖人無心權位，故天下人願尊奉為王，而貪權之人，終不得所用。或又質疑，何以至德孔子不為魯國所用？回答以為孔子雖不能得用於魯，卻能化育天下，成就更大。總之，民心所向、眾望所歸之人，縱使不為明君所察舉，亦必然展其器用。

〈原謗〉，謂群眾之性，喜好抱怨誹謗：

天之利下民，其仁至矣，未有美於味而民不知者；便於用而民不由者；厚於生而民不求者。然而暑雨亦怨之，祁寒亦怨之，已不善而禍及亦怨之，已不儉而貧及亦怨之，是民事天，其不仁至矣。天尚如此，況於君乎？況於鬼神乎？是其怨訾恨讟，蓰倍於天矣。有帝天下君一國者，可不慎歟？故堯有不慈之毀，舜有不孝之謗。殊不知堯慈被天下而不在於子，舜孝及萬世乃不在於父。

嗚呼！堯舜大聖也，民且謗之，後之王天下，有不為堯舜之治者，則民扼其吭，捽其首，辱而逵之，折而族之，不為甚矣。

民眾喜好抱怨遷怒，故氣候不佳抱怨於天，人事不力致禍受貧，亦歸咎於天；對於鬼神與人君，諸多無端之忿恚，也都在所不免，更遑論帝王會成為歸罪的對象，所以堯有不慈之毀，舜有不孝之謗。連大聖都不免為人誹謗，後世之君王，更難免於民眾羞辱非議；至於常人時遭受不虞之毀，也不甚意外了。

〈原刑〉，討論刑罰是否應當及於親人：

或曰：「丹朱為諸侯，舜為天子。丹朱有過，舜誅之乎？商均為諸侯，禹為天子，商均有過，禹誅之乎？」曰：「不也。朱、均之為國，必有舜禹之吏翼而治之，何容朱、均得暴其民也哉？苟有過必諭之，諭而不可奪其政，如誅之者，去堯舜之嗣也。焉有為人臣而去其君嗣哉？」

或曰：「法家嚴而少恩，周官有八議。漢法有三章，微八議也。雖然，人可免以三章，而親賢必刑，何也？」曰：「聖賢在世，不能無過，以輕重議之耳。如以謗刑刑之，雖周孔其可免諸？」

丹朱、商均分別為舜、禹之子，且受封為諸侯，如子有過，其父是否當誅？作者以為不可，有過失則加以勸告，再不改正則削其位、奪其政，但不可誅殺天子後嗣。又問古代縱使親人與賢者有過，都不免刑罰，果然？作者則回應，縱如周、孔之聖，有過亦不免受謗議非難，然則此亦刑責之一種，不過顯得較為輕微而已。

〈原兵〉，論蚩尤之事：

《管子》說蚩尤割廬山之金以鑄五兵。說者或云：「蚩尤，古天子，則炎黃繼命，其間無蚩尤之運也。」按《史記》曰：「蚩尤與其大夫作亂。」如此為庶人之暴者，且庶人不當有大夫。

日休以為蚩尤乃黃帝之諸侯，蓋其為人暴，黃帝征而滅之。如此為庶人一夫之暴，不足當天子用兵也又明矣。嗚呼！昭然之理，前賢懵之，況大聖之深旨哉？

依據管子，蚩尤曾取廬山之金以鑄五兵；又相傳蚩尤一為天子，或言為大夫。但作者認為，蚩尤本為諸侯，因兇暴而遭黃帝征討剿滅，其凶頑如此，必然不可能為天子掌管兵事，所以鑄兵器之事，當為世人不明，以訛傳訛之說。

〈原祭〉，再論蚩尤為戰神，受後代奉祀之事：

說者以蚩尤為五兵，每有師祭，當祭蚩尤。譆！厥亂甚矣。

皮子直以蚩尤為黃帝逆亂之臣，五兵直作於炎帝固始。苟自蚩尤始，以其亂逆，且不當祀。果不自蚩尤，蚩尤不道，黃帝滅之，不當以不道充祀。軒轅，五帝之首。能以武定亂，以德被後，今之師祭，宜以軒轅為主，炎帝配之，於義為允。

說者以為蚩尤創始五兵，故後世師旅必祭祀之，作者以為悖亂之甚。以為兵戰之事，當始於炎帝，絕非蚩尤此一逆亂之臣。蚩尤既然逆亂，當然不足為後所祀；而軒轅能真正用武定亂，所以師旅應當祭祀軒轅，配祀炎帝，才合情理。

總上所論，無論韓愈五篇「原」，或皮日休〈十原〉之作，其實都在說明闡釋某一事理，而這些事理，都與儒家哲理之內涵相關；換言之，這些「原」都本於儒家思想或理趣，旨在將悖於儒家哲理的各種異說，加以辯護或廓清。

（二）「論事」

「論事」類中，僅杜牧〈原十六衛〉，憂心府兵廢壞，所以撰文闡明府兵武備不可廢弛[74]：

國家始踵隋制，開十六衛，將軍總三十員，屬官總一百二十八員。署守分部，夾峙禁省，厥初歷今，未始替削。然自今觀之設官，言無謂者，其十六衛乎？本原事跡，其實天下之大命也。始自貞觀中，既武遂文，內以十六衛畜養戎臣之開折衝果毅府五百七十四，以儲兵伍，或有不幸，方二三千里為寇土，數十百萬人為寇兵。

74　《資治通鑑・唐紀六十》載：杜牧「傷府兵廢壞，作〈原十衛〉。」又〈原十六衛〉全文參見〔宋〕李昉等編：《（重編影印）文苑英華》（臺北：大化書局），頁87172。

蠻夷戎狄，踐踏四作，此時戎臣當提兵居外；至如天下平一，暴勃消削，單車一符，將命四走，莫不信順，此時戎臣當提兵居內。當其居內也，官為將軍，綬有朱紫，章有金銀，千百騎趨奉朝廟，第觀車馬，歌兒舞女，念功賞勞，出於曲賜。所部之兵，散舍諸府，上府不越一千二百人（自注：五百七十四府凡有四十萬人），三時耕稼，襏襫耞耒，一時治武，騎劍兵矢，裨衛以課，父兄相言，不得業他。籍藏將府，伍散田畝，力解勢破，人人自愛。雖有蚩尤為師帥，雅亦不可使為亂耳。……

由此觀之，戎臣兵伍，豈可一日使出落鈐鍵哉？然為國者，不能無也。居外則叛（自注：韓黥七國近者祿山僕固是也），居內則篡（自注：莽卓曹馬已下是也）。使外不叛，內不篡，兵不離伍，無自焚之患，將保頸領，無烹狗之喻。古今已還，法術最長，其置府亡衛乎！近代以來，於其將也，弊復為甚也……。

嗟乎！自愚而知之，人其盡知之乎。且武者任誅，如天時有秋；文者任治，如天時有春。是天不能倒春秋，是豪傑不能惣文武，是此輩受鉞誅暴乎？曰於是乎！在某人行教乎？曰於是乎在！欲禍蠹不作者，未之有也。伏惟文皇帝十六衛之旨，誰復而原，其實天下之大命也。故作〈原十六衛〉。[75]

唐代制度接踵隋代而來，且創國之時設有十六府以兵力戍守各地，然今有人或以為天下安定，其已無用可廢，殊不知府兵攸關國家大命。若戎狄動盪，府兵將兵自當居外禦敵，一旦天下穩定，則將居於國境之內。居於內時，將士必須敬奉國家禮制奉公守法，其兵卒則務於農事，並習武育德，使人人自愛不至作亂。一旦有事出戰征討，將士既有明確之賞、罰，

75 〈原十六衛〉全文參見〔宋〕李昉等編：《（重編影印）文苑英華》（臺北：大化書局），頁 87172。

促使兵卒全力奮戰爭功。所以府兵制度，乃聖人智慧，致使唐代一百三十年間府兵盡忠職守，無叛亂篡逆之事。但至於開元之末，以為天下承平，府兵被認為無用而撤除，朝廷又另外部署重兵於邊境，終於尾大不掉，以致興起大亂。且如今朝廷所派命之武將，不知禮教亦無節操，其貪婪強暴者割據一地，無心治理又肆意為虐，使當地風俗澆薄難以為治，或者擁兵自重不尊朝廷，伺機興兵反叛，釀成巨禍。總之，武備與文治不可偏廢輕忽，國家不能欠缺維安護國之豪傑，所以作此文，強調府兵之制關係國運。

〈原十六衛〉雖亦為「原」之作品，但與上述「辯論」各篇關切儒家道德之旨本，顯然有異，要在對於實際國防軍務提出反思、建言；然則其既入於「論事」，推測應與軍事國防此一題材相關。

按吳訥《文章辨體》言「原」體類：

按《韻書》：「原者，本也；一說，推原也，義始《大易》『原始要終』之訓。」若文體之「原」者，先儒謂始於退之「五原」，蓋推其本原之意以示人也。山谷嘗曰：「文章必謹布置。每見學者，多告以〈原道〉命意曲折。」石守道亦云：「吏部〈原道〉、〈原人〉等作，諸子以來未有也。」後之作者，蓋亦取法於是云。（頁 55-56）

謂「原」之體要，在推源事物之理，以示世人。再藉由黃庭堅、石介之言，強調韓愈〈原道〉、〈原人〉等等之作的典範地位。徐師曾《文體明辨》亦云：

按《字書》云：「原者，本也，謂推論其本原也。」自唐韓愈作「五原」，而後人因之，雖非古體，然其溯原於本始，致用於當今，則誠有不

可少者。至其曲折抑揚，亦與論說相為表裡，無甚異也。（頁 87）

亦以為「原」在溯事物原理，而此體類係韓愈相關之作問世後，文人於是接踵創作，遂而成類。另外，「原」也與「論」、「說」彼此相近；總之，都在於剖析事理即是。

綜論之，由《文苑英華》「雜文」中各「原」體類篇章，以及徐、吳二氏對於「原」的意見，可知此「原」側重於推源事理之端源本貌，終究不離議論的本質；然則與「論」、「說」、「解」、「辯」縱然體類名稱不同，但其實並無大異。並且，最具典範意義的作家作品，則公認為韓愈〈原道〉、〈原人〉等五篇。

六、《文苑英華》「雜文」的「題跋」

以「題跋」之名，作為特定文章群的指涉，可見於明人文論。關於「題跋」，吳訥《文章辨體》言此云：

> 按蒼崖《金石例》云：「跋者，隨題以贊語於後，前有序引，當掇其有關大體者以表章之，須明白簡嚴，不可墮入窠臼。」予嘗即其言考之，漢、晉諸集，題跋不載。至唐，韓、柳始有讀某書及讀某文題其後之名。迨宋，歐、曾而後，始有跋語，然其辭意亦無大相遠也。（頁 56-57）

謂「題跋」之作在漢、晉之際尚付諸闕如，其不同於「序」，就在於「明白簡嚴」，亦即較「序」而言更為精要簡短；又以「讀某」、「題某」為篇名，始自唐代韓、柳，至宋歐、曾才以「跋」為篇名，但無論如何稱名，文體本身大致上無所別異。

徐師曾《文體明辨》亦云「題跋」：

> 按題跋者，簡編之後語也。凡經傳子史詩文圖書之類，前有序引，後有後序，可謂盡矣。其後覽者，或因人之請求，或因感而有得，則復撰詞以綴於末簡，而總謂之題跋。至綜其實則有四焉：一曰題，二曰跋，三曰書某，四曰讀某。夫題者，締也，審締其義也。跋者，本也，因文而見本也。書者，書其語。讀者，因於讀也。題、讀始於唐，跋、書起於宋。曰題跋者，舉類以該之也。（頁 92）

也認為以「讀」、「題」、「書」、「跋」為題之作，皆至唐、宋而方興，且大都因作者觀書文有感，聊抒心得，或受他人所託，所以撰文成篇，是則與性質與「序」近同。總之，皆就書文內容再引申說明，其實與「序」本無太大差異，只不過各篇篇幅，較「序」來得簡略而已。

以《文苑英華》而言，「題跋」亦僅見「雜文」，並散見於「雜製作」、「雜說」、「征伐」三子目之中，以前者篇數較多，而後兩者各僅一篇，所以分別述之：

（一）「雜製作」

「雜製作」類有皮日休〈讀韓詩外傳〉、〈題叔孫通傳〉、〈題後魏書釋老志〉、〈題安昌侯傳〉，總共四篇。

〈讀韓詩外傳〉，對於《韓詩外傳》所言，加以辯駁：

> 《韓詩外傳》曰：「〈韶〉用干戚，非至樂也；舜兼二女，非達禮也；封黃帝之子十九年，非法義也……」。
>
> 日休曰：「甚哉韓詩之文，悖乎大教！夫堯舜之世，但務以道化天

下，天下嘻嘻如一家室，其化雖至，其制未備，豈可罪以越禮哉？如以〈韶〉用干戚非至樂，則顓頊之〈八風〉，高辛之〈六莖〉，不以作矣。如以舜兼二女非達禮也，則堯之世其禮未定，不當責也又宜矣。以封黃帝之子非法義也，則丹朱商均無封邑，是庶人也哉……夫賢者與公侯，其子孫尚不廢，況有熊氏道冠於五帝，化施於千世哉？……嗚呼！韓氏之書，抑百家崇吾道至矣。夫如是者，吾將間然。

以為《韓詩外傳》所言悖乎禮教，其或質疑〈韶〉不能用於軍旅，不知〈八風〉、〈六莖〉早在前代，即已用於軍事。或質疑堯娶二妻，不合禮法，而不知堯舜之時禮制未備，所以舜能二妻。又質疑堯分封前代後裔，亦不合禮法，不知封贈有功之後，乃傳統制度，所以並無不當。總之，《韓詩外傳》雖為儒家之書，但錯誤甚多如是，必須慎讀思辨。

〈題叔孫通傳〉，對叔孫為漢代製作朝儀，卻不更正祭禮，有所非議：

古之所謂禮不相襲，樂不相沿者何哉？非乎彼聖人也。此聖人也，不相襲者，角其功利之深淺乎！不相沿者，明其文武之優劣乎！……是後之人制禮作樂，宜取周書孔策為標準也。漢氏受命，禮壞文毀，作無聖人，苟措其儀立其禮，不沿襲於聖製者妄也。

夫國之大祭，不過乎郊祀宗廟也。則漢之既命，其祀也止於五疇之祀者。《禮》不曰兆五帝之郊者乎？止於昭靈之園者。《禮》不曰天子七廟者乎？而叔孫生不為之正郊祀，立宗廟，去秦畤之非制，議昭靈之不禮，汲汲於朝會之儀。俾漢天子為高祖，身不得郊見，享不及七廟。噫！生剏制物刑厥式，非不標準聖人也，將以漢世斯始夫水火，方弭兵械，難為改作乎？將不明壇墠之位，禘祫之儀者乎？……嗚呼！不明於古制，樂通於時變，君子不由也，其叔孫生之謂矣。[76]

唯聖人能不依襲前代，審視當世所需，然後制訂禮樂制度，如周公、孔子之輩，故後世制訂禮法，必然取示於周公孔子之文教，漢代亦然。但叔孫通所制訂唯有朝會禮儀，至於祭祀大禮則沿襲秦代，與古制不合，卻未能更改。或因漢代初創，故一時難以改正，回復古制而行，亦或叔孫通根本不知古制所以導致？然則不明古制未能務本，徒好變通以應用於當世，非儒生君子所為，故作者頗有非難之意。

〈題後魏書釋老志〉，對魏收《後魏書》誇大佛教，不以為然：

魏收為《後魏書》，大夸西域氏之教，以為漢獲休屠王金人，乃釋氏之漸也。秦始皇聚天下之兵，鑄金人十二於咸陽，漢復置之，豈可復為釋氏哉？夫仲尼之脩《春秋》，君有僭王號者，皆削爵為子，況戎狄之道，不能少抑其說耶？

孟子曰：「能以言拒楊墨者遠矣。」不能以言抑者，收也亦聖人之徒罪人矣。謂史必直歟？則《春秋》為賢者諱之，為尊者諱之歟？筆削與奪在手，則收之為是，媚於偽齊之君耶？不然，何不經之如是？[77]

魏收於〈釋老志〉中，提及漢代大破西屠王，並取其金人，然後漢帝奉為大神加以祭祀，又謂此乃佛教東漸之始。作者以為此所云金人之事，意義與秦始皇當年所鑄十二金人無異，豈可誇為佛教之盛？然則魏收之論，適足以助長邪說而已。所以指摘魏收不能效法孔子《春秋》之正直史

---

76 〈題叔孫通傳〉全文參見〔宋〕李昉等編：《（重編影印）文苑英華》（臺北：大化書局），頁 877。

77 〈題後魏書釋老志〉全文參見〔宋〕李昉等編：《（重編影印）文苑英華》（臺北：大化書局），頁 877。

筆，謬發其論，豈為阿諛好佛之南齊君王？

〈題安昌侯傳〉，對漢代安昌侯張禹加以批評，指摘其為相卻不能善盡匡勸之道：

> 安昌侯禹見時災異，若上體不安，常擇日潔齊，露著於星宿。正衣冠，筮得吉卦，致其名占，如有不吉，禹為感動。日休讀漢史，至是未嘗不為之動心。因書曰：
>
> 宰相之節，以己道輔上，天地平則致於君，夷狄服則致於君，風教行則致於君。苟天地有災，則歸於己，兵戈屢動，則歸於己，此真大宰輔之職也。禹也為漢名相，居師傅之尊，處輔弼之位，見災異屢發，上不能匡於君，下不能稱其職。孜孜稱其於筮為事，斯不足以為賢相之業也。
>
> 嗚呼！當漢帝之重禹，禹之有言，如師訓門人，未有門人可違師之旨也。……為宰相者，當提大政之綱，振百司之領，握天下之樞而已，不空以斯處位也。以直論之近乎佞，以誠論之近乎偽，偽宰相其名儒之恥耶？嗚呼！漢之尊禹，崇師道也。禹若此者，即非崇師道之過矣。[78]

《漢書》〈張禹傳〉載安昌侯為相，見到災異或聞皇帝不適，則占卜之，如有不吉則感傷焦慮。對此，作者亦有感觸，認為既身為相國，應當致力於國君社稷，若政治有弊端與怪異，則必須反躬自省，但張禹卻迷信占卜，不務實際。張禹身為儒者，幸得時遇而能身居要職，卻不能努力作為，反而迷信於怪異玄虛，實有愧於儒家之道以及儒者聲譽。

以上四篇，其實可謂作者閱讀子史之後的心得感想，旨意頗多批判反駁，文章不出議論的本質，從中可見儒家義理的宣揚揭櫫。

---

78 〈題安昌侯傳〉全文參見〔宋〕李昉等編：《（重編影印）文苑英華》（臺北：大化書局），頁 877。

（二）「雜說」、「征伐」

「雜說」類僅柳宗元〈讀韓愈所著毛穎傳後題〉，對於韓愈〈毛穎傳〉在當時受到的抨擊，加以辯護：

> 自古居夷，不與中州人通書，有來南者，時言韓愈為毛穎傳，不能舉其辭，而獨大笑以為怪，而吾久不克見。楊子誨之來，始持其書索而讀之。若捕龍蛇搏虎豹，急與之角而力不敢暇，信韓子之怪于文也。
>
> 世之模擬竄竊，取青媲白，肥皮厚肉，柔筋脆骨，而以為辭者之讀之也，其大笑固宜。且世人笑之也，不以其俳乎，且俳又非聖人之所棄者……太羹玄酒，體節之薦，味之至者，而又設以奇異小蟲水草柤梨橘柚，苦鹹酸辛，雖蜇吻裂鼻，縮舌澁齒，而咸有篤好之者。文王之昌蒲菹，屈到之芰，曾晳之羊棗，然後盡天下之奇味以足于口，獨文異乎？
>
> 韓子之為也，亦將弛焉而不虐歟？息焉游焉，而有所縱歟？盡六藝之奇味，以足於口歟？……且凡古今是非、六藝百家，大細穿穴，用而不遺者，毛潁之功也。韓子窮古書，好斯文，嘉穎之能盡其意，故奮而為之傳，以發其鬱積，而學者得以勵，其有益于世歟。是其言也，固與異世者語。而貪常嗜瓅者，猶呫呫然動其喙，彼亦勞甚矣乎？[79]

作者遭貶南方，久不與中原通書來往，聽聞韓愈〈毛穎傳〉辭怪而意諧，但不能得見；友人楊子誨持此文而來，作者讀之，果然怪異奇特，合乎韓氏標新立異之文風。雖然，作者為韓愈及此文辯護：以各種怪異俳諧的事理為文，世間本不乏其人，要在能裨益世道，如《史記》亦有〈滑稽列傳〉之類；其實學者問道論學之餘，也能藉此遊息文墨，治其疲勞。再

79 〈讀韓愈所著毛穎傳後題〉全文參見〔宋〕李昉等編：《（重編影印）文苑英華》（臺北：大化書局），頁 845。

者，以味道以譬喻，既有至味，但各種酸苦鹹澀味道的怪異食物，仍不乏喜好者，所以應當具備，異食與奇味既能為人所偏好，則文章之道亦應如是。所以韓子此文雖然詭怪，卻並非洪水肆虐，放蕩無所依歸，正如俳諧之文、奇特之味，頗能發明正理啟人心思。何況古今是非、六藝百家之說能備載，正賴毛筆，此外又能教化世俗，兼能運化文墨，抒發心文人心中鬱悶、自我砥礪之功，所以值得為文稱述；抨擊韓文怪異不莊之人，可以停止非難，自省其身。

「征伐」類僅有皮日休〈讀司馬法〉，對於歷來君王諸侯黷武好戰，犧牲民命、視人如草芥大加批判：

古之取天下也以民心，今之取天下也以民命。唐虞尚仁，天下之民從而帝之，不曰取天下以民心者乎？漢魏尚權，驅赤子於利刃之下，爭寸土於百戰之內。由士為諸侯，由諸侯為天子，非兵不能為，非戰不能服，不曰取天下以民命者乎？由是編之為術，術愈精而殺人愈多；法益切而害物益甚。

嗚呼！其益不仁矣。蚩蚩之類不敢惜死者，上懼乎刑，次貪乎賞。民之於君猶子也，何異乎父欲殺其子，先給以威，後啗以利哉？孟子曰：「我善為陳，我善為戰，大罪人也。」使後之君于民有是者，雖不得士，吾以為猶士焉。[80]

古代帝王以德服人，故得民心者得天下，漢魏之後，得天下莫不以兵戰，因此犧牲民命換取政權，權謀軍法趨於嚴酷，殺人害物亦愈慘烈。人皆不欲死，君王諸侯固如是，卻動輒以無辜百姓彼此相殺爭奪，未免太過

80 〈讀司馬法〉全文參見〔宋〕李昉等編：《(重編影印)文苑英華》(臺北：大化書局)，頁875。

殘忍，故孟子以善戰善兵者為大罪人，為君王諸侯者，當謹記此一道理。

以上兩篇，看來分別是作者閱讀〈毛穎傳〉及〈司馬法〉後的心得，同樣可見對於其內容的評述反省，也同樣都可見道德義理的申說。後者歸屬「征伐」；推敲原因，此類所容納之文章，大抵在於與戰爭相關。前者入於「雜說」，原因則待後文繼續討論。

綜論之，所見《文苑英華》「雜文」中，以「讀」、「題」某書或著述為篇題的文章，內容無非就是讀書後的心得感想，以及後設批判等等。如此說來，應該跟傳統的「序」較為接近，而「序者次事，引者胤辭」，劉勰又將「序」放在「論」體類範圍中討論。唐、宋以來「序」既分「書序」、「贈序」[81]，那麼前所言六朝之「序」，性質上自當屬於「書序」，而「題跋」之作，也就可以視為「書序」之流，一併依附於「論」體類加以討論。

總結本節所論，「說」、「辯」、「解」、「原」與「題跋」，其實都具有「論」的文體意味，而這些體類的確立，幾乎都以唐代韓愈、柳宗元二人之作為典範，在二人開創寫作之風並奠定相關體式之後，後人再加以仿擬[82]，於是得以集篇而成一種體類。雖說五種各自為體類，但在說理議論

81 胡楚生指出：「贈序」是一種臨別贈言性質的作品；是由「書序」發展而成，而「書序」發源很早，到了初唐，親朋臨別往往贈言以叮囑，遂為「贈序」文體，到韓、柳更為興盛。參見氏著：《古文正聲》（臺北：黎明文化事業公司，民國 80 年，初版），頁 29。王基倫則指出：唐代「序」類作品可分兩種，其一源於典籍，重在倫理，其二源於詩賦，重在風雅，前者入序跋，後者入贈序。而魏晉至盛唐時期，「序」之主流，已經有由序跋轉變為贈序的意味。參見氏著：《韓柳古文新論》（臺北：里仁書局，民國 85 年 6 月，初版），頁 76。

82 韓愈、柳宗元在文學上的影響，其實在晚唐即已顯見。如韓愈作贈序文，從中抒發懷才不遇的激憤，或譏刺時弊，乃贈序文前所未有。此外，「說」體類以敘事為主，間以議論批評，這樣的範式則推源於柳宗元〈捕蛇者說〉、〈羆說〉。「辯」體類揭露社會現實，抒發內心不平，則共同奠定於韓、柳二氏。相關說明，參見李秀敏：〈晚唐小品文體革新略論〉，《黑龍江社會科學》第 119 期（2010 年第 2 期），頁 92-95。

之時，往往兼敘事或抒情，並無嚴密的規範；換句話說，五者題材廣泛而寫法甚為自由。相對於「論」，雖然它淵遠流長，但由於唐宋時代，已成為科舉考試用的文體，其題材大都偏重在於經義的疏理闡釋，或者某些歷史議題的探討[83]。故而在題材與寫作的活潑程度上，自然不能與「說」、「辯」、「解」、「原」、「題跋」等等相匹；然則上述各種體類，亦可視為在「論」體式漸漸僵固之後，適時出現，足供文人縱情抒懷、馳騁文墨的對象了。

第二節　「記體雜文」析論

一、六朝以降「記」之發展

關於「記」，劉勰《文心雕龍》〈書記〉中所言，其實秦漢之後朝儀制訂，君臣間往來的書信也有所規範區隔後，進而出現的產物；所謂「公府奏記，而郡縣奏牋。記之言志，進己志也。牋者，表也，表識其情也。」[84]則「記」、「箋」根本都是在言志表情，只不過因施用之機關不同，於是異名。以實際的作品批評來說：

83　據劉寧所言，唐宋以下，「論」成為科考的重要體類之一，譬如韓愈〈省試顏子不貳過論〉就是參與吏部「博學宏詞科」時的應試之作；又一般來說，科舉考試中的「論」偏重對於經書義理極重要歷史課題的討論，另外「策」則與時務較為密切。乃至於後明代八股文，就被認為源頭在於唐宋之「論」，因為八股文中的起、承、轉、合的作法，與「論」十分接近。相關說明，參見氏著：〈「論」體文與中國思想的闡述形式〉，《北京大學學報（哲學社會科學版）》第 47 卷第 1 期（2010 年 1 月），頁 36-37。

84　參見周振甫注釋：《文心雕龍注釋》（臺北：里仁出版社，民國 87 年 9 月，初版），頁 484。本節所引《文心雕龍》原典皆出此書，故其後僅於引文末標示頁碼，不再另行注釋。

崔寔奏記於公府，則崇讓之德音矣；黃香奏牋於江夏，亦肅恭之遺式矣。公幹牋記，麗而規益，子桓弗論，故世所共遺，若略名取實，則有美於為詩矣。劉廙謝恩，喻切以至；陸機自理，情周而巧，牋之為善者也。（頁 484）

崔寔、黃香所奏之「記」與「牋」，今已不傳，實情不得知，而劉楨亦為「牋」、「記」名家，卻因未為曹丕所特別讚揚，所以名聲不彰；劉廙、陸機其實各有「疏」、「表」[85]之作，劉勰認為此亦屬「牋」之佳作，可見在這裡「疏」、「表」、「牋」、「記」本無太大差異，所以可以互通指涉。雖然，「牋」、「記」之為物，「既上窺乎表，亦下睨乎書」，亦即被定位在介於朝政應用文書，以及一般書信之間的體類，所以體要在於「使敬而不懾，簡而無傲，清美以惠其才，彪蔚以文其響」。總之，態度語氣不卑不亢，情理分明又展現文采，即為「牋」、「記」之大要。

再對照蕭統《昭明文選》看來，集中無「記」而有「牋」九篇[86]，黃侃認為「牋」、「記」兩者「隨事立名，義非有別」[87]，意即兩者其實沒有清楚的分界，雖名號各殊，但質相同；根本言之，無非就是書信。

---

85 《三國志・魏志・劉廙傳》載魏諷謀反，而劉廙之弟劉偉被牽連其中，當誅，但魏武帝卻不予追究，所以劉廙上「疏」謝恩。又《晉書・陸機傳》載因趙王司馬倫謀反，而受牽連，亦當死罪，於是作表上「奏」自清。按各家注釋，於此都舉上例以解釋劉勰文意，然則「疏」與「表」可視為牋記之一。

86 《昭明文選》卷四〇所錄有「彈事」、「牋」、「奏記」三類。「牋」類中有楊修〈答臨淄侯牋〉，繁欽〈與魏文帝牋〉，陳琳〈答東阿王牋〉，吳質〈答魏太子牋〉、〈在元城與魏太子牋〉，阮籍〈為鄭沖勸晉王牋〉，謝玄暉〈拜鍾軍記室辭隋王牋〉，任昉〈到大司馬記室牋〉、〈百辟勸進今上牋〉，總共九篇。

87 黃氏又云：「觀《文選》所載阮嗣宗〈奏記詣蔣公〉，誠為公府所施；而任彥升〈到大司馬記氏牋〉，則亦公府也。故知漢來二體非甚分析也。」參見氏著：《文心雕龍札記》（臺北：花神出版社，民國 91 年 8 月，初版），頁 103-104。按阮嗣宗〈奏記詣蔣公〉為「奏記」類，該類僅錄此文一篇。

一言以蔽之，從劉勰的文論來看，「記」根本是書信之一種；但六朝時「記」之為文學體類，卻另有所指。任昉《文章緣起》亦有「記」一類，下標「揚雄〈蜀記〉」[88]，據嚴可均《全漢文》所錄，確實可見揚雄有〈蜀王本紀〉[89]一文，應當就是任昉所言者；今雖僅存殘篇，但內容大至可見為蜀地歷史掌故雜事等等。另外，以今所見，東漢時除揚雄〈蜀王本記（紀）〉外，還有馬第伯〈封禪儀記〉，亦是以敘事記物為其特色的「記」篇章[90]。

如此言之，「記」在六朝所指涉者有二，其一為書信之文，與「牋」異名同實；其二則為一種記事狀物之文的體類名稱。不過以後者來說，六朝時數量似乎甚為稀少，所以並不多見[91]。而劉勰、蕭統所論所選，其對象皆為前者，然則將「記」視為書信之一種，應該是六朝時主要的觀點。

至《文苑英華》，卷七九七～八三四即為「記」類，多達卌八卷三一二篇，依據所題記之對象，則又區別為廿九大類[92]，內容既多且雜，

---

88 參見〔梁〕任昉：《文章緣起》，收入〔明〕吳訥等：《文體序說三種》（臺北：長安出版社，1998年6月，第一版），頁22。

89 〔清〕嚴可均輯：《全上古三代秦漢三國六朝文》（北京：中華書局，1999年6月，初版），頁413-415。

90 李珠海就認為，東漢馬第伯〈封禪儀記〉，是中國散文題材發展史上具有重要意義的作品，特別是文章前半部，既有記述遊蹤，也描寫山水景色，具有相當完整的山水遊記風貌。在唐代柳宗元的遊記，可以追溯到這篇。參見氏著：《唐代古文家的文體革新研究》（臺北：台大中文所博論，民國90年6月），頁47。

91 章必功即認為這種「記事狀物」之文，《昭明文選》不錄其類，《文心雕龍》不著其說，意謂在當時作者應該稀少，而至唐代之後才大興，而成為中國散文中重要的支派。參見氏著：《文體史話》（深圳：同濟大學出版社，2006年9月，第2版），頁162-163。

92 「宮殿」、「廳壁」（又分：「中書」、「翰林」、「尚書省」、「御史臺」、「寺監」、「府署」、「藩鎮」、「州郡」）、「監軍使（附納使）」、「使院」、「幕職」、「州上佐」、「州官」、「縣令」、「縣丞」、「簿尉」、「宴饗」、「公署」、「館驛」、「樓」、「閣」、「城」、「城門」、「水門」、「橋」、「井」、「河渠」、「祠廟」、「祈禱」、「學校（附講論）」、「文章」、「釋氏」（又分：「寺」、「院」、「佛像」、「經」、「塔」、「石柱（附石階）」、「幢」、「方丈（附西軒）」、「僧」）、「觀（附院）」、「尊像」、「童子」、「宴遊」（又分：「亭」、「居處」、

且大多夾敘夾議。類中各篇除了都以「記」為篇題名稱之外，大抵各篇最末，作者會概述此文係因某人某事而「記」，或於某年某月某時而「記」[93]，這似乎也意謂著「記」在寫作上有其慣例，無論如何，顯見此時總集中「記」所指涉者，已是記事狀物之文。

「記」在後代既然以敘事狀物為體要，那麼經由吳訥、徐師曾的意見，當有助於我們對「記」體類之內涵，更為清楚。

吳訥《文章辨體》云「記」：

竊嘗考之：記之名，始於《戴記》〈學記〉等篇。記之文，《文選》弗載。後之作者，固以韓退之〈畫記〉、柳子厚遊山諸記為體之正。然觀韓之〈燕喜亭記〉，亦微載議論於中。至柳之記新堂、鐵爐步，則議論之辭多矣。迨至歐、蘇而後，始專有以議論為記者，宜乎后山諸老以是為言也。[94]

謂「記」之體要本在於記事記物，源出《禮記》，其後以韓愈、柳宗元之作最具代表性，也奠定了「記」在文學史上的意義。更為確切的說，

「堂」、「泉（附瀑）」、「池」、「竹」、「山」（附石）」）、「紀事」、「刻侯」、「歌樂」、「圖畫」、「災祥」、「質疑」、「寓言」、「雜記」。

93 如「宮殿」類裴素〈唐重修漢未央宮記〉篇末載皇帝「乃命臣曰：『爾為我記之，刻以貞石，傳示乎不朽。』臣素作當承旨，不敢固讓，惶恐拜。舞而文之，十會昌元祀濡大澤之明月也，謹記。」「廳壁・中書」類李華〈政事堂記〉篇末載作者「列國有傳，青史有名，可以為終身之誡無罪。記云。」權德輿〈昭文館大學士壁記〉篇末記載時間：「元和二年秋九月記。」「廳壁・翰林」類元稹〈翰林承旨學士廳壁記〉篇末記載時間：「長慶元年八月十日記。」丁居晦〈重修承旨學士壁記〉篇末記載時間：「開成表號之二年五月十四日記。」總之，雖不必每篇「記」都會詳細記載時間及事由，但大部分的篇章於篇末都會記錄其因何時何事而「記」之。

94 〈文章辨體・序〉，收入〔明〕吳訥等：《文體序說三種》（臺北：長安出版社，1998年6月，第一版），頁52。凡本節所引〈文章辨體・序〉均出此書，其後僅於引文末端括注頁碼，不再另行注釋。

韓愈之記主要內容為人事，柳宗元主要內容則為山水；就在二人引領風氣之後，「記」成為唐、宋重要且具有特色的體類[95]。但另一方面韓、柳某些篇章，議論成分已然增多，至於宋代更幾乎全以議論為篇。

徐師曾《文體明辨》針對「記」，論調也頗為相似，云：

> 按《金石例》云：「記者，紀事之文也。」〈禹貢〉、〈顧命〉，乃記之祖，而記之名，則昉於《戴記》〈學記〉諸篇。厥後揚雄作〈蜀記〉，而《文選》不列其類，劉勰不著其說，則知漢、魏以前，作者尚少；其盛自唐始也。其文以敘事為主，後人不知其體，顧以議論雜之。故陳師道云：「韓退之之作記，記其事耳，今之記乃論也。」蓋亦有感於此。[96]

認為「以文記事」的傳統雖可遠溯《尚書》，但以「記」為名的篇章，則始於《禮記》〈學記〉，下及漢魏六朝之際，「記」之篇章不多，可論者唯揚雄〈蜀記〉，至唐代始盛。「記」本以敘事記物為主，但後來議論成分漸增，竟湮沒本質，乃至宋代陳師道感慨「記」已全然成為議論之文，失去敘事記物的特徵。

總括吳、徐二氏意見，可見「記」固當以記事為主，縱使兼有議論成分，也不應反客為主，典範作家與作品，則為韓、柳古文家之作；但後代

---

95 胡楚生就說，自韓、柳之後，唐代以下，以「記」名篇的作品，才大為興盛，尤以「記人事」、「記水山」兩類最多，且韓愈以「記人事」為主，而柳宗元以「記山水」著稱。參見氏著：《古文正聲》（臺北：黎明文化事業公司，民國 80 年，初版），頁 59。楊慶存則指出：宋代散文體裁樣式，以「記」發展最引人注目，至唐以後「記」才成為一種文學體裁，由韓、柳大量創作，入宋之後更多采多姿。參見氏著：《宋代文學論稿》（上海：復旦大學出版社，2007 年 3 月，第 1 版），頁 26-27。

96 〈文體明辨・序〉，收入〔明〕吳訥等：《文體序說三種》（臺北：長安出版社，1998 年 6 月，第一版），頁 103。凡本節所引〈文體明辨・序〉均出此書，其後僅於引文末端括注頁碼，不再另行注釋。

竟以議論為要，忽略記敘的本質。唯在《文苑英華》「雜文」之中，出現「志」、「述」兩者，所屬篇章內容無不夾敘夾議，性質看來與「記」極為近似，以下將再就「志」、「述」加以分析之。

二、《文苑英華》「雜文」的「志」

「志」之為文學體類，不見於六朝文論，也不在《昭明文選》之中。但在《文苑英華》，卻散見於「雜文」各子目，其中「諷喻」有三篇，「紀述」、「雜製作」各一，以下分別討論：

(一)「諷喻」

「諷喻」類有柳宗元〈鐵鑪步志〉、李翶〈截冠雄雞志〉及陸龜蒙〈蟹志〉，總共三篇：

〈鐵鑪步志〉，考鐵鑪步名稱之由來，諷刺世人多無其實才但好誇虛名：

江之滸，凡舟可縻而上下者曰步。永州北郭有步，曰鐵爐步。予乘舟來居九年，往來求其所以為鐵爐者無有。問之人曰：「蓋嘗有鍛者居，其人去而爐毀者，不知年矣，獨有其號冒而存。」

予曰：「嘻！世固有事去名存而冒焉若是耶？」步之人曰：「子何獨怪是？今世有負其姓而立於天下者，曰：『吾門大，他不我敵也。』問其位與德，曰：『久矣其先也。』然而彼猶曰『我大』，世亦曰『某氏大』。其冒於號，有以異於茲步者乎？向使有聞茲步之號，而不足釜、錢、刀者，懷價而來，能有得其欲乎？則求位與德於彼，其不可得，亦猶是也。位存焉而德無有，猶不足以大其門，然且樂為之下。子胡不怪彼，而獨怪於是？……若求茲步之實，而不得釜、錢、刀者，則去而之他，又何害乎？

子之驚，於是末矣。」

予以為古有太史，現民風，採民言。若是者則有得矣。嘉其言可採，書以為志。[97]

永州城北有地名「鐵鑪步」，作者到此九年，不知取名之故，問人則言此處曾有鐵匠設鍛鑪於此，其後鑪毀人去，此地於是空留其名而已。作者既惑於其「事去名存而冒焉」，人卻回答，當今世家大族，多標榜祖先名聲，其實子孫已無才德，猶然可以傲世，人亦樂於信服，所以與「鐵鑪步」名號之例無異。又言譖稱虛名之人，世多有之。徒然冒有大名，卻不知充實自己內在，終致滅亡為後世所笑，如此冒名之事才甚為可懼，而此地現在僅僅無冶鐵之事，縱然套襲冶鐵之名，又有何妨礙？作者認為此事此言，大有深意，足以發人省思，所以採錄記載，以警當世及來者。

〈截冠雄雞志〉，記一截冠雄雞，頗有情義，卻為群雞排斥，適足以借鏡於人：

翱至零口北，有畜雞二十二者……又狎乎人。翱甚樂之，遂掬粟投於地而呼之。有一雄雞，人截其冠，貌若營群，望我而先來，見粟而長鳴，如命其眾雞。眾雞聞而曹奔於粟，既來而皆惡截冠雄雞而擊之而曳之而逐出之。已而競還啄其粟。日之暮，又二十一其群棲於楹之梁。截冠雄雞又來，如慕侶，將登於梁且棲焉。而仰望焉，而旋望焉，而小鳴焉，而大鳴焉，而延頸喔咿，其聲甚悲焉，而遂去焉……

翱異之曰：「雞，禽於家者也，備五德者也……截冠雄雞是也。彼眾雞得非，幸其所呼而來耶？又奚為既來而惡所呼者而迫之耶？豈不食其利

97 〈鐵鑪步志〉全文參見〔宋〕李昉等編：《（重編影印）文苑英華》（臺北：大化書局），頁 869。

背其惠耶？豈不喪其見食命侶之一德耶？且何眾棲而不使偶其群耶？。」或告曰：「截冠雄雞，客雞也，予東里鄙夫曰陳氏之雞焉。死其雌，而陳氏寓之於我群焉。勇且善鬥，家之六雄雞勿敢獨校焉。且其曹惡之而不與同其食及棲焉；夫雖善鬥且勇，亦不勝其眾，而常孤遊焉。然見食未嘗先啄而不長鳴命焉，彼眾雞雖賴其召，既至，反逐之。昔日亦猶是焉。截冠雞雖不見答，然而其跡未曾變移焉。」

翱既聞之，惘然感而遂傷曰：「禽鳥微物也，其中亦有獨稟精氣，義而介焉者。客雞義勇超乎群，群皆皆妒而尚不與儔焉，況在人乎哉？況在朋友乎哉？……」吾心既傷之，遂志之，將用警予，且可以作鑒于世之人。[98]

某日，作者於友人家掏粟飼雞以為樂，見此一雄雞得粟，即長鳴呼眾，眾雞聞聲來至，竟將此雄雞驅逐，迫使離群，然後競食其粟。至於傍晚，群雞棲息於楹樑之間，此雞仰望群雞，彷彿慕侶，但終不能得偶，遂悲鳴而去，獨棲於中庭大樹之上。作者詫異之，以為雞本為有德之家禽，況此雄雞見食命侶已見其義，眾雞既得食，受惠卻忘恩驅除之，如何又不使同棲相偶？友人告之云，此係為喪偶之客雞，又勇而善鬥，猛力勝過原本自家雄雞，故不能見容於群體，既飽受群體厭惡，所以不能同食同棲，常孤遊獨處。雖然群雞不念呼食之恩，但雄雞猶然不改其義行。作者聞之，慨然傷心，慨嘆禽鳥尚能妒賢，使賢良正直者不見容於群眾，何況於人間？

〈蟹志〉，以蟹之生態，比喻說明士人學問之道：

98 〈截冠雄雞志〉全文參見〔宋〕李昉等編：《（重編影印）文苑英華》（臺北：大化書局），頁 867。

蟹，水族之微者……參於藥錄食疏，蔓延乎小說，其智則未聞也。唯左氏紀其為災，子雲譏其躁，以為郭索後蚓而已。

蟹始窟穴於沮洳中，秋、冬交必大出……蚤夜觱沸，指江而奔，漁者緯蕭承其流而障之，曰「蟹斷」。斷其之江之故道焉爾，然後扳援越軼，遯而去者十六七。既入于江，則形質寖大於舊，自江復趨于海，如江之狀。漁者又斷而求之，其越軼遯去者又加多焉。既入於海，形質益大，海人亦異其稱謂矣。

嗚呼！穗而朝其魁，不近於義耶？捨沮洳而之江海，自微而務著，不近於智耶？今之學者始得百家小說，而不知孟軻、荀、楊氏之道，或知之又不汲汲於聖人之言，求大中之要，何也？百家小說，沮洳也；孟軻、荀、楊氏聖人之瀆也；六籍者，聖人之海也。苟不能捨沮洳以求瀆，由瀆而至于海，是人之智反出水蟲下，能不悲夫？吾是以志其蟹。[99]

「蟹」之事記載於古書，或見於《荀子・勸學》、《國語》及《太玄》，且皆未聞其有智。蟹初居於卑濕之地，至六七月大出，奔入於江，而江東人則趁勢捕蟹，是由卑濕之地先入於江，又由江再入於海，不僅所處之地相異，其形質亦更為增大。然則蟹之為物如此，學者問學亦然；以百家小說如沮洳，孟、荀、揚雄之說為江，而六經則為海。若學者不知進取，層層遞入於聖人之學海，而偏執於百家之說，則其智反不如蟹。

以上三篇，〈鐵鑪步志〉譏刺人有名無實，〈截冠雄雞志〉諷勸人應戒除剛強，〈蟹志〉期勉人不當拘墟。都能藉由事物本身，以小以喻大，思及人間情理，故歸類於「諷喻」，看來並不難理解。

99 〈蟹志〉全文參見〔宋〕李昉等編：《（重編影印）文苑英華》（臺北：大化書局），頁868。

（二）「紀述」、「雜製作」

「紀述」類，僅有劉禹錫〈救沈志〉，記錄水患之中某二僧侶難救之事，及其對談：

> 貞元季年夏，大水。熊武五溪鬥，泆于沈，突舊防，毀民家。……有僧愀焉，誓于路曰：「浮圖之慈悲，救生最大。能援被於溺，我當為魁。」里中兒願從三四輩，皆狎川勇游者，相與乘堅舟，挾善器……大凡室處之類，穴居之彙，在牧之群，在豢之馴，上羅黔首，下逮毛物，拔乎洪瀾，致諸生地者數十百焉。
>
> 適有鷙獸……其徒將取焉，僧趣訶之，曰：「第無濟是為！」……舟中之人曰：「吾聞浮圖之教貴空，空生普，普生慈。不求報施之謂空，不擇善惡之謂普，不逆困窮之謂慈。鄉也，生必救；而今也，窮見廢，無乃計善惡而忘普與慈乎？」
>
> 僧曰：「甚矣問之迷且妄也！……吾鄉也所援而出死地者眾矣。形乾氣還，各復本狀。蹄者蹢躅然，羽者翹蕭然，而言者譊譊然，隨其所之，吾不尸其施也。不得吾則已，焉能害為？彼形之乾，鬐鬣之姿也；彼氣之還，暴悖之用也，心足反噬而齒甘最靈，是必肉吾屬矣！庸能蹢躅、譊譊之比歟？夫虎之不可使知恩，猶人之不可使為虎也。非吾自貽患焉爾，且將貽患于眾多，吾罪大矣。」聞善人在患，不救不祥；惡人在位，不去亦不祥。僧之言遠矣，故志之。[100]

貞元季年夏，大水，溪水暴漲，沖毀並淹沒民宅與山丘，木、石等物為洪水任意沖刷漂浮移動。此時有僧人心生悲憫，發誓營救溺水人畜，於

100 〈救沈志〉全文參見〔宋〕李昉等編：《（重編影印）文苑英華》（臺北：大化書局），頁 865。

是與里中善泳健兒共同乘船持器，冒險渡水沿途搭救，所救起之人、畜，多達數百。途中適遇溺水之猛獸，僧之徒欲救之，但其師以為難民群聚之處，不能容此猛獸，所以阻止。眾人或有質疑佛教既以慈悲濟世為懷，不分善惡，見蒼生有難必盡力搭救，何以如今見此獸身陷危難，卻視之不見？僧人以為此乃迷妄之見，其實佛教並非無善惡之分，且前從水中所救出之人、畜，在形體乾燥、氣息恢復之後，即能還原平和之性；但此猛獸則不然，於恢復之後，必然不顧救命之恩，回復殘暴本性，噬殺人類，如此必然危害眾人。作者以為善人當存，惡人當去，僧人之言足以誌之，使人深思。

「雜製作」類，亦僅有梁肅〈祇園寺淨土院志〉，題寫佛理於祇園寺淨土院，以曉世人：

祇園精舍淨土院者，沙門常輝觀佛三昧之所也。按《契》經，西方極樂界曰有佛無量壽如來，誕敷本願，爰宅彼土，垂拱東向，以提群生，如想念者。利有攸往，往而至者，住不退地，至矣哉。……

夫真俗同體，聖凡一貫，隨心升降，見境差別。於是深靜相形，依正相成，離為百界，合成一念。……有若觀心佛二者，不來不往，誰縛誰解，如是觀者，生之上也，如是如見信解，觀念漸純，生之次也。繫緣事，厭染懷淨，又其次也。

或近或遠，或真或假，值佛聞法，同歸一地。此西方教所以為至也，或者以為法有相空，不可得生彼界者，與斯土何以異，是不知佛意遠矣。輝既脩此道場，懼昧者不知所以然，因命我紀之。[101]

---

101 〈祇園寺淨土院志〉全文參見〔宋〕李昉等編：《（重編影印）文苑英華》（臺北：大化書局），頁878。

依據佛經，如來佛引渡眾生至西方極樂世界，若到達彼岸，則可超越不受俗世困苦，而其實人內心本有佛性，不過尚須點化開悟，才能明心見性到達涅盤彼岸。至於開悟佛性，則有三境界，其一直接頓悟，其二漸解束縛，其三執著難脫。總之，佛法條理萬千，但終究不離本宗，為免人誤解佛學，因此記此文於寺院。

以上二篇，〈救沈志〉藉由僧人救溺之言行，引伸世間不可縱容惡人之道理。〈祇園寺淨土院志〉藉由到場整修之機緣，將佛理題寫於寺壁。前篇不無諷喻之意，後篇偏重於議論說理，然而一歸「紀述」，一歸「雜製作」，相關歸類問題，將待後文討論。

總上所論，可見「志」大抵在於敘事寫物，而兼有議論。不過後代對此一體類的討論並不多，僅徐師曾《文體明辨》就此云：

> 按《字書》云：「志者，記也，字亦作誌。」其名起於《漢書》〈十志〉，而後人因之，大抵記事之作也。[102]

徐氏說法頗為簡要，以「志」訓為「記」，又多為「記事之作」，那麼自然就與「記」體類相通。故而如柳宗元〈鐵鑪步志〉雖篇名為「志」，但前述吳訥對「記」的說明中，卻逕將此篇視為「記」之作品，謂其「議論之辭多」云云。

綜論之，由《文苑英華》「雜文」各子目中的「志」體類篇章，以及徐、吳二氏相關意見來看，可見「志」幾乎與「記」無別，都以敘事狀物為主，兼及議論，或引申人情世態的某一道理。當然，相較之下，「記」

---

102 〈文體明辨・序〉，收入〔明〕吳訥等：《文體序說三種》（臺北：長安出版社，1998年6月，第一版），頁104。

的作品數量，遠比「志」更多。

三、《文苑英華》「雜文」的「述」

「述」體類未見於六朝文論，而《昭明文選》亦無其類。在《文苑英華》則散見於「雜文」之「紀述」、「辯論」、「諷喻」、「紀事」四子目，又以「記述」三篇最多，其餘各一，進一步來說：

(一)「紀述」

「紀述」類中，有歐陽詹〈甘露述〉、李翱〈陸歙州述〉，以及獨孤及〈金剛經報應述〉。

〈甘露述〉，記述甘露之奇事異聞：

> 貞元壬申歲，福州福唐縣尉清源莆陽邑人濟南林公瓚太夫人終，公每一痛至，水漿不入口。或三日、或五日，內外羸憊，殆至殞滅。癸酉歲，將與先府君脩合葬之禮。公之於親，事存既竭其力，送終思盡其勤……於是躬開坎室，自埏塼甓，與兄弟手攻肩負，以鑿以築，雖率情性，而無僭法度；不違曲禮，而有異常儀。載考載理，而未之窆。春三月五日，忽異氣自天，氛氳下蒙，非雲非煙，羃羃綿綿，綵耀光鮮，馨香馥然，起朝及暝，徘徊不散，先是繞壠已栽松栢，洎曙，枝葉間遍懸露滴，其滴齊大如梧子。公奇之，與兄弟及鄉人時相慰者而嘗之，其味甘，異於人間所甘之味。日漸高，不銷不晞，轉堅轉明，瑩然如珠，鏗然玉聲，如是者三日。覩者爭取，或食或翫。……予聞甘露之說，莫覯甘露之實，其為稀也，不亦甚乎！今天為公而降，公之德豈常德與？況殊香啟途，異彩相宣，凝結珠圓，向日翻堅者哉？則其至誠所招又多矣。予執吊禮，幸獲而見珍，聳

不足，遂為之述。[103]

林公瓚之母病故，而林氏雖傷心，決定將父、母合葬，林氏與兄弟遵從禮制鑿建墓室，至春日時忽然天降異氣籠罩此地，霧中有光照耀，且芬芳繚繞久久不散，並於松栢枝葉間凝聚懸露，其大者竟如梧子。林氏驚異，取露水嘗之，發現味道甘美，且露水終日不消，懸墜之形如圓珠可喜，落地如玉聲般清脆，遂吸引眾人前來探奇。作者以為此必天之應感於人，所以顯其種種神靈異象，以褒讚人之美德，唯懿德之人少有，所以異象也隨之罕見。雖未能親見甘露，但相信此必林氏至孝至誠，所以感動天地，作者於是為文記述此奇異甘露之事。

〈陸歙州述〉，傷悼友人陸希聲不得時命，無奈病死：

吳郡陸傪參公佐，生于世五十有七年，明於仁義之道，可以化人倫、厚風俗者餘三十年。連事觀察使，觀察使不能知，退居于田者六、七年，由侍御史入為祠部員外郎，二年出刺歙州，卒于道。

凡人之所不能窮者，必準之於天，天之注膏雨也，人之心以為生旱苗然也，雨與苗運相違，或雨于海，或雨于山，旱苗不得仰其澤；唯人也亦然，天之生俊賢也，人之心以為拯顒顒之人然也；賢者與顒顒之人時不合，或死于野，或得其位，而道不能行，顒顒之人不得被其惠，膏雨之降也適然……嗚呼！公佐之官，雖列于朝，雖刺于州，其出外始二年，道之不行，與居于田時弗差也。公佐之賢雖曰聞已，其德行未必昭昭然聞于天子。公佐是以不得其職，出刺一州，又短命道病死，天下之未蒙其德，固宜。

103　〈甘露述〉全文參見〔宋〕李昉等編：《（重編影印）文苑英華》（臺北：大化書局），頁 862-863。

然則天之生君也，授之以救人之道，不授之以救人之位；如膏雨之或雨于海，或降于山，旱苗之不沐其澤者均也。故君子不得其位，以行其道者，命也，其亦有不足於心者耶？得是道者，窮居于野非所屈，冠冕而相天下非所伸，其何有不足於心者耶？[104]

陸希聲享年五十七歲，深明仁義之道，從事教化三十餘年，但仕宦不順，最後病卒於往歙州之道。賢者與百姓，猶如雲雨與稻苗。雨或落於田地，能滋養稻苗，或落於山海，則稻苗不能為潤；天生聖賢或使之遭其時遇，則能拯救萬民，如不能使之逢時得位，則賢士雖欲救民卻也無能為力。生能逢時，則如傅說、甘盤、尹吉甫、管夷吾之類，生不逢時，則如顏子、子思、孟軻、董仲舒之類。賢哲能否出現，然後得位濟世，皆在於天命，令人無可奈何。而陸氏雖得列官於朝，但始終名聲不為天子所聞，故未能拔擢要職以力行大道，今又不幸早死，使蒼生不能蒙受其恩德。雖然陸氏有道而無時，但君子既然內修道德，則退不為屈辱，進亦不為榮耀，唯以道德自持立身於世，不愧於天地，則陸氏此生亦幾乎可以無憾。

〈金剛經報應述〉，記載佛法靈感，魏公亡失《金剛經》而後復得之事：

洪州牧刑部尚書兼御史大夫魏公，身挂玄冕，心冥真如，昔常奉般若法，以弘正見，雖顛沛造次，心與經俱，十有若干年矣。皇帝中元年，冬，十月，車駕，有避狄之師，百僚蒼黃南馳商於，公為盜所攘而亡其經……明年，王正月，大駕返正，公為京兆尹，痛弘誓之未從也。則唯書籍是圖，求經於弘法寺之藏，藏人以送，公發函披卷，乃商於所亡之本

104　〈陸歙州述〉全文參見〔宋〕李昉等編：《（重編影印）文苑英華》（臺北：大化書局），頁 863。

也。問守藏云，亦曰不知其所自而能得。公瞻禮悲喜，捧持而泣，然後知精專感達，故隨心而至；昭報肸蠁，其疾若答……。

或曰：「得與喪，偶然爾，何必謂誠感乎？」及對曰：「誠於此者形於彼。故出其言善，千里之外應之。此以仁、義、忠、信感於物者也。況第一義諦，超貫仁、義，自在慧力，不啻忠信。則因發而果從，心誠而經還，是法味幽贊，非思議所及，豈佛以般若之雨，啟公善牙，使因相以次獲願，進啟乎無願之法法歟？不然，何心境玄合，若律呂相召」。歲在乙酉，公以異見告。及跪而述之曰：「上士勤道，精應若馳，願形於心，報亦隨之。至感無礙，經斯來歸，護公身田，俾公斷疑。公之善根，疇可度思。」[105]

魏公雖身居要職，但心奉佛法，已達十餘年。其後，戰亂發生，隨皇帝軍馬避難而亡其佛經，待局勢穩定，魏公雖位居京兆尹，以未能尋回經書弘揚佛法為遺憾，後有僧徒贈送經書，竟是當初所亡之本。僧徒亦不知此書何能得至，魏公喜極而泣，以為此乃以往誠心禮佛，故得果報。作者聽聞此事，以為重獲絕非偶然，而是佛法能感物應人，其念力超乎仁、義、忠、信等德行之上，無遠弗屆不可思議。因此特為此文以記之。

以上三篇，〈甘露述〉、〈金剛經報應述〉都在記寫人物奇特的遭遇，〈陸歙州述〉則追敘陸希聲其人與生平，然則文章記事的性質顯然，並篇末都兼帶評論。若合前章〈辯三傑〉、〈牧守竟陵因遊西塔著三感說〉而觀之，則可推見「紀述」之為類目，要在於其中文章，都以記人敘事為主要特徵。

---

105 〈金剛經報應述〉全文參見〔宋〕李昉等編：《（重編影印）文苑英華》（臺北：大化書局），頁862。

（二）「辯論」、「諷喻」、「紀事」

「辯論」類中，僅有牛僧孺〈雞觸人述〉，敘述一隻雞因性格凶悍，遂遭人挫其喙、爪，束縛身軀，以此說明剛強應戒之理：

> 杜之郊人有雞……類剛勇百鶚之特，疾視促步，內斷外果，雖狺狺猛犬，桓桓壯士，伺釁潛搏，胥為驚蹶，則前後背血流朱殷者，數四以降，咸以彼恃長嘴利距也……乃因跧側樹枝，目不能視瞻，以長纓羈系，使彼莫得旅拒，即求砥礪錯斂其長嘴，使禿枿不能害物，鎚鈐敲折其利距，使撾擊不能痛物，然後縱其逸也。雞不省，猶張拳勢，瞪瞋眸，咬咬爭鳴，剛獝突如。鄰童咸操荊礫，弄調笑……。
>
> 君子於是嘆至剛自折者若此，不度力取笑者又如此。且其職也，宜司晨而鳴，風雨不移，縱有專場妒敵之志，亦爭鳴於族類，非宜於怫人矣。爾依於人，人即爾主，輕肆其勇，而悖於主，所以雖有長嘴利距，不能久恃。已失所恃，乃以踵擊者取鄰童之笑，所宜然矣。僧孺常思度，謂欲移人之事，當有類其雞者。嗚呼！宜誡夫剛哉。[106]

鄉人有雞，其貌似猛禽，且長嘴利爪，雖猛犬、壯士，亦絲毫不懼與其搏鬥。因狠戾太過，遂遭人遮其視線、束其身軀、挫其長嘴利爪，使其不能攻擊。雞不察覺其受挫，其形猶然兇狠如故，其實卻已威勢盡失，甚至連兒童皆可戲弄嘲笑。作者於是感嘆，雞之職責本在司晨，實不宜有妒敵善鬥之志，且人為其主，又輕肆武勇而悖於主，乃至於去其威勢、為人所輕。由此雞反思人事，剛強豈可不戒？

「諷喻」類中，亦僅舒元輿〈養狸述〉，由作者養貓除鼠患的親身經

106 〈雞觸人述〉全文參見〔宋〕李昉等編：《（重編影印）文苑英華》（臺北：大化書局），頁 865。

驗，讚美貓之大用，並諷刺人間亦多鼠輩，蠹害忠良：

野禽獸可馴養而有裨於人者，吾得之於狸。狸之性憎鼠而喜愛。其體趫、其文斑。予愛其能息鼠竊，近乎正且勇……

某既居，果遭其暴耗。常白日為群，雖敲拍叱嚇，略不畏忌。或暫黽俛跧縮，須臾復來，日數十度。其穿巾孔箱之患，繼晷而有。晝或出遊，及歸，其什器服物，悉已破碎。若夜時，長留釭續晨，與役夫更吻驅呵，甚累神抱……自獲此狸，嘗閩關實竇，縱於室中，潛伺之。見軒首引鼻，似有鼠氣，則凝蹲不動。斯須，果有鼠數十輩接尾而出，狸忽躍起，豎瞳迸金，文毛磔班，張爪呀牙，劃洩怒聲，鼠黨帖伏不敢竄，狸遂搏擊，或目抉牙截，尾捎首擺，瞬視間，群鼠肝腦塗地。迨夜，始背釭潛窺，室內灑然，予以是益寶狸矣……鼠本統乎陰，蟲其用，合晝伏夕動，常怯怕人者也。向之暴耗，非有大膽壯力，能凌侮於人，以其人無御之之術，故得恣橫若此。今人之家，苟無狸之用，則紅墉皓壁，固為鼠室宅矣。甘醲鮮肥，又資鼠口腹矣，雖乏人智，其奈之何？

嗚呼！覆燾之間，首圓足方，竊盜聖人之教，甚於鼠者有之矣。若時不容端人，則白日之下，故得騁於陰私。故桀朝鼠多而關龍逢斬，紂朝鼠多而王子比干剖，魯國鼠多而仲尼去，楚國鼠多而屈原沉。以此推之，明小人道長，而不知用君子以正之，猶向之鼠竊，而不知用狸而止遏，縱其暴橫，則五行七曜，亦必反常於天矣，豈直流患於人間耶！

某因養狸而得其道，故備錄始末。貯諸篋內，異日持諭於在位之端正君子。[107]

---

107 〈養狸述〉全文參見〔宋〕李昉等編：《（重編影印）文苑英華》（臺北：大化書局），頁 867-868。

貓體態敏捷，文采斑斕，且性能捕鼠，所以受人喜愛。而作者所居，群鼠出沒橫行，縱使白日，也不畏人，穿箱倒櫃，嚙壞衣物什器，甚至在黑夜中踏過人面，奔走亂竄，肆無忌憚。總之，不論晝夜，皆不能驅之而後快，令人無可奈何。但自從獲貓，置之於室內，其能窺伺鼠穴，待鼠成群而出，則忽然躍起，大怒其聲，舞其爪牙，使群鼠震懾不敢逃竄，迅速將群鼠撲殺殆盡。鼠患既得解，作者讚嘆貓之功勞甚大，使人得以安居高枕。又言鼠本為奸詐幽暗之物，蠹害如蟲，本不足令人畏懼，只因其性陰險，又匿於幽暗，人雖惡之，但苦於對治之方，所以才使鼠輩放肆至此。是則人間亦有鼠輩，小人不遵聖道為非作歹，放肆橫行，擯斥賢良，為害更甚於鼠。則桀朝鼠多故關龍見斬，紂朝鼠多使王子比干遭剖，魯國鼠多則仲尼離去，楚國鼠多令屈原江沉。然則狸貓可除鼠害，小人亦須賴君子以革除之，否則放縱鼠輩小人，必禍害人間。

「紀事」類中，亦僅劉禹錫〈魏生《兵要》述〉，言作者奉召至吳中為太守，有魏生持書前來求用之事：

> 余為書殿學士四年，所與居皆鴻生彥士。一旦詔下，懷吳郡章而東，門下生咸惜是行，且曰：「吳中富士，必有知書，宜為太守所禮者。」及下車，閱客籍，森然三千，有鉅鹿魏生將所著書來謁曰：「不佞始讀書為文章，凡二十年，在貢士中，孤鳴甚哀，卒無善聽者，退而收視易慮，伏北窗下考前言，成《兵要》十編，度諸侯未遑是事，將笈而西，求一言以生羽翼。」予取其書觀之，始自黃帝伏蚩尤，終于隋氏平江南。語春秋戰國事最備，磅礴下上數千年間，其擿摭評議無遺策，用是以干握兵符貴人，宜有虛己而樂聞者。子盍行乎，吾知元侯上舍，不獨善雞鳴彈長鋏三五九九之伎顓之而已。[108]

108 〈魏生《兵要》術〉全文參見〔宋〕李昉等編：《（重編影印）文苑英華》（臺北：大

作者將入吳中，而門下文士，以為吳中多知書才士，宜為作者結識禮遇。及至吳中，果有魏生者持自著之書求見，自言二十年間苦讀但不遇相知，期望受作者推薦。《兵要》所言黃帝迄於隋代之史事，所論所評甚為得宜且有所洞見，而某官員能禮賢下士，往之必能有所拔擢，所以勸告魏生前往投奔。

以上三篇，〈雞觸人述〉由兇狠之鬥雞，聯想立身之明哲。〈養狸述〉由貓鼠物情，觸及世道之政理。〈魏生《兵要》述〉則寫偶遇高才之事。卻分別入於「辯論」、「諷喻」及「紀事」，其分類之依據，將待後文討論。

由上可見，「述」體類篇章大抵亦在記事狀物，兼及抒情言理。後世對此討論者亦不多見，徐師曾《文體明辨》云「述」：

按《字書》云：「述，譔也，纂譔其人之言行以俟考也。」其文與狀同，不曰狀，而曰述，亦別名也。（頁 107）

依據其說，認為「述」與「狀」相同，而其實「狀」或名「行狀」，自六朝有之，用於記錄死者生前言行事蹟，以作為商議謚號，或者撰寫墓誌立碑之用[109]。但從《文苑英華》「雜文」類所錄〈雞觸人述〉、〈金剛經報應述〉、〈甘露述〉、〈陸歙州述〉、〈養狸述〉、〈魏生《兵要》述〉六篇

化書局），頁 880。

109 《文心雕龍・書記》即提及「狀」，云：「狀者，貌也，體貌本原，取其事實，先賢表謚，並有行狀，狀之大者也。」任昉《文章緣起》中亦有「行狀」；「漢丞相倉曹傅胡幹作〈楊元伯行狀〉。」此外，《文體明辨》與《文章辨體》中也都有「行狀」一類，徐師曾說：「蓋具死者世系、名字、爵里、行治、壽年之詳，或牒考功太常使議謚，或牒史館請編錄，或上作者乞墓誌碑表之類接用之。而其文多出於門生故吏親舊之手，以謂非此輩不能知也。其逸事狀，則但錄其逸者，其所已載不必詳焉，乃狀之變體也。」吳訥則說：「按行狀者，門生故舊狀死者行業上于史官，或求銘於作者之辭也。」總之，「狀」或「行狀」為記錄前人往事之用。

看來，只有〈陸歙州述〉較為符合徐師曾所言「述」的體式，其他五篇皆非記錄前人言行。換句話說，「述」實際上所記寫描述的對象，並不限於人，可以為各種事物，並兼及評論、議理或歌頌，然則與「志」一樣，都近似於「記」體類，因此我們仍將「述」視為「記體雜文」的對象。

總之，由《文苑英華》「雜文」各子目中的「述」體類篇章，及徐師曾對「述」的說明，可見「述」與「記」本質無甚差異，文辭都以記寫描述人、事、物為主，並兼及作者之議論抒情。只不過文學史上看來，「述」體篇章數量亦遠少於「記」。

綜論本節所言，「志」、「述」都具有「記」的文體特色，而被我們視之為「記體雜文」之體類，不過看來在作品的數量上，遠較「記」來得少。不過，我們注意到，「志」、「述」於敘事狀物之外，篇末往往會進一步議論道理；推測的說，「志」、「述」有別於「記」，應在於敘事之外，議論的成分較「記」更為顯著。

第三節　結語

本章以《文苑英華》「雜文」中的「論體雜文」、「記體雜文」作為關注焦點。

「論體雜文」是指論體但不以「論」為名的篇章。早在劉勰《文心雕龍》〈論說〉中，就提及「說」、「議」、「傳」、「注」、「贊」、「評」、「序」、「引」，「八名區分，一揆宗『論』」，意謂它們雖分為八類，但本質到底與「論」之文學體類無異，只是不以「論」為名稱罷了。如此看來，其實早在《文心雕龍》〈論說〉就有著與我們所言「論體雜文」相似的觀念了。

當然，劉勰著重於理論，所以能對各種文學體類彼此的關聯加以抽象地說明，但以蕭統《昭明文選》來看，除「論」之外，只有「上書（說）」、「贊（讚）」、「序」明確出現於總集之中。換言之，六朝時唯有「上書（說）」、「贊（讚）」、「序」三種，能與「論」實際地出現於文學體類區分的活動之中。

至《文苑英華》，「論」、「贊（讚）」、「序（「書序」）」這些傳統「論體雜文」仍舊存在。尤其《文苑英華》「論」體類中所分子目甚多，意謂「論」之篇章題材甚為廣泛，意謂在編輯群看來，「論」的內容多元繁複。但是，另外還有些「論體雜文」的體類，即「說」、「辯」、「解」、「原」、「題跋」，這五種體類的篇章，僅見「雜文」，並散佈各子目之內。其中「說」、「辯」、「解」、「原」要在就事理加以議論說明，所以雖分為四，但彼此本質都很接近，不出於「論」之體要[110]。唯「題跋」之為體類，乃是作者的讀書心得感想，雖然本質上仍在議論，但因內容繫乎著作書籍，所以更顯與「序（書序）」關係密切，儘管如此，亦不出「論」之本質。

「記體雜文」是指記體但不以「記」為名的篇章。原先在六朝，「記」之為文學體類，所指涉的內涵有二，其一為通於「牋」的書信，其二則為一種以「敘事狀物」為本質的文章，在當時應以第一種觀念為主要；但至唐、宋以後，第二種內涵的「記」變成主流。以《文苑英華》而言，「記」體類所錄篇章甚多，且題材多元，但卻還有「志」、「述」兩種體類的篇章，散見於「雜文」類的各子目之中。「志」、「述」亦以敘事狀物為其體

110 關於「說」、「辯」、「解」、「原」等文學體類的界說，及其與「論」的關係，吳訥、徐師曾其實已經說明甚為清楚，所以後來學者對於諸體類的說明，如褚斌杰、章必功、呂武志等人，大致上也都沒有超越明人見解。相關可分別參見三氏所著《中國古代文體概論》（北京：北京大學出版社，2003 年 8 月，1 版），頁 347-363。《文體史話》（上海：同濟大學出版社，2006 年 9 月，第 2 版），頁 118-130。《唐末五代散文研究》（臺北：臺灣學生出版社，民國 78 年 2 月，初版），頁 274-276。此處暫不引用。

類特徵，但兼有議論說理；推測其有別於「記」之處，就在於議論說理的成分，較「記」更為顯著。

無論是「雜文」類中的「論體雜文」或「記體雜文」之體類，可以發現各篇幾乎無不關切於儒家思想或道德義理，不約而同有著鮮明的儒家特色，並多以散文構辭成篇。且其中各種體類的典範作品，後設的看來，大都為韓愈、柳宗元之作，在二人開創寫作之風並奠定相關體式之後，後人再加仿擬[111]，於是得以集篇而成一種體類。然則這些體類的出現及形成，與古文家及古文風氣，應有密切的關聯。

111 韓愈、柳宗元在文學上的影響，在晚唐即已顯見。如李秀敏指出：「說」體類以敘事為主，間以議論批評，這樣的範式則推源於柳宗元〈捕蛇者說〉、〈羆說〉。「辯」體類揭露社會現實，抒發內心不平，則共同奠定於韓、柳二氏。相關說明，參見李秀敏：〈晚唐小品文體革新略論〉，《黑龍江社會科學》第119期（2010年第2期），頁92-95。

第五章

《文苑英華》「雜文」中的「雜著」及「越界文體」

「雜著」是一種後設的文類名稱，泛指不具體類名稱的文章。這些文章不僅篇題上無體類名稱可言，內容或以敘事狀物，或以議論言理為主，不具有明顯且固定的文體特徵。至於「越界文體」，是指文章篇題具有特定體類之名，但卻無其體類之實的作品。無論是「雜著」或「越界文體」，在《昭明文選》之中都不曾見，但在《文苑英華》中，「雜著」之作甚多，也出現了些許「越界的文體」之作，這些作品全部集中於「雜文」類，散佈於底下各子目。

再者，由於「雜著」的作品數量眾多，所以透過對「雜文」各子目中相關作品的分析，也最能歸納、逼現出各子目的分界。本章意欲就「雜著」及「越界文體」之作，存在於「雜文」類中的狀況，加以呈現；同時說明「雜文」類中，各子目的分界標準。

第一節　《文苑英華》「雜文」中的「雜著」

有關「雜著」，吳訥《文章辨體》云：

> 雜著者何？輯諸儒先所著之雜文也。文而謂之雜者何？或評議古今，或詳論政教，隨所著立名，而無一定之體也。文之有體者，既各隨體裒集；其所錄弗盡者，則總歸之雜著也。雖雜著，然必擇其理之弗雜者則錄焉，蓋守文必以理為之主也。[1]

指出「雜著」此類文章，以評論古今政教等等為其題材，而內容上的或詳或略，也就意味著篇幅長短並無規律；又其文章隨事立名，所以在篇題上，各篇往往沒有一致的體類名稱，如此也使得這些作品在歸類上極為困難，既然如此，就把這些有別於各種既存之文學體類的文章群，稱為「雜著」。「雜著」之為一種文類，雖然作品題材紛紜、篇幅不拘，又無一定的體類名稱可言，卻在內容都「理之弗雜」，亦即旨趣皆合乎道德正理。徐師曾《文體明辨》也說：

> 按雜著者，詞人所著之雜文也；以其隨事命名，不落體格，故謂之雜著。然稱名雖雜，而本乎義理，發乎性情，則自有致一之道焉。[2]

強調「雜著」的特徵在於「隨事命名」、「不落體格」，亦即篇題上不具體類名稱，逕以內容所欲呈現的事理為篇名，又在寫作的規範上，不拘

1　〈文章辨體・序〉，收入〔明〕吳訥等：《文體序說三種》（臺北：大安出版社，1998年6月，初版），頁57。

2　〈文體明辨・序〉，收入〔明〕吳訥等：《文體序說三種》（臺北：長安出版社，1998年6月，第一版），頁93-94。

於任何一種文學體類之體要。雖然如此，但在作者創作的動機上，「本乎義理，發乎性情」，亦即出於作者個人真實心志，且有著對於道德義理的關懷。

總括吳、徐二氏所言，「雜著」主要的特徵可以歸納有四：其一在篇題上，並無體類名稱，而是隨內容事理以定名，同時其文體特徵亦有別於各種既有之文學體類，或者說雜揉各種既有文學體類之特徵，所以些作品難以後設地歸入各文學體類之中；其二在題材上繁複多元，或抒發情感，或議論道理，或記述事物，總之並無一致；其三就創作動機上，要在本乎作者個人真誠心靈所見所感，然則文章可見作者流露之性情；其四在作品的內容思想上，不離道德義理的宣揚及世教風化的勸導，那麼文章的旨趣，必然極富儒家學思之意味。

以《文苑英華》「雜文」所錄作品而言，各子目中均有「雜著」的存在，尤以「辯論」、「雜製作」、「雜說」三者為多，分別有十五、十四、十一篇，再者「諷喻」有八，「紀述」有五，「紀事」有四，「問答」、「明道」、「論事」、「征伐」、「識行」各二，「箴誡」、「諫刺雜說」各一。但「問答」及「箴誡」的部分已於前文提及，所以不贅述。以下為便於討論，將「辯論」、「雜製作」、「雜說」分為三小節，「諷喻」、「諫刺雜說」；「紀述」、「記事」；「論事」、「征伐」；「明道」、「識行」兩兩合一節，進一步分析：

一、「辯論」

「辯論」中有李華〈賢之用捨〉、〈君之牧人〉、〈國之興亡〉，〈材之小大〉，柳宗元〈設漁者對智伯〉，陳黯〈華心〉，杜牧〈塞廢井文〉，皮日休〈春秋決疑十篇〉、〈補泓戰語〉，房千里〈知道〉，韓愈〈對禹問〉，張琛〈吊舊友〉，牛僧儒〈遣貓〉，陸龜蒙〈祝牛宮辭〉、〈告白蛇文〉。十五篇按照題材，可分為「言事論理」、「假設對問」、「釋說經典」、「祝禱哀悼」四者：

(一)「言事論理」之作

此類包含〈賢之用捨〉、〈君之牧人〉、〈國之興亡〉、〈材之小大〉、〈華心〉、〈塞廢井文〉、〈知道〉、〈遣貓〉，共八篇文章，依次言之：

〈賢之用捨〉，言上位者用人之道：

> 上之於賢也，患不能好之；好之也，患不能求之；求之也，患不能知之；知之也，患不能任之；任之也，患不能終之；終之也，患不能同其心而化于道，是故士貴夫遇，懼夫遇而不盡也。[3]

上位者之於賢才，貴在能好之、求之、知之、任之、終之，並與其同心共化於正道，則士人固難得逢其遇，更難得逢遇於同心同道之人。

〈君之牧人〉，言上位者應勞心下民，才符合天意：

> 古之帝者，非不欲厚其養、泰其身，固揣於變化之原，而要之以極，亦至矣。蓋以為上逸則下困，困百眾逸一人，非天意也，極非天意，亦不忍為也，故下逸而上困，帝者甘心焉……聖人志于儉薄，不得不爾也。[4]

上位者固然希望己身能安泰舒適，但如此卻非天意所在。天意所在，

3 〈賢之用捨〉全文參見〔宋〕李昉等編：《(重編影印)文苑英華》(臺北：大化書局)，頁 846。

4 〈君之牧人〉全文參見〔宋〕李昉等編：《(重編影印)文苑英華》(臺北：大化書局)，頁 846。

在於上位者一人辛勞，使在下萬民安樂，故人君應當甘心勤政。再說君王為民之父母，既為父母，理當盡力照顧子女，唯子女平安無恙，才能免於顧慮憂心，所以君王勞心勞力，亦當是自然之事。

〈國之興亡〉，以治身之理比喻治國：

為國者同于理身，身或不和，則藥石之，鍼灸之，若夫扶病而不攻，疾病則斃，扶之者屍也。齊、隋之亡也，以貞于終始為惑，苟而無恥為明，慢于事職為高賢，見義不為為長者，繩違用法，則附強而潰弱也……

嗟乎！心腹支體一也，為病者萬焉。雖有岐，緩而不請，岐緩視之而不救。噫！齊、隋不亡，得哉？返是而理，則王道易易也。

身患疾病不能即時診治，勉強拖延，終究導致死亡，國家亦復如是。以齊、隋二代為例，君王以非為是，以是為非，自此上行下效，積極之志士孤立無援，只能滅亡，倖活之人苟且偷生，毫無作為，終於使世道大亂。然則齊、隋正如病人，卻不肯延請醫生審視治療，則坐以待斃，豈有不亡之理？倘若能即時針砭，或可使王道不致淪喪於如此。

〈材之大小〉，以雛鳥與力牛為喻，感嘆才能不同，待遇自也殊異：

攀巢之雛，羽翼將成，習飛而從其母，不幸為烏鳶所震，墮于塵轍。閥閱之家，有侈女焉，琱車繡茵，過于中陌，遇而憐之，藏以玉笥，粒以紅稻，胡然而然？材小為貴，養而翫之，易為力也。衮輀之牛，望若山行，其生也，任重致遠，以利天下；其死也，筋角皮骨，皆為器用……胡然而然？材大為累，扶而救之，難為功也。向若不憚斯須之勞而存之，其利固厚矣。悲夫！材之大也為累，材之小也為貴。戾于理，悖于道，莫甚焉。君天下者辯而返之，則不世而仁矣。[5]

雛鳥落於樹下，因為體小容易搭救，且容易飼養並能供人玩賞，所以受人憐愛。至於衮軛之牛體積龐大，雖能任重道遠，而其筋肉皮骨又皆有實用，所以一旦死亡，所便遭人支解取用。由此觀之，世人對於具有真實幹才之人，多不能善待，所以君王能善鑑人材，予以合理的對待，則善莫大焉。

〈華心〉，以為華夷之別，應當在於其心而不在於其人：

大中初年，大梁連帥范陽公得大食國人李彥昇，薦于闕下……或曰：「梁大都也。帥碩賢也。受命于華君，仰祿于華民，其薦人也，則求于夷，豈華不足稱也耶？夷入獨可用也耶？吾終有惑于帥也。」

曰：「帥真薦才而不私其人也，苟以地言之，則有華夷也；以教言之，有華夷乎？夫華夷者，辯在乎心，辯心在察其趣嚮。有生于中州，而行戾乎禮義，是形華而心夷也；生于夷域，而行合乎禮義，是形夷而心華也……蓋華其心而不以其地也，而又夷焉？」[6]

唐宣宗大中初年（847）大梁連帥范陽公得大食國人李彥昇，薦於天子，其後李彥昇進士及第，論者質疑其非華人，亦疑范陽公薦夷之心，於是作者作此文以辯駁。認為范陽公並無私心，且華、夷之別，在於人心而非地域，然則出生與形貌並非華夷之判準，而在於行為舉止是否合乎禮義。李彥昇之來華，正說明中華文化足以浸潤夷狄，而其心既已歸化中

5 〈材之大小〉全文參見〔宋〕李昉等編：《（重編影印）文苑英華》（臺北：大化書局），頁 846。

6 〈華心〉全文參見〔宋〕李昉等編：《（重編影印）文苑英華》（臺北：大化書局），頁 849。

華，就不須以地域、出身排斥了。

〈塞廢井文〉，辨明井既已荒廢，應當立即填塞，避免意外發生：

井廢輒不塞，于古無所據，今之州府廳事，有井廢不塞；居第在堂上，有井廢亦不塞。或匣而護之，或横木以土覆之，至有歲久木朽，陷人以至于死。世俗終不塞之，不知出何典故？而井不可塞，井雖列在五祀，在都邑中，物之小者也。……

《易》曰：「改邑不改井」，此取象言安也，非井不可塞也。……黄州當是地，有古井不塞，故為文投之而實以土。[7]

井廢而不能塞，古今並無此理，所以對於民間與公署有井荒廢卻不填塞掩埋，僅以微薄土、木覆蓋，導致有人誤陷其中而意外傷亡，感到不解。依據《易經》所言，則井廢當塞，而黃州正有井廢不塞之事，所以將此文投入此處廢井之中，然後以土填之。

〈知道〉，言聖人與凡人之所謂窮達，並不相同：

世之所以為達者，貴爵富祿，威刑不勝其用，珠玉不勝其計，耳熟聲，口飫味，目厭色，斯所謂常情之大欲也；世所以為窮者，秩不足以庇身，祿不足以充用，侮不能威，辱不能刑，聲色不足于耳目，滋味不甘于口舌，斯所謂常情之大不欲也。然而聖人汲汲于祿仕者，豈為是耶？

曰：非也，聖人為人者也，恒人為已者也。……聖人有其時，有其位，行其道以及于人；無其時，無其位，奉其道以自飾，故聖人進不為榮，退不為戚，而常得其道。恒人幸其時，竊其位，恣其所為，竭人以自

7 〈塞廢井文〉全文參見〔宋〕李昉等編：《（重編影印）文苑英華》（臺北：大化書局），頁 849-850。

足；無其時，失其位，任其愚以自困，故恒人進以為已榮，退以為已辱，而常失其道。……

若然者，富貴文飾于外也，彼之所以仁誼者，質充于內也。西子不華，嫫母錦縠，是不能易其美惡。後之君子，窮于時者，當思負其內以自篤，無以其外而謟人；達于時者，當思勉其內以自飾，無以其外而驕人，茍如是，庶幾乎知道矣。[8]

人所謂達者，在於貴爵富祿，以獲得嗜欲之滿足；聖人不然，內修仁義之道，若能得遇於人，則位居顯要，澤潤蒼生，如水而下灌溉浸潤，出於自然。聖人得志則恩澤加諸百姓，實踐王道，如不得志，則潔身修德，因此出仕不因之為榮，黯淡亦不因之為憂。常人則反是，僥倖得位，則狂妄放肆，壓榨百姓以縱一人嗜欲，若失時離位，則自困憂傷，故以仕宦為榮，黯淡為辱。總之，修養道德在己，窮通與否在時，不能因外在窮通而自損道德操守，如此可謂知道。

〈遣貓〉，言人飼貓本欲其捕鼠，但卻有適得其反，禍害反更甚於鼠亂之事：

貓為獸，捕鼠啖饑，貓性也。鼠好害物，貓食之，是貓於人為爪牙，於獸職為刺奸也。……僧孺常學大緒《禮》，知迎貓之利，攝饗者悉辭以苦鼠之竊，請迎蓄之，僧孺因允其言。是貓也，非不壯大（猓）狨，而為之蠹，逾鼠族者。性懶不捕，善伺饗人戶隙，搜蓋覆器，挐蓋隱器，如智有十手百目者……

嗚呼！鼠伏隱處也，貓人蓄食之也；鼠竇原垣深窖也，貓安薦茵堂室

8 〈知道〉全文參見〔宋〕李昉等編：《（重編影印）文苑英華》（臺北：大化書局），頁853。

也；鼠出恍獲畏怕也，貓游安緩舒間也。既伏隱處也，則出可伺之也；既竇厚垣深窨也，何地可空之也；既出恍獲畏怕也，掘搖之可怛之也，惟貓甚不易也。……故有為國者，有知兵者，有防盜者，有仗而皆亂者，則逾於盜也，逾於亂也。思豢人迎貓，不可不慎也。

捕鼠為貓之天性，故人飼貓為除鼠害，但作者卻曾飼養過一隻貓，此貓性懶不能捕鼠，反倒偷吃竊食，亂翻器皿，為害竟在鼠之上，此外還要人三餐供食飼養。鼠棲身幽黑之處，見人尚且驚恐慌張，而貓安居住家廳堂，悠哉受人供養。鼠之性猶懼人，但貓全然無懼，故防止貓害，竟更難於鼠。觀諸歷史，亦多有亂君亂臣，如漢之更始、晉之羅沖，天下人本望其掃平赤眉、趙厥；但其後，前者為亂反更逾後者，可見此輩一旦具有勢力，為禍作亂將更甚盜賊、叛亂，猶如貓之為虐更在鼠輩之上，故不可不慎。

（二）「假設問對」之作

此類有〈設漁者對智伯〉、〈對禹問〉兩篇：

〈設漁者對智伯瑤〉，借由智伯瑤合韓、魏兩國企圖併吞趙國之史事，假設一漁者與之應對，言其事理：

智氏既滅范、中行，志益大，合韓魏圍趙，水晉陽。智伯瑤乘舟以臨趙，且又往來觀水之所自，務速取焉。群漁者有一人坐漁，智伯怪之，問焉，曰：「若漁幾何？」曰：「臣始漁于河，中漁于海，今主大茲水，臣是以來。」曰：「若之漁何如？」

曰：「臣幼而好漁，始臣之漁于河，有魦、鱮、鱣、鰋者，不能自食，以好臣之餌，日收者百焉。臣以為小，去而之龍門之下，伺大鮪焉。……及夫抵大石，亂飛濤，折鰭禿翼，顛倒頓踣，順流而下，宛委冒懵，環坻激而不能出。向之從魚之大者，幸而啄食之，臣亦徒手得焉。……臣之具未及施，見大鯨驅群鮫逐肥魚于渤澥之尾，震動大海，簸掉巨島，一啜而食若舟者數十，勇而未已，貪而不能止，北蹙于碣石，槁焉。向之以為食者，反相與食之，臣亦徒手得焉。……猶以為小，聞古之漁有太公者，釣而得文王，于是舍而來。」

智伯曰：「今若遇我也如何？」漁者曰：「向者臣已言其端矣……。」

智伯不悅，然終以不寤。于是韓魏與趙合滅智氏，其地三分。[9]

智伯侵滅范氏、中行氏以後，野心愈大，將聯合韓康子、魏桓子圍困趙襄子於晉陽。戰前智伯於晉陽之水遇一漁者，怪而問以捕魚之事，漁者對云，謂魦、鱮、鱣、鰋等河中小魚，因無法自力覓食，所以輕易中餌上鉤，漁者嫌其小，所以棄之而去，於龍門之下伺捕鮪魚。鮪魚成群追捕魴、鯉，又成群逆遊而上，期許躍龍門而為龍，但鮪魚卻不慎誤入險境，觸石而死，或者為激流沖刷，困至淺灘，不僅反為魴、鯉獵食，亦為漁者所獲。但漁者還不滿足，於是北至於碣石，企圖獵捕大鯨。至則見群鯨追捕大鮫及肥魚，其威勢足以吞舟，但過於貪婪不能抑止，所以觸碣石而死，不僅反為大鮫肥魚獵食，亦為漁者所獲。但漁者仍然不滿足，意欲效法太公垂釣以待文王，以為智伯有文王之才德，所以來之。依據漁者，以為起初晉國之欒氏、祁氏、郤氏、羊舌氏等士族為魦、鱮、鱣、鰋等小魚，以范氏、中行氏為鮪魚，以韓、魏兩國為大鮫，以趙國為肥魚，以大鯨為智伯。提醒智伯若能有所知止，其才德與事業將不下於文王，倘若過於貪求無饜，必為韓、魏、趙所食。最後，智伯不能及時醒悟，果然趙國

9　智伯名瑤，其事見於《史記・晉世家》，又依據《柳宗元集》注所言：「智伯貪而無饜，卒抵于敗。公之設為漁者對，其指切一時事情也至矣。」參見〔唐〕《柳宗元集（一）》（臺北：頂淵文化事業有限公司，2002 年 9 月，初版），頁 351。

策反韓、魏，三家分晉，最終智伯以敗死收場。

〈對禹問〉，辨明禹受禪讓而王，卻將王位傳位於子，出自慮民之公心：

問曰：「堯、舜傳諸賢，禹傳諸人，信乎？」曰：「然。」「然則禹之賢，不及於堯與舜也歟？」曰：「不然。堯、舜之傳賢也，欲天下之得其所也；禹之傳子也，憂後世爭之之亂也。堯、舜之利民也大，禹之慮民也深。」曰：「然則堯、舜何以不憂後世？」曰：「舜如堯，堯傳之，禹如舜，舜傳之。得其人而傳之者，堯、舜也；無其人，慮其患而不傳者，禹也。舜不能以傳禹，堯為不知人；禹不能以傳子，舜為不知人。堯以傳舜為憂後世，禹以傳子為慮後世。」

曰：「禹之慮也則深矣。傳之子而當不淑，則奈何？」曰：「時益以難理，傳之人則爭，未前定也；傳之子則不爭，前定也。前定雖不當賢，猶可以守法；不前定而不遇賢，則爭且亂……。」[10]

堯、舜禪讓傳賢，禹世襲傳子，作者以為並非意謂堯、舜賢於禹，彼此其實皆出於公心，只是顧慮不同。堯、舜能得賢能之人傳位之，禹卻無大賢之人可讓，所以傳子以避免天下紛爭；是以堯、舜與禹禪讓、世襲雖不同，但同為知人善任，為後世所稱。再說，若天下無賢能，則執意讓位，則不免誘發眾人奪位，引起紛爭，未若傳其子，其子縱使不賢，至少可以守承父王法制，使天下不亂。

10 〈對禹問〉全文參見〔宋〕李昉等編：《（重編影印）文苑英華》（臺北：大化書局），頁856。

（三）「釋說經義」之作

此類如〈春秋決疑十篇〉、〈補泓戰語〉兩篇。

〈春秋決疑十篇〉，以問答方式，對於《春秋》經文中的十個疑義，提出回答：

> 夫趙盾弒君，莒僕弒父。《春秋》顯書其過，何則楚公子圍弒其君，郟敖子駟弒其君，僖公齊人弒其君，悼公各以疾赴，《春秋》皆書曰：「卒」？評曰：「人之生也，上有天地，下有君父。君父可弒，是無天地也。乃生人之大惡，有識之宏恥。亦由漢書云律毋妻毋之文，聖人所不書是也。且趙盾反不討賊，董狐謂為弒君，莒僕以其寶來奔，里革謂其弒父，斯二者罪名已彰，仲尼承彰而書耳。斯三逆者弒君以疾赴，仲尼非可誣也。據赴而書者，不忍也，故不忍也者，恥在其中焉，懲在其中焉。夫春秋弒君三十六，其餘之逆，亦據赴而書耳。」……[11]

僅以第一個問題為例：對於楚公子圍、郟敖子駟、齊人等弒其君父，《春秋》不直書「弒」如同趙盾、莒僕之例，其故何在？依作者評語，以為弒殺君父當然為滔天大罪，而趙盾弒君、莒僕弒父，其罪名早已為史家所定，所以孔子承襲而書之。楚公子圍、郟敖子駟、齊人等犯下弒殺君父的重罪，孔子並非迴護，是出於不忍之心，故直言「卒」而不言「弒」，雖然如此，在文字記敘之中，其實已經隱含貶責；對於其他弒君弒父之人，孔子於《春秋》中都是如此書寫。凡此《春秋》微言大義之例，尚有十問，不盡舉。

---

11 〈春秋決疑十篇〉全文參見〔宋〕李昉等編：《（重編影印）文苑英華》（臺北：大化書局），頁 850。

〈補泓戰語〉，對《公羊傳》中盛讚宋襄公，不以為然：

宋襄公伐鄭，楚伐宋而救鄭，與楚會泓戰，既濟未陣，司馬子魚請擊之，公不以戰，卒敗而退。公羊氏以為文王之戰，亦不過此。日休補其文曰：「聖人制民，患其力不可禁也……自三代以降，春秋之時，禮樂之征弛，掩襲之弊廣。窮其力者，譬角觝者爭其勝負，並驅者競其先後，胡為仁讓哉！」

「文王，聖人之至也。雖以德化，未聞不兵而獲者……較其戰也，文王不為也，噫！公羊氏違丘明之旨，以為文王之戰，亦不過於此，罪矣夫。」[12]

《公羊傳》載宋襄公與楚軍戰於泓，襄公以楚軍佈陣未濟，不以擊之，導致敗績之事；公羊氏評價以為「文王之戰，亦不過此。」作者此文及對此事加以補述辯駁。以為春秋之時既已禮樂崩壞，眾人唯勝負是爭，故何必於戰場上講究仁讓？再者，雖至聖如文王，亦不能不戰而勝，所以認為文王作戰，必不如此鄉愿用兵，故公羊氏將襄宋公比於周文王，其謬誤甚大。

（四）「祝禱哀悼」之作

此類有〈弔舊友〉、〈祝牛宮辭〉、〈告白蛇文〉三篇。

〈弔舊友〉，悼念故友盧驤，傷其有道無時，最後病卒：

范陽盧氏子驤，與人交必先熟仁信、道德，然後旨蹟無間，始卒之道

12 〈補泓戰語〉全文參見〔宋〕李昉等編：《（重編影印）文苑英華》（臺北：大化書局），頁 855。

必全……盧子之性達於玄，盧子之機忘於言。雅好歌詩，吟風吸月，往往有前輩體調，七薦文曹，不為時遇，病乎其人。

皇帝十三年，以故東覲歸孝，則達於鄉里，悉得盧子事。一旦沉痾，醫不去，卒於山陽。嗚呼！天付盧子之至道，而時違之；天生盧子之孝節，而時反之，命耶？以其欺天之盜跖，胡為福？以其達天之顏回，胡為促？……琛之措意，不足以書，孤山雕碧，寒水澄練，子兮已而。[13]

范陽盧驤與人交往，能秉持仁義道德，不因名譽而意滿，也不因巧言誘惑而違背誠善。且盧驤為人曠達，沉靜幽深且雅好詩歌，然始終不能得其際遇，雖多次受薦，終不獲用。最後盧驤沉痾病故，卒於山陽。感嘆天道，竟使仁孝之盧驤歹運且早死，而自古惡人竟能得勢，善人卻不得善果，空懷悲憤莫可奈何。作者文筆，不能盡悲哀之情，徒遺盧驤於孤山寒水之間。

〈祝牛宮辭〉，前有序云：「冬十月，耕牛違寒，築宮納而皁之。建之前日，老農請乞靈于土官，以從鄉教，余勉之而為之辭。」可見此為建築牛圈時的祝禱之文，其辭則言：

四牸三牯，中一去乳。天霜降寒，納此室處。老農拘拘，度地不畝。東西幾何，七舉其武。南北幾何，丈二加五。偶楹當間，載尺入土。太歲在亥，餘不足數。上締蓬茅，下遠官府。耕耨以時，飲食得所。或寢或訛，免風免雨。宜爾子孫，實我倉庾。[14]

---

13 〈弔舊友〉全文參見〔宋〕李昉等編：《（重編影印）文苑英華》（臺北：大化書局），頁 855。

14 〈祝牛宮辭〉全文參見〔宋〕李昉等編：《（重編影印）文苑英華》（臺北：大化書局），頁 866。

除了交代此圈動工時間以及面積範圍，亦祈禱時節通、順利於農業，使能人口殷富，倉廩充實。

〈告白蛇文〉，前有序云：「田廬西北隅，有古丘焉；高可四望，余將升之，以眺遠舒鬱。農民遮言曰：『不可，是丘有虵，巨如井缶而白，忤之能為祟，不利人多矣，宜無往。』」作者欲前往某一高丘眺遠抒懷，為農民所勸止，以當地有白色大蛇，能為祟於人；作者於是取酒澆沃其丘，責告白蛇：

物之生而白者，犬、雞、馬、牛、羊而已，其餘則老而後白，狼、狐、兔、鹿、鳥、雀、燕、雉、龜、虵之類是也……惟虵不在瑞典，雖然，神而且靈尚矣……歲時奔走，畏在人後，疾病不治，饑寒不辭，悉爾輩之為也。古者鑄鼎象物，使民知神姦。若之姦，吾知之矣。況旅吾之地，由我進退。蟄以時出，無越昆蟲之職，無雜鬼神之事；吾官居，若野處，各有分齊，故不相害。然斬翳通顛，為暇日憑藉之所，則不當用人爭也。如不用吾言，吾當籲天霆，斷裂首尾焉。然吾誠不移，無易爾為。[15]

蛇虺不在祥瑞之中，其靈性見於志怪之談，又能淺藏人後，伺機害人，與人疾病饑寒。但今既居人類管轄之地，當聽令地方長官，不可為祟害人、襲擊人類，與人類各處其地，兩自相安。倘若不然，則將上奏天帝，以雷霆將白蛇劈斃。

總上看來，「辯論」之文章題材頗多，而除了各篇「雜著」之作，還有〈觀八駿圖說〉、〈蓄狸說〉，及〈桐葉封弟辯〉、〈三子言性辯〉、〈壽顏子辯〉、〈象耕鳥耘辯〉、〈私辯〉、〈太華山僊掌辯〉、〈辯文〉，〈祀竈解〉、

15 〈告白蛇文〉全文參見〔宋〕李昉等編：《（重編影印）文苑英華》（臺北：大化書局），頁 866。

〈君子無榮辱解〉、〈朱氏夢龍解〉，〈原道〉、〈原性〉、〈原毀〉、〈原鬼〉、〈原人〉、〈十原〉，〈雞觸人述〉等等各體類之文章。此類目中的作品，大部分主旨在於論辨事理，而若按照題材，其實〈蓄狸說〉、〈譴貓〉、〈雞觸人述〉可歸「諷喻」，〈華心〉入「論事」亦無不可。換句話說，「辯論」之為文類，標準看來甚為模糊，但可以確定的是，「雜著」之作不論，各種體類之中，以「辯」、「原」兩種體類作品為多，則應可推斷「辯論」之為文類，就文學體類角度言之，正凸顯出「辯」、「原」二種體類的意義。

二、「雜製作」

「雜製作」中有盧照鄰〈中和樂九章〉，皮日休〈補大戴禮祭法文〉、〈補周禮九夏系文〉、〈輆農〉、〈疏亡〉、〈刪方策〉，陸龜蒙〈寒泉子對秦惠王〉，符載〈植松喻〉，劉禹錫〈觀市〉、〈觀博〉，楊夔〈止妬〉，盧碩〈上洪範圖章〉，周墀〈旱辭〉，陳黯〈答問諫者〉。十四篇按照題材，可分為「言事論理」、「假設對問」、「補作經典」三者，以下依次具體言之：

（一）「言事論理」之作

此類中〈輆農〉、〈疏亡〉、〈刪方策〉、〈植松喻〉、〈觀市〉、〈觀博〉、〈止妬〉、〈上洪範圖章〉，總計八篇。

〈輆農〉，謂凡人不知遵守聖人所制訂飲食之道，則農民供稻養民本有其功，卻反成其害：

> 功以救於民，賴其功者有違順；德以化於民，敦其民者有疾徐……其飲食之道，順於情也，故生不疵癘其道，死則俎豆其功。聖人救壞以禮，垂世以法，當世伐其樹，後世毀其法，所以禮違其情，法違其欲者也……是愚民賴聖人之功，忘聖人之道。嗚呼！禮亡而爭器矣。雖有粟，弱者安

得而食之？法壞而奪其三時矣，雖有山澤，農者安得而種也。[16]

眾人賴農夫而得飲食，但也因飲食而違順害生，因此聖人順導人情，發明飲食之道，使人生得其養死得其祀。但世人不能遵聖人之道，毀壞禮法，導致禮法僵死，桎梏人情欲望。然則民眾賴聖人之功得到教化，卻遺忘聖人教訓，所以陷入混亂難以作息，也幾乎使農人無法耕種。

〈疏亡〉，以為「盜」並非壞事，端視其所「盜」者為何：

盜惡名也，取之有以合聖人，若取其亂而理之，取其死而生之，則民樂其取也，後豈擇其故歟？故昏夜之盜為小人，衰亂之盜為丈夫……嗚呼！盜非惡名也，左右前後，亦可懼哉。[17]

「盜」為強取，但強取並非惡事惡名，若能強取動亂而整治之，強取其天下苦難而解救之，則必然成就功業、獲得美名。是以強取財物為小人，而能搶救衰亂則為丈夫。

〈刪方策〉，言史書記惡以誡來者，卻不幸反為後人作惡之藉口：

古之記惡，將以鑑惡，而後世為昏謏淫逆徒，將徵於古，謂古不盡善。……陰謀反覆，從書以滋其智矣。然而記惡者，將以懼民也，去善者不足懼。昔紂讀是夏書，而嘗笑其亡國。嗚呼！惡既不足以鑑，則刑可也。古無其跡可也，無其跡可也。[18]

---

16 〈較農〉全文參見〔宋〕李昉等編：《（重編影印）文苑英華》（臺北：大化書局），頁876。

17 〈疏亡〉全文參見〔宋〕李昉等編：《（重編影印）文苑英華》（臺北：大化書局），頁876。

18 〈刪方策〉全文參見〔宋〕李昉等編：《（重編影印）文苑英華》（臺北：大化書局），

古書記惡本意在於警惕後人不可為惡，但淫邪暴虐之徒不能借鏡，反以為自古以來惡人為亂，乃理所固然。是則以書記惡幾乎可以不必，淫邪暴虐之人，可逕以刑法恫嚇。

〈植松喻〉，假楚人與客人問答討論樹木，意在言外：

國主人嗜材搴異，有樹美松於庭者，培沃土，灌甘澤，根柢深固，柯葉暢達……主人方凝睇結意曰：「是可采之矣。」將行斧焉。

客有遇之者曰：「噫！其甚也，是木有戛雲之姿，有搆廈之材，繩墨太速，恐夭其理……若徙於嵩岱之間，沆瀣之華注於內，日月之光薄於外，祥鸞噭噭戲其上，流泉湯湯鳴其下，巖岫重複，漠漠然清淨，靈風四起，聲掩竽籟。是時也，當境勝神王，拔地千丈，大根實黃泉，枝摩青天，則可以柱明堂而棟大廈也。豈暇曠之旨捨此，而取其榱桷棼橑哉？」

主人曰：「客言雖濶，而無岸然。余終能大之矣。」[19]

楚人庭中有得美松，枝葉茂密而高大，主人認為此樹既美，將欲砍伐。客觀此樹，以為奇木，若移植於曠野之外，受天地日月自然之沾溉養育，則必然可以為棟樑之木，能高千丈以上，可惜今僅栽植於區區庭園之中，為人所狎翫，未免可惜。然而主人以為客所論太過迂闊，不聽。

〈觀市〉，描繪市集中來往分離之象，有感世間盈虛盛衰之理：

元和二年，沅南不雨。自季春至於六月，毛澤將盡，郡守有志于民，誠信而雩，遂徧山川、方社，又不雨，遂遷市于城門之逵，余得自麗譙而

頁 876。

19 〈植松諭〉全文參見〔宋〕李昉等編：《（重編影印）文苑英華》（臺北：大化書局），頁 878。

俯焉。肇令下之日，布市籍者咸至，夾軌道而介分次焉。其左右前後，班間錯跱，如在闤闠制。……華實之毛，畋魚之生，交蜚走，錯水陸，群狀夥名，入隧而分，韞藏而待價者，負挈而求沽者，乘射其時者，奇贏以游者，坐賈顒顒，行賈遑遑。利心中，鶩貪目不瞬。於是質劑之曹，較固之倫，合彼此而騰躍之，易良苦於巧言，斁量衡於險手，秒忽之差，鼓舌傖儜，詆欺相高，詭態橫出。鼓囂譁，坌煙埃，奮羶腥，疊巾屨，囓而合之，異致同歸。雞鳴而爭赴，日午而駢闐。萬足一心，恐人我先，交易而退，陽光西徂，幅員不移，徑術如初。中無求隙地，俱唯守犬烏鳥，樂得腐餘，是日倚衡而閱之，感其盈虛之相尋也速，故著于篇云。[20]

長期不雨，因此決議遷市，市既已遷定，作者在城樓之上，所以可見市景。民眾依據業別不同，各自集合於所規定之處。於是可見販售布匹、熟食、酒、刀械、魚貨等等，各行各業皆有不同特徵，商販營營務於牟利，遊客則紛紛於選購；偌大市集之中，人人各有盤算，顯得倉促不安。又見買賣兩方彼此討價爭吵詭詐訛騙，喧囂吵鬧不能停止。然則自雞鳴開市，至日中而人聲沸騰，乃至於日落，人潮散去，市街才恢復安靜，唯有烏鳥及狗，搶食市場殘餘食物。市集中盈虛景象來去之速，令人感慨。

〈觀博〉，藉觀人之博奕，言人情世理：

客有以博戲自任者，速余觀焉。……

是日，客抵骨於局，且祝之曰：「其來如趣，其去如脫，事先趦趄，命中無蹉跌，無從彼呼，無俾我怛，分曹道迫。」自旦至于日中昃，而

---

20 「遷市」即「徙市」，《禮記・檀弓下》載：「歲旱，穆公召縣子而問然，曰：『天久不雨……徙市則奚若？』曰：『天子崩，巷市七日。諸侯崩，巷市七日。為之徙市不亦可乎！』」注云：「徙市者，庶人之喪禮。今徙市，是憂戚於旱若喪。」參見陶敏、陶紅雨校注《劉禹錫全集編年校注》（長沙：岳麓書社，2003 年 11 月，第 1 版），頁 909。

率與所祝異焉。客視骨如有情焉，或憑焉，悉詈之不洩，又從而齕囓蹂躪之，莫顧其十目之哈讓也。乃曰：「非余術之不工，是朽骼者，不余畀也，請刷恥于奕棋。」

主人促命燭以續之，騖神嘿計，巧竭智匱，主進者書勝負之數于牘，視其所喪，又倍前籍焉。觀者曰：「以夫人之偏心，亦將詬棋而柢枰矣。」既乃恬而不恤，赧然有失鵠求身之色，人咸異之。

子劉子曰：「先人者制人，博投是已；從人者制於人，枯棋是已。二者豈有數存乎其間哉？何處之勢異耳。是知當軸者易生嫌，而退身者易為譽。易生之嫌，不足貶也；易為之譽，不足多也。在辯其所處而已。」[21]

有客自認精通博奕，所以邀作者前去觀局，入於賭場，果見主人主持賭局，然後主、客位定，遂以投擲骰子為戲。此客人參與博戲，並祝禱能得勝獲勝，但屢屢失敗，甚至憤而齧咬骰子，全然不顧眾人之訕笑，自認並非賭術不高明，而是運氣不佳，所以又要求奕棋以雪前恥。既以奕棋，此人卻又慘遭大敗，觀眾以為必又遷怒於棋盤棋子，但此人卻羞愧不語，竟不遷怒其他，令眾人訝異。作者觀此，有感，認為由博奕可見先發者制人，後發者為人所制之理；又以世情而論，不在其位不謀其事者，本不易受謗言，故不必以為清高加以讚譽，對於在其位謀其事者，本容易遭致批判，故亦不須因眾人之誹謗更非議其人。

〈止妬〉，言梁武帝以鶬鶊減止郗后嫉妒之事：

梁武平齊，盡有其內，獲侍兒十餘輩，頗娛於目，俄為郗后所察，動止皆有隔抑。抝其憤恚，殆欲成疹。左右識其情者進言曰：「臣嘗讀《山

21 〈觀博〉全文參見〔宋〕李昉等編：《（重編影印）文苑英華》（臺北：大化書局），頁879。

海經》云『以鶬鶊為膳，可以療其事使不忌』。陛下盍試諸？」梁武從之。隙茹之後，妬減殆半，帝愈神其事。

左右復言曰：「願陛下廣羞諸以遍賜羣臣，使不才者無妬於有才，挾私者不妬於奉公，濁者不妬其清，貪者不忌其廉。俾其惡去勝忌前皆知革心，亦助化之一端也。」帝深然其言，將詔虞人廣捕之，會方崇內典，誡於血生，其議遂寢。[22]

郗后因梁武帝侍女過多，心生嫉妒，而梁武帝獲左右之臣建議，使郗后食鶬鶊，果然大減其嫉妒之心。左右之臣於是又建議，使群臣皆食鶬鶊，然則能使不才者、挾私者、污濁者不妒忌賢能高明之士。皇帝深以為是，但因崇尚佛教，忌諱葷食，所以不行。

〈上洪範圖章〉。闡述《尚書‧洪範》所言為君之道，為文上書以勵君王：

予以《尚書‧洪範》篇，書于縑素，施于屋壁。有客覩之而言曰：「此其所謂君人之大法，武王所以繼三為明，蓋能盡心于是也。苟將諸吾君，列乎鳳扆之右，足以興三代之理。」予乃條其事，為章以奏之。

臣聞下言上貢，各以其職，儒學之流，請以儒言：夫彝倫九疇不可廢叙之斁之，自微而彰，持之一得，陰陽咸賴；行之一失，細大被咎。夫始之以五行，蓋明五行所主之宜也；繼之以五事，為事在諸身，順之則乎道……謂君善茂育，則人蒙壽富康寧好德終命之福，死免凶疾憂貧惡弱之極也。九者具于天，蟠于地，格于人。[23]

22 〈止妬〉全文參見〔宋〕李昉等編：《（重編影印）文苑英華》（臺北：大化書局），頁879。

23 〈上洪範圖章〉全文參見〔宋〕李昉等編：《（重編影印）文苑英華》（臺北：大化書局），頁881。

因客人之言，所以欲將《尚書‧洪範》條理其事，言明人君為政之大法，然後上奏以勉勵皇帝。以為人君必須遵循天道，重視人倫綱紀，然後端正己身，廣開視聽通達思緒，積極作為謀化人事。若人君能審慎天時、順應民心民心，努力勤政，則能受五福（福壽、富、康寧、攸好德、考終命），免於六極（凶、疾、憂、貧、惡、弱）之苦。

（二）「假設問對」之作

此類有〈寒泉子對秦惠王〉、〈答問諫者〉兩篇。

〈寒泉子對秦惠王〉，假寒泉子與秦惠王問對，論秦惠王所以不用蘇秦之計：

> 寒泉子見秦惠王曰：「客有自趙來，以約從連橫事說大王者為誰？」惠王曰：「東周人蘇秦也。」寒泉子曰：「書六上而王弗聽，有之乎？」曰：「然。」「其道如何？王耶？霸耶？」曰：「霸黜其霸以濟王乎？」曰：「不然？」「則何上書之煩而不用之疏乎？」
>
> 惠王曰：「醯雞不能混雷霆，嬰兒不能抗烏獲者，嚮與之懸絕故也。蘇子誠辨矣，安能以三寸舌媾山東諸侯，使西面朝秦者乎？……」寒泉子曰：「不然，夫齊晉三荊之人，病於兵久矣……？大王不用秦，詔一武士尺鐵斷秦頸，無令車輪輾關下土。使東諸侯聞其言，合從散橫東向以背秦，大王出則奪氣，入則包羞。及其殆也，披土地以奉讐國，獨不念秦仲之業艱難乎？春秋祀事，何面目以見宗廟？。」
>
> 惠王卒弗用，寒泉子耕於鄗。趙封秦為武安君，六國果奉教閉關者十五年。[24]

24 〈寒泉子對秦惠王〉全文參見〔宋〕李昉等編：《（重編影印）文苑英華》（臺北：大化書局），頁 876-877。

寒泉子聽聞蘇秦六次上書，以說秦惠王，但秦惠王始終不見用，故寒泉子請問其內容及原因。惠王意謂蘇秦之計，在於勸說山東諸國與秦國講和結盟，蘇秦縱有辯才，亦不可能說服諸國同心，假若諸國願意與秦國講和，必也不能長久，至時秦國霸業也將受到危害。寒泉子以為不然，並謂齊、晉、三荊之人，都疲於久戰且死傷慘重，若有人提議，諸國必然願意與秦國一同偃兵休養。倘若蘇秦離秦而去，必然說服諸國聯合以抵禦強秦，是則秦國處境將更顯艱難，秦王亦難以面對先人，故如不用蘇秦，即當殺之，勿使成後患。惠王終不用蘇秦與寒泉子之說，寒泉子於是歸隱，六國果然合縱長達十五年。

〈答問諫者〉，透過問答形式，言勸諫之道：

或問：「古之士，能直諫不君之君者，其誰為最？」曰：「有諫秦者，齊人茅焦也。」曰：「夏無龍逢耶？殷無比干耶？」曰：「不以之無，而功德相遼耳。夫諫者，不獨以言忠，而欲其氣雄，不獨以名彰，而欲其事立。四者克備，是為難矣。」

昔嬴氏貪，吞噬群雄以取天下，豪暴奢侈，古初無先，故非有必為，而諫有必距。當其遷太后於雍，有及泉之誓。凡戮諫者二十七人矣。天下忠赤之士，莫不囚氣鎖詞，是時焦能獨奮勇果，不顧其威，且肉視虎狼，水顧湯鑊，諤諤造庭，折其四失……。

噫！亡軀狥忠，亦諫者之職，然決死於二十七人之後，不難其心乎？進諫於二十七人之後，不難其詞乎？斯可謂言忠氣雄，名彰事立，備矣。豈若龍逢諫桀，比干諫紂，徒自柔聲婉詞，而又身不免。事不立，其足為茅先生之徒歟？問者喜而退。[25]

---

25 〈答問諫者〉全文參見〔宋〕李昉等編：《（重編影印）文苑英華》（臺北：大化書局），頁 876-877。

謂古代敢諫不道之君者，並非以龍逢、比干為最，而是戰國時代茅焦，因其言忠、氣雄、名彰且事立，所以最值得稱道。於時贏政貪暴強大，因呂不韋與嫪毐之事，欲遷太后於雍，並怒殺諫告者二十七人，所以朝野無人敢再言；唯茅焦能審度情勢，出言相勸，以理折服贏政，所以殺戮朝臣之事見止，又迎太后入於咸陽，此皆茅焦之功。然則諫者非唯正直敢死，若龍逢、比干之類，更貴在能成事致功，則此唯茅焦能之。問者既得答案，欣然而退。

（三）「補作經典」之作

此類有〈補大戴禮祭法文〉、〈補周禮九夏系文〉兩篇。

〈補大戴禮祭法文〉，對於《禮記・祭法》所云，加以質疑，並解釋之：

〈祭法〉曰：「法施於人則祀之。」咎繇作帝謨，為士師，其道參乎舜禹，不曰法施於人乎？何祀典之闕哉？」〈祭法〉曰：「能禦大災則祀之」。堯舜之世，山林蓄，鳥獸暴，益作虞也。山林踈，鳥獸鮮，人民安，不曰能禦大災乎？何祀典之闕哉？……。

日休懼聖人之文，將亂而墜，敢參補而附之。其文曰：「咎繇能平其法以位終，益能立其功以讓禹政，周公以文化，仲尼以德成，非此族也，不在祀典。」[26]

26 《禮記・祭法》載：「夫聖王之制祭祀也，法施於民則祀之，以死勤事則祀之，以勞定國則祀之，能禦大菑則祀之，能捍大患則祀之。是故厲山氏之有天下也，其子曰農，能殖百穀。夏之衰也，周棄繼之，故祀以為稷。共工氏之霸九州也，其子曰后土。能平九州，故祀以為社。帝嚳能序星辰以著眾，堯能賞均、刑法以義終，舜勤眾事而野死，鯀鄣鴻水而殛死，禹能脩鯀之功，黃帝正名百物，以明民共財，顓頊能脩之，契為司徒而民成，冥勤其官而水死，湯以寬治民而除其虐，文王以文治，武王以武功，去民之菑，此皆有功烈於民者也。及夫日月星辰，民所瞻仰也，山林川谷丘陵，民所

〈祭法〉對於人物入於祭祀之列，有所規定，然而諸如咎繇、堯、舜之類，何以不受祭祀？作者於是補文以說明之，以為咎繇、伯益、周公、周公之功德如日月星辰為民瞻仰，又如山谷丘陵任民所取用，然則功德與天地自然同大同高，生民浸沐其中而景仰之意，已不須刻意以祭典表彰，自然不當刻意與契、冥勤、與文、武二王等並列，故不在祀典之中。

〈補周禮九夏系文〉，前有序，說明寫作之由，云：「《周禮》『鍾師掌金奏九樂，事以鍾鼓，奏〈九夏〉』……鳴呼！吾觀之魯頌，其古也亦以久矣。九夏亡者，吾能頌乎？夫大樂既去，至音不嗣，頌於古不足以補亡，頌於今不足以入用。庸可頌乎？頌之亡者，俾千古之下鄭衛之內，窈窈冥冥，不獨有大卷之一音者乎」。依據鄭玄所注，《周禮》中的〈九夏〉之歌，大抵如同《詩經》之「頌」，但其音樂與內容已亡佚，作者有感於此「大樂至音」不傳，後世對其一無所知，所以嘗試為文補之，共分九章：

〈王夏〉之歌者，王出入之所奏也：「爣爣皎日，欻麗于天。厥明御舒，如王出焉。爣爣皎日，欻入于地。厥晦惟貞，如王入焉。出有龍旂，入有珩珮。勿驅勿馳，惟慎惟戒。出有嘉謀，入有內則。繄彼臣庶，欽王之式。」〈肆夏〉之歌者，尸出入之所奏也：「愔愔清廟，儀儀袞服。我尸出矣，仰神之穀。杳杳陰竹，坎坎路鼓。我式入矣，得神之祐。」

……

〈驁夏〉之歌者。公出入之所奏也。「桓桓其珪，袞袞其衣。出作二伯，天子是毗。桓桓其珪，袞袞其服。入作三孤，國人是福。」[27]

取財用也，非此族也，不在祀典。」參見〔漢〕鄭玄注，〔唐〕孔穎達疏：《禮記正義》（臺北：藝文印書館景印十三經注疏本），頁 802-803。〈補大戴禮祭法文〉全文參見〔宋〕李昉等編：《（重編影印）文苑英華》（臺北：大化書局），頁 873。

27 〈補周禮九夏系文〉全文參見〔宋〕李昉等編：《（重編影印）文苑英華》（臺北：大

首章言王之出入氣勢猶如日之昇沒，且內有修養外有謀略，為臣民所法則。次章言於清廟之中，舉行祭祀，聆聽笙鼓之聲，祈求神靈庇佑。其餘各章，亦在形容朝廷威德盛況，末章則結尾以王公大臣儀表不俗，既為天子所賴，亦造福於百姓。

〈中和樂九章〉，與〈補周禮九夏系文〉相似，亦是頌歌，而有九章：

〈歌登封〉第一：「炎圖喪實，黃曆開璿。祖武類帝，宗文配天。玉鑾垂日，翠華陵煙。東雲干呂，南風入絃。山稱萬歲，河慶千年。金繩永結，璧麗長懸。」

〈歌明堂〉第二：「穆穆聖皇，雍雍明堂。左平右墄，上圓下方。調均風雨，制度陰陽。四窗八達，五室九房。南通夏火，西瞰秋霜。天子臨御，萬玉鏘鏘。」

……

〈總歌〉第九：「明明天子兮聖德揚；穆穆皇后兮陰化康。登若木兮座明堂；池濛汜兮家扶桑。武化偃兮文化昌；禮樂昭兮股肱良。君臣已定兮永無疆；顏子更生兮徒皇皇。若有人兮天一方；忠為衣兮信為裳。餐白玉兮飲瓊芳；心思荃兮路阻長。」[28]

首章歌頌帝王踵繼炎、黃，其德可佩天地日月，國祚延綿萬世千秋。次章言聖皇於此明堂之中，以睿智謀劃四方，駕馭天下。其餘各章，亦無不在頌美朝廷與帝王。第九章總結前文所歌頌，謂帝、后皆聖，且君臣齊心，朝無遺才野無隱士，國家文治武功、禮樂教化無不興盛。

化書局），頁 873-874。

28 〈中和樂九章〉全文參見〔宋〕李昉等編：《（重編影印）文苑英華》（臺北：大化書局），頁 873。

總上看來，「辯論」之文章題材亦頗分歧，而除了各篇「雜著」之作，還有〈植蘭說〉，〈妖祥辯〉，〈相解〉，〈讀韓詩外傳〉、〈題叔孫通傳〉、〈題後魏書釋老志〉、〈題安昌侯傳〉等等各體類篇章，從題材或旨趣看來，各篇亦無非在論事或言理。然則，〈植松喻〉可逕歸「諷喻」；〈觀市〉、〈觀博〉諸作，未嘗不能入「諫刺雜說」，可見「雜製作」之為文類，界線也不清晰。唯「雜著」不論，各種體類之篇章，以「題跋」最多，或可謂此類目具有凸顯「題跋」體類地位的意義。

三、「雜說」

「雜說」中有陳黯〈詰鳳〉、〈代河湟父老奏〉，陸龜蒙〈大儒評〉，韓愈〈本政〉、〈愛直贈李君房別〉，劉禹錫〈論書〉，韋端符〈寄言〉，權德輿〈釋疑〉、〈志過〉，楊夔〈善惡鑒〉，盧碩〈畫諫〉。

〈詰鳳〉，指責揚雄侍奉新莽，猶然以鳳自喻，其實自欺欺人：

> 嘗得揚雄云：「君子在理，若鳳在亂。」亦若鳳，謂隱見之得宜也……逮覽其〈劇秦美新〉，則有異乎是？果若是，則鳳遇矰繳而猶回翔其間邪？夫君子之仕也，所以行其道，道之不行也，則可以明其節。彼莽之不臣，雄時在列，宜以君臣之義，興亡之理，匡救之以行其道。苟畏其威，愛其死，則可投簪高謝，以明其節。詎有苟祿貪生，徇非飾詐，廣引秦過，以譽惡德？是稔其篡逆也。與古之持顛扶危死名節者，背而馳也。則向者所著若鳳之說，得不為誣鳳也哉？……語曰：君子先行其言，而後從之。豈斯言可欺也哉。[29]

29　〈詰鳳〉全文參見〔宋〕李昉等編：《（重編影印）文苑英華》（臺北：大化書局），頁841。

揚雄以鳳自許，以為君子當隱則隱當仕則仕，但讀其〈劇秦美新〉不禁令人起疑；作者認為揚雄「為斯文以媚而取容」，諂媚攀緣，令人質疑其鳳凰之喻，根本為謊言。又以為君子進則施展抱負、實踐大道，退則自持守節、不憂不懼。然而揚雄卻諂媚求仕，歌功頌德，相較之下，揚雄所作所為，實非君子所當為，是則其以鳳鳥為喻，豈不欺鳳？總之，揚雄鳳喻之說，其實自欺欺人。

〈代河湟父老奏〉，河湟為邊陲之地，此文表面上為作者代替當地之居民發聲，欲上奏皇帝，其實乃自陳己見[30]：

臣等世籍漢民也，雖地沒戎虜，而常畜歸心，時未可謀，則俛僶偷生，既遭休運，詎可緘默？伏思中國之患邊戎，其來久矣。唐虞、夏、殷之前，則淳風未漓，夷夏自判，故干戈不興，事亦宜矣。由周以降，或侵或伐，無代無之，然則享國長久，君臣有謀，唯是其餘不足徵……。

陛下新統寰區，以慈仁化育。聞之得不惻然而軫念乎？夫事有可行，勢有必尅。苟懈而不為，是失古人見幾之義。今國家無事，三方底寧，獨取邊陲，猶反掌耳。矧故老之心，觖望復然，儻天兵一臨，孰不面化？……

戎翟者，亦天地之間一氣耳，不可盡滅，可以斥逐之。伊周漢之事如前所陳，今之所取，願止于國朝已來所沒秦渭之西故地，朗畫疆域，牢為備禦，然後闢邊田，飽士卒，可以為永遠之謀。迴出周漢之右，則臣得棄戎即華，世世子孫，無流離之苦，生死幸甚。[31]

---

30 郭預衡就說：陳黯〈代河黃老父奏〉，其實是自己的論點；除此篇外，陳氏其他作品多為短篇，這是唐末文章體製的特點。參見氏著：《中國散文史（中）》（上海：上海古籍出版社，2000 年 5 月，初版），頁 321。

31 〈代河湟父老奏〉全文參見〔宋〕李昉等編：《（重編影印）文苑英華》（臺北：大化書局），頁 845。

居民雖身處邊界夷人之地，但常有歸心，至此不能緘默，必須發聲。因此省思歷代制夷之策，又奉勸皇帝，興兵邊境，解救當地的漢民，實為勢在必行之事；所以期望皇帝立即委命具有謀略之將領，率義兵前來征討，然後論功行賞，必能使我兵將一心一意，努力破敵。雖然，夷狄不可全數殲滅，免傷天地之仁，只須將之驅除，然後朝廷畫地為限，牢固邊防、開闢邊田使軍民可以固守，即為久安之計，而邊疆居民，能回歸朝廷，永無顛沛流離之苦。

〈大儒評〉，旨在評論孟、荀二氏高下：

> 世以孟軻氏、荀卿子為大儒，觀其書，不悖孔子之道，非儒不可。然李斯嘗學於荀卿，入秦干始皇帝，并天下，用為右丞相。一旦誘諸生，聚而坑之，復下令曰：「天下敢有藏百家語，詣守尉燒之。偶語詩書者，棄市。」……
>
> 斯聞孔子之道於荀卿，位至丞相，是行其道得其志者也。反焚滅詩書，坑殺儒士，為不仁也甚矣。不知不仁，孰謂況賢，知而傳之以道，是昧觀聽也。雖斯且五刑，而況得稱大儒乎？吾以為不如孟軻。[32]

孟、荀二氏皆為孔子之後的大儒，自不背離孔子之道。但李斯為荀子學生，其入秦為右丞相，卻提倡焚書坑儒。照理李斯得孔子之道於荀子，又位至丞相，可謂順遂得志，所以應實踐孔子之道，但卻推行暴政、不智不仁；既無仁、智，自不可謂賢，何況又身遭車裂之刑？故荀子有此學生，可見學思不如孟子。

---

32 〈大儒評〉全文參見〔宋〕李昉等編：《（重編影印）文苑英華》（臺北：大化書局），頁 841。

〈本政〉，說明周代所承政道，在於忠善質樸[33]：

周之政文，既其弊也，後世不知其承，大敷古先，遂一時之術，以明示民。民始惑教，百氏之說以興……。

曰：「周不及殷，其殷從乎。曰夏，曰虞，曰陶唐，曰三皇氏，曰邃古之初，暴孽情，飾淫志，枝辭琢正，紛紊糾射，以僻民和，以導民亂。」

嗚呼！道之去世，其終不復矣乎……聞於師曰：古之君天下者，化之不示其所以化之之道，及其弊也易之，不示其所以易之之道。政以是得，民以是淳，其有作者，知教化之所由廢，抑詭怪而暢皇極。伏文貌而尚忠質，茫乎天運，窅爾神化，道之行也，其庶已乎。[34]

周文疲弊之後，周文本質於是失傳，使得後人無所承繼，於是興起百家異說，使人更為迷惑。或謂周文所承，乃商、夏至於上古濛昧混沌之道，所以宣揚野蠻混亂之說；就此作者感嘆，雖周道崩壞不能再復，然而其始終究為何？依據作者老師所言，古代君王治民有道，其道有弊則更易之，但不顯示其道與人所知，自使百姓純樸安樂。後代作者，不提刻意提及神怪虛誕之事，僅強調其仁忠質樸的治民之方，然則治道之本，其實也就在其中。

〈愛直贈李君房別〉，李別字君房，作者愛其為人正直，且將離別共職

---

33 據注所云：「周衰文弊，老子之徒莊周唱為太古之說，曰：『聖人不死，大盜不止；焚符破璽，而民樸鄙……。』公於〈原道〉篇既辨而排之矣，至是又作〈本政〉云。」參見〔唐〕韓愈，馬其昶校注：《韓昌黎文集校注》（上海：上海古籍出版社，1998 年 3 月），頁 49。可見此文旨在排除老莊，以倡揚儒說。

34 〈本政〉全文參見〔宋〕李昉等編：《（重編影印）文苑英華》（臺北：大化書局），頁 842。

之處，因此撰文贈之[35]：

左右前後皆正人也，欲其身之不正，烏可得耶？

觀李生在南陽公之側，有所不知；知之未嘗不為之思；有所不疑，疑之未嘗不為之言。勇不動于氣，義不陳乎色。南陽公之舉錯施為，不失其宜，天下之所窺觀稱道洋洋者，抑亦左右前後有其人乎？……人不知者將曰：「李生之託婚於富貴之家，將以充其所求而止耳。」故吾樂為天下道其為人焉。

今之從事于彼也，吾能為南陽公愛之；又未知人之舉李生于彼者，何辭彼之所以待李生者何道，舉不失辭，待不失道。雖失之此足愛惜，而得之彼為驩欣。於李生，道猶若也，舉之不以吾所稱，待之不以吾所期。李生之言，不可出諸其口矣，吾重為天下惜之。[36]

與正人相處相習，則己身不能不正。李別在南陽公側，忠誠敢言，為所當為，且性格沉穩，所以能俾使南陽公施政得宜，得人所稱。但李別既然與南陽公為親戚，為不使其他人非議李別，以為他的爵位是逢迎高官或攀附親故而來，所以作者樂道李別其人，以澄清其人品。今李別將轉職，未知將來李別能否能得人善加舉用或評論。若然，則於作者雖失此同僚而感到可惜，卻也因故舊能受到重用而歡欣；倘若不然，只能惋惜人才不得所遇。

〈論書〉，強調書法字體應當講究：

---

35 文中所言「南陽公」，即南陽郡公張建封，而李別為張建封之婿，其時韓愈與李別俱為張建封幕府。馬其昶校注：《韓昌黎文集校注》（上海：上海古籍出版社，1998 年 3 月），頁 72。

36 〈愛直贈李君房別〉全文參見〔宋〕李昉等編：《（重編影印）文苑英華》（臺北：大化書局），頁 842。

或問：「書曰：書足以記姓名而已，工與拙何損益於數哉？」答曰：「此誠有之，蓋舉下之說耳，非蹈中之說……今大考居室，必以閎門豐屋為美；笥衣裳，必以文章道澤為申；評飲食，必以精良海陸為貴；第車馬，必以華輈絕足為高；遷祿位，必以重侯累封為意。是數者皆不行舉下之說，奚獨于書也行之耶？」

《禮》曰：「士依于德，游于藝。」德者何？曰敏，曰至，曰孝之。為謂藝者何？禮、樂、射、御、書、數之為謂。是則藝居三德之後，而士必游之也。書居數之上，而六藝之一也……。

問者曰：「然則彼魏晉宋齊間，亦嘗尚斯藝矣。至有君臣爭名，父子不讓，何哉？」答曰：「吾始欲求中道耳……所謂中道而言書者何？處之文學之下，六博之上，材鈞而善者，得以加譽；遇鈞而善者，得以議能。所加在乎，譽非實也，不黷于賞；所議在乎過，非罪也，不紊于刑。夫如是，庶乎六書之學，不堙墜而已乎。」[37]

或謂字體不須講究工拙，只要能書寫記錄即可。作者則回應，今人之居室、衣服，不以避燥濕、適寒燠為滿意而已，必然講究美觀文采，則書法亦然，絕非滿足於書寫記錄即可。再說「禮、樂、射、御、書、數」，書法為六藝之一，其品高過博奕之類，亦為士人所必學。又或質疑，六朝之間有君臣父子因書法而爭名不讓之事，則又當如何解釋？回答以為書法之工固當講求，但不必太過，只要適中；事若不得其中，就連道德都會適得其反，何況其他。將書法之事，定位於文學與博奕遊戲之間；且不論資質、地位，若有人書法高超，則當就其書法加以稱賞，若不能亦不加以非議貶責，如此可謂適中。

37 〈論書〉全文參見〔宋〕李昉等編：《（重編影印）文苑英華》（臺北：大化書局），頁842。

〈寄言〉，分上、下篇。上篇諷刺世人多不敢或不知抨擊罪惡，下篇強調人才必須得其位，才能有實功：

孺子道成人之言，父母必憐誇焉。非直父母也，鄉人亦異而指之矣。是何也？非所以期孺子也，待以孺子而言成人也，則父母加之，如鄉人指異，即有魁然成人而事孺子，是何人哉？其所以待之、視之，用何心也。……今有一鄉之吏，遇孺子把弄土塗，折挽草木，則呵而批之曰：「何爾也？」

成人者有妄毀淫取，顧不敢動睫而過之……吾欲世之大人，無獨見鄉吏之不了一鄉，而不自見所不理；無喝怒于孺子之為，而恬視魁然成人，挽折大草，淫取大物者，本其所以待之之心，從而校之，天下幾蘇息。

孺子能言成人曉事之言，必使父母等長輩憐愛誇讚，原因在於長輩對於孺子有所期待，望之曉事成人使然；但卻有成人而行孺子之事，然則豈符合其父母長輩期待之心？又鄉吏見孺子挽折草木，會加以斥責，但若有偷盜妄為之成人，則不敢前加嚇阻，倉忙走避，則其欺善怕惡必為一鄉之所笑。所以期盼世間凡為父母長輩者，除了喝叱孺子不正當的行為，也不能無視大人的惡行。要之，以當初期盼孺子成人曉事之心，自礪且礪人，則天下幾乎可以無亂。

今有人負病於此，則其親戚者憂之。聞善醫，則不遠燕越而求之，欲其病之速瘳。若噓毛掇葉之易，是直智無所施耳。然則憂者雖甚，不能為也；善為者又非所憂也，不憂非薄人也，非其地耳。……

故曰：憂不能為，技不習也；為者不必憂，非其地也，必得善為之者，處憂之之地，然後知病之間也不日矣。

> 昔之為天下國家而病者，豈無善之者耶？不得處憂之之地耳。漆室女誠憂矣，不能為魯也；鴟夷子嘗工為越矣，陶朱公則視猶涉者之視車，使嘗得善為天下國家者，處憂之之地，何敗亡之有？[38]

人如患病，則親友為之遠求良醫在所不惜，原因在於患者或許只為癬疥之疾，但常人因無醫術，所以無能為力；反之，良醫縱有高超醫術，並非不欲醫人，而在於所處非地，所以無法對病患行醫。唯使醫師臨近於患者，才能治療病人，使之痊癒；否則親友自憂，而醫者亦毫無可為。以治病之理欲治國，則國家並非無治世良才，唯其不在其位，所以雖然憂心但無能為力。

〈釋疑〉，以為人必須終生謹慎應世：

> 《記》曰：「君子居易以俟命」，《語》曰：「君子坦蕩蕩」，此蓋視履考祥，而不憂不懼也。《易》曰：「思患而豫防之。」《語》曰：「季文子三思而後行。」此又戒慎若厲之義也。言豈一端而已哉？亦各以所當。在明者審之而已，或不能深惟本末，而疑吾自若，則舟有溺，騎有墜，寢有魘，飲有醉，食有饐，行有蹷，其甚則皆可致斃，無非危機，其可以盡廢此而如土偶木寓耶？不然，則憂可既乎？憂可既乎？[39]

《禮記‧中庸》、《論語》與《易經》，皆云君子戒慎之義。作者認為上述經典之語，其意皆在提醒世人立身處世必須審慎適當。又人不能因人間凶險而避世，一如不能因溺廢舟、因噎廢食、因墜廢騎等等，則憂慮固

---

38 〈寄言〉上、下兩篇全文參見〔宋〕李昉等編：《（重編影印）文苑英華》（臺北：大化書局），頁 843。

39 〈釋疑〉全文參見〔宋〕李昉等編：《（重編影印）文苑英華》（臺北：大化書局），頁 843。

無盡無終，唯有審慎面對，可免禍難。

〈志過〉，言作者與崔公論及古代吳國興亡之事：

辛酉歲，予以吏役道于上饒，時左司郎中博陵崔公出守郡佐，與予語及世道，次及人倫大節，因曰：「……或者言吳以太伯讓而興，季子讓而亡。此乃狥於一方而不蹈乎大方也……彼或者之論，誠未通其旨焉。」

予曰：「誠哉是言。然季子之歷聘也，聞樂章、辯歌詩，皆審其盛衰，以造乎精微，明閎建物，無所逃數，有所極耳，又何區區異論于其間哉？」答曰：「子之言過矣。若季子以興亡必然，力不能支，乘此而後三讓，是利於將亡，因以沽名者也。豈可為君子？言之過矣。且以吳之存，而季子亡之，以讓之發，而季子全之，嚮使勤一國之理，理于勾吳，今亦化為古墟。鞠為榛蕪，曷與夫禮讓之大，使千古是式，貪以之廉，暴以之仁。忍垢冒榮者以之知懼，其于為理也，不其達歟？」予乃拜受其論，退書所聞，且以志過名篇。庶乎聞義能徙之義。[40]

吳太伯與季子二人皆曾辭王位不受[41]，但論者以為前者因之興吳，後者因此以滅吳；崔公以為此乃拘墟之見。因為吳太伯與季札之辭位，本非興吳或滅吳的考量，而是出自天下之公心，所以遜位讓賢。作者認為季札所行聽詩觀風俗等等，實效微渺，言下之意，認為季札應當繼任王位，才

40 〈志過〉全文參見〔宋〕李昉等編：《（重編影印）文苑英華》（臺北：大化書局），頁844。

41 季歷與太伯為兄弟，皆周王之子，其後季歷繼位，太伯不欲從仕，奔往南蠻，自號「句吳」，深受蠻人擁戴，從而歸之者千餘家，立為「吳太伯」。至十九世吳王壽夢有子四人，依次為諸樊、餘祭、餘昧、季札，王壽夢以為季札賢而欲傳之，季札推辭不就，於是乃立樊諸，樊諸死後吳人又欲立季札，又不受，吳人因此立餘昧之子僚為王，封季札於延陵，之後季札受聘遊歷魯、齊、鄭、晉諸國，觀各國風俗。再其後諸樊之子光遣刺客專諸刺殺吳王僚，事成後公子光繼位為吳王，是為吳王闔盧，闔盧及吳國最後亡於越王句踐。是見《史記》〈吳世家〉、〈刺客列傳〉。

能有更大的建樹。但崔公又加以反駁，認為作者之言太過，謂季札若見吳國國力不支，覆敗在即，所以順勢辭讓免為敗國之主，以兼得廉讓美名，不免沽名釣譽，絕非君子行徑。且吳國歷代君王以禮讓為美德，今季札從之，足為天下人樹立謙讓的美德，而為後世效法、借鏡，所以可謂通達之舉。最後，作者拜受崔公之論，並書寫成此篇，使人能知謙讓之義。

〈善惡鑒〉，強調一人之是非善惡，不可憑任眾意輕易定奪或評價：

> 眾曰善，未必善，觀其善之為也；眾曰惡，未必惡，觀其惡之由也。行詐以自衒，取媚于小人，其足為善乎？任直以獨立，取惡于非類，其足為惡乎？故擇善採于譽，則多黨者進；去惡信于言，則道直者退……。
>
> 故能鑒其善者，必觀于眾之所惡；能鑒其惡者，必取於眾之所善。所以眾謂之悖也，非孟子之賢，無以旌章子之孝；眾謂之智也，非國僑之明，無以誅史何之詐。嗚呼！道之大，非遇于賢明，何常不汩哉！[42]

以為眾人所是所非，都不能盡信，必須觀其所行，才能確實判斷一人究竟為善為惡，倘若上位者盲目從眾，必會引來朋黨，而使剛正不俗之士遭到排抵。是則眾人所惡可能其實為善，而眾人所善者可能其實為惡，因此鑒別善惡，並須對於眾論有所審查。總之，凡人皆非賢明，容易遭到蒙蔽而不明正道，唯賴慎思明辨，方能免於過咎。

〈畫諫〉，諫言帝王不應師法前代帝王，畫屈軼草、謗木、皷獬、豸凡等五物於殿：

> 漢文帝時，未央宮永明殿畫古者五物……御史大夫張忠出次而言曰：

42 〈善惡薦〉全文參見〔宋〕李昉等編：《（重編影印）文苑英華》（臺北：大化書局），頁 843。

「斯無用之物也。」

臣請即日圬之，且是畫肇于太宗之時，凡八聖矣，開眼而覩之者，背面而違之，未聞有裨于治也。……臣之狂瞽，欲陛下言而必行；丹雘之設，不足以留連聖念也。且大司馬親勳之望，朝野所倚，不能因事而諫，返以為賀，佞孰甚焉。臣謹以指之，若斧鑕將及，是陛下誤屈軼也，臣不敢就僇。[43]

首段先言明漢文帝時即曾畫五物於未央宮，用意在於使帝王自礪，至成帝時即有大臣、御史大夫勸諫此為無用之物，可以撤除。如今唐代帝王欲意效法，此一風氣自太宗朝即有之，雖圖畫是用以警惕自礪，然君臣大有陽奉陰違者，所以無補於治道。再舉漢代故事為例，如賈誼乃博學賢才，卻受洚灌、馮敬等人構陷，使遭貶謫不能納其忠言。又大臣楊惲因譏刺帝王與時政，遭到死刑。凡此之類，可見雖畫有五物，但絲毫不能起警惕之用。作者既明言敢以死相諫，又指責王公大臣不能適時進言勸誡，反諛頌賀喜，令人不齒。

總上看來，「雜說」之文章題材亦頗分歧，而除了各篇「雜著」之作，還有〈說天〉、〈示昔說〉、〈朝日說〉、〈乘桴說〉、〈雜說〉、〈通儒道說〉、〈儒義說〉、〈相孟子說〉、〈仲由不得配祀說〉、〈鍼子雲說〉、〈寓衛人說〉、〈受命于天說〉、〈說鳳尾諾〉、〈原晉亂說〉、〈祭祀不祈說〉，〈公獄辯〉，〈讀韓愈所著毛穎傳後題〉等等各種體類的篇章。從題材或旨趣看來，各篇亦無非在論事或言理。然則如〈大儒評〉可歸「明道」，〈畫諫〉可歸「諫刺雜說」，〈代河湟父老奏〉可歸「論事」，可見「雜說」之為類目，界線亦頗曖昧，唯各種體類之中，「雜著」不論，則以「說」體類居多。換句

43　〈畫諫〉全文參見〔宋〕李昉等編：《（重編影印）文苑英華》（臺北：大化書局），頁845。

話說，以文學體類的意義觀之，「雜說」一類的存在，有凸顯「說」之體類的意義。

四、「諷喻」、「諫刺雜說」

「諷喻」類中，有林簡言〈紀鴞鳴〉，陸龜蒙〈化稻鼠〉、〈禽暴〉、〈蠹化〉，柳宗元〈吏商〉、〈鞭賈〉，劉軻〈農夫禱〉，楊夔〈較貪〉。

〈紀鴞鳴〉，記某食鋪屋庭中有大槐可供納涼，足以招來客人，但卻為鄰鋪嫉妒，造謠陷害之事：

> 東渭橋有賈食於道者，其舍之庭有槐焉……當乎夏日，則孕風貯涼，雖高臺大屋，諒無慙德，是以徂南走北，步者乘者，息肩於斯，稅駕於斯，亦忘舍之陋。
>
> 長慶元年，簡言去鄜，得息其下……洎二年去夏陽，則槐薪矣。屋既陋，槐且為薪，遂進他舍。因問其故，曰：「某與鄰，俱賈食者也。某以槐故，利兼於鄰。鄰有善作鴞鳴者，每伺宵晦，輒登樹鴞鳴，凡側於樹，若小若大，莫不凜然懼悚，以為鬼物之在槐也，不日而至也。……」
>
> 簡言曰：「假為鴞鳴，滅樹殃家，甚於真鴞，非聽之誤耶？然屈平謇諤，非不利於楚也，靳尚一鴞鳴而三閭放；楊震訐謨，非不利於漢也，樊豐一鴞鳴而太尉死。求之於古，主人亦不為甚愚。」[44]

東渭橋邊有一食鋪，雖屋舍簡陋，但庭中大槐枝葉茂密可以蔭涼，所以四方旅客行過於此，皆好於此歇息，生意因此大好。其後二年，作者在至此食鋪，槐竟已為薪。問其故，回答鄰鋪嫉妒其槐木之利，故遣人趁夜

44 〈紀鴞鳴〉全文參見〔宋〕李昉等編：《（重編影印）文苑英華》（臺北：大化書局），頁 867。

登上槐木，作鴟鴞之鳴，令人以為鬧鬼，不敢接近，遂而砍去槐樹，此後賓客稀少，生意大不如前。作者感慨，小人之讒言誹謗猶如鴞鳴，其禍害更甚真鴞，古代忠賢既多蒙受其害，食舖主人亦不得免。

〈化稻鼠〉，記載僖宗乾符已亥年（879）間，吳興一代旱災鼠害交相肆虐的情況：

> 乾符已亥，歲震澤之東曰吳興。自三月不雨，至於七月……農民轉遠流漸稻本，晝夜如乳赤子，欠欠然救渴不暇，僅得葩折穗結，十無一二焉。無何，羣鼠夜出，嚙而僵之，信宿食殆盡，雖廬守板擊，毆而駭之，不能勝。若官督戶責，不食者有刑，當是而賦索愈急，棘束械榜箠木肌頸者無壯老。
>
> 吾聞之於《禮》曰：「迎貓為食田鼠也。」是禮缺而不行久矣。田鼠知之後歟？物有時而暴歟？政有貪而廢歟？……〈魏風〉以碩鼠刺重歛，碩鼠斥其君也。有鼠之名，無鼠之實。詩人猶曰：「逝將去汝，適彼樂土。」況乎上捃其財，下啗其食，率一民而當二鼠，不流浪轉徙聚而為盜何哉？
>
> 春秋螽蟓生大有年皆書，是聖人於豐凶不隱之驗也。余通於春秋，又親蒙其災，於是乎記。[45]

言吳興自三月起不雨，至於七月，嚴重欠收。農民雖照料稻穗如乳赤子，仍幾乎無法收成。稻穗已難生長，加以群鼠夜襲偷食，悍然不懼於人，且官府還不能體恤民生，催租愈急，欠租者不論老幼，即捆以枷鎖。令人感嘆迎貓古禮喪失已久，故田鼠猖獗，又有食稻之蟹為患，此外，為

45　〈化稻鼠〉又題名為〈紀稻鼠〉，全文參見〔宋〕李昉等編：《（重編影印）文苑英華》（臺北：大化書局），頁 868。

政者苛政虐民，蟲害人禍，幾乎殲滅百姓。《詩經》〈碩鼠〉諷刺重斂及暴政，斥其君為鼠，如今當政者亦如同碩鼠，既使民不聊生，又逼民為盜。作者則效法《春秋》史筆，記錄此次災變，並諷刺時政。

〈禽暴〉，觀鳧鷖肆虐稻田，諷刺當政者失政害民：

> 冬十月，予視穫于甫里，旱苗離離，年無以支，憂傷于懷，夜不能寐。往往聲類暴雨而疾至者，一夕凡數四。
>
> 明日，訊其甿，曰：「鳧鷖也。其曹蔽天而下蓋田，所當之禾，必竭穗而後去。」曰：「得無弋羅者捕而耗之耶？」對曰：「江之南不能弋羅，常藥而得之……是藥也，出於長沙豫章之涯，行賈貨錯，歲售於射鳥兒。盜興已來，蒙衝塞江，其誰敢商？是藥既絕，群鳧恣翔，幸不充乎口腹，反侵人之稻。」
>
> 予曰：「嘻！失馭之民，化而為盜。關梁急征，商不得行。使江湖小禽，亦肆其暴，以害民食……俾生靈之眾，死乎盜，死乎饑，吾不知安用馭者為？」[46]

作者於甫里視穫，發現稻田枯萎，作物欠收，夜裡屢屢有怪聲自天而降，問於農民，則答以鳧鷖成群襲擊農田，將稻穗啄食殆盡。再問何不以羅網補之？又回答江南不能設羅網，必賴藥膠以黏捕，然而因為盜賊興盛，阻斷水路，使藥商不能交通販售，所以此地群鳧肆虐，侵害稻田。令人感嘆上位者失政不能安民，迫使黔首化為盜匪，盜匪猖獗，又危害良民百姓，使蒼生不死於飢荒，則死於盜匪，皆為執政者之過。

〈蠹化〉，以毛蟲化育為蝴蝶，又誤入蝥網，警惕為人應當立身謹慎：

---

46 〈禽暴〉全文參見〔宋〕李昉等編：《（重編影印）文苑英華》（臺北：大化書局），頁868。

橘之蠹，大如小指。首負特角，身蹙蹙然，類蝤蠐而青。翳葉仰嚙，如饑蠶之速，不相上下，人或張觸之，輒奮角而怒，氣色桀驁；一旦視之，凝然弗食弗動明日復往，則蛻為蝴蝶矣。力力拘拘，其翎未舒，襜黑韝蒼，分朱間黃……又明日往，則倚薄風露，攀緣草樹。聳空翅輕，瞥然而去……須臾，犯蝥網而膠之，引絲環纏，牢若桎梏。人雖甚憐，不可解而縱矣。噫！秀其外，類有文也；嘿其中，類有德也；不朋而游，類潔也；無嗜而取，類廉也。向使前不知為橘之蠹，後不見觸蝥之網。人謂之鈞天帝居而來，今復還矣。天下，大橘也；名位，大羽化也；封略，大蕙篁也。苟滅德忘公，崇浮飾傲，榮其外而枯其內，害其本而窒其源，得不為大蝥網而膠之乎？觀吾之蠹化者，可以惕惕。[47]

毛蟲如蠶而色青，形貌並無特殊，為人所觸，則凜然不動。待其初化為蝶，則顏色斑斕，形體纖細，然蝶翎未健，佇於花枝。再待其稍長，則或著留於竹，或迎風輕飛，盤旋飛舞，隱沒花叢之間，甚為可愛。但稍不留意，即為蝥網所困，為蜘蛛所食。是則作者感嘆，蝴蝶似若人有美才美德，若非見其前身為醜陋毛蟲，其後又大意為蝥網所害，幾乎令人謂為神物。再以人事譬蝴蝶，則名位與權勢，即如羽化及草木，若享有名位、權勢，卻得意忘形、驕傲放肆，亦不免入於人間蝥網，死於凶險。豈可不為警惕？

〈吏商〉，吏本非商，此以商人牟利之理，諭明為吏之道：

吏而商也，汙吏之為商，不若廉吏之商，其為利也博。汙吏以貨商資同惡，與之為曹，大率多減耗役傭工費舟車，射時有得失，取貨有苦良，

47　〈蠹化〉全文參見〔宋〕李昉等編：《（重編影印）文苑英華》（臺北：大化書局），頁870。

盜賊、水火、殺敚、焚溺之為患，幸而得利，不能什一二，身敗祿奪，大者死，次貶廢，小者惡終不遂，汙吏惡能商矣哉？

廉吏以行商，不役傭工，不費舟車，無資同惡減耗，時無得失，貨無良苦，盜賊不得殺敚，水火不得焚溺，利愈多，名愈尊，身富而家彊，子孫葆光，是故廉吏之商博也。苟脩嚴潔白以理政，由小吏得為縣，由小縣得大縣，由大縣得刺小州，其利月益各倍，其行不改，又由小州得大州，其利月益三之一，其行又不改。又由大州得廉一道，其利月益三倍，不勝富矣。……柳子曰：「君子有二道，誠而明者，不可教以利；明而誠者，利進而害退焉。」吾為是言，為利而為之者設也，或安而行之，或利而行之，及其成功一也。吾哀夫沒於利者，以亂人而自敗也……。[48]

廉吏之獲利，遠較汙吏遠大。汙吏獲利之道，大抵在於貪污壓榨，其利其實微薄，及其後果觸犯刑法，名裂身敗，是以汙吏所為，獲利少而風險高，根本不合計算。至於廉吏之為商，奉公守法，謹慎言行，厚祿之餘，尚能使家族子孫同享光榮，其利獲利可謂碩大；又如能修身勤政，不僅升遷平步青雲，並且俸祿亦隨之遽增，可謂名利雙收，其富貴不可限量。作者以為，為官出仕或出於利益之心，或出於濟世之情，若能盡心盡職，則安國樂民之實效相同。然嗜利之人多不明此獲利之道，貪小忘大，導致敗亡，故此文係為此輩而作之。

〈鞭賈〉，藉鞭賈高價售鞭之事，諷刺世人往往自欺欺人，遭受災難：

市之鬻鞭者，人問之，其賈宜五十，必曰五萬。復之以五十，則伏而笑；以五百，則小怒；五千，則大怒；必以五萬而後可。

48 〈吏商〉全文參見〔宋〕李昉等編：《（重編影印）文苑英華》（臺北：大化書局），頁869。

有富者子，適市買鞭，出五萬，持以誇余。視其首，則拳蹙而不遂。視其握，則蹇急而不植。其行水者，一去一來不相承，其節朽黑而無文材。……後出東郊，爭道長樂坡下。馬相踶，因大擊，鞭折而為五六。馬踶不已，墜於地，傷焉。視其內則空空然，其理若糞壤，無所賴者。

今之梔其貌、蠟其言，以求賈技於朝者，當分則善，一誤而過其分則喜，當其分則反怒曰：「余曷不至於公卿？」然而至焉者，亦良多矣。居無事，雖過三年不害。當其有事，驅之於陳力之列以御乎物。夫以空空之內，糞壤之理，而責其大擊之效，惡有不折其用而獲墜傷之患者乎？[49]

商賈所售之鞭其實低廉，卻刻意以高價哄抬，且不得殺價。其後有富人之子，果以五萬購之，並向作者誇耀此物，然而其鞭從握到纓以至於繩，無一處紮實可觀，揮之亦幾無鞭之用。後來於東郊之坡擊鞭驅馬，居然將此鞭折為數段，才發現其內空虛，繩亦無文理。令人感慨，朝中官員多有類此鞭賈，誇大其言而無其實，又多不知自己無實，故常怨恨大材小用。此輩如無遭遇要事，尚無妨礙，一旦面臨要事，即如上文所言之朽鞭，又豈能支撐大局？

〈農夫禱〉，前有序云：「丙戌，歲大饑。楚之南江黃為甚。明年，予將之舒，途出東山，見老農輩，鳩其族為禱於伍君祠，其意誠而辭俚，因得其文以潤色之。亦以儆於百執事者……」此為為農夫所作，禱天祈福以利農事之文。

農夫某，謹達精誠于明神：嘘嗟！我耕食之人，誰非土之人，人之有求，神得不以聰明正直聽之耶？曩者仍歲薦飢，人為鰥嫠，田無耕夫，桑

49 〈鞭賈〉全文參見〔宋〕李昉等編：《（重編影印）文苑英華》（臺北：大化書局），頁869。

無蠶姬，癘疫瘡痍，一方尤危。踵以吳蜀弄兵，吏呼其門，毆荒餘之人，挾弓持戟，女子生別，行啼走哭，王師有征，羣盜繼誅，乃歸其居，乃復室廬。廬壞田蕪，亦莫蠲其租……嗚呼！必馬無厭粟者，妾無厭羅紈者，吾斂其薄矣，亦於何厚其所薄耶？

禱曰：無瘠農人以肥廄馬，無寒蠶婦以暖妓妾，無銷耒耜以滋兵刃，農人不飢而天下肥，蠶婦不寒而天下安，耒耜不銷而天下饒，妾暖而嬌，兵滋而殘，馬肥而豪，不跡不馳，足食足衣，皇天皇天，胡忍是為？苟不此為，民其嘻嘻，神其怡怡。尚饗。[50]

農民生活辛苦，曩歲大鬧飢荒，使生民離散顛沛，旋即又起兵燹，男丁受召，冒死征戰，僥倖得以返家團聚，如今再事耕種，又憂慮旱澇蝗蟲等等，加以官府租稅沉重，期望能減輕賦稅，幾不可能。於是祝禱，期盼蒼天保佑，使風調雨順四時如常，則農夫可耕，蠶婦能織，廄馬肥碩，又庇佑時局安定不起戰亂，如此天下豐盈，人民嘻嘻樂利。

〈較貪〉，由欠稅老叟之遭遇，諷刺官員貪暴，更甚猛獸：

弘農子遊卞山之陰，遇鄉叟……叟致薪而泣曰：「逋助軍之賦，男獄于縣，絕糧者三日矣。今將省之，前日之逋，已貨其耕犢矣。昨日之逋，又質其少女矣……又黠吏貪官，盈縮萬變，去無所之，住無所資，非敢懷生，奈不死何？」

弘農子聞其言，且助其嘆，退而省於世，萬類中最為民害者，莫若虎之暴。將賦之以警貪吏，庶少救民病。是夕，夢鷙獸而人言……余曰：「賊人之畜，以自飽腹，爾不為貪哉？」獸曰：「不豢不農，何以給生？苟

---

50 〈農夫禱〉全文參見〔宋〕李昉等編：《（重編影印）文苑英華》（臺北：大化書局），頁 869。

不捕野，無實吾嗛。吾以其饑而求食之，苟或一飽，則晏然匿跡，不為謀矣。豈爾曹智以役物，豢之畜之，畋之漁之，以給其茹也；桑之育之，經之營之，以供其用也。一物之可求，一貨之可圖。汲汲為謀，孜孜繫心，如壑如溪，莫滿莫盈。豈與吾獲一飽則晏然熟寢，而欲比方哉？」

弘農子驚而寤，諦而思。若然，則人不如獸也遠矣。[51]

作者遊於卞山之陰，遇一負薪鄉叟，巾不完，屨不全，又仰天嘆息，遂而哭泣，請問其故。回答因為積欠賦稅，所以兒女皆遭抵押，不得不售其耕牛，如今田瘠稻穗無法收成，又將無法交租。所繳賦稅，其實極少用於軍費，大部分都被貪官污吏從中剝削，卻幾乎讓百姓無法存活。作者既退，深思以為萬類中最為民害者，莫若暴虎。將賦之以警貪吏，希望解救民病。夜半，夢虎能人言，以為作者故意羞辱，殊不以為然，辯解虎謂因飢餓而食，一飽則退卻；人其實能以其智能，豢養栽植動、植物以供取用，但居然慾望無窮，溫飽之外，尚且汲汲營營不能自休，與虎相較，其貪暴豈不更甚？作者聞之，頗感人之貪暴更甚於虎。

「諫刺雜說」類中，僅尚衡〈文道元龜〉。前有序：「天寶初，適于平陽，平陽太守稷山公則衡之從考舅，……嘗歎曰『取士之道，才其難乎！或精文而薄於行；或敦行而薄於文，斯乃有失其道，一至於此。』……」，有感於取士之道甚難，以為人或有文才無德行，或有德行無文才，皆不可通行於大道，故著此文：

文道之興也，其當中古乎！其無所始乎！且天道五行以別緯，地道五色以別方，人道五常以別德。……君子之文為上等，其德全；志士之文，

51 〈較貪〉全文參見〔宋〕李昉等編：《（重編影印）文苑英華》（臺北：大化書局），頁870。

為中等，其義全；詞士之文，為下等，其思全。其思也可以綱紀，義也可以動眾，德也可以經化。化人之作，其唯君子乎？……

古人之貴有文者，將以飾行表德，見情著事；杼軸乎天地之際，道達乎性命之元；正復乎君臣之位，昭感乎鬼神之奧。苟失其道，無所措矣。君子也文成而業著，志士也文成而德喪。然今人之作，其多詞士乎！代由尚乎！文者，以斯文而欲範物範眾，輕邦敘正，其難致乎化成。悲夫！敢著元龜，庶觀文章之道得喪之際，悔吝之所由者也。[52]

天有五行、地有五色，而人有五德，文之為道，即起於人之五德。又以為人之文起於伏羲畫卦，其後趨演為君子、志士、詞士三等之文。三者之文有高下之分，其用又有大小之別，唯君子之文，可以化育天下，價值最高。欲為君子之文，必先端正品德，然後兼習文墨，使文、道相併不離，方能成就；至於志士之作，發憤為文，雖心意誠懇，但氣調悲苦，不免過於偏激；詞士之作，以辭藻與抒情為要，務求輕柔靡麗，則不免失其本質，成為頹靡軟弱之文。令人感慨者，歷代至今，舉凡文人多為詞士之輩，然則不明文道之至大至深，所以撰述此文以說明之。

總上論之，「諷喻」與「諫刺雜說」兩類目，就名稱上看來意義極為接近，要在諷諫勸告，使社會人心得以覺悟。然就彼此實際內容篇章看來，除上述各篇「雜著」以外，「諷喻」另有〈截冠雄雞志〉、〈說鶻〉、〈羆說〉、〈捕蛇者說〉、〈養狸述〉、〈蟹志〉、〈悲剡溪古藤說〉八篇，而「諫刺雜說」則還有〈禦暴說〉、〈木貓說〉二篇。總之看來，「諷喻」之為類，要在各篇大都以記敘事物為主要，且題材對象又多與動、植物有關，然後作者從中闡述規勸之意。至於「諫刺雜說」之三篇，雖亦言及人物或動

52 〈文道元龜〉全文參見〔宋〕李昉等編：《（重編影印）文苑英華》（臺北：大化書局），頁 860。

物，但記敘成分較顯薄弱，偏重於議論。一言以蔽之，「諷喻」及「諫刺雜說」只是一偏重記敘，一偏重說理，但文章諷勸之歸趣，並無二致。

五、「紀述」、「紀事」

「紀述」類中，有沈亞之〈夏平〉、〈旌故平盧軍節士文〉、〈表醫者郭常〉，李觀〈謁夫子廟文〉，劉禹錫〈傷我馬詞〉，依次言之：

〈夏平〉，言夏地民風狠戾，李愿管轄其地，能以德懷柔，化民之心：

> 夏之為郡，南走雍千五十里，涉流沙北阻河，地當朔方，名其郡曰朔方。其四時之辰，夭暑而延冬，其人毅，其風烈，其氣威而厲，易憤而難平。……元和之初，夏之節度韓將軍入覲，其甥楊惠琳為之後。以兵叛，天子命將軍演伐之。既至，盡殺其屬將，曲者直之無別罪……明年，拜右衛李將軍愿為尚書，……察民氣色不得平，乃留意於察，果得之。因令曰：「天子愍不辜人，而命四方為政執事觀察之。夫揚惠琳叛脅其良人，良人以骨肉妻子故，不能得已，又不能即死。制已在人，今皆以是罪戮之矣。其姊、弟、妻子當免者，不宜復畜汚，且又皆良人子等類耳，寧幸如此乎！今盡籍出之，無得隱，吏更察，敢有如是者，斬。」……昔者周公之為政，處于相則天下平，處于東則一方平。今夏，北一方也，得其平如此，豈在位者而知周公之道耶？乃籍所以于篇，以明善理云爾。[53]

夏郡位於北方，遍佈沙漠、氣候酷熱嚴寒，人民亦氣盛而猛烈。元和初年，夏郡節度使韓全義之甥楊惠琳率兵謀反，天子派兵討伐，王兵既至，則盡滅部屬，然後俘虜楊氏家人，盡為婢奴。其後李愿為尚書至夏

---

53 〈夏平〉全文參見〔宋〕李昉等編：《（重編影印）文苑英華》（臺北：大化書局），頁870。

郡，察覺民眾氣色不平，以為楊惠琳之部將所以跟隨謀反，實出無奈，且元兇既已伏法，而部將之家人卻因此無辜受到牽連，甚為不幸，所以命令釋放，不可再與欺凌。總之，李愿能以德服人，所以夏郡民風雖剽悍難馴，但仍能加以感化。作者以為，為政者必須清明，效法周公，方能化育百姓得民之心，故撰述此篇，以明李愿之善及其為政之理。

〈旌故平盧軍節士文〉，表彰郭昈、郭航二人品行節操：

郭昈、郭航本不同族，皆家平盧軍。昈父珍岑，天寶七年及第，以舉進士，與權皐著作同上第。天寶末，燕人叛，雖以戮。自是而齊、趙之間頗聞其強矣。昈既壯，能習先人所業，復舉進士。時權相國為禮部尚書，書其所立，欲擢之。及聞家居非地，即罷選。……

航本萊人，常以氣感聞於平盧軍，及師道欲叛，盡縻絡敢士，故航在召中。初，航不知其召之所以也，意為知前謀，竟憂死。……

十四年，余與李褒、劉濛宿白馬津，俱聞之於郭記室，明日復皆如濟北，濟北之人，盡能言昈之節，故悉以論著，將請于史氏云。[54]

郭昈、郭航本非同族，而郭昈雖有家學，且亦舉進士，時相國權德輿欲舉用，但又因其出身之地有所質疑而作罷，而郭航則以豪氣素來有名於平盧。兩人遭吳元濟聯合李師道反叛而陷身於叛軍之中，猶能保持氣節，寧死不屈，設法與王師通聯。故作者與同僚聽聞郭昈、郭航事蹟、氣節，記錄所聞，裨益史官為傳。

〈表醫者郭常〉，記醫者郭常，醫術高明且具廉、仁美德：

54 〈旌故平盧軍節士文〉全文參見〔宋〕李昉等編：《（重編影印）文苑英華》（臺北：大化書局），頁 862。

郭常者，饒人，業醫，居饒中，以直德信。饒江其南導自閩，頗通商外夷。波斯、安息之貨國人有轉估於饒者，病且亟。歷請他醫，莫能治。請常為診。曰：「病可去也。」估曰：「誠能生我，我酬錢五十萬。」常因舍之……月餘，估稱愈。

欲歸常所許財。常不聽……曰：「夫販賈之人，細度而狹見，終日希售榷買，計量於毫銖之間，所入不能補其望。今暴奪之息財五十萬。財必追吝鬱惋，寧能離其心？……奈何彼方有疾時，知我能活而告我，我倖免之，因利其財又使其死，是獨不畏為不仁，而神可欺者。吾何敢欺？」……今世或有邦有土之臣，專心聚斂，殘割饑民之食，以資所欲，忍其死而不愧受刑辱而無恥，是亦不仁甚矣。終無有惡者若郭常之賤而行之，又焉得不稱於當時哉。[55]

閩南一代有外商身患重病，久治不癒，延請郭常為診，並許諾病癒將酬錢五十萬。郭常以針灸等奇藥治療、調養，不過月餘則癒。事成後郭常以為醫術所費不過千錢，取得豐厚酬金恐以為禍，因此不納。有人以為郭常心懷詭詐，但郭常解釋，商人本精於計較，今貿然取其鉅款，必使其憂心焦慮，則大病初癒，又將因此患疾，倘若使其因錢財病重而死，如此救之反適足以害之，未免有傷醫者仁德。不收其厚酬，原因如是。藉此，作者批判當世士大夫多貪暴無仁，壓榨百姓，極為無恥，而郭常乃一般市井小民，竟能有此仁德，足以為文稱述之。

〈謁夫子廟文〉，為作者拜謁孔廟，讚嘆孔子道德學問之文：

世載儒訓者，隴西李氏子觀曰：正詞為潔，執潔為莫，恪以上薦相撥

55 〈表醫者郭常〉全文參見〔宋〕李昉等編：《（重編影印）文苑英華》（臺北：大化書局），頁 863。

之十有三。祀孟秋之月朔，修冕帶，問廟而入，再拜兩柱之下，乃退伏而稱曰：「皇夫子之道之德，與天地周旋，與日月合明。乃聖乃神，炳乎典謨……蒸蒸小子，思得其門。夫子聖人，天錫元精。其未生也，若超然神遊，與兩氣俱存；其既生也，遇三季之會，飄颻湮淪。絃歌之音，撫而不和；仁義之圖，卷而靡陳。及相魯而有喜色，去宋曰桓魋其如予何。聖人之窮乃有如是也耶？」

噫！俾夫子生於堯之代，堯必後舜而先；夫子生於舜之代，舜必先夫子而後禹。聖人得時化可知也。……惟夫子之德，洎唐之德，永而能安，古而更新，降康下民，敻有烈光，訖無間然。小子忡忡慄慄，拜奠而出，匪作匪述。[56]

孟秋之月，作者朔修冕帶，入孔廟拜於大廳兩楹之下，思忖孔子道德至高至大，與日月天地等同，所制訂之人倫常軌，無論君王、諸侯乃至於庶民，皆能習之而有所裨益。孔子雖凝聚天地精氣所生之聖人，無奈所生卻不逢時，故仁義之道不能實踐於政治，可見雖聖人亦有窮時，若孔子生於堯、舜之時，其德必足以繼承王位。總之，孔子至聖，雖不得時遇但文教不衰，儒學教化影響至今，所以後生撰述此文，以表謹敬之意。

〈傷我馬詞〉，哀傷作者之良馬不幸亡故：

馬，乾類，蓋健而善馳，君子之所宜求為獸也。故主求於力，或逸而喜駭，主求於和，或乾而易仆，由德而稱者鮮矣。曩予知善馬之難遭也，不求於肆，而于其鄉。一旦，果得陰山之阿，蠖畧其形，蕭蕭其鳴，長顧遠視，順而能力，顧其軀非騫然而偉也，雖士得以乘之……。

56 〈謁夫子廟文〉全文參見〔宋〕李昉等編：《（重編影印）文苑英華》（臺北：大化書局），頁 864-865。

予至武陵，居沅水傍，或踰月未嘗跨馬，以故莫得伸其所長，踴躇顧望兮，頓其鎖韁；飲齕日削兮，精刓氣傷。寒櫪騷騷兮，瘁毛蒼涼；路聞躞蹀兮，巴馬騰驤。朔雲深兮邊草遠，意欲往兮聲不揚。憤然似不得其所而死，故其嗟也兼常。……

武陵有水曰龍泉。遂歸骨于是川，且吊之曰：「生于磧礰善馳走，萬里南來困丘阜；青菰寒菽非適口，病聞北風猶舉首。金臺已平骨空朽，投之龍淵從爾友。」[57]

馬為乾卦象徵之一，以強健善馳著稱，人莫不愛馬之有力，又或盼其溫馴，鮮少有以德行而著稱。某日，作者於陰山之阿得一良馬，此馬身形不大，但鳴聲響亮，昂首闊步強健能行。之後作者至武陵，居沅水傍，踰月未嘗跨馬，以故馬莫得伸其所長，既不能奔馳，又不為人善加照料，居然憂鬱病死，令人十分感嘆，所以葬之於武陵龍泉，並為文以哀悼。

「紀事」類中，有白居易〈記異〉，崔蠡〈義激〉，陸龜蒙〈紀錦裙〉，林簡言〈言贈〉。

〈記異〉，記作者與其兄偶然所遇之怪事：

華州下邽縣東南三十餘里曰延年里，里西南有故蘭若，而無僧居。元和八年秋七月，予從祖兄曰皡，自華州來訪予。途出於蘭若前，及門，見婦女十許，人服黃綠衣，少長雜坐，會語於佛屋下，聲聞于外。兄熱行方渴，將就憩，且求飲，望其從者蕭士清未至，因下馬，自縶韁於門柱，舉首忽不見，意其退藏於窗闥之間，從之不見；又意其退藏於屋壁之後，從之又不見。周視其四旁，則堵墻環然無隙缺，覆視其族談之所，則塵壤羃

57 〈傷我馬詞〉全文參見〔宋〕李昉等編：《（重編影印）文苑英華》（臺北：大化書局），頁865。

然無足跡，繇是知其非人，悸然大異之，不敢留，上馬疾驅來告予，予亦異之，因訊其所聞。……

茫乎不識其由，且志於佛室之壁，以俟辨惑者。九月七日，太原白樂天云。[58]

華州下邽縣東南三十餘里曰「延年里」，其里西南有舊廟，而無僧居。白皞曾途經此舊廟，見寺廟有婦女數十人，欲求水解渴暫時休息於此，下馬之後卻不見先前所見之人，四周所見唯蕭然環牆，心懷恐懼不敢滯留，立即驅馬來見作者，言其所遇怪事。隔年作者又與白皞路經廢屋，但見殘破之景，里民無有敢居於此者，僅僅將此異事奇遇題寫於佛室牆壁，待來者觀之辨之。

〈義激〉，此記發生於長安里中，婦女殺人報仇雪恨之異聞：

長安里中多空舍，有婦人傭以居者。始來，主人問其姓，則曰：「生三歲長於人，及長，聞父母逢歲饑，不能育，棄之塗，故姓不自知。」視其貌，常人也；視其服，又常人也。歸主人居傭無有闕，亦常傭居之婦人也……。既生一子，謂婦人所付愈固，而不萌異慮。是後則忽有所如往，宵漏半而去，未辨色來歸，于再于三……他夜既歸，色甚喜，若有得者，及詰之，乃舉先置人首於囊者，撤其囊，面如生。其夫大恐，恚且走，婦人即卑下辭氣，和貌怡色。言且前曰：「我生於蜀，長於蜀，父為蜀小吏。有罪，非死罪也。法當笞，遇位而酷者，陰以非法繩之，卒棄市。當幼，力不任其心，未果殺，今長矣，果殺之，力符其心者也，願無駭」。又執其子曰：「爾漸長，人心漸賤爾。曰其母殺人，其子必無狀。既生

58 〈記異〉全文參見〔宋〕李昉等編：《（重編影印）文苑英華》（臺北：大化書局），頁880。

之，使其賤之人，為非勇也，不如殺而絕。」遂殺其子，而謝其夫……。

按蜀婦人求復父仇有年矣。卒如心，又殺其子，捐其夫，子不得為恩，夫不得為累，推之於孝斯孝已；推之於義斯義已。孝且義已，孝婦人也……前以隴西李端言始異之作傳。傳備，博陵崔蠡又作文，目其題曰義激。將與端言共激諸義而感激者，蜀婦人在長安凡三年，來于貞元二十年，嫁于二十一年，去于元和初。[59]

長安里中本多空舍，嘗有一婦人寄住於此，自言幼時父母因飢荒將其拋棄，所以不知身世姓名，居住此地，果然從無親族故舊前來拜訪。雖然，其形貌、衣著與常人無異。其後，與其夫產下一子，但卻有怪異行徑，屢次夜半潛出，某次其妻夜歸，竟取一人首級而回，其夫見之驚恐非常，婦人卻顏色怡然，語氣謙和，謂自己本為蜀人，幼時其父為官吏所殺害，因此矢志報仇雪恨，如今果然如願，斬殺仇人。又恐幼子長大，將因其母而遭人鄙視，所以殺之而後絕。然後辭謝丈夫，言日後必謝其恩，旋即出戶離家，轉瞬即已不見蹤跡。作者認為此女矢志報仇，報仇之後又不願連累子與夫，所以既孝且義，又唐代二百餘年，忠義孝烈婦女無多，所以此蜀婦之事，足以為誌。又其實當時已有人為之作傳，如今作者補作此文，再以表彰其人其事。

〈紀鉑裙〉，描寫一偶然所見難得之裙，其形製與花紋條理：

侍御史趙郡李君，好事之士也。因余話上元瓦官寺有陳後主羊車一輪，天后武氏羅裙佛幡皆組繡奇妙，李君乃出古錦裙一幅示余。長四尺，下廣上狹，下濶六寸，上減三寸半，皆周尺如直。其前則左有鶴二十，勢

59 〈義激〉全文參見〔宋〕李昉等編：《（重編影印）文苑英華》（臺北：大化書局），頁880。

若飛起，率曲折一脛，口中銜莩蓠，背有一鸜鵒，聳肩舒尾，數與鶴相等。二禽大小不類，而隔以花卉，均布無餘地，界道四向，五色間雜……非繡非繪，縝緻柔美，又不可狀也。……

縱非齊梁物，亦不下三百年矣。昔時之工如此妙耶！曳其裾者復何人焉？因筆之為辭，繼于錦譜之後，俾善詩者賦焉。[60]

侍御史趙郡李君乃好事之士，曾出古錦裙一幅以示作者，此裙前有鶴群，後有鸜鵒，彼此身形文彩不同，中間則隔有彩霞煙嵐、遠山流水等等，顏色豔麗、織工細膩，其妙難以一一名狀。此為三百年之古物，昔日紡織之巧已如此令人驚訝，故作者為文記錄，俾使後人再將為詩賦以描寫。

〈言贈〉，言作者巧遇忠孝之人之事：

長慶壬寅歲，簡言賃居善和里，貧窶濩落，交親罕至。

無何一日，門有扣聲。合申疾薄部得何紹姓字，延乎賓客，具酒為誠，再至亦如之。既熟，至之又至之，乃至於日至。嘗從容談及忠孝之道……孝之道以色以至難，貧如黔原，無聞非過歟。予聆其詞，得其心，知其孝道篤也。後曰：「吾違親久矣。趨庭之意，無曠日時。今越七日歸，古有贈言，豈無曠乎？」

曰：「慈烏返哺，孰謂禽也？吳起不歸，孰謂人也？」[61]

長慶壬寅歲，作者賃居善和里，貧窶濩落，交親罕至。卻有何紹偶然

60 〈紀鉛裙〉全文參見〔宋〕李昉等編：《（重編影印）文苑英華》（臺北：大化書局），頁 880-881。

61 〈言贈〉全文參見〔宋〕李昉等編：《（重編影印）文苑英華》（臺北：大化書局），頁 881。

登門拜訪，兩人相談甚歡，其後何紹常來，以至無日不來。何氏嘗論忠、孝之道，以為縱使貧窮，亦應當即時行孝。作者有感，以為遠離父母已久，所以決定返家，盡其孝道，於是何紹贈言以相勉。

總上所論，「紀述」與「紀事」兩類目，就名稱上看來意義亦極為接近，其實都在於記敘事情。「紀述」中〈傷我馬詞〉且不論，〈夏平〉、〈旌故平盧軍節士文〉、〈表醫者郭常〉三篇都在記寫當時值得稱頌的人物與事蹟，並寓含褒貶之意[62]，〈謁夫子廟文〉也在稱頌孔子德行與學問，此外「紀述」尚有〈辯三傑〉、〈金剛經報應述〉、〈甘露述〉、〈陸歙州述〉、〈牧守竟陵因遊西塔著三感說〉、〈救沈志〉等篇；然則「紀述」所記敘者，偏重於道德傑出之人物事蹟，使其節操品德得以彰顯。至於「紀事」除以上所析各篇「雜著」之作，還有〈廣陵散解〉、〈魏生兵要述〉，各篇所記，偏重在奇異之人物或事物的遭遇。可見，「紀述」與「紀事」，其實都在記敘人、事，只不過對象性質，有所差異而已。

六、「論事」、「征伐」

「論事」類中，有沈亞之〈西邊患對〉，杜牧〈罪言〉兩篇，依次言之：

〈西邊患對〉，藉由作者與西土亡降故老之對談，申明唐代西方邊陲之地，所以軍困民窮，無力抗戎狄之因：

> 元和十有二年，夏六月，亞之西出咸陽，行岐隴之間，採其風，得西

---

62 沈亞之文章受到韓愈影響，文論中自言有志於史志，所為文要在於「旨《春秋》而法太史」，又留心於「君臣興廢之際」、「義烈端節之事」，所以其文章用力最大者，在於人物傳記，如〈表醫者郭常〉〈旌故平盧軍節士文〉〈喜子傳〉〈李紳傳〉等。相關說明，參見郭預衡：《中國散文史（中）》（上海：上海古籍出版社，2000 年 5 月，初版），頁 220。

土亡降故老，為余言邊之所以為患可痛之狀，辭甚條悉……。

對曰：「……其眾蟻聚，多包山川沮陸之利，其兵材雖不能當唐人，然其策甚遠，力戰不患死，所守必險，所取必地。而唐人軍中以為材不能，皆易之，故自安西以東，河蘭伊甘及西涼，至於會寧天水萬三千里，凡六鎮十五軍，皆為西戎有，由易而見亡也。……聞其始下涼城時，圍兵厚百里，伺其城既窘，乃令能通唐者告曰：『吾所欲城耳，城中人無少長，即能東。吾亦謹兵，無令有傷去者。』城中爭號曰：『能圍即解。』其後取他城，盡如涼城之事。由此人人皆固生，無堅城意。……今岐隴之土甚饒，而農食不充秕稗，衣結縷無完布，其租稅納粟，官一而耗倍，細吏憑法而要賂，賂厚者雖逋亦寬之，粟雖後至，必亟與符。賂薄者或稽一日，即白吏笞之，粟當輸則曰次當某人，又當某人，故有累日而不得者。其他征傜倣此，農盡所獲，不能出其費，尚無不忍吏，是民由蓬息而處，又何聊生？今所患眾多，其畧可痛如此。長吏終不省，尚輕易之？噫！奈何為不困。」[63]

父老謂西戎蠻夷雖才智不及唐人，但團結且不畏死，出兵征戰則勢在必得，且唐人又以為西戎才智低下不足恐懼，所以輕忽防備，乃至於西邊三千里地，皆為西戎所據，且蠻夷又工心計，圍城而語諸城民，棄守則不殺之意，果然軍民貪生畏死，不欲交戰接兵，所以能輕易攻略城池。此外，朝廷不僅於軍事上疏於防備，地方官吏更是苛刻為政，剝削百姓，強暴欺凌，索求無度，因此百姓賦稅繁重，導致民不聊生且心生怨恨，而官吏尚不知反省改轍，百姓何能不至困窮？

〈罪言〉，依據新《唐書》〈杜牧傳〉所載，「牧追咎長慶以來朝廷措

---

63 〈西邊患對〉全文參見〔宋〕李昉等編：《（重編影印）文苑英華》（臺北：大化書局），頁 871。

置亡術，復失山東，鉅封劇鎮，所以繫天下輕重，不得承襲輕授，皆國家大事，嫌不當位而言，實有罪，故作〈罪言〉。」[64]即以為朝廷對於山東之地管理失當，導致藩鎮割據，所以發言為諫，唯恐其位本不當言及山東軍政，所以稱為「罪言」：

國家大事，某不當言實言之，有罪故以云。

人生常病兵，兵祖於山東，胤於天下。不得山東，兵不可死。……今日天子聖明，超出古昔，志於平治。若欲悉使生人無事，其要先去兵。不得山東，兵不可去。今者，上策莫如自治。……中策莫如取魏。魏於山東最重，於河南亦最重。魏在山東，以其能遮趙也。既不可越魏以取趙，固不可越趙以取燕。是燕、趙常取重於魏，魏常操燕、趙之命，故魏在山東最重……最下策為浪戰，不計地勢，不審攻守是也。兵多粟多，驅人使戰者，便於守；兵少粟少，人不驅自戰者，便於戰。故我常失於戰，虜常困於守。山東叛且三五世，後生所見言語舉止，無非叛也，以為事理正當如此，沈酣入骨髓，無以為非者，至有圍急食盡，啖屍以戰。以此為俗，豈可與決一勝一負哉？自十餘年凡三收趙，食盡且下。郗士美敗，趙復振；杜叔良敗，趙復振；李聽敗，趙復振。故曰不計地勢，不審攻守，為浪戰，最下策也。[65]

64　〔宋〕歐陽修、宋祁撰：《新唐書》（北京：中華書局，2003 年 7 月，第 1 版），頁 5094。本書所引用《新唐書》原典均出此書，故之後僅於引文末端括注頁碼，不再另行注釋。此外，《資治通鑑・唐紀六十》也記載：「杜牧憤河朔三鎮之桀驁，而朝廷議者專事姑息，乃作書，名曰〈罪言〉。」又〈罪言〉全文參見〔宋〕李昉等編：《（重編影印）文苑英華》（臺北：大化書局），頁 871-872。

65　〔宋〕歐陽修、宋祁撰：《新唐書》（北京：中華書局，2003 年 7 月，第 1 版），頁 5094。此外，《資治通鑑・唐紀六十》也記載：「杜牧憤河朔三鎮之桀驁，而朝廷議者專事姑息，乃作書，名曰〈罪言〉。」又〈罪文〉全文參見〔宋〕李昉等編：《（重編影印）文苑英華》（臺北：大化書局），頁 871-872。

山東之地歷來為兵家重地。自古以來，分為冀州、幽州、并州，且民風剽悍，與中原亦征戰不斷。作者以為，欲山東平安，必先去其兵，不以武力強制，統御之上策，則在於朝廷親自治理，不再付之諸侯蕃鎮之類；至於中策，則在佔取魏地，因魏地位置關鍵，加以形勢險要，如能制之，則山東、河南一帶，即可安穩；最下之策，則是毫無策略；不知情勢，猛力進攻，由此朝廷經常戰敗失守。總之，此地風俗與中原迥異，其民性樂鬥好戰，強硬不屈，故實難以力征，要在於智取。

「征伐」類中，有陳子昂〈為建安王誓眾詞〉，白居易〈補逸書〉。依次言之：

〈為建安王誓眾詞〉。建安王即武攸宜，時武攸宜帥軍爭討契丹，作者身為參謀，於搦筆為此文[66]：

諸惣管部將旗長隊正各聽命，夫聖人用兵，以伐有罪，姦慝竊命，戎夷不龔，則必肆諸市朝，大戮原野。我皇周子毓萬國，寵綏百蠻，遐荒戎狄，莫不率職。契丹凶羯，敢謀亂常，蜂聚九山，豕食遼塞。……皇帝命我，肅將王誅。今大師已集，方將問罪，公等諸眾，及士卒已上，須各嚴職事，肅恭天命……

況皇帝義兵，尅期誅剪。此猶太山壓卵，鴻毛在鑪。今日之伐，須如雷霆之震，虎豹之擊，搴旗斬馘，掃孽除凶。上以攄至尊之憤，下以息邊人之患。鼓以作氣，旗以應機。公等各宜戮力，務當其任。若能奮不顧其命，陷堅摧鋒，金紫玉帛，國有重賞。若進退留顧，向背失機，斧鉞嚴

66　依據《新唐書》陳子昂本傳所載，武后時武攸宜討契丹，高置幕府，表子昂參謀，次漁陽，前軍敗，舉軍震恐，攸宜輕易無將略，子昂諫曰：「陛下發天下兵以屬大王，安危成敗在此舉，安可忽哉？……王能聽愚計，分麾下萬人為前驅，契丹小醜，指日可禽。」本傳中雖無提及寫作〈為建安王誓眾詞〉之事，但合理推測應該即是此時針對契丹戰事而作。參見〔宋〕歐陽修、宋祁撰：《新唐書》，頁 4077。

刑，軍有大戮。各自勉勵，無犯典刑。[67]

言契丹作亂逞兇，不服王庭，則我必持聖人用兵之道，率眾以討伐懲罰。眾將士奉皇帝之命興師以弔民伐罪，而我軍既為正義之師，將士固然英勇善戰，亦須恪盡其責，維持威嚴。待大軍之至，必能勢如破竹剿滅凶頑。勉勵兵士應遵循軍令、勇於衝鋒殺敵，則事成必然論功行賞，若敢輕忽怠慢，則必遭斧鉞之刑。

〈補逸書〉，模仿《書經》，為商湯出兵征伐葛伯之前的誓眾之辭：

湯征諸侯，葛伯不祀，湯始征之，作〈湯征〉。

葛伯荒怠，敗禮廢祀。湯專征諸侯，肇徂征之，湯若曰：「……惟葛伯反易天道，怠棄邦本，虐于民，慢于神。惟社稷宗廟，罔克尊奉。曁山川鬼神，亦靡禋祀。告曰罔犧牲以共俎羞，予介厥牛羊，乃既于盜食……今爾眾曰葛罪，其如予聞。曰為邦者祗奉明神，撫綏蒸民，二者克備，尚克保厥家邦。吁！廢于祀，神震怒；肆于虐，民離心。自繩契已降，曁于百代，神亟民叛，而不顛隮者，匪我攸聞。小子履，以涼德欽奉天威，肇征有葛，咨爾有眾，克濟厥功，其有儆師徒，戒車乘，敬君事者，有明賞；其有罔率職，罔戮力，不龔命者，有常刑。明賞不僭，常刑無赦。嗚呼！朕告汝眾，君子鑒于茲。欽哉懋哉！罰及乃躬，不可悔。」[68]

---

67 依據《新唐書》陳子昂本傳所載，武后時武攸宜討契丹，高置幕府，表子昂參謀，次漁陽，前軍敗，舉軍震恐，攸宜輕易無將略，子昂諫曰：「陛下發天下兵以屬大王，安危成敗在此舉，安可忽哉？……王能聽愚計，分麾下萬人為前驅，契丹小醜，指日可禽。」本傳中雖無提及寫作〈為建安王誓眾詞〉之事，但合理推測應該即是此時針對契丹戰事而作。參見〔宋〕歐陽修、宋祁撰：《新唐書》，頁 4077。

68 〈補逸書〉全文參見〔宋〕李昉等編：《（重編影印）文苑英華》（臺北：大化書局），頁 875。

葛伯荒怠，敗禮廢祀，商湯即將出兵征討。商湯訓勉兵眾，言先王遺訓以恭敬為務，但葛伯反其道而行，竟廢除祭祀不敬鬼神，且苛虐生民，而葛伯之罪既已使天怒人怨，則眾兵士必須弔民伐罪，方能興廢繼絕。今大戰在即，訓勉眾兵士必須各盡其責，遵從軍令戮力殺敵，然則必得封賞，否則敢有輕忽怠慢，亦必遭受刑殺。

總上所論，「論事」與「征伐」兩類目，就名稱上看來意義亦頗近似，兩者文章所記敘議論者，都與軍事有關。但除上述各篇「雜著」之作，「論事」類還有〈原十六衛〉，「征伐」則有〈讀司馬法〉。可見「論事」者，要在其題材無非邊防策略之事，而「征伐」之題材則與兵戰本身相關；然則兩者雖皆關於軍事，但界線頗為明顯。

七、「明道」、「識行」

「明道」類中，有唐太宗〈金鏡〉，牛僧儒〈訟忠〉。依次言之：

〈金鏡〉，據吳云所注，此文又名〈金鏡述〉，為太宗晚年所作，要旨在於以歷史興亡為借鏡，期勉君君臣臣，使唐朝政權能鞏固不衰[69]：

朕以萬機暇日，遊心前史；仰六代之高風，觀百王之遺跡。興亡之運，可得言焉。

每至軒昊之無為，唐虞之至治，未嘗不留連讚詠，不能已已。及於夏殷末世，秦漢恭君，使人懍懍然兢懼，如履朽薄。然人君在上，皆欲永享其萬乘之尊，以垂百王之後；而得失異趣，興滅不同者，何也？蓋短於自見，不聞逆耳之言，故至於滅亡，終身不悟，豈不懼哉。觀治亂之本源，

69　參見吳云、冀宇校注：《唐太宗全集》（天津：天津古籍出版社，2004 年 2 月，初版）：頁 129。

足為明鏡之鑒戒。亂未嘗不任不肖，治未嘗不任忠賢，任忠賢則享天下之福；用不肖則受天下之禍……。

是用晨興夕惕，無忘斯事，為上猶然，何況臣下？《易》云：「書不盡言，言不盡意。」今略陳梗槩，以示心之所存耳。古語云：「勞者必歌其事。」朕非故煩翰墨，以見文藻，但學以為己，聊書所懷。想達見羣賢，不以為嗤也。[70]

作者閱讀歷史，省思政權興衰道理之由。以為古今君王無不自許，能享萬世之尊而垂名後世，但興衰不同，成敗各異，原因在於人君不能自見其短，又難接納逆耳忠言，終於導致國破家亡，此一歷史經驗應永為君王警惕。其後文則極言用人之道，以及為君之難。要之，君王必須以身作則，努力勤政，大公無私、用人唯才，遂作成此文，不僅自勉亦勉勵眾臣。

〈訟忠〉，藉《國語‧周語下》所載之事，辯明天道與人道：

春秋周大夫萇弘之城成周也，晉女叔寬謂弘，違天不免也。《國語》衛彪傒又云：「萇叔支天有咎也，支天壞，違天也，人道補天，反常也。誘人城周，誑人也。」左邱明皆然其言。某以為一言喪邦，其例由斯矣。

若是則帝王不務為政，而務稱天命；下不務竭忠，而務別興衰矣。雖欲不亡，其亡固翹足而俟矣。必謂天壞不支，自古無中興之君乎？衰運不輔，自古無持危之臣乎？……

夫人道邇也。忠者，人倫紀綱也；天道遠也。談者，人倫虛誕也。假天道以助人倫，猶慮論誣於失也，況舍人事徵天道，棄邇求遠，無裨於教

70 〈金鏡〉全文參見〔宋〕李昉等編：《（重編影印）文苑英華》（臺北：大化書局），頁839。

者也……。

夫天之所與，豈有親者？以道承天，則天無壞者；以亂承天，則天無支者。故支壞非天也，興衰由人也。但有人不支而敗，無天不可支也。嗚呼！弘無殷宗，周宣以任之，位卑大夫，不為王卿士卒。令強晉廹脅，非道殘勦。士死難於弘為得矣，奈何丘明不譏！[71]

史載周大夫萇弘企圖聯合諸侯以保衛周朝，而彪傒與單穆公論及此事，彪傒卻不以為然，以為周朝崩壞乃天命使然，萇弘此舉逆天而行，必得其咎。作者以為，一切興衰如果全然推諸天命之說，則君臣不須努力為政，放任衰亡即可。何況自古有中興之君，有扶危之臣，可見彪傒之說甚為悖亂。何況天道玄遠難測，而人們好妄虛談，忽略應盡忠職守的人事本分，捨近求遠，其實毫無益處。總之，天道無親，政治之興衰治亂，端賴人事所為，而彪傒荒謬之論，應當為史家所譏刺。

「識行」類中，有韓愈〈行難〉，佚名〈述行〉，依次言之：

〈行難〉，言選才用人之難：

或問：「行孰難？」曰：「捨我之矜，從爾之稱。」「孰能之？」曰：「陸先生參何如？」曰：「先生之賢聞於天下，是是而非非……愈曰：「先生之所謂賢者，大賢歟？抑賢於人之賢歟？齊也晉也，且有二與七十焉，而可謂今之天下無其人耶？先生之選人也已詳。」先生曰：「然。」愈曰：「聖人不世生，賢人不時出，千百歲之間儻有焉。不幸而有出於胥商之族者，先生之說傳，吾不忍赤子之不得乳於其母也。」先生曰：「然。」

他日，又往坐焉……愈曰：「由宰相至執事凡幾位？由一方至一州凡

71 〈訟忠〉全文參見〔宋〕李昉等編：《（重編影印）文苑英華》（臺北：大化書局），頁840。

幾位？先生之得者，無乃不足充其位也耶！不早圖之，一朝而舉焉，今雖詳，其後用也必粗。」先生曰：「然。子之言，孟軻不如。」[72]

論者以為用人之難，在於捨棄我所堅持，而能適用其人之才，唯陸參能之。作者嘗與陸參討論用人之道，作者以管仲曾舉盜賊二人為公臣、趙文子賴七十管庫低賤之吏而興晉為例，謂用人不能責全求備。賢能與否，只是相對而言，否則天下恐無人可用，又賢能之人甚為難得，倘若因其出身寒微、門第卑下而不舉用，亦不免辜負天下蒼生，陸參亦以為然。其後，作者又提醒陸參，國家由上自下、由遠至近，各方領域皆須人才，因此應當及時徵選，廣開用人之路，陸參深以為然，並稱許韓愈見識超越古人。

〈述行〉，言道德重要，無之則不能處世為人：

噫！聖人之所能，而賢人所難曰德。德不愧，則脩立之事著矣。琛每究聖人旨，顯而微，隱而著，義讓以表其外，德行以明其內，恩信以招其賢，寬惠以廣其物。剛毅以將其志，溫柔以制其勇。去義讓則父子之道乖，捨德行則君臣之志缺。廢恩信則朋友之道墜，亡寬惠則刑法之政弊。用剛毅則勇果之心遂，斥溫柔則和弱之旨怠。六者聖人之尊，賢人之難也。……吁！以偶為己任，以利為己友。夫如是，雖冠帶儼然，事虛美於寰宇下，具年足之一氣爾，烏異沐猴而冠者耶？德行可置宜乎哉。[73]

聖人以道德仁義垂教後世，故恩信、寬惠、剛毅、溫柔等德行皆能裨

72 〈行難〉全文參見〔宋〕李昉等編：《（重編影印）文苑英華》（臺北：大化書局），頁878。

73 〈述行〉全文參見〔宋〕李昉等編：《（重編影印）文苑英華》（臺北：大化書局），頁878。

益人倫，使人事可行可立，道德仁義以及諸德行若蕩然無存，將使倫常乖違，秩序悖亂。是則道德仁義固為聖人所闡發，但唯有賢能之人可以恪遵。總之，道德乃人倫之綱紀，人若企求勢利而相互攀附來往，或者唯利是圖不顧是非，則無異衣冠禽獸，毫無道德可言。

總上所言，「明道」與「識行」兩類目之文章，除各篇「雜著」之作，前者還有〈讀荀卿子說〉，後者還有〈交難說〉。然則「明道」、「識行」之為類，以其文章題材分別為「彰顯儒理治道」，與「人際接物往來、立身處世之理」。兩類界線，看來也很清楚。

綜論之，「雜著」在《文苑英華》「雜文」中，作品數量最多，超越各種體類。經由各子目中的「雜著」，以及前章所言各種「論體雜文」、「記體雜文」體類之作的分析歸納，幾乎可推知《文苑英華》「雜文」各類目的分界。其中「辯論」、「雜說」、「雜製作」三者，範圍內篇章之題材與體類，皆甚為繁雜不具一致性。但繁雜的本質既然為一，何以尚須分其類為三？推測而論，應當在對於幾種體類意義的強調；要之，「雜說」在於凸顯「說」，「辯論」在於凸顯「辯」、「原」，「雜製作」則凸顯「題跋」。其次，「諷喻」及「諫刺雜說」文章旨都在諷勸，但一偏重記敘，一偏重說理。「紀述」、「紀事」兩類文章，都以記敘為主，但一偏重於道德傑出之人物事蹟，另一偏重在奇異之人事遭遇。「論事」、「征伐」文章題材都與軍事相關，但一偏重邊防情事，另一偏重爭戰本身。「明道」、「行識」分別以「彰顯儒理治道」、「人際接物往來、立身處世之理」為題材。至於上文未提及的「贈送」，此類其實是文士分別之際，彼此相互勉勵的文章，之中所錄文章唯三，其中二篇為〈說車贈楊誨之〉、〈說王贈蘭陵蕭易簡遊三峽〉，已於前章述及，另一為劉禹錫〈澤宮詩〉，將於下節討論。

第二節　「越界文體」

「越界文體」，是指某些具有體類名稱，但其文體顯然並不符合其體類規範的作品，也因此在作品的歸類上，這些篇章就出現了難以「依類辨體」的現象。就《文苑英華》卅八類而言，「書」、「序」、「傳」原本各屬其一，且各類中作品也無不分別以「書」、「序」、「傳」篇題。但是，在《文苑英華》「雜文」範圍內，卻仍有少數以「書」、「序」、「傳」為篇題的文章，然則這些文章理當與原本「書」、「序」、「傳」之文體特徵有所不同。本節即就此現象，提出說明：

一、「書」

本書第二章討論《文心雕龍》〈書記〉時，已言及劉勰開頭就引用大舜「書用識哉！」之言，意謂「書」是一用以「記時事」之物，又云：「聖賢言辭，總為之書，書之為體，主言者也。」可見「書」其實泛指各種以文字寫成的資料，如較具體論之，則指各式「書信」而言，所以也通於表、奏等古代朝廷君臣之間的應用文書。而劉勰於〈書記〉所舉的主要例子，除上文所言及戰國策士之言的「上書」外，另外還有司馬遷〈報任安書〉、東方朔〈與公孫弘書〉、揚雄〈答劉歆書〉等等私人往來之信件；在《昭明文選》中，則有「上書」與「書」兩類，其實兩類都是書信，只不過「上書」在於臣下寫於王侯，內容無不在上達勸喻之意，所以事關政治人事。「書」則作者與讀者並無倫序輩分之限，內容主要在言事敘情，或涉及實際事功[74]，並無必然。

74　《昭明文選》卷卅九為「上書」，收錄李斯〈上書秦始皇〉，鄒陽〈上書吳王〉、〈獄中上書自明〉，司馬相如〈上書諫獵〉，枚乘〈上書諫吳王〉、〈上書重諫吳王〉，江淹〈通詣建平王上書〉，總共七篇。卷四一～四三為「書」，收錄李陵〈答蘇武書〉，司馬遷〈報任少卿書〉，楊惲〈報孫會宗書〉，孔融〈論盛孝章書〉，朱浮〈為幽州牧與彭寵

至《文苑英華》卷六六七～六九三，亦為「書」類，凡廿七卷二三六篇，內容皆為書信尺牘，按受書對象或旨意，又區分為廿二子目[75]。《文苑英華》「書」類篇目繁多，遠勝於《昭明文選》，其實也包含了原本《昭明文選》的「書」、「上書」與「牋」[76]，但總之就是各式書信。

然而，「雜文」中猶有數篇「書」，這些作品顯然不是書信。如「雜文・辯論」類有李翺〈復性書〉，旨在宣揚儒家心性之說，而其復性修養的方法，則有道家、佛教之味，故論者或以為「援道入儒」、「援佛入儒」，奠定後來宋明理學中心性及義理之論的基礎[77]。文分上、中、下三篇：

> 人之所以為聖人者，性也；人之所以惑其性者，情也。喜怒哀懼愛惡欲，七者皆情之所為也，情既昏，性斯匿矣，非性之過也……。

書〉，陳琳〈為曹洪與魏文帝書〉，阮禹〈為曹公作書孫權〉，曹丕〈與朝歌令吳質書〉、〈與吳質書〉、〈與鍾大理書〉，曹植〈與楊德祖書〉、〈與吳季重書〉、吳質〈答東阿王書〉，應瑒〈與滿公琰書〉、〈與侍郎曹長思書〉、〈與廣川長岑文瑜書〉、〈與從弟君苗君胄書〉，嵇康〈與山巨源絕交書〉，孫楚〈為石仲容與孫澔書〉，趙至〈與嵇茂書〉，丘遲〈與陳伯之書〉，劉峻〈重答劉秣陵書沼書〉，劉歆〈移書讓太長博士〉，孔稚圭〈北山移文〉，總共廿四篇。

75 依次為「太子（附諸王）」、「宰相」、「北省」、「省」、「節度（附刺使）」、「幕職」、「州縣」、「刑法」、「諫諍」、「贈答」、「文章」、「邊防」、「祥瑞」、「醫藥」、「勸諭」、「宗親」、「交友」、「道釋」、「薦舉」、「經史」、「遷謫」、「雜書」。

76 《昭明文選》中「上書」、「書」與「牋」三者事實上都是書信，只不過「上書」在於臣下寫於王侯，內容無不在上達勸喻之意，所以事關政治人事。「書」則作者與讀者並無倫序輩分之限，內容主要在言事敘情，或涉及實際事功，並無一定。至於「牋」，作者與讀者固無絕對倫序關係，內容可為私人事務情誼，也可牽涉政治活動，可見本質與「書」甚為接近，但實際行文時，凡「書」之篇末，大多有作者某「白」；而「牋」之篇末，則多有作者某「死罪死罪」之語。可見「書」、「牋」雖然都是書信，但「牋」的語氣態度顯然應較「書」更為謹敬。

77 關於李翱〈復性書〉中「復性」之說的根源，以及對於宋明理學的影響，可參見王洪軍、呆元祥：〈李翱復性思想簡論〉，《濟寧學院學報》第 29 卷第 1 期（2008 年 2 月），頁 54-58。林耘：〈李翱復性說及其思想來源〉，《船山學刊》2002 年第 1 期，頁 66-69、82。

性與情不相先也；雖然，無性則情無所生矣；是情由性而生。情不自情，因性而情；性不自性，由情以明。性者，天之命也，聖人得之而不惑者也，情者，性之動也，百姓溺之而不能知其本者也。聖人者，豈其無情耶？聖人者，寂然不動，不往而到，不言而神，不耀而光；制作參乎天地，變化合乎陰陽；雖有情也，未嘗有情也。……

誠者，聖人之性也。寂然不動，廣大清明，照乎天地，感而遂通天下之故，行止語默，茶不處於極也。復其性者，賢人循之而不已者也。不已；則能歸其源矣。……性命之書雖存，學者莫能明，是故皆入於莊、列、老、釋，不知者謂夫子之徒，不足以窮性命之道，信之者皆是也。有問於我，我以吾之所知而傳焉。

上篇主要討論聖人「性」「情」與凡人之差異。首先揭明「情」、「性」兩者關係，以為喜、怒、哀、懼、愛、惡、欲本是「情」的七種反應，各種「情」一旦產生，便會隱蔽本質純明的「性」，然則使人不能成聖。話雖如此，「情」、「性」又非對立，而是並生互成；「性」、「情」相即一體，兼在於人，且無先後可言，但人之「性」是否能常保澄澈純明不為「情」所溺，於是產生俗、聖之別。聖人並非無「情」，而是能寂然不動，斷然不為外物所誘出，故能靜默沉潛，彷彿與天地冥合，似若無情之狀。百姓亦非無「性」，只是動輒為「情」困溺沉淪不已，導致終身不察其「性」。至於聖人所以能如此，在於能修「誠」不怠，由於「誠」的修養，所以使人克制「情」之蔓延，恢復清明純質之「性」，持之不已，所以能達到至聖的境界。但此修誠復性之學，卻在孔子、顏回之後徒留其書，其道竟廢缺不繼，亦無人可傳。正因無人傳承，所以世間學者動輒迷惑於老、釋等雜學；作者既然自命孔子後徒，當然以接續修性立命之道為己任。因此，作此〈復性書〉。

或問曰：「人之昏也久矣；將復其性者，必有漸也，敢問其方？」曰：「弗慮弗思，情則不生；情既不生，乃為正思。正思者，無慮無思也。……曰：「已矣乎？」曰：「未也，此齋戒其心者也。猶未離於靜焉。有靜必有動，有動必有靜，動靜不息，是乃情也。」……曰：「如之何？」曰：「方靜之時，知心無思者，是齋戒也；知本無有思，動靜皆離，寂然不動者，是至誠也。……」……

問曰：「人之性，猶聖人之性；嗜欲愛憎之心，何因而生也？」曰：「情者，妄也，邪也；邪與妄，則無所因矣。妄情滅息，本性清明，周流六虛，所以謂之能復其性也。……」

曰：「敢問死何所之邪？」曰：「聖人之所不明書於策者也……生之道既盡，則死之說不學而自通矣。此非所急也。子修之不息，其自知之，二不可以章章然言且書矣。」

中篇以問答方式，再申明復性之道。問漸進復性之方，則答以動思慮，則「情」不被外物又發，如此方能生正念。又或問曰人與聖人既然同性，何以有愛憎之情產生？則答以聖人不妄起邪心，能維持本心清明，所以不為情所擾亂。最後則問以死後何往，則回答以聖人未知生焉知死，並不以死亡為當務之急，後人必須努力聖人之學，則生死之道自可了然於胸。

晝而作，夕而休者，凡人也。作乎作者，與萬物皆作；休乎休者，與萬物皆休。吾則不類於凡人，晝無所作，夕無所休，作非吾作也，作有物；休非吾休也，休有物。作耶？休耶？二者離而不存。予之所存者，終不亡且離也。

人之不力於道者，昏不思也。天地之間，萬物生焉，人之於萬物，一物也；其所以異於禽獸蟲魚者，豈非道德之性乎哉？……以非深長之年，行甚難得之身，而不專專於大道，肆其心之所為，則其所以自異於禽獸蟲魚者亡幾矣。昏而不思，其昏也終不明矣。……人之生也，雖享百年，若雷電之驚相激也，若風之飄而旋也，可知耳矣；況千百人而無一及百年者哉？故吾之終日志於道德，猶懼未及也。彼肆其心之所為者，獨何人耶？[78]

下篇自言學思感懷，以為人所以異於其他物類，正在於道德之性；且人生短暫，縱能壽高百年，亦是稀少。人生既然短暫而難得，若不能力修道德，昏瞶一世，著實枉愧為人。既有如此自覺，則作者時時警惕，勤於勉修身養德，戰戰兢兢，唯恐不及。

此外，「雜文・紀述」有周墀〈國學官事書〉、孫樵〈書何易于〉兩篇，依次言之：

〈國學官事書〉，記載學者郭彪之性格及風範：

國學官郭彪之，太原人，幼即攻儒家書，後得大通周公、孔子旨奧。又能明百家流落之言，樂苦躬自養，不愛苟受祿。……

彪之身脩而貌古，性不合俗尚，首冠獸皮，服用麻衣，褒製襴袖，濶帶高羃，履大屐，至如禮公卿大夫亦是。好飲流水，茹野蔬與松栢之英，不苟味膳，又樂飲酒，人有見者，必寘酒於前。始飲，即周告四座曰：「以穌神熙性，節之則經，縱之則撓，固不可為俗主酌揖授之禮。」……每凌爽詣論堂，坐高床，召七學諸生，居不施廣裀長席，俾隣臂而座，澄震聲音，分析典訓，至於一詞間，咸以俗理引諭，了入於諸生心胸中。使

78 〈復性書〉上、中、下三篇，全文參見〔宋〕李昉等編：《(重編影印) 文苑英華》(臺北：大化書局)，頁 851-853。

蒙者縱歷千萬日亦不失其來。……

噫！公侯卿大夫默於明者，又無由得通九重，聞徹天子聰明。彪之內樂遺聞於上，以得安性。塀元和十年，德彪之道於國學，仰其風，嘉國學得其官，又憤遺斯人于盡諫位，因書其事，作〈國學官書〉。[79]

學官郭彪之自幼學習儒家經典，通百氏之學，又自食其力，不受無功之祿，之後受召為國學助教。其貌似古人，言行無所矜飾，且好食野菜素食，樂於飲酒，但以酒可以調和神性，所以並不放縱，能有所節制，與人宴飲不過三爵而罷。講學時亦不講究排場，但聲音抖擻，分析經文時能以親近之理加以解釋，使學生了然於胸，是以學生不遠千里，前來聽講。作者曾親臨郭氏講學，又見其為人風範，於是慨嘆公卿大臣，不能推薦郭彪之於天子之側，所以書此文記之。

〈書何易于〉，記載益昌令何易于為政清廉，恤民愛民，深得民心：

何易于嘗為益昌令，縣距刺史治所四十里。城嘉陵，江南刺史崔朴，嘗乘春自上游多從賓客，歌酒泛舟東下，直出益昌旁，至則索民挽舟。易于即自腰笏引舟上下，刺史驚問狀。易于曰：「方春，百姓不耕即蠶，隙不可奪。易于為屬令，當其無事，可以充役。」刺史與賓客跳出舟，偕騎還去。……

治益昌三年，獄無繫民，民不知役。改綿州羅江令，故治視益昌。是時，故相國裴公刺史綿州，獨能嘉易于治。嘗從觀其政，導從不過三人，其察易于廉約如此。……

樵以為當世在上位者，皆知求財為功；至如緩急補吏，則曰：「吾患

79 〈國學官事書〉全文參見〔宋〕李昉等編：《（重編影印）文苑英華》（臺北：大化書局），頁 863-864。

無以共治。」膺命舉賢，則曰：「吾患無以塞詔。」及其有知之者何人哉？繼而言之，使何易于不有得於生，必有得於死者，有史官在。[80]

何易于在春耕之時，不願百姓農桑之事受到打攪，見刺史乘舟率賓客前來，則親自索繩引船，而刺史與賓客亦不敢多擾，旋即騎馬歸去。又其治邑三年，空其監獄且不役於民，其政聲為人所稱，作者亦曾隨刺使觀察，見易于隨從不過三人，可見其廉約。作者以為，當今上位者皆知求財，而不知任用賢才，甚至以為舉世皆無賢能可用，故何易于之流，終不得重用，但其名聲事蹟，必為史官記載，流芳萬古。

此外，「雜文・諷喻」亦有孫樵〈書褒城驛屋壁〉，借褒城驛站殘破不堪的景象，譏刺汙吏壓榨百姓，剝削民生：

褒城驛號天下第一。及得寓目，視其沼，則淺混而污；視其舟，則離敗而膠；庭除甚蕪，堂廡甚殘，烏睹其所謂宏麗者？

訊於驛吏，則曰：「……且一歲賓至者，不下數百輩，苟夕得其庇，飢得其飽，皆暮至朝去，寧有顧惜心耶？至如棹舟，則必折篙破舷碎鷁而後止；漁釣，則必枯泉汩泥盡魚而後止。至有飼馬於軒，宿隼於堂，凡所以污敗室廬，糜毀器用。……某曹八九輩，雖以供饋之隙，一二力治之，其能補數十百人殘暴乎？」

語未既，有老甿笑於旁，且曰：「舉今州縣皆驛也……今朝廷命官，既已輕任刺史縣令，而又促數於更易……苟有不利於民，可以出意革去其甚者，在刺史則曰：『明日我即去，何用如此！』在縣令亦曰：『明日我即去，何用如此！』愁當醉，饑當飽，囊帛櫝金，笑與秩終。」

80　〈書何易于〉全文參見〔宋〕李昉等編：《（重編影印）文苑英華》（臺北：大化書局），頁 864。

嗚呼！州縣真驛耶？矧更代之隙，黠吏因緣，恣為奸欺，以賣州縣者乎！如此而慾望生民不困，財力不竭，戶口不破，墾田不寡，難哉！予既揖退老甿，條其言書於褒城驛屋壁。[81]

褒城驛站時稱天下第一，作者親睹，發現內外處處衰敗，未見堂皇富麗之象，問於驛吏，則曰此處原本確實壯觀，但往寄宿之大小官員甚多，卻皆無愛惜之心，船隻、魚池等公物，皆破壞殆盡，然後飼馬、鷹於廳堂，致使室內污損不堪。而管理人員稀少，縱使能夠維護，遠不能彌補數百人之破壞。驛吏言未畢，又有老農謂全國州縣皆如此驛站，因朝廷任命縣令與刺史，既輕率且更調頻繁，是則其縱有良政，亦不能貫徹執行；甚至放縱欲望，貪財享樂，以為任期既短，自當趁機攫取揮霍一番。故作者感嘆，吏既視身任官職如寄宿驛站，所以不思建樹，肆意壓榨百姓，導致民生窮困。作者憤慨之餘，書寫老農之言於驛站屋壁。

此外，「雜文・雜製作」類有劉蛻〈山書一十八篇〉、〈禹書〉，依次言之：

〈山書一十八篇〉，前有序云：「予於山上著書一十八篇，大不復物意，茫洋乎無窮，自號為〈山書〉。」[82]其文所言不拘一事一物，所以稱茫洋無窮；各篇皆短，雖言十八篇，但所見篇章段落其實十五，各篇主旨未必連貫，頗有「連珠」體類之味[83]：

---

81 〈書褒城驛屋壁〉全文參見〔宋〕李昉等編：《（重編影印）文苑英華》（臺北：大化書局），頁 870。

82 〈山書一十八篇〉全文參見〔宋〕李昉等編：《（重編影印）文苑英華》（臺北：大化書局），頁 874-875。

83 郭預衡云：劉蛻〈山書〉十八篇，立意類似「連珠」，但不用韻語，篇幅不長，時有警語。參見氏著：《中國散文史（中）》（上海：上海古籍出版社，2000 年 5 月，初版），頁 312。呂武志也認為：劉蛻〈山書一十八篇〉，為一組有感而發的哲理小文，作法上承元結〈七不如〉七篇、〈訂古〉五篇與皮日休〈鹿門隱書〉六十篇頗為相似。相關說

> 天地之氣復，則結者而為山也；融者而為川也，結於其所者，安靜而不動；融於其時者，疏決以忘其及。故山之性為近正，川之性為革為。是以處其結者有君子，處其融者為利人。……
>
> 利以覲天下，利盡而天下畔；道以歸天下，道薄而天下去。嗚呼！為利物所間，為道亦不偽，故始受其應者，終亦將以應人。然則利盡所畔者必滅其後，道薄而所去者貴不殺其孤而已。……

所舉之例為第一與五則：前者以山、川為天地之氣所凝聚形成，本性一靜一動，一正一變，但皆值得世之君子體悟取法。再者謂以利與人交，則利盡反目，必然導致身滅，以道與人交，道薄情絕，尚能保身。總之，十五則都以簡短之言議論說理，不盡舉。

〈禹書〉分上、下篇，其實在討論大禹之作為。上篇云：

> 以功不就而受誅，則可謂勤民而死乎？
>
> 曰：「不然。然則夏之郊也，奚不尋其先，安得以鯀配？」曰：「以功不就，則不可謂勤民而死也；以誅其身，則可為勤其家矣。不怨君誅，而尋父功，鯀當誅也……微禹之為子，先人之罪將不食矣。故其子之功，由勤父嗣也，然則夏郊宜矣。於是君誅其怠也，而子不怨，而家祭其勤也。民神弗畔，蓋禹以天下不逮事其父，而致孝乎鬼神云。」

論者以為鯀治水不能成功，所以不可謂有功於民，所以祭祀之時，理當不在配享之列。回答則以為，鯀治水不力而遭舜殛於九羽之山，禹並不懷恨，且繼承父親事業，最後克盡治水之功，然後於祭典中加以祭祀先

明，參見氏著：《唐末五代散文研究》（臺北：臺灣學生出版社，民國 78 年 2 月，初版），頁 77。

人；並非因鯀之有功於生民，而是感念父親對於家族之辛勞。總之，大禹祭祀父親，是因鯀有功勞於家族，而非有功勞於生民。

> 治天下之野，見之於夏功，而未見先於夏功者久矣。夫八年之間，生聚非不壞也，委積非不耗也。帝憂則人怨，樂則民喜，故以憂樂隱顯而助之，常能治其心也……。
>
> 嗚呼！必不得和心之人而為可以智治，則豈羽山之下，忍不以智獻其父者歟？天下見濡手足之禹，則不見土階之上以治憂樂者也。故曰心治乎人也，功治乎水也，其可獨禹云乎！[84]

大禹能得眾人之心，人見其憂則憂，見其樂則樂。然則大禹因為能得民心，所以勞心率領群眾，自己雖未親負土石參與勞動，但能使群眾甘心聽命，終至完成治水之大功，著實可謂不朽。

以上各篇「書」看來，顯然不同於書信之「書」，就內容而言又包含兩種，其一如〈復性書〉、〈山書一十八篇〉、〈禹書〉，幾乎全在言理議論；其二如〈國學官事書〉、〈書何易于〉、〈書褒城驛屋壁〉、〈書田邊將軍事〉，則側重記人敘事，又寓藏譏褒貶，以及諷針砭之意[85]。

對於上述「言理議論」之「書」，徐師曾《文體明辨》就注意到它迥異書信之「書」，以為：

---

84 〈禹書〉上、下篇，全文參見〔宋〕李昉等編：《（重編影印）文苑英華》（臺北：大化書局），頁 876。

85 郭預衡指出：孫樵以是非褒貶為己任，而其文章主要成就，也在於史筆，代表作如〈書何易于〉〈書田邊將軍事〉等。參見郭預衡：《中國散文史（中）》（上海：上海古籍出版社，2000 年 5 月，初版），頁 316。呂武志也說：孫樵散文之創作，能就其所秉持的史家精神加以實踐，如〈書何易于〉、〈書褒城驛記〉，都能迎向社會、揭發時弊，為孫氏之名篇。相關說明，參見呂武志：《唐末五代散文研究》（臺北：臺灣學生出版社，民國 78 年 2 月，初版），頁 91。

既以人臣進御之書為上書，往來之書為書，而此類復稱書者，則別以議論之筆之而為書也。然作者甚少，故諸集不載。唯唐李翱有〈復性〉、〈平賦〉等書。[86]

指出〈復性書〉之類，不同於一般的書信之「書」，在於抒發議論以成篇，不過如此之例，文學史上其實寥寥可數。可見，言理議論之「書」雖以書為名，但其實更近於近似於「論」。至於記人敘事之「書」，雖然文論家並未討論，但看來更接近於「記」。換言之，雖名為「書」，但其實為「論」、「記」之文體，總之這些「雜文」範圍內的「書」，都不是傳統的書信。

二、「序」

前章已經提及，「序」本為文集之序，至唐後則又發展出「贈序」。至於《文苑英華》卷六九九～七三八亦為「序」，凡四十卷共五九二篇；其中又區別「文集」、「遊宴」、「詩集」、「詩序」、「餞送」、「贈別」、「雜序」七類，相對於《昭明文選》僅僅九篇書序而言，「序」之內涵顯然更趨複雜。吳訥《文章辨體》云「序」：

《爾雅》云：「序，緒者。」序之體，始於《詩》之〈大序〉，次言〈風〉、〈雅〉之變，又次言二〈南〉王化之自。其言次第有序，故謂之序也。東萊云：「凡序文籍，當序作者之意，如贈送燕集等作，又當隨事以序其實也。」大抵序事之文，以次第其語，善敘事理為上。近世應用，惟

86 〈文體明辨・序〉，收入〔明〕吳訥等：《文體序說三種》（臺北：長安出版社，1998年6月，第一版），頁95。本節所引〈文體明辨・序〉之原典，皆出此書，故之後僅於引文末括注頁碼，不再另行注解。

贈送為盛。當須取法昌黎韓子諸作，庶為有得古人贈言之義，而無枉己徇人之失也。[87]

吳訥指出「序」原本僅為書序，始見於《詩經》；內容則在條理、提要篇章或書籍內容之文意，後來又出現用於燕集場合的「贈序」出現。除了借用呂東萊之意說明「書序」、「贈序」彼此大要外，又提及「贈序」運用甚為廣泛，反倒超過了原先的「書序」，而「贈序」在文學史上的典範作家，即是韓愈。徐師曾《文體明辨》也云「序」：

按《爾雅》云：「序，緒也。」字亦作「敘」，言其善敘事理次第有序若絲之緒也。又謂之大序，則對小序而言。其體有二：一曰議論，二曰敘事。……其題曰某序，曰序某；字或作序，或作敘，惟作者隨意而命之，無異議也。至唐，柳氏又有序略之名，則其題稍變，而其文益簡矣。（頁91）

說明「序」或名「敘」，要在於「善敘事理」；所謂「事理」之內容，則可概分為「議論」、「敘事」兩種。在篇名上無論作「序某」或「某序」，亦無差別，至唐代柳宗元則又有「序略」，亦不過是「序」之更精簡者而已，彼此本質無甚差別。

由此可見，「序」之題材廣泛，內容或在議論、敘事亦不一而足；以《文苑英華》「序」之中，也兼有「書序」或「贈序」兩大類。但「雜文」之「紀述」、「雜製作」，卻分別有韓愈〈張中丞傳後敘〉、房千里〈骰子

87 〈文章辨體・序〉，收入〔明〕吳訥等：《文體序說三種》（臺北：大安出版社，1998年6月，初版），頁53。本節所引〈文章辨體・序〉之原典，皆出此書，故之後僅於引文末括注頁碼，不再另行注解。

選格序〉，兩篇依次言之：

〈張中丞傳後敘〉，以張巡、許遠等皆為義士，然史傳但載張巡之事，許遠、雷萬春等則未能及之，所以作者作文為記：

> 元和二年四月十三日夜，愈與吳郡張籍閱家中舊書，得李翰所為〈張巡傳〉。翰以文章自名，為此傳頗詳密，然尚恨有闕者：不為許遠立傳，又不載雷萬春事首尾。
>
> 遠雖材若不及巡者，開門納巡，位本在上，授之柄而處其下，無所疑忌，竟與巡俱守死，成功名，城陷而虜，與巡死先後異耳。兩家子弟材智下，不能通知二父志，以為巡死而遠就虜，疑畏死而辭服於賊……
>
> 說者又謂遠與巡分城而守，城之陷，自遠所分始，以此詬遠，此又與兒童之見無異。人之將死，其臟腑必有先受其病者；引繩而絕之，其絕必有處；觀者見其然，從而尤之，其亦不達於理矣！小人之好議論，不樂成人之美，如是哉！如巡、遠之所成就，如此卓卓，猶不得免，其他則又何說？……張籍曰：「有于嵩者，少依於巡。及巡起事，嵩嘗在圍中。籍大曆中於和州烏江縣見嵩，嵩時年六十餘矣。以巡初嘗得臨渙縣尉，好學，無所不讀。籍時尚小，粗問巡、遠事，不能細也。……」[88]

元和二年四月十三日夜，作者與吳郡張籍閱家中舊書，得李翰所作〈張巡傳〉。翰以文章自名，為此傳頗詳密，然尚恨有闕者；既不為許遠立傳，又不載雷萬春事首尾，所以作此文對諸人加以表彰。許遠雖名不及張巡，但能將之任用拔擢，委託信任，兩人先後因守城不屈而死，但兩家子弟竟懷疑許遠畏死屈服；或又以為許遠下令與張巡分城而守，導致敗戰，

88 〈張中丞傳後敘〉全文參見〔宋〕李昉等編：《(重編影印) 文苑英華》(臺北：大化書局)，頁 861。

作者認為凡此說實乃兒童之見，甚不通達，所以作者經由與張籍的討論，作文以對張巡、許遠、雷萬春等人之事蹟加以澄清，欲使後人知其英勇。

〈骰子選格序〉，感嘆世道沉淪，賢、愚無別，而世人不肯進德修業，卻汲汲營營，妄於功名利祿：

古之序班位，列爵祿，非獨以理萬民摠百事，且用以別白賢不肖……。雖已貴，益其祿厚其爵不為幸；不肖者宜退之，雖已賤，奪其廩削其秩不為歉。由是人用自勵，遷善去惡，強奮自篤。後代衰微，升於上者不必賢，沈於下者不必愚；得不必功，失不必過……有賢者退，人雖心知之，卒無奈何。且曰：「非人也命也。」有不肖者進，人雖心知之，又無可奈何。亦曰：「非人也命也。」以是善不勸而惡不悛，率曰付諸命而已矣。……開成三年，春。予自海上北徙，舟行次洞庭之陽，有風甚急，繫船野浦下三日，遇二三子號進士者，以六骼雙雙為數，更投局上，以數多少為進身職官之差數。豐貴而約賤，卒局。座客有為尉掾而止者，有貴為相臣將臣者，有連得美名而後不振者，有始甚微而欻升于上位者。大凡得失，酷似前所謂不繫賢不肖，但卜其偶不偶耳。……

列禦寇敘穆天子夢遊，近者沈拾遺述枕中事，彼皆異類微物，且猶竊爵位以加人，或一瞬為數十歲。吾果斯人也，又安知數刻之樂，果不及數年之榮耶？因條所置進身職官遷黜之目，為骰子選格序。[89]

古代官階高下，並非只是職等俸利之不同，更在於區別賢與不肖，故賢者居高位則身負大任，不肖者居低位則勝任小事，兩者俸祿厚薄不同，是當然之理，所以人人努力修業進德，增進才德，以升高位且獲高薪。但

89 〈骰子選格序〉全文參見〔宋〕李昉等編：《（重編影印）文苑英華》（臺北：大化書局），頁 879。

到了後代，正直之道沉淪，利祿爵位與人才之賢、不肖無關，故賢能位居低下，謂之於命；不肖位居高位，亦謂之於命。所以世人無意於趨善嫉惡，聖人仁義忠信之教也蕩然無存，甚為可悲。作者偶於船上見二三進士擲骰為戲，竟以博戲得失為進士職官之依據，且同船與眾者，不乏大官將相之類，這些大抵都是不肖無德，但卻能僥倖竊據高位之輩。然而人生變幻無常，富貴其實皆瞬目而逝，終不能長久，富貴如南柯、黃粱之夢，無論數刻或數十年，終會歸於虛無空寂。因見眾人擲骰任官之謬事，所以撰文為序。

如此看來，〈骰子選格序〉與文集、篇章全然無關，也並非用於宴飲、贈送，縱使「序・雜序」之中，所錄篇章也無非與圖文書傳或人物有關；故既非「書序」，亦非「贈序」之類，文章重在議論言理，兼有敘事抒懷，然則雖篇名為「序」，其實「論」的成分更多。至於韓愈〈張中丞傳後敘〉，一來在於補充張巡等人之佚事，雖名為「序」，其實更多為「傳」之實。換言之，兩篇「雜文」範圍之內的「序」，顯然文體不合於「序」之常模，而有「論」、「傳」之實。

三、「傳」

「傳」不存於《昭明文選》，前引《文心雕龍》〈論說〉提及「傳者，轉也，轉受經旨，以授於後。」所指涉者，為注疏經義的論著。不過，六朝時卻也另有以記錄人物事跡為主的「傳」之篇章，如夏侯湛〈外祖母憲英傳〉、陶淵明〈孟府君傳〉，鍾會〈母夫人張氏傳〉、江淹〈袁友人傳〉等等[90]；至於此種「傳」的根源，除了史書之外，另外則是漢魏以來的畫

---

90 依據李珠海研究，「傳」這種文體始於晉代。不過整體而言數量不多，全六朝文中，只有二十三篇。參見氏著：《唐代古文家的文體革新研究》（臺北：台大中文所博論，民國 90 年 6 月），頁 69-70。

贊[91]。直到唐代，此種「傳」才大興並正式形成一種體類，其中又以韓愈、柳宗元為最重要作家，而其所作「傳」之對象，既非王公將相，往往為市井人物，寫法也迥異於正史中的人物列傳[92]。對於「傳」，吳訥《文章辨體》云：

太史公《史記》列傳，蓋以載一人之事，而為體亦多不同。迨前後兩《漢書》、三國、晉、唐諸史，則第相組襲而已。厥後世之學士大夫，或值忠孝才德之事，慮其湮沒弗白；或事跡雖微而卓然可為法戒者，因為立傳，以垂于世：此小傳、家傳、外傳之例也。（頁 62）

徐師曾《文體明辨》亦云「傳」：

按字書云：「傳者，傳（自注：平聲）也，紀載事跡以傳於後世也。」自漢司馬遷作《史記》，創為「列傳」以紀一人之始終，而後世史家卒莫能易。嗣是山林里巷，或有隱德而弗彰，或有細人而可法，則皆為之作傳以傳其事，寓其意；而馳騁文墨者，間以滑（自注：音骨）稽之術雜焉，皆傳體也。故今辯而列之，其品有四，一曰史傳（自注：有正、變二體），二曰家傳，三曰托傳，四曰假傳，使作者有考焉。（頁 113）

合兩家說法而觀之，都以為「傳」類文章本於《史記》「列傳」的體

91　漢魏時期，宮廷與郡國都很流行畫讚，而讚語其實就是對於人物的記寫。因此也可以是為「傳」體的來源。相關參見朱東潤：《八代傳敘文學述論》（上海：復旦大學出版社，2006 年 11 月，初版），頁 28。

92　褚斌杰就說，作家所寫的人物傳記逐漸增多，並使「傳」正式成為文章中的一體，始於唐代，而韓、柳貢獻尤大，古文家的「傳」除了以市井小民為關注對象外，作法上並不拘泥於人物的名姓、里籍、生平活動等等正史列傳中的格套，而只記錄他們某些事跡或思想，也許是一技之長，也許是英雄行為之類。參見氏著：《中國古代文體概論》（北京：北京大學出版社，1990 年 10 月，第 1 版），頁 433-437。

例，後世史書秉承《史記》，故史書無不有列傳，大抵在以記錄人物事跡為要旨。後世文士也沿此史家傳統，於是將有特殊才德，及言行事跡之人，記寫於文章，使其能彰顯不朽，遂成「傳」一體類；其中又可分為「史傳」、「家傳」、「托傳」、「假傳」、「小傳」、「外傳」[93]等等。

以《文苑英華》而言，卷七九二～七九六即為「傳」，共五卷卌五篇，不分類，各篇皆以「傳」為體類名稱[94]，然而「雜文・諷喻」卻還存有一篇柳宗元〈蝜蝂傳〉，以蝜蝂蟲性，諷刺貪婪之人：

蝜蝂者，善負小蟲也。行遇物，輒持取，卬其首負之。背愈重，雖困劇不止也。其背甚澀，物積因不散，卒躓仆不能起。人或憐之，為去其負，苟能行，又持取如故。又好上高，極其力不已，至墜地死。

今世之嗜取者，遇貨不避，以厚其室，不知為己累也，唯恐其不積。及其怠而躓也，黜棄之，遷徙之，亦以病矣。苟能起，又不艾，日思高其位，大其祿，而貪取滋甚，以近于危墜，觀前之死亡不知戒。雖其形魁然

---

93 陳必祥指出，「列傳」除了正史之中的體例與內容外，另外就是文人學士所寫的傳記，而這些多只稱為「傳」，如韓愈〈太學生何蕃傳〉、柳宗元〈童區寄傳〉。又古人為人作傳，入於家譜的稱為「家傳」，列於史書的稱為「史傳」，這些都是「本傳」，而在「本傳」外，對人物有所不同或補充的意見而作，即為「別傳」。又凡人物為正史所不載，或正史已有記載而別為作傳，記其軼聞逸事的，稱為「外傳」。又簡明記敘人物的生平事跡，以篇幅短小、記敘簡明為特色的，即是「小傳」。參見氏著：《古代散文文體概論》（臺北：文史哲出版社，民國 83 年 10 月，再版），頁 66-68。

94 依次為：〈周使持節大將軍廣化郡開國公丘乃敦崇傳〉、〈故相國兵部尚書梁國公李峴傳〉、〈故東川節度使盧公傳〉、〈陳子昂別傳〉、〈田司馬傳〉、〈陸文學自傳〉、〈圬者王承福傳〉、〈毛穎傳〉、〈下邳侯革華傳〉、〈宋清傳〉、〈種樹郭橐駝傳〉、〈童區寄傳〉、〈梓人傳〉、〈李赤傳〉、〈長恨歌傳〉、〈李紳傳〉、〈郭常傳〉（注：見三七一卷作「表醫者郭常」）、〈馮燕傳〉、〈燕將傳〉、〈張保皐鄭年傳〉、〈蔡襲傳〉、〈何武傳〉、〈無心子傳〉、〈負笭者傳〉、〈仲常先生傳〉、〈五斗先生傳〉、〈強居士傳〉、〈醉吟先生傳〉、〈江湖散人傳〉、〈甫里先生傳〉、〈書李小賀後傳〉、〈李夫人傳〉、〈楊烈婦傳〉、〈竇烈女傳〉、〈趙女傳〉。

大者也，其名人也，而智則小蟲也，亦足哀夫！[95]

蝜蝂者為善負之小蟲，行走遇物則好揹負之，常過重倒地不能前行，人或憐之為其去除負累，卻又取物背負如故，且又好爬高，最後往往墜地身亡。然則貪婪之人，喜好圖謀非分之財，導致遭受刑法。雖然，仍舊不能醒悟，貪心如故，甚至更勝以往，不知滅亡即在眼前。凡此雖為人，智能卻如同蝜蝂小蟲，豈不悲哀！

其實從《文苑英華》「傳」類看來，各篇無不以「人」為中心，縱如〈長恨歌傳〉，看似無傳主，其實所載亦是唐玄宗與楊貴妃其人其事，而〈毛穎傳〉雖是遊戲之作，但文中「毛穎」亦儼然為一人。如此，我們可以瞭解「雜文」之「諷喻」類中，何以會參雜柳宗元〈蝜蝂傳〉。要言之，此篇雖然名之為「傳」，但所記寫者並非為人，而是蝜蝂小蟲，作者欲藉此蟲之形性，以諷刺好貪之人，所以此篇實為一寓言故事，乃史傳文學與寓言文學相互交融之下的產物[96]。換句話說，在《文苑英華》，「傳」之為體類，本應以「人」為對象，倘若不然則作品縱以「傳」為篇題，也不宜逕歸其類。顯然，〈蝜蝂傳〉雖篇名為「傳」，但不符合「傳」應然的文體特徵，理所當然不入於「傳」體類，也就另外安置於「雜文」範圍了。

綜論之，《文苑英華》「雜文」中，有少數以「書」、「序」、「傳」為篇題的作品，之所以不歸入各自的體類所屬，而併入「雜文」範圍。後設看來，原因在於這些雖有「書」、「序」、「傳」之名，但不甚具有「書」、

95 〈蝜蝂傳〉全文參見〔宋〕李昉等編：《（重編影印）文苑英華》（臺北：大化書局），頁 869。

96 此亦即所謂「寓言傳記」，「寓言傳記」本由寓言與傳記相合為一。文章結構形式與史傳相近，題材與內容則屬寓言；做意則寓言之諷喻及傳記之褒貶皆有，為文史交融之特殊文藝形式。相關說明，參見安秉：《中國寓言傳記研究》（臺北：政大中文博論，民國 76 年 7 月），頁 195。

「序」、「傳」文體之實，其內涵而反倒接近於「論」、「傳」等等之體類；凡此我們將這些視之為「越界文體」的作品。

最後，附帶一提「雜文・贈送」有劉禹錫〈澤宮詩〉，前有序，言寫作之由：「澤宮，送士歲貢也。晉昌唐如誨，以信義為良弓，文學為菆矢，規爵祿猶眾禽。密彀持滿，逖風飛繳者數矣……彼不由其術，一幸而中者，雖懸貆在庭，君子未嘗多也。歲殫矣，告余以西，予為賦〈澤宮〉一章，庶見子之弓弗再張也已。」「澤宮」本為古代習射取士之所，此係指科舉考場。依據後人注釋，此詩應為作者慰勉晉昌縣唐如晦之所作[97]。以為唐如晦道德與才學俱佳，雖具名聲，然始終不能於考場得名，猶如獵者良弓射技在身，卻屢屢不能有所斬獲。因此作此詩期勉唐如晦能儘早及第，中的歸來，其詩則四言十六句[98]。

按「詩」與「賦」同為中國傳統的重要體類，在《昭明文選》及《文苑英華》諸多體類中，皆排序為次及首。以「詩」而言，在《昭明文選》按照題材，可分為廿三類，篇數則多達二五二首（不分章）[99]，至於《文苑英華》按照題材可分為廿六大類，篇數更多達一〇五五〇首[100]，但何

---

97 陶敏、陶紅雨校注：《劉禹錫全集編年校注》（長沙：岳麓書社，2003 年 11 月，第 1 版），頁 1312。

98 〈澤宮詩〉「秩秩澤宮，有的維鵠，祁祁庶士，于以干祿。彼鵠斯微，若止若翔。千里之差，起于毫芒。我矢既直，我弓既良。依于高墉，於何不臧。高墉伊何，維器維時。視之以心，誰謂鵠微。」以武夫射獵譬喻文士干祿，鴻鵠看似止飛不定難以命中，但既有良弓利矢，則鍛鍊技術、假以時日，必能得手。參見〔宋〕李昉等編：《（重編影印）文苑英華》（臺北：大化書局），頁 857。

99 依次為「補亡」、「述德」、「勸勵」、「獻詩」、「公讌」、「祖餞」、「詠史」、「百一」、「遊仙」、「招隱」、「反招隱」、「遊覽」、「詠懷」、「哀傷」、「贈答」、「行旅」、「軍戎」、「郊廟」、「樂府」、「挽歌」、「雜歌」、「雜詩」、「擬雜」共廿三類。

100 依次為「天部」、「地部」、「帝德」、「應制」、「應令」、「應教」、「省試」、「朝省」、「樂府」、「音樂」、「人事」、「釋門」、「道門」、「隱逸」、「寺院」、「酬和」、「寄贈」、「送行」、「留別」、「行邁」、「軍旅」、「悲悼」、「居處」、「郊祀」、「花木」、「禽獸」共廿六類，除了「帝德」、「應令」、「應教」、「釋門」、「寺院」、「酬和」、「寄贈」、「留

以〈澤宮詩〉卻在例外？其實依據《文苑英華》「詩」類來看，儘管篇幅眾多，但皆無序，直接收錄其詩而已。但〈澤宮詩〉詩前有序，自不合於「詩」類中作品的體例，所以不適合羅列其中，因此也就置之「雜文」了。

第三節　結語

本章以《文苑英華》「雜文」類中的「雜著」之作，以及「越界文體」的作品，作為關注之對象。

在《文苑英華》「雜文」中，「雜著」相較其他「賦體雜文」、「箴體雜文」、「論體雜文」、「記體雜文」之體類而言，作品數量甚多，所跨越「雜文」各子目的範圍也最廣。然則經由前述各種雜文體類，以及「雜著」篇章的整理，我們可以歸納分析出各「雜文」各子目的分界，除了發現「問答」、「騷」、「帝道」是「賦體雜文」的主要範圍，「箴誡」是「箴體雜文」的主要範圍。其餘各子目之中，「明道」、「贈送」、「諫刺雜說」、「紀述」、「諷喻」、「論事」、「征伐」、「識行」、「紀事」都是以文章題材作為分界的判準，所以類名本身就具有顯眼的社會學意義[101]，在各類目之中，充斥著各種「論體雜文」、「記體雜文」與「雜著」等等作品。但「雜說」、「辯論」、「雜製作」則不然，三種範圍之內的文章，題材分歧、體

別」外，其他都還細分為若干子目，而依據凌朝棟所統計，去其重複，「詩」類中作品共多達一〇五五〇首。參見氏著：《文苑英華研究》（上海：上海古籍出版社，2005 年 4 月，第 1 版），頁 101-102。

101 按照題材來劃分文學作品，以現代的文學觀點而言，似乎不是好的方式。如陶東風就說如果文類的劃分，應當以文體（即作品的形式特徵、結構方式）為主要依據，倘若僅僅依據題材進行分類，那它就只有社會學的意義而沒有文學的意義，這樣劃分出來的文類也就不是真正的文學類型。參見氏著：《文化演變及其文化意味》（雲南：雲南人民出版社，1999 年 7 月），頁 10。

類多元，所以三者看來立類的標準不甚明確，而彼此的界線也很顯曖昧。話雖如此，但三者範圍之內，可發現分別以「說」、「辯」與「原」、「題跋」之體類作品為多數，所以推測地說，「雜說」、「辯論」、「雜製作」三類的設立，其用意在於凸顯這些體類的地位。

「雜著」之作，篇名上不具任何體類名稱，內容也無一定體類的文體特徵，或者說，「雜著」在篇題上即其內容旨意而任意名之，同時也雜揉了各種體類之文體特徵，然則作品或似「記」，或似「論」，或似「傳」等等不一而足，所以明代文論家稱之為「不落體格」、「無一定之體」。既然如此，在文集的編纂上，這些作品因難以「依體分類」，所以成為不易歸類整理的對象。既然「雜文」範圍內以「雜著」之作數量最多，那麼可以推論《文苑英華》所以設立「雜文」，主要用意之一，就在安置這些「雜著」之作。

其次，《文苑英華》「雜文」內，還有數篇「越界的文體」的作品。這些作品，篇題上雖具有特定的體類名稱，但並無該體類之實，所以在後設整理時，也不歸入各自體類名目底下，卻併入「雜文」範圍之中。然則可謂「雜文」文類之設立，用意也在著安置這些「越界文體」之篇章。

總之，經由本書第三、四章及本章的討論。前後兩相對照，顯然「雜文」之為文類，範圍內從《文心雕龍》原本以三種「賦體雜文」為主角，至《文苑英華》則不僅「賦體雜文」種類增多，「箴體雜文」、「論體雜文」、「記體雜文」之體類，以及「雜著」與「越界文體」之作也紛紛出現；這些後出的對象，何以一齊出現於《文苑英華》？又為何有如此的文體特徵？我們將在下一章持續分析。

第六章

「雜文」範圍內對象的演變

經前文各章分析，我們了解《文苑英華》「雜文」類中，包含了「賦體雜文」、「箴體雜文」、「論體雜文」、「記體雜文」之體類，以及「雜著」與「越界文體」之作。我們知道自劉勰《文心雕龍》有〈雜文〉後，「雜文」始成為界域較為明確的一種文類，之中並以「對問（含設論）」、「七」及「連珠」為主；換句話說，「賦體雜文」本是「雜文」初為文類時，即已存在的重要角色，演至後來，不僅「賦體雜文」體類更多，其他各種對象的加入，使得「雜文」內容更顯龐大複雜。

既然如此，面對「雜文」此一文類，我們必須先了解三種「賦體雜文」之體類，所以被納入劉勰「雜文」的原因。其後，《文苑英華》「雜文」範圍內不僅增加了「賦體雜文」的種類，還更擴充增入許多劉勰所未提及的對象。就此「雜文」範圍擴大的現象而言，具有何種文學發展的意義？將是本章所欲探究的議題。

第一節　「賦體雜文」對象的演變

在第二章內，對於「對問（含設論）」、「七」、「連珠」三種體類各自的發展，已予以說明。三者同樣具有賦體特色，漢代時甚至被直視為「賦」之一種，但劉勰何以不與「賦」同論，而劃入「雜文」範圍？就此，我們必須先了解劉勰本身的賦學觀念，並觀察三者與「賦」的近似及相異之處，才能分析出其所用心：

一、《文心雕龍》〈雜文〉的「賦體雜文」

（一）「賦」體類及其演變

探究劉勰賦論，最主要資料自當屬《文心雕龍》〈詮賦〉。按劉勰所論，「賦」本自詩六義而來，且「賦者，鋪也，鋪采摛文，體物寫志也。」[1]是一以鋪陳文采，摹寫外在景物，同時又展現作者情志為內涵的文類。在源流的考察上，承襲班固「古詩之流」的論調，又認為「賦」真正具有體類意義，始自於戰國時代，所謂：

至如鄭莊之賦「大隧」，士蔿之賦「狐裘」，結言短韻，詞自己作，雖合賦體，明而未融。（頁 137）

鄭莊公與晉大夫士蔿之事俱載《左傳》，兩人皆因事有感而「賦」，所「賦」之言都是兩、三句簡短的韻語，劉勰認為這算是創作賦的開端。此外，賦本以簡短的韻語成篇，直到屈原〈離騷〉之後，始有重大轉變：

1　參見周振甫：《文心雕龍注釋》（臺北：里仁書局，民國 87 年 9 月，初版），頁 137。凡本節所引用《文心雕龍》皆出此書，故其後僅於引文末標明頁碼，不再另行注解。

及靈均唱〈騷〉，始廣聲貌。然則賦也者，受命於詩人，而拓宇於《楚辭》也。（頁 137）

則賦「鋪采摛文」，即著重語言藝術的雕飾的特徵，可說是由屈〈騷〉所樹立奠定。不僅如此，屈〈騷〉本於《詩經》而來的忠諫諷刺之意，也流傳後世。其後荀子〈禮〉、〈智〉五賦與宋玉〈風賦〉、〈釣賦〉，皆是承襲屈〈騷〉鋪采摛文的語言特徵，以及忠諫諷刺的內在精神而來。

此外荀、宋之賦更重要的意義，在於「爰錫名號，與詩畫境，六義附庸，蔚成大國」（頁 137）即以「賦」為名創作上述篇章，意味著「賦」真正明確成為一種體類，有其特殊的體類特徵，不再籠統與詩曖昧。至於戰國時代「賦」之特徵，劉勰則概括言之：

客主以首引，極聲貌以窮文，斯蓋別詩之原始，命賦之厥初也。（頁 137）

在發展初期，「賦」最重要的特徵即為「主客問答」開頭，且在對答來往過程中，極力描摹聲情形象，並使得聲韻鏗鏘，形容盡致[2]。

---

2 關於「極聲貌以窮文」，各家解釋不盡相同。范文瀾認為「客主以首引」是指荀子賦，「極聲貌以窮文」是指屈原賦。參見氏著：《文心雕龍註》（臺北：臺灣開明書店，民國 82 年 5 月，臺 17 版），卷二，頁 50。周振甫認為此謂「極力描寫聲情形象」（頁 141）。詹鍈則謂：「極力描摹聲情形象，使得聲韻鏗鏘，形容盡致。」參見氏著：《文心雕龍義證》（上海：上海古籍出版社，1999 年 12 月，第 1 版），頁 280。按揆測劉勰文意，「客主以首引，極聲貌以窮文」之語，乃對原初賦體的籠統形容描述，並非分就荀子賦，屈原賦而言，故范說難從。至於周說，則將「聲」、「貌」分別理解為作為寫作客體的「聲音情感」與「形態樣貌」，則「窮文」之意即是主體極盡所能以文辭就兩對象加以描寫。其說雖大致無誤，但詹說更進一步，把「窮文」之意延伸理解為作品本身語言美感的努力經營，故「聲韻鏗鏘」是就作品聲音之美、「形容盡致」是就作品文辭之工而言。如此，似更符合劉勰對於「鋪采摛文」的賦體界說，所以從之。

入漢以後，「賦」的創作得到進一步發展，劉勰又云：

漢初詞人，循流而作：陸賈扣其端，賈誼振其緒，枚、馬播其風，王、揚騁其勢；皋、朔已下，品物畢圖。繁積於宣時，校閱於成世，進御之賦千有餘首。討其源流，信興楚而盛漢矣。（頁 137）

漢初時陸賈、賈誼、枚皐、司馬相如、王褒等人持續創作，使賦更進一步發揚。除了進獻帝王，使漢賦成為廟堂文學以外，另外則是其題材的拓展，已到了「品物畢圖」，亦即物無大小，均可為賦家寫作對象並呈現的地步。又依據題材大小之別，劉勰以為作賦的規則亦不相同：

若夫京殿苑獵，述行序志，並體國經野，義尚光大。既履端於唱序，亦歸餘於總亂。序以建言，首引情本；亂以理篇，寫送文勢。按那之卒章，閔馬稱亂，故知殷人緝頌，楚人理賦。斯並鴻裁之寰域，雅文之樞轄也。至於草區禽族，庶品雜類，則觸興致情，因變取會。擬諸形容，則言務纖密；象其物宜，則理貴側附；斯又小制之區畛，奇巧之機要也。（頁 137）

京殿、苑獵、述行與序志，四類題材往往論及朝政之事，其作意除了諷諫外，更多在於頌美君王國家，因此必須呈現出其光明正大的意義。又這些賦作多屬「鴻裁」，即散體大賦，其篇章前有「序」的部分以明作者創作之由，末則有「亂」的部分總結並推展文意，而這樣的體製是上承《詩經・商頌》與屈、宋等前人賦作而來；可見大賦不僅有題材或表現對象的限定，在形製上也有定型規範，即前為「序」，中間為篇章主體，後則以「亂」總結全篇的固定寫法。另外，以草木動物等各種瑣碎事物為題材的「小制」，即相對大賦而言的小賦，劉勰認為體製上並無明確規範，唯此類賦作既藉由景物以抒發情志，所以必須以精細工巧的文辭刻畫景物形貌，情理則務求能融合景物。再進一步概要比較兩者風格，則大賦力求雅正，小賦力求奇巧，彼此的美學特徵亦不相同[3]。

在「敷理以舉統」的部分，劉勰概言「賦」的創作要義：

原夫登高之旨，蓋睹物興情。情以物興，故義必明雅；物以情觀，故詞必巧麗。麗詞雅義，符采相勝，如組織之品朱紫，畫繪之著玄黃，文雖雜而有質，色雖糅而有本。此立賦之大體也。然逐末之儔，蔑棄其本，雖讀千賦，愈惑體要，遂使繁華損枝，膏腴害骨，無貴風軌，莫益勸戒，此揚子所以追悔於雕蟲，貽誚於霧縠者也。（頁 138-139）

按班固所言「登高能賦，可為大夫」，其「登高」應為「登台」、「升堂」之義，然則謂君子能於外交場合賦詩言志[4]。而劉勰強調「賦」之情義必須明朗雅正，其實是指作品應然的道德諷諫功能，在文辭方面則力求精巧美麗。要之，能以巧麗之文，敷寫事物，從中又不失諷諫告誡之用心，方為創作之正道。否則競力於文辭巧麗，只是捨本逐末，不足為取，自非創作之正途，即如揚雄「雕蟲篆刻」、「女工霧縠」的批判，「賦」也就失

3　將賦進行區分，在劉勰之前，大抵都採用揚雄所云「詩人之賦」與「辭人之賦」對立的觀點，如晉代皇甫謐〈三都賦序〉與摯虞《文章流別論》中，有「古詩之賦」與「今之賦」的說法，這種看法當然根於深厚的經學傳統。劉勰能鬆動這種觀點，著眼賦本身的體製、題材等等區分為「大」、「小」兩種，這種賦學觀無疑是種重大的突破。相關說明，參見蹤凡：《漢賦研究史論》（北京：北京大學出版社，2007 年 5 月，1 版），頁 195-196。

4　據周勛初研究，「登高」本為「登壇」、「登台」與「升堂」之意，登台賦詩以言志，在古代外交場合是常見的溝通方式，且在《詩經》、《左傳》中都能找到例證，相關研究論證，參見周勛初：《魏晉南朝文學論叢》（江蘇：江蘇古籍出版社，1999 年 11 月，初版），頁 138-140。

去了價值。

總之，「賦」體類始終以講究描摹景物、展現語言藝術為表徵。唯戰國時代以主客問答的方式構成體製，入漢以後其體製可分大、小兩類。大賦以京殿、苑獵、述行與序志之類為題材，而前序後亂即為其體製特徵；小賦以草木禽獸等細小景物為題材，雖無一定的體製規則，但要求文辭能逼真、細膩的刻畫，力求情理貼合景物。再者，自屈〈騷〉降及荀子與宋玉之賦，乃至於漢代大、小賦，諷喻功效一直是劉勰認為賦應然的外在功能，倘若失去諷喻功效而徒有華麗文采，「賦」也就成了華而不實的玩物了。

（二）「賦體雜文」體類的確立

前文已提及，「主客問答」是初期「賦」的特徵之一，韻語為主更是「賦」之所以為「賦」的重要標誌，另外也提到微言諷諫、徵材聚事等等特點。經過本書第二章的討論，可發現其實「對問（含設論）」、「七」、「連珠」也都具備這樣的要件，但劉勰卻不將三者置於〈詮賦〉討論，而合併置之於〈雜文〉之中。然則三者與「賦」近似與相異之處為何？

依照劉勰所言，三種體類既是「智術之子，博雅之人」所作，作品雖然情采兼具，促使文學發展有著「日新殊致」的景貌，但終究只是「文章之枝派，暇豫之末造」，主要文學體類以外，欠缺實際功能、價值的體類。然則與「賦」近似之處，可從兩處分析：其一在於作者人格的特質，其二在於預設的諷諭功能。進一步說：

首先，就作家而論，宋玉、枚乘與揚雄三人，在〈詮賦〉都名列於十家辭賦英傑之中。而三人在《文心雕龍》中亦多有「多才睿智」的評價，如宋玉往往與屈原並稱，〈時序〉云：「屈平聯藻於日月，宋玉交采於風雲。」(頁 813)、〈才略〉云:「屈、宋以楚辭發采。」(頁 861)則屈、宋皆以華麗的辭賦見稱;至於枚乘,〈才略〉云:「枚乘之〈七發〉,鄒陽之上書,膏潤於筆,氣形於言矣。」(頁 861)將〈七發〉與〈獄中上書〉齊舉,認為作品辭藻富麗而文勢動人。又云揚雄:「子雲屬意,辭義最深,觀其涯度幽遠,搜選詭麗,而竭才以鑽思,故能理贍而辭堅矣。」(頁 862)意謂揚雄作品不僅僅在於文辭贍美,而且饒富幽深的理趣旨意,展現其劖刻廣博的才思學問。

由此可見三人確實是「智術之子」、「博雅之人」,其作品也都普遍具有辭采華麗的特色;並且,「智術」的充盈與「博雅」的學問,接近於「感物造端,才智深美」的辭賦家的的巧智[5]。換言之,三種體類與辭賦的作者,在人格特質上,彼此幾乎相同。

其次,劉勰「雜文」中主要的三種體類,容易流於遊戲而失去實際意義,這樣的特性也與「賦」相同。〈詮賦〉中對於「捨本逐末」的賦家的批評:「遂使繁華損枝。膏腴害骨,無貴風軌。莫益勸戒。此揚子所以追悔於雕蟲,貽笑於霧縠者也。」(頁 139)。辭賦容易流於賣弄文辭的遊戲或消遣,致使政教功能淪喪,這是自漢代以來早已存在的批判,其實漢賦本身就具有強烈的宮廷文學的性質,只不過披上儒家勸誡諷諭的外衣,才顯得端莊嚴肅[6]。但無論如何,劉勰對於「雜文」三大體類的憂慮,也幾乎如出一轍。總之,從作品形製、功用與作者人格特質來看,「對問(含設

---

5 前引〈詮賦〉中「《傳》曰……」之語,其實出自《漢書・藝文志・詩賦略》所云:「傳曰:『不歌而誦謂之賦,登高能賦可為大夫』。言感物造耑,才智深美,可與圖事,故可以為大夫也。」可見引用《漢書・藝文志・詩賦略》之語,自然也是強調在辭賦創作上,賦家必須具備特殊巧智以及靈感之心。

6 關於「賦」寓諷於頌的講求,以及對儒家仁義之道的宣揚。直言之,這些更可能是為了配合漢代儒學當道的風氣,所以使然。換句話說,這是借儒家思想,作為賦本身免於受到外界批判的保護色。相關說明,參見簡宗梧老師:《漢賦史論》(臺北:三民書局,民國 82 年 5 月,初版),頁 221-224。

論）」、「七」、「連珠」，毋寧與「賦」幾近相同。

但劉勰既又認為「對問（含設論）」、「七」、「連珠」是文學發展中，「日新殊致」的產物；是則把握此一「新」字，我們可以分析三種體類所有，而傳統之「賦」所無的特點。亦即「新」之所在，當是三者不便歸入於「賦」的原因。

首先，在時間的概念上，「新」意謂晚出。在劉勰看來，「對問（含設論）」、「七」、「連珠」三者的首創者宋玉、枚乘、揚雄，無非戰國或漢代之人，相對淵源甚遠的「賦」，當然就是後起晚出，所以為新。話雖如此，但任何作者皆不可能憑空鑄造新辭，必然是在既有的文化歷史中加以取資，再鎔鑄以獨特創意。所以，作者如何取資文學資產，就是劉勰文論之外，也值得關注的問題了。其實，相關問題也已有人加以討論過。就〈對楚王問〉而言，清代紀昀就認為，旨趣精神與之相似的篇章，更早之前即已出現於《楚辭》中〈卜居〉、〈漁父〉，只不過並未標名為「對問」而已[7]。伏俊璉則指出，《荀子・堯問》中「為說者曰」一段，該篇以客主論辯嚷式寫成，文字則介於雅俗之間[8]，主旨同樣在於抒發不遇的憤慨。總

7 《文心雕龍・雜文》：「宋玉含才，頗亦負俗，始造對問。」紀昀眉批曰：「〈卜居〉、〈漁父〉以先是對問，但未標名對問之名耳，然宋玉此文載於《新序》，其標曰對問，似亦蕭統所題。」參見黃霖：《文心雕龍彙評》（上海：上海古籍出版社，2005 年 6 月，1 版），頁 52。方銘也指出：「對問」一體，屈原與女媭、巫咸、漁父的對答，已肇其端，而宋玉則以對問為敘述的基本結構方式，使這種體製完全成熟。參見氏著：《經典與傳統：先秦兩漢詩賦考論》（北京：人民文學出版社，2003 年 11 月，北京第 1 版），頁 247。鄭毓瑜也認為：漢人模擬《楚辭》的騷體賦，應該就是漢代「諷喻」（班固語）或「諷諫」（司馬遷語）的文學根本形式。可分為兩大類；其一是模擬〈離騷〉的自我獨白的方式、抒發不遇的怨忿，如賈誼惜逝、東方朔七諫、嚴忌哀時命。第二種是異於〈離騷〉的獨白而改採對問形式，這源於屈原卜居、漁父，及宋玉〈對楚王問〉，其後作者如東方朔〈答客難〉、揚雄〈解嘲〉、班固〈答賓戲〉、蔡邕〈釋晦〉。參見氏著：〈直諫形式與知識份子——漢晉賦的擬騷、對問系列〉，《中國文哲研究集刊》第 16 期（2000 年 3 月），頁 162-163。

8 該篇以「為說者曰」該頭，云：「『孫卿不及孔子』。是不然。孫卿迫于亂世，鰌于嚴刑，上無賢主，下遇暴秦……觀其善行，孔子弗過，世不詳察，云非聖人，奈何？」

之，藉由主客對答，且自我解嘲、抒發牢騷與作者不平之氣的文章，實不待〈對楚王問〉才在文學史上出現。

對於〈七發〉來源的討論更多，主要意見不外乎五：第一，認為出自《孟子》中孟子歷舉輕暖肥甘、聲音采色以勸說齊宣王推廣仁政，因〈七發〉以聲色娛樂勸誘，使吳太子能接受要言妙道的說服策略與之相似。第二，出自《楚辭》〈大招〉、〈招魂〉之篇章，此二文言四方皆凶險、怪物叢生，因此招其魂魄歸來，以享舒適豪宅、饌飲遊戲之樂，而〈七發〉以聲色娛樂誘進，也與之相似。第三，出於東方朔〈七諫〉，此說著眼於「七」名，故以為〈七發〉乃承〈七諫〉而來；但其實東方朔年代還在枚乘之後，後者不可能模仿前者，因此已有學者提出辨析，論證此說不通。第四，認為出於諸子篇章中以「七」名篇者，如《管子》〈七法〉、〈七臣七主〉等等；秦、漢以來著論者，議論時多七件事理為主，〈七發〉看來也承其餘緒而來。第五，出於《呂氏春秋·本生》聲色酒肉之害生一段，因相似的言論也出現於〈七發〉，所以視為源頭[9]。

「說者」替荀子抱不平，認為他不遇明世，否則成就不在聖人之下。第二段又云：「天下不治，孫卿不遇時也，德若堯禹，世少知之，方術不用，為人所疑……時世不同，譽和由生。不得為政，功安能成？志修德厚，孰謂不賢乎！」繼續為荀子的賢聖才德進行辯駁，其實已經很有後來東方朔、揚雄等人之作的味道了。參見梁啟雄：《荀子柬釋》（臺北：臺灣商務印書館，1965 年 5 月，臺 1 版），頁 417-418。又伏俊璉：《俗賦研究》（2008 年 9 月，北京 1 版），頁 102。

9 第一種說法，以清代章學誠、孫德謙為代表；第二種由清人劉熙載提出，近人范文瀾附和；第三種為唐代李善所論；第四種則由饒宗頤提出；第五種則為畢庶春、阮忠等現代大陸學者所論。各種說法，邱仕冠：《枚乘〈七發〉與七體研究》（台中：東海大學中文系碩論，民國 84 年）中已有分析，此不贅述。但要需補充說明的是，關於第三說，李善《文選》注云：「〈七發〉者，說七事以起發太子也。猶《楚辭》七諫之流。」李善之意，並非指〈七發〉承〈七諫〉而作，而是認為兩者在諷諫的用心上彼此相通，且都以「七」為篇名；因此若直接說〈七發〉出於〈七諫〉，當然錯誤；饒宗頤因此考究古代以「七」為名之篇章，發現秦漢以來，著論者頗多採用七數，不特〈七發〉、〈七諫〉為然，所以就提出了上文中所言的第四說。相關參見饒宗頤：《選堂文集·釋七》，收入饒宗頤二十世紀學術文集編輯委員會編：《饒宗頤二十世紀學術文集（卷十四）》（臺北：新文豐出版股份有限公司，民國 92 年 10 月），頁 41-42。

至於「連珠」，更早在《韓非子》內、外〈儲說〉，即出現排比句式以舉事說理的形製段落，可謂早於揚雄，即出現的近似〈連珠〉體製之作[10]。

按照以上說法，大抵會得出三種體類皆出於先秦諸子說理方式的結論[11]，但我們既是要從「賦」體類的角度加以觀察三者，則以上之說，可以暫時不論。且就三者與「賦」的關係言之：

「對問（含問答）」中，作者負俗干眾而表明心意、高亢情志，詼諧的語調之中，時有激憤怨嘆之語。依據伏俊璉所推測，此即《漢書・藝文志》〈詩賦略〉「雜賦」之屬中的〈雜中賢失意賦〉的基調。至於此一體類最足以與「賦」分別的特徵，依據侯立兵的歸納，主要特點有二：其一為「設疑」，即結構上為主客雙方有問有答；其二為「自通」，即內容上為答疑釋惑，兩者兼具不可或缺，否則不成為此體[12]。正是憑藉此二特色，相

---

10 〔清〕章學誠說：「韓非〈儲說〉，比事徵偶，連珠之所肇也，而或以第始於傅毅之徒，非其質矣。」參見氏著：《文史通義・詩教上》（北京：中華書局 2005 年 11 月，1 版），頁 61。就將「連珠」的端源溯及《韓非子》內、外〈儲說〉。在章氏之前，明代楊慎、陳懋仁等人皆主此說，要在於內、外〈儲說〉中已有俳句言理的句式段落。但畢竟以「連珠」之名為篇，進而使之成類，都發生於漢代，所以可說「連珠」體製早見於《韓非子》，但逕謂「連珠」起源於《韓非子》，未免過於牽強。相關說明，參見王令樾：《歷代連珠評釋》（臺北：學海出版社，民國 68 年 1 月，初版），頁 6-7。

11 此即劉師培針對《文心雕龍》〈雜文〉所言：「吾觀雜文之體，約有三端：一曰答問，始於宋玉，蓋縱橫家之流亞也。厥後子雲有解嘲之篇，孟堅有賓戲之答，而韓昌黎進學解亦此體之正宗也。一曰七發，始於枚乘，蓋楚辭九歌九辯之流亞也。厥後曹子建作七啟，張景陽作七命，浩瀚縱橫，體仿威發，蓋勸百諷一，與賦無殊，而盛陳服食游觀，亦近招魂大招之作，誠文體之別出者矣。一曰連珠，始於漢魏，蓋荀子演成相之流亞也。首用喻言，近於詩人比興，繼陳往事，類於史傳之贊辭，而儷語韻文，不沿奇語，亦儷體中之別成一派者也。」將「對問」視為縱橫家之流衍，「七」為《楚辭》〈大招〉、〈招魂〉餘緒，「連珠」為《荀子》〈成相辭〉之繼作。參見氏著：《論文雜記》，《劉申叔先生遺書》（臺北：華世出版社，民國 64 年 4 月，初版），頁 852。

12 侯氏此處是就《昭明文選》「設論」而言，但前文已論證「設論」可以廣義的融入「對問」之中，如劉勰所言，所以這裡用侯氏之說解釋「對問」，自無妨礙。又侯氏另外強調：「自通」、「自慰」作為設論體在內容上的本質特徵，是一種特殊精神狀態的體現，

關之作於是可以與各種賦篇區別。

〈七發〉，雖不能從「雜賦」中找到淵源，但我們可以把握該文的三個要徵：其一，主客設辭對問。其二，設辭對問的內容，為說客以聲色娛樂勸誘，希望將主人導入正道。第三，就整體內容而言，屬於議論事理。不難發現，第一點是「賦」的基本形式，淵遠流長不須再說明，而第二、三根本就是後來散文大賦的體式，因此文學史與賦學史一般都將此篇看作是漢代散文大賦的奠基[13]。枚乘此處的重要新創，就在於主客之間「對問凡七」後，雙方可以「始異終契」，即最後說客一定能說服聽者，使聽者折服並決定改弦易轍[14]。換言之，即便〈七發〉及後代相關追步之作，與散體大賦關係極為密切，但「七」終究有著獨特的體類特徵，足與一般賦篇相分別。

又「連珠」以簡短的韻語成篇，闡述道德勸諫的旨意，自然使人聯想到「雜賦」之屬中的〈成相雜辭〉。侯立兵也概括出此一體類的特色，可以從三方面來說：其一，從表現形式言，必須義明詞淨，事圓音澤，如貫珍珠。其二，從創作目的言，以婉諷君王、微悟賢者為主要功能。其三，

也是這種文體所以能和眾多賦體，及主客問答的文章相劃別之根本所在。參見氏著：《漢魏六朝賦多維研究》（北京：人民出版社，2007年9月，第1版），頁213。

13 如葉慶炳說：「〈七發〉不但引起甚多倣作，而且為兩漢散文賦奠定基礎，影響所及，不容忽視。」參見氏著：《中國文學》（臺北：臺灣學生書局，1997年6月），頁59。再如劉大杰則說：「從《楚辭》到司馬相如、揚雄諸人的賦，〈七發〉確是一篇承先啟後的作品。並且自他（案：枚乘）的〈七發〉之後，倣作甚多。」參見氏著：《中國文學發展史》（臺北：華正書局，民國89年8月版），頁141。或如李曰剛所言：「〈七發〉標志新體賦，堪為漢賦正式成形之第一篇作品，在古賦之發展史上有重要地位。」參見氏著：《辭賦流變史》（臺北：文史哲出版社，民國76年2月，初版），頁107。

14 據游適宏的考察，「七」的文類特色凡四，一為「虛設主客」，二為「問對凡七」，三為「始異終契」，四為「腴辭雲構」，參見氏著：〈「七」一個文類的考察〉，《國立編譯館館刊》（第27卷第2期），頁208、209。但可以補充說明的是，這四點就歷時性而言，顯然一是先有所承，二、三為枚乘奠定，至於四則是內容誇飾耳目聲色娛樂的必然結果。

從藝術手法言，設喻達旨，先理後事，以事明理[15]。總之，正因體製與句式的特殊，「連珠」可以劃境於一般辭賦。

如此看來，「對問（含設論）」與「連珠」其實可溯源於民間雜賦，「七」看來雖然與民間雜賦無關，但本質即是宮廷文人筆下的散體大賦；所以三種體類，顯然可謂皆自「賦」脫胎而出。宋玉（在漢人看來應是東方朔）、枚乘、揚雄本為宮廷文人，或將文辭雅化，所以創作出〈對楚王問〉（在漢人看來應為〈答客難〉）、〈七發〉、〈連珠〉這些具有「文類意味的特徵（genre-sensitive characteristics）」的篇章，三篇即成為日後各自特定文類的「摹本（version）」[16]，並在文學歷史發展中被視為典範，為後輩文人於是跟隨仿效創作，遂形成文學史上所謂的「鍊接現象」[17]，同時隨著相關作品數量的增多，就有了體類的意義。總而言之，三種體類的奠定，相對於淵遠流長的「賦」，確實可謂晚出，所以相對為「新」。

其次，從題材上來說，三種體類與漢代大賦或小賦也不相類。前引劉勰所言，漢代大賦的題材是「京殿苑獵，述行序志」。其「京都」如〈兩都賦〉、〈兩京賦〉、〈靈光賦〉；「苑獵」如〈上林賦〉、〈甘泉賦〉、〈羽獵賦〉；「述行」如〈北征賦〉、〈東征賦〉；「序志」如〈幽通賦〉、〈玄思賦〉，

---

15 參見氏著：《漢魏六朝賦多維研究》（北京：人民出版社，2007 年 9 月，第 1 版），頁 267-269。

16 依據陶東風所言，文類發展第一階段，必須在各種文類混合中，出現具有文類意味的特徵（genre-sensitive characteristics）的篇章，此一階段才算終結。而當此一篇章，被後世自覺視為摹本（version）或者「較早的樣本（primary version）」，然後追步仿效時，就是文類發展的第二階段了。參見氏著：《文體演變及其文化意味》（雲南：雲南人民出版社，199 年 7 月，第 1 版），頁 81-83。

17 「鍊接現象」由顏崑陽所提出，是指鎖鍊前後串連的現象，指文學史上一新的文體被一典範性作家創始，而並世「漣漪」競作後，異代作家因襲承其體繼作，形成歷時性接續現象。參見氏著：〈論「典範摹習」在文學史上的「漣漪效用」與「鍊接效用」〉，收入輔仁大學中國文學系、中國古典文學研究會主編：《建構與反思——中國文學史的探索學術研討會論文集（下）》（臺北：臺灣學生書局，2002 年 7 月，初版），頁 815。

前兩者以誇耀景物之盛大為能事，後者雖較多抒情成分，但多言及身家背景，所以又往往帶有自傳性質[18]，且到底這些賦具有「體國經野，義尚光大」，以體現出國家強大為特色。至於「草區禽族，庶品雜類」這些以各種草、蟲或物品為描寫對象的小賦，則以「奇巧」為特色。顯然，抒發自我時遇與不平之情，或者回應他人譏諷的「對問（含設論）」、敷陳政治興亡之道的「連珠」，以及以耳目聲色之娛勸誘對方的「七」，其題材都非大賦與小賦可以概括。

如此說來，劉勰稱三者為「文章之枝派」一語，亦應可從題材的角度加以理解；意即三者雖具有「賦」的文體特色，但其鮮明且獨特的題材本非傳統的大、小之賦所有，因此劉勰將三者視為由「賦」此一主流，所派生出的體類。既然與「賦」不盡同，自不得在〈詮賦〉探論，所以將三者入於〈雜文〉之中。

總之，在漢代時除了「連珠」外，「對問（含設論）」與「七」的體類意識，尚處朦朧階段。到了六朝，三者雖已先後成為一種體類，但劉勰又從作者人格特質、外在預設的文章能功能來觀察，發現「對問（含設論）」、「七」、「連珠」與「賦」雖一致，但考量到三者的始創者為戰國、漢代文士，然則雖與「賦」的淵源相較，實為晚近出現的體類；且其題材特殊，又非劉勰所分析大、小兩種賦類可以涵蓋。基於這兩點，劉勰遂將三者畫出「賦」的範圍外，併歸入「雜文」區域，並視為新生且主流之外，所派生的文章體類。我們將三者稱之為「賦體雜文」之體類，並無不宜。

---

18 詹鍈指出「述行」、「序志」這兩類作品，多帶有自傳性質。參見氏著：《文心雕龍義證（上）》，頁 284。

二、《文苑英華》「雜文」中「賦體雜文」的擴大

「對問（含設論）」、「七」本為二種體類，但劉勰《文心雕龍》將二者同歸「雜文」，這就表示在劉勰看來兩者並無獨立羅列、討論的價值，所以於〈雜文〉一併闡述。換句話說，相較於「詩」、「賦」等等《文心雕龍》文體論各篇篇名所揭櫫的體類，「對問（含設論）」、「七」顯然是地位較低的體類。儘管地位不足以與「詩」、「賦」等等並列，但兩者終究還能在〈雜文〉中各自獨立，受到討論。至《文苑英華》則不然，雖然事實上仍不否認兩者的存在，但在類名上僅以一「問答」通稱之，而「問答」卻又依附在「雜文」之下，不復見「對問（含設論）」、「七」之體類名稱。此一現象，意味著兩者地位相較於前，更為低下。

進一步說，以「問答」概括「對問（含設論）」、「七」，理當是著眼於兩種體類都以主客相互對問對答的方式搆辭成篇，並形成體製的特色而言，然則「問答」之名，其實是就兩者「異中求同」之後，所賦予的類稱。其實在《文苑英華》之前，柳宗元文集就有相同的現象；按柳集分類細膩，由友人劉禹錫編纂而成，今通行的柳集雖非全為劉禹錫舊貌，但其編次與內容仍應大體如是[19]。今所見柳集中即有「問答」一類，內容包含〈晉問〉、〈答問〉、〈起廢答〉三篇，其中〈答問〉、〈起廢答〉都屬「對問（含設論）」之作[20]。至於〈晉問〉藉由吳子與柳先生之間的相對問答，由

---

19 經萬曼所考，柳集在五代時曾因戰亂一度散佚，北宋初穆修竭盡其力，又編校出四十五卷本，此本成為後世各種柳集的祖本，且柳集的編輯校定工作，在北宋時就大體完成。關於柳集版本問題，參見萬曼：《唐集敘錄》（河南：河南大學出版社，2008年4月，第1版），頁240-254。又錢穆曾考證柳集版本並說：蓋柳集編次，出於其友劉禹錫。今傳柳集，雖非禹錫手編之舊，然大體依稀可見。參見氏著：〈雜論唐代古文運動〉，《錢賓四先生全集19‧中國學術思想史論叢（四）》（臺北：聯經初版有限公司，1998年，初版），頁67。

20 關於〈答問〉，前已述及，此不重複。〈起廢答〉則藉由柳先生與愚溪之上的「黧老壯齒」們的問難，柳先生為其說明困頓於永州而不得大用的原因，謙稱自己寡德少才，而朝中人才濟濟，所以廢困於此。

柳先生盡陳晉地之美好，以解吳子不知晉地之惑。「先後言及晉之山河，表裡而險固；次言晉之金鐵，甲堅而刀利；三言晉之名馬，其強可恃；四言晉之北山，其材可取；五言晉之河魚，可為偉觀；六言晉之鹽寶，可以利民；七又先言文公霸業之盛，而後以堯之遺風終焉。」所以雖不以「七」為篇名，但歷來皆被視為「七」之作品[21]。換言之，將「對問（含設論）」與「七」合併為「問答」之類，應早在唐代柳集之中即已出現，《文苑英華》則延續此一文類現象，不過更繫之於「雜文」之下而已。

至於「騷」之為文類，依據第三章所述，雖在六朝本為《楚辭》所專屬，不過就文體本身而言，其實根本就是「賦」，但相關篇章，並不以「賦」為名而已。至於《文苑英華》「雜文・騷」，則打破其原本封閉的性質，將眾多擬騷而不以賦為名的篇章收入。但是，「騷」範圍對象的增多，其實也不始於《文苑英華》。如在柳集之中，就將「騷」獨立為一類，錄有〈乞巧文〉、〈罵尸蟲文〉（《文苑英華》作〈罵尸蟲〉）、〈斬曲几文〉、〈宥蝮蛇文〉、〈憎王孫文〉（《文苑英華》作〈憎王孫〉）、〈逐畢方文〉（《文苑英華》作〈逐畢方〉）、〈辯伏神文〉、〈愬螭文〉（《文苑英華》作〈愬螭〉）、〈哀溺文〉（《文苑英華》作〈哀溺〉）、〈招海賈文〉（《文苑英華》

---

21 對於〈晉問〉的概述，參見《柳河東集》該篇所注，又注釋引晁無咎評語云：「枚乘〈七發〉，蓋以微諷吳王濞反；〈晉問〉亦七，蓋效〈七發〉以諷時君薄事役而隆道實云。」參見《柳河東集》（臺北：河洛圖書出版社，民國 63 年 12 月，臺景印初版），頁 268。又如洪邁所云：「枚乘作〈七發〉，創意造端，麗旨腴詞，上薄騷些；蓋文章領袖，故為可喜。其後繼之者，如傅毅〈七激〉、張衡〈七辯〉、崔駰〈七依〉、馬融〈七廣〉、曹植〈七啟〉、王粲〈七釋〉、張協〈七命〉之類，規倣太切，了無新意；傅玄又集之以為《七林》，使人讀未終篇，往往棄諸几格。柳子厚〈晉問〉乃用其體而超然別立新機杼，激越清壯，漢晉之間諸文士之弊，於是一洗矣。」就認為歷代〈七發〉之後，歷代「七」之作都無新意，唯待〈晉問〉一出，才一新讀者耳目。參見〔宋〕洪邁：《容齋隨筆》（上海：上海古籍出版社，1996 年 3 月，1 版），頁 88。錢鍾書則對洪邁之說稍有補充：「〈晉問〉於『七』，洵所謂『文成破體』。」認為〈晉問〉之能創新，就在突破「七」之既有體式。參見氏著：《管錐篇（第三冊）》（蘭馨室書齋出版，不著出版資料），頁 904。無論如何，〈晉問〉雖無「七」名，但為「七」體，並無疑義。

作〈招海賈〉)。其中除〈乞巧文〉、〈斬曲几文〉、〈宥蝮蛇文〉、〈辯伏神文〉四篇，其他後來都入於《文苑英華》「雜文・騷」。皮日休《文藪》之中[22]，亦有「騷」類，收錄〈九諷〉、〈弔賈〉、〈反招魂〉，而這三篇也都入於《文苑英華》「雜文・騷」。

如此說來，「騷」之範圍與對象的擴大，早在唐代已可見其端緒，《文苑英華》一來延續此一文類觀念，二來更將「騷」繫於「雜文」 之下，不再與以獨立，表示「騷」的重要性，也已不如以往。

再就六朝「封禪(符命)」之文來說，作品本身就是以賦體構成，至《文苑英華》「雜文・帝道」，此類之所以「帝道」為名，應該就在於類中文章內容及題材，無不關於帝王、政權及其天命之道，與古代「封禪(符命)」之文，看來差異不大。雖然相較言之，《文心雕龍》、《昭明文選》的「符命(封禪)」及《文苑英華》「雜文・帝道」，雖然前後作者在主觀作意上不盡相同，不過文章內容頌美皇帝、國家則一，且類中文章在文辭上，也同樣都具有俳偶、誇飾等等賦體特色。當然，從原本獨立為一類，到僅僅為「雜文」之一，也表示此一體類的降位。

綜論本節所言，「對問(含設論)」、「七」、「連珠」、「騷」、「符命(封禪)」五種體類，其實都是賦體構成，但不以「賦」為名的體類。但劉勰認為「對問(含設論)」、「七」、「連珠」，在文學史上新出，與「賦」的關係尤為密切，又缺乏實際功用、價值不高，所以將三者劃入「雜文」，成為其「雜文」範圍中的主要對象。至《文苑英華》「雜文」，「連珠」體

---

22 據萬曼所考，《崇文總目》著錄有《皮日休文藪》十卷，卷數與皮日休序中所言相當，而《文藪》在明代後刊刻版本頗多，亦皆為十卷，今《四部叢刊》所景印者即為明代正德年間「湘潭袁氏藏明本」，而此本經孫星衍考校云:「唐人之文，自為編次者不多見，此本未為後人改竄卷次。」參見氏著:《唐集敘錄》(河南:河南大學出版社，2008 年 4 月，第 1 版)，頁 409-413。既然未遭後人竄改，相信其中文章編次，應當仍是皮日休的手筆。

類已出其外，「對問（含設論）」、「七」雖仍在，但合併為「問答」一類，此外也將「騷」、「符命（封禪）」劃入其中。意味著「騷」、「符命（封禪）」在地位上的降低，而「對問（含設論）」、「七」則更低。

第二節　「雜文」範圍內其他體類的出現

以《文心雕龍》「雜文」而言，「賦體雜文」原為範圍內的要角，但至《文苑英華》「雜文」，各種「賦體雜文」顯然已非大宗，另外更有許多「箴體雜文」、「論體雜文」、「記體雜文」、「雜著」與少數「越界文體」之作的加入，範圍可謂迥異於過往。換句話說，因為這些體類的出現，使得「雜文」此一文類，內涵更為龐大複雜，此一現象背後，當有可以詮釋的意義。

進一步說，無論是「誡」、「說」、「辯」、「原」、「解」、「志」、「述」等等體類，我們發現相關作品，全是唐人所作，且多以散文構成體製，內容或在議論說理，或在記敘情事，或者兩兼而有所偏重。總之，看來彼此縱有體類的分界，但實際上並不嚴格，乃至於「雜著」，更是「無一定之體」可言。舉例言之：如〈箴子雲說〉與〈詰鳳〉雖有體類之別，但內容都在評論揚雄。同理，〈原十六衛〉與〈罪言〉，內容都在討論邊疆軍事，提出國防建言；〈木貓說〉與〈遣貓〉，內容都藉由貓之習性，諷刺人世；〈蓄狸說〉與〈養狸述〉，內容也都述及養貓之事，引伸出人世道理。凡此所舉之例，彼此作品體類屬性有別，但內容卻極為相近，可見這些體類，理當各自有著相應的體類規範，儘管如此，實際寫作時，作者其實拘束甚少，可任意即事，或就所見所聞、所想所感而發之。

然則面對這樣的文學現象，當可從唐代文學發展的整體性趨勢，分析出文學體類演變的共時性因素。

一、「文」之觀念與範圍的轉化

本書第二章第一節，已述及六朝人對文章體類，有「文」、「筆」之分。此處更進一步說，當時「文」、「筆」這對觀念，意義有兩層：其一就體製而言，協韻者為「文」，否則為「筆」；其二就所謂文學性質之有無而言，「文」近於今人所言純文學，「筆」則為非純文學[23]。然則從第一個層次來說，兩者之分，重點在於文體的「語言結構」；從第二個層次來說，兩者之分，重點在於文體的「意義結構」[24]。但無論從那個層次來看，六朝人對於「文」的重視，顯然優先於「筆」，故而《後漢書》中對於文士創作資料的排序，大抵先「文」而後「筆」；劉勰《文心雕龍》論文體亦然，〈明詩〉迄於〈哀弔〉八篇皆為「文」，緊接〈史傳〉迄於〈書記〉十篇才皆為「筆」。

但是，先「文」後「筆」的現象，卻在唐人討論文學體類時，甚不明顯，可舉文獻甚多。如顏真卿〈尚書刑部侍郎贈尚書右僕射孫逖文公集序〉，提及孫逖的作品：

> 公凡所著詩、歌、賦、序、策、問、贊、碑、志、表、疏、制、誥，不可勝記。[25]

---

23 此「文」、「筆」之兩層意義，為郭紹虞所論，而在六朝時，第一層意義又可為「詩」、「筆」之分，第二層意義又可為「辭」、「筆」之別。參見氏著：〈文筆與詩筆〉，《照隅室古典文學論集》（上海：上海古籍出版社，2009 年 7 月，第 2 版），頁 158-161。

24 周慶華指出：文體有表裡：表為「語言結構」，裡為「意義結構」。又「意義結構」是指語言由於結構的決定而有內在關係和語言所指的在語言以外的存在事項。參見氏著：〈論文體論〉，《文學圖繪》（臺北：東大圖書公司，民國 85 年 3 月，初版），頁 24。

25 參見〔唐〕顏真卿：《顏魯公文集》，《四部叢刊 33》（臺北：臺灣商務印書館，民國 68 年），頁 66-67。

崔祐甫〈齊昭公崔府君集序〉，提及其叔父崔日用之所作：

伏覽碑、頌、誌、論、章、表、贊、序，凡五十於首。[26]

獨孤及〈檢校尚書吏部員外郎趙郡李公中集序〉，提及李華所作：

自監察御史已後所作頌、賦、詩、歌、碑、表、敘、論、誌、記、讚、祭，凡一百四十三篇。[27]

權德輿〈唐故尚書比部郎中博陵崔君元翰集序〉，提及崔元翰所作：

嚮所序《詩》、《書》、〈說命〉、〈駉頌〉而下，君皆索其粹精……其他詩、賦、贊、論、銘、誄、序、記等，合為三十卷。[28]

元稹〈白氏長慶集序〉中提到他為白居易所整理的作品：

諷喻之詩長於激；閑適之詩長於遣；感傷之詩長於切；五字律詩，百言而上長於贍；五字七字，百言而下長於情；賦、贊、箴、戒之類長於當；碑、記、敘事、制、誥長於實；啟、表、奏狀長於直；書、檄、詞策、剖判長於盡。[29]

---

26 參見〔宋〕李昉等編：《(重編影印)文苑英華》(臺北：大化書局)卷七〇二，頁1651。

27 參見〔唐〕獨孤及：《毘陵集》，《四部叢刊 33》(臺北：臺灣商務印書館，民國 68 年)，頁 84。

28 參見〔唐〕權德輿：《權載之文集》，《四部叢刊 34》(臺北：臺灣商務印書館，民國 68 年)，頁 196。

29 參見〔唐〕白居易：《白氏長慶集》，《四部叢刊 36》(臺北：臺灣商務印書館，民國 68 年)，頁 2。

晚唐牛希濟〈文章論〉，評論文章與聖人之道的關係，云：

> 今國朝文士之作，有詩、賦、策、論、箴、判、贊、頌、碑、銘、書、序、文、檄、表、記，此十有六者，文章之區別也。制作不同，師模各異，然忘於教化之道，以妖艷為勝，夫子之文章，不可得而見矣。古人之道殆以中絕，賴韓吏部獨正之於千載之中，使聖人之旨復新。[30]

按照以上各家對文學體類的羅列看來，大抵詩、賦仍位居於前，顯示二者始終是文學史上的重要體類；但整體而言，顯然已非六朝人先「文」後「筆」的看法，所以有韻之體類，與無韻之體類，往往相互雜次，無一定先後，然則意謂六朝「文」、「筆」之別，至此意義已然不大[31]。實則六朝「文」、「筆」對分的文學觀念，唐代以降，已由「詩」、「文」之分而取代，而「文」是泛指「詩」以外，無論有韻或無韻的各種文學體類[32]。唐人首重「詩」，故多將「詩」列於各種體類之前；其後繼之以「文」，但「文」範圍之中的各種體類，大抵看來仍以「賦」居其先，至於其他體

30 〔宋〕李昉等編：《文苑英華》（臺北：大化書局）卷七四二，頁 1767。

31 依據龔鵬程所言，六朝時所面對的是「文」、「筆」分立的時代，時人論文，莫不嚴守分際，劉勰〈總術〉中嘗試疏通兩者，但《文心雕龍》對文體的討論，終究不能跳脫窠臼，然而六朝之後，「文」、「筆」之別卻已無甚意義，唐宋時代看待文體的方式，已與六朝人大為不同。換言之，六朝「文」、「筆」之說固為一代文學思潮，但影響力其實並不深遠。參見氏著：〈文心雕龍的價值與結構問題〉，《文學批評的視野》（臺北：大安出版社，1998 年 4 月，初版），頁 89-90。

32 郭紹虞就說，唐代之後對於文學作品的討論，認為文學作品從形式上可區為「詩」、「文」兩大類，且「文」不可該詩；然則「文」就是詩體之外的其他文學體類，參見氏著：《中國文學批評史》（臺北：平平出版社，民國 63 年 9 月，再版），頁 10。簡宗梧老師也指出，唐代以後，文學作品分「詩」、「文」兩大類，類似西方 prose 與 verse 之別，於是將傳統以來用韻的「賦」及不用韻的「駢文」，都歸屬於「文」的範圍內。參見氏著：《賦與駢文》（臺北：臺灣書店，民國 87 年 10 月，初版），頁 4-5。羅根澤也說，六朝「文」、「筆」之分衰於唐代，而在唐代猶有「詩」、「筆」之分，但「詩」、「筆」之分並非延續六朝，因為「筆」其實是指唐代「古文」而言。參見氏著：《中國文學批評史》（臺北：學海出版社，民國 69 年 9 月，再版），頁 28。

類，看來也沒有孰先孰後的必然性了。

如此說來，從六朝「文」、「筆」對舉，到唐代「詩」、「文」對舉，「文」的範圍與內涵顯然不同，這似乎也影響「雜文」內容的呈現。質言之，《文心雕龍》「雜文」，以「賦體雜文」為主要，而「賦」在當時正屬「文」之中，地位舉足輕重的體類；《文苑英華》「雜文」，仍以「賦體雜文」居前，其實更兼有各種有韻、無韻之體類，這些體類在當時，亦為「文」之對象。此一先「賦」而後其他體類的規律，也符合時人對「文」的觀點。換句話說，「雜文」內所呈現的對象，與「文」之範圍及觀念相關，然則「雜文」之「文」，也就不是一般的篇章、作品的意義，而是蘊含著特殊的、時代性的文學觀念。

二、散文的興起與實用的文學觀

在文章「辭賦化」的普遍現象之下，六朝時一切有韻或無韻、純文學或非純文學的體類，其「語言結構」皆趨於駢偶[33]。換句話說，「辭賦化」的重要特徵之一，即是文辭的駢儷傾向，而確實在六朝出現了許多以駢文寫成的「箴」、「銘」、「頌」、「贊」的文體作品，以及用騷體句式寫成的「誄」及「哀策文」等等[34]。

33　王夢鷗曾說魏晉六朝文體之形成，到底只是一個「文章辭賦化」的現象，亦即因為辭賦興盛流行，文士長期受到此一風氣薰陶，於是辭賦的體式變成了寫作文章的公示，上以對朝廷，下以應酬朋友，公文書牘都具有辭賦的色彩。參見氏著：〈貴遊文學與六朝文體的演變〉，《中外文學》第 8 卷第 1 期（民國 68 年 6 月），頁 5。「辭賦化」的觀念與名稱，更具體的說，所謂「辭賦」，是指楚辭與漢賦一系統的文體。漢賦不僅在文體上與楚辭一脈相承，在作者的寫作態度上，其為「主文」而「譎諫」的宗旨也相同。參見氏著：《傳統文學論衡》（臺北：時報文化出版企業有限公司），頁 387。

34　依據陳鵬的研究，六朝駢文用韻者，如孔稚圭〈北山移文〉，和大量駢體的箴、銘、頌、贊，以及用騷體句式寫成的誄文、哀策文；也有採用主客問答寫成的文章，如陸機〈吊魏武帝文〉、劉孝標〈廣絕交論〉。參見氏著：《六朝駢文研究》（四川：巴蜀書社，2009 年 5 月，第 1 版），頁 13-14。

然而當駢文於南朝興盛之際，北朝卻也出現了非議南朝靡麗文風的意見，代表人物為西魏宇文泰及蘇綽，二人皆有文體復古與文章尚直的主張[35]；至李唐代興，陳子昂之後，李白、盧藏用等人相繼為寫作散文的主要作家，但當時朝廷章表奏議等應用體類，仍舊承襲舊俗，以駢體為主。在一連串散文的復興運動中，最重要的作家莫過於中唐時期韓愈、柳宗元，尤以韓愈為最[36]。昌黎迫於當時科舉及仕途，與一般士子同樣都學習駢文，但卻不把科舉文章視為真正的文學創作，譏之為「類於俳優者之音」，視其幾無文學價值可言[37]，所以追法古文，致力於散體文章的創作；散文風氣既然漸開，到了德宗建中元年（780），朝廷賢良方正能言極諫科策問、制策與對策考試更開始使用散體。自此之後，科舉策問全都變為散體。此事在散文發展史上意義重大，意謂散文之風已廣為朝廷之士接受，並且普及[38]。

35　一般討論唐宋古文運動，言及古文家倡言散文、反對駢文，及重質過於重文等等的文學主張，都會溯源自宇文泰與蘇綽，但兩人的文學主張其實牽涉到現實的政治目的，且另外相關文論資料也多已殘佚，相關說明，參見王運熙、顧易生主編：《中國文學批評通史・魏晉南北朝卷》（上海：上海古籍出版社，2007 年 4 月，初版），頁 580-583

36　按韓愈所以反對駢文，主要認為其一駢文內容空洞無物，二則為形式的桎梏，總之在於無益於政教與古道的推展。然則，欲推行古代，了解古人思想，必賴古文為是。但實際上韓愈並非全然放棄駢文，其散文中仍可見駢文的元素，如用典、對句等。相較之下，柳宗元對於駢文的抨擊較為緩和，實際作品中亦不避駢文，後世如方苞於是批評其文章猶有六朝與初唐積習，實則柳宗元比韓愈更能融合運用駢、散文，尤其表現於山水遊記文章，深受後世推崇。相關說明參見莫山洪：〈論中唐駢散相爭與韓愈的「破駢為散」〉，《中國文學研究》2009 第 1 期（2009 年），頁 66-69。及莫山洪：〈論柳宗元的「化駢為散」與古文形式的確立〉，《浙江社會科學》2009 年第 4 期（2009 年 4 月），頁 95-100。

37　由〈答崔立之書〉與〈答呂毉山人書〉可見韓愈對於科舉時文的批判，認為科舉之文乃逢迎官場、敗壞文風而已，這樣的批判也與韓愈反對六朝駢儷風氣的立場相一致。故而韓愈兼具駢文、散文文體的寫作能力，但以今本《韓昌黎文集》來看，終究是以體製雅正的古文作品為主。相關說明，參見王基倫：《韓歐古文比較研究》（臺北：臺灣大學中文所博論，民國 80 年 6 月），頁 30-32。

38　羅宗濤即言：陳子昂之後，散文寫作漸增，慢慢從奏疏擴及其他文體，這些散文多論及治事吏道，都是有為而發的，陳子昂自己的奏議書疏，就是用散文寫成，之後的散散文取代駢文漸為風潮，就整體性的文學趨勢而言，不僅意謂著文章「語言結構」的改變，同時也是「意義結構」的改變。就此，如王基倫所言：

> 從文學思想發展過程來看，秦漢自魏晉由散入駢，是重視文學的抒情性的漸顯過程，從魏晉到中唐由駢入散，則是重視文學實用的特點，特別是議論特點的漸顯過程，這之間的轉變，要在於文章的內容，而非形式的講求。[39]

文章所以能夠具有並顯現出「實用性」，必然是因為具有表情傳意的功能，由此而致各種人事社會之效用。所以當然不是說體製為散文／駢文，就一定只能製作具有抒情性／實用性的文章，但散文在表達傳意方面，既不須拘泥於文辭對偶，所以自然遠比駢體直切便利。然則王氏所謂由駢文轉入散文，要在於文章的內容而非形式的講求，意即在議事論理此一「意義結構」為重心之下，解除了特定「語言結構」的限制；也因此古文運動中講求文學實用的觀點，往往與文章體製反駢入散的趨勢，並存共進[40]。

文大家，還有盧藏用、李白等人。但是當時章奏表議等朝廷文書，仍舊是以駢體為主。建中元年（780 年），在文體文風的改革尚有件大事，即當年賢良方正能言極諫科策問、制策與對策開始使用散體，這是唐代開國一百五十年來科舉的重大變革，此後一百五十餘年，策問全都變為散體；意謂文體改變以為朝野共同接受。這種改變是自然現象，不知不覺成為事實。參見氏著：《隋唐五代思想史》（北京：中華書局，1999 年 8 月，初版），頁 178-182、187-188。

39 參見氏著：《韓柳古文新論》（臺北：里仁書局，民國 85 年 6 月，初版），頁 28。

40 如王運熙、楊明就認為：文章合乎實用，要求以明道並求奇求新，是自駢文發找到中唐「古文」這一歷史過程中，在文學理論批評中值得注意的幾項內容。由於這些要求的付諸實踐，終於完成了由駢趨散這一中國文章發展史上的一次重大轉變。參見氏著，王運熙、顧易生主編：《中國文學批評通史・隋唐五代卷》（上海：上海古籍出版社，2007 年 4 月，初版），頁 201。

承上所論，可以發現講求「實用」的文學觀點，具體言之，其實就是訴求文章內容應以議事論理為尚。而文章崇尚議事論理，其實不待古文家高舉「明道致用」之大纛才開始[41]；據兵界勇所研究，唐代建國後朝廷即甚為重視並宣揚諫諍之風，故自唐高祖即曾下詔希冀臣下「陳直言」，即上書進奏以諫明指過，風氣一開，至貞觀朝時，諫臣所諫內容無所不包，大如軍國征伐祭祀，小至君主日常生活起居等細碎之事，只要有裨益於政教，都可以為之。如此，使得文章內容與人事息息相關，深具現實感[42]。兵氏又說：

> 這種文字發展下去，自然造成好議論時事的風氣，促使唐人各種小型論政文章的發達，其形式已非上予朝廷的諫疏或上書，沒有呈獻的對象，然而所議論者，無非是當政者不當的法度措施，或是國家社會上長久的積弊，並對此提出針砭。而這類的論政之作之所以出色，不僅在於議論深切得體，強直敢言，更在於對當時現實狀況或隱或顯的揭露，尤以古文家為然，而且經常出入各種文體，表現樣貌豐富繁多[43]。

所言重點有三：其一，諫諍直言的風氣自朝廷瀰漫，連帶使得廟堂之外也充斥論政刺俗的文章。其次，文章內容意盡則止，事畢則停，章篇幅不大，故曰「小型」。其三，此一論政刺俗的短小之文，可以跨越文章體類而存在，換句話說，以政治、時俗為題材並譏刺之的寫作，文章本身並

41 古文家雖然力倡散文，但「散文」與「古文」兩者並非完全可以等同的概念，如陳耀南所言，「古文」一名，起於唐代，指不押韻，不求對偶，以參差自然的句法為主體，以宗經明道為旨歸，甚至以身體力行為印證的文體。參見氏著：《唐宋八大家》(臺北：臺灣書店，民國 87 年 8 月，初版)，頁 4。

42 參見氏著：《唐代散文演變關鍵研究》(臺北：臺灣大學中文所博論，民國 94 年 6 月)，頁 43-46。

43 氏著：《唐代散文演變關鍵研究》(臺北：臺灣大學中文所博論，民國 94 年 6 月)，頁 79。

沒有嚴格的文體規範。這三項文學觀點，儼然與後來韓柳古文運動中，反對「夸多鬥靡」、提倡辭令「及物而已」，亦即不須追求篇幅之長，以及肯定文章諷喻益世之用的見解相合[44]。

進一步說，為文以譏刺時俗與議論政治，當然並不始於唐代，《楚辭》以降的擬騷篇章，就不乏對政治或君王的勸諫諷刺；至於議論政事，古來更有諸多相應的文章體類，《文心雕龍》〈章表〉云漢代制訂禮儀，宮廷應用文書有四：「章」、「奏」、「表」、「議」；「章以謝恩，奏以按劾，表以陳情，議以執異。」[45]四者各有其用，且後來所有朝政體類，大約不外乎此四者[46]。然而，擬騷篇章重在抒發一己悲怨情懷，並不周詳於敘事及議理；宮廷應用體類必須講究典雅華贍，更不便於就事直書，故而意欲從事筆諫刺俗，不能不於質樸的古文中尋覓新體[47]，於是這種不拘體類限制，意隨筆到的文章類型，創作因此逐漸流行。

不拘體類、講求現實性的創作方式漸漸流行，成為時代性的文學風氣，同時也出現了某些縱有體類屬性，但其實「意義結構」仍是自由多元，而不為特定規範所限的體類篇章。即如錢穆所說：

---

44 正因為這類文章篇幅往往短小，故後人或稱之為「小品文」；其實在韓柳古文理論中，並非刻意強調要寫作「小品文」，不過是尚用及尚質的觀念之下，所連帶對文章體製的影響與結果罷了。相關說明，參見陳書良、鄭憲春：《中國小品文史》（臺北：桂冠圖書股份有限公司，2001 年 9 月，初版），頁 120-121。

45 參見周振甫注釋：《文心雕龍注釋》（臺北：里仁出版社，民國 87 年 9 月，初版），頁 423。

46 金千仞、馮書耕指出：奏議之體，有書、疏、章、表、奏、啟、議、對等目，名稱雖殊，大體略同。參見氏著：《古文通論》（臺北：雲天出版社，民國 60 年 5 月，訂正版），頁 710。

47 王基倫就說：從文類觀點來看，「古文」遠比「今文」尚質不尚文，而今文之華麗贍詳，最容易顯現於詔策、章表、狀奏之間。參見氏著：《韓柳古文新論》（臺北：里仁書局，民國 85 年 6 月，初版），頁 74。而「今文」即是時文，亦即科舉之文，以駢體為形構，相對古「散文」就是古文，尚質而用廣。

韓柳最大貢獻，乃在於短篇散文中再創新體，如「贈序」、「雜記」、「雜說」。此等文體，乃絕不為題材所限，有題等如無題，可以純隨作者稱心所欲，恣意為之。當知辭賦詩歌與古代散文之不同，正在一可無題。有題者有所為而為，無題者無所為而為。有所為而為者，由其先有一特定之使用，此已失卻文學真趣。無所為而為者，乃本無所用之，而僅出衣食作者心靈之陶寫。[48]

先分別就錢氏所提及「贈序」、「雜記」、「雜說」三者來說：按「贈序」雖亦為「序」，但不同於一般書序，而是新興於唐代，在臨別之際文人用以相贈勸勉之文，或用以抒情敘事，或用以議論事理，並無一定格式[49]；「記」固為一體類，實際上所記寫描繪之內容廣泛，或就事，或就物、景等等，亦無限定，故名之以「雜」[50]；「說」雖亦自為一體類，但其實多為寓言，內容融合敘事及議論[51]，題材與內容也甚多元，是亦名之為「雜」。

如此說來，「序」、「記」、「說」雖各為一種文學體類，但三者其實都兼能議論、抒情、敘事，幾乎涵蓋一切文章之用[52]。然則「志」、「述」既

48　氏著：〈雜論唐代古文運動〉，《錢賓四先生全集・中國學術思想史論叢（四）》（臺北：聯經出版有限公司，1998），頁 70。

49　如郭預衡所言，唐人贈序，早期如王勃、李白等，大抵以敘事為主，至韓愈，則議論為多，常常論及時事，不只是敘寫離情別緒而已。參見氏著：《中國散文史（中）》（上海：上海古籍出版社，2000 年 5 月，初版），頁 372。

50　金仞千、馮書耕即將「記」、「志」二體概稱為「雜記體」，並指出「記」可以分「記事」「記物」「記景」三類。後來記事之作特多，要以韓愈為最善。參見氏著：《古文通論》（臺北：雲天出版社，民國 60 年 5 月，訂正版），頁 667。

51　錢穆認為，所謂「說」者，可上溯《漢志》九流十家之「小說家」，其書雖不傳，但莊子、列子，及戰國策士縱橫遊說時所之寓言即是。參見氏著：〈雜論唐代古文運動〉，《錢賓四先生全集・中國學術思想史論叢（四）》（臺北：聯經出版社，1998 年），頁 66-67。

52　此即劉師培所言：「文章之用有三：一在辨理，一在論事，一在敘事。」。參見氏著：

為「記體雜文」之體類，當有著與「記」相同的文體特性。「說」為「論體雜文」中的犖犖大者，其餘與之相近者還有「辯」、「原」、「解」、「題跋」，當然也就都有著與「說」相同的文體特性；如此，也就造成上述各種體類，雖然名稱不同，但相關作品實質上往往可以極為相似的現象。至於「誡」有有韻、無韻之別，無韻者其實也與「說」、「辯」、「原」、「解」或「志」、「述」，總之都是散文搆辭，內容則夾敘夾議的體類。從作者的角度來說，無論創作何種體類之作，因無特定的體類規範必須嚴守，重點只在於作者主體心靈有所感發；那麼當搦筆為文以議論、抒情或敘事，固可選取上述各種為其體類，但實際著墨時，無論為何種體類，其實作品的本質差異不大；換句話說，作者寫作之際，未必要先「設情以位體」（《文心雕龍・鎔裁》），選定特定體類，循其常模以搆辭，而可以隨意隨興，自然成篇。既然不必預先設定體類，則篇題無體類名稱也無妨礙，也就成了後來所謂的「雜著」了。

另外，不僅錢穆所指出的「說」、「記」、「序」，由前文所引用明人對於上述各種體類的說明，可知上述各種體類的代表作家，幾乎都是韓愈、柳宗元。其實兩人在此一時期文學發展中的貢獻，除了奠定各種體類的大體特徵，並加以創作，成為後人範示之外。其實也在於從觀念上強調文學創作背後，應當具有的情感動因或抒情潛能；此一理念，適足以打破各種文學體類的分界，與作品之既定形式，並成為一種辨別文藝與否的新標準[53]。

《漢魏六朝專家文研究》，《中古文學史講義》（遼寧：遼寧教育出版社，1997 年 3 月，第 1 版），頁 103。而此處所言「序」、「記」、「說」三體，無不能涵該辨理、論事、敘事之用。

53 古文家所提出的各種文學觀念中，韓愈的「氣」論是具代表性的，而他所謂的「氣」，質言之，就是「創作背後或內裡的情感動因或動能」，然則無論任何文體與藝術形式，只要是真正的創作，都會反映作者的人格特質，並蘊含某種抒情成分，因而具有與讀者或欣賞者心靈感通的潛能，此一抒情特質，也就成了文學與藝術的重要判準。這種綜論本節所言：「雜文」之為文類，在《文心雕龍》與《文苑英華》中，內容差異頗大，前者以「賦體雜文」為主，後者除此之外，另有「箴體雜文」、「論體雜文」、「記體雜文」與「雜著」等等，範圍為之擴大許多。如此現象背後的意義有二：其一在於六朝及唐代對「文」的認知有所差異；其二則入於唐代以後，散文之風以及講求實用的文學觀興起，風氣所興，使文學作品「意義結構」所受的重視，大於「語言結構」，所以造就出「序」、「記」、「說」、「辯」、「解」、「原」、「志」、「述」等等，題材及用途都極為寬泛，能兼容抒情、說理、敘事，且書寫自由活潑的各種散文體類，以及「雜著」。又這些文學體類，看來多以韓愈、柳宗元之作為典範，然則這些「雜文」範圍中，諸多散文體類的奠定成立，實與二位古文家及古文運動，有著深切的關係。

第三節　結語

「對問（含設論）」、「七」與「連珠」，是劉勰《文心雕龍》〈雜文〉所論主要的對象，三者代表性的典範作家，都是先秦或漢代的辭賦家。作品本質上來說，其實也都是賦體，但因為有其特殊且固定的題材，兼以出現時代較晚，所以劉勰不與歷史悠久、題材多元的「賦」並論，另闢「雜

理念，雖然號稱「古文」，其實在韓、柳的時代，是種新的藝術觀與文學觀。相關說明，參見柯慶明：〈「論」、「說」作為文學類型之美感特質的研究〉，臺灣大學中文系等編：《遨遊在中古文化的場域——六朝唐宋學術研討會論文集》（臺北：里仁書局，民國 93 年，11 月，初版），頁 46。此外，據日人川合康三的研究，韓愈的文學創作具有「游」的精神特質，亦即不受拘束，活潑潑的表現其心靈活動，故而有許多在當時引起爭議的戲謔之文，如〈毛穎傳〉。參見氏著，蔣寅譯：〈遊戲的文學——以韓愈「戲」為中心〉，《河南教育學院學報（哲學社會科學版）》第 89 卷（2004 年第 3 期），頁 41。然則由柳宗元〈讀毛穎傳後題〉可知，柳宗元也認同韓愈這種自由無所拘束的為文態度。凡此，可見韓、柳同樣有著突破限制、不拘形式的創作觀念。

文」之區，加以分析闡述。然則三者可謂「賦體雜文」，而「賦體雜文」也是「雜文」文類起初確立時，位居其中的要角。

至《文苑英華》「雜文」，「賦體雜文」仍然存在，對照《文心雕龍》來看，合併了〈雜文〉中「對問（含設論）」、「七」為「問答」一類，也將原本不在「雜文」範圍內的「騷」、「符命（封禪）」羅列其中。進一步說，「騷」在六朝本為《楚辭》篇章所專屬，地位崇高，而「符命（封禪）」則被視為「一代之典章」，重要性不言可喻，所以所屬文章雖以賦體構成，但劉勰不入於「雜文」之列。後代則不然，「騷」文類演變為開放性質，任何以騷體構成的作品，可入其中；「符命（封禪）」之文，內容雖大抵仍在歌頌朝廷帝王，但不再為人所重。《文苑英華》將兩種體類名之為「騷」、「帝道」，置之「雜文」底下，意味兩者在文學體類的發展上，地位已經不如過往。然則「雜文」範圍之內，「賦體雜文」的對象有所增損，但是，「賦體雜文」已不再是「雜文」中的要角了。因為「雜文」中，增加了「箴體雜文」、「論體雜文」、「記體雜文」與「雜著」及少數「越界文體」之作。

「雜文」文類由「賦體雜文」居要，到後來各種體類紛紛加入，範圍擴大且內容複雜，整體面貌非昔可比。這個現象，可從「文」的觀念、範圍在文學史上的差異，加以解釋。六朝之時，各種體類依據有韻與否，有「文」、「筆」之分，然則此時「雜文」中的對象，也偏重於有韻之體類——「賦」；至唐代後另有「詩」、「文」之別，而「文」是「詩」之外的各種體類，所以「雜文」中的對象，也就包含了各種有韻無韻的體類。

以《文苑英華》「雜文」範圍看來，「箴體雜文」、「論體雜文」、「記體雜文」與「雜著」的份量，合起來遠較「賦體雜文」為大。「誡」、「說」、「辯」、「解」、「原」、「志」、「述」或「題跋」，各種體類的作品，絕大部分是以散文成篇，內容也多流露出對於儒學義理、道德教化的關懷。其實這些體類的出現，與唐代以降盛行的散文風氣，及務實尚用的文學觀念有關，因為重視文學作品的「意義結構」、大過「語文結構」，所以不求辭藻之工巧，無論篇幅長短，要在使文辭能達作者之意、展現出作者對現實人事之關切即是。所以無論任何體類，或許後設看來，本身應當偏重於敘事、言理、抒情，但實際上往往可以夾敘夾議、言理及情，並無截然的劃分。至於古文大家韓愈、柳宗元即其相關作品的出現，則使這些體類在文學史上，更為奠定與確立。

再進一步說，各種體類雖有名稱之別，但不同體類之作，往往內容能體現出相似的題材與旨趣，亦即體類雖然有別，但彼此之間，其實並無嚴格的規範。實際寫作時，既無嚴格的規範必須遵守，則有體類若無體類，然則實可在篇題上擺落體類名稱，直書作者之意。如此，篇題上無體類名稱可言的「雜著」，也就因應而生了。

第七章

結　論

總結本書所析，從《文心雕龍》至《文苑英華》，有關「雜文」文類範圍的演變，我們可概述重要的研究成果如下：

「雜」之為學術觀念源遠流長，但與文學相關，則可以追溯自漢人賦學觀念，《漢書・藝文志》「詩賦略」中將賦分四類，「雜賦」繫於最末，是為來自民間，作者眾多且名氏不詳，作品特色要在於語言質樸、內容多樣，但往往失於戲謔，總之，是有異於宮廷文人典雅莊重的賦作；然則「雜」主要是相對雅、正的文學觀念而言。至於「雜文」，最早出現於《後漢書》對於漢代文士撰述的整理資料之中，但詳細內涵不能確知，待劉勰《文心雕龍》有〈雜文〉一篇，對於「雜文」之範圍與所含對象，有進一步的界定後，其意義始能明朗，而成為一足以討論的對象。要之，劉勰提出「雜文」之觀念，是對於文學體類發展的一種詮釋與評價，其範圍所及者，乃文學史上由主要體類所旁衍晚出，往往又偏離政教意義、實用功能不顯，或容易流失於筆墨遊戲的文章體類。其中，又以「對問（含設論）」、「七」、「連珠」三種實際上由賦體構成，卻不以賦為名，而我們後設稱之為「賦體雜文」的對象為要角。

進一步說，「對問」、「設論」、「七」、「連珠」在《昭明文選》及《文章緣起》中分為四種體類，除「對問」首創之作為宋玉〈對楚王問〉，其他如東方朔〈答客難〉、枚乘〈七發〉、揚雄〈連珠〉都是肇始於漢代的作品；問世之後受到文人群起仿作，於是漸成一種體類，所以相對「詩」、「賦」等古老的體類而言，這些確是新起的對象。但劉勰將「對問」、「設論」併為「對問」一類，因為兩者內容不外乎作者抒發遭受流言誹謗，或面臨時命不遇的牢騷，總之都在表明、澄清面臨外在困境時的心志，作品有著飛揚動人的氣勢及文采。「七」呈現出各種耳目聲色之娛，作品洋溢著華麗辭藻。「連珠」雖體製較小，但務求辭義明晰、聲音悅耳。總之，三者本身都很講究豔麗辭采，但實際功能與政教價值，則不明顯。

此外，劉勰又論及有韻之「文」，包含「曲」、「操」、「弄」、「引」、「吟」、「諷」、「謠」、「詠」八種，八種其實可以歸於「詩」、「樂府」；無韻之「筆」，包含「典」、「誥」、「誓」、「問」、「覽」、「略」、「篇」、「章」八種，八種或歸於「章」、「奏」、「議」、「檄」，以及其他歷史悠久的主要文體之中。總之，這些因為在實際社會活動中較為罕用，體要則不出相關主要體類之外；主要體類既在《文心雕龍》各文體論篇章中業已分析，所以在〈雜文〉中，僅提示其相關枝流、從屬體類的名稱，不再針對，一一予以詳論。總之，劉勰「雜文」範圍內的對象，都是文學史上，由主流體類所衍生，後起晚出且實用取向甚不明確的體類。

下及《文苑英華》，「雜文」的內容已非昔比。「雜文」範圍之中分成「問答」、「騷」、「帝道」、「明道」、「雜說」、「辯論」、「贈送」、「箴誡」「諷喻」、「諫刺雜說」、「紀述」、「紀事」、「論事」、「征伐」、「識行」、「雜製作」共十六類目。在此十六類目中，不僅有「賦體雜文」體類，還有各種「箴體雜文」、「論體雜文」、「記體雜文」體類，及大量「雜著」與少數「越界文體」之作。

以其中的「賦體雜文」來說，主要分佈於「問答」、「騷」與「帝道」三子目。「問答」包含了傳統「對問（含設論）」、「七」，而二種體類原本就是劉勰「雜文」的對象，且都以主客問答搆辭成篇，據此足可將兩者疆界更為忽略，於是併之為一類。「騷」是六朝即存有的體類，但是為《楚辭》篇章所專屬，具強烈封閉性，唐代以降封閉性不復存焉，泛指各種擬騷作品，但範圍內的作品風格，仍上續《楚辭》而來，以哀怨為主。「帝道」所錄，其實就是六朝以來「符命（封禪）」此一體類，內容無非歌頌帝王、朝廷。重點在於，「騷」與「符命（封禪）」其實也是由賦體構成，而不以賦為名的文章類型，然則本質亦為「賦體雜文」，《文心雕龍》考量其具政教價值且淵遠流長，並未歸入「雜文」，而予以單獨討論，但《文苑英華》則納入其中。換言之，「賦體雜文」之於「雜文」範圍，前後雖然存在，但對象頗有不同，先是「對問（含設論）」、「七」合為一「問答」，另外也新加入了「騷」與「符命（封禪）」。總之，此一現象，意謂這些體類的地位，相較於六朝，已經降低。

「箴體雜文」是箴體但不以「箴」為名的體類，主要是「誡」，「誡」又分為有韻、無韻兩種；有韻者與「箴」幾乎無別，無韻者則近似於「論」或「記」。「論體雜文」是論體而不以「論」為名的體類，包含「說」、「辯」、「解」、「原」、「題跋」五種。「記體雜文」是記體但不以「記」為名的體類，包含「志」、「述」二種。「雜著」之作，其體或近似於各種「論體雜文」或「記體雜文」，但篇題上卻無體類可言。「越界文體」之作，雖有體類名稱，但實質內容卻是另一種體類，在《文苑英華》「雜文」中，即有少量「序」、「書」與「傳」之篇章，是為此一類型的作品。以上除「箴體雜文」作品集中於「箴誡」類目，其餘各種，則散佈於「雜說」、「辯論」、「雜製作」、「明道」、「贈送」、「諷喻」、「諫刺雜說」、「紀述」、「紀事」、「論事」、「征伐」、「識行」各類目之中。意謂這十二類目之標立，本於文學體類屬性無關，後九者是依據題材標準對文學作品的劃分，至於前三者不然，類目中文學體類不一，作品看來也無特定題材。不過，我們發現「雜文」中的「說」體類篇章，偏重集中在「雜說」；「辯」、「原」體類篇章，偏重集中於「辯論」；「題跋」體類篇章，偏重集中於「雜製作」，所以推斷，這三種類目設立，應當有著在凸顯這些文學體類之存在的用意。

這些體類，大都以散文搆辭成篇，名義上雖然各自成類，而有其體要，或偏重於說理，或偏重於敘述，不過以實際作品看來，無論體類，都可以夾敘夾議，兼有抒情。意謂實質上，各種體類並沒有極為嚴格的界線，故而諸多不同體類的篇章，往往可以表達出近似的內容旨趣；作家搦筆為文，也無嚴格的規範必須遵守，所以在創作上尺度甚大，很是自由活潑。換句話說，對作家而言，寫作時縱使預設某一體類，但大可意隨筆到縱情書寫，仿若無體類之限制，那麼逕可擺落體類名稱；如此也就出現了題材繁多、或敘事或議論或抒情，總之「不拘一體」，且篇題上也無體類名稱的「雜著」之作了。

這樣的現象，可以歸諸唐代以來，散文風氣以及實用文學觀念的興盛使然，使得人們看待文學作品的「意義結構」，重要性大於「語言結構」。因此，文學創作要在能使作者直切地議論敘事、抒情達意，而在題材及語言形式上，並不拘束。然則無韻之「箴」、「說」、「辯」、「解」、「原」、「題跋」、「志」、「述」及「雜著」，都是在這樣的文學風氣下所出現的體類，各種體類無論偏重議論、敘事或抒情，幾乎都有著對於世道教化、儒學義理的關懷；至於其典範，大抵也都為韓愈、柳宗元二位古文大家與其相關所作。可見《文苑英華》「雜文」中各種體類的出現及奠定，與唐代古文風潮，有著密切的關聯。

總之，「雜文」之為文類，前後範圍差異極大，從早先「賦體雜文」居要，到後來各種體類爭鳴，如此的景象，也與歷代對於「文」的觀念差別有關。《文心雕龍》處在「文」、「筆」對分的時代，「文」泛指各種有韻之體類，而所論「雜文」的重心，也確實是「文」之所屬的重要體類——「賦」；《文苑英華》處於「詩」、「文」對分的時代，「文」泛指各種「詩」以外體類，至其「雜文」所及，果然包含各種有韻、無韻之體類。可見「雜文」之「文」，不僅僅只是「文章」或「篇章」的普通性意義，還涉及了當時特殊的體類觀念，與文學背景。

再者，「雜文」範圍之中所包含，絕大部分是文學史上，較為主要之體類所衍生旁出的對象，相對於主要體類，這些對象的所屬之作，數量顯得較少，也就意謂這些對象的重要性與地位，不如主要體類。劉勰還認為因為這些對象，文采耀眼但缺乏實用價值，所以對之帶有貶意，認為文士不宜沉湎其中，導致放失於筆墨遊戲；不過在《文苑英華》中，各種體類之作，卻顯示出高度的抒情性、個人精神，以及對於社會的批判性意義；如此的特徵，似乎也影響到現代文學中，對於「雜文」此一類作品之界定與意義的掌握[1]。

至於《文苑英華》「雜文」文類的影響力，直接影響到日後姚鉉編纂

---

1 在本書第一章第一節中，已提及現代「雜文」的特色，此再舉大陸雜文作家魏明倫分析雜文與散文之別所言：「雜文多辛辣，散文多恬淡。雜文如烈火，散文似清泉。寫雜文非刺不可，寫散文沒刺無妨。雜文如諍友，散文似情侶。雜文是怒目金剛，散文是低眉菩薩。雜文逆耳，散文開心。寫雜文風濤涉險，寫散文安步當車。所以，人們趨利避害，形成現階段散文熱，雜文溫，兩種姊妹文體的不平衡。」參見氏著：〈巴山鬼話〉，收入劉成信、李君選編：《中華雜文百年精華》（北京：人民文學出版社，2003年8月，北京第1版），頁556。總之，古代「雜文」體製短小而風格犀利，又直接針砭社會反映民情。而評論家對於現代「雜文」的看法，有如匕首或投槍之意云云，大概也就是如此之意。

《唐文粹》時，書中「古文」一類的形成。按《唐文粹》「古文」如錢穆所言，「所收錄多自韓、柳以下始有之新文體」[2]，但在總集之中，收納這些新體類並予以再區分安排，《文苑英華》「雜文」實已步其先，且《唐文粹》「古文」所錄之諸多篇章，亦有多篇與《文苑英華》「雜文」重複，雖說「古文」下各子類區分標準仍舊駁雜[3]，但「語言對答」、「符命」、「辯」、「說」等類目的並列，在《文苑英華》「雜文」也有著近似的類目。換句話說，《文苑英華》較《唐文粹》更早注意到後來稱之為「古文」的文章群，所以《唐文粹》「古文」中作品的分類歸屬，與「古文」文類觀念本身的形成，《文苑英華》「雜文」的前導意義，應不可忽略[4]。

在本書稍稍廓清了《文心雕龍》、《昭明文選》至《文苑英華》之間「雜文」文類範圍，以及其中體類對象的演變以後；「雜文」之類於宋、明、清各代的總集中，名目雖不一定，但一貫地存在。那麼，相關體類與文類的議題，也就有待我們未來一步步延續討論。

---

2 參見氏著：〈讀姚鉉《唐文粹》〉，《錢賓四先生全集・中國學術思想史論叢（四）》（臺北：聯經出版社，1998 年），頁 108。

3 依據何沛雄的觀察，《唐文粹》「古文」中十七子目，可以區別為三組。其一以類從：如「五原」、「三原」、「五規」、「二惡」。其二以體分：如「語言對答」、「談」、「辯」、「解」、「說」、「評」、「符命」。其三以內容為別：如「經旨」、「論兵」、「析微」、「毀譽」、「時事」、「變化」。參見氏著：〈略論唐文粹的古文價值〉，《唐代學術研討會論文集》（臺北：文史哲出版社，1987 年），頁 172。

4 兵界勇發現：入於《唐文粹》「古文」類的作品，在唐人文集中多入於「雜著」，所以認為姚鉉所言「古文」，其實就是唐人「雜著」的代稱。參見氏著：〈論《唐文粹》「古文」類的文體性質與其代表意義〉，《中國文學研究》第 14 期（2005 年 5 月），頁 21。然而，面對唐人「雜著」，《文苑英華》「雜文」其實已經有所反映與繼承，如本書所述，只是兵氏之說，還沒有注意到這一點。

參考書目

一、古典文獻（含今人校釋箋注之作）

（一）經、史

1. 〔漢〕許慎撰，〔清〕段玉裁注：《說文解字注》。臺北：紅葉出版社，1998。
2. 〔魏〕王弼注，〔唐〕孔穎達疏：《周易注疏》。臺北：藝文印書館。
3. 〔漢〕鄭玄注，〔唐〕孔穎達疏：《禮記正義》。臺北：藝文印書館。
4. 〔漢〕鄭玄注，〔唐〕賈公彥疏：《周禮注疏》。臺北：藝文印書館。
5. 〔漢〕司馬遷撰，〔宋〕裴駰集，〔唐〕張守節正義、司馬貞索隱：《史記》。北京：中華書局，2008。
6. 〔漢〕班固撰，〔唐〕顏師古注：《新校漢書集注》。臺北：世界書局，1978。
7. 〔晉〕陳壽撰，〔宋〕裴松之注：《三國志》。北京：中華書局，2006。
8. 〔宋〕范曄撰，〔唐〕李賢等注：《後漢書》。北京：中華書局，2003。
9. 〔梁〕沈約：《宋書》。北京：中華書局，2003。
10. 〔唐〕房玄齡等：《晉書》。北京：中華書局，2003。
11. 〔唐〕魏徵、令狐德棻：《隋書》。北京：中華書局，2003。

12. 〔後晉〕劉昫等：《舊唐書》。北京：中華書局，2002。
13. 〔宋〕歐陽修、宋祁：《新唐書》。北京：中華書局，2003。
14. 〔元〕脫脫等：《宋史》。北京：中華書局，2007。
15. 〔清〕姚振宗：《漢書藝文志條理》。不著出版資料。
16. 〔清〕顧實：《漢書藝文志講疏》。臺北：廣文書局，1970。

（二）子、集

1. 梁啟雄：《荀子柬釋》。臺北：臺灣商務印書館，1993。
2. 〔漢〕劉向：《釋名》。北京：中華書局，1985。
3. 〔梁〕劉勰著，周振甫注釋：《文心雕龍注釋》。臺北：里仁書局，1998。
4. 〔梁〕劉勰著，詹鍈義證：《文心雕龍義證》。上海：上海古籍出版社，1999。
5. 〔梁〕劉勰著，范文瀾注：《文心雕龍注》。臺北：臺灣開明書店，1993。
6. 〔梁〕蕭統編，〔唐〕李善注：《文選》。臺北：五南圖書出版有限公司，1999。
7. 〔晉〕陸機著，張少康集釋：《文賦集釋》。臺北：漢京文化事業有限公司，1987。
8. 〔唐〕歐陽詢等編：《藝文類聚》。臺北：文光出版社，1955。
9. 〔唐〕柳宗元：《柳宗元集》。臺北：頂淵文化事業有限公司，2002。
10. 〔唐〕柳宗元：《柳河東集》。臺北：河洛出版社，1974。
11. 〔唐〕韓愈著，馬其昶校注：《韓昌黎文集校注》。上海：上海古籍出版社，1998。
12. 〔唐〕劉禹錫：《劉夢得文集》，《四部叢刊 35》。臺灣：商務印書館 1979。
13. 〔唐〕劉禹錫著，陶敏、陶紅雨校注：《劉禹錫全集編年校注》。長沙：岳麓書社，2003。
14. 〔唐〕駱賓王：《駱賓王文集》，《四部叢刊 31》。臺北：臺灣商務印書館，1979。
15. 〔唐〕顏真卿：《顏魯公文集》，《四部叢刊 33》。臺北：臺灣商務印書館，1979。
16. 〔唐〕獨孤及：《毘陵集》，《四部叢刊 33》。臺北：臺灣商務印書館，1979。
17. 〔唐〕杜牧：《樊川文集》，《四部叢刊 35》。臺北：臺灣商務印書館，1979。
18. 〔唐〕權德輿：《權載之文集》，《四部叢刊 34》。臺北：臺灣商務印書館，1979。
19. 〔唐〕沈亞之：《沈下賢集》，《四部叢刊 36》。臺北：商務印書館，1979。
20. 〔唐〕白居易：《白氏長慶集》，《四部叢刊 36》。臺北：臺灣商務印書館，1979。

21. 〔唐〕皮日休：《皮子文藪》，《四部叢刊 37》。臺北：臺灣商務印書館，1979。
22. 〔唐〕李觀：《李元賓文編》，《文淵閣四庫全書 · 集部 17》。臺北：臺灣商務印書館。
23. 〔唐〕皇甫湜：《皇甫持正文集》，《四部叢刊 35》。臺北：臺灣商務印書館，1979。
24. 〔唐〕李世民著，吳云、冀宇校注：《唐太宗全集》。天津：天津古籍出版社，2004。
25. 〔唐〕李翱：《李文公集》，《四部叢刊 35》。臺北：臺灣商務印書館，1979。
26. 〔宋〕洪興祖：《楚辭章句》。臺北：大安出版社，1995。
27. 〔宋〕李昉等編：《文苑英華》。臺北：大化書局。
28. 〔宋〕郭茂倩：《樂府詩集》。北京：中華書局，2003。
29. 〔宋〕晁說之：《景迂生集》，《文淵閣四庫全書 1118》。臺北：臺灣商務印書館。
30. 〔宋〕洪邁：《容齋隨筆》。上海：上海古籍出版社 1996。
31. 〔宋〕吳子良：《林下偶談》，《文淵閣四庫全書 1481》。臺北：臺灣商務印書館。
32. 〔明〕吳訥等：《文體序說三種》。臺北：大安出版社 1998。
33. 〔清〕李兆洛：《駢體文鈔》。上海：上海古籍出版社 2001。
34. 〔清〕紀昀等編：《欽定四庫全書總目》。北京：中華書局，1997。
35. 〔清〕章實齋著，葉瑛校注：《文史通義校注》。北京：中華書局，1985。
36. 〔清〕嚴可均輯：《全上古三代秦漢三國六朝文》。北京：中華書局，1999。
37. 〔清〕何文煥編：《歷代詩話》。臺北：藝文印書館，1991。
38. 〔清〕劉熙載著，龔鵬程撰述：《藝概》。臺北：金楓出版社，1987。
39. 費振剛等校注：《全漢賦校注》。廣東：廣東教育出版社，2005。

二、當代論著（按作者姓氏筆畫排列）

1. 力之：《〈楚辭〉與中古文獻考說》。四川：四川出版集團巴蜀書社，2005。
2. 于景祥：《中國駢文通史》。長春：吉林人民出版社，2002。
3. 方銘：《經典與傳統：先秦兩漢詩賦考論》。北京：人民文學出版社，2003。
4. 王瑤：《中古文學史論》。臺北：長安出版社，1982。
5. 王令樾：《歷代連珠評釋》。臺北：學海出版社，1981。

6. 王更生：《文心雕龍研究》。臺北：文史哲出版社，1989。
7. 王更生：《文心雕龍新論》。臺北：文史哲出版社，1991。
8. 王靜芝：《經學通論》。臺北：國立編譯館，1992。
9. 王夢鷗：《傳統文學論衡》。臺北：時報文化出版企業有限公司，1991。
10. 王琳、邢培順：《西漢文章論稿》。濟南：齊魯書社，2006。
11. 王基倫：《韓柳古文新論》。臺北：文史哲出版社，1996。
12. 王運熙：《漢魏六朝唐代文學論叢》。上海：復旦大學出版社，2002。
13. 王運熙、顧易生主編：《中國文學批評通史．魏晉南北朝卷》。上海：上海古籍出版社，2007。
14. 王運熙、顧易生主編：《中國文學批評通史．隋唐五代卷》。上海：上海古籍出版社，2007。
15. 石家宜：《〈文心雕龍〉系統觀》。江蘇：江蘇古籍出版社，2001。
16. 牟宗三：《理則學》。臺北：正中書局，1959。
17. 行嚴：《柳文探微》。臺北：華正書局，1981。
18. 朱東潤：《八代傳敘文學述論》。上海：復旦大學出版社，2006。
19. 伏俊璉：《俗賦研究》。北京：中華書局，2008。
20. 朱光潛：《詩論》。臺北：正中書局，1962。
21. 朱自清：《詩言志辨》。桂林：廣西師範大學出版社，2004。
22. 何沛雄編：《賦話六種》。香港：三聯書店，1982。
23. 汪湧豪：《中國文學批評範疇及體系》。上海：復旦大學出版社，2007。
24. 呂培成：《司馬遷與屈原和楚辭學》。陝西：陝西人民教育出版社，2000。
25. 李士彪：《魏晉南北朝文體學》。上海：上海古籍出版社，2004。
26. 李大明：《漢楚辭學史》。北京：中國社會科學出版社，2004。
27. 李澤厚：《美的歷程》。臺北：元山書局，1986。
28. 李福標：《皮陸研究》。湖南：岳麓書社，2007 年。
29. 李曰剛：《辭賦流變史》。臺北：文史哲出版社，1987。
30. 呂武志：《魏晉文論與文心雕龍》。臺北：樂學出版社，2006。
31. 呂武志：《唐末五代散文研究》。臺北：臺灣學生出版社，1989。
32. 汪小祥、孔慶茂：《科舉文體研究》。天津：天津古籍出版社，2005。

33. 何寄澎：《唐宋古文新探》。臺北：大安出版社，1998。
34. 吳興人：《中國雜文史》。上海：人民出版社 2002。
35. 邱淵：《「言」「語」「論」「說」與先秦論說文體》。雲南：雲南人民出版社，2009。
36. 尚永亮：《元和五大詩人與貶謫文學考論》。臺北：文津出版社，1993。
37. 金開誠、葛兆光：《古詩文要籍敘錄》。北京：中華書局，2005。
38. 金千仞、馮書耕：《古文通論》。臺北：雲天出版社，1971。
39. 周勛初：《魏晉南朝文學論叢》。江蘇：江蘇古籍出版社，1999。
40. 周葦風：《楚辭發生學研究》。桂林：廣西師範大學出版社，2008。
41. 周慶華：《文學圖繪》。臺北：東大圖書公司，1996。
42. 金春峰：《漢代思想史》。北京：中國社會科學出版社，2006。
43. 侯外廬主編：《中國思想通史 · 兩漢思想卷》。北京：人民出版社，1957。
44. 侯立兵：《漢魏六朝賦多維研究》。北京：人民出版社，2007。
45. 胡楚生：《古文正聲》。臺北：黎明文化事業公司，1991。
46. 〔日〕鈴木虎雄著，殷石臞譯：《賦史大要》。臺北：正中書局，1966。
47. 徐復觀：《中國文學論集》。臺北：臺灣學生書局，1985。
48. 柴熙：《哲學邏輯》。臺北：臺灣商務印書館，1988。
49. 馬積高：《歷代辭賦研究史料概述》。北京：中華書局，2001。
50. 郗文倩：《中國古代文體功能研究——以漢代文體為中心》。上海：三聯書店，2010。
51. 郭紹虞：《中國文學批評史》。臺北：平平出版社，1974。
52. 郭紹虞：《照隅室古典文學論集》。上海：上海古籍出版社，2009。
53. 郭英德：《中國古代文體學論稿》。北京：北京大學出版社，2005。
54. 郭預衡：《中國散文史》。上海：上海古籍出版社，2000。
55. 郭建勛：《先唐辭賦研究》。北京：人民出版社，2004。
56. 郭建勛：《辭賦文體研究》。北京：中華書局，2007。
57. 章必功：《文體史話》。上海：同濟大學出版社，2006。
58. 許東海：《風景 · 夢幻 · 困境——辭賦書寫新視界》。臺北：里仁書局，2008。
59. 〔日〕清水凱夫著，韓基國譯：《六朝文學論文集》。重慶：重慶出版社，1989。
60. 陳必祥：《古代散文文體概論》。臺北：文史哲出版社，1994。

61. 陳祖耀：《理則學》。臺北：三民書局，1998。
62. 陳鵬：《六朝駢文研究》。四川：巴蜀書社，2009。
63. 陳書良、鄭憲春：《中國小品文史》。臺北：桂冠圖書股份有限公司，2001。
64. 陳彥輝：《春秋辭令研究》。北京：中華書局，2006。
65. 陶東風：《文體演變及其文化意味》。雲南：雲南人民出版社，1999。
66. 曹明綱：《賦學概論》。上海：上海古籍出版社，1998。
67. 曹道衡：《中古文學史論文集》。北京：中華書局，2002。
68. 曹勝高：《從漢風到唐音——中古文學演進論稿》。北京：中國社會科學，2007。
69. 凌朝棟：《文苑英華研究》。上海：上海古籍出版社，2005。
70. 章太炎：《國故論衡》。臺北：廣文書局，1975。
71. 張立齋：《文心雕龍注訂》。臺北：正中書局，1985。
72. 張思齊：《六朝散文比較研究》。臺北：文津出版有限公司，1997。
73. 張雙英：《文學概論》。臺北：文史哲出版社，2004。
74. 張蜀蕙：《文學觀念的因襲與轉變——從〈文苑英華〉到〈唐文粹〉》。臺北：百花木蘭出版社，2003。
75. 張舜徽：《漢書藝文志通釋》。武漢：華中師範大學出版社，2004。
76. 游志誠：《昭明文選學術論考》。臺北：臺灣學生書局，1996。
77. 傅劍平：《縱横家與中國文化》。臺北：文津出版社，1995。
78. 黃侃：《文心雕龍札記》。臺北：花神出版社，2002。
79. 黃霖：《文心雕龍彙評》。上海：上海古籍出版社，2005。
80. 趙俊波：《中晚唐分賦研究》。北京：中國社會科學出版社，2006。
81. 褚斌杰：《中國古代文體概論》。北京：北京大學出版社，2003。
82. 萬曼：《唐集敘錄》。河南：河南大學出版社，2008。
83. 楊牧編：《現代中國散文選》。臺北：洪範書店，1992。
84. 楊慶存：《宋代文學論稿》。上海：復旦大學出版社，2007。
85. 葉慶炳：《中國文學史》。臺北：臺灣學生書局，1997。
86. 廖蔚卿：《漢魏六朝文學論集》。臺北：大安出版社，1997。
87. 劉奇：《論理古例》。臺北：臺灣商務印書館，1966。
88. 劉師培：《劉申叔先生遺書・論文雜記》。臺北：華世出版社，1975。

89. 劉師培：《中古文學史講義》。遼寧：遼寧教育出版社，1997。

90. 劉永濟：《文心雕龍校釋》。臺北：華正書局，1981。

91. 劉成信、李君選編：《中華雜文百年精華》。北京：人民文學出版社，2003。

92. 劉大杰：《中國文學發展史》。臺北：華正書局，1990。

93. 〔日〕廚川白村著，林文瑞譯：《苦悶的象徵》。臺北：志文出版社，1999。

94. 蹤凡：《漢賦研究史論》。北京：北京大學出版社，2007。

95. 駱鴻凱：《文選學》。臺北：華正書局，1987。

96. 錢鍾書：《管錐篇》。蘭陵室書齋，出版資料不詳。

97. 錢穆：《錢賓四先生全集19‧中國學術思想史論叢（四）》。臺北：聯經初版有限公司，1998。

98. 鍾濤：《六朝駢文形式及其文化意蘊》。北京：東方出版社，1997。

99. 薛昌鳳：《文體論》。臺北：臺灣商務印書館，1998。

100. 簡宗梧老師：《漢賦史論》。臺北：東大圖書公司，1993。

101. 簡宗梧老師：《賦與駢文》。臺北：臺灣書店，1998。

102. 顏崑陽：《六朝文學觀念叢論》。臺北：正中書局，1993。

103. 羅根澤：《中國文學批評史》。臺北：學海出版社，1980。

104. 羅宗強：《文心雕龍手記》。北京：三聯書店，2007。

105. 羅宗濤：《隋唐五代思想史》。北京：中華書局，1999。

106. 蘇慧霜：《騷體的發展與衍變——從漢到唐的觀察》。臺北：文津出版社，2007。

107. 饒宗頤二十世紀學術文集編輯委員會編：《饒宗頤二十世紀學術文集》。臺北：新文豐出版股份有限公司，2003。

108. 龔鵬程：《文學批評的視野》。臺北：大安出版社，1998。

109. 龔克昌：《中國辭賦研究》。山東：山東大學出版社，2003。

三、學位論文與期刊論文（按作者姓氏筆畫排列）

（一）學位論文

1. 王基倫：《韓歐古文比較研究》。臺北：臺灣大學中文所博論，1991。
2. 白承錫：《初唐賦論研究》。臺北：政治大中文所博論，1994。
3. 安秉：《中國寓言傳記研究》。臺北：政治大學中文所博論，1987。
4. 李錫鎮：《兩漢魏晉論體之形成及演變》。臺北：臺灣大學中文所碩論，1981。
5. 李珠海：《唐代古文家的文體革新研究》。臺北：臺灣大學中文所博論，2001。
6. 兵界勇：《唐代散文演變關鍵研究》。臺北：臺灣大學中文所博論，2005。
7. 邱仕冠：《枚乘〈七發〉與七體研究》。台中：東海大學中文所碩論，1995。
8. 陳軍：《文類研究》。江蘇：揚州大學文藝學系博論，2007。
9. 陳姿蓉：《漢代散體賦研究》。臺北：政治大學中文所博論，1996。
10. 陳成文：《唐代古賦研究》。臺北：政治大學中文所博論，1998。
11. 曾守正老師：《先秦兩漢文學言志思想及其文化意義——兼論與六朝文化的對照》。臺北：臺灣師範大學國文所博論，1998。
12. 廖棟樑：《古代楚辭學史論》。臺北：輔仁大學中文所博論，1997。
13. 諸海星：《中國文體分類學的研究》。臺北：臺灣師範大學國文所碩論，1993。
14. 賴麗蓉：《從思維形式探究六朝文體論》。臺北：臺灣師範大學國文所碩論，1987。
15. 賴欣陽：《魏晉六朝文體觀念》。桃園：中央大學中文所碩論，1995。
16. 盧景商：《六朝文學體裁觀念研究》。桃園：中央大學中文所碩論，1989。

（二）單篇論文

1. 于桂梅、米文佐：〈中國雜文發展脈絡概述〉，《甘肅聯合大學學報（社會科學版）》第 23 卷第 6 期，2007。
2. 王立淵：〈論盧照鄰騷體八篇〉，《廣西民族大學學報（哲學）社會科學版》，2008.12。
3. 王夢鷗：〈貴遊文學與六朝文體的演變〉，《中外文學》第 8 卷第 1 期，1979.6。
4. 王夢鷗：〈劉勰論文的特殊見解〉，張少康編：《文心雕龍研究》。湖北：湖北教育出版社，2002.8。

5. 王洪軍、杲元祥：〈李翱復性思想簡論〉，《濟寧學院學報》第 29 卷第 1 期，2008.2。

6. 〔日〕川合康三著，蔣寅譯：〈遊戲的文學——以韓愈「戲」為中心〉，《河南教育學院學報（哲學社會科學版）》第 89 卷第 3 期，2004。

7. 〔日〕甲斐勝二：〈《文心雕龍》論屈原與《楚辭》在文學史上的地位〉，中國文心雕龍學會編：《論劉勰及其〈文心雕龍〉》。北京：學苑出版社，2000.2。

8. 衣若芬：〈試論《唐文粹》之編纂、體例及其「古文」作品〉，《中國文學研究》第 6 期，1992。

9. 江源：〈「文質論」與古代雜文〉，《宜賓師專學報（社會科學版）》第 1 期，1995。

10. 江源：〈「意境論」與古代雜文〉，《樂山師專學報（社會科學版）》第 1 期，1995。

11. 江源：〈「通變論」與古代雜文〉，《宜賓師專學報（社會科學版）》第 3 期，1995。

12. 伏俊璉：〈《漢書・藝文志》「雜賦」臆說〉，《文學遺產》第 6 期，2002。

13. 伏俊璉：〈《漢書・藝文志》「雜行出及頌德」、「雜四夷及兵」賦考〉，《西北師大學報（社會科學版）》第 38 卷第 4 期，2001。

14. 伏俊璉：〈《漢書・藝文志》「成相雜辭」、「隱書」說〉，《西北師大學報（社會科學版）》第 39 卷第 5 期，2002.9。

15. 伏俊璉：〈《漢書・藝文志》「雜賦」考〉，《文獻季刊》第 2 期，2003.4。

16. 伏俊璉：〈《漢書・藝文志》「雜中賢失意賦」考略〉，《新疆大學學報（哲學、人文社會科學版）》第 33 卷第 5 期，2005.9。

17. 汪卷：〈唐人沈亞之的詩化傳奇〉，《史教資料》2006 年 1 月下旬刊。

18. 李乃龍：〈論《文選》對問體——兼論先秦問對體式的發展歷程〉，《廣西師範大學學報（哲學社會科學版）》第 4 期，2005.10。

19. 李秀敏：〈晚唐小品文體革新略論〉，《黑龍江社會科學》第 119 期，2010 年第 2 期。

20. 李福標：〈先秦散文對皮日休的影響〉，《咸陽師專學報（綜合雙月刊）》第 12 卷，1997 第 2 期。

21. 李福標：〈皮日休散體文管窺〉，《西北大學學報（社會科學版）》第 30 卷第 4 期，2000.11。

22. 兵界勇：〈論《唐文粹》「古文」類的文體性質與代表意義〉，《中國文學研究》第 14 期，2000。

23. 何沛雄：〈略論《唐文粹》的「古文」〉，香港浸會學院主編：《唐代文學研討會論文集》。臺北：文史哲出版社，1987。

24. 何玉蘭：〈漢賦的雜文因素及其價值〉，《樂山師專學報（社會科學版）》第 2 期，1995。
25. 吳曉青：〈《進學解》與解嘲文學〉，《臺北科技大學學報》第 32 之 1 期，1991.3。
26. 宋鼎宗：〈韓愈「揚孟抑荀」說〉，《成大中文學報》第 4 期，1996.5。
27. 沈文凡、彭飛：〈晚唐諷刺文學對柳宗元寓言散文的接受〉，《吉林師範大學學報（人文社會科學版）》第 1 期，2010.1。
28. 林耘：〈李翱復性說及其思想來源〉，《船山學刊》2002 年第 1 期。
29. 周鳳五：〈由《文心》、《辨騷》、《詮賦》、《諧讔》論賦的起源〉，中國古典文學研究會主編：《文心雕龍綜論》。臺北：臺灣學生書局，1988。
30. 徐鵬緒：〈雜文概念的歷史考察與現代雜文的主要特徵〉，《東方論壇》第 4 期，1997。
31. 柯慶明：〈「論」、「說」作為文學類型之美感特質的研究〉，臺大中文系等編：《遨遊在中古文化的場域——六朝唐宋學術研討會論文集》。臺北：里仁書局，2004.11。
32. 洪順隆：〈《文選》雜體詩歌文體性質研究〉，《中國文哲研究集刊》第 17 期，2000.9。
33. 洪順隆：〈六朝雜詩題材類型論〉，《華岡文藝學報》第 24 期，2001.3。
34. 姚筱睿：〈淺議唐人沈亞之傳奇小說的四個特色〉，《南昌航空大學學報（社會科學版）》第 9 卷第 4 期，2007.10。
35. 莫山洪：〈論中唐駢散相爭與韓愈的「破駢為散」〉，《中國文學研究》2009 第 1 期，2009。
36. 莫山洪：〈論柳宗元的「化駢為散」與古文形式的確立〉，《浙江社會科學》2009 年第 4 期，2009.4。
37. 莫順斌：〈略論古代「雜文」之名〉，《傳承》第 7 期，2007。
38. 陳成文：〈漢唐「答客難」系列作品之依仿與拓新〉，政大中文系主編：《第五屆漢代文學與思想學術研討會論文集》。臺北：國立政治大學主編，2005.12。
39. 陳才訓：〈古文風貌與楚調悲歌——論沈亞之的文學素養與其小說創作之關係〉，《中國文學研究》第 4 期，2009。
40. 郭章裕：〈兩漢七體文類極其文化意涵〉，《東吳中文學報》第 17 期，2009.5。
41. 郭章裕：〈論《文心雕龍》「約」的文學觀念〉，《世新人文社會學報》第 10 期，2009.7。
42. 許東海：〈山嶽 · 帝國 · 士臣：論杜甫、楊敬之西嶽賦的封禪書寫及其正、變意涵〉，《文與哲》第 12 期，2008.6。

43. 曹道衡：〈《文選》和辭賦〉，中國文選學研究會主編：《文選學新論》。鄭州：中州古籍出版社，1997。

44. 游適宏〈「七」一個文類的考察〉，《國立編譯館館刊》第 27 卷第 2 期，1998.12。

45. 齊益壽：〈《文心雕龍》與《文選》在選文定篇及評文標準上的比較〉，中國古典文學研究會主編：《古典文學 · 第三集》。臺北：臺灣學生書局，1981.12。

46. 賈名黨：〈柳宗元與劉禹錫接受屈賦管窺〉，《安徽農業大學學報（社會科學版）》第 17 卷第 1 期，2008.1。

47. 趙逵夫：〈《七發》與枚乘生平新探〉，王許林編輯：《辭賦文學論集》。江蘇：江蘇教育出版社，1999。

48. 鄧國光：〈《周禮》六辭初探——中國古代文體原始的探討〉，《漢學研究》第 11 卷第 1 期，1993.6。

49. 劉寧：〈「論」體文與中國思想的闡述形式〉，《北京大學學報（哲學社會科學版）》第 47 卷第 1 期，2010.1。

50. 劉洪仁：〈古代「雜文」與雜文〉，《四川教育學院學報》第 10 卷第 3 期，1994。

51. 劉洪仁：〈賦體雜文的先導——論屈原的《天問》《卜居》《漁父》〉，《社會科學輯刊》第 4 期（總第 159 期），2005。

52. 劉洪仁：〈論漢魏六朝的俳諧體雜文〉，《四川教育學院學報》第 22 卷第 7 期，2006。

53. 鄭毓瑜：〈直諫形式與知識份子——漢晉賦的擬騷、對問系列〉，《中國文哲研究集刊》第 16 期，2000.3。

54. 蔡英俊：〈抒情傳精神與抒情統〉，蔡英俊主編：《抒情的境界》。臺北：聯經出版事業公司，1993。

55. 蔡鍾翔：〈劉勰的雜文學觀念和泛文論思想〉，張少康編：《文心雕龍研究》。湖北：湖北教育出版社，2002。

56. 諶東飈：〈論古代雜文的文體特徵〉，《長沙理工大學學報（社會科學版）》第 20 卷第 4 期，2005。

57. 簡宗梧老師：〈賦與隱語關係之考察〉，《逢甲人文社會學報》第 8 期，2004.5。

58. 簡宗梧老師：〈賦與設辭問對關係之考察〉，《逢甲人文社會學報》，第 11 期，2005.12。

59. 簡宗梧老師：〈論王褒的雜體文〉，《廿一世紀漢魏六朝文學新視角：康達維教授花假甲紀念論文集》。臺北：文津出版社，2003.7。

60. 簡宗梧老師：〈俗賦與講經變文關係之考察〉。臺北：政大文學院主編：《第三屆國際辭賦學學術研討會論文集》，1996。

61. 簡宗梧老師：〈試論《文心雕龍・雜文》的對問系列〉，李爽秋教授八十壽慶祝壽論文集編輯委員會主編：《李爽秋教授八十壽慶祝壽論文集（抽印本）》，2006.4。

62. 簡宗梧老師：〈枚乘《七發》與漢代貴遊文學之發皇〉，輔仁大學中文系編：《兩漢文學學術研討會論文集》。臺北：華嚴出版社，1995。

63. 簡宗梧老師：〈試論《文苑英華》的唐代賦體雜文〉，《長庚人文社會學報》第 1 卷第 2 期，2008.10。

64. 顏崑陽：〈論「文體」與「文類」的涵意及其關係〉，《清華中文學報》第 1 期，2007.9。

65. 顏崑陽：〈論「文類體裁」的「藝術性向」與「社會性向」及其「雙向成體」的關係〉，《清華學報》第 35 卷第 2 期，2005。

66. 顏崑陽：〈論「典範模習」在文學史建構上的「漣漪效用」與「鍊接效用」〉，輔仁大學、中國古典文學研究會主編：《建構與反思——中國文學史的探索學術研討會論文集》。臺北：臺灣學生書局，2002.7。

67. 顏崑陽：〈論漢代文人悲士不遇的心靈模式，國立政治大學中文系所主編：《漢代學術思想研討會論文集》。臺北：文史哲出版社，1991.10。

68. 顏崑陽：〈從「言意位差」論先秦至六朝「興」義的演變〉，《清華學報》新 28 卷第 2 期，1998.6。

69. 顏崑陽：〈論漢代「賦學」在中國文學批評史上的意義，《第三屆國際辭賦學學術研討會論文集》。臺北：國立政治大學文學院主編，1996.12。

70. 顏瑞芳：〈柳宗元《三戒》對後代寓言的影響〉，《中國學術年刊》第 20 期，1999.3。

國家圖書館出版品預行編目(CIP) 資料

古代雜文的演變 ： 從<<文心雕龍>>到<<文苑英華>>/郭章裕著. -- 初版. -- 臺北市 ： 元華文創股份有限公司, 2022.10

面； 公分

ISBN 978-957-711-268-2 (平裝)

1.CST: 雜文 2.CST: 文學評論

820.9503 111012284

古代雜文的演變——從《文心雕龍》到《文苑英華》

郭章裕 著

發 行 人：賴洋助
出 版 者：元華文創股份有限公司
聯絡地址：100 臺北市中正區重慶南路二段 51 號 5 樓
公司地址：新竹縣竹北市台元一街 8 號 5 樓之 7
電　　話：(02) 2351-1607　　傳　　真：(02) 2351-1549
網　　址：www.eculture.com.tw
E-mail：service@eculture.com.tw
主　　編：李欣芳
責任編輯：立欣
行銷業務：林宜葶
出版年月：2022 年 10 月 初版
定　　價：新臺幣 600 元

ISBN：978-957-711-268-2 (平裝)

總經銷：聯合發行股份有限公司
地 址：231 新北市新店區寶橋路 235 巷 6 弄 6 號 4F
電 話：(02)2917-8022　　傳 真：(02)2915-6275